（典藏版）

百部国学传世经典

中华国学经典盛宴／获取先贤核心智慧

岳飞传

【清】钱 彩／著

史靖妍／主编

漓江出版社

图书在版编目(CIP)数据

岳飞传 / (清)钱彩著;史靖妍主编. --桂林:
漓江出版社,2017.7
(百部国学传世经典)
ISBN 978-7-5407-8197-2
Ⅰ.①岳… Ⅱ.①钱… ②史… Ⅲ.①章回小说-中
国-清代 Ⅳ.①I242.4
中国版本图书馆 CIP 数据核字(2017)第 190136 号

岳飞传

作　　者　【清】钱彩　著
主　　编　史靖妍

策划统筹　陈植武　林晓鸿
责任编辑　陈植武
助理编辑　甘智洪

出 版 人　刘迪才
出版发行　漓江出版社
社　　址　广西桂林市南环路 22 号
邮　　编　541002
网　　址　www.lijiangbooks.com
印　　制　北京飞达印刷有限责任公司
开　　本　710 mm×1000 mm　1/16
印　　张　30
字　　数　570 千字
版　　次　2017 年 8 月第 1 版
印　　次　2024 年 1 月第 4 次印刷
书　　号　ISBN 978-7-5407-8197-2
定　　价　45.00 元

前言

中华民族是一个充满智慧的民族，中华文化处处闪烁着智慧的光芒。中华五千年文明史为人类的智慧宝库留下了极其珍贵的财富。在世界文学发展的长河中，中国古典小说在经历了漫长的发展过程后，直到元明清时期才形成了高潮，一大批白话和文言、长篇和短篇的名著相继问世，从而在世界文坛上奠定了非凡的地位。

这些作品有的以形象苍凉的笔墨，描写了农民起义的悲壮和惨烈；有的粗线勾勒，展示出朝代更迭的历史沧桑；有的则以诙谐机智，从神话故事中折射出世俗的好恶；有的尽力渲染，将时代的感慨融入民族的兴衰；有的严肃谨慎，从各个案件中体现出正义的力量……题材涉及讲史、侠义、友情、断案及灵怪、神仙等等，广泛描写了宋、元、明、清时代的社会生活，真实地反映了当时的人民群众的思想感情、生活愿望和审美情趣。无论从思想内容还是从艺术技巧来看，都达到了相当高的水平，积淀了中华民族独具魅力且博大精深的文化。

中国古典小说是举世公认的在文学史上最有影响、最为杰出、艺术成就最高、最具欣赏价值、流传最广的传世之作，是文学艺术长河中的瑰宝。它们拥有最广泛的阅读群和最绵长的阅读量。其作品中的深刻内涵，无一不给人以美的享受和思想启迪。它不仅是中华民族智慧的结晶，更是我们道德规范、价值取向、行为准则的集中体现。

阅读好书由此开卷，完善人生由此开始。

目录

第一回 天遣赤须龙下界 佛谪金翅鸟降凡

三百余年宋史，中间南北纵横。闲将二帝事评论，忠义堪悲堪敬。
忠义炎天霜露，奸邪秋月痴蝇。忽荣忽辱总虚名，怎奈黄粱不醒！

——《西江月》

诗曰：

五代干戈未肯休，黄袍加体始无忧。
那知南渡偏安主，不用忠良万姓愁。

自古天运循环，有兴有废。在下这一首诗，却引起一部南宋精忠武穆王精忠报国的话头。

且说那残唐五代之时，朝梁暮晋，黎庶遭殃。其时西岳华山，有个处士陈抟，名唤希夷先生，是个道高德行仙人。一日，骑着骡儿在天汉桥经过，抬头看见五色祥云，忽然大笑一声，跌下骡来。众人忙问其故，先生道："好了，好了！莫道世间无真主，一胎生下二龙来。"列位，你道他为何道此两句？只因有一宦家，姓赵名宏殷，官拜司徒之职，夫人杜氏，在夹马营中生下一子，名叫匡胤，乃是上界霹雳大仙下降，故此红光异香，祥云拥护。那匡胤长大来英雄无比：一条杆棒，两个拳头，打成四百座军州，创立三百余年基业，国号大宋，建都汴梁。自从陈桥兵变，黄袍加体，即位以来，称为"真龙天子"。传位与弟匡义，所以说"一胎二龙"。

自太祖开国至徽宗，共传八帝，乃是：太祖，太宗，真宗，仁宗，英宗，哲宗，神宗，徽宗。

这徽宗乃是上界长眉大仙降世，酷好神仙，自称为"道君皇帝"。其时天下太平已久，真个是：马放南山，刀枪入库；五谷丰登，万民乐业。有诗曰：

尧天舜日庆三多，鼓腹含哺遍地歌。
雨顺风调民乐业，牧牛放马弃干戈。

闲言不道。且说西方极乐世界大雷音寺我佛如来，一日端坐九品莲台，旁列着四大菩萨、八大金刚、五百罗汉、三千偈谛、比邱尼、比邱僧、优婆夷、优婆塞,共诸天护法圣众,齐听讲说妙法真经。正说得天花乱坠、宝雨缤纷之际,不期有一位星官,乃是女士蝠,偶在莲台之下听讲,一时忍不住撒出一个臭屁来。我佛原是个大慈大悲之主,毫不在意。不道恼了佛顶上头一位护法神祇,名为大鹏金翅明王,眼射金光,背呈祥瑞,见那女士蝠污秽不洁,不觉大怒,展开双翅落下来,望着女士蝠头上,这一嘴就啄死了!那女士蝠一点灵光射出雷音寺,径往东土认母投胎,在下界王门为女,后来嫁与秦桧为妻,残害忠良,以报今日之仇。此是后话,按下不提。

且说佛爷将慧眼一观,口称:"善哉,善哉!原来有此一段因果。"即唤大鹏鸟近前,喝道:"你这孽畜!既归我教,怎不皈依五戒,辄敢如此行凶!我这里用你不着,今将你降落红尘,偿还冤债。直待功成行满,方许你归山,再成正果。"

大鹏鸟遵了法旨,飞出雷音寺,径来东土投胎,不表。

再说那陈抟老祖,一生好睡。他本是在睡中得道的神仙,世人不晓得,只说是"陈抟一忽困千年"。那一日,老祖正睡在云床之上,有两个仙童,一个名唤清风,一个叫做明月。两个无事,清风便对明月道:"贤弟,师父方才睡去,又不知几时方醒,我和你往前山去游玩片时如何?"明月道:"使得。"他二人就手挽着手,出洞门来闲步寻欢。但见松径清幽,竹荫逸趣。行到盘院石边,猛见摆着一副残棋。清风道:"贤弟,何人在此下棋,留到如今,你可记得吗?"明月道:"小弟记得当年赵太祖去关西之时,在此地经过,被我师父将神风摄上山来下棋,赢了太祖二百两银子,逼他写卖华山文契,却是小青龙柴世宗、饿虎星郑子明做中保。后来太祖登了基,我师父带了文契下山,到京贺喜,求他免了钱粮。这盘棋就是他的残局。"清风道:"贤弟,好记性,果然不差。今日无事,我请教你,对弈一盘何如?"明月道:"师兄有兴,小弟即当奉陪。"

二人对面坐定,正待下手时,忽听得半空中一声响亮。二人急抬头看时,只见那西北角上黑气漫天,将近东南,好生怕人。清风叫一声:"师弟,不好了!想是天翻地覆了!"两个慌慌张张走到云床前跪下,大叫道:"师父,不好了!快些醒来,要天翻地覆了!"

老祖正在梦酣之际,被那二人叫醒了,只得起来,一齐走出洞府。抬头一看,老祖道:"原来是这个畜生,如此凶恶,也难免这一劫!"清风、明月道:"师父,这是什么因果?弟子们迷心不悟,望师父指点。"老祖道:"你们两个根浅行薄,那里得知。也罢,说与你们听听罢!这段因果,只为当今徽宗皇帝元旦郊天,那表章上原写的是'玉皇大帝',不道将'玉'字上一点,点在'大'字上去,却不是'王皇犬帝'了?玉帝看了大怒道:'王皇可恕,犬帝难饶!'遂命赤须龙下界,降生于北地女真国黄龙府内,使他后来侵犯中原,搅乱宋室江山,使万民受兵革之灾,岂不可惨!”二童道:“师父,今日就是这赤须龙下界么?”老祖道:“非也!此乃我佛如来恐赤须龙无人降伏,故遣大鹏鸟下界,保全宋室江山,以满一十八帝年数。你看,这孽畜将近飞来。你两个看好洞门,待我去看他降生何处?”

就把双足一登,驾起祥云,看那大鹏一气飞到黄河边。

这黄河,有名的叫做“九曲黄河”,环绕九千里阔。当初东晋时,许真君爷斩蛟,那蛟精变作秀才,改名慎郎,入赘在长沙贾刺史家,被真君擒住,锁在江西城南井中铁树上,饶了他妻贾氏,已后往乌龙山出家。所生三子,真君已斩了两个,其第三子逃入黄河岸边虎牙滩下,后来修行得道,名为“铁背虬王”。这一日,变作个白衣秀士,聚集了些虾兵蟹将,在那山崖前排阵玩耍,恰遇着这大鹏飞到。那大鹏这双神眼认得是个妖精,一翅落将下来,望着老龙,这一嘴正啄着左眼,霎时眼睛突出,满面流血,叫一声:“呵呀!”滚下黄河深底藏躲。那些水族连忙跳入水中去躲。却有一个不识时务的团鱼精,仗着有些气力,舞着双叉,大叫道:“何方妖怪,擅敢行凶!”叫声未绝,早被大鹏一嘴,啄得四脚朝天,呜呼哀哉!一灵不灭,直飞至东土投胎,后来就是万俟卨,锻炼岳爷爷冤狱,屈死风波亭上,以报此仇。这也是后话。

当时老祖看得明白,点头叹道:“这孽畜落了劫,尚且行凶,这冤冤相报,何日得了!”一面嗟叹,一面驾着云头,跟着大鹏。那大鹏飞到河南相州一家屋脊上立定,再看时就不见了。当时老祖也就落下云头,摇身一变,变作一个年老道人,手持一根拐杖,前来访问。

却说那个人家姓岳名和,安人姚氏,年已四十,才生下这一个儿子。丫环出来报喜。这员外年将半百,生了儿子,自然快活,忙忙的向家堂神庙点烛烧香,忙个不了。不道这陈抟老祖变了个道人,摇摇摆摆来到庄门首,向着那个老门公打个稽首道:“贫道腹中饥饿,特来抄化一斋,望乞方便。”那个老门公把头摇一摇说道:“师父,你来得不凑巧!我家员外极肯做好事,往常时不要说师父一个,就是十位、二十位俱肯斋的。只因年已半百,没有公子,去年在南海普陀去进香求嗣,果然菩萨灵验,安人回来就得了孕。今日生下了一位小官人,家里忙忙碌碌,况且厨下不洁净,不便,不便!你再往别家去罢。”老祖道:“贫道远方到此,或者有缘,你只与我进去说一声。允与不允,就完了斋公的好意了。”门公道:“也罢!老师父且请坐一坐,待我进去与员外说一声看。”说罢,就走到里边,叫一声:“员外,外边有一个道人,要求员外一斋。”岳和道:“你是有年纪的人,怎不晓事?今日家中生了小官人,忙忙碌碌,况且是暗房。那道人是个修经念佛的人,我斋他不打紧,他回到那佛地上去,我与孩儿两个身上,岂不反招罪过么?”

门公回身出来,照依员外的话对老祖说了。老祖道:“今日有缘到此,相烦再进去禀复一声,说‘有福是你享,有罪是贫道当’便了。”门公只得又进来禀。员外道:“非是我不肯斋他,实是不便,却怎么处?”门公道:“员外,这也怪他不得,荒村野地又无饭店,叫他何处投奔?常言道:‘出钱不坐罪。’员外斋他是好意,岂反有罪过之理?”岳和想了一想,点头道:“这也讲得有理,你去请他进来。”

门公答应一声,走将出来,叫声:“师父,亏我说了多少帮衬的话,员外方肯请师父到里边去。”老祖道:“难得,难得!”一面说,一面走到中堂。

岳和抬头一看,见这道人鹤发童颜,骨格清奇,连忙下阶迎接。到厅上见了礼,分宾主坐下。岳和开言道:“师父,非是弟子推托,只因寒荆产了一子,恐不洁净触污了师父。”老祖道:“‘积善虽无人见,存心自有天知。’请问员外贵姓大名?”

岳和道:“弟子姓岳名和,祖居在此相州汤阴县该管地方。这里本是孝弟里永和乡,因弟子薄薄有些家私,耕种几亩田产,故此人都称我这里为岳家庄。不敢动问老师法号,在何处焚修?”老祖道:“贫道法号希夷,云游四海,到处为家。今日偶然来到贵庄,正值员外生了公子,岂不是有缘?但不知员外可肯把令郎抱出来,待贫道看看令郎可有什么关煞,待贫道与他禳解禳解。”员外道:“这个使不得!那污秽触了三光,不独老夫,就是师父也难免罪过。”老祖道:“不妨事!只要拿一把雨伞撑了出来,就不能污触天地,兼且神鬼皆惊。”员外道:“既如此,老师父请坐,待老夫进去与老荆相商。”说罢,就转身到里边来,吩咐家人收拾洁净素斋,然后进卧房来,见了安人,问道:“身子安否?”安人道:“感谢天地神明、祖宗护佑,妾身甚是平安。员外,你看看小孩子生得好么?”岳和看了,就抱在怀中,十分欢喜,便对安人道:“外边有个道人进门化斋,他说:‘修行了多年,会得禳解之法。’要看看孩儿,若有关煞,好与他解除消灾。”院君道:“才生下的小厮,恐血光污触了神明,甚不稳便。”员外道:“我也如此说。那道人传与我一个法儿,叫将雨伞撑了,遮身出去,便不妨事,兼且诸邪远避。”院君道:“既如此,员外好生抱了出去,不要惊了他。”

员外应声“晓得”,就双手捧定,叫小厮拿一把雨伞撑开,遮了头上,抱将出来,到了堂前立定。道人看了,赞不绝口道:“好个令郎!可曾取名字否?”员外道:“小儿今日初生,尚未取名。”老祖道:“贫道斗胆,替令郎取个名字如何?”

员外道:“老师肯赐名,极妙的了!”老祖道:“我看令郎相貌魁梧,长大来必然前程万里,远举高飞,就取个‘飞’字为名,表字‘鹏举’,何如?”员外听了,心中大喜,再三称谢。老祖道:“这里有风,抱了令郎进去罢。”员外应声道“是”,

便把儿子照旧抱进房来睡好，将道人取的名字，细细说与院君知道，那院君也十分欢喜。

员外复到中堂，款待道人。那老祖道："有一事告禀员外，贫道方才有一道友同来，却往前村化斋去；贫道却走这里来，约定'若有施主，邀来同享'。今蒙员外盛席，意欲去相邀这道友同来领情，不知尊意允否？"员外道："这是极使得的。但不知这位师父却在何处？待弟子去请来便了。"老祖道："出家人行踪无定，待贫道自去寻来。"遂移步出厅。只见那天井内有两件东西，老祖连声道好！

不因老祖见了这两件东西，有分教：相州城内，遭一番洪水波涛；内黄县中，聚几个英雄好汉。正是：

万事皆由天数定，一生都是命安排。

毕竟后来如何，且听下回分解。

第二回 泛洪涛虬王报怨 抚孤寡员外施恩

诗曰：

波浪洪涛滚滚来，无辜百姓受飞灾。
冤冤相报何时了，从今结下祸殃胎。

常言道："冤家宜解不宜结。"那人来惹我，尚然要忍耐，让他几分，免了多少是非。何况那蛟精，在真君剑下逃出命来，躲在这黄河岸边，修行了八百几十年，才挣得个"铁背虬龙"的名号，满望有日功成行满，那里想到被这大鹏鸟蓦地一嘴，把这左眼啄瞎！这口气如何出得？所以后来弄出许多事来。此虽是天数，也是这大鹏结下的冤仇。

那陈抟老祖预知此事，又恐怕那大鹏脱了根基，故此与他取了名字，遗授玄机。

当时同岳员外走出厅来，见天井内有两只大花缸排列在阶下，原是员外新近买来要养金鱼的，尚未贮水。老祖假意道："好一对花缸！"将那拐杖在缸内画上灵符，口中默默念咒，演法端正，然后出门。岳和在后相送到大门首。老祖道："我们出家人不打诳语的，倘若到前村有了施主，贫道就不来了。"岳和道："不要这等说。师父到前村寻见了令道友，就同到小庄，斋供几日，方称我意。"老祖道："多谢！但有一事：三日之内，若令郎平安，不消说得；但若有甚惊恐，可叫安人抱了令郎，坐在左首那只大花缸内，方保得性命。切记吾言，决不要忘了！"岳和连声道："领命，领命！师父务必寻着道友同来，免得弟子悬候。"那老祖告别，员外送出庄门，飘然回山而去。

且说那岳和欢欢喜喜，到了第三日，家内挂红结彩，亲眷朋友都来庆贺三朝。见过了礼，员外设席款待。众人齐道："老来得子，真是天来大的喜事！老哥可进去与老嫂说声，抱出来与我们看看也好。"岳和满口应承，走到房中，与安人说了。

仍旧叫小厮撑了一把伞，抱出厅上来，与众人看。众人见小官人生得顶高额阔,鼻直口方,个个称赞。不道有个后生冒冒失失走到面前,捏着小官人手,轻轻的抬了一抬,说道:“果然好个小官人!”话声未绝,只见那小官人怪哭起来。那后生着了忙,便对岳和道:“想是令郎要吃奶了,快些抱进去罢!”岳和慌慌张张抱了进去。这班亲友俱各埋怨这位后生道:“员外年将半百方得此子,乃是掌上明珠。这粉嫩的手,怎的冒里冒失,捏他一把!如今哭将起来,使他一家不安,我等也觉没趣。”又向着一个老家人问道:“小官人安稳了么?”那家人答道:“小官人只是哭,连奶也不要吃。”众人齐声道:“这便怎么处!”一面说,脸上好生没趣,淡淡地走开的走开,回去的回去,一霎时都散了。

那岳员外在房中,见儿子啼哭不止,没法处治,安人埋怨不绝。岳员外忽然想起前日那个道人曾说我儿“三日内倘有甚惊恐,却叫安人抱出来,坐在花缸内方保无事”的话,对安人说了。安人正在没做理会处,便道:“既如此,快抱出去便了。”说罢,把衣裳穿好,叫丫环拿条绒毡铺在花缸之内。姚氏安人抱了岳飞,方才坐定在缸内,只听得天崩的一声响亮,顿时地裂,滔滔洪水漫将起来,把个岳家庄变成大海,一村人民俱随水漂流。

列位,你道这水因何而起?乃是黄河中的铁背虬龙要报前日一啄之仇,打听得大鹏投生在此,却率了一班水族兵将兴此波涛,枉害了一村人性命,却是犯了天条。玉帝命下,着屠龙力士在剐龙台上吃了一刀。这虬精一灵不忿,就在东土投胎,后来就是秦桧,连用十二道金牌,将岳爷召回,在风波亭上谋害,以报此仇。后话不表。

且说这岳飞幸亏陈抟老祖预备花缸,不能伤命。这岳和扳着花缸,姚氏安人在缸内大哭道:“这事怎处!”岳和叫声。“安人!此乃天数难逃!我将此子托付于你,仗你保全岳氏一点血脉,我虽葬鱼腹,亦得瞑目!”说还未了,手略一松,泊的一声,随水漂流,不知去向了。

那安人坐在缸中,随着水势,直淌到河北大名府内黄县方住。那县离城三十里有一村,名唤麒麟村。村中有个富户,姓王名明,安人何氏,夫妇同庚五十岁。王明一日清早起来,坐在厅上,叫家人王安过来道:“王安,你可进城去,请一个算命先生来。我在此等着。”王安道:“我请了一个有眼睛的来还好,倘若请了个没眼睛的先生,此去来往约有六十里,员外那里等得?不知员外要请这算命的何用?”

王明道:“我夜来得了一个梦,要请他来圆梦。”王安道:“若说算命,小的不会。若是圆梦,小人是极在行的。只是有‘三不圆’。”王明道:“怎么有‘三不圆’?”

王安道:“初更二更的梦不圆,四更五更的梦不圆,记得梦头忘了梦尾不圆。

要在三更做的梦，又要记得清楚，方圆得有准。”王明道：“我正是三更做的梦：梦见空中火起，火光冲天，把我惊醒。不知主何吉凶？”王安道：“恭喜员外，火起必遇贵人。”王明大怒，骂道：“你这狗才，那里会圆什么梦！明明怕走路，却将这些胡言来哄我！”王安道：“小人怎敢。那日跟员外到县里去完钱粮，在书坊门首经过，买了一本《解梦全书》。员外若不信，待小人取来与员外看。”王明道：“拿来我看。”王安答应一声，进房去拿了一本梦书，寻出这一行，送与员外看。

员外接来一看，果有此说，心中暗想：“此地村庄地面，有何贵人相遇？”正在半疑半信，忽听得门外震天的喧嚷，员外吃了一惊！便叫：“王安，快到庄前去看来！”

王安答应不及，飞一般赶将出来，看得明白，慌忙报与员外道：“不知那里水发，水口边淌着许多家伙物件。那些村里人都去抢夺，故此喧喧嚷嚷。”员外听了这话，即同了王安走出庄来观看，一步步行到水口边，只见那些众邻舍乱抢物件，王明叹息不已。王安远远望见一件东西淌来，上面有许多鹰鸟搭着翎翅，好像凉棚一般的盖在半空。王安指道：“员外请看，那边这些鹰鸟好不奇异么？”员外抬头观看，果然奇异。

不一时，看看流到岸边来，却是一只花缸，花缸内一个妇人抱着一个小厮。那众人只顾抢那箱笼物件，那里还肯来救人！只王安走上前赶散了鹰鸟，叫道：“员外，这不是贵人？”员外走近一看，便叫王安：“一个半老妇人，怎么说是贵人？”

王安道：“他怀中抱着个孩子，漂流不死。古人云：‘大难不死，必有厚禄。’况兼这些鹰鸟护佑着他，长大来必定做官。岂不是个贵人？”王明暗想：“不知何处漂流到此？”向花缸内问道：“这位安人住居何处？姓甚名谁？”连问了数次，全不答应。员外道：“敢是耳聋的么？”却不知这安人生产才得三日，人是虚的，又遭此大难，在水面上团团转转，自然头晕眼昏，故此问而不答。那王安道：“待小人去问来。”即忙走到缸边喊道：“这位奶奶的耳朵可是聋的？我家员外在此问你是何方人氏？怎么坐在缸内？”姚氏安人听得有人叫唤，方才抬起头来一看，眼泪汪汪，说道：“这里莫不是阴司地府么？”王安道：“这个奶奶好笑！好好的人，怎么说是阴司地府起来！”

王员外方晓得他是坐在缸内昏迷不醒，不是耳聋，忙叫王安向近村人家，讨了一碗热汤与他吃了，便道：“安人，我这里是河北大名府内黄县麒麟村。不知安人住居何处？”安人听了，不觉悲悲咽咽地道：“妾身乃相州汤阴县孝弟里永和乡岳家庄人氏，因遭洪水泛涨，妾夫被水漂流，不知死活，人口田产尽行漂没。妾身命不该绝，抱着小儿坐在缸内，淌到此地来。”说罢，就放声大哭。员外对王安道："许远路途，一直淌到这里，好生怕人！"王安道："员外做些好事，救他母子两个，留在家中，做些生活也是好的。"员外点头道："说得有理。"便对安人道："老汉姓王名明，舍下就在前面。安人若肯，到舍下权且住下，待我着人前去探听得安人家下平定，再差人送安人回去，夫妻父子完聚，不知安人意下如何？"安人道："多谢恩公！若肯收留我母子二人，真乃是重生父母。"员外说："好说。"

叫王安扶了安人出缸，对着那些乡里人说道："这个你们都要抢了去？"众人笑着员外是个呆子，东西不抢，反收留了两个吃饭的回去。

王安先去报知院君。这里姚氏安人慢慢的行到庄门前，王院君早已出庄迎接。

安人进内，见过了礼，诉说一番夫妇分离之苦。院君与丫环等听了亦觉伤心。当日院君吩咐侍女们打扫东首空房，安顿岳家安人住下。那安人做人一团和气，上下众人无不尊敬。王员外又差人往汤阴县探听，水势已平复，岳家人口并无下落，岳安人听了，放声大哭。王院君再三劝解，方才收泪。自此二人情同姊妹一般。一日闲话中间，说起员外无子，岳安人道："'不孝有三，无后为大。'这样大家财，被别人得了，岂不可惜？不如纳一偏房，倘或生下一男半女，也不绝了王门一脉。"那个王院君本来有些醋意，却被岳安人劝转，即着媒人讨了一妾与王员外。到了第二年果然生下一子，取名王贵。王员外十分感激那岳安人。

不觉光阴易过，日月如梭，这岳飞看看长成七岁，那王贵已是六岁了。王员外请个训蒙先生到家，教他两个读书识字。那村中有个汤员外，一个张员外，俱是王员外的好友，各将儿子汤怀、张显送来读书。那岳飞还肯用心，这三个小顽皮，非惟不肯读书，终日在学堂里舞棒弄拳，先生略略的责罚几句，不独不服管，反把先生的胡子几乎㨮得精光。那先生欲待认真，又俱是独养儿子，父母爱惜，奈何他不得，只得辞馆回去。一连几个俱是如此。王明也没奈何，因此对岳安人道："令郎年已长成，在此不便，门外有几间空房，动用家伙俱有在内。不若安人往那边居住，日用薪水，我自差人送来。不知安人意下如何？"岳安人道："多蒙员外、院君救我母子，大恩未报。又蒙员外费心，我母子在外居住倒也相安。"王员外即去备办了许多柴米油盐、家伙动用之物。岳安人即取通书，拣定了吉日，搬移出去另住，日逐与邻舍人家做些针凿，趁几分银钱添补，倒也有些积攒。一日，对岳飞道："你今年七岁，也不小了，天天玩耍也不是个了局。我已备下一个柴扒、一只筐篮在此，你明日去扒些柴回来也好。就是员外见了，也见得我娘儿两个做人勤谨。"岳飞道："谨依母命，明日孩儿就去打柴便了。"当夜无话。

到了次日早起，岳安人收拾早饭，叫岳飞吃了。岳飞就拿了筐篮柴扒出去，叫声:“母亲,孩儿不在家中,可关上了门罢。”好一个贤惠安人,果然是夫死从子,答应一声,关门进去,嚎啕痛哭道:“若是他父亲在日,这样小小年纪,必然请个先生教他读书,如今却教他去打柴!”正是:

千悲万苦心俱碎,肠断魂销胆亦飞。

毕竟岳飞入山打柴,又做出甚么事来,且听下回分解。

第三回 岳院君闭门课子 周先生设帐授徒

诗曰：

洪水漂流患难遭，堪嗟幼子困蓬蒿。
终宵纺绩供家食，教子思夫泪暗抛。

且说这岳飞出了门，一时应承了母亲出来打柴，却未知往何处去方有柴。一面想，一头望着一座土山走来。立住脚，四面一望，并无一根柴草。一步步直走到山顶上，四下并无人迹。再爬至第二山后一望，只见七八个小厮，成团打块的在荒草地下玩耍。内中有两个，却是王员外左边邻舍的儿子：一个张小乙，一个李小二。

认得是岳飞，叫一声："岳家兄弟！你来做甚事？"岳飞道："我奉母亲之命，来扒些柴草。"众小童齐声道："你来得好。且不要执柴，同我们堆罗汉耍子。"岳飞道："我奉母命，叫我打柴，没有功夫同你们玩耍。"那些小厮道："动不动什么'母命'！你若不肯陪我们玩，就打你这狗头！"岳飞道："你们休要取笑，我岳飞也不是怕人的！"张乙道："谁与你取笑！"李二接口道："你不怕人，难道我们倒怕了你不成？"王三道："不要与他讲！"就上前一拳，赵四就跟上来一脚。七八个小厮就一齐上前打攒盘，却被岳飞两手一拉，推倒三四个了，趁空脱身便走。

众小厮道："你走！你走！"口里虽是这等说，却见岳飞厉害，不敢追来。有几个反赶到岳家来哭哭啼啼，告诉岳安人，说是岳飞打了他。岳安人把几句好话安顿了他回去。

那岳飞打脱了众小厮，却往山后折了些枯枝，装满一篮，天色已晚，提了那筐篮，慢慢的走回家来。走进门，放下柴篮，到里边去吃饭。岳安人看见篮内俱是枯枝，便对岳飞道："我叫你去扒些乱柴草，反与小厮们厮打，惹得人上门上户。况且这枯枝乃是人家花木，倘被山主看见了，岂不被他们责打？况爬上树去，倘然跌将下来，有些差池，叫做娘的倚靠何人？"岳飞连忙跪下告道："母亲且免愁烦，孩儿明日不取枯枝便了。"岳安人道："你且起来。如今不要你去扒柴了。我向来在员外里边取得这几部书留下,明日待我教你读书。”岳飞道:“谨依母命便了。”当夜无话。

到了明日,岳安人将书展开,教岳飞读。那经得岳飞资质聪明,一教便读,一读便熟。过了数日,岳安人叫声:“我儿,你做娘的积攒得几分生活银子,你可拿去买些纸笔来,学写书法,也是要紧的。”岳飞想了一想,便道:“母亲,不必去买,孩儿自有纸笔。”安人道:“在那里?”岳飞道:“待孩儿去取来。”即去取了一个畚箕,走出门来,竟到水口边满满的畚了一箕的河沙,又折了几根杨柳枝,做成笔的模样。走回家来,对安人道:“母亲,这个纸笔不消银钱去买,再也用不完的。”安人微微笑道:“这倒也好。”就将沙铺在桌上,安人将手把了柳枝,教他写字。把了一会,岳飞自己也就会写了。岳飞从此在家朝夕读书写字,不提。

且说王员外的儿子王贵,年纪虽只得六岁,却生得身强力大,气质粗鲁,一日,同了家人王安到后花园中游玩,走进那百花亭上坐下,看见桌上摆着一副象棋。王贵问道:“这是什么东西?怎么有这许多字在上面,做什么用的?”王安道:“这个叫做象棋,是两人对下赌输赢的。”王贵道:“怎么便赢了?”王安道:“或是红的吃了黑的将军,黑的就输;黑的吃了红的将军,黑的算赢。”王贵道:“这个何难。你摆好了,我和你下一盘。”王安就把棋子摆好,把红的送在王贵面前道:“小官人请先下。”王贵道:“我若先动手,你就输了。”王安道:“怎么我输了?”王贵先将自己的将军吃了王安的将军,便道:“岂不是你输了?”王安笑道:“那里有这样的下法,将军都是走得出的?还要我来教你。”王贵道:“放屁!做了将军,由得我做主,怎么就不许走出?你欺我不会下棋,反来骗我么?”

拿起棋盘,就望王安头上打将过来。这王安不曾提防,被王贵一棋盘,打得头上鲜血直流。王安叫声:“啊呀!”双手捧着头,掇转身就走。王贵随后赶来。王安跑到后堂,员外看见王安满头鲜血,问其原故。王安将下棋的事禀说一遍。正说未完,王贵恰恰赶来。员外大怒,骂道:“畜生!你小小年纪,敢如此无礼!”遂将王贵头上一连几个栗爆。

王贵见爹爹打骂,飞跑地逃进房中,到母亲面前哭道:“爹爹要打死孩儿!”

院君忙叫丫环拿果子与他吃,说道:“不要哭,有我在此。”话还未了,只见员外怒冲冲的走来,院君就房门口拦住。员外道:“这小畜生在哪里?”院君也不回言,就把员外恶狠狠的一掌,反大哭起来,说道:“你这老杀才!今日说无子,明日道少儿,亏得岳安人再三相劝讨妾,才生得这一个儿子。为着什么大事就要打死他?

这粉嫩的骨头如何经得起打?罢!罢!我不如与你这老杀才拚了命罢!”就一头望员外撞来。幸亏得一众丫环使女,连忙上前拖的拖、劝的劝,将院君扯进房去。员外直气得开口不得,只挣得一句道:“罢,罢,罢!你这般纵容他,只怕误了他的终身不小!”转身来到中堂,闷昏昏没个出气处。

只见门公进来报说:“张员外来了。”员外叫请进来。不一时,接进里边,行礼坐下。王明道:“贤弟为何尊容有些怒气?”张员外道:“大哥,不要说起!小弟因患了些疯气,步履艰难,为此买了一匹马养在家中,代代脚力。谁想你这张显侄儿天天骑了出去,撞坏人家东西,小弟只得认赔,也非一次了。不道今日又出去,把人都踏伤,抬到门上来吵闹。小弟再三赔罪,与了他几两银子去服药调治,方才去了。这畜生如此胡为,自然责了他几下,却被你那不贤弟媳护短,反与我大闹一场,脸上都被他抓破。我气不过,特来告诉告诉大哥。”王明尚未开口,又见一个人气喘喘的叫将进来道:“大哥,二哥!怎么处,怎么处?”二人抬头观看,却是王明、张达的好友汤文仲。二人连忙起身相迎,问道:“老弟为着何事这般光景?”

文仲坐定,气得出不的声,停了一会道:“大哥!二哥!我告诉你:有个金老儿夫妻两个,租着小弟门首一间空房,开个汤圆店。那知你这汤怀侄儿日日去吃汤圆,把他做的都吃了,只叫不够;次日多做了些,他又不去吃,做少了又去吵闹。那金老没奈何,来告诉小弟,小弟赔他些银子,把汤怀骂了几句。谁知这畜生,昨夜搬些石头堆在他门首。今早金老起来开门,那石头倒将进去,打伤了脚,幸喜不曾打死。他夫妻两个哭哭啼啼的来告诉我,我只得又送他银钱,与他去将养。小弟自然把这畜生打了几下,你那不贤弟妇,反与我要死要活,打了我几面杖!这口气无处可出,特来告诉大哥。”王明道:“贤弟不必气恼,我两个也是同病。”就将王贵、张显之事说了一遍,各各又气又恼又没法。

正在无可奈何,只见门公进来禀说:“陕西周侗老相公到此要见。”三个员外听了大喜,忙一齐出到门外来相接。迎到厅上来,见礼坐下。王明开言道:“大哥久不相会,一向闻说大哥在东京,今日甚风吹得到此?”周侗道:“只因老夫年迈,向来在府城内卢家的时节,曾挣得几亩田产在此地,特来算算帐,顺便望望贤弟们,就要返舍去的。”王明道:“难得老哥到此,自然盘桓几日,再无就去之理。”忙叫厨下备酒接风,一面叫王安打发庄丁去挑行李来。

三个员外聚坐闲谈。王明又问:“大哥别来二十余年,未知老嫂、令郎在于何处?”周侗道:“老妻去世已久。小儿跟了小徒卢俊义前去征辽,殁于军中;就是小徒林冲、卢俊义两个,也俱被奸臣所害。如今真个举目无亲了。不知贤弟们各有几位令郎么?”三个员外道:“不瞒兄长说,我们三个正为了这些孽障,在此诉苦。”

三个人各把三个儿子的事告诉一番。周侗道:“既然如此年纪,为何不请个先生来教训他？”三个员外道：“也曾请过几位先生，俱被他们打去。这样顽劣，谁肯教他？”周侗微笑道：“这都是这几位先生不善教训，以致如此。不是老汉夸口，若是老夫在此教他，看他们可能打我么？”三个员外大喜道：“既然如此，不知大哥肯屈留在此么？”周侗道：“三位老弟面上，老汉就成就了侄儿们罢！”三个员外不胜之喜，各个致谢。当日酒散，张、汤二人各自回去，不提。

这日王贵正在外边玩耍，一个庄丁道：“员外请了个狠先生来教学，看你们玩不成了！”王贵听了，急急的寻着张显、汤怀，商议准备铁尺短棍，好打先生个下马威。

次日，众员外送儿子上学，都来拜见了先生，请周侗吃上学酒。周侗道：“贤弟们且请回，此刻不是吃酒的时候。”就送了三个员外出了书房，转身进来，就叫：“王贵上书。”王贵道：“客还未上书，那有主人先上书之理？这样不通，还亏你出来做先生！”便伸手向袜统内一摸，掣出一条铁尺，望着先生头上打来。周侗眼快手快，把头一侧，一手接住铁尺，一手将王贵夹背一拎揿倒在凳上，取过戒方，将王贵重重的打了几下。你道富家子弟从未经着疼痛过的，这几下直打得王贵服服贴贴，只得依他教训。那张显、汤怀见了，暗暗的把短家伙撇掉，也不敢放肆了。

自此以后，皆听从先生用心攻读。

且说这岳飞在隔壁，每每将凳子垫了脚，爬在墙头上听那周侗讲书。忽一日，书童禀道：“西乡有一个什么王老实，要见老相公。”周侗道：“我正要见他，快请他进来。”书童应声：“晓得。”出去不多时，引那王老实到书房内来，见了周侗便道：“小人一向种的老相公的田地，老相公有十余年不曾到此，小人将历年租米卖出来的银子收在家里。今闻得老相公在此，特来看望，请老相公前去把账来算算。”周侗道：“难得你老人家这等志诚。”便叫王贵：“你进去对王安说：‘先生有个佃户到此，可有便饭，拿一箸与他吃。’”王贵转身进去。周侗又问：“目下田稻何如？”王老实道：“小人田内，一年有两年的收成。今年禾生双穗，岂不是老相公的喜事？”周侗道：“禾生双穗，主出贵人的。这也大奇，明日同你去看。”

正说间，书童来叫佃户外边吃饭去，当日就留王老实住下。次日，周侗对三个学生道：“我出三个题目在此，你们用心做成破题，待我回来批阅。”一面说，一面换了衣服，便同了王老实出门下乡去了。

且说岳飞看见周侗出门，心内想道：“先生既出去，我不免到他馆中去看看。”遂走将过来。王贵看见，就一把扯住，叫道：“汤哥哥，张兄弟，你两个人来看看，这个人就叫岳飞，我爹爹常称说他聪明得极。今日先生出了题目，要我们做，我们那有这样心情，不如央他代做做，何如？”张、汤两个齐声道：“有理。我们正要回去望望母亲,岳哥替我们代做了罢!”岳飞道:“恐怕做出来不好,不中先生之意。”三人道:“休要太谦,一定要拜烦的了。”王贵恐岳飞逃走了,去将那书房门反锁起来,对岳飞道:“你肚中饥饿,抽屉内有点心,尽着你吃。”说罢,三个飞跑的玩耍去了。

岳飞将三人平昔所做的破题翻出看了,照依各人的口气做了三个破题。走到先生位上坐下,将周侗的文章细细看了,不觉拍案道:“我岳飞若得此人训教,何虑日后不得成名!”立起身来,提着笔,蘸着墨,端过垫脚小凳,站在上边,在那粉壁上写了几句道:

投笔由来羡虎头,须教谈笑觅封侯。
胸中浩气凌霄汉,腰下青萍射斗牛。
英雄自合调羹鼎,云龙风虎自相投。
功名未遂男儿志,一任时人笑敝裘。

写完了,念了一遍,又在那八句后写着八个字道:“七龄幼童岳飞偶题。”方才放下笔,忽听得书房门锁响,回身一看,只见王贵同着张显、汤怀推进门来,慌慌张张说道:“不好了!快走,快走!”岳飞吃了一惊。不知为着何事,且听下回分解。

第四回 麒麟村小英雄结义 沥泉洞老蛇怪献枪

诗曰：

古人结交惟结心，此心堪比石与金。
金石易销心不易，百年契合共于今。
今人结交惟结口，往来欢娱肉与酒。
只因小事失相酬，从此生嗔便分手。
嗟乎大丈夫，贪财忘义非吾徒。
陈雷管鲍难再得，结交轻薄不如无。
水底鱼，天边雁，高可射兮低可钓。
万丈深潭终有底，只有人心不可量。
虎豹不堪骑，人心隔肚皮。
休将心腹事，说与结交知！
自后无情日，反成大是非。

这一篇古风，名为《结交行》，乃是嗟叹今世之人，当先如胶似漆，后来反面无情。那里学得古人如金似石，要像陈雷、管鲍生死不移的，千古无二。所以说，"古人结交惟结心"，不比今人惟结口头交也。闲话慢表。

且说那岳飞因慕周先生的才学，自顾家寒，不能从游，偶然触起自家的抱负，所以题了这首诗在壁上，刚刚写完，不道先生回来。王贵等三人恐怕先生看见，破了他代做之弊，为此慌慌张张叫道："快些回去罢！先生回来了。快走！快走！"岳飞只得走出书房回家，不表。

且说周侗回至馆中坐定，心中暗想："禾生双穗，甚是奇异。这小小村落，那里出什么贵人？"一面想，见那三张破题摆在面前，拿过来逐张看了，文理皆通，尽可成器。又将他三人往日做的一看，觉得甚是不通，心中自忖道："今日这三个学生为何才学骤长？想是我的老运亨通，也不枉传授了三个门生。"再拿起来细看了一回，越觉得天然精密。又想道："莫不是请人代做的，亦未可定。"因问王贵道："今日我下乡去后，有何人到我书房中来？"王贵回说："没有人来。"周侗正在疑惑，猛然抬起头来，见那壁上写着几行字。立身上前一看，却是一首诗。虽不甚美，却句法可观，且抱负不小。再看到后头，写着岳飞名字。方知王员外所说，有个岳飞甚是聪明，话果非虚，便指着王贵道："你这畜生！现有岳飞题诗在墙上，怎说没有人到书房中来？怪道你们三个破题，做得比往日不同。原来是他替你们代做的，你快去与我请他过来见我。"

王贵不敢则声，一直走到岳家来，对岳飞道："你在书房内墙上，不知写了些什么东西，先生见了发怒，叫我来请你去，恐是要打哩！"岳安人听见，好生惊慌，后来听见一个"请"字，方才放心，便对岳飞道："你前去须要小心，不可造次。"

岳飞答应道："母亲放心，孩儿知道。"遂别了安人，同着王贵到书房中来。见了周侗，深深的作了四个揖，站在一边，便道："适蒙先生呼唤，不知有何使令？"

周侗见岳飞果然相貌魁梧，虽是小小年纪，却举止端方，便命王贵取过一张椅子，请岳飞坐下，问道："这壁上的佳句，可是尊作么？"岳飞红着脸道："小子年幼无知，一时狂妄，望老先生恕罪！"周侗又问岳飞："有表字么？"岳飞应道："是先人命为'鹏举'二字。"周侗道："正好顾名思义。你的文字却是何师传授？"

岳飞道："只因家道贫寒，无师传授，是家母教读的几句书，沙上学写的几个字。"

周侗沉吟了一会，便道："你可去请令堂到此，有话相商。"岳飞道："家母是孀居，不便到馆来。"周侗道："是我失言了。"就向王贵道："你去对你母亲说，说'先生要请岳安人商议一事，特拜烦相陪。'"王贵应声"晓得"到里边去了。

周侗方对岳飞道："已请王院君相陪，你如今可去请令堂了。"岳飞应允回家，与母亲说知："先生要请母亲讲话，特请王院君相陪，不知母亲去与不去？"岳安人道："既有王院君相陪，待我走遭，看是有何话说。"随即换了几件干净衣服，出了大门，把锁来锁了门，同岳飞走到庄门首。早有王院君带了丫环出来迎接，进内施礼坐定。王员外也来见过了礼，说道："周先生有甚话说，来请安人到舍，未知可容一见？"安人道："既如此，请来相见便了。"王员外即着王贵到书房中，与先生说知。

不多时，王贵、岳飞随着周先生来至中堂，请岳安人见了礼。东边王院君陪着岳安人，西首王员外同周先生各个坐定。王贵同岳飞两个站在下首。周侗开言道："请安人到此，别无话说。只因见令郎十分聪俊，老汉意欲螟蛉为子，特请安人到此相商。"岳安人听了，不觉两泪交流，说道："此子产下三日，就遭洪水之变。妾受先夫临危重托，幸蒙恩公王员外夫妇收留，尚未报答。我并无三男两女,只有这一点骨血,只望接续岳氏一脉。此事实难从命,休得见怪!”周侗道:“安人在上,老夫非是擅敢唐突。因见令郎题诗抱负,后来必成大器。但无一个名师点拨,这叫做‘玉不琢,不成器’,岂不可惜?老夫不是夸口,空有一身本事,传了两个徒弟,俱被奸臣害死。目下虽然教训着这三个小学生,不该在王员外、安人面前说,那里及得令郎这般英杰?那螟蛉之说非比过继,既不更名,又不改姓,只要权时认作父子称呼,以便老汉将平生本事,尽心传得一人。后来老汉百年之后,只要令郎把我这几根老骨头掩埋在土,不致暴露,就是完局了。望安人慨允!”

岳安人听了,尚未开言,岳飞道:“既不更名改姓,请爹爹上坐,待孩儿拜见。”就走上前,朝着周侗跪下,深深的就是八拜。列位看官,这不是岳飞不遵母命,就肯草草的拜认别人为父。只因久慕周先生的才学,要他教训诗书、传授武艺,故此拜他。谁知这八拜,竟拜出一个武昌开国公太子少保总督兵粮统属文武都督大元帅来。当时拜罢,又向着王员外、王院君行了礼,然后又向岳安人面前拜了几拜。岳安人半悲半喜,无可奈何。王员外吩咐安排筵席,差人请了张达、汤文仲,来与周侗贺喜。王院君陪岳安人自在后厅相叙。当晚酒散,各自回去,不提。

次日,岳飞进馆攻书。周侗见岳飞家道贫寒,就叫他四人结为兄弟。各人回去,与父亲说知,尽皆欢喜。从此以后,周侗将十八般武艺,尽传授与岳飞。

不觉光阴如箭,夏去秋来,看看岳飞已长成一十三岁。众兄弟们一同在书房朝夕攻书。周侗教法精妙,他们四个不上几年,各人俱是能文善武。一日,正值三月天气,春暖花香,周侗对岳飞道:“你在馆中,与众弟兄用心作文。我有个老友志明长老,是个有德行的高僧,他在沥泉山,一向不曾去看得他,今日无事,我去望望他就来。”岳飞道:“告禀爹爹,难得这样好天光。爹爹路上独自一个又寂寞,不如带我们一同去走走,又好与爹爹作伴,又好让我们去认认那个高僧,何如?”

周侗想了想道:“也罢。”遂同了四个学生,出了书房门,叫书童锁好了门。

五个人一同往沥泉山来。一路上春光明媚,桃柳争妍,不觉欣欣喜喜。将到山前,周侗立定脚,见那东南角上有一小山,心中暗想:“好块风水地!”岳飞问道:“爹爹看什么?”周侗道:“我看这小山山向甚好,土色又佳,来龙得势,藏风聚气,好个风水!不知是那家的产业?”王贵道:“此山前后周围一带,都是我家的。先生若死了,就葬在此地不妨。”岳飞喝道:“休得乱道!”周侗道:“这也不妨。人孰无死?只要学生不要忘了就是。”就对岳飞道:“此话我儿记着,不可忘了!”岳飞应声:“晓得!”

一路闲话，早到山前。上山来不半里路，一带茂林里现出两扇柴扉。周侗就命岳飞叩门。只见一个小沙弥开出门来，问声："那个？"周侗道："烦你通报师父一声，说，'陕西周侗，特来探望。'"小沙弥答应进去。不多时，只见志明长老手持拐杖走将出来，笑脸相迎。二人到客堂内，见礼坐下，四个少年，侍立两旁。长老叙了些寒温，谈了半日旧话，又问起周侗近日的起居。周侗道："小弟只靠这几个小徒。这个岳飞，乃是小弟螟蛉之子。"长老道："妙极！我看令郎骨格清奇，必非凡品，也是吾兄修来的！"一面说，一面吩咐小沙弥去备办素斋相待。看看天色已晚，当夜打扫净室，就留师徒五个安歇了。长老自往云床上打坐。

到了次日清早，周侗辞别长者要回去了。长老道："难得老友到此，且待早斋了去。"周侗只得应允，坐下了。少刻，只见小沙弥捧上茶来，吃了，周侗道："小弟一向闻说这里有个沥泉，烹茶甚佳。果有此说否？"长老道："这座山原名沥泉山，山后有一洞，名为沥泉洞。那洞中这股泉水本是奇品，不独味甘，若取来洗目，便老花复明。本寺原取来烹茶待客，不意近日有一怪事，那洞中常常喷出一股烟雾迷漫，人若触着他，便昏迷不醒，因此不能取来奉敬。这几日，只吃些天泉。"周侗道："这是小弟无缘，所以有此奇事。"

那岳飞在旁听了，暗暗想道："既有这等妙处，怕什么雾？多因是这老和尚悭吝，故意说这等话来唬吓人。待我去取些来，与爹爹洗洗眼目，也见我一点孝心。"

遂暗暗地向小沙弥问了山后的路径，讨个大茶碗，出了庵门，转到后边。只见半山中果有一缕流泉，旁边一块大石上边，镌着"沥泉奇品"四个大字，却是苏东坡的笔迹。那泉上一个石洞，洞中却伸出一个斗大的蛇头，眼光四射，口中流出涎来，点点滴滴，滴在水内。岳飞想道："这个孽畜，口内之物，有何好处？滴在水中，如何用得？待我打死他！"便放在茶碗，捧起一块大石头，觑得亲切，望那蛇头上打去。不打时犹可，这一打，不偏不歪，恰恰打在蛇头上。只听得呼的一声响，一霎时，星雾迷漫，那蛇铜铃一般的眼，露出金光，张开血盆般大口，望着岳飞扑面撞来。岳飞连忙把身子一侧，让过蛇头，趁着势将蛇尾一拖。一声响亮，定睛再看时，手中拿的那里是蛇尾，却是一条丈八长的蘸金枪，枪杆上有"沥泉神矛"四个字。回头看那泉水已干涸了，并无一滴。

岳飞十分得意，一手拿起茶碗，一手提着这枪，回至庵中。走到周侗面前，细细把此事说了一遍。周侗大喜。长老叫声："老友！这沥泉原是神物，令郎定有登台拜将之荣。但这里的风水，已被令郎所破，老僧难以久留，只得仍回五台山去了。

但这神枪非比凡间兵器，老僧有兵书一册，内有传枪之法并行兵布阵妙用，今赠与令郎用心温习。我与老友俱是年迈之人,后会无期。再二十年后,我小徒道悦在金山上,与令郎倒有相会之日。谨记此言。老僧从此告别。”周侗道:“如此说来,俱是小弟得罪,有误师父了。”长老道:“此乃前定,与老弟何罪之有?”说罢,即进云房去取出一册兵书,上用锦匣藏锁,出来交与周侗。周侗吩咐岳飞好生收藏。

拜别下山,回至王家庄。周侗好生欢喜,就叫他弟兄们置备弓箭习射,将枪法传授岳飞。他弟兄四个每日在空场上开弓射箭,舞剑抡刀。一日,周侗问汤怀道:“你要学什么家伙?”汤怀道:“弟子见岳大哥舞的枪好,我也枪罢。”周侗道:“也罢,就传你个枪法。”张显道:“弟子想那枪虽好,倘然一枪戳去,刺不着,过了头,须得枪头上有个钩儿方好。”周侗道:“原有这个家伙,名叫‘钩连枪’。我就画个图样与你,叫你父亲去照样打成了来,教你钩连枪法罢。”王贵道:“弟子想来,妙不过是大刀:一下砍去,少则三四个人,多则五六个。若是早上砍到晚上,岂不有几千几百个?”周侗原晓得王贵是个一勇之夫,便笑道:“你既爱使大刀,就传你大刀罢!”

自此以后,双日习文,单日习武。那周侗是那东京八十万禁军教头林冲的师父,又传过河北大名府卢俊义的武艺,本事高强。岳飞又是少年,力量过人。周侗年迈,巴不得将平生一十八般武艺,尽心传授与螟蛉之子。所以岳飞文武双全,比卢、林二人更高。这也不在话下。

一日,三个员外同先生在庄前闲步,只见村中一个里长,走上前来施礼道:“三位员外同周老相公在此,小人正来有句话禀上:昨日县中行下牌来小考,小人已将四位小相公的名字开送县中去了,特来告知。本月十五日要进城,员外们须早些打点打点。”王明道:“你这人好没道理!要开名字也该先来通知我们,商议商议,你知道我们儿子去得去不得?就是你的儿子也要想想看。怎的竟将花名开送进县?那有此理!”周侗道:“罢了。他也是好意,不要埋怨他了。令郎年纪虽轻,武艺可以去得的了。”又对里长道:“得罪你了,另日补个员外。”说道:“各位贤弟,且请回去整备令们的考试罢。”众员外告别,各自回家。

周侗走进书房来,对张显、汤怀、王贵三个说:“十五日要进城考武,你们回去,叫父亲置备衣帽弓马等类,好去应考。”三人答应一声,各自回去,不提。周侗又叫岳飞也回去与母亲商议,打点进县应试。岳飞禀道:“孩儿有一事,难以应试,且待下科去罢!”周侗便问:“你有何事,推却不去?”

那岳飞言无数句,话不一席,有分教:千人丛内,显穿杨手段;五百年前,缔种玉姻缘。

不知岳飞说出几句什么话来,且听下回分解。

第五回 岳飞巧试九枝箭 李春慨缔百年姻

诗曰：

未曾金殿去传胪，先识鱼龙变化多。
不用屏中图孔雀，却教仙子近嫦娥。

话说当时周侗问岳飞："为着何事，不去应试？"岳飞禀道："三个兄弟俱豪富之家，俱去备办弓马衣服。你看孩儿身上这般褴褴褛褛，那有钱来买马？为此说'且待下科去罢'。"周侗点头道："这也说的是。也罢，你随我来。"岳飞随了周侗到卧房中。周侗开了箱子，取出一件半新半旧的素白袍、一块大红片锦、一条大红鸾带，放在桌上，叫声："我儿，这件衣服，与你令堂说，照你的身材改一件战袍，余下的改一顶包巾。这块大红片锦，做一个坎肩、一副扎袖。大红鸾带，拿来束了。将王员外送我的这匹马，借与你骑了。到十五清早就要进城的，可连夜收拾起来。"岳飞答应一声，拿回家去，对母亲说知就里，安人便连夜动手就做。

次日，周侗独坐书房观看文字，听得脚步响，抬头见汤怀走进来道："先生拜揖！家父请先生看看学生，可是这般装束么？"周侗见那汤怀：头上戴一顶素白包巾，顶上绣着一朵大红牡丹花，身上穿一领素白绣花战袍，颈边披着大红绣绒坎肩，两边大红扎袖，腰间勒着银软带，脚登乌油粉底靴。周侗道："就是这等装束罢了。"

汤怀又道："家父请先生明日到舍下用了饭，好一同进城。"周侗道："这倒不必，总在校场会齐便了。"

汤怀才去，又见张显进来，戴着一顶绿缎子包巾，也绣着一朵牡丹花，穿一件绿缎绣花战袍，也是红坎肩，红扎袖，软金带勒腰，脚穿一双银底绿缎靴。向周侗作了一个揖道："先生看看学生，可像武中朋友么？"周侗道："好！你回去致意令尊，明日不必等我，可在校场中会齐。"

张显答应回去，劈脚跟王贵走将进来，叫道："先生请看学生穿着何如？"但见他身穿大红战袍,头戴大红包巾,绣着一朵白粉团花,披着大红坎肩,大红扎袖,赤金软带勒腰,脚下穿着金黄缎靴。配着他这张红脸,浑身上下,火炭一般。周侗道:“妙啊!你明日同爹爹先进城去,不必等我。我在你岳大哥家吃了饭,同他就到校场中来会齐便了。”

方才打发王贵出去,岳飞又走进来道:“爹爹,孩儿就是这样罢?”周侗道:“我儿目下且将就些罢。你兄弟们已都约定明日在校场中会齐。我明日要在你家中吃饭,同你起身。”岳飞道:“只是孩儿家下没有好菜款待。”周侗道:“随便罢了。”岳飞应诺,辞别回家,对母亲说了。

到次日清晨,周侗过来,同岳飞吃了饭,起身出门。周侗自骑了这匹马,岳飞跟在后头。一路行来,直至内黄县校场。你看人山人海,各样赶集的买卖并那茶篷酒肆,好不热闹!周侗拣一个洁净茶篷,把马拴在门前树上,走进篷来,父子两个占一副座头吃茶。

那三个员外是城中俱有亲友的,各个扛抬食物,送到校场中来,拣一个大酒篷内坐定,叫庄丁在四下去寻那先生和岳大爷。那庄丁见了这匹马,认的是周侗的,望里面一张,见他父子两个坐着,即忙回至酒篷,报与各位员外。三个员外忙叫孩儿们同了庄丁来至茶篷内,见了先生道:“家父们俱在对过篷内,请先生和岳大哥到那里用酒饭。”周侗道:“你们多去致意令尊,这里不是吃酒的所在,你们自去料理,停一会,点到你们名字,你三人上去答应。那县主倘问及你哥哥,你等可禀说:‘在后就来。’”王贵便问道:“为什么不叫哥哥同我们一齐上去么?”周侗道:“尔等不知。非是我不叫他同你们去,因你哥哥的弓硬些,不显得你们的手段,故此叫他另考。”那三个方才会意,辞别先生,问到酒篷,与众员外说了此话。众员外赞羡不已。

不多时,那些各乡镇上的武童,纷纷攘攘的到来。真个是“贫文富武”,多少富家儿郎,穿着得十分齐整,都是高头骏马,配着鲜明华丽的鞍甲。一个个心中俱想取了,好上东京去取功名。果然人山人海,说不尽繁华富丽。再一会,只见县主李春,前后跟随了一众人役,进校场下马,在演武厅上坐定。左右送上茶来吃了。

看见那些赴考的人好生热闹,县主暗喜:“今日着选得几个好门生,进京得中之时,连我也有些光彩。”少刻,该房书吏送上册籍。县主看了,一个个点名叫上来,挨次比箭,再看弓马。此时演武厅前,但听得嗤嗤的箭响声不绝。那周侗和岳大爷在茶篷内侧着耳朵,听着那些武童们的箭声,周侗不觉微微含笑。岳飞问道:“爹爹为何好笑?”周侗道:“我儿你听见么?那些比箭的,但听得弓声箭响,不听得鼓声响,岂不好笑么?”

那李县主看射了数牌,中意的甚少。看看点到麒麟村,大叫:“岳飞!”叫了数声,全无人答应。又叫:“汤怀!”汤怀应声道:“有!”又叫张显、王贵两个,两个答应。三个一齐上来。众员外俱在篷子下睁着眼睛观看,俱巴不得儿子们取了,好上京应试。当时县主看了三个武童与众不同。行礼已毕,县主问道:“还有一名岳飞,为何不到?”汤怀禀道:“他在后边就来。”县主道:“先考你们弓箭罢。”

汤怀禀说:“求老爷吩咐把箭垛摆远些。”县主道:“已经六十步,何得再远?”

汤怀道:“还要远些。”县主遂吩咐:“摆八十步上。”张显又上来禀道:“求老爷还要远些。”县主又吩咐:“摆整一百步。”王贵叫声:“求大人再远些。”县主不觉好笑起来:“既如此,摆一百二十步罢!”从人答应,下去摆好箭垛。

汤怀立着头把,张显立了二把,王贵是第三把。你看他三个开弓发箭,果然奇妙,看的众人齐声叫采,连那县主都看得呆了。你道为何?那三个人射的箭与前相反,箭箭上垛,并无虚发。但闻擂鼓响,不听见弓箭的声音,直待射完了,鼓声方住。三人同上演武厅来。县主大喜,便问:“你三人弓箭,是何人传授?”王贵道:“是先生。”县主道:“先生是何人?”王贵又道:“是师父。”县主哈哈大笑道:“你武艺虽高,肚里却是不通。是那个师父?姓甚名谁?”汤怀忙上前禀道:“家师是关西人,姓周名侗。”县主道:“原来令业师就是周老先生,他是本县的好友,久不相会,如今却在那里?”汤怀道:“现在下边茶篷内。”县主听了,随即差人同着三人来请周侗相见,一面就委衙官看众人比箭。

不多时,周侗带了岳飞到演武厅来,李春忙忙下阶迎接,见了礼,分宾主坐下。

县主道:“大哥既在敝县设帐,不蒙赐顾,却是为何?”周侗道:“非是为兄的不来看望。那麒麟村的居民最好兴词构讼,若为兄的到贤弟衙里走动了,就有央说人情等事。贤弟若听了情分,就坏了国法;不听,又伤了和气,故此不来为妙。”李春道:“极承见谅了。”周侗道:“别来甚久,不知曾生下几位令郎了?”县主道:“先室已经去世,只留下一个小女,十五岁了。”周侗道:“既无令公子,是该续娶了。”县主道:“小弟因有些贱恙,不时举发,所以不敢再娶。未知大哥的嫂嫂好么?”周侗道:“也去世多年了。”李春道:“曾有令郎否?”周侗把手一招,叫声:“我儿,可过来见了叔父。”岳飞应声上前,向着县主行礼。李春看了笑道:“大哥又来取笑小弟了。这样一位令郎,是大哥几时生的?”周侗道:“不瞒老弟说,令爱是亲生,此子却是愚兄螟蛉的,名唤岳飞。请贤弟看他的弓箭如何?”李春道:“令徒如此,令郎一定好的,何须看得?”周侗道:“贤弟,此乃为国家选取英才，是要从公的。况且也要使大众心服，岂可草草作情么？”李春道：“既如此，叫从人将垛子取上来些。”岳飞道：“再要下些。”县主道：“就下些。”从人答应。岳飞又禀：“还要下些。”李春向周侗道：“令郎能射多少步数？”周侗道：“小儿年纪虽轻，却开得硬弓，恐要射到二百四十步。”李春口内称赞，心里不信，便吩咐：“把箭垛摆列二百四十步！”

列位要晓得，岳大爷的神力，是周先生传授的“神臂弓”，能开三百余斤，并能左右射，李县主如何知道？看那岳大爷走下阶去，立定身，拈定弓，搭上箭，飕飕的连发了九枝。那打鼓的从第一枝箭打起，直打到第九枝，方才住手。那下边这些看考的众人齐声叫采，把那各镇乡的武童都惊呆了！就是三个员外，同着汤怀、张显、王贵在茶篷内看了，也俱拍手称妙。只见那带箭的，连着这块泥并九枝箭，一总捧上来禀道：“这位相公，真个希奇！九枝箭从一孔中射出，箭攒斗上。”李春大喜道：“令郎青春几岁了？曾毕姻否？”周侗道：“虚度二八，尚未定亲。”

李春道：“大哥若不嫌弃，愿将小女许配令郎，未识尊意允否？”周侗道：“如此甚妙，只恐高攀不起。”李春道：“相好弟兄，何必客套。小弟即此一言为定，明日将小女庚帖送来。”周侗谢了，即叫岳飞：“可过来拜谢了岳父。”岳飞即上来拜谢过了。周侗暗暗欢喜，随即作别起身道：“另日再来奉拜了。”李春道声：“不敢，容小弟奉屈来行一叙。”周侗回道：“领教。”遂别了李春，同岳飞下演武厅来。到篷内，同了众员外父子们，一齐出城回村，不表。

且说那李知县公事已毕，回至衙中。到了次日，将小姐的庚帖写好，差个书吏送到周侗馆中去。书吏领命，来到了麒麟村，问到王家庄上。庄丁进来报与周侗，周侗忙叫请进。那书吏进得书房，见了周侗，行礼坐定，便道：“奉家老爷之命，特送小姐庚帖到此，请老相公收了。”周侗大喜，便递与岳飞道：“这李小姐的庚帖，可拿回去，供在家堂上。”岳飞答应，双手接了，回到家中，与母亲说知。岳安人大喜，拜过家堂祖宗，然后观看小姐的年庚。说也奇异，却与岳大爷同年同月同日同时生的，岂不是“姻缘辐辏”！不在话下。

这边周侗封了一封礼物，送与书吏道：“有劳尊兄远来，无物可敬，些些代饭，莫嫌轻亵！”书吏道声：“不敢。”收了礼物，称谢告别回去，不提。

再说岳大爷复至馆中，周侗吩咐：“明日早些同我到县里去谢了丈人。”岳大爷应声：“晓得！”过了一夜，次早天明，父子两个梳洗了，就出了庄门，步行进城，来到县门首，将两张谢帖在宅门上投进。李春即时开了宅门，出来接进内衙。

行礼毕，岳飞拜谢了赠亲之恩，李春回了半礼，叙坐谈心。少停，摆上筵席，三人坐饮了一会，从人将下席搬出去。周侗见了，便道：“小弟两个是步行来的，没有带得家人来，不消费心得。”李春道：“既如此，贤婿到此，无物相赠，小弟还有几十匹马未曾卖完，奉送令郎一匹如何？”周侗道：“小儿习武，正少一骑。若承厚赐，极妙的了。酒已过多，倒是同去看看马，再来饮酒罢！”李春道：“使得。”

三人便起身，一同来到后边马房内，命马夫：“取套杆，伺候挑马。”马夫答应一声。周侗便悄悄的对岳飞道：“你可放出眼力来，仔细挑选。这是丈人送的，不便退换。”岳飞道：“晓得！”就走将下去，细细一看。他本性心里最喜爱白马的。有那颜色好些的，把手一按，脚都殂下去了。连挑数匹俱是一般，并无一匹中意的。李春道：“难道这些马都是无用的么？”岳大爷答道：“这些马并非是无用，只好那富家子弟配着华丽鞍辔，游春玩景，代步而已。门婿心上，须要选那上得阵、交得锋、替国家办得事业、自己挣得功名，这样的马才好。”李县主摇着头道：“我这是卖剩的这几十匹马，也不过送一匹与贤婿代代步。那有这样好马？”

正说之间，忽听得隔壁马嘶声响。岳大爷道：“这叫声，却是好马！不知在何处？”周侗道：“我儿听见声音，又未见马，怎知他是好马？”岳飞道：“爹爹岂不闻此马声音洪亮，必然力大，所以说是好的。”李春道：“贤婿果然不错。此马乃是我家人周天禄在北地买回的，如今已有年余。果然力大无穷，见了人乱踢乱咬，无人降得住他，所以卖了去又退回来，一连五六次，只得将他锁在隔壁这墙内。”

岳大爷道：“何不同小婿去一看？”李春道：“只怕贤婿降他不住！若降得住，就将来相赠便了。”便叫马夫开了门，马夫叫声：“岳大爷！须要仔细，这马却要伤人的。”岳大爷把马相了一相，便把身上的海青脱掉了，上前来。那马见有人来，不等岳大爷近身，就举起蹄了乱踢。岳大爷才把身子一闪，那马又回转头来乱咬。

岳大爷望后又一闪，趁势一把把鬃毛抓住，举起掌来就打，一连几下，那马就不敢动了。正是：

骅骝逢伯乐，驰骋遇王良。

不知后事如何，且听下回分解。

第六回 沥泉山岳飞庐墓 乱草岗牛皋剪径

诗曰：

飘蓬身世两茫然，回首孤云更可怜。
运筹绛帐无他虑，只图四海姓名传。

自古道："物各有主。"这马该是岳大爷骑坐的，自然服他的教训，动也不敢动，听凭岳大爷一把牵到空地上。仔细一看，自头至尾足有一丈长短，自蹄至背约高八尺。头如博兔，眼若铜铃，耳小蹄圆，尾轻胸阔，件件俱好。但是浑身泥污，不知颜色如何？看见旁边有一小池，岳大爷就叫马夫："拿刷刨来。"马夫答应，取了刷子，远远的站立着，不敢近前。岳大爷道："不妨事。我拿住在此，你可上前来，与我洗刷干净了。"马夫道："姑爷须要拿紧了。待我将旧笼头替他上了，然后刷洗。"岳大爷道："不妨，你上来就是。"马夫即将笼头上了，将马牵到池边，替他刷洗得干净。岳大爷看了，果然好匹马，却原来浑身雪白，并无一根杂毛，好不欢喜。岳大爷穿好了衣服，把马牵到后堂阶下，拴住了，上厅拜谢岳父赠马之恩。李春道："一匹马，何足挂意。"又命家人去取出一副好鞍辔来，备好大马背上。周侗在旁看了，也叫采不迭。三个重新入席，又饮了几杯。周侗起身告别，李春再三相留不住，叫马夫又另备了一匹马，送周老相公回去。那马夫答应了，又去备了一匹马。李春送出了仪门作别。上了马，马大跟在后头，出了内黄县城门，周侗道："我儿，这马虽好，但不知跑法如何？你何不出一辔头，我在后面看看如何？"

岳大爷应道："使得！"就加上一鞭，放开马去。只听得忽喇喇四个马蹄翻盏相似，往前跑去！周侗这老头儿一时高兴起来，也加上一鞭，一辔头赶上去。这马虽比不得岳大爷的神马，那马夫那里跟得上来，直赶得汗流气喘不住。那父子两个，前后一直跑到了庄门首，下马进去。周侗秤了五钱银子，赏了马夫。马夫叩谢了，骑了那匹原来的马，自回去了。这里岳大爷将那匹马牵回家中，与母亲细说岳父相赠之事。母子各个感激周先生提挈之恩。

且说那周侗只因跑马跑得热了，到得书房，就把外衣脱了，坐定，取过一把扇子，连扇了几扇。看看天色晚将下来，觉得眼目昏花，头里有些疼痛起来，坐不住，只得爬上床睡。不一会，胸腹胀闷，身子发寒发热起来。岳大爷闻知，连忙过来服侍。过了两日，越觉沉重。这些弟子俱来看望。员外们个个求医问卜，好生烦恼。

岳大爷更为着急，不离左右的服侍。到了第七日，病势十分沉重。众员外与岳飞、王贵等，俱在床前问候。

那周侗对岳飞道："你将我带来的箱笼物件，一应都取将过来。"岳大爷答应一声，不多时，都取来摆在面前。周侗道："难得众位贤弟们俱在这里，愚兄病入膏肓，谅来不久于人世的了！这岳飞拜我一场，无物可赠，惭愧我漂流一世，并无积蓄，只有这些须物件，聊作纪念。草草后事，望贤弟备办的了！"众员外道："大哥请放心调养，恭喜好了，就不必说。果有不测，弟辈岂要鹏举费心！"周侗又叫声："王贤弟，那沥泉山东南小山下有块空地，令郎说是尊府产业，我却要葬在那里，未知贤弟允否？"王明回道："小弟一一领教便了。"周侗道："全仗，全仗！"便叫岳飞过来拜谢了王员外。岳飞就连忙跪下拜谢。王员外一把扶起道："鹏举何须如此？"周侗又对三个员外道："贤弟们若要诸侄成名，须离不得鹏举！"

言毕，痰涌而终。时乃宣和十七年九月十四日，行年七十九岁。岳飞痛哭不已，众人莫不悲伤。

当时众员外整备衣衾棺椁，灵柩停在王家庄，请僧道做了七七四十九日经事，送往沥泉山侧首安葬。殡葬已毕，岳大爷便在坟上搭个芦棚，在内守墓。众员外时常叫儿子们来陪伴。

时光易过，日月如梭。过了隆冬，倏忽已是二月清明时节。众员外带了儿子们来上坟，一则祭奠先生，二则与岳大爷收泪。王员外叫声："鹏举！你老母在堂，无人侍奉，不宜久居此地，可就此收拾了，同我们回去罢。"

岳大爷再三不肯。王贵道："爹爹不要劝他，待我把这牢棚子拆掉了，看哥哥住在那里！"汤怀、张显齐声拍手道："妙啊！妙啊！我们大家来。"不一时，三个小弟兄你一拔、我一掀，把那芦棚拆得干干净净。岳大爷无可奈何，只得拜哭一场，回身又谢了众员外。众员外道："我等先回，孩儿们可同岳大哥慢慢的来便了。"

众小爷应声："晓得！"众员外俱乘着轿子，先自回庄。

这里四个小弟兄拣了一个山嘴，叫庄丁将果盒摆开，坐地饮酒。汤怀道："岳大哥，老伯母独自一人在家中，好生惨切，得你今日回去，才得放心。"张显道:“大哥,小弟们文字武艺尽生疏了,将来怎好去取功名?”岳大爷道:“贤弟们,我因义父亡过,这‘功名’两字倒也不在心上。”王贵道:“先师之恩虽是难忘,那功名也是要紧的事。若是大哥无心,小弟们越发无望了。”

弟兄们正在闲谈,忽听得后边草响。王贵翻身回头,将脚向草中这一搅,只见草丛中爬将一个人出来,叫道:“大王饶命!”早被王贵一把拎将起来,喝道:“快献宝来!”岳大爷忙上前喝道:“休得胡说,快些放手!”王贵大笑,把那人放下。岳大爷问道:“我们是好人,在此祭奠坟墓,吃杯酒儿,怎么称我们做大王?”

那人道:“原来是几位相公。”便向草内说:“你们都出来! 不是歹人,是几位相公。”只听得枯草里飕飕的响,猛然走出二十多个人来,都是背着包裹、雨伞的,齐说:“相公们,这里不是吃酒的所在。前边地名叫做‘乱草冈’,原是太平地面。近日不知那里来了一个强盗,在此拦路,要抢来往人的财帛,现今拦住一班客商。小人们是打后边抄小路到此的,见相公们人众,疑是歹人,故此躲在草内,不道惊动了相公们。小人们自要往内黄县去的。”岳大爷道:“内黄县是下山一直大路,尔等放心去罢!”众人谢了,欢欢喜喜的去了。

岳大爷便对众兄弟道:“我们也收拾回家去罢!”王贵道:“大哥,那强盗不知是怎么样的,我们去看看也好。”岳大爷道:“那强盗不过是昧着良心,不顾性命,希图目下之富,那顾后来结果。这等人,看他做什么?”王贵道:“我们不曾见过,去看看也不妨事。”岳大爷道:“我们又没有兵器在此,倘然他动手动脚起来,将如之何?”张显道:“大哥,我们拣那不多大的树,拔他两棵起来,也当得兵器。难道我们弟兄四个人,倒怕了一个强盗不成?”汤怀道:“哥哥,譬如在千军万马里边,也要去走走,怎么说了强盗,就是这等怕?”岳大爷见弟兄们七张八嘴,心中暗想:“我若不去,众兄弟把我看轻了,只道我没有胆量了。”吩咐庄丁:“你等先收拾回庄,我们去去就来。”内中有几个胆大的庄丁说道:“大爷带挈我们也去看看。”岳大爷道:“你这些人,好不知死活! 倘然强盗凶狠,我们自顾不暇,那里还照应得你等。这是什么好看的所在,带你们去不得的!”众人道:“大爷说得是,小人们回去了。”

他弟兄三个等不的,各人去拔起一棵树来,去了根梢,大家拿了一枝,望后山转到乱草冈来。远远就望见这个强盗,面如黑漆,身躯长大,头戴一顶镔铁盔,身上穿着一副镔铁锁子连环甲,内衬一件皂罗袍,紧束着勒甲绦。骑着一匹乌骓马,手提两条四楞镔铁锏。拦住着一伙人,约有十五六个,一齐跪在地下,讨饶道:“小的们没有什么东西,望大王爷饶命罢!”那好汉大叫道:“快拿出来,饶你们狗命! 不拿出来,叫你们一个个都死!”岳大爷看见,便道:“贤弟们,你看那强盗好条大汉,待愚兄先去会他一会。贤弟们远远的观看,不可就上前来。”

汤怀道："哥哥手无寸铁，怎么去会他？"岳大爷道："我看此人气质粗鲁，可以智取，不可力敌。倘然我敌他不过，你们再上来也不迟。"说罢，就走到面前，叫声："朋友！小弟在此，且饶了这干人去罢。"那个好汉举头一看，见岳大爷眉长脸秀，相貌魁伟，便道："你也该送些与我。"岳大爷道："自然呢。自古说的好：'在山吃山，靠水吃水。'怎说不该送？"那好汉听了，便道："你这个人说的话倒也在行。"

岳大爷道："我是个大客商，伙计、车辆都在后边。这些人俱是小本经济，有甚油水？可放他们去。少停，待我等多送些与大王便了。"那个好汉听了，便对众人道："既是他这等讲，放你们去罢！"众人听说，叩了头，爬起身来，没命的飞跑去了。

那好汉对岳大爷道："如今你好拿出来了。"岳大爷道："我便是这等说了，只是我有两个伙计不肯，却怎么处？"好汉道："你伙计是谁？却在那里？"岳大爷把两个拳头漾了一漾道："这就是我的伙计。"好汉道："这是怎么讲？"岳大爷道："你若打得过他，便送些与你；如若打他不过，却是休想！"那好汉怒道："谅你有何本事，敢来捋虎须？但你只一双精拳头，我是铁锏，赢了你算不得好汉。也罢，我也是拳头对你罢！"一面说，一面把双锏挂在鞍鞒上，跳下马来，举起拳头，望岳大爷劈面打来。众兄弟看见，齐吃了一惊，却待要向前，只见岳大爷也不去招架他的拳头，竟把身子一闪，反闪在那汉身后。那汉撤转身，又是一拳，望心口打来。这岳大爷把身子向左边一闪，早飞起右脚来，这一脚正踢着那汉的左肋，颠翻在地。

汤怀等见了，齐声叫道："好武艺！好武艺！"那好汉一轱辘爬将起来，大叫一声："气煞我也！"遂在腰间拔出那把剑来，就要自刎。岳大爷慌忙一把拦腰抱住，叫声："好汉，为何如此？"那汉道："我从来没有被人打倒，今日出丑，罢了，罢了！真正活不成了！"岳大爷道："你这朋友，真真性急！我又不曾与你交手，是你自己靴底滑，跌了一跤。你若自尽，岂不白送了性命？"那汉回头看着岳大爷道："好大力气！"便问："尊姓大名？何方人氏？"岳大爷道："我姓岳名飞，就在此麒麟村居住。"那汉道："你既住在麒麟村，可晓得有个周侗师父么？"岳大爷道："这是先义父，你缘何认得？"那汉听了，便道："怪不得我输与你了，原来是周师父的令郎。何不早说，使小弟得罪了！"连忙的拜将下去。岳大爷连忙扶起。

两个便在草地上坐了，细问来历。那汉道："不瞒你说，我叫牛皋，也是陕西人，祖上也是军汉出身。只因我父亲没时，嘱咐我母亲说：'若要儿子成名，须要去投周侗师父。'故此我母子两个离乡到此，寻访周师父。有人传说在内黄县麒麟村内，故此一路寻来。经过这里，却撞着伙毛贼在此翦径，被我把强盗头打杀了,夺了他这副盔甲鞍马,把几个小喽罗却都赶散了。因想我就寻见了周师父,将什么东西来过活?为此顺便在这里抢些东西,一来可以糊口,二来好拿些来做个进见之礼。不想会着你这个好汉。好人!你可同我去见见我母亲,再引我去见见周侗师父罢!”岳大爷道:“不要忙,我有几个兄弟,一齐叫来相见。”就把手一招,汤怀等三个一齐上前相见,各个通了名姓。

牛皋引路,四弟兄一路同走。走不多远,来到山坳内,有一石洞,外边装着柴扉。牛皋进内,与老母说知,老母出来迎接。四位进内,见礼坐下。老母将先夫遗命、投奔周侗的话说了一遍。岳大爷垂泪答道:“不幸义父于去年九月已经去世了!”

老母闻言,甚是悲切,对岳大爷道:“老身蒙先夫所托,不远千里而来。不道周老相公已作故人,我儿失教,将来料无成名之日,可不枉了这一场!”岳大爷劝道:“老母休要悲伤,小侄虽不能及先义父的本领,然亦粗得皮毛。今既到此,何不同到我舍间居住,我四弟兄一齐操演武艺,何如?”牛母方才欢喜,就进里边去,将所有细软打做一包。

牛皋把老母扶上了这匹乌骓马上骑了,背上包裹,便同了一班小弟兄取路望王家庄来。到了庄门首,牛皋扶老母下了马,到岳家来。见了岳安人,细说此事。即时去请到三位员外来,牛皋拜见了,将前后事情说了一遍,众员外大喜。当日,就王员外家设席,与牛皋母子接风,就留牛母与岳安人同居作伴。拣个吉日,叫牛皋与小兄弟们也结拜做弟兄。岳大爷传授牛皋武艺,兼讲究些文字。

一日,弟兄五个正在庄前一块打麦场上比较枪棒,忽见对面树林内一个人在那里探头张望。王贵就赶上去,大喝一声:“呔!你是什么歹人,敢在我庄上来相脚色?”那个人不慌不忙,转出树林,上前深深作个揖,说出几句话来,有分教:岳大爷再显英雄手段,重整旧业家园。正是:

五星炳炳聚奎边,多士昂昂气象鲜。
万里前程期唾手,驰骤争看着祖鞭。

毕竟那人说出甚么话来,且听下回分解。

第七回 梦飞虎徐仁荐贤 索贿赂洪先革职

却说那人走上前来，作个揖，便说道："小人乃是这里村中一个里长的便是。只因相州节度都院刘大老爷行文到县，各处武童俱要到那里考试，取了方好上京应试。特来通知岳大爷和众位小爷。因见小爷们在此操演武艺，不敢骤然惊动，故此躲在林中观看，并不是歹人。"岳大爷道："我知道了。"那里长作别去了。

次日，岳大爷骑马进城，来到内黄县衙门内。门史进内通报，知县说一声："请进来相见。"门吏答应一声，忙走出来，请岳大爷进去。这岳大爷走进内衙，拜见了岳父，便道："小婿要往相州院考，特来拜别。还有一个结义兄弟也要去应试，只因前日未曾小考，要求岳父大人附册送考。"李县主道："既是你的义弟，叫做什么名字？我与他添上罢了。"岳飞道："叫做牛皋。"县主吩咐从人记了补上，又道："贤婿到相州，待我写一封书与你带去。"一面吩咐衙中摆酒款待，一面走进书房，写了一封书，封得好了，出来交付与岳飞道："我有一个同年，在相州做汤阴县主，叫做徐仁，为人正直，颇有声名，就是都院也甚是敬重他的。贤婿可带这封书去与他看了，这补考诸事就省办了。"

岳大爷接书收好了，拜谢出来。回到家中，与众员外说道："小侄方才到县里去，把牛兄弟名字也补上了。明朝是吉日，正好起身。"众员外应允。各人回去，端正行李马匹。到次日，都到王员外庄上会齐。五位弟兄各个拜别了父母，出庄上马，前往相州进发。一路上晓行夜住，弟兄们说说笑笑，俱是憨憨顽顽。只有岳大爷心内暗想："我原是汤阴县祖籍，漂流在外。"不觉眼中流下泪来。

不一日，到了相州。众弟兄进了南门，走不到里许，却就有许多客店。岳大爷抬头看时，只见一家店门上，挂着一扇招牌，上写着"江振子安寓客商"七个大字。

岳大爷看那店中倒也洁净，五人就下马立定。里边江振子见了，连忙出来迎接，叫小二将五位客人行李搬上楼去，把马都牵入后槽上料，自己却来陪那五位小爷坐下吃茶。问了姓名来历，连忙整备接风酒饭。岳大爷向主人问道："此时是什么时候了?”江振子答道:“晌午了。”岳大爷沉吟道:“这便怎处?只好明日去了。”

江振子道:“不知大爷要往何处去,这等要紧?”岳大爷道:“有封书要到县里去走一走。”江振子道:“若说县里,此刻还早得紧哩。这位县主老爷在这里历任九载,为官清正,真个两袖清风,爱民如子。几次报升,都被众百姓攀辕留住。那个老爷坐了堂,直要到更把天方才退堂,此时正早哩。”岳大爷道:“但不知此去县前有多少路?”江振子道:“离此不远,出了小店的门,投东转上南去,看见这座衙门就是。”岳大爷听毕,便去屋中开箱子,取了书,锁好了房门,一同众兄弟出了店门,望县前来。

不道那县主徐仁,当夜得了一梦,那日升堂理事,两边排列各班书吏衙役,知县问道:“本县夜来得了一梦,甚是惊恐,你们可有那个会详梦的么?”傍边走过一个书吏,浑名叫做“百晓”,上前禀说:“小人极会详梦。不知老爷梦见些什么?”

县主道:“我昨夜三更时,忽然梦见五只五色老虎飞上堂来,望着本县身上扑来,不觉惊惶而醒,出了一身冷汗,未知主何吉凶?”百晓道:“恭喜老爷!昔日周文王夜梦飞熊入帐,后得子牙于渭水。”话还未曾说得完,那知县大怒起来,拍案骂道:“这狗头,好胡说!我老爷是何等之人,却将圣贤君王比起来?好生可恶!”

那个百晓无言可对,只得站过一边。

忽见门役禀说:“内黄县有五位武士,口称:‘县主李老爷有书求见。’”徐老爷吩咐:“请他们进来。”门役答应一声,出来相请。五人来到公堂上,行礼已毕,将书呈上。县主接书看了,又见五个人相貌轩昂,心中暗想:“昨夜的梦,莫非应在此五人身上么?”就问:“贤契们在何处作寓?”岳大爷对道:“门生们在南门内江振子店中作寓。”徐仁道:“既如此,贤契们请回寓。都院大人的中军官洪先,却是本县的相与,待我着人央他照应贤契们,明日赴辕门候考便了。”岳大爷等谢了县主,出衙回寓。

过了一夜,次日五个人齐至辕门,来见中军。岳飞上前禀道:“岳飞等五人求大老爷看阅弓马,相烦引见。”洪先听了,回转头来,问家将道:“他们可有常例送来么?”家将禀道:“不曾送来。”岳飞听见,便上前禀道:“武生等不知这里规矩,不曾带得来,待回家着人收拾送来罢。”洪先道:“岳飞,你不知,大老爷今日不考弓马,你停三日再来。”

岳飞只得答应,转身出来,上马回寓。

一路与众兄弟商议,忽见徐县主乘着四人暖轿,众衙役左右跟定。将到面前，五人一齐下马，候立道旁。县主在轿中见了，吩咐停住了轿，便道："我正要去见洪中军，托他周全考事，不道贤契们回来得恁快，不知考得怎样了？"岳飞禀道："那中军因不曾送得常例与他，叫我们过了三日再去。"徐仁道："好胡说！难道有他这中军才考得，没有他这中军，就不考了么？贤契们可随我来！"五人答应一声，俱各上马，跟着徐县主来到辕门，投了手本。传宣官出来一声："传汤阴县进见！"两边呼喝声响。徐仁进了角门，踏边而上，来至大堂跪下。刘都院说声："请起。"徐仁立起，打了一拱道："卑职禀上大人，今有大名府内黄县武生五名，求大人考试弓马。"刘都院就吩咐传进来。旗牌官领命，将五人传入，到丹墀跪下。

刘公看那五个人的相貌，个个魁伟雄壮，心中好生欢喜。只见中军走上厅来禀道："这五个人的弓马甚是平常，中军已经见过，叫他们回去温习，下科再来，怎么又来触犯大老爷？"徐仁又上前禀道："这中军因未曾送得常例与他，故此诳禀。这些武生们三年一望，望大人成全！"洪先又道："我早上明明见过他的武艺低微，如何反说我诳禀？若不信，敢与我比比武艺么？"岳飞禀道："若大老爷出令，就与你比试何妨？"刘都院听了各人言语，说："也罢，就命你二人比试武艺与本都院看。"

二人领命下去，就在甬道上各自占个地步。洪先叫家人取过一柄三股托天叉来，使个门户，只听得索郎郎的叉盘声响，使个"饿虎擒羊"势，叫道："你敢来么？"

岳飞却不慌不忙，取过沥泉枪，轻轻地吐个旗鼓，叫做"丹凤朝天"势。但见那冷飕飕乱舞雪花飞，说声："恕无礼了！"那洪先恨不得一叉，把岳大爷就叉个不活，举起叉，望岳大爷劈头盖将下来。这岳大爷把头一侧，让过叉，心中暗想："我和他并无大仇，何苦害他性命？"这洪先又一叉，向岳大爷劈面飞将过来。那岳大爷把头一低，侧身躲过，拽回步，拖枪而走。洪先只道他输了，抢步赶将入来，望岳大爷当背一叉。岳大爷忽转过身来，把枪向上一隔，将洪先的叉掀过一边，趁势倒转枪杆，在洪先背上轻轻的一捺。这洪先站不住脚头，扑的一交，跌倒在地，那股叉也丢在一边了。厅上厅下这些人禁不住喝声采："果然好武艺！"那刘都院大怒，叫洪先上去，喝道："你这样的本事，那里做的中军官！"叫左右："与我叉出辕门去！"左右答应一声，将洪先赶下丹墀。洪先满面羞惭，抱头鼠窜地去了。

刘都院命徐知县带那五个武生，同到箭厅比箭。先是四个射过。又考到岳飞的箭，比四人更好，便问岳飞："你是祖居在内黄县么？"岳大爷禀道："武生原是这里汤阴县孝弟里永和乡人氏，因生下三日就遭洪水之灾，可怜家产尽行漂没。老母在花缸内抱着武生,在水面上漂流至内黄县,感蒙恩公王明收养长大,因此就住在内黄县。又得先义父周侗教成我众弟兄的武艺。如今只求大老爷赏一批册,好进京去。倘能取得功名,日后就好重还故里了。”刘都院听了,大喜道:“原来是周师父传授,故尔都是这般好手段。本院向来久闻令师文武兼全,朝廷几次差官聘他做官,他只是不肯出来。如今乃作故人,岂不可惜!目下贤契可回去收拾,本都院着人送书进京,与你料理功名便了。”又唤徐仁道:“这个门生日后定有好处,贵县可回衙去,替他查一查所有岳家旧时基业,查点明白,待本院发银盖造房屋,叫他仍归故土便了。”徐知县领命。

岳飞等一齐叩谢。出了辕门,跟着徐县主回至衙中。县主设宴款待,对岳飞道:“我这里与贤契收拾房屋,你可回家去,接取令堂前来居住便了。”岳大爷谢了。当日,同众弟兄回至寓所,算还饭钱。到次日别了店主人,一径回内黄县来,各自分别回家。岳大爷将刘都院共徐县主的事,与岳安人说知,岳安人好生欢喜,忙忙收拾,不提。

再说众兄弟各自归家,与父亲说知岳大哥归宗之事,众员外好生不忍。次日,三位员外正在王员外庄上谈论商酌,只见岳大爷走来向众员外作过揖,就将归宗之事禀明。王员外不觉眼中流下泪来,叫声:“鹏举!你在此间,小儿辈正好相交。况且令尊遗命,叫小儿辈‘不要离了鹏举,方得功名成就’。如今你要归宗,叫我怎生舍得?”岳大爷道:“小侄只因刘大人恩义,难违他命。就是小侄也舍不得老叔伯并兄弟们,也是出于无奈。”张员外道:“我倒有个主意在此,包你们一世不得分离。”汤怀即忙问张达:“是何主意?”张员外道:“我挣了一分大家私,又没有三男四女,只得这个孩儿,若得他一举成名,祖宗面上也有些光彩。我的意思,只留两房的当家人在此总管田产,其余细软家私尽行收拾,一同岳贤侄迁往汤阴县,有何不可?”众人齐声道:“此论甚妙!我们竟都迁去就是。”岳大爷道:“这个如何使得。老叔伯大家资,又有许多人口,为了小侄都要迁往汤阴居住,也不是轻易的事,还求斟酌。”众员外道:“我等心意相同,主意已定,鹏举不必多言。”

岳大爷只得回家,与母亲说知众员外要迁居之事。岳安人道:“且等我再去与各位院君商议。”牛皋道:“不相干,我自要同大哥去的!”安人道:“贤侄母子既在此间,自然同去。”

次日,岳大爷别了母亲,备马进城来见岳父,到得县前下马进去。门吏连忙通报,县主吩咐一声:“请进!”就有旁边门吏慌忙出来,将岳大爷接入后堂。见礼已毕,李公命坐吃茶,便问往相州去考试诸事。岳大爷将到了汤阴县如何禀见县尊,中军如何索贿、如何比试,直到“刘公着徐县主查明小婿旧时基业,捐银起造房屋，命小婿迁居故土。皆岳父大人提携恩德，今日特来拜谢。”李县主道："难得刘公如此恩义，贤婿重归祖业，乃是大事。但我有一句话，你可速速回去与令堂说知。”岳大爷唯唯听命，有分教：

金屋笙歌偕卜凤，洞房花烛喜乘龙。

毕竟李县主说出什么话来，且听下回分解。

第八回 岳飞完姻归故土 洪先纠盗劫行装

诗曰：

花烛还乡得意时，忽惊宵小弄潢池。
螳螂枉奋当车力，空结冤仇总是痴。

话说李知县对岳飞道："老夫自从丧偶未娶，小女无人照看，你令堂正堪作伴。我且不留你，你速速回去与令堂说明，'明日正是黄道吉日，老夫亲送小女过门成亲。'一同与你归宗便了。"岳大爷禀道："岳父大人在上，小婿家寒一无所备，这些迎亲之礼，一时匆促，那里来得及。望大人稍停，待小婿进京回来，再来迎亲便了。"

李县主道："不是这等说。你今离得远了，我又年老无儿，等你迁去之后，又费一番跋涉。不如趁此归宗时候将就完婚，也可了我胸中一件事体。你不必多言，快些回去。我也好与小女收拾收拾，明日准期送来。"

岳大爷见岳父执定主意，只得辞别出衙，上马回转麒麟村来。适值众员外都在堂前议论起身之事，见了岳大爷回来，便问："你已辞过令岳了么？"岳大爷道："家岳听说小侄归宗，他说家母无人侍奉，明日就要亲送小姐过来。这件事怎么处？"

众员外道："这是极妙的喜事了！"岳大爷又道："老叔伯们是晓得的，小侄这等家寒，匆匆促促，那里办得这些事来？"王员外道："贤侄放心。我们哪一样没有现成的？就是你那边，恐怕房屋窄小，我这里空屋颇多。况一墙之隔，连夜叫人打通了，只要请你令堂自来拣两间，收拾做新房便了。"岳大爷谢了，回去告禀了母亲，岳安人自然欢喜，不消说得。

这里王家庄上准备筵席，挂红结彩，唤集了傧相乐人，闹闹热热，专等明日吉期。到了次日，李县主预先叫从役家人抬了箱笼物件、粗细嫁妆，送到王家庄大厅上，两边排列。随后两乘大轿，李县主送亲到来。众员外接进中堂，各施礼毕。一众乐人作起乐来，两个喜娘扶小姐出轿，与岳大爷参拜天地。做过花烛，遂入洞房，然后再出来拜谢了岳丈，与众员外见过了礼，请李县主入席饮宴。县主吃了三杯，起身道："小婿小女年幼，全仗各位员外提携。因我县中有事，不得亲送贤婿回乡了，就此拜别。"众员外再三相留不住，只得送出大门。李爷回县，不提。

那众人回至中堂，欢呼畅饮，尽醉方休。次日，岳大爷要去谢亲，就同了众兄弟们一齐进县辞行。见了岳父，行礼已毕，众弟兄亦上前见过礼。李爷就命设席款待，众兄弟饮过三杯，随即告辞。县主道："贤婿与贤契们同往东京，老夫在此，专望捷音！"众弟兄谢了，拜别回来。各家打点车马，收拾行装。过了三朝，齐集在王家庄上，五姓男女共有百余口，细软车子百余辆，骡马挑夫，离了麒麟村，闹哄哄望汤阴县进发。

过不得两日，来到一个所在，地名野猫村，都是一派荒郊，并无人家。看看天色又黑将下来，岳大爷对众弟兄道："我们只管贪赶路程，错过了宿头。此去三四十里方有宿店，这车子又重，如何赶得上？你看一路去，俱是荒郊旷野，猛恶林子，如何存顿？汤兄弟，你可同张兄弟先往前边去，看左右可有什么村落人家，先寻一个歇处方好。"两个答应，把马加上一鞭，豁喇喇的去了。这里岳大爷在前，王贵、牛皋在后，保着家眷车辆，慢慢的行。不多一会，汤、张二人跑马回来，叫道："大哥，我两个直到十里之外，并无村落人家，只就这里落西去三四里地面，山脚下却有一座土地庙。虽是冷落，用上两廊，尽够歇息。但是坍塌不堪，又没个庙主，没处做得夜饭吃。"王贵道："不妨！我们带得有粮米锅铲在此，只要拾些乱柴，将就烧些饭食，过了一夜再处。"牛皋接口道："不错！不错！赶快些，我肚里饿了。"岳大爷吩咐一众车辆马匹跟着，汤怀引路，一直望着土山脚下而来。

到了庙门，一齐把车辆推入庙内，安顿在两廊下。众安人同李小姐和丫环们等，俱在殿上歇息。那殿后边还有三四间房屋，却停着几口旧棺材，窗槛朽烂，屋瓦俱无。旁边原有一间厨房，只是灶上锅都没了，壁角边倒堆着些乱草。当下牛皋、王贵将带来的家伙，团团的寻着些水来，叫众庄丁打火做饭。看看已是黄昏，众员外等并小爷们各吃了些酒饭，只有牛皋独自拿个大碗，将那酒不住的吃。岳大爷道："不要吃了。古人说得好：'青酒红人面，财帛动人心。'这里是荒僻去处，倘有疏失，如之奈何？且待到了汤阴，凭你吃个醉便了。"牛皋道："大哥胆太小了！即如此讲，就不吃了。"拿饭来一连吃了二三十碗方才住口。众人吃完，都收拾去了。员外等也就在殿上左边将就安歇，众庄丁等都跟着车辆马匹在两廊下安息。

岳大爷对汤怀、张显道："你二位贤弟，今夜不可便睡，可将衣服拴束好了，在殿后破屋内看守。若是后边有失，与愚兄不相干的。”二人答应道：“是！”岳大爷又对王贵道：“三兄弟，你看左边墙壁残坏，你可看守，倘左边有失，是兄弟的干系！”王贵道：“就是！”又叫：“牛皋兄弟呢？”牛皋道：“在这里！有甚话吩咐？”岳大爷道：“右边的墙也将要快倒的了，你可守着右边！”牛皋道：“大哥辛辛苦苦，睡罢了，什么大惊小怪，怕做什么？若有差池，俱在牛皋一人身上便了。”岳大爷微笑道：“兄弟不知，自古道：‘小心天下去得。’我和你两个有甚大行李？但是众员外们有这许多行装，悄然稍有疏失，岂有不被人耻笑么？故此有烦众弟兄四边守定，愚兄照管着大门，就有千军万马，也不怕他了。但愿无事，明日早早起行就早早寻个宿店，一路太太平平到了相州城，岂不为美？”牛皋道：“也罢！大哥既如此说，右边就交在我处罢了。”一面说，一面自肚里寻思道：“如今太平时节，有甚强盗？况有我这一班弟兄，怕他怎的？大哥只管唠唠叨叨，有这许多小胆。”就将自己的乌骓马拴好在廊柱上，把双锏挂在鞍鞒上，歪着身子，靠着栏杆打盹，不提。

且说岳大爷将那两扇大门关得好了，看见殿前阶下有一座石乔炉，将手一摇，却是连座凿成的。岳大爷奋起神威，两只手只一抱，抱将起来，把庙门靠紧了。将那杆沥泉枪靠在旁边，自己穿着战袍，坐在门槛上，仰面看那天上。是时正值二十三四，黑洞洞的并无一点月亮，只有些星光。将近二更，远远的听得嚷闹。少时，一片火光，将近庙门，只听得人喊马嘶，来到庙门首，大叫：“晓事的快开门来！把一应金宝行囊献出，饶你一班狗命！”又一个道：“不要放走了岳飞！”又有几个把庙门来推，却推不开。岳大爷这一惊不小，又暗想：“我年纪尚轻，有甚仇人？那强盗却认得我。”那庙门原是破的，就向那破缝中一张，原来不是别人，却是相州节度使刘光世手下一个中军官洪先。他本是个响马出身，那刘大老爷见他有些膂力，拔他做个中军官。不道他贪贿忌才，与岳大爷比武跌了一交，害他革了职。因此纠集了一班旧时伙伴，带领了两个儿子洪文、洪武，到此报仇。岳大爷暗想：“冤家宜解不宜结。我只是守住了这大门，四面皆有小弟兄把守，谅他不能进来。等到天明，他自然去了。”就把马上鞍鞒整一整，身上束绦紧一紧，提着沥泉枪，立定守着。

且说右边牛皋正在打盹，猛听得呐喊声响，忽然惊醒。望外一看，见得门外射进火光，一片声喊叫。把眼揉一揉道：“咦！有趣啊！果然大哥有见识，真个有强盗来了！总是我们要进京去抢状元，不知自家本事好歹。如今且不要管他，就把强盗来试试锏看。”就把双锏提在手中，掇开破壁，扒上马冲将出来，大叫一声：“好强盗！来试锏啊！”飕的一锏，将一个打得脑浆迸出。又一锏打来，把一个直打做两截。原来把颈项都打折了，一颗头滚了下来，岂不是两截？王贵在左边听见道："不好了！不好了！我若再迟些出去，都被他们杀完了。"举起那柄金背大砍刀来，砍开左边这垛破壁，一马冲出来，手起刀落，人头滚下。

那时灯球火把，照得如同白日。洪先一马当先，提着三股托天叉，抵住牛皋，洪文、洪武两枝方天画戟，齐向王贵戳来。牛皋骂道："狗强盗！你敢来惹爷的事么？"使动这两根镔铁锏，飞舞打去。王贵喊道："那怕你一齐来，留你一个，也不算小爷的本事！"岳大爷听见说："不好了！这两个出去，必要做出事来了。待我出去劝他们，放他去罢，省得冤仇越结得深了。"就把石香炉推倒在一边，开了庙门上马。才待上前，那后边汤怀、张显两个，忙到殿上叫声："爷母们，休要惊慌！强盗自有众兄弟抵挡住，不能进门的。待我两个也去燥燥脾胃。"两个一齐上马，一个烂银枪，一个钩连枪，冲出庙门。那些众喽罗逢着就死，碰着就亡。

那洪武见父亲战牛皋不住，斜刺里举戟来助洪先。洪文单敌王贵，却被王贵一刀砍下马来。洪武吃了一惊，被牛皋一锏，削去了半个天灵盖。洪先大叫一声："杀我二子，怎肯干休！"纵马摇叉，直取牛皋。岳大爷叫声："洪先，休得无礼，我岳飞在此！"洪先正战不下牛皋，听得岳飞自来，心中着慌。正待回马，不意张显上来，一钩连枪扯下马来；汤怀赶上前，一枪结果了性命。正是：

劝君莫要结冤仇，结得冤仇似海深。
试看洪先三父子，今朝一旦命归阴。

那些小喽罗见大王死了，各自四散逃命。王贵、牛皋又赶上去，杀个爽快。岳大爷道："兄弟们，让他们逃去罢，不要杀了！"他两个那里肯听，兀自追寻。岳大爷哄他们道："兄弟，后边还有强盗来了，快回庙里来！"那两个只道是真，俱勒马回转庙门道："在那里？"岳大爷道："他们既已逃去，就罢了，何必再去追赶？如今我们杀了这许多人，明日岂不就连累着地方上人？我们且到殿上来，商量个长策方好。"

于是众弟兄一齐下马，来到殿上。只见一众庄丁七张八嘴，不知捣什么鬼。众员外、安人、李小姐和一众丫环妇女，都吓得土神一般，不做声，只是发抖。看见岳大爷和四个兄弟一齐走来，才个个欢喜，立起身来，你问一声，我说一句。晓得杀了强盗，都放下心，谢天地不迭。岳大爷道："你们不要乱糟糟的！你看天已明了，倘有人晓得，虽然杀了强盗不要偿命，也脱不了吃场大官司，这便如何处置？"

王贵道："我们自走他娘，不到得官府就晓得是我们杀的，来拿我们。"岳大爷道："不好！现今杀了这许多尸首在此，地方上岂不要追究根寻，终是不了之事。"牛皋接口道："我有个主意在此，不如把这些尸首堆在庙里，我们寻些乱草树枝来，放他一把火，烧得他娘干干净净，再叫鬼来寻我？"岳大爷笑道："牛兄弟这句话却是讲得极是,倒要依你。”张显、汤怀一齐拍手道:“妙啊!怪不得牛兄弟前日在乱草冈翦径,原来杀人放火是道地本领!”众人听了,俱各大笑。

那时众弟兄唤集胆壮庄丁,扛抬尸首,一齐堆在神殿上,将那些车辆马匹俱端正好了,齐集庙门外,请家眷上车起行。牛皋就去寻些火种,把那些破碎窗框,堆在大殿上,放起一把火来。风狂火骤,霎时间,把一座山神庙烧成白地。岳大爷和弟兄等上马提枪,赶上车辆,一同赶路,望相州进发。

有话即长,无话即短。在路不止一日,看看到了相州,就在城外寻个大大宿店,安顿了家眷并这许多行李马匹。过了一夜,小弟兄五个先进城来,到得汤阴县前下马,与门吏说知。门吏进去禀过县主,出来请列位相公进见。岳大爷同众弟兄一齐进到内衙,拜见了徐县主。徐仁命坐,左右奉上茶来。岳大爷就把李县尊送女成亲,众员外迁来同居之事细细禀明。徐县主道:“难得,难得!但是下官不知众位到来,那房屋却小了些,便怎么处?”众门生谢道:“有费了大人清心,早晚间待门生们添造罢了!”徐县主道:“既如此,此时且不敢款留,下官先同贤契们去安顿了家眷,同去谢了都院大人,再与贤契们接风罢!”众人连称:“不敢!”徐县主即时备马,同岳大爷等一齐出了衙门,到城外歇店门首。

岳大爷先去报知众员外,接进,行礼已毕,先同了岳大爷一路往孝弟里永和乡来。

徐县主在马上指向岳大爷道:“下官在鱼鳞册上,查出这一带是岳氏基地。都院大人发下银两,回赎出来,造这几间房了,与贤契居住。你可料理搬进去便了。”岳大爷再三称谢,县主随即回衙,不表。

岳大爷当日即到客寓内,唤庄丁到新屋内收拾停当,请各家家眷搬进去。姚氏安人想起旧时家业何等富丽,眼前又不见了岳和员外,不觉两泪交流,十分悲苦。

媳妇并众位院君解劝不住。岳大爷道:“母亲不必悲伤。目下房屋虽小,权且安居,等待早晚再造几间,也是容易的。”遂命摆酒,阖家庆贺。

到第二日,岳大爷同了众弟兄进城来,拜谢徐县尊。徐县主随即引了这兄弟五个,同到节度衙门。传宣官随即进去禀道:“今有汤阴县率领岳飞等求见。”刘公吩咐:“传进来。”传宣官出来道:“大老爷传你们进见。”众人答应一声。岳大爷回头对众弟兄说:“须要小心!”传宣官引众人来到大堂跪下。徐知县先参见了,将众弟兄同来居住之事说了一遍,然后岳大爷叩谢:“大老爷天高地厚之恩,门生等怎能补报!”刘公道:“贤契们不忍分离,迁到这里同居,真是难得。贵县先请回衙,且留贤契们在此盘桓片刻。”徐知县打躬告退回衙。

这里刘公就吩咐:“掩门。”两旁答应一声:“呵!”刘公又问:“贤契们何日起身上东京去赴考?”岳大爷禀道:“谢过了大恩,回去收拾收拾,明日就要起身。”刘公一想,又唤岳大爷近前,悄悄的说道:“我前已修书,寄与宗留守,嘱他照应你考事,恐怕他朝事繁冗,丢在一边。我如今再写一封书与你带去,亲自到那里当面投递。他若见了,必有好处。”随即取过文房四宝,修了一封书。又命来随取过白银五十两来,付与岳大爷道:“此银贤契收下,权为路费。”岳大爷再三称谢,收了书札银两,与众兄弟一同拜别。出了辕门,上马回到县中,谢别县尊。县主道:“本县穷官,尤物相赠。但是贤契们家事都在我身上,贤契们不必挂念!”

岳大爷等五人拜谢出衙,回到家中,与众员外说知赴考之话。员外问道:“几时动身?”岳大爷道:“明日是吉日,侄儿们就要动身。”众员外便叫:“挑选几名能干些的庄丁随去伏侍。”众弟兄道:“我不要!我不要!我们自去,要他们去做什么?”是日大家忙忙碌碌,各自去收拾盘缠行李包裹,捎在马上,拜别众员外、安人。岳飞又与李小姐作别,吩咐了几句话。众人送出大门,看着五人上马滔滔而去。

当下岳飞、汤怀、张显、牛皋、王贵共是五骑马,往汴京进发。一路上免不得晓行夜宿,渴饮饥餐。不止一日,看看早已望见都城,岳大爷叫声:“贤弟们!我们进城须要把旧时性子收拾些。此乃京都,却比不得在家里。”牛皋道:“难道京城里人都是吃人的么?”岳大爷道:“你那里晓得!这京城内非比荒村小县,那些九卿、四相、公子、王孙,来往的多得很。倘若粗粗鲁鲁,惹出事来,有谁解救?”

王贵道:“这不妨!我们进了城都不开口,闭着嘴就是了。”汤怀道:“不是这等说,大哥是好话,我们凡事让人些便是了。”五个在马上谈谈说说,不觉早已进了南薰门。行不到半里多路,忽然一个人气喘吁吁在后边赶上来,把岳大爷马上缰绳一把拖住,叫道:“岳大爷!你把我害了,怎不照顾我!”岳大爷回头一看,叫声:“啊呀!你却缘何在此?”又叫:“各位兄弟,且转来说话!”不因岳大爷见了这个人,有分教:

三言两语,结成生死知己;千秋百世,播传报国忠良。

正乃是:

玉在璞中人不识,剖出方知世上珍。

不知岳大爷见的那人是谁,且听下回分解。

第九回 元帅府岳鹏举谈兵 招商店宗留守赐宴

话说岳大爷在马上回头看那人时，却是相州开客店的江振子。岳大爷道："你如何却在此？怎地我害了你？"江振子道："不瞒大爷说，自从你起身之后，有个洪中军，说是被岳大爷在刘都院大老爷面前赢了他，害他革了职。便统领了许多人来寻你算账。小人回他说已回去了两日，他怪小的留了大爷们，寻事把小人家中打得粉碎，又吩咐地方不许容留小人在那里开店。小人无奈，只得搬到这里南薰门内，仍旧开个客寓。方才小二来报说，大爷们几匹马打此过去了，故此小人赶上来，请大爷们仍到小店去歇罢。"岳大爷欢喜道："这正是'他乡遇故知'了！"忙叫："兄弟们转来！"四人听见，各自回转马头。岳大爷细说："江振子也在此开店。"四人亦各欢喜，一同回到江振子店前下马。

江振子忙叫小二把相公们行李搬上楼去，把马牵到后槽上料，送茶送水，忙个不了。岳大爷问江振子道："你先到京师，可晓得宗留守的衙门在那里么？"江振子道："此是大衙门，那个不晓？此间往北一直大路有四五里，极其好认的。"岳大爷道："此时想已坐过堂了。"江振子道："早得很哩！这位老爷官拜护国大元帅，留守汴京，上马管军，下马管民。这时候还在朝中办事未回，要到午时过后，方坐堂哩！"岳大爷说声："承教了。"

随即走上楼来，取了刘都院的书，打点下楼。汤怀问道："哥哥要往那里去？"

岳大爷说："兄弟，你有所不知，前日刘都院有书一封，叫我到宗留守处当面投递。我听见主人家说他在朝中甚有权势。待愚兄今去下了这封书，若有意思，愚兄讨得个出身，兄弟们都有好处。"牛皋道："既如此，兄弟同你去。"岳大爷道："使不得！什么地方，倘然你闯出祸来，岂不连累了我？"牛皋道："我不开口，我在衙门前等你就是。"岳大爷执意不肯。王贵道："哥哥好人！我们一齐同去，认认这留守衙门，不许牛兄弟生事便了。"岳大爷无可奈何，便道："即是你们再三要去，只是要小心，不要做将出来，不是小可的呀！"四人道："包你无事便了。"

说罢，就将房门锁好，下楼对江振子道："相烦主人照应门户，我们到留守衙门去去就来。"江振子道："小人薄治水酒一杯，替大爷们接风，望大爷们早些回来。"

五位兄弟应声："多谢！不劳费心。"

出了店门，一同步行，一直到了留守衙门，果然雄壮。站了一会，只见一个军健从东首辕门边茶馆内走将出来。岳大爷就上前把手一拱，叫声："将爷，借问一声，大老爷可曾坐过堂么？"那军健道："大老爷今早入朝，尚未回来。"岳大爷道："承教了。"转身回来对众兄弟道："此时尚未回来，等到几时？我们不如回寓，明日再来罢！"众弟兄道："悉听大哥。"

五个人掇转身，行不得半里多路，只见行路的人都两边立定，说是："宗大老爷回来了！"众弟兄也就人家屋檐下站定了。少刻，但见许多执事众军校随着，宗留守坐着大轿，威威武武，一路而来。岳大爷同四人跟在后边观看，直至大堂下轿。

进去不多时，只听得三梆升堂鼓，两边衙役军校，一片吆喝声。宗留守就升坐公案，吩咐旗牌官："将一应文书陆续呈缴批阅。倘有汤阴县武生岳飞来，可着他进来。"

旗牌官应一声："呵！"

列位，你道宗大老爷为何晓得岳飞要来？只因那相州节度刘光世先有一书送与宗留守，说得那岳飞人间少有，盖世无双，文武全才，真乃国家之栋梁，必要宗留守提拔。所以宗留守日日想那岳飞："也不知果是真才实学，也不知是个大财主，刘节度得了他的贿赂，买情嘱托？"疑惑未定，且等他到来，亲见便知。

且说岳大爷等在外面，见那宗留守果是威风，真正象个阎罗天子一般，好生害怕。汤怀道："怎的宗留守回来就坐堂？"岳大爷道："我也在此想，他五更上朝，此时回来也该歇息歇息，吃些东西，才坐堂理事。大约有什么紧急之事，故此这般急促。"正说间，但见那旗牌官一起一起将外府外县文书递进。岳大爷道："我也好去投书了，只是我身上穿的衣服是白色恐怕不便。张兄弟，你可暂与我换一换。"

张显道："大哥说的极是，换一换好。"当下两个把衣服换转。岳大爷又道："我进去，倘有机缘，连兄弟们都有好处。若有山高水低，贤弟们只好在外噤声安待，切不可发恼鼓噪。莫说为兄的，连贤弟们的性命也难保了！"汤怀道："哥哥既如此怕，我等临场有自家的本事，何必要下这封书？就得了功名，旁人也只道是借着刘节度的帮衬。"岳大爷道："我自有主意，不必阻挡我。"

竟自一个进了辕门，来见旗牌禀说："汤阴县武生岳飞求见。"旗牌道："你就叫岳飞么?"岳大爷应声道:"是!"旗牌道:"大老爷正要见你,你且候着。"

那旗牌进去禀道:"汤阴县武生岳飞,在外求见。"宗泽道:"唤他进来。"旗牌答应,走出叫声:"岳飞!大老爷唤你,可随我来,要小心些呀!"岳大爷应声:"晓得!"随着旗牌直至大堂上,双膝跪下,口称:"大老爷在上,汤阴县武生岳飞叩头。"宗爷望下一看,微微一笑:"我说那岳飞必是个财主,试看他身上如此华丽!"便问岳飞:"你几时来的?"岳大爷道:"武生是今日才到。"即将刘节度的这封书双手呈上。宗泽拆开看了,把案一拍,喝声:"岳飞,你这封书札,出了多少财帛买来的?从实讲上来便罢,若有半句虚词,看夹棍伺候!"两边衙役吆喝一声。早惊动辕门外这几个小弟兄,听得里边吆喝,牛皋就道:"不好了!待我打进去,抢了大哥出来罢。"汤怀道:"动也动不得!且看他怎样发落,再作道理。"那弟兄四个指手画脚,在外头探听消息。

这里岳大爷见宗留守发怒,却不慌不忙,徐徐地禀道:"武生是汤阴县人氏,先父岳和,生下武生三日就遭黄河水发,父亲丧于清波之中。武生赖得母亲抱了,坐于花缸之内,淌至内黄县,得遇王明恩公收养,家业田产尽行漂没。武生长大,拜了陕西周侗为义父,学成武艺。因在相州院考,蒙刘大老爷恩义,着汤阴县徐公,查出武生旧时基业,又发银盖造房屋,命我母子归宗。临行又赠银五十两为进京路费,着武生到此讨个出身,以图建功立业。武生一贫如洗,那有银钱送与刘大老爷?"

宗泽听了这一番言语,心中想道:"我久闻有个周侗,本事高强,不肯做官。既是他的义子,或者果有些才学,也未可定。"向岳飞道:"也罢,你随我到箭厅上来。"

说了一声,一众军校簇拥着宗爷,带了岳飞来到箭厅。宗泽坐定,遂叫岳飞:"你自去拣一张弓来,射与我看。"岳大爷领命,走到旁边弓架上,取过一张弓来试一试,嫌软;再取一张来,也是如此。一连取过几张,俱是一样。遂上前跪下道:"禀上大老爷,这些弓太软,恐射得不远。"宗爷道:"你平昔用多少力的弓?"

岳大爷禀道:"武生开得二百余斤,射得二百余步。"宗爷道:"既如此,叫军校取过我的神臂弓来,只是有三百斤,不知能扯得动否?"岳大爷道:"且请来试一试看。"

不一时,军校将宗爷自用的神臂弓并一壶雕翎箭,摆列在阶下。岳大爷下阶取将起来一拽,叫声:"好!"搭上箭,嗤嗤嗤一连九枝,枝枝中在红心。放下弓,上厅来见宗爷。宗爷大喜,便问:"你惯用什么军器?"岳大爷禀道:"武生各件俱晓得些,用惯的却是枪。"宗爷道:"好。"叫军校:"取我的枪来。"军校答应一声，便有两个人将宗爷自用那管点钢枪抬将出来。宗爷命岳飞："使与我看。"

岳大爷应了一声，提枪在手，仍然下阶，在箭场上把枪摆一摆，横行直步，直步横行，里勾外挑，埋头献钻，使出三十六翻身、七十二变化。宗爷看了，不觉连声道："好！"左右齐齐的喝彩不住。岳大爷使完了，面色不红，喉气不喘，轻轻地把枪倚在一边，上厅打躬跪下。宗爷道："我看你果是英雄，倘然朝廷用你为将，那用兵之道如何？"岳大爷道："武生之志，倘能进步，只愿：

令行阃外摇山岳，队伍端严赏罚明。

将在谋猷不在勇，高防困守下防坑。

身先士卒常施爱，计重生灵不为名。

获献元戎恢土地，指日高歌定升平。"

宗留守听了大喜，便吩咐："掩门。"随走下座来，双手扶起道："贤契请起。我只道是贿赂求进，那知你果是真才实学。"叫左右："看坐来！"岳大爷道："大老爷在上，武生何等之人，擅敢僭坐。"留守道："不必谦逊，坐了好讲。"

岳大爷打了一躬，告坐了。左右送上茶来吃过，宗爷便开言道："贤契武艺超群，堪为大将，但是那些行兵布阵之法，也曾温习否？"岳大爷道："按图布阵，乃是固执之法，亦不必深究。"宗爷听了这句话，心上觉得不悦，便道："据你这等说，古人这些兵书阵法都不必用了？"岳大爷道："排了阵，然后交战，此乃兵家之常，但不可执死不变。古时与今时不同，战场有广、狭、险、易，岂可用一定的阵图？

夫用兵大要，须要出奇，使那敌人不能测度我之虚实，方可取胜。倘然贼人仓卒而来，或四面围困，那时怎得工夫排布了阵势，再与他厮杀么？用兵之妙，只要以权济变，全在一心也。"

宗爷听了这一番议论道："真乃国家栋梁，刘节度可谓识人。但是贤契早来三年固好，迟来三年也好，此时真正不凑巧！"岳大爷道："不知大老爷何故忽发此言？"宗爷道："贤契不知，只因现有个藩王，姓柴名桂，乃是柴世宗嫡派子孙，在滇南南宁州，封为小梁王。因来朝贺当今天子，不知听了何人言语，今科要在此夺取状元。不想圣上点了四个大主考：一个是丞相张邦昌，一个是兵部大堂王铎，一个是右军都督张俊，一个就是下官。那柴桂送进四封书、四分礼物来了。张丞相收了一分，就把今科状元许了他了。王兵部与张都督也收了，只有老夫未曾收他的。如今他三个作主，要中他作状元，所以说不凑巧。"岳大爷道："此事还求大老爷作主！"宗爷道："为国求贤，自然要取真才，但此事有些周折。今日本该相留贤契再坐一谈，只恐耳目招摇不便。且请回寓，待到临场之时再作道理便了。"

却说当时岳大爷拜谢了,就出辕门来。众弟兄接见道:“你在里边好时候不出来,连累我们好生牵挂。为甚的你面上有些愁眉不展?想必受了那留守的气了?”

岳大爷道:“他把为兄的敬重的了不得,有什么气受?且回寓去细说。”弟兄五个急急赶回寓来,已是黄昏时候。岳大爷与张显将衣服换转了。主人家送将酒席上来,摆在桌子上,叫声:“各位大爷们!水酒蔬肴不中吃的,请大爷们慢慢的饮一杯,小人要照应前后客人,不便奉陪。”说罢,自下楼去了。这里弟兄五人坐下饮酒。

岳大爷只把宗留守看验演武之事说了一遍,并不敢提那柴王之话,但是心头暗暗纳闷。众弟兄那知他的就里。当晚无话。

到了次日上午,只见店主人上来,悄悄的说道:“留守衙门差人抬了五席酒肴,说是:‘不便相请到行,特送到此,与岳大爷们接风的。’怎么发付他?”岳大爷道:“既如此,拿上楼来。”当下封了二两银子,打发了来人。主人家叫小二相帮把酒送上楼来摆好,就去下边烫酒,着小二来服侍。岳大爷道:“既如此,将酒烫好了来,我们自会斟饮,不劳你服侍罢。”牛皋道:“主人家的酒,不好白吃他的。既是衙门里送来,不要回席的,落得吃他了!”也不谦逊,坐下来,低着头乱吃。吃了一会,王贵道:“这样吃得不高兴,须要行个令来吃方妙。”汤怀道:“不错,就是你起令。”王贵道:“不是这样说,本该是岳大哥作令官。今日这酒席,乃是宗留守在岳大哥面上送来的,岳大哥算是主人。这令官该是张大哥作。”汤怀说道:“妙啊,就是张大哥来。”张显道:“我也不会行什么令,只要说一个古人吃酒,要吃得英雄。说不出的就罚三杯。”众人齐声道:“好!”

当时王贵就满满地斟了一杯,奉与张显。张显接来一口吃干,说道:“我说的是:关云长单刀赴会,岂不是英雄饮酒?”汤怀道:“果然是英雄,我们各敬一杯。”

吃完,张显就斟了一杯,奉与汤怀道:“如今该是贤弟了。”汤怀也接来吃干了,道:“我说的是:刘季子醉后斩蛇,可算得英雄么?”众人齐道:“好!我们也各敬一杯。”第三轮到王贵自家,也吃了一杯道:“我说的是:霸王鸿门宴,可算得是英雄吃酒么?”张显道:“霸王虽则英雄,但此时不杀了刘季,以致有后来之败,尚有不足之处。要罚一杯。如今该轮到牛兄弟来了。”牛皋道:“我不晓得这些古董!只是我吃它几碗,不皱眉头,就算我是个英雄了!”四人听了大笑道:“也罢,也罢,牛兄弟竟吃了三杯罢!”牛皋道:“我也不耐烦这么三杯两杯,竟拿大碗来吃两碗就是!”当下牛皋取过大碗,自吃了两碗。

众人齐道:“如今该岳大哥收令了。”岳大爷也斟了一杯吃干,道:“各位贤弟俱说的魏汉三国的人。我如今只说一个本朝真宗皇帝天禧年间的事：乃是曹彬之子曹玮，张乐宴请群僚，那曹玮在席间吃酒，霎时不见，一会儿就将敌人之头掷于筵前。这不是英雄?”众兄弟道：“大哥说得爽快，我们各敬一杯。”牛皋道：“你们是文绉绉地说今道古，我那里省得？竟是猜谜吃酒罢。”王贵道：“就是，你起。”牛皋也不推辞，竟与备人猜谜，一连输了几碗。众人亦吃了好些。这弟兄四个欢呼畅饮，吃个尽兴。独有那岳大爷心中有事，想：“这武状元若被王子占去，我们的功名就出于人下，那能个讨得出身?”一时酒涌上心头，坐不住，不觉靠在桌上，竟睡着了。

张、汤两个见了，说道：“往常同大哥吃酒，讲文论武，何等高兴！今日只是不言不语，不知为着甚事?”那两个心上好生不快活，立起身来，向旁边榻上也去睡了。王贵已多吃了两杯，歪着身子，靠在椅上亦睡着了。只剩牛皋一个，独自拿着大碗，尚吃个不住。抬起头来，只见两个睡着在桌上，两个不知那里去了，心中想道：“他们都睡了，我何不趁此时到街上去看看景致，有何不可?”遂轻轻地走下楼来，对主人道：“他们多吃了一杯，都睡着了，不可去惊动他。我却去出个恭就来。”店主人道：“既如此，这里投东去一条胡同内，有大空地宽敞好出恭。”

牛皋道：“我自晓得。”

出了店门，望着东首乱走，看着一路上挨挨挤挤，果然热闹。不觉到三叉路口，就立住了脚，想道：“不知往那一条路去好耍?”忽见对面走将两个人来：一个满身穿白，身长九尺，圆白脸；一个浑身穿红，身长八尺，淡红脸。两个手搀着手，说说笑笑而来。牛皋侧耳听见，那穿红的说道：“哥哥，我久闻这里大相国寺甚是热闹，我们去走走。”那个穿白的道：“贤弟高兴，愚兄奉陪就是。”牛皋听见，心里自想：“我也闻得东京有个大相国寺是有名的，我何不跟了他们去游玩游玩，有何不可?”定了主意，竟跟了他两个转东过西，到了相国寺前。但见九流三教，作买卖赶趁的，好不热闹。牛皋道：“好所在！连大哥也未必晓得有这样好地方哩！”

又跟着那两个走进天王殿来，只见那东一堆人，西一堆人，都围裹着。那穿红的将两只手向人丛中一拉，叫道：“让一让！”那众人看见他来得凶，就大家让开一条路来。牛皋也随了进去。正是：

白云本是无心物，却被清风引出来。

不知是做甚事的，且听下回分解。

第十回 大相国寺闲听评话 小校场中私抢状元

却说牛皋跟了那两个人走进围场里来，举眼看时，却是一个说评话的摆着一个书场，聚了许多人，坐在那里听他说评话。那先生看见三个人进来，慌忙立起身来，说道："三位相公请坐。"那两个人也不谦逊，竟朝上坐下。牛皋也就在肩下坐定，听他说评话。

却说的北宋"金枪倒马传"的故事。正说到："太宗皇帝驾幸五台山进香，被潘仁美引诱观看透灵牌，照见塞北幽州天庆梁王的萧太后娘娘的梳妆楼，但见楼上放出五色毫光。太宗说：'朕要去看看那梳妆楼，不知可去得否？'潘仁美奏道：'贵为天子，富有四海，何况幽州？可令潘龙赍旨，去叫萧邦暂且搬移出去，待主公去看便了。'当下闪出那开宋金刀老令公杨业，出班奏道：'去不得。陛下乃万乘之尊，岂可轻人虎狼之域？倘有疏虞，干系不小！'太宗道：'朕取太原，辽人心胆已寒，谅不妨事。'潘仁美乘势奏道：'杨业擅阻圣驾，应将他父子监禁，待等回来再行议罪！'太宗准奏，即将杨家父子拘禁。传旨着潘龙来到萧邦，天庆梁王接旨，就与军师撒里马达计议。撒里马达奏道：'狼主可将计就计，调齐七十二岛人马，凑成百万，四面埋伏，待等宋太宗来时，将幽州围困，不怕南朝天下不是狼主的。'梁王大喜，依计而行。款待藩龙，搬移出去，恭迎天驾往临。潘龙复旨。太宗就同了一众大臣离了五台山，来到幽州。梁王接驾进城，尚未坐定，一声炮响，伏兵齐起，将幽州城围得水泄不通。幸亏得八百里净山王呼必显藏旨出来，会见天庆梁王，只说：'回京去取玉玺来献，把中原让你'，方能得骗出重围，来到雄州，召杨令公父子九人，领兵来到幽州解围。此叫做八虎闯幽州，杨家将的故事。"说到那里就不说了。

那穿白的去身边取出银包打开来，将两锭银子递与说书的道："道友，我们是路过的，送轻莫怪。"那说书的道："多谢相公们！"二人转身就走，牛皋也跟了出来。那说书的只认他是三个同来的，那晓得是听白书的。牛皋心里还想："这断不知捣他娘甚么鬼？还送他两锭银子。"那穿红的道："大哥，方才这两锭银子，在大哥也不为多。只是这里本京人看了，只说大哥是乡下人。”那穿白的道：“兄弟，你不曾听见说我的先祖父子九人，这个个祖宗，百万军中没有敌手？莫说两锭，十锭也值！”穿红的道：“原来为此。”牛皋暗想：“原来为祖宗之事。倘然说着我的祖宗，拿什么与他？”只见那穿白的道：“大哥，这一堆去看看。”穿红的道：“小弟当得奉陪。”两个走进人丛里，穿白的叫一声：“列位！我们是远方来的，让一让。”众人听见，闪开一条路，让他两个进去。那牛皋仍旧跟了进来，看又是作什么的。原来与对门一样说书的。

这道友见他三个进来，也叫声：“请坐。”那三个坐定，听他说的是《兴唐传》。

正说到：“秦王李世民，在枷锁山赴五龙会，内有一员大将，天下数他是第七条好汉，姓罗名成，奉军师将令，独自一人拿洛阳王王世充、楚州南阳王朱灿、湘州白御王高谈圣、明州夏明王窦建德、曹州宋义王孟海公。”正说到：“罗成独要成功，把住山口。”说到此处就住了。这穿红的也向身边拿出四锭银子来。叫声：“朋友！我们是过路的，不曾多带得，莫要嫌轻。”说书的连称：“多谢！”三个人出来，牛皋想道：“又是他祖宗了。”

列位，这半日在牛皋眼睛里，只晓得一个穿红的，一个穿白的，不晓得他姓张姓李。在下却认得：那个穿白的，姓杨名再兴，乃是山后杨令公的子孙。这个穿红的，是唐朝罗成的子孙，叫做罗延庆。当下杨再兴道：“兄弟，你怎么就与了他四锭银子？”罗延庆道：“哥哥，你不听见他说我的祖宗狠么？独白一个在牛口谷锁住五龙，不比大哥的祖宗，九个保一个皇帝，尚不能周全性命。算起来，我的祖宗狠过你的祖宗，故此多送他两锭银子。”杨再兴道：“你欺我的祖宗么？”罗延庆道：“不是欺哥哥的祖宗，其实是我的祖宗狠些。”杨再兴道：“也罢，我与你回寓去，披挂上马，往小校场比比武艺看。若是胜的，在此抢状元；若是武艺丑的，竟回去，下科再来考罢！”罗延庆道：“说得有理。”两个争争嚷嚷去了。

牛皋道：“还好哩！有我在此听见。若不然，状元被这两个狗头抢去了！”牛皋忙忙地赶回寓来，上楼去，只见他们还睡着没有醒，心中想道：“不要通知他们，且等我去抢了状元来，送与大哥罢！”遂将双股锏藏了，下楼对主人家道：“你把我的马牵来，我要牵他去饮饮水，将鞍辔好生备上。”主人听了，就去备好，牵出门来。牛皋便上了马，往前竟走，却不认得路，见两个老儿掇条板凳，在篱笆门口坐着讲古话。牛皋在马上叫道：“呔！老头儿，爷问你，小校场往那里去的？”那老者听了，气得目瞪口呆！只眼看着牛皋，不作声。牛皋道：“快讲我听！”那老者只是不应。牛皋道：“晦气！撞着一个哑子。若在家里，惹我老爷性起，就打死他。”那一个老者道：“冒失鬼！京城地面容得你撒野？幸亏是我两个老人家,若撞着后生,也不和你作对,只要你走七八个转回哩。这里投东转南去,就是小校场了。”牛皋道:“老杀才,早替爷说明就是,有这许多噜苏。若不看大哥面上,就一锏打死你!”说罢,拍马加鞭去了。那两个老儿肚皮都气破了,说道:“天下那有这样蠢人!”

却说牛皋一马跑到小校场门首,只听得叫道:“好枪!”牛皋着了急,忙进校场,看那二人走马舞枪,正在酣战,就大叫一声:“状元是俺大哥的!你两个敢在此夺么?看爷的锏罢!”耍的就是一锏,望那杨再兴顶梁上打来。杨再兴把枪一抬,觉道有些斤两,便道:“兄弟,不知那里走出这个野人来?你我原是弟兄,比甚武艺,倒不如将他来取笑取笑!”罗延庆道:“说得有理。”遂把手中枪紧一紧,望牛皋心窝戳来。牛皋才架过一边,那杨再兴也一枪戳来。牛皋将两根锏盘头护顶,架隔遮拦,后来看看有些招架不住了。你想牛皋出门以来,未曾逢着好汉。况且杨再兴英雄无敌,这杆烂银枪,有酒杯儿粗细;罗延庆力大无穷,使一杆錾金枪,犹如天神一般。牛皋那里是二人的对手。幸是京城之内,二人不敢伤他的性命,只逼住他在此作乐。只听得牛皋大叫道:“大哥若再不来,状元被别人抢去了!”杨、罗二人听了,又好笑,又好气:“这个呆子叫什么大哥大哥?必定有个有本事的在那里,且等他来,会他一会看。”故此越把牛皋逼住,不放他走脱了。

且说那客店楼上,岳大爷睡醒来,看见三个人都睡着,只不见了牛皋,便叫醒了三人,问道:“牛兄弟呢?”三人道:“你我俱睡着了,那里晓得?”岳大爷便同了三个人忙下楼来,问主人家。主人家道:“牛大爷备了马去饮水了。”岳大爷道:“去了几时了?”店主人道:“有一个时辰了。”岳大爷便叫:“王兄弟,你可去看他的兵器可在么?”王贵便上楼去,看了下来道:“他的双锏是挂在壁上的,如今却不见了。”岳大爷听了,吓得面如土色,叫声:“不好了!主人家快将我们的马备来。兄弟们各把兵器来端正好了,若无事便罢,倘若惹出祸来,只好备办逃命罢了!”

弟兄们上楼去扎缚好了,各将器械拿下楼来。主人家已将四匹马备好在门首了。

岳大爷又问主人道:“你见牛大爷往那条路去的么?”主人道:“往东首去的。”

那弟兄四人上了马,向东而行,来到了三叉路口,不知他往那条路上去的。却见篱笆门口,有两个老人家坐着拍手拍脚,不知在那里说些什么。岳大爷就下了马,走上前把手一拱道:“不敢动问老丈,方才可曾见一个黑人汉,坐一匹黑马的,往那条路上去的?望乞指示。”那老者道:“这黑汉是尊驾何人?”岳大爷道:“是晚生的兄弟。”那老者道:“尊驾何以这等斯文,你那个令弟怎么这般粗蠢?”就把问路情状说了一遍,道:“幸是遇着老汉,若是别人,不知指引他那里去了!他如今说往小校场去,尊驾若要寻他,可投东转南,就望见小校场了。”岳大爷道:“多承指教了。”遂上马而行,看看望见了,只听得牛皋在那里大叫:“哥哥若再不来,状元被别人抢去了!”岳大爷忙进内去,但见牛皋面容失色,口中白沫乱喷。

又见一个穿白的坐着一匹白马,使一杆烂银枪;一个穿红的坐一匹红马,使一杆錾金枪,犹如天将一般。一盘一旋,缠住牛皋,牛皋那里招架得住。岳大爷看得亲切,叫声:“众兄弟不可上前,待愚兄前去救他。”说罢,就拍马上来,大叫一声:“休得伤了我的兄弟!”杨、罗二人见了,即丢了牛皋,两杆枪一齐挑出。岳大爷把枪望下一掷,只听得一声响,二人的枪头着地,左手打开,右手拿住枪钻上边。

这个武艺名为“败枪”,再无救处的。二人大惊,把岳大爷看了看,说道:“今科状元必是此人,我们去罢。”遂拍马而走。岳大爷随后赶来,大叫:“二位好汉慢行,请留尊姓大名!”二人回转头来,叫道:“我乃山后杨再兴、湖广罗延庆是也。今科状元权且让你,日后再得相会。”说罢,拍马竟自去了。

岳大爷回转马头,来到小校场,看见牛皋喘气未定,便道:“你为何与他相杀起来?”牛皋道:“你说得好笑!我在此与他相杀,无非要夺状元与大哥。不想这厮凶狠得紧,杀他不过。亏得哥哥自来赢了他,这状元一定是哥哥的了。”岳大爷笑道:“多承兄弟美意。这状元是要与天下英雄比武,无人胜得才为状元,那里有两三个人私抢的道理?”牛皋道:“若是这等说起来,我倒白白的同他两个空杀这半天了。”众弟兄大笑,各自上马,同回寓中,不表。且说杨再兴、罗延庆两人回到寓处,收拾行李,竟回去了。

再说岳大爷次日起来,用过早饭,汤怀与张显、王贵道:“小弟们久要买一口剑来挂挂,昨日见那两个蛮子都有的,牛兄弟也自有的。我们没有剑挂,觉得不好看相,今日烦哥哥同去,各人买一口,何如?”岳大爷道:“这原是少不得的,我因没有余钱,故尔不曾提起。”王贵道:“不妨,哥哥也买一口,我有银子在此。”

岳大爷道:“既如此,我们同去便了。”

当时各人俱带了些银两,嘱咐店家看管门户,一同出门。来到大街上走了一回,看着那些刀店内挂着的都是些平常的货色,并无好钢火的,况且那些来往行人拥挤得很。岳大爷道:“我们不如往小街去看看,或者倒有好的,也未可定。”就同众兄弟们转进一个小胡同内来,见有好些店面,也有热闹的,也有清淡的。看到一家店内摆列着几件古董,壁上挂着名人书画与五六口刀剑。岳大爷走进店中，那店主就连忙站起身来拱手道："众位相公请坐，敢是要赐顾些什么东西？"岳大爷道："我们非买别物，若有好刀或是好剑，乞借一观。"店主道："有，有，有！"即忙取下一口剑来，揩抹干净送将过来。岳大爷接在手中，完把剑匣一看，然后把剑抽将出来一看，便道："此等剑却用不着，若有好的取来看。"店主又取下一把剑来，也不中意。一连看了数口，总是一样。岳大爷道："若有好的，可拿出来；若没有，就告辞了，不必费手。"店主心上好生不悦，便道："尊驾看了这几口剑，还是那一样不好？倒要请教。"岳大爷道："若是卖与王孙公子富宦之家，希图好看，怎说得不好？在下们买去，却是要上阵防身、安邦定国的，如何用得？倘果有好的，悉凭尊价便是。"牛皋接口道："凭你要多少银子，决不少你的，可拿出来看，不要是这等寒抖抖的。"那店主又举眼将众兄弟看了一看，便道："果然要好的，只有一口，却是在舍下。待我叫舍弟出来，引相公们到寒舍去看，何如？"岳大爷道："到府上有多少路？"店主道："不多远，就在前面。"岳大爷道："既有好剑，便走几步也不妨。"主人便叫小使："你进去请二相公出来。"小使答应进去。不多时，里边走出一个人来，叫道："哥哥，有何吩咐？"店主道："这几位相公要买剑，看过好几口都不中意，谅来是个识货的。你可陪众位到家中去，看那一口看。"那人答应一声，便向众人把手一拱说："列位相公请同步。"岳大爷也说一声："请前。"

遂别了店主，一同出门行走。岳大爷细看那人时，只见：

头带一顶晋阳巾，面前是一块羊脂白玉。身穿一领蓝道袍，脚登一双大红朱履。手执湘妃金扇，风流俊雅超然。

行来却有二里多路，来到一座庄门，门外一带俱是垂杨，低低石墙，两扇篱门。

那人轻轻把门扣了一下，里边走出一个小童，把门开了，就请众位进入草堂，行礼坐下。小童就送出茶来，用过了。岳大爷道："不敢动问先生尊姓？"那人道："先请教列位尊姓大名，贵乡何处？"岳大爷道："在下相州汤阴县人氏，姓岳名飞，字鹏举。"那人道："久仰，久仰！"岳大爷又道："这位乃大名府内黄县汤怀，这位姓张名显，这位姓王名贵，都是同乡好友。"牛皋接口道："我叫做牛皋，陕西人氏。我自家有嘴的，不须大哥代说。"岳大爷道："先生休要见怪。我这兄弟性子虽然暴躁，最好相与的。"那人道："这也难得。"

岳大爷正要问那人的姓名，那人却已站起身来道："列位且请坐，待学生去取剑来请教。"一直望内去了。岳大爷抬头观看，说道："此乃好古之家，才有这古画挂着。"又看到两旁对联，便道："这个人原来姓周。"汤怀道："一路同哥哥到此，并未问他姓名，何以知他姓周？"岳大爷道："你看对联就明白了。"众人一齐看了道："并没有个'周'字在上边呀！"岳大爷道："你们只看那上联是'柳营春试马'，下联是'虎将夜谈兵'。如今不论营伍中皆贴着此对，却不知此乃是唐朝李晋王赠与周德威的，故此我说他是姓周。"牛皋道："管他姓周不姓周，等他出来问他，便知道了。"

正说间，只见那人取了一口宝剑走将出来，放在桌上，复身坐下道："失陪，有罪了！"岳大爷道："岂敢！请教先生尊姓贵表？"那人道："在下姓周，贱字三畏。"众皆吃惊道："大哥真个是仙人！"三畏起身道："请岳兄看剑。"岳大爷就立起身来，接剑在手，左手拿定，右手把剑锋抽出才三四寸，觉得寒气逼人。

再抽出细看了一看，连忙推进，便道："周先生，请收了进去罢！"三畏道："岳兄既然看了，为何不还价钱？难道还未中意么？"岳大爷道："周先生，此乃府上之宝，价值连城。谅小子安敢妄想，休得取笑！"三畏接剑，仍放在桌上，叫声："请坐。"岳大爷道："不消，要告辞了。"三畏道："岳兄既识此剑，还要请教，那有就行之理？"岳大爷无奈，只得坐下。三畏道："学生祖上原系世代武职，故遗下此剑。今学生已经三代改习文学，此剑并无实用。祖父曾嘱咐子孙道：'若后人有识得此剑出处者，便可将此剑赠之，分文不可取受。'今岳兄既知是宝剑，必须请教，或是此剑之主，亦未可定。"岳大爷道："小生意下却疑是此剑，但说来又恐不是，岂不贻笑大方？今先生必要下问，倘若错了，幸勿见笑。"三畏道："幸请见教，学生洗耳恭听！"那岳大爷迭两个指头，讲一番言语，直说得：

报仇孝子千秋仰，节妇贤名万古留。

不知这剑委是何等出处，且听下回分解。

第十一回 周三畏遵训赠宝剑 宗留守立誓取真才

诗曰：

三尺龙泉一纸书，赠君他日好为之。
英雄自古难遭遇，管取功成四海知。

却说周三畏必要请教岳大爷此剑的出处，当下岳大爷道："小弟当初曾听得先师说：'凡剑之利者，水断蛟龙，陆刭犀象。有龙泉、太阿、白虹、紫电、莫邪、干将、鱼肠、巨阙诸名，俱有出处。'此剑出鞘即有寒气侵人。乃是春秋之时，楚王欲霸诸侯，闻得韩国七里山中有个欧阳冶善，善能铸剑，遂命使宣召进朝。这欧阳冶善来到朝中，朝见已毕，楚王道：'孤家召你到此，非为别事，要命你铸造二剑。'冶善道：'不知大王要造何剑？'楚王道：'要造雌雄二剑，俱要能飞起杀人，你可会造么？'欧阳冶善心下一想：'楚王乃强暴之君，若不允他，必不肯饶我。'遂奏道：'剑是会造，恐大王等不得。'楚王道：'却是为何？'欧阳冶善道：'要造此剑，须得三载工夫，方能成就。'楚王道：'孤家就限你三年便了。'随赐了金帛彩缎。冶善谢恩出朝，回到家中，与妻子说知其事，将金帛留在家中，自去山中铸剑。却另外又造了一口，共是三口。到了三年，果然造就，回家与妻子说道：'我今前往楚国献剑。楚王有了此剑，恐我又造与别人，必然要杀我，以断后患。今我想来，总是一死，不如将雄剑留埋此地，只将那二剑送去。其剑不能飞起，必然杀吾。你若闻知凶信，切莫悲啼。待你腹中之孕十月满足，生下女儿，只就罢了。倘若生下男来，你好生抚养他成人，将雄剑交付与他，好叫他代父报仇，我自在阴空护佑。'说罢分别，来至楚国。楚王听得冶善前来献剑，遂领文武大臣到校场试剑。果然不能飞起，空等了三年。楚王一时大怒，把冶善杀了。冶善的妻子在家得知了凶信，果然不敢悲啼。守至十月，产下一子，用心抚养。到了七岁，送在学堂攻书。一日，同那馆中学生争闹，那学生骂他是'无父之种'。他就哭转家中，与娘讨父。那妇人看见儿子要父，不觉痛哭起来，就与儿子说知前事。无父儿要讨剑看，其母只得掘开泥土，取出此剑。无父儿就把剑背着，拜谢了母亲养育之恩，要往楚国与父报仇。其母道：'我儿年纪尚小，如何去得？'自家懊悔说得早了，以致如此，遂自缢而死。那无父儿把房屋烧毁，火葬其母，独自背了此剑，行到七里山下，不认得路途，日夜啼哭。哭到第三日，眼中流出血来，忽见山上走下一个道人来，问道：'你这孩子，为何眼中流血？'无父儿将要报仇之话诉说一遍。那道人道：'你这小小年纪，如何报得仇来？那楚王前遮后拥，你怎能近他？不如代你一往，但是要向你取件东西。'无父儿道：'就要我的头，也是情愿的！'道人道：'正要你的头。'无父儿听了，便跪下道：'若报得父仇，情愿奉献！'就对道人拜了几拜，起来自刎。道人把头取了，将剑佩了，前往楚国，在午门之外大笑三声、大哭三声。军士报进朝中，楚王差官出来查问。道人说：'笑三声者，笑世人不识我宝；哭三声者，哭空负此宝不遇识者。我乃是送长生不老丹的。'军士回奏楚王。楚王道：'宣他进来。'道人进入朝中，取出孩子头来。楚王一见便道：'此乃人头，何为长生不老丹？'道人说：'可取油锅两只，把头放下去。油滚一刻，此头愈觉唇红齿白；煎至二刻，口眼皆动；若煎三刻，拿起来供在桌上，能知满朝文武姓名，都叫出来；煎到四刻，人头上长出荷叶，开出花来；五刻工夫，结成莲房；六刻结成莲子，吃了一颗，寿可活一百二十岁。'楚王遂命左右取出两只油锅，命道人照他行之。果然六刻工夫，结成莲子。满朝文武无不喝彩。道人遂请大王来摘取长生不老丹。楚王下殿来取，不防道人拔出剑来，一剑将楚王之头砍落于油锅之内。众臣见了，来捉道人，道人亦自刎其首于锅内。众臣连忙捞起来，三个一样的光头，不知那一个是楚王的，只得用绳穿了，一齐下棺而葬。古言楚有'三头墓'即此之谓。此剑名曰'湛卢'，唐朝薛仁贵曾得之，如今不知何故落于先生之手？亦未知是此剑否？"

三畏听了这一席话，不觉欣然笑道："岳兄果然博古，一些不差。"遂起身在桌上取剑，双手递与岳大爷道："此剑埋没数世，今日方遇其主。请岳兄收起！他日定当为国家之栋梁，也不负我先祖遗言。"岳大爷道："他人之宝，我焉敢擅取？决无此理。"三畏道："此乃祖命，小弟焉敢违背？"岳大爷再三推辞不掉，只得收了，佩在腰间，拜谢了相赠之德，告辞回去。三畏送出门外，珍重而别。岳大爷又同众弟兄往各处走了一会，又买了三口剑。回至寓中，不觉天色已晚，店主人将夜饭送上楼来。岳大爷道："主人家，我等三年一望，明日是十五了，要进场去的，可早些预备饭来与我们吃。"店主人道："相公们放心！我们店里有许多相公，总是明早要进场的。今夜我们家里，一夜不睡的。"岳大爷道："只要早些就是了。"

弟兄们吃了夜饭，一同安寝。

到了四更时分，主人上楼，相请梳洗。众弟兄即起身来梳洗，吃饭已毕，各个端正披挂。但见汤怀白袍银甲,插箭弯弓;张显绿袍金甲,挂剑悬鞭;王贵红袍金甲,浑如一团火炭;牛皋铁盔铁甲,好似一朵乌云;只有岳大爷,还是考武举时的旧战袍。你看他兄弟五个,袍甲索琅琅的响,一同下楼来,到店门外各人上马。只见店主人在牛皋马后摸摸索索了一会。又一个走堂的小二,拿着一盏灯笼,高高地擎起送考。众人正待起身,只见又一个小二,左手托个糖果盒,右手提着一大壶酒。

主人便叫:“各位相公,请吃上马杯,好抢个状元回去!”每人吃了三大杯,然后一齐拍马往校场而来。到得校场门首,那拿灯笼的店小二道:“列位爷们,小人不送进去了。”岳大爷谢了一声,店小二自回店去,不提。

且说众弟兄一齐进了校场,只见各省举子先来的、后到的,人山人海,拥挤不开。岳大爷道:“此处人多,不如到略静些的地方去站站。”就走过演武厅后首,站了多时。牛皋想起:“出门的时候,看见店主人在我马后拴挂什么东西,待我看一看。就望马后边一看,只见鞍后挂着一个口袋,就伸手向袋内一摸,却是数十个馒头、许多牛肉在内。这是店主人的规例,凡是考时,恐他们来得早,等得饥饿,特送他们作点心的。牛皋道:“妙啊!停一会比武,那里有工夫吃,不若此时吃了,省得这马累坠。”就取将出来,都吃个干净。不意停了一会,王贵道:“牛兄弟,我们肚中有些饥了,主人家送我们吃的点心,拿出来大家吃些。”牛皋道:“你没有的么?”王贵道:“一总挂在你马后。”牛皋道:“这又晦气了!我只道你们大家都有的,故此才把这些点心牛肉狠命的都吃完了,把个肚皮撑得饱胀不过。那里晓得你们是没有的。”王贵道:“你倒吃饱了,怎叫别人在此挨饿?”牛皋道:“如今吃已吃完了,这怎么处?”岳大爷听见了,便叫:“王兄弟,不要说了,倘若别人听见了,觉道不雅相。牛兄弟,你本不该是这等,就是吃东西,无论别人有没有,也该问一声。竟自吃完了,这个如何使得?”牛皋道:“知道了!下次若有东西,大家同吃便了。”

正在闲争闲讲,忽听得有人叫道:“岳相公在那里?”牛皋听得,便喊道:“在这里!”岳大爷道:“你又在此招是揽非了。”牛皋道:“有人在那里叫你,便答应他一声,有甚大事?”说未了,只见一个军士在前,后边两个人抬了食箩,寻来说道:“岳相公如何站在这里?叫小人寻得好苦。小人是留守衙门里来的,奉大老爷之命,特送酒饭来,与相公们充饥。”众人一齐下马来谢,就来吃酒饭。牛皋道:“如今让你们吃,我自不吃了。”王贵道:“谅你也吃不下了。”众人用完酒饭,军士与从人收拾了食箩,抬回去了。

看看天色渐明,那九省四郡的好汉俱已到齐。只见张邦昌、王铎、张俊三位主考,一齐进了校场,到演武厅坐下。不多时,宗泽也到了,上了演武厅,与三人行礼毕,坐着用过了茶。张邦昌开言道:"宗大人的贵门生,竟请填上了榜罢!"宗泽道:"那有什么敝门生,张大人这等说?"邦昌道:"汤阴县的岳飞,岂不是贵门生么?"列位要晓得,大凡人作了点私事,就是被窝里的事也瞒不过,何况那日众弟兄在留守衙门前,岂无人晓得?况且留守帅爷抬了许多酒席,送到招商店中,怎么瞒得众人耳目?兼之这三位主考受了梁王礼物,岂不留心?张邦昌说出了"岳飞"两字,倒弄得宗泽脸红心跳,半晌没个道理回复这句话来,便道:"此乃国家大典,岂容你我私自检择?如今必须对神立誓,表明心迹,方可考试。"即叫左右:"过来,与我摆列香案。"立起身来,先拜了天地,再跪下祷告过往神灵:"信官宗泽,浙江金华府义乌县人氏。蒙圣恩考试武生,自当诚心秉公,拔取贤才,为朝廷出力。若存一点欺君卖法、误国求财之念,必死于刀箭之下。"誓毕起来,就请张邦昌过来立誓。邦昌暗道:"这个老头儿好混帐!如何立起誓来?"到此地位,不怕你推托,没奈何也只得跪下道:"信官张邦昌,乃湖广黄州人氏。蒙圣恩同考武试,若有欺君卖法、受贿遗贤,今生就在外国为猪,死于刀下。"你道这个誓,也从来没有听见过的,是他心里想出来:"我这样大官,怎能得到外国?就到番邦?如何变猪?岂不是个牙疼咒?"自以为得计。宗泽是个诚实君子,只要辨明自己的心迹,也不来管他立誓轻重。王铎见邦昌立誓,亦来跪下道:"信官王铎,与邦昌是同乡人氏。若有欺心,他既为猪,弟子即变为羊,一同死法。"誓毕起来,心中也在暗想:"你会奸,我也会刁。难道就学你不来?"暗暗笑个不止。谁知这张俊在旁看得清,听得明,暗想:"这两人立得好巧誓,叫我怎么好?"也只得跪下道:"信官张俊,乃南直隶顺州人氏。如有欺君之心,当死于万人之口。"列位看官,你道这个誓立得奇也不奇?这变猪变羊,原是口头言语,不过在今生来世、外国番邦上弄舌头。那一个人,怎么死于万人之口?却不道后来岳武穆王墓顶褒封时候,竟应了此誓。也是一件奇事,且按下不表。

却说这四位主考立誓已毕,仍到演武厅上一拱而坐。宗爷心里暗想:"他三人主意已定,这状元必然要中梁王。不如传他上来,先考他一考。"便叫旗牌:"传那南宁州的举子柴桂上来。"旗牌答应一声:"吓!"就走下来,大叫一声:"得!大老爷有令,传南宁州举子柴桂上厅听令。"那梁王答应一声,随走上演武厅来,向上作了一揖,站在一边听令。宗爷道:"你就是柴桂么?"梁王道:"是!"宗爷道:"你既来考试,为何参见不跪,如此托大么?自古道:'作此官,行此礼。'你若不考,原是一家藩王,自然请你上坐。今既来考试,就降作了举子了。那有举子见了主考不跪之理?你好端端一个王位不要做,不知听信那一个奸臣的言语,反自齐大就小,来夺状元,有什么好处?况且今日天下英雄俱齐集于此,内中岂无高强手段,倍胜于你?怎能稳稳状元到手?你不如休了此心,仍回本郡,完全名节,岂不为美?快去想来!"梁王被宗爷一顿发作,无可奈何,只得低头跪下,开口不得。

看官!你们可晓得梁王为着何事,现放着一人之下、万人之上的王位不做,反来夺取状元,受此羞辱么?只因梁王来朝贺天子,在太行山经过,那山上有一位大王,使一口金背砍山刀,江湖上都称他为"金刀大王"。此人姓王名善,有万夫不当之勇。手下有勇将马保、何六、何仁等,左右军师邓武、田奇,足智多谋。聚集着喽罗有五万余人,霸占着太行山,打家劫舍,官兵不敢奈何他。他久欲谋夺宋室江山,却少个内应。那日打听得梁王入朝,即与军师商议,定下计策,扎营在山下,等那梁王经过,被喽罗截住,邀请上山。到帐中坐定,献茶已过,田奇道:"昔日南唐时,虽然衰坏,天下安宁,被赵匡胤设谋,诈言陈桥兵变,篡了帝位,把天下谋去直到如今。主公反只得一个挂名藩王空位,受他管辖,臣等心上实不甘服!臣等现今兵精粮足,大王何不进京结纳奸臣,趁着今岁开科,谋夺了武状元到手,把这三百六十个同年进士交结,收为心腹内应。那时写书知会山寨,臣等即刻发兵前来,帮助主公恢复了旧日江山,岂不为美?"这一席话,原是王善与军师定下的计策。借那梁王作个内应,夺了宋朝天下,怕不是王善的?那知这梁王被他所惑,十分大悦,便道:"难得卿家有此忠心,孤家进京即时干办此事,若得成功,愿与卿等富贵共之。"王善当时摆设筵宴款待,饮了一会,就送梁王下山。一路进京,就去结识这几位主考。这三个奸臣受了贿赂,要将武状元卖与梁王。那知这宗泽是赤心为国的,明知这三位受贿,故将梁王数说几句。梁王一时回答不来。

那张邦昌看见,急得好生焦躁:"也罢!待我也叫他的门生上来,骂他一场,好出出气。"便叫:"旗牌过来。"旗牌答应上来道:"大老爷有何吩咐?"张邦昌道:"你去传那汤阴县的举子岳飞上来。"旗牌答应一声,就走将下来,叫一声:"汤阴县岳飞上厅听令。"岳飞听见,连忙答应上厅,看见柴桂跪在宗爷面前,他就跪在张邦昌面前叩头。邦昌道:"你就是岳飞么?"岳飞应声道:"是。"邦昌道:"看你这般人不出众,貌不惊人,有何本事,要想做状元么?"岳飞道:"小人怎敢妄想做状元。但今科场中,有几千举子都来考试,那一个不想做状元?其实状元只有一个,那千余人那能个个状元到手?武举也不过随例应试,怎敢妄想?"

张邦昌本待要骂他一顿,不道被岳大爷回出这几句话来,怎么骂得出口?便道:"也罢。先考你二人的本事如何,再考别人。且问你用的是什么兵器?"岳大爷道:"是枪。"邦昌又问梁王:"用何兵器?"梁王道:"是刀。"邦昌就命岳飞做"枪论",梁王做"刀论"。

二人领命下来，就在演武厅两旁摆列桌子纸笔，各去作论。若论柴桂才学，原是好的，因被宗泽发作了一场，气得昏头搭脑，下笔写了一个“刀”字，不觉出了头，竟像了个“力”字。自觉心中着急，只得描上几笔，弄得刀不成刀，力不成力，只好涂去另写几行。不期岳爷早已上来交卷，梁王谅来不妥当，也只得上来交卷。

邦昌先将梁王的卷子一看，就笼在袖里；再看岳飞的文字，吃惊道：“此人之文才，比我还好，怪不得宗老头儿爱他！”乃故意喝道：“这样文字，也来抢状元！”把卷子望下一掷，喝一声：“叉出去！”左右呼的一声拥将上来，正待动手，宗爷吆喝一声：“不许动手，且住着！”左右人役见宗大老爷吆喝，谁敢违令？便一齐站住。宗老爷吩咐：“把岳飞的卷子取上来我看。”左右又怕张太师发作，面面相觑，都不敢去拾。岳大爷只得自己取了卷子，呈上宗爷。宗爷接来放于桌上，展开细看，果然是：言言比金石，字字赛珠玑，暗想：“这奸贼如此轻才重利。”也把卷子笼在袖里，便道：“岳飞！你这样才能，怎能取得功名到手？你岂不晓得苏秦献的‘万言书’、温庭筠代作的《南花赋》么？”

你道这两句是什么出典？只因当初苏秦到秦邦上那万言策，秦相商鞅忌他才高，恐他后来夺他的权柄，乃不中苏秦，只中张仪。这温庭筠是晋国丞相桓文的故事：

晋王宣桓文进御花园赏南花，那南花就是铁梗海棠也。当时晋王命桓文作《南花赋》，桓文奏道：“容臣明日早朝献上。”晋王准奏。辞朝回来，那里作得出？却央家中代笔先生温庭筠代作了一篇。桓文看了，大吃一惊，暗想：“若是晋王知道他有此才华，必然重用，岂不夺了我权柄？”即将温庭筠药死，将《南花赋》抄写献上。

这都是妒贤嫉能的故事。

张邦昌听了，不觉勃然大怒！不因这一怒，有分教：一国藩王，死于非命；数万贼兵，竟成画饼。正是：

朝中奸党专权日，天下英雄失意时！

毕竟后事如何，且听下回分解。

第十二回 夺状元枪挑小梁王 反武场放走岳鹏举

诗曰：

落落贫寒一布衣，未能仗剑对公车。
心承孟母三迁教，腹饱陈平六出奇。
嘈羽濡飞嗟此日，腰金衣紫待何时？
男儿未遂封侯志，空负堂堂七尺躯。

话说张邦昌听得宗爷说出那两桩故事，明知是骂他妒贤嫉能，却又自家有些心虚，发不出话来，真个是"敢怒而不敢言"，便道："岳飞，且不要说你的文字不好，今问你敢与梁王比箭么？"岳大爷道："老爷有令，谁敢不遵？"宗爷心中暗喜："若说比箭，此贼就上了当了！"便叫左右："把箭垛摆列在一百数十步之外。"

梁王看见靶子甚远，就向张邦昌禀道："柴桂弓软，先让岳飞射罢。"邦昌遂叫岳飞下阶先射。又暗暗的叫亲随人去将靶子移到二百四十步，令岳飞不敢射，就好将他赶出去了。谁知这岳大爷却不慌不忙，立定了身，当天下英雄之面，开弓搭箭，真个是弓开如满月，箭发似流星，飕飕的一连射了九枝。只见那摇旗的，摇一个不住，擂鼓的，擂得个手酸。方才射完了，那监箭官将九枝箭，连那射透的箭靶，一齐捧上厅来，跪着。张邦昌是个近视眼，看那九枝箭并那靶子一总摆在地下，不知是什么东西。只听得那官儿禀道："这举子箭法出众，九枝箭俱从一孔而出。"张邦昌等不得他说完，就大喝一声："胡说！还不快拿下去！"

那梁王自想："箭是比他不过了，不若与他比武，以便将言语打动他，令他诈输，让这状元与我。若不依从，趁势把他砍死，不怕他要我偿命。"算计已定，就禀道："岳飞之箭皆中，倘然柴桂也中了，何以分别高下？不若与他比武罢。"邦昌听了，就命岳飞与梁王比武。梁王听了，随即走下厅来，整鞍上马，手提着一柄金背大砍刀，拍马先自往校场中间站定，使开一个门户，叫声："岳飞！快上来，看孤家的刀罢！"这岳大爷虽然武艺高强，怕他是个王子，怎好交手，不觉心里有些踌躇。勉强上了马,倒提着枪,慢腾腾地懒得上前。那校场中来考的、看的有千千万万,见岳飞这般光景,俱道:“这个举子那里是梁王的对手?一定要输的了!”

就是宗爷也只道:“他是临场胆怯,是个没用的,枉费了我一番心血!”

且说梁王见岳飞来到面前,便轻轻地道:“岳飞,孤家有一句话与你讲,你若肯诈败下去,成就了孤家大事,就重重地赏你;若不依从,恐你性命难保!”岳大爷道:“千岁吩咐,本该从命,但今日在此考的,不独岳飞一人。你看天下英雄,聚集不少,那一个不是十载寒窗,苦心习学,只望到此博个功名,荣宗耀祖?今千岁乃是堂堂一国藩王,富贵已极,何苦要占夺一个武状元,反丢却藩王之位,与这些寒士争名?岂不上负圣主求贤之意,下屈英雄报国之心?窃为千岁不取,请自三思!不如还让这些众举子考罢。”梁王听了,大怒道:“好狗头!孤家好意劝你,你若顺了孤家,岂愁富贵?反是这等胡言乱语。不中抬举的狗才!看刀罢!”说罢,当的一刀,望岳大爷顶门上砍来。岳大爷把枪望左首一隔,架开了刀。梁王又一刀拦腰砍来。岳大爷将枪杆横倒,望右边架住。这原是“鹞子大翻身”的家数,但是不曾使全。恼得那梁王心头火起,举起刀来,当当当,一连六七刀。岳大爷使个解数,叫做“童子抱心势”,东来东架,西来西架,那里会被他砍着?梁王收刀回马,转演武厅来。岳大爷亦随后跟来,看他怎么。

只见梁王下马上厅来,禀张邦昌道:“岳飞武艺平常,怎能上阵交锋?”邦昌道:“我亦见他武艺不及千岁。”宗爷见岳飞跪在梁王后头,便唤上前来道:“你这样武艺,怎么也想来争功名?”岳飞禀道:“武举非是武艺不精,只为与梁王有尊卑之分,不敢交手。”宗爷道:“既如此说,你就不该来考了。”岳大爷道:“三年一望,怎肯不考?但是往常考试,不过跑马射箭,舞剑抡刀,以品优劣。如今与梁王刀枪相向,走马交锋,岂无失误?他是藩王尊位,倘然把武举伤了,武举白送了性命;设或武举偶然失手,伤了梁王,梁王怎肯干休?不但武举性命难保,还要拖累别人。如今只要求各位大老爷作主,令梁王与武举各立下一张生死文书:不论那个失手,伤了性命,大家不要偿命。武举才敢交手。”宗爷道:“这话也说得是。自古道:‘壮士临阵,不死也要带伤。’那里保得定?柴桂你愿不愿呢?”梁王尚在踌躇,张邦昌便道:“这岳飞好一张利嘴!看你有甚本事,说得这等决绝?千岁可就同他立下生死文书,倘他伤了性命,好叫众举子心服,免得别有话说。”梁王无奈,只得各人把文书写定,大家画了花押,呈上四位主考,各用了印。梁王的交与岳飞,岳飞的交与梁王。梁王就把文书交与张邦昌,张邦昌接来收好。岳大爷看见,也将文书来交与宗泽。宗爷道:“这是你自家的性命交关,自然自家收着,与我何涉,却来交与我收?还不下去!”岳大爷连声道:“是,是,是!"

两个一齐下厅来,岳大爷跨上马,叫声:"千岁,你的文书交与张太师了。我的文书宗老爷却不肯收,且等我去交在一个朋友处了就来。"一面说,一面去寻着了众弟兄们,便叫声:"汤兄弟,倘若停一会梁王输了,你可与牛兄弟守住他的帐房门首,恐他们有人出来打攒盘,好照应照应。"又向张显道:"贤弟,你看帐房后边尽是他的家将,倘若动手帮助,你可在那里拦挡些。王贤弟,你可整顿兵器,在校场门首等候,我若是被梁王砍死了,你可收拾我的尸首。若是败下来,你便把校场门砍开,等我好逃命。这一张生死文书,与我好生收着。倘然失去,我命休矣!"

吩咐已毕,转身来到校场中间。那时节,这些来考的众举子,并那看的人,真个人千人万,挨挨挤挤,四面如打着围墙一般站着,要看他二人比武艺。

且说那梁王与岳飞立了生死文书,心里就有些慌张了,即忙回到帐房之中。列位看官,这又不是出征上阵,只不过考武,为什么有起帐房来呢?一则,他是一家藩王,比众不同;二来,已经买服奸臣,纵容他胡为,不去管他;三来,他是心怀不善,埋伏家将虞候在内,以备防护。故此搭下这三座大帐房,自己与门客在中间,两旁是家将虞候并那些亲随诸色人等。这梁王来到中间帐房坐定,即唤集家将虞候人等齐集面前,便道:"本藩今日来此考武,稳稳要夺个状元。不期偏偏的遇着这个岳飞,要与本藩比试,立了生死文书,不是我伤他,定是他伤我。你们有何主见赢得他?"众家将道:"这岳飞有几个头,敢伤千岁?他若差不多些就罢。若是恃强,我们众人一拥而出,把他乱刀砍死。朝中自有张太师等作主,怕他怎的?"

梁王听了大喜,重新整理好了,披挂上马,来到校场中间,却好岳大爷才到。

梁王抬起头来,看那岳飞雄赳赳,气昂昂,不比前番胆怯光景,心中着实有些胆怯,叫声:"岳举子,依着孤家好!你若肯把状元让与我,少不得榜眼、探花也有你的分,日后自然还有好处与你,今日何苦要与孤家作对呢?"岳大爷道:"王爷听禀,举子十载寒窗,所为何事?自古说:'学成文武艺,原是要货与帝王家的。'但愿千岁胜了举子,举子心悦诚服。若以威势相逼,不要说是举子一人,还有天下许多举子在此,都是不肯服的!"

梁王听了大怒,提起金背刀,照岳大爷顶梁上就是一刀。岳大爷把沥泉枪"咯当"一架。那梁王震得两臂酸麻,叫声:"不好!"不由心慌意乱,再一刀砍来。岳大爷又把枪轻轻一举,将梁王的刀枭过一边。梁王见岳飞不还手,只认他是不敢还手,就胆大了,使开金背刀,就上三下四、左五右六,望岳大爷顶梁颈脖上只顾砍来。

岳大爷左让他砍,右让他砍,砍得岳大爷性起,叫声:“柴桂!你好不知分量。差不多全你一个体面,早些去罢了,不要倒了霉呀!”梁王听见叫他名字,怒发如雷,骂声:“岳飞好狗头!本藩抬举你,称你一声举子,你擅敢冒犯本藩的名讳么?不要走,吃我一刀!”提起金背刀,照着岳大爷顶梁上呼的一声砍将下来。这岳大爷不慌不忙,举枪一架,枭开了刀,耍的一枪,望梁王心窝里刺来。梁王见来得利害,把身子一偏,正中肋甲绦。岳大爷把枪一起,把个梁王头望下、脚朝天挑于马下,复一枪,结果了性命。只听得合校场中众举子并那些看的人,齐齐的喝一声彩。急坏了左右巡场官,那些护卫兵丁军夜班等,俱吓得面面相觑。巡场官当下吩咐众护兵:“看守了岳飞,不要被他走了!”那岳大爷神色不变,下了马,把枪插在地上,就把马拴在枪杆之上等令。

只见那巡场官飞奔报上演武厅来道:“众位大老爷在上,梁王被岳飞挑死了,请令定夺。”宗爷听了,面色虽然不改,心里却也有些惊慌。张邦昌听了大惊失色,喝道:“快与我把这厮绑起来!”两旁刀斧手答应一声:“得令!”飞奔地下来,将岳大爷捆绑定了,推到将台边来。那时梁王手下这些家将,各执兵器抢出帐房来,想要与梁王报仇。汤怀在马上把烂银枪一摆,牛皋也舞起双锏,齐声大叫道:“岳飞挑死梁王,自有公论。尔等若是恃强,我们天下英雄,是要打抱不平的!”那些家将看见风色不好,回头打探帐后人的消息,才待出来,早被张显把钩连枪,将一座帐房扯去了半边,大声吆喝道:“你们谁敢擅自动手,休要惹我们众好汉动起手来,顷刻间叫你们性命休想留了半个!”当时这些看的人有笑的,有高声附和的,吓得这些虞候人等怎敢上前?况且看见刀斧手已将岳飞绑上去了,谅来张太师焉肯放他,只得齐齐的立定,不敢出头。

只有牛皋看见绑了岳大哥,急得上天无路!正在惊慌,忽听得张邦昌传令:“将岳飞斩首号令!”左右方才答应,早有宗大老爷喝一声:“住着!”急忙出位来,一手扯了张邦昌的手,一手搀住王铎的手,说道:“这岳飞是杀不得的!他两人已立下生死文书,各不偿命,你我俱有印信落在他处。若杀了他,恐这些举子不服,你我俱有性命之忧。此事必须奏明圣上,请旨定夺才是。”邦昌道:“岳飞乃是一介武生,敢将藩王挑死,乃是个无父无君之人。古言‘乱臣贼子,人人得而诛之’,何必再为启奏?”喝叫:“刀斧手,快去斩讫报来!”左右才应得一声:“得令……”“得令”两字尚未说完,底下牛皋早已听见,大声喊道:“呔!天下多少英雄来考,那一个不想功名?今岳飞武艺高强,挑死了梁王,不能够做状元,反要将他斩首,我等实是不服!不如先杀了这瘟试官,再去与皇帝老子算账罢!”便把双锏一摆,望那大纛旗杆上当的一声。两条锏一齐下不打紧,把个旗杆打折,轰隆一声响倒将下来。再是众武举齐声喊叫:“我们三年一望,前来应试，谁人不望功名？今梁王倚势要强占状元，屈害贤才，我们反了罢！”这一声喊，趁着大旗又倒下，犹如天崩地裂一般。宗爷将两手一放，叫声：“老太师！可听见么？如此悉听老太师去杀他罢了。”

张邦昌与那王铎、张俊三人，看见众举子这般光景，慌得手足无措，一齐扯住了宗爷的衣服道：“老元戎，你我四人乃是同船合命的，怎说出这般话来？还仗老元戎调处安顿方好。”宗爷道：“且叫旗牌传令，叫众武举休得罗唣，有犯国法，且听本帅裁处！”旗牌得令，走至滴水檐前，高声大叫道：“众武举听着，宗大老爷有令，叫你们休得罗唣，有犯国法，且静听大老爷裁处。”底下众人听得宗大老爷有令，齐齐的拥满了一阶，竟有好些直挤到演武厅上来七张八嘴的。

当下张邦昌便对着宗爷道：“此事还请教老元戎如何发放呢？”宗爷道：“你看人情汹汹，众心不服，奏闻一事也来不及。不如先将岳飞放了，先解了眼前之危，再作道理。”三人齐声道：“老元戎所见不差。”吩咐：“把岳飞放了绑！”左右答应一声“得令”，忙忙的将岳大爷放了。岳大爷得了性命，也不上前去叩谢，竟去取了兵器，跳上了马，往外飞跑。牛皋引了众弟兄随后赶上。王贵在外边看见，忙将校场门砍开，五个弟兄一同逃出。这些来考的众武举见了这个光景，谅来考不成了，大家一哄而散。这里众家将且把梁王尸首收拾盛殓，然后众主考一齐进朝启奏。

不知朝廷主意如何，且听下回分解。

第十三回 昭丰镇王贵染病 牟驼岗宗泽踹营

诗曰：

旅邸相依赖故人，新知亦肯远留宾。
若非王贵淹留住，宗泽安能独踹营？

话说岳大爷弟兄五个逃出了校场门，一竟来到留守府衙门前，一齐下马，望着辕门大哭一场，拜了四拜起来，对那把门巡捕官说道："烦老爷多多拜上大老爷，说：'我岳飞等今生不能补报，待转世来效犬马之力罢！'"说完，就上马回到寓所，收拾了行李，捎在马上，与主人算清了账，作别出门，上马回乡，不表。

且说众官见武生已散，吩咐梁王的家将收拾尸首，然后一同来到午门。早有张邦昌奏道："今科武场，被宗泽门生岳飞挑死了梁王，以致武生俱各散去。"一肩儿都卸在宗泽身上。幸亏宗泽是两朝大臣，朝廷虽然不悦，不好定罪，只将宗泽削职闲居。各官谢恩退出。

宗爷回到衙中，早有把门巡捕跪下禀道："方才有岳飞等五人，到辕门哭拜说：'只好来生补报大老爷的洪恩。'特着小官禀上。"宗爷听了，叹气不绝道："可惜！可惜！"吩咐家将："快到里边抬了我的卷箱出来，同我前去追赶。"家将道："他们已经去远了，大老爷何故要赶他？"宗爷道："尔等那里晓得？昔日萧何月下追贤，成就了汉家四百年天下。今岳飞之才不弱于韩信，况国家用人之际，岂可失此栋梁？故我要赶上他，吩咐他几句话。"当时家将忙去把卷箱抬出来，宗爷又取些银两，带领着众从人一路赶来，慢表。

且说岳大爷等出了城门，加鞭拍马，急急而行。牛皋道："到了此外还怕他怎的，要如此忙忙急急的走？"岳爷道："兄弟，你有所不知，方才那奸臣怎肯轻放了我？只因恩师作主，众人喧嚷，恐有不测，将我放了。我们若不急走，倘那奸贼又生出别端来，再有意外之虞，岂不悔之晚矣？"众人齐声道："大哥说得不差，我们快走的是！"一路说，一路行，不多时，早已金乌西坠，玉兔东升。众人乘着月色，离城将有二十余里远近，忽听得后面马嘶人喊，追风般赶来。岳大爷道：

"何如？后面必定是梁王的家将们追将来了。"王贵道:"哥哥,我们不要行,等他来,索性叫他做个断根绝命罢!"牛皋大叫道:"众哥哥们不要慌,我们都转去,杀进城去,先把奸臣杀了,夺了汴京,岳大哥就做了皇帝,我们四个都做了大将军,岂不是好？还要受他们什么鸟气！还要考什么武状元!"岳大爷大怒,喝道:"胡说！你敢是疯了么？快闭了嘴!"牛皋呶着嘴道:"就不开口,等他们兵马赶来时,手也不要动,伸长了颈脖子,等他砍了就是。"汤怀道:"牛兄弟,你忙做什么？我们且勒住了马,停一停,不要走,看他们来时,文来文对,武来武挡。终不然,难道怕了他么？"

正说间,只见一骑马如飞般跑来,大叫道:"岳相公慢行,宗大老爷来了!"

岳大爷道:"原来是恩师赶来,不知何故？"不多时,只见宗爷引了从人赶来。众兄弟连忙下马,迎上马前,跪拜于地。宗爷连忙下马,双手扶起。岳爷道:"门生等蒙恩师救命之恩,未能报答,今因逃命心急,故此不及面辞。不知恩师赶来有何吩咐？"宗爷道:"因为你们之事,被张邦昌等劾奏一本,圣上旨下,将老夫削职闲居,因此特来一会。"众人听了,再三请罪,甚觉不安。宗爷道:"贤契们不必介怀,只恐朝廷放不下我。若能休致,老夫倒得个安闲自在。"遂问家将:"此处可有什么所在？借他一宿。"家将禀道:"前去不下半里,乃是谏议李大老爷的花园,可以借宿得。"宗爷听说,便同众人上马前行。

不多路,已到花园,园公出来跪接。宗大老爷同小弟兄等一齐下马,进入园中,到花厅坐下,就问园公道:"我们都是空腹,此地可有所在备办酒肴么？"园公禀道:"此去一里多路就是昭丰镇,有名的大市镇,随你要买什么东西,也有厨司替人整备。"宗爷就命亲随带了银两,速到镇上去购办酒肴,就带个厨司来整备。一面叫人抬过卷箱来,交与岳飞,说道:"老夫无甚物件,只有一副盔甲衣袍赠与贤契,以表老夫薄意。"岳大爷正少的是盔甲,不觉大喜,叩头谢了。宗爷又道:"贤契们,目下虽是功名不遂,日后自有腾达,不可以一跌就灰了心。倘若奸臣败露,老夫必当申奏朝廷,力保贤契们重用。那时如鱼得水,自然日近天颜。如今取不得个忠字,且回家去奉侍父母,尽个孝字。文章武艺,亦须时时讲论,不可因不遇便荒疏了,误了终身大事。"众弟兄齐声应道:"大老爷这般教训,门生等敢不努力!"说未了,酒筵已备就送来,摆了六席。众人告过坐,一齐坐定。自有从人伏侍斟酒,共谈时事,并讲论些兵法。

那王贵、牛皋是坐在下席。他自五鼓吃了饭,在校场守了这一日,直到此处肚中正在饥饿,见了这些酒肴,也不听他们谈天说地,好似渴龙见水,如狼似虎地吃个精光,方才住手。不道那厨司因晚了,手脚忙乱,菜蔬内多搁了些盐。这两个吃得嘴咸了,只管讨茶吃。那茶夫叫道:"伙计,你看不出上边几席上,斯斯文文的;这两席上的二位,粗粗蠢蠢,不是个吃细茶的人。你只管把小杯热茶送去,不讨好,你且把那大碗的冷茶送上去,包管合式。”那人听了,真个把冷茶大碗地送将上去。

王贵好不快活,一连吃了五六碗,说道:“好爽快!”方才住了手,重新再饮。说说笑笑,不觉天色黎明。岳大爷等拜别了宗爷,宗爷又叫从人:“有那骑来的牲口,让一匹与岳大爷驮了卷箱。”岳大爷又谢了,辞别上路而行。正是:

畅饮通宵到五更,忽然红日又东升。

路上有花兼有酒,一程分作两程行。

这里宗爷亦带领从人回城,不表。

且说岳大爷等五人一路走,一路在马上说起宗泽的恩义:“真是难得!为了我们反连累他削了职,不知何日方能报答他?”正说间,忽然王贵在马上大叫一声,跌下马来,顷刻间面如土色,牙关紧闭。众皆大惊,连忙下马来,扶的扶,叫的叫,吓得岳大爷大哭,叫道:“贤弟呀!休得如此,快些苏醒!”连叫数声,总不见答应。岳大爷哭声:“贤弟呀!你功名未遂,空手归乡已是不幸。若再有三长四短,叫为兄的回去,怎生见你令尊令堂之面?”说罢,又痛哭不止。众人也各慌张。牛皋道:“你们且不要哭,我自有个主意在此。若是一哭,就弄得我没主意了。”岳大爷便住了哭,问道:“贤弟有甚主意,快些说来!”牛皋道:“你们不知王哥原没有病的,想是昨夜吃了些东西,灌下几碗冷茶,肚里发起胀来。待我来替他医医看。”便将手去王贵肚皮上揉了一会,只听得王贵肚里边咕碌碌的,犹如雷鸣一般,响了一会,忽然放了许多臭水出来。再揉几揉,竟撒出粪来,臭不可当。王贵微微苏醒,呻吟不绝。众人忙将衣服与他换了。岳大爷道:“我们且在此暂息片时。汤兄弟,可先到昭丰镇上去,端正了安歇的地方,以便调理。”

汤怀答应上马,来到镇上,但见人烟热闹,有几个客店挂着灯笼。左首一个店主人,看见汤怀在马上东张西望,便上前招接道:“客官莫非要打中火么?”汤怀便跳下马来,把手一拱道:“请问店主贵姓?”店主道:“小人姓方,这里昭丰镇上有名的方老实,从不欺人的。”汤怀道:“我们有弟兄五个,是进武场的,因有一个兄弟伤了些风寒,不能行走,要借歇几天,养病好了方去,可使得么?”方老实道:“小人开的是歇店,这又何妨?家里尽有干净房屋,只管请来就是。若是要请太医,我这镇上也有,不必进城去请的。”汤怀道:“如此甚好,我去邀了同来。”

遂上马回转,与众兄弟说了。便搀扶了王贵上马,慢慢地行到镇上,在方家客寓住下。当日就烦方老实去请了个医生来看。医生说是饮食伤脾,又感了些寒气,只要散寒消食,不妨事,就可好的。遂撮了两服煎剂。岳大爷封了一钱银子谢了,太医自去。众弟兄等就安心歇下,调理王贵。按下不表。

且说这太行山金刀王善，差人打听梁王被岳飞挑死，圣旨将宗泽削职归农，停止武场，遂传集了诸将军师并一众喽罗，便开言道："目今奸臣当道，将士离心。梁王虽然死了，却幸宗泽削职，朝中别无能人。孤家意欲趁此时兴兵入汴，夺取宋室江山。卿等以为何如？"当下军师田奇便道："当今皇帝大兴土木，万民愁怨；舍贤用奸，文武不和。趁此时守防懈怠，正好兴兵，不要错过了。"王善大喜，当时就点马保为先锋，偏将何六、何七等，带领人马三万，扮做官兵模样，分作三队，先期起行。自同田奇等，率领大兵随后。一路往汴京进发，并无拦阻。看看来到南薰门外，离城五十里，放炮安营。这里守城将士闻报，好不慌张，忙把各城门紧闭，添兵守护，一面入朝启奏。徽宗忙登金銮大殿，宣集众公卿，降旨道："今有太行山强寇，兴兵犯阙，卿等何人领兵退贼？"当下众臣你看我，我看你，并无一人答应。朝廷大怒，便向张邦昌道："古言：'养军千日，用在一朝。'卿等受国家培养有年，今当贼寇临城，并无一人建策退兵，不辜负国家数百年养士之恩么？"语声未绝，只见班部中闪出一位谏议大夫，出班奏道："臣李纲启奏陛下，王善兵强将勇，久蓄异心；只因畏惧宗泽，故尔不敢猖獗。今若要退贼军，须得复召宗泽领兵，方保无虞。"圣上准奏，传旨就命李纲宣召宗泽入朝，领兵退贼。

李纲领旨出朝，就到宗泽府中来。早有公子宗方出来迎接。李纲道："令尊翁在于何处，不来接旨？"公子道："家父卧病在床，不能接旨，罪该万死！"李纲道："令尊不知害的什么症候？如今却在何处？"公子道："自从闹了武场，吃了惊恐，回来染了怔忡之症，如今卧在书房中。"李纲道："既然如此，且将这圣旨供在中堂，烦引老夫到书房，去看看令尊如何？"公子道："只是劳动老伯不当。"

李纲道："好说。"当时公子宗方，便引了李纲来到书房门口，只听得里边鼾声如雷，李纲道："幸是我来，若是别人来，又道是欺君了。"公子道："实是真病，并非假诈。"说未了，只听得宗泽叫道："好奸贼呀！"翻身复睡。李纲道："令尊既是真病，待我复了旨再来。"说罢，抽身出来，公子送出大门。

李纲回至朝中俯伏奏道："宗泽有病，不能领旨。"徽宗道："宗泽害何病症，即可着太医院前去医治。"李纲奏道："宗泽之病，因前日闹了武场，受了惊恐，削了官职，愤恨填胸，得了怔忡之症，恐药石一时不能疗治。臣见他梦中大骂奸臣，此乃他的心病，必须心药医之。若万岁降旨，将奸臣拿下，则宗泽之病不药自愈矣！"

徽宗便问："谁是奸臣？"李纲方欲启奏，只见张邦昌俯伏金阶先奏道："兵部尚书王铎乃是奸臣。"朝廷准奏，即传旨将王铎拿下，交与刑部监禁。看官，你道张邦昌为甚反奏王铎，将他拿下？要晓得奸臣是要有才情的方做得。他恐李纲奏出他三人，一连拿下，便难挽回了。今他先奏，把王铎拿下，放在天牢内，寻个机会，就可救他出来的。李纲想道："这个奸贼却也知窍。也罢，谅他也改悔前非了。"

遂辞驾出朝，再往宗泽府中来。

这里宗泽见李纲复命，慌忙差人打听动静。早已报知，朝廷现将王铎拿下天牢，今李纲复来宣召。只得出来接旨，到大厅上，李纲将张邦昌先奏拿下王铎之事一一说知。宗泽道："只是太便宜了这奸贼。"两人遂一同出了府门，入朝见驾。朝廷即复了宗泽原职，领兵出城退贼。张邦昌奏道："王善乌合之众，陛下只消发兵五千与宗泽前去，便可成功。"朝廷准奏，命兵部发兵五千与宗泽，速去退贼。宗泽再要奏时，朝廷已卷帘退朝进宫去了。只得退出朝门，向李纲道："'打虎不着，反被虎伤。'如何是好？"李纲道："如今事已至此，老元戎且请先领兵前去。待我明日再奏圣上，添兵接应便了。"当时二人辞别，各自回府。

到了次日，宗爷到校场中点齐人马，带领公子宗方一同出城。来到牟驼冈，望见贼兵约有四五万，因想："我兵只有五千，怎能敌得他过？"便传令将兵马齐上牟驼冈上扎营。宗方禀道："贼兵众多，我兵甚少。今爹爹传令于冈上安营，倘贼兵将冈围困，如何解救？"宗泽拭泪道："我儿，为父的岂不知天时地利？奈我被奸臣妒害，料想五千人马，怎能杀退这四五万喽罗？如今扎营于此，我儿好生固守，待为父的单枪独马，杀入贼营。若得侥幸杀败贼兵，我儿即率兵下冈助阵。倘为父的不能取胜，死于阵内，以报国恩，我儿可即领兵回城，保你母亲家眷回归故土，不得留恋京城。"吩咐已毕，即匹马单枪出本营，要去猖踹金刀王善的营盘。

这宗留守平日间最是爱惜军士的，众人见他要单身独骑去踹贼营，就有那随征的千总、游击、百户、队长一齐拦住马前道："大老爷要往那里去？那贼兵势大，岂可轻身以蹈虎穴？即使要去，小将们自然效死相随，岂有让大老爷一人独去之理？"

宗泽道："我岂不知贼兵众盛？就带你们同去，亦无济于事。不若舍吾一命，保全尔等罢。"众军士再三苦劝，宗爷那里肯听，竟一马冲入贼营，大叫一声："贼兵当我者死！避我者生！看宗留守来踹营也！"这些众喽罗听见，抬头看时，但见宗老爷：

头带铁幞头，身披乌油铠。内衬皂罗袍，坐下乌骓马。手提铁杆枪，面如锅底样。一部白胡须，好似天神降。

那宗老爷把枪摆一摆，杀进营来，人逢人倒，马遇马伤。众喽罗那里抵挡得住，慌忙报进中营道："启大王，不好了！今有宗泽单人匹马，端进营来，十分厉害，无人抵挡，请大王定夺！”王善心中想道：“那宗泽乃宋朝名将，又是忠臣。今单身杀进营来，必须是被奸臣算计，万不得已，故此拚命！孤家若得此人归顺，何愁江山不得到手？”就命五营大小三军：“速出迎敌！只要生擒活捉，不许伤他性命！”

众将答应一声：“得令！”就将宗泽老爷重重叠叠围裹拢来，大叫：“宗泽！此时不下马，更待何时？”正是：

英雄失志受人欺，白刃无光战马疲。

得意狐狸强似虎，败翎鹦鹉不如鸡。

毕竟不知宗老爷性命如何，且听下回分解。

第十四回 岳飞破贼酬知己 施全剪径遇良朋

诗曰：

辕门昨日感深恩，报效捐躯建上勋。
白鹊旗边悬贼首，红罗山下识良朋。

话说那宗留守老爷，一人一骑独踹王善的营盘，满拚一死。不要说是众寡不敌，倘然贼兵一阵乱箭，这家老爷岂不做了个刺猬？只因王善出令要捉活的，所以不致伤命。但是贼兵一重一重，越杀越多；一层一层，围得水泄不通，如何得出？且按下慢表。

却说这昭丰镇上，王贵病体略好些，想要茶吃。岳大爷叫："汤怀兄弟，你可到外边去，与主人家讨杯茶来，与王兄弟吃。"汤怀答应了一声，走到外边来，连叫了几声，并没个人答应。只得自己到炉子边去槨了一会，等得滚了，泡了一碗茶。

方欲转身，只听得推门响，汤怀回头看时，却是店主人同着小二两个慌慌张张地进来。汤怀道："你们那里去了？使我叫了这半天，也不见个影儿。"店主人道："正要与相公说知：今有太行山大盗起兵来抢都城，若是抢了城倒也罢了。倘若被官兵杀败了，转来就要逢村抢村，遇镇抢镇，受他的累。因此我们去打听打听消息，倘若风色不好，我们这里镇上人家都要搬到乡间去躲避。相公们是客边，也要收拾收拾，早些回府的妙。"汤怀道："原来有这等事。不妨的，那些强盗若晓得我们在此，决不敢来的。恐怕晓得了，还要来纳些进奉，送些盘缠来与我们哩。"这店小二呶着嘴道："霹雳般的事，这相公还讲着没气力的闲话。"汤怀笑了一笑，自拿了茶走进来，递与王贵吃了。岳大爷便问："汤兄弟，你去取茶，怎去了这许多时？王兄弟等着吃，惹得他心焦。"汤怀便将店主人的话说了一遍。岳大爷便叫店主人进来，问道："你方才这些话，是真是假？恐怕还是讹传？"店主人道："千真万确。朝廷已差官兵前去征剿了。"岳大爷道："既如此，烦你与我快去做起饭来。"店主人只道他们要吃了饭起身回去，连忙答应了一声,如飞往外边去做饭,不提。

且说岳大爷对众兄弟道:"我想朝廷差官领兵,必然是恩师宗大人。"汤怀道:"哥哥何以见得?"岳大爷道:"朝内俱是奸臣,贪生怕死的,那里肯冲锋打仗?只有宗大人肯实心为国的。依愚兄的主意,留牛兄弟在此相伴王兄弟,我同着二位兄弟前去打探看。若是恩师,便助他一臂;若不是,回来也不迟。"汤、张二人听了,好不欢喜。牛皋就叫将起来道:"王哥哥的病已好了,留我在此做什么?"岳大爷道:"虽然好了,没有个独自丢他一个在此的。为兄的前去相助恩师,只当与贤弟同去一样。"牛皋再要开言,王贵将手暗暗的在牛皋腿上捻了一把。牛皋便道:"什么一样不一样,不要我去就罢!"

正说之间,店小二送进饭来。王贵本不吃饭,牛皋赌气也不吃。三个人吃了饭,各自披挂了,提着兵器,出店门上马而去!这里牛皋便问:"王哥哥,你方才捻我一把做什么?"王贵道:"你这呆子!大哥既不要你去,说也徒然。你晓得我为何生起病来?"牛皋道:"我不晓得。"王贵道:"我对你说了罢,只因我那日在校场中不曾杀得一个人,故此生出病来。你不听,如今太行山强盗去抢夺京城,必然人都在那里。我捻你这一把,叫你等他三个先去,我和你随后赶去,不要叫大哥晓得,杀他一个畅快,只当是我病后吃一料大补药,自然全好了。你道我该去不该去?"

牛皋拍手道:"该去!该去!"于是二人也把饭来吃了,披挂端正,托店主人照应行李:"我们去杀退了贼兵就来。"出门上马,提着兵器,亦望南薰门而来。

且说岳大爷三人先来到牟驼冈,抬头观看,果然是宗泽的旗号。岳大爷叫声:"哎哟!恩师精通兵法的,怎么扎营在冈上?此乃不祥之兆。我们且上冈去,看是如何。"三人乘马上冈。早有小校报知宗公子,下冈相迎,接进营中。岳大爷便问:"令尊大人素练兵术,精通阵法,却为何结营险地?倘被贼兵团绝汲水打粮之道,如何是好?"宗方泪流两颊,便将被奸臣陷害,不肯发兵。老爷满拚一死,以报朝廷,故尔驻兵于此,匹马单枪已踹入贼营去了,说与岳大爷知道。岳大爷道:"既如此,公子可速为接应!待我愚弟兄下去,杀入贼营内,救出恩师便了。"便叫:"汤兄弟可从左边杀进,张兄弟可从右边杀进,愚兄从中央冲入,如有那个先见恩师的,即算头功。"汤怀道:"大哥,你看这许多贼兵,一时那里杀得尽?"岳大爷道:"贤弟,我和你只要擒拿贼首,救出恩师,以酬素志,何必虑那贼兵之多寡?"

二人便道:"大哥说得是!"

你看他吼一声,三个人奋勇当先。汤怀舞动这管烂银枪,从左边杀进去,犹如是毒龙出海,浑似那恶虎离山。冲进营中,那些喽罗怎能抵挡得住?这张显

把手中钩连枪摆开,从右边杀进去,横冲直撞,只见:

半空中大鹏展翅,斜刺里狮子摇头。

杀得那些喽罗人仰马翻,神嚎鬼哭。那岳大爷:

头戴着烂银盔,身披着锁子甲。银鬃马,正似白龙戏水;沥泉枪,犹如风舞梨花。浑身雪白,遍体银装。马似掀天狮子,人如立地金刚。枪来处,人人命丧;马到时,个个身亡。正是:斩坚入阵救忠良,贼将当锋尽灭亡。成功未上凌烟阁,岳侯名望至今香。

摆动手中这杆沥泉枪,冲入营中,大叫一声:"岳飞来也!"

这宗留守被众贼困在中央,杀得气喘不住,但听得那些贼兵口中声声只叫:"宗泽,俺家大王有令,要你归降,快快下马,免你一死!"正在危急之际,猛听一片声齐叫道:"枪挑小梁王的岳飞杀进来了!"宗老爷暗想:"这岳飞已回去,难道是梦里不成?"正在疑惑,只听得一声呐喊,果然岳飞杀到面前。宗泽大喜,高叫:"贤契,老夫在这里!"岳大爷上前叫声:"恩师,门生来迟,望乞恕罪!"

说声未绝,只见汤怀从左边杀来,张显从右边杀来。岳大爷便叫:"二位兄弟,恩师在此,且并力杀出营去!"宗爷此时好生欢喜,四个人并在一堆,逢人便杀,好似砍瓜切菜一般。

不道那牛皋、王贵,恐怕那些贼兵被他三个杀完了,因此急急赶来。将到营门,抬头一望,满心欢喜,说道:"还有!还有!"王贵道:"牛兄弟,且慢些上来,等我先上去吃两贴补药,补补精神看!"牛皋道:"王哥,你是病后,且让我先上去燥燥脾胃!"你看他拍着乌骓马,舞动双铁锏,狠似玄坛再世;那王贵骑着红马,使开大刀,猛如关帝临凡。一齐杀入营来,真个是人逢人倒,马遇马伤。那些喽罗忙报与王善道:"启上大王爷,不好了!前营杀进三个人来,十分厉害!不道背后又有一个红人,一个黑人杀进来,凶恶得紧!无人抵敌,请令定夺。"王善听了大怒,叫:"备马来!待孤家亲自去拿他。"左右答应一声:"得令!"带马的带马,抬刀的抬刀。王善忙忙上马,提刀冲出营中。喽罗吆喝一声:"大王来了!"王贵看见,便道:"妙吓!大哥常说:'射人先射马,擒贼必擒王。'"就一马当先,径奔王善。牛皋大叫:"王哥哥,不要动手,这贴补药我要吃的!"这一声喊,犹如半空里起个霹雳。王善吃了一惊,手中金刀松得一松,早被王贵一刀,连肩带背砍于马上。

王贵下马取了首级,挂在腰间,看见王善这口金刀好不中意,就把自己的刀撇下,取了金刀,跳上马来。牛皋见了,急得心头火起,便想:"我也要寻一个这样的杀杀,才好出气!"便舞开双锏,逢着便打。正在发疯,早被岳大爷看见,心中暗想:"难道他撇了王贵,竟自前来不成?"正要上前来问,忽见王贵腰间挂着人头,从斜刺里将贼将邓成追将下来。正遇岳大爷马到,手起一枪,邓成翻身落马,复一枪,结果了性命。田奇举起方天画戟正待来救,被牛皋左手一锏,挑开了画戟,右手一锏,把田奇的脑盖打得粉碎,跌下马来,眼见得不活了。那些众贼兵看见主帅、军师已死,料难抵挡,大溃奔逃。山顶上宗方公子看见贼营已乱,领军冲下,直抵贼营乱杀。众贼乞降者万余,杀死者不计其数,逃生者不上千人。宗泽吩咐鸣金收军,收拾遗弃的旗帐衣服、兵器粮食,不计其数。又下令将降兵另行扎营住下,自己择地安营,等待次日进城。

岳飞等拜辞宗泽,即欲起身回去。宗泽道:"贤契等有此大功,岂宜就去?待老夫明日进朝奏过天子,自有好音。"岳飞应允,就在营中歇了一夜。到了次日,宗爷带领兄弟五人来到午门。宗爷入朝,俯伏金阶启奏道:"臣宗泽奉命领兵杀贼,被贼兵围困不能冲出。幸得汤阴县岳飞等弟兄五人杀入重围,救了臣命,又诛了贼首王善,并杀了贼将军师邓成、田奇等,俱有首级报功。降兵一万余人。收得车马粮草兵械,不计其数,候旨发落。"徽宗听奏大喜,传旨命宗泽平身,宣岳飞等五人上殿见驾。五人俱俯伏,三呼已毕。徽宗就问张邦昌:"岳飞等五人如此大功,当封何职?"邦昌遂奏道:"若论破贼,该封大官。只因武场有罪,可将功折罪,权封为承信郎,俟日后再有功劳,另行升赏。"徽宗准奏。传下旨来,岳飞谢恩退出。又命户部收点粮草,兵部安贮降兵。其余器械财帛,尽行入库,各官散班退朝。

宗泽心中大怒,暗骂:"奸贼!如此妒贤嫉能,天下怎得太平!"

列位,你道这承信郎是什么前程?就是如今千把总之类,故此宗爷十分懊恼。但是圣上听了奸臣之话已经传旨,亦不好再奏,只得随着众官散朝,含怒回府。只见岳飞等俱在辕门首伺候。宗泽忙下马,用手相携,同进辕门,到了大堂坐定。宗泽道:"老夫本欲力荐大用,不期被奸臣阻抑。我看此时非是干功名的时候,贤契等不如暂请回乡,再图机会罢了!老夫本欲屈留贤契居住几日,只是自觉赧颜。"

岳大爷道:"恩师大德,门生等没齿不忘。今承台谕,就此拜别。"宗爷虽如此说,心中原是不舍。只因奸臣当道,若留他在京,恐怕别生祸端,只得再三珍重嘱咐,送出辕门。岳大爷弟兄五人辞了宗爷,回到昭丰镇上,收拾行李,别了店主人,一路望汤阴县而来。有诗曰:

浩气冲霄贯斗牛,萍踪梗迹叹淹留。
奇才大用知何日?李广谁怜不拜侯!

岳大爷弟兄五个在路上谈论奸臣当道,难取功名。牛皋道:"虽不得功名,也吃我杀得爽快!有日把那些朝内奸臣,也是这样杀杀才好!"岳大爷道:"休得胡说!”王贵接口道:“若不是大哥,我们在朝内就把那个什么张邦昌揪将下来,一顿拳头打死了!拚得偿了他一命,不到得杀了我的头,又把我充了军去。”汤怀道:“你这冒失鬼!若是外头打杀了人,将一命抵一命。皇帝金殿上打了人,就是欺君的罪名,好不厉害哩!”

且说五个人你一句、我一句正在路闲讲,忽见前面一伙客人,约有十多个,慌张失智,踉跄而来。见那五个人在马上说说笑笑的走路,内中一人便喊道:“前边去不得,你们快往别处走罢!”一面说,一面就走。张显就下马赶回来,一把扯住了一个道:“你且说说,如何前边去不得?”那人苦挣不脱,着了急,便道:“前边红罗山下有强盗阻路,我们的行李都被抢去了,走得快,逃了性命!我好意通你个信,你反扯住我做什么?”张显道:“原来有强盗,怎么大惊小怪?”把手一放,那个人扑地一跤,爬起来飞奔去了!张显便向岳大爷道:“说前面有个把小强盗,没甚大事。”牛皋大喜道:“快活,快活!又是好买卖到了!”岳大爷道:“休得如此,也要小心为妙。汤兄弟可打前去先探听,我们随后就来。”遂一齐披挂好了。

汤怀一马当先,来到一座山边。只见山下一人,坐一匹红砂马,手抡大刀,拦住喝道:“拿买路钱来!”汤怀道:“你要买路钱吓?什么大事,只问我伙计要便了。”那人道:“你伙计在那里?”汤怀把手中烂银枪一摆,说道:“这就是我的伙计!”那人大怒,举起大刀,照着汤怀顶门上砍来。汤怀把枪一举,架开刀,分心刺来。那人在马上把身子一闪,还刀就砍。刀来枪架,枪去刀迎,战有一二十个回合,真是对手,没个高下。

恰好岳大爷等四个人一齐都到,看见汤怀战那人不下,张显把钩连枪一摆,喝道:“我来也!”话声未绝,山上一人红战袍,金铠甲,手提点钢枪,拍马下山,接住张显厮杀。王贵举起金刀,上前助战。山上又跑下一人,但见他面如黄土,遍体金装,坐下黄骠马,手把三股托天叉,接住王贵大战。牛皋看得火起,舞动双锏打来。只见一人生得青面獠牙,颔下无须,坐着青鬃马,手舞狼牙棒,抵住牛皋接战。

岳大爷想道:“不知这山上有多少强盗?看他四对人相杀,没甚高低,我若不去,如何分解?”便把雪花鬃一拍,却待向前,只听得山上鸾铃响,一个人戴一顶烂银盔,穿一副白铠甲,坐下白战马,手执一枝画杆烂银戟,大声喝道:“我来也!”

不分皂白,望着岳大爷举戟就刺。岳大爷把枪一逼,搭上兵器。不上五六个照面、七八个回合,那人把马一拍,跳出圈子,叫道:“少歇,有话问你!”岳大爷把枪收住,便道:“有话说来。”那人道:“我看你有些面善,不知从那里会来?一时想不起，你且说是姓甚名谁？从那里而来？”岳大爷道：“我等是汤阴县举子，在武场不第而回，那里认得你们这班强盗！”那人道：“莫不是枪挑小梁王的岳飞么？”

岳大爷道：“然也！”那人听了，慌忙下马来，插了戟，连忙行礼道：“穿了盔甲，一时才认不出，多多得罪了！”岳大爷亦下马来，扶住道：“好汉请起，为何认得小弟？”那人道：“且待小弟唤那几个兄弟来，再说便了。”正是：

一笑三生曾有约，算来都是会中人。

不知那人如何认得岳飞，且听下回分解。

第十五回 金兀术兴兵入寇 陆子敬设计御敌

诗曰：

渔阳鞞鼓动喧天，易水萧萧星斗寒。
金戈铁骑连霄汉，烟尘笳角满关山。

却说那人上前一步，高声叫道："列位兄弟，休得动手，都来说话。"那四个人正战到好处，忽听得那人叫，便一齐收住兵器，上前来道："我们正要捉拿那厮，不知大哥为何呼唤小弟们？"那人指着岳大爷道："此位正是挑梁王的岳飞！"四人听见，便一齐下马，来与岳飞行礼。岳大爷亦叫汤怀众兄弟一齐过来见了礼，便问那用戟的道："请问众位好汉尊姓大名？"那人道："小弟姓施名全，这用刀的兄弟唤做赵云，那使枪的兄弟叫做周青，拿叉的叫梁兴，用狼牙棒的名吉青，我们五个是结义弟兄。因来抢武状元，不意被大哥挑死梁王，散了武场小弟等欲待回家，怎奈囊空羞涩，思量又无家小，不如投奔大哥。来到红罗山下，恰遇着一班毛贼拦路，被我们杀了，众人们留我为主，因此在此胡乱取些金银财帛，以作进见之礼。不想在此相遇，适才冒犯，幸勿介意。"岳大爷大喜。施全等忙请众位上山，摆了香案，一齐结为兄弟。各个收拾行李，跟随岳大爷一齐回转汤阴居住，终日修文演武，讲论兵机战法。按下慢表。

且说那北地女真国黄龙府，有一个总领狼主，叫做完颜乌骨达，国号大金。生有五子：大太子名为粘罕，二太子名为喇罕，三太子答罕，四太子兀术，五太子泽利。又有左丞相哈哩强，军师哈迷蚩，参谋勿迷西，大元帅粘摩忽，二元帅皎摩忽，三元帅奇渥温铁木真，四元帅乌哩布，五元帅瓦哩波。管下六国三川多少地方，每想中原花花世界，一心要夺取宋室江山。一日，老狼主登殿，当有番官上殿启道："军师回来了。"老狼主命宣来。当时哈迷蚩上殿，俯伏朝见已毕，奏道："狼主万千之喜！"老狼主道："有何喜事？"哈迷蚩奏道："臣到中原探听消息，老南蛮皇帝让位与小皇帝钦宗。这小皇帝自即位以来，不理朝政，专听那些奸臣用事，贬黜忠良。兼之那些关塞上边并无好汉保守。今狼主要夺中原，只消发兵前去,包管一鼓而可得也。"老狼主闻奏大喜,即择定了十五日吉利日子,往校场中挑选扫宋大元帅。出榜通衢,晓喻军民人等,都到校场比武,各官领旨退朝。

到了那日,老狼主摆驾往校场中来,到演武厅上坐下。两边文武官员朝见已毕,站立两旁。且说那演武厅前有一座铁龙,原是先王遗下镇国之宝,重有一千余斤。

老狼主即命番官传旨高叫道:"不论军民人等,有能举得起这铁龙者,即封为昌平王、扫南大元帅之职。"旨意一下,那王子、平章、军丁、将士,个个想做元帅。

这个上来摇一摇,涨得脸红,那个上来拨一拨,挣得面赤,好像蜻蜓撼石柱,俱各满面羞惭,退将下去。老狼主道:"当年项羽拔山,子胥举鼎,难道我国枉有这许多文武,就没个举得起这千斤之物?"正在烦恼,忽然旁边闪出一人,但见他生得:

脸如火炭,发似乌云。虬眉长髯,阔口圆睛。身长一丈,膀阔三停。分明是狠金刚下降,却错认开路神狰狞。

原来是老狼主第四个太子,名唤兀术。他本是天上赤须龙下降,要来扰乱宋室江山的。当下上前俯伏奏道:"臣儿能举这铁龙。"老狼主听了,大喝一声:"与我绑去砍了!"左右番军答应一声,登时就把兀术绑起。

列位看官,你道老狼主听见自家儿子能举铁龙,应该欢喜,为何反要杀他起来?只因有个原故:那兀术虽然生长番邦,酷好南朝书史,最喜南朝人物,常常在宫中学穿南朝衣服,因此老狼主甚不欢喜他。今日见无人举得起铁龙,心中正在烦恼,却见他挺身出来,一时怒起,要将他斩首。早有军师哈迷蚩连忙奏道:"今日选将吉期,正要观太子武艺,如何反要将他斩首?乞狼主详察!"老狼主道:"军师有所不知,你看满朝王子,各平章、武将尚举不起,量他有甚本领,出此大言。这等狂妄之徒不杀了,留他何用?"哈迷蚩又奏道:"凡人不可貌相。依臣愚奏,且命四太子去举铁龙,若果然举得起,即封为前职,去夺中原,得了宋朝天下,此乃狼主洪福;倘若举不起,然后杀他,也叫他死而无怨。"老狼主依奏,即命将兀术放了,叫他去举铁龙,若举不起即时斩首,以正狂妄之罪。

番军领旨,即将兀术放了绑。兀术谢了恩下厅来,仰天暗暗祝告:"我若进得中原,抢得宋朝天下,望神力护佑,举起铁龙。若进不得中原,抢不得宋朝天下,便举不起铁龙,死于刀剑之下。"祝罢,就左手撩衣,右手将铁龙前足一提,就举将起来,高叫:"父王,臣儿举铁龙哩!"老狼主一见大喜,各殿下、各平章那个不称赞。文武官员、军民人等齐声喝彩,俱说:"四殿下真是天神!"

那兀术将铁龙连举三举，轰隆一声，将铁龙撂在半边，上厅来，拜见父王缴旨。

老狼主即封为昌平王、扫南大元帅，统领六国三川兵马，带领军师参谋、左右丞相、各位元帅并那各邦小元帅。选定良辰吉日，发兵五十万，祭了珍珠宝云旗，辞别父王，进兵中原。真个是人如恶虎，马似游龙，旌旗蔽日，金鼓喧天。

且说兀术领兵在路行了一月有余，到了南朝地界。第一关乃是潞安州。此关有个镇守潞安节度使，姓陆名登，表字子敬。夫人谢氏，止生一子，年方三岁。这位老爷绰号小诸葛，手下有五千多兵，乃是宋朝名将。这日正坐公堂，忽有探子来报："启上大老爷，不好了！今有大金国差主帅完颜兀术，带领五十万人马，来犯潞安州，离此只有百里之遥了。"陆节度听见，吃了一惊，赏了探子银牌一面，吩咐再去打听。

即时令旗牌官出去，把城外百姓尽行收拾进城居住，把房屋尽行拆了，等太平时照式造还。又令各营将士上城紧守。又差旗牌到铺中给偿官价，收买斗缸，每一个城垛安放一只，命木匠做成木盖盖了。令军士在城上派定五个城垛，砌成灶头三个。又令制造粪桶一千只，桶内装满人粪。又取碗口粗的毛竹一万根、细小竹子一万根及棉花破布万余斤，做成唧筒。一面水关上下了千斤闸，库中取出钢铁来，画成铁钩样子，叫铁匠照式打造铁钩缚在网上。又在库内取出数千桶毒药，调入人粪之内，放在城上锅内煎熬，放入缸内，专等番兵到城下，将滚粪泼下。若是番兵粘着此粪，即时烂死。晚上将钩网布在城头之上，以防番兵爬城。料理已毕，然后亲自修下一道告急本章，差官星夜前往汴梁，求朝廷发兵来救应。陆老爷恐怕救兵来迟，失了潞安州不打紧，那时连汴梁亦难保守。放心不下，又修了两道告急文书，一道送至两狼关总兵韩世忠处，一道送与河间府太守张叔夜，求他两人发兵前来相助。差人出城去了，陆老爷自家就率领三军，上城保守，昼夜巡查。正是：

设就陷坑擒虎豹，安排铁网捉蛟龙。

花开两朵，各在一枝。书中慢讲陆老爷准备停当。再说兀术领兵，一路滚滚而来，来到了潞安州，离城五十里，放炮安营。陆老爷在城上观看番兵，果然厉害。但见：

满天生怪雾，遍地起黄沙。但闻那扑通通驼鼓声敲，又听得咿呜呜胡笳乱动。东南上千条条钢鞭铁棍狼牙棒，西北里万道道银锤画戟虎头牌。来一阵蓝青脸，朱红发，窍唇露齿，真个奇形怪样；过两队锤擂头，板刷眉，环睛暴眼，果然恶貌狰狞。波斯帽，牛皮甲，脑后插双双雉尾；乌号弓，雁翎箭，马项桂累累缨毛。旗幡错杂，难分赤白青黄；兵器纵横，那辨刀枪剑戟。真个滚滚征尘随地起，腾腾杀气盖天来。

有诗曰：

一旦金人战衅开，纵横戈戟起尘埃。
胡茄吹彻军心震，刁斗声惊客梦回。
鬼泣神号悲切切，妻离子散哭哀哀。
人心不肯存公道，天降刀兵劫运来！

城上那些兵将见了，好不惧怕，有的要乘金人初到，出去杀他一阵。陆老爷道："此时彼兵锐气正盛，只宜坚守，等候救兵到来再处。"那时众将士俱各遵令防守，专等救兵，不提。

且说兀术在牛皮帐中，问军师道："这潞安州是何人把守？"哈迷蚩道："这里节度使是陆登，绰号小诸葛，极善用兵的。"兀术道："他是个忠臣，还是奸臣？"

军师道："是宋朝第一个忠臣。"兀术道："既如此，待某家去会会他。"当时随即传下号令，点起五千人马，同着军师，出了营来。众番兵吹着喇叭，打着皮鼓，杀到城下。陆登吩咐军士："好生看守城池，待我出去会他一会。"当时下城来，提着枪，翻身上马，开了城门，放下吊桥，一声炮响，匹马单枪，出到阵前。抬头一看，见那兀术：

头戴一顶金镶象鼻盔，金光闪烁；旁插两根雉鸡尾，左右飘分。身穿大红织锦绣花袍，外罩黄金嵌就尤鳞甲；坐一匹四蹄点雪火龙驹，手拿着螭尾凤头金雀斧。好像开山力士，浑如混世魔王。

大叫一声："来者莫非就是陆登否？"陆登道："然也！"那兀术也把陆登一看，但见他：

头戴大红结顶赤铜盔，身穿连环锁子黄金甲。走兽壶中箭比星，飞鱼袋内弓如月。真个英雄气象，盖世无双，人材出众，豪杰第一。

兀术暗想："果然中原人物，与众不同。"便开言叫声："陆将军！某家领兵五十万，要进中原去取宋朝天下，这潞安州乃第一个所在。某家久闻将军是一条好汉，特来相劝，若肯归降了某家，就官封王位，不知将军意下若何？"陆登道："你是何人？快通名来。"兀术道："某家非别，乃是大金国总领狼主殿前四太子，官拜昌平王、扫南大元帅完颜兀术的便是。"陆登大喝一声："休得胡说！天下有南北之分，各守疆界。我主仁德远布，存尔丑类，不加兵刃。尔等不思谨守臣节，反提无名之师，犯我边疆，劳我师旅，是何道理？"兀术道："将军此话差矣！自古天下者，非一人之天下，唯有德者居之。尔宋朝皇帝肆行无道，去贤用奸，大兴土木，民怨天怨。因此我主兴仁义之师，救百姓于倒悬。将军及早应天顺人，不失封侯之位。倘若执迷，只恐你这小小城池经不起。那时踏为平地，玉石俱焚，岂不悔之晚耶？”陆登大怒，喝道：“好奴才，休得胡言！照老爷的枪罢！”当的一枪，望兀术刺来。兀术举起金雀斧“咯当”一响，掀开枪，回斧就砍。陆登抡枪接战，战有五六个回合，那里是兀术对手，招架不住，只得带转马头便走。兀术从后赶来。陆登大叫：“城上放炮！”这一声叫，兀术回马便走。城内放下吊桥，接应陆登进城。陆登对着众将道：“这兀术果然厉害，尔等可小心坚守，不可轻觑了他。”

且说兀术收兵进营，军师问道：“适才陆登单骑败走，太子何不追上前去拿住他？”兀术道：“陆登一人出马，必有埋伏。况他大炮打来，还赶他做甚？”军师道：“太子言之有理。”当过了一夜。次日，兀术又到城下讨战。城上即将“免战牌”挂起，随你叫骂，总不出战。守了半个多月，兀术心焦起来，遂命乌国龙、乌国虎去造云梯，令三元帅奇温铁木真领兵五千个打头阵，兀术自领大兵为后队。来到城河，叫小番将云梯放下水中，当了吊桥，以渡大兵过河。将云梯向城墙扯起，一字摆开，令小番一齐爬城。将已上城，那城上也没有甚么动静。兀术想道：“必然那陆登逃走了。不然，怎的城上没个守卒？”正思考中，忽听得城上一声炮响，滚粪打出，那些小番一个个翻下云梯，尽皆跌死。城上军士把云梯尽皆扯上城去了。

兀术便问军师：“怎么这些爬城军士跌下来尽皆死了？却是为何？”哈迷蚩道：“此乃陆登滚粪打人，名为腊汁，沾着一点即死的。”兀术大惊，忙令收兵回营。

这里陆登叫军士将跌死小番取了首级，号令城上，把那些云梯打开劈碎，又好煎熬滚粪，不表。

且说兀术在营中与军师商议道：“白日爬城，他城上打出粪来，难以躲避。等待黑夜里去，看他怎样？”算计已定。到了黄昏时候，仍旧领兵五千，带了云梯，来到城河边，照前渡过了河，将云梯靠着城墙，令番兵一齐爬将上去。兀术在那黑暗中，看那城上并无灯火，那小番一齐俱已爬进城垛，心中大喜，向军师道：“这遭必得潞安州了！”话还未了，只听得城上一声炮响，一霎时，灯笼火把，照得如同白日，把那小番的头，尽皆抛下城来。兀术看见，眼中流泪，问军师道：“这些小番，怎么被他都杀了？却是为何？”哈迷蚩道：“臣也不解其意。”原来那城上是将竹子撑着丝网，网上尽挂着倒须钩，平平撑在城上，悬空张着。那些爬城番兵，黑暗里看不明白，都踹在网中，所以尽被杀了。兀术见此光景，不觉大哭起来，众平章相劝回营。兀术思想此城攻打四十余日，不得成功，反伤了许多军士，好不烦恼。

军师看见兀术如此，劝他出营打围散闷。兀术依允，点起军士，带了猎犬鹞鹰,望乱山茂林深处打围。远远望见一个汉子向林中躲去,军师便向兀术道:“这林子中有奸细。”兀术就命小番进去搜获。不一时,小番捉得一人,送到兀术面前跪着。

兀术道:“你是那里来的奸细?快快说来!若支吾半句,看刀伺候。”

不因这个人说出几句话来,有分教:大胆军师,割去鼻子真好笑;忠良守将,刎下头颅实可钦。

不知那人说出什么话来,且听下回分解。

第十六回 下假书哈迷蚩割鼻 破潞安陆节度尽忠

诗曰：

殉难忠臣有几人？陆登慷慨独捐身。
丹心一点朝天阙，留得声名万古称！

却说当时小番捉住那人，兀术便问：“你好大胆！孤家在此，敢来捋虎须。实在是那里来的奸细？快快说来！若有半句支吾，看刀伺候。”那人连忙叩头说道：“小人实是良民，并非奸细，因在关外买些货物，回家去卖。因王爷大兵在此，将货物寄在行家，小人躲避在外。今闻得大王军法森严，不许取民间一草一木，小人得此消息，要到行家取货物去。不知王爷驾来，回避不及，求王爷饶命！”兀术道：“既是百姓，饶你去罢。”军师忙叫：“主公，他必是个奸细。若是百姓，见了狼主，必然惊慌，那里还说得出话来。今他对答如流，并无惧色，百姓那有如此大胆？如今且带他回大营，细问情由，再行定夺。”兀术吩咐小番：“先带了那人回营。”

兀术打了一会围，回到大营坐下，取出那人细细盘问。那人照前说了一遍，一句不改。兀术向军师道：“他真是百姓，放了他去罢！”军师道：“既要放他，也要将他身上搜一搜。”遂自己走下来，叫小番将他身上细细搜检，并无一物。军师将那人兜屁股一脚，喝声：“去罢！”不期后边滚出一件东西。军师道：“这就是奸细带的书。”兀术道：“这是什么书？如何这般的？”军师道：“这叫做‘蜡丸书’。”

遂拔出小刀将蜡丸破开，内果有一团绉纸，摸直了一看，却是两狼关总兵韩世忠，送与小诸葛陆登的。书上说：

有汴梁节度孙浩，奉旨领兵前来助守关隘。如若孙浩出战，不可助阵，他乃张邦昌心腹，须要防他反复。即死于番阵，亦不足惜。今特差赵得胜达知，伏乞鉴照，不宣。

兀术看了，对军师道：“这封书没甚要紧。”军师道：“狼主不知，这封书虽然平淡，内中却有机密。譬如孙浩提兵前来与狼主交战，若是陆登领兵来助阵，只消暗暗发兵，一面就去抢城。倘陆登得了此书，不出来助阵，坚守城池，何日得进此城？”兀术道：“既如此，计将安出？”军师道：“待臣照样刻起他紫粉印来，套他笔迹，写一封书教他助阵，引得他出来，我这里领大兵将他重重围住。一面差人领兵抢城，事必谐矣。”兀术大喜，便叫军师快快打点，命把奸细砍了。军师道：“这个奸细，不可杀他，臣自有用处，赏了臣罢！”兀术道：“军师要他，领去便了。”到了次日，军师将蜡丸书做好了，来见兀术，兀术便问：“谁人敢去下书？”

问了数声，并没个人答应。军师道：“做奸细，须要随机应变。既无人去，待臣亲自去走一遭罢。臣去时，倘然有甚差失，只要狼主照顾臣的后代罢了。”兀术道：“军师放心前去，但愿事成，功劳不小。”却说哈迷蚩扮做赵得胜一般装束，藏了蜡丸，辞了兀术出营。来到吊桥边，轻轻叫：“城上放下吊桥，有机密事进城。”陆登在城上见是一人，便叫放下吊桥。

哈迷蚩过了吊桥，来到城下，便道：“开了城门，放我进来，好说话。”城上军士道：“自然放你进来。”一面说，只见城上坠下一个大筐篮来，叫道：“你可坐在篮内，好扯你上城。”哈迷蚩无奈，只得坐在篮内。那城上小军就扯起来，将近城垛，就悬空挂着。陆登问道：“你叫什么名字？奉何人使令差来？可有文书？”那哈迷蚩虽然学得一口中国话，也曾到中原做过几次奸细，却不曾见过今日这般光景，只得说道：“小人叫做赵得胜，奉两狼关总兵韩大老爷之命，有书在此。”陆登暗想韩元帅那边，原有一个赵得胜，但不曾见过，便道：“你既在韩元帅麾下，可晓得元帅在何处得功，做到元帅之职？”哈迷蚩道：“我家老爷同张叔夜招安了水浒寨中好汉得功，钦命镇守两狼关。”陆登又问：“夫人何氏？”哈迷蚩道：“我家夫人非别人可比，现掌五军都督印，那一个不晓得梁氏夫人。”陆登道：“什么出身？”哈迷蚩道：“小的不敢说。”又问：“可有公子？”哈迷蚩道：“有两位。”

陆登道：“叫甚名字？多大年纪了？”哈迷蚩回道：“大公子韩尚德，十五岁了；二公子韩彦直，只得三四岁。”陆登道：“果然不差！将书取来我看。”哈迷蚩道：“放小的上城，方好送书。”陆登道：“且等我看过了书，再放你上来不迟。”哈迷蚩到此地步，无可奈何，只得将蜡丸呈上。你道哈迷蚩怎么晓得韩元帅家中之事，陆登盘他不倒？因他拿住了赵得胜，一夜问得明明白白，方好来做奸细。

陆老爷把蜡丸剖开，取出书来细细观看，心内暗想道：“孙浩是奸臣门下，怎么反叫我去助他？况且我去助阵，倘兀术分兵前来抢城，怎生抵挡？”正在疑惑，忽然一阵羊骚气，便问家将道：“今日你们吃羊肉么？”家将禀道：“小人们并不曾吃羊肉。”陆登再把此书细细一看，把书在鼻边闻了一闻，哈哈大笑道：“若不是这阵羊骚气，几乎被他瞒过了！你这骚奴，把这样机关来哄我，怎出得我的手？

快快从实讲来！若在番邦有些名目的，本都院放你去，若是无名小卒，留你也无用，不如杀了。”哈迷蚩想这个人果然名不虚传，便笑道：“‘明知山有虎，故作采樵人。’因你城中固守难攻，故用此计。我乃大金国军师哈迷蚩是也。”陆登道：“我也闻得番邦有个哈迷蚩，就是你么？我问你每每私进中原，探听消息，以致犯我边疆。我今若杀了你，恐天下人笑我怕你计策来取中原；若就是这样放你回去，你下次再来做奸细，如何识认？”吩咐家将：“把他鼻子割下，放他去罢！”家将答应一声，便把他鼻子割了，将筐篮放下城去。

哈迷蚩得了性命，奔过吊桥，掩面回营，来见兀术。兀术见他浑身血迹，问道：“军师为何如此？”哈迷蚩将陆登识破之事，说了一遍。兀术大怒道：“军师且回后营将息，待等好了，某家与你拿那陆登报仇便了。”哈迷蚩谢了兀术，回后营将养。半月有余，伤痕已愈，做了一个瘢鼻子，来见兀术。商议要抢潞安州水关，点起一千余人，捱至黄昏，悄悄来到水关一齐下水，思想偷进水关。谁知水关上将网拦住，网上尽上铜铃，如人在水中碰着网，铜铃响处，挠钩齐下。番人不知，俱被拿住，尽皆斩首，号令城上。那岸上番兵看见，报与兀术。兀术无奈，只得收兵回营，与军师议道：“此人机谋，果然厉害！某家今番索性自去抢那水关，若然失手死于水内，尔等便收兵回去罢了！”

到晚间，兀术自领一千兵马，等到三更时分，兀术先下水去探看，来到水关底下，将头钻进水关来，果然一头撞在网里，上面铜铃一响。城上听见，忙要收网，却被四太子将刀割断，跳上岸来，把斧头砍死宋军。奔到城门边来，砍断门拴，打去了锁，开了城门，放下吊桥，吹动胡茄，外边小番接应。恰好这一日陆登回衙去了，无人阻挡。番兵一拥进城！

诗曰：

两国交争各用兵，陆登妙计胜陈平。
独怜天佑金邦主，不助荒淫宋道君。

却说陆登正在衙中料理，忽听军士报道：“番兵已进城！”陆登忙对夫人道：“此城已失，我焉能得生？自然为国尽忠了！”夫人道：“相公尽忠，妾当尽节。”

乃向乳母道：“我与老爷死后，只有这点骨血。须要与我抚养成人，接续陆氏香火，就是我陆氏门中的大恩人了！”吩咐已毕，走进后堂，自刎而亡。陆登在堂，闻报夫人已自刎，连叫数声：“罢了！”亦拔剑自刎。那尸首却峥然立着，并不跌倒。

一众家丁见老爷、夫人已死，各自逃生。

那乳母收拾东西正要逃走，却见兀术早已骑马进门来，乳母慌忙躲在大门背后。

兀术下马，走上堂来，见一人手执利剑，昂然而立。兀术大喝一声："你是何人？照枪罢！"见不则声，走上前仔细一看，认得是陆登，已经自刎了。兀术倒吃了一惊，那有人死了不倒之理？遂把枪插在阶下，提剑走入后堂，并无人迹，只见一个妇人尸首，横倒在地。再往后头一直看了一回，并无一人。复走出堂上，看见陆登尸首尚还立着。兀术道："我晓得了，敢是怕某家进来，伤害你的尸首，杀戮你的百姓，故此立着么？"正想间，只见哈迷蚩进来道："臣闻得狼主在此，特来保驾。"

兀术道："来得正好。与我传令出去，吩咐军士穿城而去，寻一个大地方安营，不许动民间一草一木。违令者斩！"哈迷蚩领命，传令出去。

兀术道："陆先生，某家并不伤你一个百姓，你放心倒了罢！"说毕，又不见倒。兀术又道："是了，那后堂妇人的尸首，敢是先生的夫人，为丈夫尽节而死。今某家将你夫妻合葬在大路口，等过往之人晓得是先生忠臣节妇之墓，如何？"说了又不见倒。兀术道："是了，某家闻得当年楚霸王自刎，直到汉王下拜，方才跌倒。如今陆先生是个忠臣，某家就拜你几拜何妨？"兀术便拜了两拜，又不见倒。

兀术道："这也奇了！"就拖过一把椅子来，坐在旁边思想。只见一个小番，拿住一个妇人，手中抱着个小孩子，来禀道："这妇人抱着这孩子，在门背后吃奶，被小的拿来，请狼主发落。"兀术问妇人："你是何人？抱的孩子是你甚人？"乳母哭道："这是陆老爷的公子，小妇人便是这公子的乳母。可怜老爷、夫人为国尽忠，只存这点骨血，求大王饶命！"兀术听了，不觉眼中流下泪来道："原来如此。"

便向陆登道："陆先生，某家决不绝你后代。把你公子抚为己子，送往本国，就着这乳母抚养，直待长大成人，承你之姓，接你香火，如何？"这才说完，只见陆登身子扑地便倒。

兀术大喜，就将公子抱在怀中。恰值哈迷蚩进来看见，便问："这孩子那里来的？"兀术将前事细说一遍。哈迷蚩道："这孩子既是陆登之子，乞赐与臣，去将他断送了，以报割鼻之仇。"兀术道："此乃各为其主。譬如你拿住个奸细，也不肯轻放了他。某家敬他是个忠臣，可差官带领军士五百名，护送公子并乳母回转本邦。"一面命人收拾陆登同着夫人的尸首，合葬在城外高阜处。着番将哈利禄镇守潞安州，自家率领大兵，来抢两狼关。

却说总兵韩世忠正在中军，忽有探子来报："启上元帅，今有金兀术打破潞安州，陆老爷夫妇尽节。今兀术领兵来犯本关，离此只有百里了，请元帅定夺！"元帅闻报，赏了探子银牌一面，叫他再去打听。当下元帅遂传令各营将士，在三山口各处紧要关隘，遍设伏兵火炮，添兵把守，一面修表入朝告急。正在料理，又有探子来报：“启上大老爷，今有汴梁节度使孙老爷领兵五万，绕城而过，杀进番营去了！”

元帅道：“吓！这奸贼怎么直到此时才到？也不前来知会本帅一声。那兀术有五十余万人马，你有何本领擅敢以少敌众，自取灭亡么？”叫左右赏了探子羊酒银牌，再去打听。探子答应一声，如飞去了。

元帅心下思想：“若不发兵救应，必至全军覆没；若去救应，又恐本关有失。”正在踌躇，左右报说：“梁夫人出堂。”韩元帅相见坐定，便问道：“夫人出来，有何高见？”夫人道：“妾闻孙浩提兵杀入番营，以他这样才能武艺，领五万人马，挡兀术五十余万之番兵，犹如驱羊入虎口耳。倘或有失，那奸臣必然上本，反说相公坐视不救。依妾愚见，相公还该发兵接应才是。”韩元帅道：“夫人虽说得是，只是便宜了这奸贼。”遂传下令来，问：“谁人敢领兵前去救应孙浩？”早有一员小将上前应道：“孩儿敢去！”元帅一看，原来是大公子韩尚德。元帅就道：“我儿，你可领兵一千，前去救应孙浩回来。”公子答应一声，正欲下去了，夫人又叫转来吩咐道：“我儿，为将之道须要眼观四处，耳听八方，可战则战，可守则守。若不见孙浩，可速回兵，切勿冒险与战！”

公子应声：“晓得！”随即领兵出关。将近番营，抬头一看，五六十里地面尽是营盘。公子思想：“这许多番兵，若杀进去，这一千人马，多白送了性命？若不杀进去，又不知孙浩下落，这便如何是好？也罢！”吩咐众军士：“你们且扎住营盘在此等我，我独自一人踹进营中，寻见了孙浩，或者一同杀出来。倘寻不见孙浩，我战死番营，你们可回报大老爷便了！”军士领命，就扎住营盘。公子拍马舞刀，大喝一声：“两狼关韩尚德来踹营了！”一声喊，望番营冲去。举起刀来，杀得人头滚滚，犹如砍瓜切菜一般，来寻孙浩，那知道这时候，孙浩的人马已全军覆没了。

小番报进牛皮帐中：“启上狼主，又有一个小南蛮杀进营来，十分厉害，说叫做什么韩尚德，候狼主发令擒拿。”兀术便问军师：“可晓得那一个韩尚德是什么人，这等厉害？”哈迷蚩道：“就是前日臣对狼主讲的韩世忠的大儿子。他的父母本事高强，就生出这个儿子来，也是狠的。”兀术笑道：“他一个人本事虽强，怎敌得我五十万人马？看孤家生擒他来，叫他降顺。”即命众平章传令下来：“务要生擒，不许伤他性命。”这些番兵闻令，一齐拥将上来，把韩公子团团围住。公子并无惧怯，将手中这杆刀左拦右架，东格西搪，在番营内大战。只是人马众多，不能杀出。

那领来这一千人马，在外边远远地望了半日，并不见公子的消息，疑心大约已丧在番营，就回进关中，报上元帅："公子着令我们屯兵在外，单人独骑，踹进番营中去了。半日不见动静，谅已不保了。"韩元帅闻报，就走进后堂与夫人说知。

夫人大哭起来道："我想做了武将固当捐躯报国，但是我儿年幼，不曾受得朝廷半点爵禄，岂不可伤？"元帅道："夫人不必悲伤，待吾领兵前去，一则探听番兵消息，二来与孩儿报仇！"

元帅说罢，随即出堂，仍带这一千人马，上马出关，望金营来。行至中途，军士皆停马不走，元帅就问军士："为何不行？"军士道："前番公子有令，说：'番营人马众多，我们这一千人马去枉送性命。'着在这里等的。"元帅听了流下泪来："我儿既有此令，你们原在此等罢！"元帅一马直入番营，大叫一声："大宋韩元帅来了！"摇动手中刀，杀入重围，逢着就死，挡着就亡，好不厉害！杀进了几个营盘，无人抵挡。小番慌忙报进帐中，兀术连连称赞："好个韩世忠吓！"就与军师计议，下令叫众平章等将韩元帅围住。一面调兵去抢两狼关，叫他首尾不能照应。

那韩元帅虽是英雄，怎挡得番兵众多，一层一层围裹拢来，一时那里杀得出来。这里兀术带领大兵，浩浩荡荡，杀奔两狼关来。

那元帅带来的一千兵，等候元帅不见出来，反见番兵望关上杀来，齐惊道："不好了！元帅决无性命了！"一齐进关报知夫人。夫人恐乱了军心，不敢高声痛哭，只得暗暗流泪，叫过奶公奶母，抱公子上堂，悄悄吩咐道："你二人可收拾金银珠宝，带了两个印信，骑马先出关去，在左近探听消息。我若得胜，你们可原进关来，再作商量；我若死了，你可将公子抚养成人，只算是你的儿子一般。待他成人送入朝中，令他袭父之职，千万不可有误！"二人领命，忙收拾先出关去。不一会，探子来报："金兵已到关下。"说犹未了，又有探子来报："有番将讨战。"接连几报，好似：

长江后浪催前浪，月赶流星风送云。

未知梁夫人如何抵敌，且听下回分解。

第十七回 梁夫人炮炸失两狼 张叔夜假降保河间

诗曰：

大炮轰雷失两狼，那堪天意佑金邦。
丈夫纵有乾坤手，枉送身躯死战场！

又诗曰：

金将南侵急困城，张君矢日效忠诚。
非关屈膝甘降服，为保河间一郡民。

话说梁夫人闻丈夫、儿子俱已遭伤，将幼子托付奶娘夫妇先出城去，自己带领家将人马，来到关前。守关众将上前迎接道："番兵势大，夫人只宜坚守关隘，不可出兵。"夫人道："列位将军有所不知，我夫、子二人俱死于贼手，此仇不共戴天，如何不报？尔诸将们可将'铁华车'摆列端正，把大炮设放三山口上，等那番兵近关，一齐推出'铁华车'挡住，那时点放大炮，不得有误！"众将领令安排。

夫人带了人马，放炮出关，对着番兵，排下队伍。旗门开处，夫人出马。那边兀术四太子看见这边调遣，暗暗地喝彩："果然是女中豪杰，真个名不虚传！"梁夫人喝道："番奴！你是何等样人？快通名来！"兀术道："某乃大金国黄龙府四太子，官拜昌平王、扫南大元帅完颜兀术是也。南蛮婆！可通名来！"梁夫人道："番奴听着，我乃大宋天子驾前御笔亲点两狼关大元帅韩夫人，官拜五军都督府梁红玉是也。"兀术道："原来就是你！某家久闻熟悉兵机，深通战法，岂不识天时人事？某家统领大兵来取你南朝天下，如泰山压卵。你若识时务，早早降顺，不独保全性命，且不失你之官爵，可细细想来。"梁夫人骂一声："番奴！我丈夫、孩儿的性命俱害在你手内，恨不得拿你来碎尸万段，方泄此恨，尚敢摇唇鼓舌！"

兀术道："你丈夫、儿子何曾死？俱被某家困在营中。你若降顺了，我还你丈夫、儿子便了。"梁夫人大怒道："休得胡说，放马过来！"说罢，抡起手中刀，望兀术就砍，兀术举斧相迎。战到五六个回合，梁夫人那里招架得住，只得回马败下。

兀术随后赶将上来。将近关前,梁夫人高叫一声:"放炮!"那三山口上众将正待开炮,不道霎时间满天黑雾迷漫,只听得半空中豁喇喇一声霹雳打将下来。那九牛大将军一震,不想这炮轰天价响亮,两边炸开,把两狼关打开一条大路。此一回,就叫做"雷震三山口,炮炸两狼关"。那兀术趁势拥将上来,抢入关中。

梁夫人见炮炸了,也使不得"铁华车",关已失了,急得如丧家之犬,漏网之鱼,只得落荒而走。前面到一茂林,正待想要进去歇息歇息,忽听得林中叫道:"夫人快进来,公子在此!"夫人勒马看时,却是奶公、奶母。夫人下马走入林中,抱住公子大哭一场。奶公便问:"夫人出兵,胜败若何?"夫人说:"关已失了!

老爷、公子并无下落,谅已难保,我们如今归于何处?"不觉泪如雨下。不表夫人在林中悲切。

再说那韩元帅在番营大战,只见番兵前后走动。你道为何?原来那些兵知道得了两狼关,都想抢进关去,故此围兵渐渐稀了。韩元帅奋勇往外冲来,却见马上一员小将被一番将赶下来。元帅细认却是大公子,便高叫一声:"我儿,为父在此!"

公子叫一声:"爹爹!番将厉害,杀不过他。"元帅拍马上前,举刀望着那员番将劈头砍下,正中了那将的头盔。忽见那番将头上迸出一道白光,刀不能下。看官,你道那员番将是谁?却叫做奇渥温铁木真。只因他日后生下一子,名为忽必烈,却是元朝始祖,故有此异。那奇提温铁木真被韩元帅这一刀,吃了一惊,拖枪败走。

元帅暗想:"这番将有此奇异,日后倒有好处。"

当时韩元帅父子二人,并力杀出重围,摇望关前、关上都是金兵旗号,只得落荒而走。前到茂林之处,夫人在林内望见,大叫:"相公、孩儿,妾身在此!"元帅半惊半喜,就下马来。公子亦下马来见了母亲,请了安。元帅就问夫人:"为何失了关隘?"夫人道:"只因军士报你与孩儿阵亡,故此妾身出兵,与你报仇。不意雷震三山,炮炸两狼,故此把关隘失了,逃避在此。"元帅道:"此乃天意,非人力所能挽回也。"夫人道:"如今关隘已失,我们往那里去好?"元帅道:"我等同往京城候旨便了。"于是韩元帅夫妻、父子,同着奶公、奶母,便一齐往汴梁一路而来,不提。

且说兀术进了两狼关,查点了仓库钱粮,看见那"铁华车",便问军师:"此车何人制造?"军师回说:"昔日韩信造此车,困住了西楚霸王。今日狼主洪福齐天,皇天护佑,得破此关。可趁此锐气,发兵进攻河间府,渡过黄河,那汴京指日可取也。"兀术道:"如此,可即整顿粮草,起兵去攻河间府。"且按下不表。

再说韩世忠夫妇等来到黄河地界,正遇着钦差赍旨而来。世忠夫妇一齐跪接。

钦差宣读诏书，说："韩世忠失守两狼关，本应问罪，姑念有功免死，削职为民。"

世忠夫妇一同谢恩，交还了两颗印信。夫妻、父子一同回到陕西，不表。

却说河间府节度使张叔夜，闻报失了两狼关，兀术率领大兵来取河间府，不觉惊慌，心中暗想："那陆登何等智谋，不能保全；韩世忠夫妇骁勇异常，况有大炮、'铁华车'，尚且失守，何况下官？"想定主意。就与众将士计议：传令城上竖起降旗，等金兵到来，权且诈降，以保一府百姓，免受杀戮之惨。等他渡过黄河，各路勤王兵来，杀败兀术，那时候将兵截其归路，必擒兀术也。诸将领令，端正降金。

不道那张叔夜有两位公子：大公子名唤张立，身长一丈，方面大耳；二公子名唤张用，也是身长一丈，淡黑面庞。这兄弟两个各使一根铁棍，力大无比。这一日，同在书房中读书，直到了午后还不见送饭进来。张用对哥哥道："今日这等时候还不送饭来，敢是忘记了不成？"张立道："我也在这里想，不知何故？"正说之间，只见书童端进饭来。大公子道："为何这时候才送来？"二公子道："敢是你这狗才往那里去玩耍忘记了？该打这狗才！你怎么连我二人都不放在心上了！"书童道："今日虽则迟了些，还有饭吃，再过两日，只怕没得吃了！"张立道："这奴才，一发胡说了！为甚事情，就到得没饭吃？"书童道："二位相公坐在此间，那里知道外面金兵杀来，潞安州、两狼关俱已失了。如今将到河间府，我家老爷害怕，在堂上同众将商量料理投降之事。一府乱慌慌的，故此饭迟。倘若那金兀术不准投降，杀进城来，岂不是没饭吃了？"张用道："不信有这等事！我家老爷岂肯投降那鞑子？"书童道："公子不信，外面去问，那一个不晓得么？"说罢，书童自去了。

大公子道："难道我爹爹要做奸臣不成？"二公子道："哥哥，我同你吃了饭去问母亲。若果有此事，就向母亲讨了二三百两银子，同你逃出城去，迎着番兵拼命杀他一阵。若杀不过他，我们带了银子逃往他方，再作道理，如何？"张立道："兄弟言之有理。"两个忙忙地把饭吃了，同到中堂，见了母亲说道："爹爹为何要做奸臣投降番邦？是何道理？"夫人道："你二人小小年纪，晓得什么？此是国家大事，由你爹爹作主，连我也只好随着他。"二人道："既然如此，我们要二三百两银子。"夫人道："此时匆匆忙忙，要银子那里去使？"张立道："我们要趁早买些东西，若等金兵进城，我们就不好上街去了。"夫人信以为真，遂取了二百两银子，付与弟兄两个。

两人接了银子，回到书房，捆扎端正，开了后园门，一路出城来。行不到二三十里,正迎着番兵。弟兄二人见旁边有一座山冈,就走上冈来。看那金兵如潮似浪,滔滔不绝。看了多时,越看越多,张用道:"哥哥,等不完了,下去与他打罢!"

二人跳下冈子来,摆开两条铁棍,乒乒乓乓,将番兵打得落花流水,头撞头碎,额碰额伤,打死无数。那小番忙忙报与兀术,兀术传令众平章:"不要伤他,与我活活的擒将来!"众平章传令,将二人围住直杀到黄昏时分,张立不见了兄弟,心内自想:"此时不走,等待何时?"举棍一个盘头,使得势大,打开一条血路而去。

只因天色昏暗,又走得快,因此金兵拿他不住,这里张用也寻不见哥哥,冲出围来,落荒而走。那弟兄两个今日失散了,直到了岳元帅三服何元庆,才得会合。这是后话,不表。

且说兀术拿不住他弟兄,当夜安营扎住,到明日发兵前往。将近城池,只见一将远远带人跪接,打着降旗,口称:"河间府节度使张叔夜归降,特来迎请狼主进城。"小番报与兀术,兀术上前看时,果然是张叔夜俯伏在地。兀术在马上问军师道:"这个人是忠臣,还是奸臣?"哈迷蚩道:"久闻他是第一个忠臣,叫做张叔夜。"兀术道:"待某家问他。"便道:"你就是张叔夜么?"叔夜道:"小臣正是。"兀术道:"我久闻你是个忠臣,为甚归降起某家来?莫非是诈么?"叔夜道:"小臣岂敢有诈?只因目下朝内奸臣用事,贬黜忠良。今潞安州、两狼关俱已失去,狼主大兵到此,谅小臣兵微将寡,怎能迎敌?城中百姓,必遭荼毒。故此情愿归顺,以救合郡生灵,并不敢希图爵禄,望狼主鉴察!"兀术听了道:"如此说来,果然是个忠臣!老先生既识天时,仁心救民,是个好人。某家就封你为鲁王,仍守此城。我的大军,只收你的犒赏,绕城而去,不许进城。如有一人不遵,擅自进你城者,斩首号令!"叔夜谢恩而退,叫众军搬出猪羊酒,犒众番兵吃了,俱各绕城而过。来到黄河口,拣一空地,安下营盘,打造船只,等待渡河,不提。

且说地方官飞报入朝,这日正值钦宗设朝坐殿,进本官俯伏启奏:"兀术大兵五十余万已近黄河,望陛下即速发兵退敌。"钦宗大惊,便问众卿:"金兀术兵势猖獗,将何策退之?"当下张邦昌奏道:"潞安州陆登尽节,韩世忠夫妇弃关而逃,今河间张叔夜又投降,只剩得黄河阻住。若过了黄河,汴京甚危。臣观满朝文武全才,无如李纲、宗泽。圣上若命李纲为元帅,宗泽为先锋,决能退得金兵。"钦宗准奏,降旨拜李纲为平北大元帅,宗泽为先锋,领兵五万前往黄河退敌!二人领旨出朝。李纲虽是个有谋有智的忠臣,但是个文官,不会上阵厮杀。今金兵势大,张邦昌明明要害他的性命,故此保奏。

那李纲回府,与夫人辞别,忽见阶檐下站着一个长大汉子。李纲便问:"你是何人?”那人跪下道:“小人就是张保。”李纲道:“你一向在那里?”张保道:“小人在外边做些生意。”李纲道:“你可有些力气么?”张保道:“小人走长路,挑得五六百斤东西。”夫人道:“老爷可带他前去,早晚伏侍。”李纲就命张保收拾随行。

到了次日,宗泽来请元帅起兵,李纲接进。相见已毕,李纲便道:“老元戎,你看那些奸臣如此厉害,明明欲害下官,保奏领兵。老夫性命,全仗周庇。”宗泽道:“元帅放心,吉人自有天相。”二人一同出府上马,来到校场点齐五万人马,发炮起行。一路来到黄河口,安下营寨。沿河一带拨兵把守,将四面船只收拾上岸。

宗泽写下一封书札,差人星夜往汤阴县,去请岳飞同众弟兄前来助战。正是:

要图定国安邦计,预备擒龙捉虎人。

毕竟李纲和宗泽两个,怎生退得金兵,且听下回分解。

第十八回 金兀术冰冻渡黄河 张邦昌奸谋倾社稷

诗曰：

塞北胡风刁斗惊，宫墙狐兔任纵横。
惭愧上方无请处，窝奸磔佞恨方伸。

且说那宗泽差人往汤阴县去，不多日，回来禀说："岳相公病重不能前来。那些相公们不肯离了岳相公，俱各推故不来。小人无奈，只得回来禀复。"宗泽长叹一声："岳飞有病，此乃天意欲丧宋室也！"

且说兀术差燕子国元帅乌国龙、乌国虎往河间府取齐船匠，备办木料，在黄河口搭起厂蓬，打造船只，整备渡河。李纲探听的实，即着张保领数十只小船，保守黄河口上，以防金人奸细过河窥探。那日，张保暗想："听得人说番兵有五六十万，不知是真是假，我不免过河去探听个信息。"算计定了，到黄昏后带领十几个水手，放一只小船，趁着星光，摇到对岸，把船藏在芦苇中间。捱到五更，张保腰间挂着一把短刀，手提铁棍，跳得上岸，轻轻走到营前，有许多小番俱在那里打盹。张保一手捞翻一个，夹在腰里，飞跑就走。来到一个林中放下来，要问他消息，那晓得夹得重了些，只见这人口中流血，已是死了。张保道："晦气！拿着个不济事的。"

一面说，又跳转来，又捞了一个。那小番正要叫喊，张保拔出短刀轻轻喝道："高做声，便杀了你！"又飞跑来至林中，放下问道："你实说来，你们有多少人马？"

番兵道："实有五六十万。"张保道："那座营盘是兀术的？"番兵道："狼主的营盘，离此尚有三十里。爷爷拿我的所在，是先行官黑风高的。"张保又问："那边的呢？"番兵道："这是元帅乌国龙、乌国虎在此监造船只的。"张保问得明白了，说声："多谢你！"就一棍把小番打死。

转身奔走到黑风高的营前，大吼一声，举棍抢入营中，逢人便打。小番拦阻不住，被他打死无数。拔出短刀，割了许多人头，挂在腰间。回身又到船厂中，正值众船匠五更起来，煮饭吃了，等天明赶工，被张保排头打去。有命的逃得快,走了几个;无命的呆着看,做了肉泥。张保顺便取些木柴引火之物,四面点着,把做船厂烧着了,然后来到河口下船,摇回去了。

这里小番报入牛皮帐中。黑风高吃了一惊,连忙起来,已不见了,只得收拾尸首,安置受伤小卒。又有那小番飞报元帅道:"有一蛮子把船匠尽皆打死,木料船只俱被南蛮放火烧得干干净净了。又打到先锋营内,割了许多首级,过河去了!"

乌国龙道:"他带多少人马来?去了几时了?"小番道:"只得一人,去不多时候。"

乌国龙、乌国虎带了兵将,追到黄河口。但见黑雾漫漫,白浪滔天,又无船可渡。他两个是个性急的人,不觉怒气填胸,大叫一声:"气死我也!"无可奈何,等待天明,报与兀朮,再令人去置办木料,招集船匠,重搭厂篷赶造。

张保却来见家主报功。李纲大喝道:"什么功!你不奉军令,擅自冒险过河,倘被番兵杀了,岂不白送性命,损我军威?以后再如此,必然定罪!"吩咐把人头号令。张保叩头出营,笑道:"虽没有功劳,却是被我杀得快活!"仍旧自到黄河口边去把守,不提。

却说天时不正,应该百姓遭殃。不然,李纲、宗泽守了南岸,兀朮一时怎能渡得黄河之险?不道那年八月初三,猛然刮起大风,连日不止,甚是寒冷。番营中俱穿皮袄尚挡不住,那宋兵越发冻得个个发抖。再加上连日阴云密布,细雨纷纷,把个黄河连底都冰冻了。兀朮在营中向军师道:"南朝天气,难道八月间就这样寒冷了么?"哈迷蚩道:"臣也在此想,南暖北寒,天道之正。那有桂秋时候,就如此寒冷?或者是主公之福,也未可知。"兀朮问道:"天寒有甚福处?"哈迷蚩道:"臣闻得昔日郭彦威取刘智远天下,那时也是八月,天气寒冷,冰冻了黄河,大军方能渡过。今狼主可差人到黄河口去打探,倘若黄河冻了,汴京在我手掌之中也!"

兀朮听了,就令番军去打听。不一时,番军来回报,果然黄河连底都冻了。兀朮大喜,就下令发兵,竟踏着冰过河而来。

那宋营中兵将俱是单衣铁甲,挡不住寒冷,闻得金兵过河,俱熬着冷出营观看,果然见番兵势如潮涌而来。宋军见了,尽皆拚命逃走已来不及,那里还敢来对敌。

张保见不是头路,忙进营中,背了李纲就走。宗泽见军士已溃,亦只得弃营而逃,赶上李纲,一同来京候旨。先有飞骑报入朝中,二人未及进城,早有钦差赍旨前来,谓:

"李纲、宗泽失守黄河,本应问罪,姑念保驾有功,削职为民,追印缴旨。"

二人谢恩,交了印信,钦差自去复命。宗泽便对李纲道:“此还是天子洪恩。”李纲道:“什么天子洪恩,都是奸臣诡计!我等何忍在此眼睁睁地看那宋室江山送与金人?不若转回家乡,再图后举罢!”宗泽道:“所见极是。”就命公子宗方进城搬取家小李纲亦命张保迎取家眷,各望家乡而去。朝里钦差降旨,差备将士紧守都城,专等四方勤王兵到。按下不表。

回言再说那兀术得了黄河,逢人便杀,占了宋营。不多时候,忽然雨散云收,推出一轮红日,顷刻黄河解冻。兀术差人收拾南岸船只,渡那后兵过河,就点马蹄国元帅黑风高领兵五千,为头队先行。燕子国元帅乌国龙、乌国虎领兵五千,为第二队;自领大兵,一路来至汴京。离城二十里,安下营寨。

探军飞报入朝,天子忙集文武计议道:“今兀术之兵,杀过黄河,已至京城,如何退得他去?”张邦昌道:“臣已差兵发火牌兵符,各路调齐勤王兵马,以抵兀术。不想他先过黄河,已至京城。臣想古人说的好:‘穷鞑子,富倭子。’求主公赏他一赏,备一副厚礼,与彼求和,叫他将兵退过黄河。主公这里暗暗等那各路兵马到来,那时恢复中原,未为晚也!”钦宗道:“从古可有求和之事么?”张邦昌道:“汉嫁昭君,唐亦尚公主,目下不过救急。依臣之见,可送黄金一车,白银一辆,锦缎千匹,美女五十名,歌童五十名,猪羊牛酒之类。只是没有这样的忠臣,肯去为天子出力。”钦宗便问两班文武:“谁人肯去?”连问数声,并无人答应。张邦昌上前道:“臣虽不才,愿走一遭。”钦宗便道:“还是先生肯为国家出力,真是忠臣!”遂传旨备齐礼物,交与张邦昌。

张邦昌来至金营,小番报与元帅。元帅道:“令他进来。”张邦昌来至里边,拜见黑元帅。黑元帅道:“你这南蛮,可是你家皇帝差你送礼来的么?”张邦昌道:“礼物是有一副,要见狼主亲自送的。”黑元帅听说,大喝一声:“拿去砍了!”左右小番一声答应,一齐上前。张邦昌道:“元帅不须发怒。”双手把礼单奉上。

黑元帅看了礼单,便说道:“张邦昌,你且起来,将礼物留在这里。你且回去,待本帅与你见狼主便了。”张邦昌道:“还有要紧话禀。”黑元帅道:“也罢,既有要紧话,可对我说知,与你传奏便了。”张邦昌道:“烦元帅奏上狼主,说张邦昌特来献上江山,今先耗散宋国财帛。”黑风高道:“知道了。待本帅与你传奏狼主便了,你去罢。”邦昌拜辞出了金营,回来交旨,不表。

且说那黑风高看见这许多礼物,又有美女歌童、金银缎匹,心中暗想道:“我帮他们夺了宋室江山,就得了这些礼物也不为过。”遂吩咐小番将礼物收下,唿哨一声,竟拔寨起身,往山西抄路回转本国去了。当有军士报知兀术,兀术想道:“黑风高跟随某家,抢夺中原,早晚得了宋朝天下,正要重重犒赏他们,不知何故竟自去了?”吩咐小番传令调燕子国人马,上前五里下寨。

且说都城中有探军报上殿来:“外面番兵,又上来五里安营,请旨定夺。”钦宗问张邦昌道:“昨日送礼求和,今日反推兵上前扎营,是何道理?”邦昌道:“主公,臣想他们非为别事,必定见礼少人多,分不到,故此上前。主公如今再送一副礼与他,自然退兵黄河去了。”钦宗无奈,只得又照前备下一副礼物。到了次日,命张邦昌再送礼讲和。这奸臣领旨出了午门,来到番营。小番禀过元帅,元帅道:“叫他进来。”小番出来,叫张邦昌一同进内,俯伏在地,口称:“臣叩见狼主。臣为狼主亲送礼物到来,还有机密事奏上。”乌国龙、乌国虎看了礼单,方才说道:“吾非狼主。前日你送来的礼,是黑元帅自己收了,不曾送与狼主。如今这副礼,我与你送去便了。你可先入城去,听候好音。”邦昌只得出营,进城复旨,不表。

且说乌国龙对乌国虎道:“怪不得黑元帅去了。我们自从起兵以来,立下多少功劳,论起来这副礼也该收得。不若收了他的,拔营也回本国如何?”乌国虎道:“正该如此。”遂吩咐三军,连夜拔营起马,从山东取路回本国去了。小番又来报与兀术道:“乌家兄弟,不知何故拔寨而去。”兀术道:“这也奇了!待某家亲自起兵上前,看是何如?”那宋朝探军,又慌忙报入朝内说:“兀术之兵,又上前五里安营。”钦宗大惊,即忙问张邦昌:“何故?”张邦昌道:“两次送礼,不曾面见兀术。如今主公再送一副礼去,待臣亲见兀术求和便了。”钦宗哭道:“先生!已经送了两副礼去,此时再要,叫朕何处措办?”邦昌道:“主公此副礼不依臣时,日后切莫怪臣。”钦宗道:“既如此,可差官往民间去买歌童美女,再备礼物。”

邦昌道:“若往民间去买,恐兀术不中意。不如还在宫中搜括,购办礼物送去为妙。”

钦宗无奈,只得在后宫尽行搜检宫女凑足,罄括金珠首饰,购齐礼物,仍着张邦昌送去。

邦昌此回来至番营,抬头观看,比前大不相同,十分厉害。邦昌下马见过平章等,禀明送礼之事。平章道:“站着。”转身进入营中奏道:“启上狼主,外边有一个南蛮,口称是宋朝丞相,叫做什么张邦昌,送礼前来。候旨。”兀术问军师道:“这张邦昌是个忠臣,还是奸臣?”哈迷蚩道:“是宋朝第一奸臣。”兀术道:“既是奸臣,吩咐‘哈喇’了罢。”哈迷蚩道:“这个使不得,目今正要用着奸臣的时候,须要将养他。且待得了天下,再杀他也不迟。”

兀术闻言大喜,叫声:“宣他进来。”平章领旨出来,将张邦昌召入金顶牛皮帐中,俯伏在地,口称:“臣张邦昌,朝见狼主,愿狼主千岁千岁千千岁!”兀术道:“张老先儿,至此何干?”张邦昌道:“臣未见主公之时,先定下耗财之计。前曾到来送礼二次,俱被元帅们收去了。如今这副厚礼,是第三次了。”兀术把礼单拿过来看了,说道:“怪不得两处兵马都回本国去了,原来为此。”哈迷蚩道:“主公可封他一个王位,服了他的心,不怕江山不得。”兀术道:“张邦昌,孤家封你楚王之职,你可归顺某家罢!”邦昌叩头谢恩。兀术道:“贤卿,你如今是孤家的臣子了,怎么设个计策,使某家夺得宋朝天下?”张邦昌道:“狼主要他的天下,必须先绝了他的后代,方能到手。”兀术道:“计将安出?”张邦昌道:“如今可差一个官员,与臣同去见宋主,只说要一亲王为质,狼主方肯退兵。待臣再添些利害之言哄吓他一番,不怕他不献太子出来与狼主。”兀术闻言,心中暗怒,咬牙道:“这个奸臣,果然厉害,真个狠计!”假意说道:“此计甚妙。孤家就差左丞相哈迷刚、右丞相哈迷强同你前去。但这歌童美女,我这里用不着,你可带了回去罢!”

张邦昌同了二人出营,带了歌童美女,回至城中。来至午门下马,邦昌同哈迷刚、哈迷强朝见钦宗说:“兀术不要歌童美女,只要亲王为质,方肯退兵。为今之计,不若暂时将殿下送至金营为质,一面速调各路人马到来,杀尽番兵,自然救千岁回朝。若不然,番兵众多,恐一时打破京城,那时玉石俱焚,悔之晚矣!”钦宗沉吟不语。邦昌又奏道:“事在危急,望陛下速作定见。”钦宗道:“既如此,张先生可同来使暂在金亭馆驿中等候着,朕与父王商议,再为定夺。”邦昌同了番营丞相出朝,在金亭馆驿候旨。

张邦昌又私自入宫奏道:“臣启我主:此乃国家存亡所系,我主若与太上皇商议,那太上皇岂无爱子之心?倘或不允,陛下大事去矣!陛下须要自作主意,不可因小而失大事。”钦宗应允,入宫朝见道君皇帝,说:“金人要亲王为质,方肯退兵。”徽宗闻奏,不觉泪下,说道:“王儿,我想定是奸臣之计。然事已至此,没有别人去得,只索令你兄弟赵王去罢!”随传旨宣赵王入安乐宫来,道君含泪说道:“王儿,你可晓得外面兀术之兵,甚是猖獗?你王兄三次送礼求和,他要亲王为质,方肯退兵。为父的欲将你送去,又舍不得你,如何是好?”

原来这位殿下名完,年方十五,甚是孝敬。他看见父王如此愁烦,因奏道:“父王休得爱惜臣儿,此乃国家大事,休为臣儿一人,致误国家重务。况且祖宗开创江山,岂是容易的?不若将臣儿权质番营,候各省兵马到来,那时杀败番兵,救出臣儿,亦未晚也。”徽宗听了,无奈只得亲自出宫坐朝,召集两班文武问道:“今有赵王愿至金营为质,你等众卿,谁保殿下同去?”当有新科状元秦桧出班奏道:“臣愿保殿下同往。”徽宗道:“若得爱卿同去甚好,等待回朝之日,加封官职不小。”当下徽宗退回宫内,百官退朝毕。

张邦昌、秦桧同着两个番官,同了赵王前去金营为质。这赵王不忍分离,放声大哭,出了朝门上马,来至金营。这奸臣同了哈迷刚、哈迷强先进营去。只有秦桧保着殿下,立在营门之外。张邦昌进营来见兀术,兀术便问:“怎么样了?”

哈迷刚、哈迷强道："楚王果然好，果然叫南蛮皇帝将殿下送来为质。又有一个新科状元叫什么秦桧同来，如今现在营门外候旨。"兀术道："可与我请来相见。"

谁知下边有一个番将，叫做蒲芦温，生得十分凶恶。他听差了，只道叫拿进来，急忙出营问道："谁是小殿下？"秦桧指着殿下道："这位便是。"蒲芦温上前一把把赵王拿下马来，望里面便走。秦桧随后赶来，高叫道："不要把我殿下惊坏了！"

那蒲芦温来至帐前，把殿下放了，谁知赵王早已惊死！兀术见了大怒，喝道："谁叫你去拿他？把他惊死！"吩咐："把这厮拿去砍了！"只见秦桧进来说道："为何把我殿下惊死？"兀术问道："这个就是新科状元秦桧么？"哈迷强道："正是。"

兀术道："且将他留下，休放他回去！"不因兀术将秦桧留下，有分教：徽钦二帝，老死沙漠之乡；义士忠臣，尽丧奸臣之手。正是：

无心栽下冤家种，从今生出祸殃来。

毕竟不知后事如何，且听下回分解。

第十九回 李侍郎拚命骂番王 崔总兵进衣传血诏

诗曰：

破唇喷血口频开，毡笠羞看帝主来。
莫讶死忠惟一个，党人气节久残灰。

话说当时兀术将秦桧留住，不放还朝。命将赵王尸首，教秦桧去掩埋了。又问张邦昌道："如今殿下已死，还待怎么？"张邦昌道："如今朝内还有一个九殿下，乃是康王赵构，待臣再去要来。"遂辞了兀术出营，来至朝内，见了道君皇帝，假意哭道："赵王殿下跌下马来，死于番营之内。如今兀术仍要一个亲王为质，方肯退兵。若不依他，就要杀进宫来。"道君闻言，苦切不止，只得又召康王上殿。朝见毕，道君即将金邦兀术要亲王为质、赵王跌死之事一一说知。康王奏道："社稷为重，臣愿不惜此微躯，前往金营便了。"二帝又问："谁人保殿下前往？"当有吏部侍郎李若水上殿启奏："微臣愿保。"遂同康王辞朝出城，来至番营，站在外边。

那张邦昌先进番营，见了兀术奏道："如今九殿下已被臣要来，朝内再没别个小殿下了。"兀术听了，恐怕又吓死了，今番即命军师亲自出营迎接。李若水暗暗对康王道："殿下可知道：'能弱能强千年计，有勇无谋一旦亡？'进营去见兀术，须要随机应变，不可折了锐气。"康王道："孤家知道。"遂同哈迷蚩进营，来见兀术。兀术见那康王，年方弱冠，美如冠玉，不觉大喜道："好个人品！殿下若肯拜我为父，我若得了江山，还与你为帝何如？"康王原意不肯，听见说话是"原还他的江山"，只得勉强上前应道："父王在上，待臣儿拜见。"兀术大喜道："王儿平身。"

就命康王从后营另立帐房居住。只见李若水跟随着进来，兀术问道："你是何人？"

李若水睁着眼道："你管我是谁人！"随了康王就走。兀术就问军师道："这是何人？这等倔强。"哈迷蚩道："此人乃是宋朝的大忠臣，现在做吏部侍郎，叫做李若水。”兀术道：“就是这个老先生，某家倒失敬了。天色已晚，就留在军师营前款待。”

次日，兀术升帐，问张邦昌道：“如今还待怎么？”邦昌道：“臣既许狼主，怎不尽心？还要将二帝送与狼主。”兀术道：“怎么样送来？”邦昌道：“只须如此如此，便得到手。”兀术大喜，依计而行。

且说张邦昌进城来见二帝道：“昨日一则天晚，不能议事，故尔在北营歇了。今日他们君臣计议，说道：‘九王爷是个亲王，还要五代先王牌位为当。’臣想道：这牌位总之不能退敌，不如暂且放手与他，且等各省勤王兵到，那时仍旧迎回便了。”

二圣无奈，哀哀痛哭道：“不孝子孙，不能自奋，致累先王！”父子二人齐到太庙哭了一场，便叫邦昌：“可捧了去。”邦昌道：“须得主公亲送一程。”二帝依言，亲送神主出城。方过吊桥，早被番兵拿住。二帝来至金营，邦昌自回守城，不表。

且说二帝拿至金营，兀术命哈军师点一百人马，押送二帝往北。那李若水在里面保着殿下，一闻此言，忙叫秦桧保着殿下，自己出营大骂兀术，便要同去保驾。

兀术暗想：“李若水若至本国，我父王必然要杀他。”乃对军师道：“此人性傲，好生管着，不可害他性命。”军师道：“晓得。狼主亦宜速即回兵，不可进城。恐九省兵马到来，截住归路，不能回北，那时性命就难保了。依臣愚见，狼主不如暂且回国，来春再发大兵，扫清宋室，那时即位如何？”兀术闻言称是，遂令邦昌守城，又令移取秦桧家属，回兵不表。

且说二帝蒙尘，李若水保着囚车一路下来。看看来到河间府，正走之间，只见前面一将俯伏接驾，乃是张叔夜。君臣相见，放声痛哭。李若水道：“你这奸臣，还来做甚？”叔夜道：“李大人，我之投降，并非真心。因见陆登尽节、世忠败走，力竭诈降，实望主公调齐九省大将杀退番兵，阻其归路。不想冰冻黄河，又将宗泽、李纲削职为民。不知主公何故，只信奸臣，以致蒙尘。”说罢，大叫一声：“臣今不能为国家出力，偷生在此，亦何益哉！”遂拔剑自刎而死。二帝看见，哭泣而言道：“孤听了奸臣之言，以致如此。”李若水对哈迷蚩道：“你可与我把张叔夜的尸首掩埋了。”军师遂令军士们葬了张叔夜，押二帝往北而进。

却说一路前来，李若水对哈迷蚩道：“还有多少路程？”哈迷蚩道：“没有多远了。李先儿，你若到本国，那些王爷们比不得四狼主喜爱忠臣，言语之间须要谨慎。”李若水道：“这也不能。我此来只拚一死，余外非所知也！”不一日，到了黄龙府内，只见那本国之人，齐来观看南朝皇帝，直至端门方散。哈迷蚩在外候旨,早有番官启奏狼主:“哈军师解进两个南朝皇帝来了。”金主闻奏大喜,说道:“宣他进来。”哈迷蚩朝见了老狼主,把四太子进中原的话说了一遍,道:“先令臣解两个南朝皇帝进来候旨。”老狼主道:“如今四太子在于何处?”哈迷蚩道:“如今中国虽然没有皇帝,还有那九省兵马未服,故此殿下暂且回国,在后就到。等待明春扫平宋室,然后保狼主前去即位。”老狼主大喜,一面吩咐摆设庆贺筵宴,一面令解徽宗、钦宗二帝进来。

番官出朝,带领徽、钦二帝来到里边,见了金主,立而不跪。老狼主道:“你屡次伤害我之兵将,今被擒来,尚敢不跪么?”吩咐左右番官:“把银安殿里边烧热了地,将二帝换了衣帽,头上与他戴上狗皮帽子,身上穿了青衣,后边挂上一个狗尾巴,腰间挂着铜鼓,带子上面挂了六个大响铃,把他的手绑着两细柳枝,将他靴袜脱去了。”少刻,地下烧红。小番下来把二帝抱上去,放在那热地上,烫着脚底,疼痛难熬,不由乱跳,身上铜铃锣鼓俱响。他那里君臣看了他父子跳得有兴,齐声哈哈大笑,饮酒作乐。可怜两个南朝皇帝,比做把戏一般!这也是他听信奸臣之语、贬黜忠良之报。

下边李若水看见,心中大怒,赶上来把老主公抱了下去,又上来把小主公抱了下去。老狼主就问哈军师:“这是何人?”哈迷蚩道:“这是他的臣子李若水,乃是个大忠臣。四狼主极重视他的,恐老狼主伤他性命,叫臣好生看管他,如若死了,就问臣身上要人的,望乞吾主宽恩!”老狼主道:“既然如此,不计较他便了。”

军师谢恩而起。只见李若水走上前来,指着骂道:“你这些囚奴,不知天理的!把中原天子如此凌辱,不日天兵到来,杀至黄龙府内,把你这些囚奴杀个干干净净,方出我今日之气!”这李若水口内不住的千囚奴、万囚奴骂个不休不了。那老狼主不觉大怒,吩咐小番:“把他的指头剁去。”小番答应下来,把李若水手指割去一个。若水又换第二个指头,指着骂道:“囚奴!你把我李若水看做什么人?虽被你割去一指,我骂贼之气,岂肯少屈?”狼主又叫:“将他第二个指也割去了。”如此割了数次,五个指头尽皆割去了。李若水又换右手指骂。狼主又把他右手指头尽皆割去了。李若水手没了指头,还大骂不止。老狼主道:“把他舌头割去了。”那晓得割去舌头,口中流血,还只是骂。但是骂得不明白,言语不清,只是跳来跳去。

众番人看见,说道:“倒好取笑作乐。”众番官一面吃酒,一面说笑。那外国之人,俱席地而坐的。过了一会,都在上酒之时,不曾防备李若水赶将上来,抱住老狼主,只一口咬了他耳朵,死也不放。那老狼主疼痛得动也动不得。那时大太子、二太子、三太子、五太子,文武众官,一同上来乱扯,连老狼主的耳朵都扯去了。把李若水推将下来,一阵乱刀,砍为肉泥。正是:

骂贼忠臣粉碎身，千秋万古轨为怜？
不图富贵惟图义，留取丹心照汗青。

又诗曰：

元老孤忠节义高，牛骥堪羞同一皂。
身骑箕尾归天上，气作山河壮宋朝。

当时，众番官俱各上前来请老狼主的安。那哈迷蚩悄悄着人收拾了李若水的尸首，盛在一个金漆盒内，私自藏好。那老狼主叫太医用药敷了耳朵，传旨："将徽、钦二帝发下五国城，拘在陷阱之内，令他坐井观天！"

过不得一二十天，兀术大兵回国，拜见父王奏说："臣儿初进中原，势如破竹。"

老狼主大喜。又说起被李若水咬去一只耳朵之事，兀术再三请安。老狼主又传旨，命番官分头往各国借兵帮助，约定来年新春一同二进中原。按下慢表。

再说当年宋朝代州雁门关，有个总兵崔孝，失陷在于北邦，已经一十八年。善于医马，因此在众番营里四下往来，与那些番兵番将个个合式，倒也过得日子。这日听得二帝囚于五国城内，便取了两件老羊皮袄子，烧了几十斤牛羊脯，又带了几根皮条，来至五国城，对那些平章道："我的旧主，闻得在此，望众位做个人情，放我进去见他一面，也尽我一点忠心。"众平章道："若是别人，那里肯放他进去；若是你，我们常有烦你之处，就放你进去看看。但是就要出来的。"崔孝道："这个自然。"

那平章开了门，放了崔孝进去。崔孝一头走，一头叫道："主公在那里？主公在那里？"叫了半日，不见答应，自语道："你看这许多土井在此，叫人向何处去寻。"崔孝本是个年老的人了，从早至午，叫了这半日，有些走不动了，不觉腰里也酸痛了，只得蹲在地下睡倒了。忽然耳中听得叫："王儿。"又听得："王儿在此。"崔孝道："好了，在这里了。"便高叫："万岁，臣乃代州雁门关总兵崔孝。无物可敬，只有些牛羊脯、皮袄两件，愿主上龙体康健！"遂将牛皮条把衣食缚了，送下井去。二帝接了，道声："难得你一片好心。"崔孝道："中原还有何人？"

二帝道："只为张邦昌卖国，将赵王驱入金邦跌死。只有一个九殿下康王，又被他逼来在此为质，中原没有人了。"崔孝道："既有九殿下在此，主公可写下诏书一道，待臣带着，倘能相遇，好叫他逃往本国，起兵来救主公回国。"二帝道："又无纸笔，叫寡人如何写得诏书？"崔孝道："臣该万死，主公可降一道血诏罢！"

二帝听了，放声大哭，只得暗里把白衫扯下一块，咬破指尖血书数字，叫康王逃回中原即位，重整江山，不失先王祭祀。写了，就缚在皮条上。崔孝吊起来，藏于夹衣内，哭了一场，辞别二帝。二帝哭道："朕父子陷身于此，举目无亲，今得见卿，如同至戚。略叙数言，又要别去，岂不叫朕痛煞？"崔孝道："主公保重龙体，臣若在此，自必常常来看陛下也。"说罢，遂别了二帝出来。众平章见了，大喝一声："崔孝，你干得好事！"叫小番："与我绑去杀了！"崔孝吃了一惊，真正是：

头顶上失了三魂，足底下走了七魄。

不知崔孝性命如何，且听下回分解。

第二十回 金营神鸟引真主 夹江泥马渡康王

古风：

胡马南来衰宋祚，楼台歌舞春光暮。玉人已去酒卮空，西曲当年随帝辂。
谁想奢华变作悲，龙争虎斗交相持。京城鼙鼓旌旗急，腥风逐人将士离。
亲皇后妃俱遭谴，义士忠臣无计转。黄云白草蔽胡尘，促去銮舆关塞远。
致令天下勤王心，临歧还觉嗟怨深。欲挽干戈回日月，中原奚忍见倾沉。
金陵气运留英主，竟产英雄获相遇。夹江夜走有神驹，神驹英主今何处？
崔君庙畔树苍苍，行人经过几斜阳。中兴事业浑如梦，尽付渔歌在沧浪。

话说当时众平章喝住崔孝要杀。崔孝大叫道："老汉无罪！"平章道："我念你医马有功，通情放了你进去，为何直到此时才回？倘或狼主晓得，岂不连累我们？"

崔孝道："里边陷阱甚多，没处寻觅。况且老汉有了些年纪，行走不动，故此耽搁久了。望平章原情饶罪！"平章道："也罢，念你旧情分上，姑恕你一次，下次再不许到此处来。"崔孝连连说："不来！不来！"飞跑地奔回。每日里，仍往各营头去看马，留心打听康王消息，不提。

且说兀术过了新春，到了二月半边，仍起五十万人马，并各国番兵，诸位殿下，一同随征，杀奔南朝。这就是金兀术二进中原。一路上，但见那些番兵威风杀气，分明是：

酆都失了城门锁，放出一班恶鬼来。

行到四月中旬，方进了潞安州城门。你道这次为何来迟？只因在路上打了几次围场，故此迟延了日子。兀术把陆节度尽忠之事，与众殿下细说了一番，众殿下莫不赞叹。不一日，又至两狼关。又把雷震三山口、炮炸两狼关的事也说一遍。众殿下俱道："此乃我主洪福齐天所致。"迤逦到了河间府，兀术传令："不许入城骚扰百姓，有负张叔夜投顺之心。"又一日，到了黄河，已是六月中旬了，天气炎热。

兀术传令："仍旧沿河一带安下了营盘，待等天气稍凉，然后渡河。"

倏忽之间，又到了七月十五日。兀术先已传令，搭起一座芦篷，宰了多少猪羊鱼鸭之类，望北祀祖。把祭礼摆得端正，众王爷早已齐集伺候。只见兀术坐了火龙驹，后边跟着一个王子：穿着大红回龙夹纱战袍，金软带勒腰，左挂弓，右插箭，挂口腰刀，坐下红缨马；头戴束发紫金冠，两根雉鸡尾左右分开。那崔孝也跟在后头来看，打听得就是康王。那康王正走之间，坐下马忽然打了个前失，几乎跌下马来。那康王忙忙把扯手一勒，这马就趁势立了起来。兀术回头见了，大喜道："王儿马上的本事，倒也好了。"不道殿下因马这一蹲，飞鱼袋内这张雕弓坠在地下。

那崔孝走上一步，拾起弓来，双手递上，说道："殿下收好了。"兀术听见崔孝是中原口音，便问："你是何人？"崔孝便向马前跪下，答道："小臣崔孝，原是中原人氏，在狼主这里医马，今已十九年了。"兀术大喜道："看你这个老人家倒也忠厚，就着你伏侍殿下，待某家取了宋朝天下，封你个大大的官儿便了。"崔孝谢了，就跟着康王来至帐前，下马进来，见了王伯、王叔。

兀术望北遥祭，叩拜已毕，一众人回到营中，席地而坐，把酒筵摆齐了吃酒。九殿下也就坐在下面。众王子心上好生不悦，暗道："子侄们甚多，偏要这个小南蛮为子做什么？"那里晓得这九殿下坐在下边，不觉低头流下泪来，暗想："外国蛮人，尚有祖先。独我二帝蒙尘，宗庙毁伤，皇天不佑，岂不伤心？"兀术正在欢呼畅饮，看见康王含泪不饮，便问："王儿为何不饮？"崔孝听见，连忙跪下奏道："殿下因适才受了惊恐，此时心中疼痛，身上不安，故饮不下喉。"兀术道："既如此，你可扶殿下到后营将养罢！"崔孝领命，扶了康王回到本帐。康王进了帐中，悲哭起来。崔孝遂进后边帐房，吩咐小番："殿下身子不快，你们不要进来，都在外面伺候。"小番答应一声，乐得往帐房外面好玩耍。这崔孝来到里边，遂叫："殿下，二帝有旨，快些跪接。"康王听了，连忙跪下。崔孝遂在夹衣内，拆出二帝血诏，奉上康王。康王接在手中，细细一看，越增悲戚。忽有小番来报："狼主来了。"康王慌忙将血诏藏在贴身，出营来接。兀术进帐坐下问道："王儿好了么？"

殿下忙谢道："父王，臣儿略觉好些了，多蒙父王挂念。"

正说之间，只见半空中一只大鸟好比母鸡一般，身上毛片，俱是五彩夺目，落在对面帐篷顶上，朝着营中叫道："赵构！赵构！此时不走，还等什么时候？"崔孝听了，十分吃惊。兀术问道："这个鸟叫些什么？从不曾听见这般鸟音，倒像你们南朝人说话一般。"康王道："此是怪鸟，我们中国常有，名为'鵕䴊'，见则不祥。他在那里骂父王。"兀术道："听他在那里骂我什么？"康王道："臣儿不敢说。”兀术道：“此非你之罪，不妨说来我听。”康王道：“他骂父王道：‘骚羯狗！骚羯狗！绝了你喉，断了你首！’”兀术怒道：“待某家射他下来。”康王道：“父王赐与臣儿射了罢。”兀术道：“好，就看王儿弓箭何如？”康王起身拈弓搭箭，暗暗祷告道：“若是神鸟，引我逃命，天不绝宋祚，此箭射去，箭到鸟落。”

祝罢，一箭射去。那神鸟张开口，把箭衔了就飞。崔孝即忙把康王的马牵将过来，叫道：“殿下，快上马追去！”

这康王跳上马，随了这神鸟追去。崔孝执鞭赶上，跟在后边。逢营头，走营头；逢帐房，踹帐房，一直追去。兀术尚自坐着，看见康王如飞追去，暗想：“这呆孩子，这枝箭能值几何，如此追赶？”兀术转身仍往大帐中去，与众王子吃酒取乐。

不一会，有平章报道：“殿下在营中发辔头，踹坏了几个帐房，连人都踹坏了。”

兀术大喝一声：“什么大事？也来报我！”平章嘿然不敢再说，只得出去。倒是众王子见兀术将殿下如此爱惜，好生不服，便道：“昌平王，踹坏了帐房人口不打紧。但殿下年轻，不惯骑马，倘然跌下来，跌坏了殿下，这怎么处？”兀术笑道：“王兄们说的不差，小弟暂别。”就出帐房来，跨上火龙驹，问小番道：“你们可见殿下那里去了？”小番道：“殿下出了营，一直去了。”兀术加鞭赶去。

且说崔孝那里赶得上，正在气喘，兀术见了道：“吓！必定这老南蛮说了些什么？你不知天下皆属于我，你往那里走？”大叫：“王儿！你往那里走？还不回来！”

康王在前边听了，吓得魂不附体，只是往前奔。兀术暗想：“这孩子不知道也罢，待我射他下来。”就取弓在手，搭上箭，望康王马后一箭，正中在马后腿上。那马一跳，把康王掀下马来，爬起来就走。兀术笑道：“吓坏了我儿了。”

康王正在危急，只见树林中走出一个老汉，方巾道服，一手牵着一匹马，一手拿一条马鞭；叫声：“主公快上马！”康王也不答应，接鞭跳上了马飞跑。兀术在后见了，大骂，拍马追来。骂道：“老南蛮！我转来杀你。”那康王一马跑到夹江，举目一望，但见一带长江，茫茫大水。在后兀术又追来，急得上天无路，入地无门，大叫一声：“天丧我也！”这一声叫喊，忽然那马两蹄一举，背着康王向江中哄的一声响，跳入江中。兀术看见，大叫一声：“不好了！”赶到江边一望，不见了康王，便呜呜咽咽哭回来。到林中寻那老人，并无踪迹。再走几步，但见崔孝已自刎在路旁。兀术大哭回营。众王子俱来问道：“追赶殿下如何了？”兀术含泪将康王坠入江心之事说了一遍。众王子道：“可惜，可惜！这是他没福，王兄且勿悲伤。”各个相劝，慢表。

且说那康王的马跳入江中,原是浮在水面上的,兀术为何看他不见?因有神圣护住,遮了兀术的眼,故此不能看见。康王骑在马上,好比雾里一般,那里敢开眼睛,耳朵内但听得呼呼水响。不一个时辰,那马早已过了夹江,跳上岸来。又行了一程,到一茂林之处,那马将康王耸下地来,望林中跑进去了。康王道:"马啊马!你有心,再驮我几步便好,怎么抛我在这里就去了?"

康王一面想,一面抬起头来,见日色坠下,天色已晚,只得慢慢地步入林中。原来有一座古庙在此。抬头一看,那庙门上有个旧匾额,虽然剥落,上面的字仍看得出,却是五个金字,写着"崔府君神庙"。康王走入庙门,门内站着一匹泥马,颜色却与骑来的一样。又见那马湿淋淋的,浑身是水,暗自想道:"难道渡我过江的,就是此马不成?"想了又想,忽然失声道:"那马乃是泥的,若沾了水,怎么不坏?"言未毕,只听得一声响,那马即化了。康王走上殿,向神举手言道:"我赵构深荷神力保佑!若果然复得宋室江山,那时与你重修庙宇、再塑金身也。"说了,就走下来,将庙门关上,旁边寻块石头顶住了。然后走进来,向神厨里睡了。

此回叫做"泥马渡康王的故事"。正是:

天枢拱北辰,地轴趋南曜。
神灵随默佑,泥马渡江潮。

毕竟不知康王在庙中,有何人来救,且听下回分解。

第二十一回 宋高宗金陵即帝位 岳鹏举划地绝交情

诗曰：

胡马南来宋社墟，夹江夜走有神驹。
临安事业留青史，莫负中兴守一隅。

上回已讲到了宋康王泥马渡过夹江，在崔府君庙内躲在神厨里睡觉。此回却先说那夹江这里，却正是磁州丰丘县所属地方。那丰丘县的县主，姓都名宽。那一夜三更时候，忽然坐起堂来，有几个随衙值宿的快班衙役连忙掌起灯来，宅门上发起梆来。老爷坐了堂，旁边转过一个书吏，到案前禀道："半夜三更，不知老爷升堂，有何紧急公事？"都宽道："适才本县睡梦之中见一神人，自称是崔府君，说有真主在他庙内，叫本县速去接驾。你可知崔府君庙在于何处？"书吏道："老爷思念皇上，故有此梦，况小吏实不知何处有崔府君庙。"都宽又问众衙役："你们可有晓得崔府君庙的么？"众人俱回禀不晓得。都宽流下泪来道："国无帝主，民不聊生，如何是好！"回过头来，叫声门子："拿茶来我吃！"

门子答应，走到茶房。那茶夫姓蔡名茂，听得县主升堂，连忙起来，正在搧茶。

门子叫道："老蔡，快拿茶来，老爷等着来吃哩！"蔡茂道："快了，快了！就滚了。半夜三更，为什么寂天寞地坐起堂来，也要叫人来得及的！"门子道："真正好笑！老爷一些事也没有，做了一个梦，就吵得满堂不得安稳。"蔡茂道："做了甚么梦，就坐起堂来？"门子道："说是梦见什么崔府君，叫他去接驾。如今要查那崔府君庙在那里？又没人晓得，此时还坐在堂上出眼泪，你道好笑不好笑？"蔡茂道："崔府君庙，我倒晓得。只是接什么驾，真正是梦魇。"一面说，一面泡了一碗茶递与门子，又吩咐道："你不要七搭八搭，说我晓得的，惹这些烦恼。等他吃了茶，好进去睡。"

门子笑着，一直走到堂上，送上茶去吃。都宽一面吃茶，一面看那门子只管忍笑不住，都宽喝道："你这奴才，有什么好笑！"扯起签来要打。门子慌忙禀道：

“不是小的敢笑,那崔府君庙,茶夫晓得,却叫小人不要说。”都宽道:“快去叫他来!”门子奔进茶房里来,埋怨蔡茂道:“都是你叫我不要说,几乎连累我打。如今老爷叫你,快些去!”蔡茂倒吃了一惊,鹘鹘突突来到堂上跪下。都宽道:“该打的奴才!你既晓得崔府君庙,如何叫门子不要说?快些讲来,却在何处?”

蔡茂禀道:“非是小人叫门子不要说,崔府君庙是有一个,只是清净荒凉得紧。恐怕不是这个崔府君庙,所以不敢说。”都宽道:“你且说来!”蔡茂禀道:“小人祖居,近在夹江边。离夹江五六里,有个崔府君庙,却是倒塌不堪的,所以说不是这个庙。或者城里地方,另有别个崔府君庙,也未可知。明早老爷着保甲查问,自然就晓得了。”都宽道:“神明说是‘江中逃难,衣服俱湿’。今既近江,一定就是这个崔府君庙,快叫备马掌灯!”又命门子到里边取出一副袍帽靴袜,忙忙碌碌地乱了一会,带了从人,叫茶夫引路,来到城门边,已经天明。出了城,一路望着夹江口而来。

不一时,蔡茂指着一带茂林道:“禀老爷,这林边就是崔府君庙。”老爷吩咐:“尔等俱在庙外候着,不许高声!”只带了一个门子,把庙门用力一推,那靠门的石小,竟推开了。走到里边,并无影响。殿上亦无人迹,殿后俱是荒地。老爷叫门子:“将帐幔掀起来我看,可是这位神圣?”那门子不掀犹可,将帐幔一掀,不打紧,只见两根雉尾摇动,吓得魂不附体,大叫:“老爷,有个妖怪在内!”这一声喊,早惊醒了康王。康王一手把腰刀拔出,握在手中,跳出神厨,喝声:“谁敢近前?”都宽跪下道:“主公系是何人?不必惊慌,臣是来接驾的。”康王道:“孤乃康王赵构,排行九殿下,在金营逃出,幸得神道显灵,将泥马渡孤过江。你是何人?如何说是来接驾的?”都宽道:“臣乃磁州丰丘知县都宽,蒙神明梦中指点,命臣到此接驾。”康王大喜道:“虽是神圣有灵,也难得卿家忠义!”都宽叫门子唤进从人,进上衣服。康王更换了湿衣,齐出庙门。都宽将马牵过来,扶康王上了马,自己却同众人步行跟随,一路进城。

到了县中,在大堂上坐定,重新参见了。一面送酒饭,一面准备兵马守城。康王便问:“这里有多少兵马?”都宽禀说:“只有马兵三百,步兵三百。”康王道:“倘然金兵追来,如何处置?”都宽道:“主公可发令旨,召取各路兵马;张挂榜文,招集四方豪杰。人心思宋,自然闻风而至。”正在商议,忽报:“王元帅带兵三千,前来保驾,未奉圣旨,不敢进见。”康王道:“快去与孤家宣进来!”军士到城外传旨。王渊进城,来到县堂上朝见,君臣大哭一番。命王渊坐了,问道:“卿家如何得知孤家在此?”王渊道:“臣于数日前梦一神人,自称东汉崔子玉,托梦叫臣到此保驾。不意主公果然在此。”正说间,又报:“有金陵张大元帅带兵五千,前来保驾,在城外候旨。”康王道:“快宣进来!”张所进城朝见毕,奏说:“崔府君托梦,叫臣保驾。不意王元帅已先到此。”两个又见了礼,各个赐坐。

康王看那王渊一表非凡,张所年已七十多岁,尚是威风凛凛,好生欢喜,便问:“二卿,此处地方偏小,城低兵少,倘金兵到来,如何迎敌?”王渊道:“二帝北辕,国不可一日无君。臣愿主公驾回汴京,明正大位,号召四方,以图恢复。”张所道:“汴京已被金兵残破,况有奸臣张邦昌卖国,守在那里,其心不测,不宜轻往。金陵乃祖宗受命之地,况在四方之中,便于漕运,可以建都。”康王准奏,择日起身,往金陵进发。一路上州官、县官俱各进送粮食供给。旧时臣子闻知,皆来保驾。

到了金陵,权在鸿庆宫驻跸,诸臣依次朝见。有众大臣进上冠冕法服,即于五月初一日,即位于南京,庙号高宗皇帝。改元建炎,大赦天下。发诏播告天下,召集四方勤王兵马。数日之间,有那赵鼎、田思中、李纲、宗泽并各路节度使、各总兵俱来护驾勤王。又遣官往各路催取粮草。各路闻风,也渐渐起行,解送粮米接应。

内中来了一位清官,却是汤阴县徐仁,听见新君即位,偏偏遇着这等年岁,斗米升珠的时候,县主亲自下乡,催比粮米;又劝谕富户乡绅各个援助,凑足了一千担,亲自解送。一路上克俭克勤,到了金陵,吩咐众人将粮车在空地上停住。走到辕门上,见了中军官道:“汤阴县解送粮米到此,相烦禀复。”中军道:“帅爷此时有事,不便通报。”徐仁道:“此乃一桩大事。相烦,相烦。”中军道:“我的事也不少!”徐仁听见,就会意了,便叫家人取个封筒,称了六钱银子,封好了,复身进来,对着中军赔笑道:“些须薄敬,幸乞笑纳。帅爷那里,万望周全。”中军接在手中,觉得轻飘飘的,就是赤金,也值不得几何,便把那封筒望地下一掷,道:“不中抬举的!”竟掇转身进去,全不睬着。

徐仁拾了封筒道:“怪不得朝廷受了苦楚!不要说是奸臣坐了大位,就是一个中军尚然如此可恶!难道我到了这里,罢了不成?也罢,做我不着,没有你这中军,看我见得元帅也不?”就在马鞍边抽出马鞭来,将鼓乱敲。里边王元帅听得击鼓,忙坐公堂,叫旗牌出去查问,是何人击鼓。旗牌官出来问明,进去报与元帅。元帅道:“传进来!”旗牌答应一声:“吓!”就走出辕门道:“大老爷传汤阴县主进见。”

徐仁不慌不忙,走至阶下,躬身禀说:“汤阴知县徐仁,参见大老爷,特送粮米一千到此。”遂将手本呈上。王元帅看了大喜,便道:“难为贵县了!但是解粮虽是大事,应该着中军进禀,不该擅自击鼓。幸本帅知道你是个清官,倘若别人,岂不罪及于汝?”徐仁道:“那中军因卑职送他六钱银子嫌轻,掷在地下,不肯与卑职传禀。卑职情急了,为此斗胆击鼓,冒犯虎威,求元帅恕罪!”王元帅道:

"有这等事!"吩咐:"把中军绑去砍了!"两边答应一声:"吓!"即时把中军拿下。

徐仁慌忙跪下禀道:"若杀了他,卑职结深了冤仇,报不清了,还求大老爷开恩!"

元帅道:"贵县请起。既是贵县讨饶,免了死罪。"喝叫左右:"重责四十棍,赶出辕门!"又叫左右取过白银五十两,给与徐仁道:"送与贵县,以作路费。"徐仁拜谢,辞了元帅,出了辕门,上马而去。

王元帅忽然想起一事,忙叫旗牌:"快去与我请徐县官转来!"旗牌那只耳朵原有些背的,错听做拿徐县官转来,正要与中军官出气,就怒烘烘地出了辕门,飞跑赶上来,大叫:"徐知县慢走!大老爷叫拿你转去!"就一把抓住。那件圆领本来旧的,不经扯,一扯就扯破了半边。徐仁大怒,就跑马转来,进了辕门,也不等传令,下了马,一直走到大堂上,把纱帽除了来,望元帅案前掼去。那元帅倒吃了一惊,便问:"贵县为何如此!"徐仁道:"卑职吃辛吃苦,解粮前来,就承赐了这点路费也不为过。为何叫旗牌赶上来拿我,把我这件圆领扯破半件,拦路出丑?

还要这顶纱帽做什么?"元帅听了大怒,叫旗牌喝问道:"本院叫你去请徐县主,为何扯破他的圆领?"旗牌连连叩头道:"小的该死!小的的耳朵实在有病,听错了,只道大老爷叫小的拿他转来。他的马走得快,小的着了急,轻轻一把,不道这件圆领不经扯,竟扯破了。"元帅大怒道:"小事犹可,倘若军情大事,难道也听错得的么?"叫左右:"绑去砍了!"徐仁暗想:"原来是他听错了,何苦害他一条性命。"只得走上来将纱帽戴好了,跪下禀道:"既是偶然听错,非出本心。人命重大,望乞开恩!"元帅道:"又是贵县讨饶,造化这狗头。"吩咐放绑,重责四十棍,赶出辕门。左右答应一声:"吓!"把旗牌就打了四十棍,赶出辕门而去。

这里元帅叫:"贵县请起。本帅请贵县转来,非为别事。本帅久闻当年贵县有个岳飞,如今怎样了?贵县必知详细,故特请贵县回来问个明白。"徐仁道:"禀复元帅,这岳飞只因在武场内挑死了小梁王,功名不就。后来复在南薰门力剿太行大盗,皇上只封他为承信郎,他不肯就职。现今闲住在家,务农养亲。"元帅道:"既如此,敢屈贵县在驿馆中暂宿一宵,等待明早同去见驾,保举岳飞,聘他前来共扶社稷何如?"徐仁道:"若得大老爷保举,庶不负了他一生才学。"当时元帅就着人送徐知县往驿馆中去,又送酒饭并新纱帽圆领,反添了一双朝靴。徐仁收了,好不快活。一夜无事。

次日清晨,王元帅引了徐仁同到午门。元帅进朝奏道:"有相州汤阴县徐仁解粮到此,臣问及当年岳飞现在汤阴,此人果有文武全才,堪为国家梁栋,臣愿陛下聘他前来共扶社稷。为此引徐仁在午门候旨,伏乞圣裁!"高宗闻奏,便道:

"当年岳飞枪挑小梁王,散了武场。又协同宗留守除了金刀王善,果有大功。奈父王专听了张邦昌,以致沉埋贤士。孤家久已晓得,可宣徐仁上殿听旨。"徐仁随奉旨上殿,朝见已毕。高宗道:"那岳贤士,朕已久知他有文武全才,只为奸臣蒙蔽,不得重用。今朕欲聘他前来同扶王室。孤家初登大宝,不能远出,卿可代朕一行。"

随即传旨,将诏书一道并聘岳飞的礼物交与徐仁,又赐了徐仁御酒三杯。徐仁吃了,谢恩出朝,一径回汤阴来聘请岳飞。按下慢表。

且说那岳飞自从遇见了施全之后,一向回到家中,习练武艺。不想其年瘟疫盛行,王员外、安人相继病亡。汤员外夫妻两个前来送丧,亦染了疫症,双双去世。

又遇着旱荒,米粮腾贵。那牛皋吃惯了的人,怎熬得清淡,未免做些不公不法的事。牛安人戒饬不住,一口气气死了。

单有那岳家母子夫妻,苦守清贫,甚是凄凉。岳大爷一日正在书房看书,偶然在书中拣出一张命书。那星士批着:"二十三岁,必当大发。"岳大爷暗想:"古人说的'命之理微',这些星相之流,不过一派胡言,骗人财物而已。"正在嗟叹,只见娘子送进茶来,叫声:"相公,'达人知命,君子固穷'。看你愁眉不展,却为何来?"岳大爷道:"我适才翻出一张命书,算我二十三岁必当大发,今正交此运,发在那里?况当此年荒岁歉,如何是好!"李氏娘子劝道:"时运未来君且守,困龙亦有上天时。"岳大爷道:"虽如此说,叫我等到几时?"

正说之间,姚氏安人偶在书房门口走过,听见了,便走进书房。夫妻二人起身迎接,安人坐定,便道:"我儿,你时运未来,怎么反在此埋怨媳妇,是何道理?"

岳飞急忙跪下禀道:"母亲,孩儿只为目下固守,偶然翻着命书,故尔烦恼,怎肯埋怨媳妇?"话还未说完,岳云从馆中回来,不见母亲,寻到书房里来,看见父亲跪着,他也来跪在父亲后边。安人看见七岁孙儿跪在地下,心下不安,真个是孝顺还生孝顺子,便叫岳云起来。岳云道:"爹爹起来了,孙儿才起来。"安人即叫岳飞起来,就带了媳妇孙儿,一同出书房去了。

岳飞独自一个在书房内,想道:"昔日恩师叫我不可把学业荒废了。今日无事,不妨到后边备取枪马,往外边去练习一番,有何不可?"岳大爷即便提着枪,牵着马,出门来到空场上。正要练枪,忽见那边众兄弟俱各全身甲胄,牵着马,说说笑笑而来。岳大爷叹道:"我几次劝他们休取那无义之财,今番必定又去干那勾当了!待我问他们一声看是如何。"便叫声:"众兄弟何往?"众人俱不答应,只有牛皋应道:"大哥,只为'饥寒'二字难忍!"岳大爷道:"昔日邵康节先生有言:'为人可正而不足,不可邪而有余'。"王贵接口道:"大哥虽说得是,但是兄弟想这几日无饭吃、没衣穿,却不道'正而不足',不若'邪而有余'。"岳大爷听了,便道:"兄弟们不听为兄之言,此去若得了富贵,也不要与我岳飞相见;倘若被人拿去,也不要说出岳飞来!"便将手中这枪,在地下划了一条断纹,叫声:"众兄弟,为兄的从此与你们划地断义,各自努力罢了!"众人道:"也顾不得这许多,且图目下,再作道理。"竟各自上马,一齐去了。正是:

本是同林鸟,分飞竟失群。
谁怜一片影,相失万重云。

又诗曰:

结义胜关张,岂期中道绝?
情深不忍抛,无言泪成血!

岳大爷看见这般光影,眼中流下泪来,也无心操演枪马,牵马提枪,回转家中。

到了中堂,放声大哭起来。姚安人听见,走出来喝道:"畜生!做娘的方才说了你几句,你敢怀恨悲啼么?"岳大爷道:"孩儿怎敢。只为一班兄弟们所为非礼,孩儿几次劝他们不转,今日与他们划地断义。回来想起,舍不得这些兄弟,故尔悲伤。"

安人道:"人各有志,且自由他们罢了。"

母子二人正在谈论,忽听得叩门声急,岳飞道:"母亲且请进去,待孩儿出去看来。"即走到外边,把门开了。只见一个人头戴便帽,身穿便衣,脚登快靴,肩上背着一个黄包袱,气喘吁吁走进门来,竟一直走到中堂。岳大爷细看那人,二十以上年纪,圆脸无须,却不认得是何人,又不知到此何事?直待到:

雪隐鹭鸶飞始见,柳藏鹦鹉语方知。

毕竟不知此人是谁,到此何干,且听下回分解。

第二十二回 结义盟王佐假名 刺精忠岳母训子

诗曰：

寂寞相如卧茂陵，家徒四壁不知贫。
世情已逐浮云变，裘马谁为感激人？
大盗徒然投币帛，新君仗尔整乾坤。
只看贤母精忠训，便识将军报国心。

话说众兄弟不肯安贫，各自散去。岳大爷正在悲伤之际，恰遇着那人来叩门，岳大爷开了。进来，只见那人一直走上中堂，把包袱放下，问道："小弟有事来访岳飞的，未知可是这里？"岳爷道："在下就是岳飞，未知兄长有何见教？"那人听了，纳头便拜道："小弟久慕大名，特来相投，学些武艺。若蒙见光，情愿结为兄弟，住在宝庄，以便朝夕请教。不知尊意若何？"岳爷道："如此甚妙！请问尊姓大名？尊庚几何？"那人道："小弟姓于名工，湖广人氏，行年二十二岁。"岳爷道："如此叨长一年，有屈老弟了！"那人大喜，就与岳飞望空八拜，立誓："永胜同胞，各不相负。"拜罢起来，于工取出白银二百两送与岳飞，岳飞推辞不受。

于工道："如今既为兄弟，不必推逊了。"

岳爷只得收了，就进去交与母亲，遂转身出来。于工道："哥哥有大盘子，取出几个来。"岳爷道："有。"即进房去，向娘子讨了几个盘子出来交与于工。于工亲自动手，把桌子摆在中间，将盘安放得停当。打开黄包裹，取出十个马蹄金，放在一盘。又取出几十粒大珠子，也装在一盘。又将一件猩红战袍，一条羊脂玉玲珑带，各盛在盘内。又向胸前取出一封书来，供在中央，便叫："大哥快来接旨！"

岳大爷道："兄弟，你好糊涂，又不说个明白，却叫为兄的接旨。不知这旨是何处来的，说明了，方好接得。"那人道："实不瞒大哥说，小弟并非于工，乃是湖广洞庭湖通圣大王杨幺驾下，官封东胜侯，姓王名佐的便是。只因朝廷不明，信任奸邪，劳民伤财，万民离散。目下徽、钦二帝被金国掳去，国家无主。因此我主公应天顺人，志欲恢复中原，以安百姓。久慕大哥文武全才，因此特命小弟前来聘请大哥，同往洞庭湖去扶助江山，共享富贵。请哥哥收了。”岳大爷道：“好汉子，幸喜先与我结为兄弟。不然，就拿贤弟送官，连性命也难保了！我岳飞虽不才，生长在宋朝，况曾受承信郎之职，焉肯背国投贼？兄弟，你可将这些东西快快收了，再不要多言。”王佐道：“哥哥，古人云：‘天下者，非一人之天下，唯有德者居之。’不要说是二帝无道，现今被兀术掳去，天下无主，人民离乱，未知鹿死谁手？大哥不趁此时建功立业，还待何时？不必执迷，还请三思！”岳大爷道：“为人立志，如女子之守身。岳飞生是宋朝人，死是宋朝鬼。纵有陆贾、随何之口舌，难挽我贯日凌云之浩气。本欲屈留贤弟暂住几日，今既有此举，嫌疑不便。贤弟速速请回，拜复你那主人，今生休再想我。难得今日与贤弟结拜一场，他日岳飞若有寸进，上阵交锋之际，再得与贤弟相会也！”王佐见岳飞侃侃烈烈，无可奈何，只得把礼物收了，仍旧包好。

岳大爷遂走进里边，叫母亲把方才那个银包取出来。安人取了出来，交与岳爷接了。出来对王佐道：“这银包请收了。”王佐道：“又来了！这聘礼是主公的，所以大哥不受。这些须礼物虽然不成光景，乃是小弟的敬意，仁兄何必如此！”岳大爷道：“兄弟，你差了。贤弟送与为兄的，我已收了。这是为兄的转送与贤弟的，可收去做盘缠。若要推辞，不像弟兄了。”王佐谅来岳飞是决不肯收的了，也只得收下。收拾好了，拜辞了岳爷，仍旧背上包裹，悄然出门，上路回去，不提。

却说岳爷送了王佐出门，转身进来，见了安人。安人问道：“方才我儿说那朋友要住几日，为何饭也不留一餐，放他去了，却是何故？”岳大爷道：“母亲不要说起！方才那个人先说是要与孩儿结拜弟兄，学习武艺，故此要住几日。不料乃是湖广洞庭杨幺差来的，叫做王佐，要聘请孩儿前去为官。被孩儿说了他几句，就打发他去了。”岳安人道：“原来如此。”又想了一想，便叫：“我儿你出去端正香烛，在中堂摆下香案，待我出来，自有道理。”岳爷道：“晓得！”就走出门外，办了香烛，走至中堂，搬过一张桌子安放居中。又取了一副烛台、一个香炉，摆列端正，进来禀知母亲：“香案俱已停当，请母亲出去。”

安人即便带了媳妇一同出来，在神圣家庙之前焚香点烛。拜过天地祖宗，然后叫孩儿跪着，媳妇磨墨。岳飞便跪下道：“母亲有何吩咐？”安人道：“做娘的见你不受叛贼之聘，甘守清贫，不贪浊富，是极好的了！但恐我死之后，又有那些不肖之徒前来勾引，倘我儿一时失志，做出些不忠之事，岂不把半世芳名丧于一旦？故我今日祝告天地祖宗，要在你背上刺下‘精忠报国’四字。但愿你做个忠臣，我做娘的死后，那些来来往往的人道：‘好个安人，教子成名，尽忠报国，流芳百世！'我就含笑于九泉矣。"岳飞道："圣人云：'身体发肤，受之父母，不敢毁伤。'母亲严训，孩儿自能领遵，免刺字罢！"安人道："胡说！倘然你日后做些不肖事情出来，那时拿到官司，吃敲吃打，你也好对那官府说'身体发肤，受之父母，不敢毁伤'么？"岳飞道："母亲说得有理，就与孩儿刺字罢！"就将衣服脱下半边。

安人取笔，先在岳飞背上正脊之中写了"精忠报国"四字，然后将绣花针拿在手中，在他背上一刺，只见岳飞的肉一耸。安人道："我儿痛么？"岳飞道："母亲刺也不曾刺，怎么问孩儿痛不痛？"安人流泪道："我儿！你恐怕做娘的手软，故说不痛。"就咬着牙根而刺。刺完，将醋墨涂上了，便永远不褪色的了。岳飞起来，叩谢了母亲训子之恩，各自回房安歇，不表。

书中再讲到汤阴县县主徐仁，奉着圣旨，赍了礼物，回到汤阴，来聘岳飞。那一日带领了众多衙役，抬了礼物并羊酒花红等件，来到岳家庄叩门。岳飞开门出看，认得是徐县主，就请进中堂。徐仁便叫："贤契，快排香案接旨！"岳飞暗想："我命中该有这些磨折！昨日王佐来叫我接旨，今日徐县尊也来叫我接旨。我想现今二帝北辕，朝内无君，必定是张邦昌那奸贼僭位，放我不下，故来算计我也！"

便打一躬道："老大人，上皇、少帝俱已北狩，未知此是何人之旨？说明了，岳飞才敢接。"徐仁道："贤契，你还不知么？目今九殿下康王从金营逃回来，泥马渡了夹江，现今即位金陵。这就是大宋新君高宗天子的旨意。"岳飞听了大喜，连忙跪下，徐仁即将圣旨宣读道：

奉天承运皇帝诏曰：朕闻多难所以兴邦，殷忧所以启圣。予小子遭家不造，金冠猖狂，二帝北辕，九庙丘墟。朕荷天眷，不绝宋祚，泥马渡江，诸臣拥戴，嗣位金陵。但日有羽书之报，夜有狼烟之警，正我君臣卧薪尝胆之秋，图复中兴报仇雪耻之日也。必有鹰扬之将，急遏猾夏之虞。兹尔岳飞有文武全才，正堪大用。故命徐仁赍赐黄金彩缎、羊酒花红，即着来京受职，率兵讨贼，殄灭腥膻，迎二帝于沙漠，救生民于涂炭。尔其倍道兼进，以慰朕怀！钦哉！特旨。

徐仁读罢，便将圣旨交与岳飞。岳飞双手接来，供在中央。徐仁道："军情紧急，今日就要起身。我在此相等，贤契可将家事料理料理。"岳飞道："既是圣旨，怎敢迟延！"就请徐仁坐定。将聘礼收进后堂，请母亲出来坐了，李氏夫人侍立在旁。

岳飞告禀母亲："当今九殿下康王在南京即位，特赐金帛，命徐县尊前来聘召孩儿赴阙。今日就要起身，特此拜别。"安人道："今日朝廷召你，多亏周先生教训之恩，还该在他灵位前拜辞拜辞才是。"

岳飞领命，就将皇封御酒打开，在周先生灵位前拜奠了，又在祖宗神位前拜奠已毕。然后斟了一杯酒跪下，敬上安人。安人接在手中，便道："我儿！做娘的今日吃你这杯酒，但愿你此去为国家出力，休恋家乡。得你尽忠报国，名垂青史，吾愿足矣。切记切记！不可有忘！"岳飞道："谨遵慈命！"安人一饮而尽。岳飞立起来，又斟了一杯，向着李氏夫人道："娘子，不知你可能饮我这杯酒么？"李氏道："五花官诰，尚要赠我，这杯酒怎么吃不得？"岳爷道："不是这等说。我岳飞只得孤身，并无兄弟，如今为国远去，老母在堂，娘子须要代我孝养侍奉。儿子年幼，必当教训成人，所以说'娘子可能饮得此酒'也！"李氏夫人道："这都是妾身分内之事，何必嘱咐？官人只管放心前去，不必挂怀，俱在妾身上便了。"接过酒来，一饮而尽。这些事，那徐仁在外俱听得明白，叹道："难得他一门忠孝！新主可谓得人，中兴有日也。"就吩咐从人，将岳飞衣甲挂在马上，军器物件叫人挑了。

岳飞拜别了母亲，又与娘子对拜了两拜。走出门来，但见那徐县主一手牵着马，一手执鞭道："请贤契上马！"岳飞道："恩师，门生怎敢当此！"徐仁道："贤契不要看轻了！当今天子本要亲来征聘，只因初登大位，不能远出，故在金銮殿上，赐我御酒三杯，命我代劳。如萧相国'推轮捧毂'故事，贤契不必谦逊也！"岳飞只得告罪上马，县主随在后边送行。正待起行，忽见岳云赶来，跪在马前。岳爷见了问道："你来做什么？"岳云道："孩儿在馆中，听得人说县主奉旨来聘爹爹，故此孩儿赶来送行。二来请问爹爹往何处去？做什么事？"岳爷道："为父的因你年幼，恐不忍分离，故不来唤你。你今既来，我有几句话吩咐你：今为父的蒙新君召去杀鞑子，保江山。你在家中，须要孝顺婆婆，敬奉母亲，照管弟妹，用心读书。牢记！牢记！"岳云道："谨遵严命！但是这些鞑子，不要杀完了。"岳爷道："这是为何？"岳云道："留一半与孩儿杀杀。"岳爷喝道："胡说！快些回去！"

岳云到底是个小孩子，并不留恋，磕了一个头，起来蹦蹦跳跳地回去了。

这里徐仁走了几步，叫声："贤契先请前进，我回县收拾收拾就来。"岳飞道："恩师请便。"徐仁别了，自回县中料理粮草，飞马赶上岳飞，一同进京。在路无话。不一日，到了金陵，一齐在午门候旨。黄门官奏过天子，高宗传旨宣召上殿。

徐仁引岳飞朝见缴旨。高宗道："有劳贤卿了！"赏赐金帛彩缎，仍回汤阴理事，不日再加升擢。徐仁谢恩退朝，自回汤阴，不提。

且说高宗见岳飞相貌魁梧，身材雄壮，十分欢喜，便问："众卿家岳飞到来，当授何职？"宗泽奏道："岳飞原有旧职，是承信郎。"高宗道："此乃父王欠明，今暂封为总制，俟后有功，再加升赏。"岳飞谢恩毕，又命赐宴。高宗又将在宫中亲手画的五幅大像，取出来与岳飞一幅一幅看过。高宗道："此乃是金国粘罕弟兄五人的像，卿可细细认着，倘若相逢，不可放过！"岳飞道："臣领旨。"高宗道："现今大元帅张所掌握天下兵权，卿可到他营前效用。"岳飞谢恩，辞驾出朝。

来到帅府，参见了元帅。张所见了岳飞，好生欢喜。次日就令岳飞往教场中去挑选兵马，充作先行。岳飞领令，就去挑选。选来选去，只选了六百名，来见元帅。

元帅道："我的营中，你也去挑选些。"岳飞又去挑选了二百名，连前共有八百名，来禀复元帅。张所道："难道一千人都挑不足么？"岳飞道："就是这八百罢！"

元帅遂令岳飞领八百兵，作第一队先行。于是再问："那一位将军，敢为二队救应？"

连问了几声，并无人答应。元帅道："都是这样贪生怕死，朝廷便无人出力了！待我点名叫去，看他怎样躲过。"便叫山东节度使刘豫。刘豫答应一声："有！"元帅道："你带领本部人马，为第二队先行。本帅亲率大军，随后就到。"刘豫无奈，只得勉强领令，即去整顿人马。

到了次日，张所率领岳飞、刘豫入朝来辞驾，恰有巡城指挥来奏："今有强盗领众来抢仪凤门，声声要岳飞出阵，请旨定夺。"高宗听奏，传旨就着岳飞擒贼复旨。岳飞领旨，辞驾出朝，带领这八百儿郎出城，来到阵前。只见对阵许多喽罗，手中拿的，那里是什么枪刀，都是些锄头、铁搭、木棍、面刀，乱哄哄的，不成模样。岳爷大喝一声："那里来的毛贼？快快来认岳飞！"喝声未绝，只见对阵里跑出一马，马上坐着一个强人，生得来青面獠牙，十分凶恶。若不是《西游记》中妖精出现，即便是《封神传》内天将临凡。正是：

未辨入山擒虎豹，先来沿海斩蛟龙。

不知岳爷捉得强盗否，且听下回分解。

第二十三回 胡先奉令探功绩 岳飞设计败金兵

诗曰：

兵卒疮痍血未干，金兵湖寇几时安？
奇才妙计遭湮没，方识风云际会难。

却说岳爷见对阵内走出一个强盗来，生得青面獠牙，颔下无须；坐下一匹青鬃马，手舞狼牙棒，出到阵前，大叫声："岳大哥！小弟特来寻你带挈带挈。"岳爷上前一认，却原来是吉青。岳爷骂道："狗强盗！你甘心为贼，还来怎么？快与我拿下！"吉青跳下马来道："不要动手，只管来拿。"军士上前将吉青拿下，牵了他的马，拿了他的兵器。岳爷见那些喽罗俱是乡民，叫他们："都好好散去，各安生业去罢！"众人谢恩而去。

岳爷命众兵丁带了吉青进城来，一径上殿来见驾，奏道："强盗已拿在午门外候旨。"高宗命推上殿来。不多时，御林军将吉青推上金阶。吉青大叫："万岁爷，小人不是强盗，是岳飞的义弟吉青，特来寻他与国家出力的！"高宗见了他这般形象，像个英雄，便问岳飞："果是你的义弟么？"岳飞奏道："虽是结义的兄弟，但是他所为不肖，已与他划地断义的了。"高宗道："孤家看他也是一条好汉，况当今用人之际，可赦其小过，以待立功赎罪罢！"传命放绑，封为副都统之职，拨在岳飞营前效用，有功之日，再加升赏。吉青谢恩毕。岳飞辞驾出朝，引吉青来见了元帅。元帅即令岳飞领兵先往鬼愁关去，刘豫领本部兵五千为第二队。元帅自领大兵十万在后，准备迎敌。

再说兀术在河间府闻报康王在金陵即位，用张所为天下大元帅，聚兵拒敌，不觉大怒，即令金牙忽、银牙忽二元帅，各领兵五千为先锋。又请大王兄粘罕，同着元帅铜先文郎，率领众平章，领兵十万，杀奔金陵而来！

且说岳飞同吉青，带领了八百儿郎一路而来。来至一山，名为八盘山，岳爷吩咐众儿郎住着。岳飞细细四下一看，对吉青道："真是一座好山！"吉青道："大哥要买他做风水么？"岳爷道："兄弟好痴话。愚兄看这座山势甚是曲折，若得兀术到此,我兵虽少,可以成功也。"吉青道:"原来为此。"正说之间,忽见探军来报道:"有番兵前队已到此了。"岳爷举首向天道:"此乃我皇上之洪福也!"

遂令众儿郎俱用强弓硬弩,在两旁埋伏。命吉青前去引战:"只许败,不许胜!引他进山来,为兄的在此接应。"

吉青听令,遂带了五十人马,前来迎敌。那番兵见吉青不上几十个人,俱各大笑。吉青纵马上前,金牙忽、银牙忽道:"我只道这南蛮是三头六臂的,原来是这样的贼形!"吉青道:"贼形要打你妈的!"轮起棒来便打,金牙忽举刀招架。战不上三个回合,吉青暗想道:"大哥原叫我败进山去的。"遂把狼牙棒虚晃一晃,回马就走。两员番将带领三军随后赶来。两边埋伏军士一齐发箭,把番兵截住大半,首尾不能相顾。金牙忽恰待转身寻路,忽听得大喝一声:"番贼那里走,岳飞在此!"

摆动手中沥泉枪,迎着金牙忽厮杀。银牙忽上前帮助,吉青回马转来敌住。两军呐喊,那山谷应声,赛过雷轰。金牙忽不知宋军有几百万,心上着忙,手中刀略松一松,被岳爷一枪刺中心窝,翻身落马。银牙忽吃了一吓,被吉青一棒,把个天灵盖打得粉碎。八百儿郎一齐动手,杀死番兵三千余人,其余有命的逃去报信。岳爷取了两个番将首级,收拾旗鼓马匹兵器等物,命吉青解送刘豫军前,转送大营去报功。

刘豫命吉青:"且自回营,待本帅与你转达便了。"吉青回营,禀报岳爷,不提。

且说那刘豫想道:"这岳飞好手段!初出来就得此大功,一路去不知还有多少功劳。如今这第一功权且让我得了,下次再与他报罢。"忙忙地将文书修好,差旗牌官将首级兵器等物,禀见元帅报功。元帅那里晓得,就上了刘豫第一功,赏了旗牌。旗牌谢过元帅出营,回转本营,禀复刘豫。刘豫暗暗欢喜,不提。

且说岳爷领兵前行,又至一山,名为青龙山。岳爷左顾右盼,吩咐将人马扎住,对吉青道:"这座山,比八盘山更好。为兄的在此扎营,意欲等候番兵到来,杀他一个片甲不留。你可往后边营内去见刘豫元帅,要借口袋四百个、火药一百担、挠钩二百杆、火箭火炮等物,前来应用。"吉青领令,来到刘豫营中,见了刘豫,备述要借口袋等物。刘豫道:"本营那有此物?你且回去,待我差人到元帅大营中,取了送来便了。"吉青听了,自去回复了岳爷。那刘豫即差人往大营取齐了应用之物,送至前营。岳爷收了,遂分拨二百名人马在山前,将枯草铺在地上,洒上火药,暗暗传下号令:"炮响为号,一齐发箭。"又拨一百兵在右边山涧水口,将口袋装满沙土,作坝阻水。待番兵到来,即将口袋扯起,放水淹他。若逃过山涧,自有石壁阻住去路,决往夹山道而走。遂拨兵一百名,于上边堆积乱石,打将下来,叫他无处逃生。又令吉青领二百人马,埋伏在山后,擒拿逃走番兵。又道:“贤弟,你若遇见一个面如黄土、骑黄膘马、用流星锤的,就是粘罕,务要擒住!如若放走了他,必送元帅处军法从事,不可有违!”吉青领令而去。岳爷自带二百兵,在山顶摇旗呐喊,专等金兵到来。

却说大元帅张所,那日独坐后营,筹划退敌之策,只见中军胡先密来禀道:“今日刘豫差官来取口袋火药等件,不知何用?小官细想,岳统制领队在前,未曾败绩。怎么第二队的刘豫,反杀败了番兵,得了头功?其中必有情弊。倘若有冒功等事,岂不使英雄气短,谁肯替国家出力!因此特来请令,待小官扮作兽医,前去探听消息,不知元帅意下如何?”元帅听了大喜道:“本帅也在此疑惑,正欲查究,得你前去探听更好。”胡先领命出营,扮作兽医,混过了刘营,一路来到青龙山,已近黄昏。悄悄行至半山,见一株大树,就盘将上去。在树顶上远远望去,只见番兵已到,漫山遍野而来,如同蝼蚁一般。胡先好不着急,想:“那岳统制只有八百人马,怎么迎敌?决然被他擒了。”不表胡先坐在树上探望。

再说粘罕带领十万人马,望金陵进发,途遇败兵报说:“有个岳南蛮同一个吉南蛮,杀了两个元帅。五千兵丧了一大半,伤者不知其数。”粘罕听了大怒,催动大兵下来。忽有探军报道:“启上狼主,前面山顶上有南蛮扎营,请令定夺。”粘罕道:“既有南蛮阻路,今天色已晚,且扎下营盘住着,到明日开兵。”一声炮响,番兵安营扎寨,尚未安歇。

这里青龙山上,岳爷爷见粘罕安营,不来抢山,倘到明日,彼众我寡,难以抵敌。想了一想,便叫二百儿郎:“在此守着,不可抢山,待我去引这些番兵来受死。”

遂拍马下山,摇手中枪,望着番营杀去。那胡先在树顶上见了,一身冷汗,暗想道:“真个是舍身为国之人!”且看那岳爷爷一马冲入番营,高叫:“宋朝岳飞来踹营也!”骑着马,马又高大;挺着枪,枪又精奇!逢人便挑,遇马便刺,耀武扬威,如入无人之境。小番慌忙报入牛皮帐中,粘罕大怒,上马提锤,率领元帅、平章、众将校一齐拥上来,将岳爷围住。这岳爷那里在他心上,奋起神威,枪挑剑砍,杀得尸堆满地,血流成河,暗想道:“此番已激动他的怒气,不若败出去,赚他赶来。”

便把沥泉枪一摆,喝道:“进得来,出得去,才为好汉!”两腿把马一夹,呼喇喇冲出番营而去!

粘罕大怒道:“那有这等事!一个南蛮拿他不住,如何进得中原?必要踏平此山,方泄吾恨!”就招麾大兵呐喊追来。岳爷回头看见,暗暗欢喜道:“番奴,这遭中我之计了!”连忙走马上山。半山里树顶上,胡先看见岳统制败回,后边漫天盖地的番兵赶来：吹起胡笳，好似长潮浪涌；敲动驼鼓，犹如霹雳雷霆。胡先想道："这番完了，不独他没了命，我却先是死也！"正在着急，忽听得一声炮响，震得山摇地动，几乎跌下树来。那众番兵亦有跌下马来的，也有惊倒的。两边埋伏的军士，火炮火箭打将下来，延着枯草，火药发作。一霎时，烈焰腾空，烟雾乱滚，烧得那些番兵番将两目难开，怎认得兄和弟；一身无主，那顾得父和孙。喧喧嚷嚷，自相践踏，人撞马，马撞人，各自逃生。

铜先文郎和众平章保着粘罕，从小路逃生。却见一山涧阻路，粘罕叫小番探那溪水的深浅。小番探得明白，说："有三尺来深。"粘罕遂吩咐三军渡水过去。众军士依言，尽向溪水中走去，也有许多向溪边吃水。粘罕催动人马渡溪，但见满溪涧尽是番兵。忽听得一声响亮，犹如半天中塌了天河，那水势往下倒将下来，但见滴溜溜人随水滚，呼喇喇马逐波流。粘罕大惊，慌忙下令别寻路径，回兵要紧。那些番兵一个个魂飞胆丧，尽望谷口逃生。粘罕也顾不得众平章了，跟了铜先文郎，拍马往谷口寻路。只见前边逃命的平章跑马转来，叫声："狼主！前面谷口都有山峰拦住，无路可通。"粘罕道："如此说来，我等性命休矣！"内中有一个平章用手指道："这左边不有一条小路？不管他通不通，且走去再处。"粘罕道："慌不择路，只要有路就走。"遂同众兵将一齐从夹山道而行。行不多路，那山上军士听得下边人马走动，一齐把石块飞蝗似的打将下来，打得番军头开脑裂，尸积如山。

铜先文郎保着粘罕，拚命逃出谷口，却是一条大路。这时已是五更时分了，粘罕出得夹山道，不觉仰天大笑。铜先文郎道："如此吃亏，怎么狼主反笑起来，却是为何？"粘罕道："不笑别的，我笑那岳南蛮虽会用兵，到底平常。若在此处埋伏一枝人马，某家插翅也难飞了！"话言未毕，只听得一声炮响，霎时火把灯球照耀如同白日。火光中，一将生得面如蓝靛，发似朱砂，手舞狼牙棒，跃马高叫："吉青在此，快快下马受死！"粘罕对铜先文郎道："岳南蛮果然厉害，某家今日死于此地矣！"眼中流下泪来。铜先文郎道："都是狼主自家笑出来的！如今事已急了，臣有一个金蝉脱壳之计，只要狼主照看臣的后代！"粘罕道："这个自然，计将安出？"铜先文郎道："狼主可将衣甲马匹兵器与臣调换，一齐冲出去。那吉南蛮必然认臣是狼主，与臣交战，若南蛮本事有限，臣保狼主逃生；倘若他本事高强，被他捉去，狼主可觑便脱离此难。"粘罕道："只是难为你了！"便慌忙地将衣甲马匹调换了，一齐冲出。那吉青看见铜先文郎这般打扮，认做是粘罕，便举起狼牙棒打来。铜先文郎提锤招架，战不上几合，早被吉青一把抓住，活擒过马去了。

那粘罕带领败兵，拚命夺路而逃。这时吉青追赶了一程，拿了铜先文郎回来报功。

那胡先在树顶上蹲了一夜，看得明白，暗暗称赞不绝，慢慢地溜下树来，自回营中，报与张元帅去了。

再说岳爷在山上等到天明，那各处埋伏兵丁俱来报功，一面收拾番兵所遗兵器什物。只见吉青回营缴令道："果然拿着粘罕了。"岳爷命推上来。众军士将铜先文郎推将上来，岳爷一看，拍案大怒，命左右："将吉青绑去砍了！"左右答应一声。真个是：

令行山岳动，言出鬼神惊。

不知吉青性命如何，且听下回分解。

第二十四回 释番将刘豫降金 献玉玺邦昌拜相

诗曰：

刘豫降金实可羞，邦昌献玺岂良谋？
欺君卖国无双士，吓鬼瞒神第一流。

话说当时岳爷要把吉青斩首，吉青大叫："无罪！"岳爷道："我怎样吩咐你，却中了他金蝉脱壳之计。"便向铜先文郎喝问道："你这等诡计，只好瞒吉青，怎瞒得我过？你实说是何等样人，敢假装粘罕替死？"铜先文郎暗想："中原有了此人，我主休想宋室江山也。"便叫道："岳南蛮，我狼主乃天命之主，怎能被你拿了？我非别人，乃金国大元帅铜先文郎便是。"岳爷道："吉青，你听见么？"吉青道："我见他这般打扮妆束，只道是粘罕，那晓得他会调换的？大哥要杀我，就与他一同杀罢了！"众军士俱跪下讨饶。岳爷道："也罢，今日初犯，恕你一次。日后倘再有误事，王法无亲，决不容情！"吉青谢了起来。岳爷道："就着你领兵二百，把番将并马匹军器，押解前往大营报功。"

吉青领令，押解了铜先文郎并所获遗弃物件，一路来到刘豫营前，叫小校禀知，好放过去到元帅大营。刘豫闻报，即命传宣官引吉青进见，吉青叩禀："岳统制杀败番兵十万，活促番将一员，得了许多军器马匹，现解在营门，乞元帅看验明白，好让路与小将到大元帅营中去报功。"刘豫听了这一番言语，口中不说，心内暗想："金兵十分厉害，南朝并无一人敢当。岳飞初进之人，反有这等本事！我想他只用八百兵丁，便杀败了十万人马，擒拿了番邦元帅，若还论功，必定职居吾上。"想了一会，说道："有了，索性待我占了，后来的功再让他罢。"主意已定，便假意开言道："吉将军，你同岳统制杀败番兵，擒获番将，这件功劳不小！但你去到大营报功，须要耽搁时日。你营中乏人，恐金兵复来。我与你统制犹如弟兄一般，不如我差人代你送往元帅处，你与我带了猪羊牛酒，先回本营去犒赏三军罢。"吉青不知是计，即便谢了刘豫。刘豫吩咐家将，整备猪羊牛酒，交与吉青带回本寨去，分犒众军，不提。

且说刘豫将铜先文郎囚在后营，解来物件暂且留下。把文书写停当封好了，叫旗牌上来吩咐道："你到大营内去报功，大元帅若问你，你说：'金兵杀来，被本帅杀败，拿住一个番将囚在营中，若是大元帅要，就解送来；若是不要，就在那边斩了。'元帅问你，说话须要随机答应，不可漏了风声。"旗牌得令出营，望大营而来。

再说胡中军回营，换了衣服，来见元帅。元帅便问："所探之事如何？"胡中军将到了青龙山、爬在树顶上一夜所见之事，细细禀知。元帅道："难为你了，记上你的功劳。"到了次日，元帅升帐，聚集众节度、各总兵议事。众将参见已毕，有传宣官上来禀道："二队先锋刘节度差旗牌来报功，在营门外候令。"元帅道："令他进来！"那旗牌官进来，叩了头，将文书呈上。张元帅拆开观看，原来又将岳先锋的功劳冒去了，便吩咐赏了旗牌："且自回营，可将所擒番将，活解来营。待本帅这里叙功，送往京师，候旨便了。"旗牌叩谢出营而去。

张元帅打发了旗牌出营，便向众将道："两次杀败番兵，俱系前队岳飞大功。今刘豫蔽贤冒功，朝廷正在用人之际，岂容奸将埋没才能，以至赏罚混乱？本帅意欲将他拿来斩首示众，再奏朝廷，那一位将军前去拿他？"言未毕，胡中军上前禀道："元帅若去拿他，恐有意外之变。不如差官前去，传元帅之令，请他到来议事，然后聚集众将，究明细底。然后斩他，庶众心诚服，他亦死而无怨。"元帅道："此计甚妙，就着你去，请他到大营来，商议军机，不得有误。"中军得令，出营上马，往刘营来。

不道元帅帐下，有一两淮节度使曹荣，却与刘豫是儿女亲家。当时亲见元帅命中军去赚刘豫，心想："他的长子刘麟，却是我的女婿。父子性命，旦夕难保，叫我女儿怎么好！"遂悄悄出帐，差心腹家将，飞马往刘营报知。此时刘豫正在营中盼望那报功的旗牌，不见回来，忽传宣进营禀说："两淮节度使曹爷，差人有紧急事要见。"刘豫即着来人进见。来人进营，慌慌张张叩了头，说道："家爷不及修书，多多拜上：今大元帅探听得老爷冒了岳先锋的功劳，差中军官来请老爷到大营假说议事，有性命之忧，请老爷快作计较。"刘豫听了，大惊失色，忙取白银五十两，赏了来人，说道："与我多多拜上你家爷，感承活命之恩，必当重报。"来人叩谢，自回去了。

刘豫想了一会，走到后营，将铜先文郎放了，坐下道："久闻元帅乃金邦名将，误被岳飞所算。我观宋朝气数已尽，金国当兴，本帅意欲放了元帅，同投金国，不知元帅意下如何？”铜先文郎道：“被掳之人，自分一死，若蒙再生，自当重报。吾狼主十分爱才重贤，元帅若往本国，一力在我身上保举重用。”刘豫大喜，吩咐整备酒饭，一面传令收拾人马粮草。正待起行，旗牌恰回来缴令，说：“大元帅命将所擒番将，囚解大营，请旨定夺。”刘豫大笑，遂鸣鼓集众将士，参见已毕。刘豫下令道：“新君年幼无知，张所赏罚不明。今大金狼主重贤爱才，本帅已约同金国元帅，前去投顺。尔等可作速收拾前去，共图富贵。”言未毕，只听得阶下一片声说道：“我等各有父母、妻子在此，不愿降金。”哄的一声，走个罄尽。刘豫目瞪口呆，看看只剩得几名亲随家将，只得和铜先文郎带领了这几人上马。又恐怕岳飞兵马在前边阻碍，只得从小路大宽转取路前行。

忽见后面一骑马飞奔赶来，叫道：“刘老爷何往？”刘豫回头看时，却是中军，便问：“你来做甚么？”中军道：“大老爷有令箭在此，特请元帅速往大营议事。”

刘豫笑道：“我已知道了。我本待杀了你，恐没有人报信。留你回去，说与张所老贼知道，我刘豫堂堂丈夫，岂是池中之物，反受你的节制？我今投顺金国，权寄这颗驴头在他颈上，我不日就来取也。”吓得中军不敢做声，回转马头就走，不知是那个走漏了风声。飞跑赶回大营，来报与张元帅。张元帅随即修本，正要差官进京启奏，忽报圣旨下。张所接旨宣读，却是命张所防守黄河，加封岳飞为都统制。张所谢恩毕，随将所写奏明刘豫降金、岳飞得功的本章，交与钦差带进京去呈奏。命岳飞领军前行，同守黄河。且按下慢表。

再说那粘罕在青龙山被岳飞杀败，领了残兵，取路回到河间府来见兀术。兀术道：“王兄有十万人马，怎样反败于宋兵之手？”粘罕道：“有个岳南蛮，叫做岳飞，真个厉害！”就把他独来踹营并水火埋伏之事，细细说了一遍。兀术道：“并未曾听见中原有什么岳飞，不信如此厉害。”粘罕道：“若没有铜先文郎替代，我命已丧于夹山道上矣！”兀术听了大怒道：“王兄，你且放心，待某家亲自起兵前去，渡黄河拿住岳飞，与王兄报仇。直捣金陵，踏平宋室，以泄吾恨！”那兀术正在怒烘烘地要拿岳飞，却有小番来报：“铜先文郎候令。”兀术道：“王兄说他被南蛮拿去，怎得回来？”就着令：“传进来！”

且说那铜先文郎，同着刘豫抄路转到金营，即对刘豫说道：“元帅可在营门外等等，待我先去禀明，再请进见。”刘豫道：“全仗帮衬！”铜先文郎进了大营，一直来到兀术帐前跪下叩头。兀术道：“你被南蛮拿去，怎生逃得回来？”铜先文郎将刘豫投降之事，说了一遍。兀术道：“这样奸臣，留他怎么，拿来‘哈喇’了罢！”哈迷蚩道：“狼主不可如此！且宣他进来，封他王位，安放他在此，自有用处。”兀术听了军师之言，就命平章宣进朝见，封为鲁王之职，镇守山东一带。刘豫谢恩，不表。

再说张元帅兵至黄河，就分拨众节度各处坚守。岳飞同着吉青，向北扎下营寨守住。张元帅自领大兵攻取汴京。那张邦昌闻知张元帅领兵来取城，心生一计，来至分宫楼前见太后，启奏道：“兀术兵进中原，不日来抢汴京。今康王九殿下在金陵即位，臣欲保娘娘前往。望娘娘将玉玺交付与臣，献与康王去。”娘娘闻奏，两泪交流道：“今天子并无音信，要这玉玺何用，就交与卿便了。”张邦昌骗了玉玺，到家中收拾金珠，保了家小出城，竟往金陵去了。

再说张元帅兵至汴梁，守城军士开城迎接。张所进城，请了娘娘的安。娘娘就将张邦昌骗去玉玺、带了家眷不知去向，与张所说知。张所奏道：“四面皆有兵将守住，不怕奸臣逃去。臣差人探听奸人下落，再来复旨。”元帅辞驾出朝，将兵守住汴梁，不表。

再说张邦昌到了金陵，安顿家眷，来至午门，对黄门官道：“张邦昌来献玉玺，相烦转达天聪。”黄门官奏知高宗。高宗问众臣道：“此贼来时，众卿有何主见？”

李太师奏道：“张邦昌来献玉玺，其功甚大，且封他为右丞相。但他本心不好，主公只宜疏远他，他就无权矣！”高宗大悦道：“可宣上殿来。”邦昌来至殿前俯伏。

高宗道：“卿之前罪免究，今献玉玺有功，官封右丞相之职。”邦昌谢恩而退。到了次日，邦昌上殿奏道：“臣闻兀术又犯中原，有岳飞青龙山大战，杀得番兵片甲无存。若无此人，中原难保，真乃国家之栋梁也！现为都统，不称其职。以臣愚见，望主公召他来京，拜为元帅，起兵扫北，迎请二帝还朝，天下幸甚！”高宗听了，暗想：“好虽好，我总不听你。”遂说道：“卿家不必多言，孤自有主意。”邦昌只得退出。

回至家中，想道：“这样本章，主公不听，虽为丞相，总是无权了。”正在无计可使，适值侍女荷香送茶进来。邦昌观看，颇有姿色，便想：“不若认为己女，将他送进宫中，倘得宠用，只要诱他荒淫酒色，不理朝政，便可将天下送与四狼主了。”遂与荷香说知。荷香应允。

张邦昌次日妆扮荷香，上了车子，推往午门。邦昌进朝奏道：“臣有小女荷香，今送上主公，服侍圣驾，在午门候旨。”那个少年天子，一闻此言，即传旨宣召。

荷香拜伏金阶，口称："万岁！"高宗观看大悦，遂传旨命太监送进宫去。李纲出班奏道："请主公送往西宫。"邦昌又奏道："望主公降旨，召岳飞回朝，拜帅扫北。"高宗传旨，就命邦昌发诏去召岳飞。高宗自回宫去，与荷香欢叙，不表。

且说张邦昌将旨放在家中，不着人会召岳飞，算定黄河往返的日子，邦昌却来复旨，回奏："岳飞因金兵犯界，守住要地。'将在外，君命有所不受。'因此不肯应诏。"高宗道："他不来也罢了。"

且说李太师在府中与夫人说起张邦昌献女之事，夫人道："他为不得专权，故送此女，以图宠用耳。"太师道："夫人之言，洞悉奸臣肺腑，老夫早晚也要留心。"

正说之间，只见檐下站着一人。太师道："你是何人？"那人过来跪下叩头道："小人是张保。"太师道："张保，我一向忘了，只为国事匆忙，不曾抬举你。也罢，你去取纸笔过来。"张保就去取了文房四宝来放在桌上。太师爷就写起一封书来，封好了，对张保说："我荐你到岳统制那边去做个家丁，你可须要小心服侍岳爷！"张保道："小人不去的。古人云：'宰相的家人七品官'。怎么反去投岳统制？"

李太师说道："那岳统制真是个人中豪杰，盖世英雄，文武双全。这样的人不去跟他，还要跟谁去？"张保道："小人且去投他，如若不好，仍要回来的。"当时叩别了太师，出了府门，转身来到家中，别了妻子，背上包袱行李，提着混铁棍，出门上路而行。

一日，来到黄河口岳爷营前，向军士道："相烦通报，说京中李太师差来下书人求见。"军士进营报知岳爷。岳爷道："可着他进来。"军士出营说："家爷请你进去。"张保进营叩头，将书呈上。岳统制把书拆开一看，说道："张管家，你在太师身边，讨个出身还好。我这里是个苦所在，怎么安得你的身子？且到小营便饭，待我修书回禀太师爷罢！"张保同了岳爷的家人，来至旁边小营坐下。张保看那营中，不过是柏木桌子，动用家伙，俱是粗的。少停送进酒饭，却是一碗鱼，一碗肉，一碗豆腐，一碗牛肉，水白酒，老米饭。那家人向张保说道："张爷请酒饭。"

张保道："为何把这样的菜来与我吃？"家人道："今日却是为了张爷，特地收拾起来的！若是我家老爷，天天是吃素，还不能欢喜的哩！每到吃饭的时候，家爷朝北站着，眼中泪盈盈说道：'为臣在此受用了，未知二位圣上如何！'那有一餐不恸哭流泪！"张保道："好，好，好！不要说了，且吃酒饭。"他就一连吃了数十余碗，转身出来，见了岳爷。岳爷道："回书有了。"

张保道："小人不回去了，太师爷之命，不敢有违。"岳爷道："既如此，权且在此过几日再处置。"遂命张保进营去，与吉青相见过了。吉青道："好一个汉子！"张保自此在营中住下，不表。

且说张邦昌送玉玺时，一路上就印了许多纸，所以他就假传圣旨颇多。那一日将一道假旨，到黄河口来召岳飞。岳飞出来接旨，到里边开读了。岳爷道："钦差请先行，岳飞随后便来。"那钦差别过岳飞，回复张邦昌去了。岳飞吩咐吉青道："兄弟，为兄的奉旨回京，恐番人渡河过来，非同小可，为哥的有一句要紧说话，不知贤弟肯依否？"吉青道："大哥吩咐，小弟怎敢不依？"那岳爷对吉青说出这几句话来，有分教：

狰狞虎豹排牙爪，困水蛟龙失雨云。

毕竟不知岳爷对吉青说出什么话来，且听下回分解。

第二十五回 王横断桥霸渡口 邦昌假诏害忠良

诗曰：

地网天罗遍处排，岳侯撞入运时乖。
才离吊客凶神难，又遇丧门白虎灾。

话说当时岳爷对吉青道：“愚兄今日奉旨回京，只愁金兵渡过河来，兄弟干系不小！恐你贪酒误事，今日愚兄替你戒了酒，等我回营再开。兄弟若肯听我之言，就将此茶为誓。”说罢，就递过一杯茶来。吉青接过茶来，便道：“谨遵大哥之命。”

就将茶一饮而尽岳爷又差一员家将，前往元帅营中去，禀道：“岳飞今奉圣旨进京，君命在身，不及面辞元帅。”又再三叮嘱了吉青一番，带了张保，上马匆匆，一路望着京都而来。

一日，行至中途，只见一座断桥阻路，岳爷便问张保：“你前日怎么过来的？”

张保道：“小人前日来时，这条桥是好端端的，小人从桥上走过来的。今日不知为什么断了？”岳爷道：“想是近日新断的了。你可去寻一只船来，方好过去。”张保领命，向河边四下里一望，并无船只；只有对河芦苇中，藏着一只小船。张保便喊道：“艄公，可将船过来，渡我们一渡！”那船上的艄公应道：“来了。”看他解了绳缆，放开船，咿咿呀呀摇到岸边来，问道：“你们要渡么？”岳爷看那人时，生得眉粗眼大，紫膛面皮，身长一丈，膀阔腰圆，好个凶恶之相！那人道：“你们要渡河，须要先把价钱讲讲。”张保道：“要多少？”那人道：“一个人，是十两；一匹马，也是十两。”岳爷暗想：“此桥必定是那人拆断的了。”张保道：“好生意吓！朋友，让些罢。”那人道：“一定的价钱。”张保道：“就依你，且渡我们过去，照数送你便了。”

那艄公暗想道：“就渡你过去，怕你飞上天去不成？又看看他们的包裹，虽甚是有限，好匹白马，拿去倒卖得好几两银子。看这军官文绉绉的，容易收拾。倒是那个军汉一脸横肉，只怕倒有些气力，待我先对付了他，这匹马不怕不是我的。"

便道:"客官,便渡你过去,再讲也不妨。但是我的船小,渡不得两人一马,只好先渡了一人一马过去,再来渡你罢。"张保道:"你既装得一人一马,那再载我一个人,能占得多少地方?我就在船艄上蹲蹲罢。"艄公暗笑:"这该死的狗头,要在船艄上,不消我费半点力气,就送你下水去。"便道:"客官,只是船小,要站稳些!"一面说,一面把船拢好。

岳爷牵马上船。果然船中容不得一人一骑,岳爷将马牵放舱中,自己却在船头上坐地。张保背了包裹,爬到船艄上,放下了包裹,靠着舵边立着。艄公把船摇到中间,看那张保手中拄着那根铁棍,眼睁睁地看着他摇橹,自己手中又没有兵器,怎生下得手来?想了一会,叫道:"客官,你替我把橹来拿定了,待我取几个点心来吃。你若肚里饿了,也请你吃些。"张保是久已有心防备着的,便道:"你自取去。"撇了混铁棍,双手把橹来摇。回头看那艄公蹲身下去,揭开船板,飕的一声,掣出一把板刀来。张保眼快,趁势飞起左脚来,正踢着艄公的手,那把板刀已掉下河中去了。再飞起右脚来,艄公看得亲切,叫声:"不好!"背翻身,扑通的一声响,翻下河去了。岳爷在船头上见这般光景,便叫张保:"须要防他水里勾当!"

张保应声:"晓得,看他怎生奈何我!"就把这混铁棍当作划桨一般,在船尾上划。

那艄公在水底下看得明白,难以近船。前边船头上,岳爷也把那沥泉枪当作篙子一般,在船头前后左右不住的搅,搅得水里万道金光。那个艄公几番要上前算计他,又恐怕着了枪棍,不敢近前。却被那张保一手摇橹,一手划棍,不一时,竟划到了岸边。岳爷就在船舱里牵出马来,跳上了岸。张保背了包裹,提了混铁棍,踊身上岸。那只船上没有了人,滴溜溜的在水内转。张保笑对岳爷道:"这艄公好晦气!却不是'偷鸡不着,反折了一把米'?请爷上马走罢!"岳爷上了马,张保跟在后头。

才走不得一二十步路,只听得后边大叫道:"你两个死囚!不还我船钱,待走到那里去?"张保回头看时,只见那个艄公精赤着膊,手中拿条熟铜棍,飞也似的赶来。张保把手中混铁棍一摆,说道:"朋友,你要船钱,只问我这棍子肯不肯。"

艄公道:"那有此事,反在大虫的口里来挖涎。老爷普天之下,这除了两个人坐我的船,不要他船钱。除此之外,就是当今皇帝要过此河,也少不得我一厘。你且听我道:'老爷生长在江边,不怕官司不怕天。任是官家来过渡,也须送我十千钱。'"张保道:"朋友少说!只怕连我要算第三个!"艄公道:"放屁!

你是何等之人，敢来撩拨老爷？照打罢！”举起熟铜棍，望张保劈头打来。张保喝声：“来得好！”把混铁棍望上格当一声响，架开了铜棍，使个“直捣黄龙势”，望艄公心窝里点来。艄公把身子往右边一闪，刚躲个过，也使个“卧虎擒羊势”，一棍向张保脚骨上扫来。张保眼快，双足一跳，艄公这棍也扑个空。两个人搭上手，使到了十五六个回合。张保只因背上驮着个包裹未曾卸下，转折不便，看看要输了。

岳爷正在马上喝彩，忽见张保招架不住，便拍马上前一步，举起手中枪，向那两条棍子中间一隔，喝声：“且住！”两个都跳出圈子外来。艄公道：“那怕你两个一齐来，老爷不怕！”岳爷道：“不是这等说。我要问你，你方才说，天下除了两个人不要船钱，你且说是那两个？”艄公道：“当今朝内有个李纲丞相，是个大忠臣，我就肯白渡他过去。”岳爷道：“再一个呢？”艄公道：“那一个除非是相州汤阴县的岳飞老爷，他是个英雄豪杰，所以也不要他的渡钱。”张保道：“好哩！可不连我是第三个？”艄公道：“怎么便好连你？”张保道：“现放着俺家的爷爷不是汤阴县的岳老爷？你不要他的渡钱，难道倒好单要我的不成？”艄公道：“你这狗头，休要哄我。”岳爷道：“俺正是岳飞，在黄河口防守金兵。今圣旨召进京中，在此经过。不知壮士何由晓得岳飞，如此错爱？”艄公道：“你可就是那年在汴京抢状元，枪挑小梁王的岳飞么？”岳飞道：“然也。”艄公听说，撇了棍，倒身便拜，说道：“小人久欲相投，有眼不认，今日多多冒犯！望爷爷收录，小人情愿执鞭随镫。”岳爷道：“壮士请起。你姓甚名谁？家居何处？因何要来投我？”

艄公道：“小人生长在扬子江边，姓王名横，一向在江边上做些私商勾当。只因好赌好吃，钱财到手就完。因思人生在世，也须干些事业，只是无由进身。久闻爷爷大名，欲来相投。因没有盘缠，故在此处拆断桥梁，诈些银子，送来孝顺爷爷，不意在此相遇。”岳爷道：“这也难得你一片诚心！既如此，与你同保宋室江山，讨个出身也好。”王横道：“小人不愿富贵，只要一生服侍爷爷。”岳爷道：“你家在那里？可有亲人么？”王横道：“小人从幼没了父母，只有一个妻子，同着小儿王彪，在这沿河树林边破屋里，依着舅舅过活。我这船艄里还有几两碎银子，待小人取来与他去度日。”张保道：“快些，快些！我们要赶路的，不要恋家耽搁！”

于是三个一齐再到河边来。王横跳上船去，向艄里取了银子，跳上岸，把船撇了，一直向河边树林下茅屋内去，安顿了妻子，背上一个包裹，飞奔赶来。张保见了，便道：“朋友，我走得快，爷是骑马的，恐你赶不上，把包裹一发替你背了吧！”

王横道：“我挑了三四百斤的担子，一日还走得三四百里路，何况这点包裹？

我看你的包裹,比我的还重,不如均些与我,方好同走。"岳爷道:"既如此,待我上马先走,看你两个先赶上的,就算是他的本事。"张保道:"甚好,甚好!"岳爷把马加上一鞭,只见嗯喇喇一马跑去,有七八里才止。那王横、张保两个放开脚步,一口气赶上来。王横刚赶到岳爷马背后,那张保已走过头去了,只争得十来步远。岳爷哈哈大笑道:"你们两个,真是一对!这叫做'马前张保,马后王横'也!"

三个人在路,欢欢喜喜。不一日,到了京师。刚到得城门口,恰遇着张邦昌的轿子进城,岳爷只得扯马闪在一旁。谁知张邦昌早已看见,忙叫住轿,问道:"那一位是岳将军么?"岳爷忙下马,走到轿边,打一躬道:"不知太师爷到来,有失回避!"邦昌道:"休记当年武场之事。目今吾为国家大事,保将军进京为帅。圣上甚是记念,如今就同将军去见驾。"岳爷只得随着进城。刚到午门,已是黄昏时分。邦昌道:"随我上朝。"家人提了灯笼进朝。到了分宫楼下,邦昌道:"将军在此候旨,我去奏知天子。"岳爷答道:"领命。"邦昌进了分宫楼,往旁边进去了,着人到宫中知会消息。

再说荷香正在宫中与圣上夜宴,有太监传知此消息。荷香看主上已有几分酒意,又见明月当空,跪下奏道:"臣妾进宫侍驾,还未曾细看宫阙,求万岁带臣妾细看一回。"康王道:"卿要看那宫廷么?"吩咐摆驾,先看分宫楼。銮驾将至分宫楼,那岳飞看见一派宫灯,心中想道:"张太师果然权大!"上前俯伏,口称:"岳飞接驾。"内监叫道:"有刺客!"两边太监上前拿住岳飞。高宗吃惊,即便回宫,问道:"刺客何人?"内监道:"岳飞行刺!"娘娘道:"若是岳飞。应该寸斩。前者宣召进京,他违旨不来。今日无故暗进京城,直入深宫,图谋行刺。伏乞圣上速将他处斩,以正国法。"高宗此时还在醉乡,听了荷香之话,就传旨出来,将岳飞斩首。宫官领旨,将岳飞绑出午门外来。

张保、王横见了,上前问道:"老爷何故如此?"岳飞道:"连我也不知!"

张保道:"王兄弟,你在此看了,不许他动手,我去去就来!"张保忙提着混铁棍就走,连栅门都打开。有五城兵马司巡夜,看见了,叫手下拿住。众人急忙追来,那里追得着?张保来至太师门首,不等得叫门,一棍就打进里边。张保是在府中出入惯的,认得路径,知道太师爷在书房里安歇的,他就一脚将书房门踢倒,走进里边,揭起帐子,扯起大师,背了就走。走出府门,口中叫道:"不好了!岳爷爷绑在午门了!"

李太师被张保背着飞跑,颠得头昏眼晕。来至午门放下,李纲一见岳飞绑着跪下,便高声叫道:"你几时来的?"岳爷连忙回禀道:"小将在营中,奉有圣旨召来。才到得城中,与张太师同进午门。到了分宫楼下,叫小将站着,张太师进去了。好一会不见出来,只见天子驾到。小将上前接驾,不意内监叫道:‘有刺客!’即将小将拿下,绑出午门。求太师与小将证明此事,死也甘心!”太师听说,便叫:“刀下留人!”即去鸣钟撞鼓,太师往里边进来。那晓得张邦昌奸贼已知,即暗暗的将钉板摆在东华门内。李纲一脚跨进,正踏着钉板,大叫一声,倒在地上,满身鲜血。张保见了,大叫:“太师爷滚钉板哩!”午门众大臣听见,连忙上前来救。但见太师的手足鲜血淋漓,倒在金阶。

早有值夜内监,报知天子奏道:“众大臣齐集午门,李太师滚钉板,命在顷刻!请驾升殿。”荷香奏道:“更深夜黑,主上明早升殿未迟。”高宗道:“众卿齐集大殿,孤家怎好不去坐朝?”随即升殿。众文武三呼已毕,平身。高宗看见李太师满身是血,传旨宣太医官调治。李太师奏道:“臣闻岳飞武职之官,潜进京师,欲害我主,必有主使,该取禁刑部狱中。待臣病好,审问岳飞,究明此事,问罪未迟。”

高宗准奏,传旨将岳飞下狱。众大臣送李太师回府,张保、王横牵马跟着。高宗退朝回宫,不表。

再说李太师回到府中,着人忙请刑部大堂沙丙到来相见,吩咐道:“岳飞必有冤枉,可替他上一道本章,说他有病,饮食不进,万望周全。待我病愈,自有处置。”

沙丙领命,辞别太师回去。到次日,果然奏了一本,天子准了。这也不在话下。

再说那李太师写了一张冤单,暗暗叫人去刻出印板,印上数千张,叫张保、王横两人分头去贴,只说张邦昌陷害岳飞情由,遍地传扬。不道这个消息,直传到一个所在,却是太行山。有个“公道大王”牛皋,聚众在此山中,称孤道寡,替天行道。这日正值牛皋生日,那施全、周青、赵云、梁兴、汤怀、张显、王贵七个大王,备了礼来祝寿。见过礼,两边坐下。众人道:“已拿了几班戏子,候大王坐席唱戏。”

牛皋道:“难为各位兄弟了!”看看等到晌午时分,汤怀说道:“众位兄弟,等到何时才坐席呢?”牛皋道:“等吉大哥来!这吉大哥,我平日待他不同,我的生日,他必定来的。”汤怀道:“既如此说,等等他。只怕要等到晚哩!”王贵道:“无可奈何,只得依他等罢!”

汤怀气闷,立起身来闲走,一走走到戏房门首,只听得里面说:“张邦昌陷害岳飞。”汤怀走进来问道:“谁害岳飞?”戏子回说:“方才揭的一张冤单,闲空在此,故尔念念。”汤怀道:“拿来我看!”戏子即忙送过来。汤怀接着看了,转身就走,来至飞金殿上说道:“牛兄弟,岳大哥被人陷害了!”牛皋道:“汤哥,你怎么知道?”汤怀就将冤单一一念与牛皋听。牛皋听了,怒发如雷道:“罢,罢,罢!也不做这生日了,快快收拾兵马进京去。相救大哥。”即时传令,将七个大王兵马尽行聚集,连本山共有八万人马。下山一路而来,无人拦阻,直至金陵,离凤台门五里,安营下寨。

那守城官兵慌忙报上金阶,奏与高宗知道。高宗随传旨下来:“何人去退贼兵?”

下边有后军都督张俊,领旨出午门来,带了三千人马出城,将人马摆开。八个英雄走马上来。汤怀对张俊说道:“我们不是反寇!你进去只把岳大哥送出来,便饶你了。你若不然,就打破金陵,鸡犬不留,杀个干干净净。”张俊道:“怪不得岳飞要反,有你这一班强盗相与,想是要里应外合。我今奉圣旨,到来拿你这一班狗强盗!”牛皋大叫一声,舞着双锏,照头就打,张俊抡刀格架。战不上三四个回合,那张俊那里是牛皋的对手,转马败走。汤怀对牛皋道:“让他去罢!倘然我们这里追得急了,他那里边害了大哥的性命了,不必迫他。”牛皋就命众人且回营安歇,不提。

再说那张俊回至午门下马,进朝上殿,奏道:“臣今败阵回城,他们是岳飞的朋友汤怀、牛皋等作乱,来救岳飞。求主公先斩岳飞,以绝后患。”高宗主意未定,适值午门官启奏:“李纲在午门候旨。”高宗降旨:“宣进来。”李太师上殿,朝拜已毕。高宗道:“朕正为贼兵犯阙,张俊败回,孤家无计。老太师有何主意?”

李纲奏道:“就命岳飞返了贼兵,再将他定罪可也。”张邦昌奏道:“都督张俊败回,奏闻圣上,这班强贼,乃是岳飞的朋友。若命岳飞退贼,岂不中其奸计?”李纲、宗泽一同奏道:“臣等情愿保举岳飞,倘有差池,将臣满门斩首。”高宗道:“二卿所奏,定然不差。”即忙降旨,宣召岳飞上殿。岳飞进朝,朝见已毕,高宗就命岳飞去退贼寇回旨。

岳飞领旨,正往下走,李纲喝声:“岳飞跪着!”岳飞只得跪下。李太师道:“圣上爱你之才,特命徐仁召你到京,着你保守黄河。你怎么敢暗进京师,意欲行刺圣躬?理应罪诛九族,你有何言奏答?”岳飞道:“太师爷!罪将万死,不得明冤!有圣上龙旨召进京城,现在供好在营中。若罪小将进宫,小将到京时,城外见了张太师,张太师同小将同至午门,叫小将在分宫楼下候旨。张太师进去,不见出来。适值圣驾降临,罪将自然跪迎。岳飞一死何惜,只因臣母与我背上刺下‘精忠报国’四字,难忘母命!求太师爷作主!”

张邦昌忙奏道:“想是岳飞要报武场之仇,如此攀扯,求圣上作主!”李纲奏道:“既如此,圣上可查一查,那日值殿的是何官?问他就知明白了。”高宗降旨,命内侍去查明那日值殿者何官。不多时,内侍查明回奏:“乃是吴明、方茂值殿。”

高宗就问那一晚之事。吴明、方茂奏道：“那晚有一小童手执灯笼，上写‘右丞相张’，见太师爷引着一人进宫。非是臣等当时不奏，皆因太师时常进宫来往，故无忌惮。”高宗闻奏大怒，将张邦昌大骂道：“险些儿害了岳将军之命！”吩咐将张邦昌绑了斩首。李纲奏道：“姑念他献玉玺有功，免死为民。”高宗准奏，降旨限他四个时辰出京。张邦昌谢恩而出，回家收拾出京。不是李太师奏免他，杀了这个奸贼，后来怎得死在番人之手，以应武场之咒？正是：

若不今朝邀赦免，何至他年作犬羊？

这是后话慢表。

且说高宗命岳飞领兵出城退贼，未知胜败若何，且听下回分解。

第二十六回 刘豫恃宠张珠盖 曹荣降贼献黄河

诗曰：

胡笳羯鼓透重关，千里纷腾起塞烟。
揉掀风浪奸臣舌，断送黄河反掌间。
昼暗狐狸夺得势，天阴魑魅自持权。
不图百世流芳久，那愁遗臭万千年。

却说高宗黜退了张邦昌，命岳飞领兵一千，出城退贼。岳飞辞驾出朝，披挂上马，带着张保、王横下教场来，挑选一千人马，出城过了吊桥。汤怀、牛皋等看见，齐声叫道："岳大哥来了！"各人下马问候："大哥一向好么？"岳爷大怒道："谁是你们大哥！我奉圣旨，特来拿你等问罪！"众人道："不劳大哥拿得，我们自己绑了，但凭大哥见驾发落问罪罢了！"随即各人自缚，三军尽降，扎营在城外，候旨定夺。

先有探军报至朝中，奏道："岳飞出城，那一班人不战而自绑。"不多时，岳爷来至午门，进朝上殿，奏道："贼人尽绑在午门候旨。"高宗道："将那一班人推上殿来，待朕亲自观看。"阶下武士即去将八人推进午门，俯伏金阶。汤怀奏道："小人并非反叛。只因同岳飞枪挑梁王，武场不第，回来又逢斗米珍珠，难以度日，暂为不肖。况中国一年无主，文武皆无处投奔，何况小人？今闻张太师陷害忠良，故此兴兵前来相救。今见岳飞无事，俯首就擒。愿圣上赐还岳飞官职，小人等情愿斩首，以全大义。"高宗闻奏，下泪道："真乃义士也！"传旨放绑，俱封为副总制之职，封岳飞为副元帅之职，降兵尽数收用！众皆谢恩而退。一面整顿人马，调兵十万，拨付粮草，候副元帅起身。岳飞等领了十万人马，辞驾出朝，大兵下来，不表。

再说大金四太子兀术，领兵三十万，直至黄河。这日小番过河探听，回来报与兀术知道："这件东西，十分厉害！南蛮守住，摆着大炮在口，怎得过去？"兀术心中好生忧闷。

再说山东刘豫，自从降金以来，官封鲁王之职，好生威风！这日坐在船中，望见那船上旗幡光彩，刘豫问小番道："为何我的船上旗幡如此，不见光彩？"那平章道："这是北国亲王，才有此旗。"刘豫道："就是那珍珠宝篆云幡么？"小番道："正是珍珠宝篆云幡。"刘豫想了一想，吩咐："备一只小快船来。"刘豫上了快船，竟往兀术水寨而来。

平章报上兀术船中道："刘豫候旨。"兀术道："宣来。"刘豫上船，见了兀术。兀术道："你来见某家，有何事故？"刘豫奏道："多蒙狼主恩典，赐臣王位，但是没有珍珠宝篆云幡，显显威风！求狼主恩赐一幡，以免众邦兵将欺臣。"兀术大怒道："你有何大功，连孤家的幡都要了？"刘豫奏道："主公若赐了臣这面宝幡，黄河即刻可以渡得过去。"兀术道："既如此，也罢，就将宝幡赐与你罢！"

刘豫谢恩，下了小船，回到自己船上，就将宝幡扯起。不多时，只见各处保驾大臣，认是兀术出了水寨，齐上船来保驾。刘豫走出船头，站着说道："众位大臣，这不是狼主的龙船，这宝幡是狼主赐与我的。"众皆默然，放船来见兀术，一齐启奏道："宝幡乃狼主旗号，为何赐与刘豫？"兀术道："刘豫要我赐他此幡，说是黄河立刻可渡，故此赐与他的。"众平章才知为此，各个散去，不表。

且说刘豫在船中思想："威风是威风了，只是这黄河怎生渡得过去？"想了一想，道："有了。"遂换了衣服，下了快船，叫军士竟往对岸摇来。也是他的造化，远远望见两淮节度使曹荣的旗号，刘豫便叫把船直摇到岸边。早有兵丁问道："何人的船？"刘豫道："烦你通报元帅，说有一个姓刘名豫的，有机密事相商，在外等候。"军士报进营中，曹荣想道："刘豫亲来，不知何事？"忙来到水口看时，果是刘豫。刘豫忙上岸，深谢曹荣救命之恩，尚未答报，实为记念。曹荣道："亲家在彼如何？"刘豫道："在彼官封鲁王之职，甚是荣耀。今日到来，相劝恩兄共至金国，同享荣华，不知可否？"曹荣道："既是金国重贤，我就归降便了。"刘豫道："兄若肯去，王位包在弟身上。"曹荣道："要去，只在明晚，趁张所在于汴梁、岳飞入都未回，特献黄河，以为进见之礼。"

刘豫别了曹荣，下船来至北岸见兀术。兀术宣进船中。刘豫奏道："蒙狼主恩赐宝幡，臣特过黄河探听。会着臣儿女家亲家两淮节度曹荣，臣说狼主宽洪仁德，敬贤礼士，讲了一番。那曹荣听臣之言，约在明晚献上黄河，归顺狼主。特来启奏。"

兀术想道："那曹荣被他一席话就说反了心，也是个奸臣。"乃向刘豫道：

“你且回船，孤家明日去抢黄河便了。”刘豫领命而去。兀术暗想：“康王用的俱是奸臣，求荣卖国之辈，如何保守得江山？”一面与军师哈迷蚩商议发令，准备明日行事。

当日已过，到了次日，将至午后，兀术慢慢发船而行。原叫刘豫引路而进，看看将至黄昏时分，引着兀术的船，一齐拢岸。这边曹荣在此等候，见兀术上岸，跪着道：“臣曹荣接驾，愿狼主千岁千千岁！”哈迷蚩道：“主公可封他王位。”兀术就封曹荣为赵王之职，曹荣谢了恩。兀术吩咐牵马过来，兀术上马，叫刘豫、曹荣在此料理船只，自己提斧上前。那些各营闻得曹荣降了兀术，俱各惊慌，各自逃生，不表。

话说吉青自从岳爷进京之后，一连几日，果然不吃酒。那日兀术因刘豫过河，差了一个该死的探子，领了两三个人扮做渔人，过河来做细作，却被岳爷营中军士拿住。吉青拷问得实，解上大营。元帅大喜，赍了十坛酒、十只羊来犒赏。吉青道：“元帅所赐，且开这一回戒，明日便不吃了。”当时一杯不罢，两杯不休，正吃得大醉，还在那里讨酒吃。军士来报道：“兀术已经过河，将到营前了，快些走罢！”

吉青道：“好胡说！大哥叫我守住河口，往那里走？快取我的披挂过来，待我前去打战！”

那吉青从来冒失，也不知金兵厉害，况又吃得大醉。家将捧过衣甲来，吉青装束上马，犹如风摆柳，好似竹摇头，醉眼朦胧，提着狼牙棒，一路迎来，正遇着兀术。兀术看见他这般光景，说道：“是个醉汉，就砍了他，也是个酒鬼，叫他死不瞑目。”便叫：“南蛮，某家饶你去罢！等你酒醒了，再来打战。”说罢，转马而去。吉青赶上道：“呔，狗奴！快些拿了头来，就放你去！”举起狼牙棒打来。兀术大怒道：“这酒鬼自要送死，与我何干。”掇转马头，就是一斧。吉青举棒来架，震得两臂酸麻，叫声：“不好！”把头一低，霎的一声响，那头盔已经削下。吉青回马就走。这八百儿郎是岳老爷挑选上的，那里肯乱窜，都跟着逃走。兀术拍马追将下来，一连转了几个弯，不见了吉青。回看自己番兵都已落后，一个也不见，况且半夜三更，天色昏黑，正欲回马，只听得吉青又在前面林子中转出来，大骂：“兀术！你此时走向那里去？快拿头来！”兀术大怒道：“难道孤家怕了你不成？”拍马追来。那吉青不敢迎战，拨马又走。引得兀术心头火起，匹马单人，一直追了下来，有二十余里，都是些小路，这吉青又不知那里去了。

兀术一人一马，东转西转，寻路出来，天已大明，急急走出大路。但见有一村庄，树木参天。庄上一簇人家，俱是竹篱茅舍，十分幽雅。兀术下马来，见一家人家，篱门半开，就将马系在门前树上，走入中堂坐下，问道："有人么？"不多时，里边走出个白发婆婆，手扶拐杖，问一声："是那个？"兀术站起身来道："老妈妈，我是来问路的。你家有汉子在家，可叫他出来。"老婆子道："你为般打扮，是何等样人？要往那里去？"兀术道："我乃大金国殿下四太子。"那兀术话尚未说完，那婆婆提起拐杖来，照头便打。兀术见他是个老婆子，况且是个妇人，却不与他计较，便道："老妈妈，你也好笑，为何打起某家来？也须说个明白！"那婆婆便哭将起来道："老身八十多岁，只得一个儿子，靠他养老送终，被你这个贼子断送了性命，叫我孤单一人，无靠无依！今日见了杀子仇人，还要这老性命何用，不如拚了罢！"一面哭，又提起拐杖来乱打。兀术道："老妈妈，你且住手。你且说你儿子是那一个？或者不是我害他的，也要讲个明白。"那婆婆打得没气力了，便道："我的儿子叫做李若水，不是你这贼于害他的么？"又呜呜咽咽，哭个不住。兀术听说是李若水的母亲，也不觉伤感起来。

正说间，忽听得门首人声喧哗，却见哈军师走进来道："主公一夜不见，臣恐有失，带领众军，那一处不寻到！若不是狼主的马在门首，何由得知在这里。请狼主快快回营，恐众王爷等悬望。"兀术便把追赶吉青、迷道至此的话，说了一遍，便指着李母道："这就是若水李先儿的母亲，快些来见了。"哈迷蚩上前见了礼。

兀术道："这是我的军师。你令郎尽忠而死，是他将骸骨收好在那里。我叫他取来还你，择地安葬。"命取白银五百，送与老太太，以作养膳之资。命取令旗一面，插在门首，禁约北邦人马，不许进来骚扰。军师领命，一一备办。兀术辞了李母出门上马，军师和众军士随后取路回营，不表。

如今再讲到那副元帅岳飞，领兵十万前来。将近皇陵，岳元帅吩咐三军悄悄扎下营盘，不要惊了先皇。岳爷来到陵上，朝见已毕，细看那四围山势，心下暗想："好个所在！"便问军士道："这是什么山？"军士禀道："这叫做爱华山。"岳爷想道："此山真好埋伏人马！怎能够引得番兵到此，杀他个片甲不留，方使他不敢藐视中原！"一面打算，一面回到营中坐定。

且说那吉青当夜带领了八百儿郎，败阵下来。天色大明，将到皇陵，见前有营盘扎住，便问守营军士道："这是何人的营寨？"军士问道："是岳元帅的营盘。你是那里人马，问他怎的？"吉青道："烦你通报，说吉青候令。"军士进营禀道："启上帅爷，营门外有一吉青将军要见。"岳爷道："吉青此来，黄河定然失了！"遂令他进来。吉青进营来，参见了岳爷。岳爷道："你今此来，敢是黄河失了？必定是你酒醉，不听吾言之故也。"吉青道："不关我事，乃是两淮节度使曹荣献了的黄河。”岳爷道：“你为何弄得这般模样？”吉青道：“末将与兀术交战，不道那个生番十分厉害，被他一斧砍去盔冠，幸亏不曾砍着头。不然，性命都没有了！”

牛皋笑道：“我说蓬蓬松松，那里走出这个海鬼来！”岳元帅道：“休得胡说！我如今就命你去引得兀术到此，将功折罪。引不得兀术到此，休来见我。”吉青领令，也不带兵卒，独自一个出营上马，来寻兀术。正叫做：

老虎口中挖脆骨，青龙项下探明珠。

不知后事如何，且听下回分解。

第二十七回 岳飞大战爱华山 阮良水底擒兀术

诗曰：

将军勇敢士争先，番寇忙忙去若烟。
失鹿得马相倚伏，空擒兀术献军前。

却说岳元帅令吉青去引兀术，先令张显、汤怀带领二万人马，弓弩手二百名，在东山埋伏。但听炮响为号，摆开人马捉拿兀术，二人领命而去。又令王贵、牛皋带领二万人马，弓弩手二百名，在北山埋伏，吩咐道："此处乃进山之路，等兀术来时，让他人马进了谷口。听炮响为号，将空车装载乱石塞断他的归路，不可有违！"

二将领命，依计而行。又令周青、赵云领兵二万，弓弩手二百名，在西山埋伏。炮响为号，杀将出来，阻住兀术去路。二人领令而去。又命施全、梁兴领兵二万，弓弩手二百名，在正南上埋伏。号炮一响，一齐杀出，阻住兀术去路，二将各个领命而去。又分拨军兵五千，守住粮草。岳元帅自领一万五千人马，同着张保、王横，占住中央。分拨停当，专等兀术到来。

且说吉青也不知兀术在那里，肚内寻思："叫我何处寻他？"蹲着头只望着大路上走去。忽听前边马嘶人喊，渐渐而来，不多时，人马已近。吉青抬头看来，一声："妙啊！"原来是哈军师带千余人，寻着了兀术，在李家庄上回来。吉青把马打上一鞭，赶上前来，大叫："兀术，快拿头来！"兀术见了，便道："你这杀不死的南蛮，某家饶你去罢了，又来怎么？"吉青道："臭狗奴！倒说得好！昨夜是老爷醉了，被你割断了头发。如今我已醒了，须要赔还我，难道罢了不成？"兀术大怒，抡斧就砍。吉青使棒相迎。二马相交，战不上几个回合，吉青败走。兀术追赶二十余里，勒住马不赶。吉青见他不赶，又转回马来叫道："你这毛贼，为何不赶？"兀术道："你这个狗蛮子，不是我的对手，赶你做什么？"吉青道："我实不是你的对手！我前面埋伏着人马，要捉你这毛贼，谅你也不敢来！"兀术大怒道："你不说有埋伏，某家倒饶了你；你说是有埋伏，某家偏要拿你。"就把马一拍，唿喇喇追将下来。

吉青在前，兀术在后，看看追至爱华山，吉青一马转进谷口去了。军师道："狼主，我看这蛮子鬼头鬼脑，恐怕真个有埋伏，回营去罢！"兀术道："这是那南蛮恐怕某家追赶，故说有埋伏吓我，况此乃上金陵必由的大路。你可催趱大队上来，待某家先进去，看是如何？"兀术带领众军，追进谷口，只见吉青在前边招手道："来，来，来！我与你战三百合。"说罢，往后山去了。

兀术细看那山，中央阔，四面都是小山抱住，没有出路，失惊道："今我已进谷口，倘被南蛮截住归路，如何是好，不如出去罢！"正欲转马，只听得一声炮响，四面尽皆呐喊，竖起旗帜，犹如一片刀山剑岭。那十万八百儿郎团团围住爱华山，大叫："休要走了兀术！"只吓得兀术魂不附体！但见帅旗飘荡，一将当先：头戴烂银盔，身披银叶甲，内衬白罗袍，坐下白龙马，手执沥泉枪，隆长白脸，三绺微须，膀阔腰圆，十分威武。马前站的是张保，手执浑铁棍；马后跟的是王横，拿着熟铜棍。威风凛凛，杀气腾腾！

兀术见了，先有三分着急了，只得硬着胆问道："你这南蛮姓甚名谁？快报上来！"岳爷道："我已认得你这毛贼，正叫做金兀术。你欺宋国无人，兴兵南犯，将我二圣劫迁北去，百般凌辱，自古至今，从未有此。恨不食你之肉，寝你之皮！今我主康王即位金陵，招集天下兵马，正要捣你巢穴，迎回二圣，不期天网恢恢，自来送死。吾非别人，乃大宋兵马副元帅姓岳名飞的便是。今日你既到此，快快下马受缚，免得本帅动手。"兀术道："原来你就是岳飞。前番我王兄误中你的诡计，在青龙山上被你伤了十万大兵，正要前来寻你报仇。今日相逢，怎肯轻轻的放走了？你不要走，吃我一斧！"拍马摇斧，直奔岳爷，岳爷挺枪迎战。枪来斧挡，斧去枪迎，真个是：棋逢敌手，各逞英雄。两人杀做一团，输赢未定。

却说那哈迷蚩飞马回报大营，恰遇着大狼主粘罕、二狼主喇罕、三狼主答罕、五狼主泽利，带领元帅结摩忽、吱摩忽、乞里布、窝里布、贺必达、斗必利、金骨都、银骨都、铜骨都、铁骨都、金眼大磨、银眼大磨、铜先文郎、铁先文郎、哈里图、哈里强、哈铁龙、哈铁虎、沙文金、沙文银、大小元帅、众平章等，率领三十万人马，正在跟寻下来。哈迷蚩就将吉青引战，今已杀入爱华山去说与众人。粘罕就催动人马望爱华山而来。

再说山上牛皋望见了，便对王贵道："王哥，只有一个番将在这里边，怕大哥一个杀不过，还要把这车挡在此做什么？你看下边有许多番兵来了，我等闲在这里，不如把车儿推开了，下去杀他一个快活，燥燥脾胃何如？"王贵道："说得有理。"

二人就叫军士把石车推开，领着这二万人马，飞马下山来迎敌。且按下慢表。

再说这岳元帅与兀术交战到七八十个回合，兀术招架不住，被岳爷钩开斧，拔出腰间银锏，刷的一锏，正中兀术肩膀。兀术大叫一声，掇转火龙驹，往谷口败去，见路就走。奔至北边谷口，正值那王贵、牛皋下山去交战了，无人挡阻，径被兀术一马逃下山去了。元帅查问守车军士，方知牛皋、王贵下山情由，元帅就传令众弟兄，各个领兵下山接战。一声炮响，这几位凶神恶煞，引着那十万八百长胜军，蜂拥一般，杀入番阵内。将遇将伤，兵逢兵死，直杀得天昏日暗，地裂烟飞，山崩海倒，雾惨云愁。这正是：

大鹏初会赤须龙，爱华山下显神通。

南北儿郎争胜负，英雄各自逞威风。

这一场大战，杀得那金兵大败亏输，望西北而逃。岳元帅在后边催动人马，急急追赶，直杀得尸横遍野，血流成河。番兵前奔，岳兵后赶，赶下二三十里地面，却有两座恶山，紧紧相对：那左边的叫做麒麟山，山上有一位大王，叫做张国祥，原是水浒寨中菜园子张青之子，聚集了三四千人马，在此做那杀人放火的生涯，右边的唤做狮子山，山上也有一位大王，姓董名芳，也是水浒寨中双枪将董平之子，聚集了三四千人马，在此干那打家劫舍的道路。这一日，约定了下山摆围场吃酒，忽见喽罗来报道："前面遮天盖地的番兵败下来了。"张国祥道："贤弟，怪不得我们两日生意清淡，原来都被他们抄掉了！我们何不把兵马两边摆开，等他们来时，俱使长枪挠钩，强弓硬弩，飞爪留客住，两边修削。等他过去了一半，我和你出去截杀，抢他些物件，以备山寨之用，何如？"董芳道："哥哥好主意！"就叫众喽罗埋伏停当。恰好金兵败到两山交界，只听得齐声呐喊，那众番兵顶梁上摄去了三魂，脚底下溜掉了七魄。后边人马追来，前面又有人马挡住，岂不是死？只得拚命夺路而走。却被那些喽罗左修右削，杀死无数。但是番兵众多，截他不住，只得让他走。

看看过了一大半，只剩得三千来骑人马，那张国祥一条棍，董芳两枚枪，杀将出来，杀得那些番兵番将，满山遍野，四散逃生。

正杀得闹热，后边王贵、牛皋、梁兴、吉青四员统制，刚刚追到这里。张国祥与董芳两个那里认得，见他们生得相貌凶恶，只道也是番将，抢上来接着厮杀。王贵、牛皋也是蠢的，不管三七二十一，就与他交战。四个杀了两个，各个用心，反把那些番兵放走了。不一时，岳元帅大兵已到，看见两员将与牛皋等厮杀，便大叫："住手！"两边听见，各收住了兵器。岳元帅道："尔等何人，擅敢将本帅的兵将挡住，放走了番兵，是何道理？"张国祥、董芳见了岳元帅旗号，方才晓得错认了，慌忙跳下马来，跪在马前道："我们弟兄两个是绿林中好汉，见番兵败来，在此截杀。看见这四位将军生得丑陋，只道也是番将，故此交战。不知是元帅到来，故尔冲撞！我弟兄两个情愿投在麾下，望元帅收录！”岳爷便下马来，用手相扶，说道：“改邪归正，理当如此。二位请起，请问尊姓大名？”张国祥就把两人的姓名履历，细细说明。岳爷大喜，便道：“此刻本帅要追赶兀术，不得工夫与贤弟们叙谈。你二位可回山寨收拾了，径到黄河口营中来相会便了。”二人道：“如此，元帅爷请先行，小人们随后就来。”又向牛皋等说道：“适才冒犯，有罪，有罪！”牛皋道：“如今是一家了，不必说客话，快快去收拾罢！”二人别了众将，各自上山收拾人马粮草，不提。

再说岳元帅大兵，急急追赶。兀术正行之间，只听得众平章等哭将起来。原来前边就是黄河阻住，并无船只可渡，后边岳军又呐喊追来。兀术道：“这遭真个没命了！”正在危急之际，那哈迷蚩用手指道：“恭喜狼主，这上流头五六十只战船，不是狼主的旗号么？”兀术定睛一看道：“果然不差，是我的旗号。”就命众军士高声叫喊：“快把船来渡我们过去！”你道这战船是那里来的？却是鲁王刘豫，与曹荣守着黄河，却被张所杀败，败将下来。到是因祸而得福，偏偏又遇着横风，一时使不到岸。

后面岳兵看看赶到，兀术好不惊慌。忽见芦苇里一只小船摇将出来，艄上一个渔翁独自摇着橹。兀术便叫渔翁：“快将船来，救某家过去，多将金银谢你！”那渔翁道：“来了。”忙将小船摇到岸边道：“我的船上，只好渡一人。”兀术道：“我的马一同渡过去罢。”渔翁道：“快些上来，我要赶生意。”兀术慌慌张张牵马上船，那渔翁把篙一点，那只小船已离岸有几里，把橹慢慢的摇开。这兀术回头看那些战船，刚刚摆到岸边。这些王兄、御弟、元帅、平章等，各个抢着下船逃命，四五十号大船都装得满满的。有那些番兵争上船，跌下水去淹死的，不计其数。内有一号装得太重，才至河心，一阵风，骨碌碌的沉了！还有岸上无船可渡的番兵，尽被宋兵杀死，尸骸堆积如山。

兀术正在悲伤，只听得岸上宋将高声大叫：“你那渔户，把朝廷的对头救到那里去？还不快快摇拢来！”渔翁道：“这是我发财发福的主人，怎么倒送与你做功劳？”岳元帅道：“那渔翁声音，正是中原人，可对他说：捉拿番将上来，自有千金赏赐，万户侯封。”张保、王横领着军令，高声传令道：“那渔翁快将番将献来！”

兀术对渔翁道：“你不要听他。我非别人，乃大金国四太子兀术便是。你若救了某家，回到本国，就封你个王位，决不失信。”渔翁道：“说是说得好，但有一件成不得。”兀术道：“是那一件？”渔翁道：“我是中原人，祖宗姻亲俱在中国，怎能受你富贵？”兀术道：“既如此，你送我到对岸，多将些金银谢你罢！”渔翁道：“好是好，与你讲了半日的话，只怕你还不曾晓得我的姓名。”兀术道：“你姓甚名谁？说与我知道了，好补报你。”渔翁道：“我本待不对你说，却是你真个不晓得。我父亲叔伯，名震天下，乃是梁山泊上有名的阮氏三雄。我就是短命二郎阮小二爷爷的儿子，名唤阮良的便是。你想，大兵在此，不去藏躲，反在这里救你，那有这样的呆子？只因目下新君登位，要拿你去做个进见之礼物。倒不如你自己把衣甲脱了，好等老爷来绑，省得费我老爷的力气。”兀术听了大怒，吼了一声：“不是你死，便是我亡！”提起金雀斧，望阮良头上砍来。阮良道：“不要动手！待我洗净了身子，再来拿你。”一个翻觔斗，扑通的下水去了。那只船，却在水面上滴溜溜的转。

那兀术本来是北番人，只惯骑马，不会乘船的，又不识水性，又不会摇橹，正没做个理会处。那阮良却在船底下双手推着，把船望南岸上送。兀术越发慌张了，大叫：“军师！快来救我！”哈迷蚩看见，忙叫：“小船上兵卒并到大船上来，快快去救狼主！”

阮良听得有船来救，透出水来一望，趁势两手扳着船沿，把身子望上一起，又往下一坠，那只船就面向水，底朝天，兀术翻入河中，却被阮良连人带斧两手抱住，两足一登，戏水如游平地，望南岸而来。这正是：

屋漏遭霪雨，船破遇飓风。

毕竟不知兀术性命如何，且听下回分解。

第二十八回 岳元帅调兵剿寇 牛统制巡湖被擒

诗曰：

昨夜旄头耀斗魁，今朝上将诰戎师。
臂挽雕弓神落雁，腰横宝剑勇诛魑。
三千黑虎如云拥，百队旌旗掣电随。
试看累囚争献鳖，遐方拜伏贺唐虞。

却说岳元帅在岸上，看见阮良在水中，擒住了兀术，心中好不欢喜，举手向天道："真乃朝廷之洪福也！"众将无不欢喜，军兵个个雀跃。阮良擒住了兀术，赴水将近南岸，那兀术怒气冲天，睁开二目，看着阮良，大吼一声。那泥丸宫内一声响亮，透出一条金色火龙，张牙舞爪，望阮良脸上扑来。阮良叫声："不好！"抛了兀术，竟望水底下一钻。这边番兵驾着小船，刚刚赶到，救起兀术，又捞了这马，同上大船。一面换了衣甲，过河直抵北岸。众将上岸，回至河间府，拨兵守住黄河口。兀术对众平章道："某家自进中原，从未有如此大败，这岳南蛮果然厉害！"

即忙修本，差官回本国去，再调人马来与岳南蛮决战。且按下慢表。

再说南岸岳元帅见兀术被番兵救了去，向众将叹了一口气道："这也算是天意了！只可惜那条好汉，不知性命如何了？"说未了，只见阮良在水面上透出头来探望。牛皋见了，大叫道："水鬼朋友，元帅在这里想你哩，快些上岸来！"阮良听见，就赴水来到南岸，一直来到岳元帅马前跪下叩头。岳元帅下马，用手相扶，说道："好汉请起，请教尊姓大名？"阮良道："小人姓阮名良，原是梁山泊上阮小二之子，一向流落江湖。今日原想擒此贼来献功，不道他放出一个怪来，小人一时惊慌，被他走了。"元帅道："此乃是他命不该绝，非是你之无能。本帅看你一表人物，不如在我军前立些功业，博个封妻荫子，也不枉了你这条好汉。"阮良道："若得元帅爷收录，小人情愿舍命图报。"岳元帅大喜，遂命军士与阮良换了干衣。

一面安营下寨，杀猪宰羊，赏劳兵卒。又报张国祥、董芳带领军士粮草到来，元帅就命进营。与众将相见毕，又叫阮良与张国祥、董芳亦拜为义友。又写成告捷本章，并新收张、董、阮三人，一并奏闻，候旨封赏。

一日，元帅正坐营中与诸弟兄商议，差人各处找寻船匠，打成战船渡河，杀到黄龙府去，迎请二圣还朝。忽报有圣旨下，元帅出营接进，钦差开读：

今因太湖水寇猖狂，加升岳飞为五省大元帅之职，速即领兵下太湖剿寇。

岳爷谢恩毕，天使辞别，自回去了。岳元帅急忙差官知会张元帅，拨人把守黄河。即命牛皋、王贵、汤怀、张显四将："领兵一万先行，为兄的整顿粮草，随后即来。"四将领令，发炮起行。

有话即长，无话即短。在路不止一日，早已到了平江府。离城十里，安下营寨，歇息了一天。牛皋独自一个骑着马出营，闲步了一回。但见百姓人家俱已逃亡，上剩空屋，荒凉得紧。牛皋想道："别的还好，只是没处有酒吃，好生难过。"又走了一程，见有一个大寺院，走到面前，抬头观看，却认得牌匾上四个旧金字，是"寒山古寺"。就进了山门，来到大殿前下了马，把马拴在一棵树上，便一路叫将进去："有两个和尚走出来！"直寻到里边，也没半个人影。再寻到厨房下去，四下一看，连锅灶都没有了，好生没兴。只得转身出来，却见一间破屋内堆着些草灰，牛皋道："这灰里不要倒藏着东西。"把铁锏向灰里一戳，忽见一个人从灰里跳将出来，倒把牛皋吓了一跳！

那个人满身是灰，跪下磕头道："大王爷爷饶命吓！"牛皋道："你这狗头，是什么人？倒躲在灰里吓老爷！"那人道："小的是寒山寺里道人。因前日大王们来打粮，合寺和尚都已逃散。只有小人还有些零星物件要收拾，方才听得大王爷来，故此躲在灰里。望大王爷饶命！"牛皋道："我那里是什么大王？我是当今皇帝差来捉拿大王的，岳大元帅麾下统制先行官的便是。我且问你，这里那里有酒卖么？"

道人道："原来是一位总兵爷爷，小的却认错了。这里是枫桥大镇，那一样没有得卖？却是被那太湖里的强盗常来抢劫，百姓们若男若女，都逃散了，目今却没有买酒处。"牛皋道："吓！难道这里是没有地方官的么？"道人道："地方官这里原是有的，就是平江府陆老爷。他的衙门在城里，不在此地。"牛皋道："这里到平江府城，有多少路？"道人道："不多远，不到得七八里，就是府城。"牛皋道："既如此，你引我老爷到那里去。"道人道："小人脚都被老爷戳坏了，那里走得去！"牛皋道："我有道理。"把道人一把拎着，走到大殿前，解了马，自己跳上去，把道人横在马上，一路跑来，直到了府城下。将道人放下，就逃去了。

牛皋对着城上高声叫道："岳元帅奉旨领兵到此剿贼，地方官为何不出来迎接,如此大胆么?”守城军士飞报与知府知道,慌忙开城迎接,说是:“平江知府陆章,参见元帅爷。”牛皋道:“免叩头罢!我乃统制牛皋,这有弟兄三个,领大兵一万,离此十里地安营,俺家元帅,早晚就到。我们辛辛苦苦为你地方上事,难道酒肉都不送些来么?”陆章道:“只因连日整顿守城事务,又未见有报,不知统制到来,故此有罪了!即刻就亲自送酒肉到营来便了。”牛皋道:“我也不计较你,但是要多送些来。”知府连连应允,牛皋方才回马。陆太守叹道:“如今乱世年成,不论官职大小,只要本事高、有力气的,就是他大了。”只得整备酒肴,打点送去。

且说牛皋一路回营,汤怀问道:“牛兄弟,你往那里去了这半日?”牛皋道:“你们坐在营中有何用处!我才去找着了平江府陆章,即刻就有酒肉送来。你们见了他,须要他叩头!”汤怀道:“牛兄弟,你下次不可如此!你统制有多大的前程,不怕人怪么?”

正在说话间,军士报道:“平江太守送酒肉在外。”汤怀同了三弟兄一齐出来迎接进营。陆章同众人见过了礼,叫从人抬进了多少酒席猪羊之类。汤怀叫收了,齐道:“难为贵府了!且请问贼巢在于何处?如今贼在那里?”陆章道:“这里太湖,团团三万六千顷,重重七十二高峰。中间有两座高山,东边为东洞庭山,西边为西洞庭山。东山乃贼寇扎营安住,西山乃贼人屯粮聚草之处。兵有五六千,船有四五百号。贼首叫杨虎,元帅叫做花普方。他倚仗着水面上的本事,口出大言,要夺我朝天下,不时到此焚劫。不瞒将军说,本府这里原有个兵马都监吴能,管下五千人马在此镇守,却被那水贼诈败,引至太湖边,伏兵齐起,被他捉去坏了性命,五千人马伤了一大半。因此下官上本告急,请兵征剿。今得岳元帅同将军们到此,真乃万分之幸也!”汤怀道:“贵府只管放心!就是金兀术五六十万人马,也被我们杀得抱头鼠窜,何况这样小寇?但是水面上须用船只,不论大大小小,烦贵府办齐端正,多点水手备用。小将们明日就好移营到太湖边防守,等元帅到时,开兵捣他的巢穴便了。”陆知府说声:“领命,待下官就去端正便了。”说罢,辞别回城,自去备办船只水手,齐泊在水口听用。

却说次日汤怀等四将拔寨起行,直到水口,沿湖边安下营寨,看看天晚,汤怀道:“兄弟们!不可托大,把这些强盗看得太轻了!我们四人,每人驾领小船十只,分作四路,在太湖边巡哨,以防贼人劫营。你道如何?”众人道:“汤哥说得极是。”

当下就点齐了四十只小船,每只船上拨兵二十名,每人分领十只,沿着太胡边紧要处泊着。是夜正值中秋前后,牛皋吃了些酒,坐在船头上,看那月色明朗得有趣,便问水手道:“你们这班狗头,为什么把船泊住,不摇到湖中间去巡哨?”

水手道："小的们不敢摇到中间去，恐怕强盗来，一时间退不及。"牛皋喝道："放屁！我老爷为拿贼而来，难道倒怕贼来？我如今行船，犹如骑马一般，我若要加鞭，你们就摇上去。如不遵令者斩！"众水手答应一声："是！"即时把船摇开。后面九只小船，随着而行。牛皋坐在船头，见此皓月当空，天光接着水光，真是一色，酒兴发作，叫："取酒来！与我加鞭！"牛皋一面吃酒，水手一面摇。牛皋又叫："加鞭！"众水手不敢违拗，径望湖心摇来。

忽见上流头一只三道篷的大战船摇将下来，水手禀道："启上牛老爷：前边来的，正是贼船。"牛皋道："妙啊：与我加鞭"水手无奈只得望着战船摇来。

牛皋立起身来，要去取锏，不道船小身重，这一晃，两只脚已有些软。谁想那大船趁着风顺水顺，撞将下来，正碰着牛皋的船头。牛皋站不稳，扑通的一声响，跌落湖心去了。那战船上元帅花普方，在船头上看得明白，也跳下水去，捞起牛皋来，将绳索捆了，回转船头，解往山寨而去。

那小船上的水手，吓得屁滚尿流，同着那九只军士的船，回转船头来，寻着汤怀的船报信，细细的将牛皋要加鞭、遇贼被拿去之事，说了一遍。汤怀大哭起来，遂传集了众兄弟，商议救他。张显、王贵也没做主意处，道："这茫茫荡荡的太湖，又没处探个信息，只好等岳大哥来再处。"弟兄三个各自呆着，没做理会。

再说花普方擒了牛皋，回船来到洞庭山，等待天明，启奏杨虎道："臣于昨夜拿得一将，乃是岳飞的先行官，名唤牛皋，候主公发落。"杨虎即令："带进来！"

两边军士应一声："吓！"即将牛皋推至面前。杨虎道："牛皋，你既被擒，见了孤家，怎么不跪？"牛皋两眼圆睁，大骂一声："无名草贼！我牛老爷昨晚吃醉了酒，自家跌下水去，误被你擒来。你不下礼与我，反要我跪，岂不是个瞎眼的毛贼？"

杨虎道："也罢，孤家不杀你。你若降顺了我，也封你做个先锋，去取宋朝天下何如？"牛皋道："放你娘的驴子屁！我牛老爷堂堂正正，是朝廷敕封的统制官，来降你这偷鸡偷狗的贼子？你若是肯听老爷的好话，把老爷放了，与你商量，把这鸟山寨烧了，收拾些粮草人马，投降了我岳大哥，一同去捉了金兀术，自然奏上你的功劳，封你做个大大官儿。若不肯听我老爷的好话，快快把老爷杀了。等我岳大哥到来，少不得拿住了你，碎尸万段，他倒肯饶了你么？"杨虎听了大怒，叫："拿去砍了！"两旁刀斧手一声答应，将牛皋推下来。正是：

可怜年少英雄将，顿作餐刀饮血人！

毕竟不知牛皋性命如何，且听下回分解。

第二十九回 岳元帅单身探贼 耿明达兄弟投诚

词曰：

世事有常有变，英雄能弱能强。从来海水斗难量。壮怀昭日月，浩气凛秋霜。不计今朝凶吉，那知他日兴亡。忠肝义胆岂寻常？拚身入虎穴，冒险探豺狼。

——《临江仙》

话说杨虎大怒，命左右将牛皋推出斩首。当有元帅花普方跪下禀道："主公暂息雷霆之怒。这牛皋是一员勇将，乃是岳飞的结义弟兄。那岳飞是个最重义气的人，不如将他监禁在此，使岳飞心持两端。那时劝他归顺了主公，何愁宋朝天下不是主公的？"杨虎依言，就命把干衣与牛皋换了，带去收禁，衣甲兵器贮库。花普方拜辞了杨虎下殿。列位，你道杨虎一个草强盗，怎么也有殿呢？只因他本事高强，占了洞庭山。山上有的是木头，出的是石头。那山上原有个关帝殿，他就收拾起来做了王殿。聚些木石，一般的造起后宫、库房，一应衙门房屋。当时将牛皋收入监内。

到了次日，花普方备了酒食，带了从人来到监门。守监军士迎接进去，在那三间草厅上坐定，便问："牛爷在那里？说我要见。"军士领命，来到后边牢房里来禀道："花元帅请牛爷相见。"牛皋喝道："好打的狗头！他不进来，难道叫我老爷去迎接他不成？"军士无奈，只得出来跪下，直言禀复。花普方只得自己走进来道："牛将军见礼了。"牛皋道："罢了。"花普方命左右过来，与牛爷去了刑具。

军士答应，将刑具去了。花普方道："小弟慕兄大名已久，今见兄仗义不屈，果然是个好汉。今欲与兄结为兄弟，不知可否？"牛皋道："本不该收你，我也是响马出身，做过公道大王的，收你做个兄弟罢！"花普方就拜牛皋为兄，起来坐在旁边，说道："既蒙不弃，早晚还要哥哥教些武艺。"牛皋道："这个自然。"花普方遂命从人："抬进酒肴来，我与牛爷谈心。"

不一时，从人搬进来摆下。花普方斟酒送与牛皋，两人对坐，饮到三杯，牛皋开言道:“花兄弟,你今既与我做了兄弟,我须要把正经话对你说:目下康王在金陵登位,是个好皇帝。我家岳飞大哥是天下无双的好汉,况有一班弟兄都是英雄。不日就要杀到黄龙府去,迎请二圣还朝。在生封妻荫子,过世万古扬名。你那杨虎不过是个无名草寇,成得甚大事来?你何不弃暗投明,归降宋朝,自然封你官职,一同建功立业,强如在此帮那强盗偷鸡摸狗的。一旦有失,落得个骂名千古,岂不枉了你一世的英雄!”那花普方一心原想来劝牛皋归顺,不道反被牛皋先说了去,倒弄得一时做声不得,只得勉强答应道:“今日我们且讲吃酒,别事另客商议。”

两个又吃了一回。花普方暗想:“且探探他兵势如何?”便问道:“大哥说的岳飞不知怎生了得,手下战将,像大哥这样的有几位?”牛皋暗想:“他不敢说我投降,将探我营中的虚实,且待我吓他一吓!”便道:“兄弟,你不曾见过我那岳大哥,生得貌似天神,身材雄伟,如今生了些胡须。向在汴京枪挑了小梁王,天下闻名,人人知道。目今新天子拜为都元帅之职,即日就要来扫荡你们的山寨,贤弟须要小心些!若说那些副将:有汤怀,也爱穿白,亦学用枪,与大哥差不多本事,只少几根胡须。还有张显,身长力大,使得好钩连枪,真个神出鬼没。还有王贵、红马金刀,曾在汴京力诛太行山王善,那个不晓得?其余是施全、周兴、赵云、梁兴、吉青,并有那梁山泊好汉的子孙张国祥、董芳、阮良等,那一个不是十分本事!我岳大哥领的这十万八百大兵,有名的叫做‘长胜军’,从不曾打败仗的。若说愚兄这样的本事,还不如我大哥的马前张保、马后王横哩!”花普方听了这一席话,半信半疑。看那牛皋是个莽汉,这话只怕倒也不假,只得随口赞扬了几句,便起身告辞道:“今日幸蒙教诲,闲时再来奉陪。”牛皋道:“贤弟请便。”花普方告退出去。这里军士就跪上来禀道:“小的们干系!”牛皋道:“我晓得,拿来上了。”

众军士叩了头,依旧把刑具上了。这牛皋拘禁在洞庭山上,不知几时才脱离此难?且按下慢表。

却说那岳元帅率领大兵,在路非止一日,来到太湖,早有汤怀等出营迎接。元帅见了三个人,独不见牛皋,心下好生疑惑,只因初到,不便动问,且传令安营。

只听得扑通通三声炮响,安下营寨。岳元帅在营中坐定,地方官都来参见过了,众将士站立两旁。岳爷就问牛皋在何处?汤怀就将他酒醉行船、被贼拿去之事说了一遍。元帅心中好生烦恼,少停退到后营,坐了一会,又想了一会,叫张保:“去请汤老爷来。”张保答应一声,即去请了汤怀到后营来,见了元帅。元帅道:“愚兄明日要假充作老弟,亲往贼营去探听虚实并牛兄弟的消息。贤弟可代愚兄护持帅印，只说我身子不快，不能升帐。”汤怀道：“哥哥为国家之栋梁，如何身入重地？”

岳元帅道：“贤弟放心！我去自有主见，决无妨碍。”汤怀领命回营，心下好不着急。

到了次日，岳元帅把战书写就，带了张保，王横，悄悄的到水口，下了小船，径望他水寨而行。将次到寨，那守寨的喽罗就喝问道：“什么船？”张保立在船头上答道：“是岳元帅帐前统制汤怀老爷，元帅差来下战书的。”喽罗道：“且住着！待禀过了大王，然后拢船。”那喽罗忙报上关。把关头目听了，直到殿前跪下禀道：“禀上大王，今有岳元帅差副将汤怀来下战书，不敢擅入，候令定夺。”杨虎即命传宣官：“宣他进来。”当时小喽罗就开了水栅门，放那岳元帅的小船进来泊好。

岳爷命王横看船，自己同着张保上岸。细看山势，果然雄险，上面又将大石堆砌三关，内有旗幡招飐。早有传宣官来至关口传令：“大王宣来将进见。”随引了岳爷来到殿前，张保自在殿门外等候。岳爷进殿跪下道：“小将汤怀，奉主帅之命有书呈上大王。”杨虎道：“既是一员副将，请起，赐坐。”岳爷谢了，就坐在下边。杨虎将战书看过，即在原书后批着：“准于五日后交兵。”正要将战书交还，又将岳爷一看，心中想道：“这个人好像在何处见过？”一时间想不起来，想了一会：“这个人好像那年在武场内枪挑梁王的岳飞。莫非就是他，生了些胡须？不要当面错过了。”就暗暗差人到监中，取出牛皋来。这里杨虎又与岳爷盘问一番，岳爷随机闲讲了一会。

不多几时，牛皋已到了殿门首。张保大惊，慌忙过来跪下道：“小人叩头。”

牛皋道：“你怎么在这里？”张保道：“小人跟随汤怀老爷在此下战书。”牛皋也不再言，进来望见岳爷坐着，暗暗叫苦。一直到殿上，看着杨虎道：“你叫老爷出来做什么？”杨虎道：“唤你出来，非为别事。你营中有人在此，你可寄个信去，叫他们早早投降，免得诛戮。”牛皋道：“来人在那里？”岳爷吓得魂不附体，暗道：“这道罢了！”那里晓得牛皋看了岳爷，叫道：“原来是汤怀哥！你回营去多拜上岳大哥，说我牛皋误被这草寇所擒，死了也名垂竹帛、扬名后世的。他若是拿住了这逆贼，与我报仇罢了！”说罢，就指着杨虎骂道：“毛贼！我信已寄了，快把我杀了罢！”杨虎吩咐：“将牛皋仍旧带去收监。汤将军你回去，可致意你家元帅，牛皋虽被擒来，未曾杀害。你元帅若肯归顺孤家，不失封侯富贵。若要交兵，恐一时失手，断送了一世的英名，岂不可惜！叫他早早商量，休要后悔！”岳爷拜辞了杨虎出殿，带了张保一路出来。王横接着，岳爷上了小船，小喽罗开了水栅，出湖一路回营。

恰好那花普方往西洞庭送粮回来,见过大王缴旨。杨虎道:“方才岳元帅差一员副将汤怀来下战书,元帅若早来,会会他也好。”花普方道:“那汤怀怎么样一个人品?”杨虎便将面貌身材说了一遍。花普方道:“如此说来,恐怕是岳飞,假装做汤怀,来探我的虚实。”杨虎道:“我也有些疑心,所以叫牛皋出来问过。”

花普方道:“主公不知,那岳飞必有人带来,或者看见过就递了消息,亦未可知。如今既去不远,待臣去拿他转来。”杨虎道:“不论是真是假,卿家速去拿他转来便了。”

花普方领令出来,忙到水寨,放一只三道桅的大船,扯满风篷追上来。花普方立在船头上,大叫:“岳飞你走那里去!俺花普方来也!”岳爷回头见来船将近,叫张保取过弹弓来,喝声:“花普方,叫你看本帅的神弹!”一面说,扑的一弹,正打在桅上溜头里,把风篷索塞住。那风篷上不得,下不得,把个船横将转来。岳爷又唤王横,取过火箭来,又叫一声:“花普方,再看本帅的神箭!”飕飕的连射了三支火箭,那篷上霎时火起,烧将起来。岳爷又叫:“花普方,看本帅这一弹,要打你左眼珠!”花普方吓得魂飞胆丧,往后乱跑,忙忙的叫军士砍倒桅杆,救火不及,那里还敢追来。岳元帅安安稳稳到水口,上岸回营。众弟兄接进营中,参见问安。元帅将上项事说了一遍。众人道:“求元帅早早开兵,相救牛兄弟便好。”

元帅道:“我看贼势猖獗,且在湖水中央,若坚守不出,一时怎能破得?”

正在论说间,有传宣来禀:“有两个渔户求见元帅。”岳爷暗想:“渔户求见,不知何故?”即命进见。那传宣领令,遂同渔翁来至帐中,跪下叩头。元帅一看见那二人眉粗眼大,膀阔身长,便问:“你二位姓甚名谁?到此何干?”渔翁道:“小人耿明初,这是兄弟耿明达。我兄弟两个原住在这里太湖边,靠着打鱼过活。那一年来了这个杨虎,聚集人众,霸占了洞庭山,就不容人在湖内打鱼。因此小人和他打过了几仗。这杨虎本事高强,小的两个胜不得他,他也赢不得小人,就与小人结为兄弟,单许我二人在湖内捉鱼。他几次差人来邀小的入伙,只因老母在家,恐他受不得惊吓,因此力辞不去。如今闻得大老爷来征剿太湖,我兄弟二人思想捉鱼怎得出身,故此特地来投在麾下,做个小卒,望大老爷收录!”岳元帅道:“既如此说,你二人是个识时务的俊杰了,快请起来!”就命亲随:“可引二位到后营更衣相见。”耿家弟兄就谢了起来,同家丁到后营换了衣服,出来重新向岳元帅行礼,跪将下去。元帅双手扶起道:“你二位既来与国家出力,我和你是一殿之臣,何须行此大礼?你看两边副将皆与本帅结为兄弟,今二位亦与本帅结义便了。”耿家弟兄再三推辞。众将道:“我们皆是如此的。”耿家弟兄推辞不过,只得对拜了几拜,又与众将一一见过了礼。元帅吩咐安排庆贺筵席,合营众将俱各开怀畅饮。

饮至半酣,岳爷向耿明初问道:“二位贤弟既与杨虎相交,必知他用兵虚实,有何本领,就占得太湖,官兵就奈何他不得?”耿明初道:“元帅不知,这杨虎水里本事甚好,岸上陆战却是有限。手下众将,只有元帅花普方、先行许宾两个厉害些,其余也俱平常。但是他有四队兵船十分厉害,所以官兵不能胜他。元帅交兵之际,也须要小心提防。”元帅道:“什么兵船,就说得这等的厉害?”耿明初道:“他第一队有五十号,名为‘炮火船’。船上四面架着炮火,交战之时把火点着,一齐施放起来,甚难招架。第二队名为‘弩楼船’,也有五十号。头尾俱有水车,四围用竹笆遮护,军士踏动如飞。那船面上竖立弩楼,弩楼上俱用生牛皮做成挡牌,军士在上放箭。弩楼下军士亦用挡牌护体,各执长刀砍人。所以官兵不能拦挡。”

元帅道:“第三队何如?”耿明达接口道:“那第三队五十号,叫做‘水鬼船’。船内水鬼,俱是在漳、泉州近海地方聘请来的。他在水底下可以伏得七日七夜,捉的鱼也就是这等生吃了。若遇交战的时节,那些水鬼跳下水去,将敌船船底凿通,灌进水去,那船岂不沉了?他就是这三队兵船厉害。若能破得,这第四队杨虎自领的战船,不足为虑了。”元帅道:“若非二位贤弟到此,本帅那知这些就里?此乃天子之洪福也!”当时说说笑笑,各人尽欢方散。另扎后营,与耿氏弟兄安歇。

岳爷自向帐中安寝,寻思一计。到了次日清早,悄悄来到后营。耿氏弟兄连忙接进坐定,问:“元帅何故早临?”岳爷道:“我有一机密事,不知二位贤弟肯一行否?”耿氏弟兄道:“蒙元帅厚恩,若有差遣,我兄弟两个虽赴汤蹈火,亦不敢辞,求元帅令下便是。”那岳元帅对耿氏弟兄在耳上悄悄的说了几句,有分教:虎踞深林,顷刻里江翻海倒;蜂屯三澨,一霎时火烈烟飞。正是:

将军三箭天山定,貔貅一战便成功。

不知岳元帅说出甚话来,且听下回分解。

第三十回 破兵船岳飞定计 袭洞庭杨虎归降

诗曰：

杨虎蜂屯两洞庭，气吞云梦控湖滨。
岳侯妙算惊神鬼，水陆安排建大勋。

却说岳元帅悄悄地对耿氏弟兄道："你二位照旧时打扮，诈去投降，杨虎决然不疑。等待开兵之时，贤弟即谋一差，替他看守山寨。等杨虎出兵，先来放了牛皋，做了帮手，就拿了杨虎家眷，不可杀害。将他的金银财帛收拾好了，四面放起火来，烧了他的山寨。这便是二位贤弟的大功劳！"二人领命，仍旧换了打鱼的服色，别了元帅，下了小船，竟往洞庭东山水寨而来。

那小卒都认识是耿家弟兄，先来报知杨虎。杨虎命请到大寨相见。那两弟兄跪下叩见，杨虎连忙扶起道："二位贤弟少礼！不知今日甚风吹得到此？"耿明达两弟兄齐声应道："小弟蒙大王恩情，容在湖中生业，家下丰足，皆是大王之德。今闻岳飞领兵到此，欲与大王作对，因此家母命小弟两人前来，帮助一臂之力。大王若有差遣，上天下地，并不敢辞！"杨虎大喜道："多承美意！几次相劝二位共图大业，皆因难拂令堂之意。今惠然肯来，真乃天助我也！"吩咐取袍服过来，与二位兄弟换了。一面整备筵席庆贺，不表。

再说岳元帅命平江知府去整备粗细竹子麻绳听用。又扎造木排，置办生牛皮做成棚子、遮箭牌等。在城内各大户乡绅家，借棉被数千床，放在船上，防避弓箭火炮。又画成图样，叫铁匠照式打造倒须钩子，并三尖小刀听用。一面命汤怀、张显取短板扎缚于笆斗上，令兵卒站在上边，在于浅滩水上习练，名为"笆斗兵"。日后站在船上，迎风走浪，却就不怕。汤、张二人领令，就在太湖边岸教练去了。再命施全带领船匠，将毛竹片密钉船底，下边安排倒须钩、三尖刀。施全领令去了。

过了四五日，杨虎率领着小喽罗来下书催战。岳元帅推辞有病，暂缓数日。直等过到半个多月，众将皆来缴令："诸色俱已齐备，但无大战船，如何迎敌？"元帅道："不必大船，我自有妙用。将军们可穿着软底鞋子，绞缠扎紧，只看本帅红旗为号，一齐钻入小船篷下藏躲。待他火炮打过，然后出来交战。"又命王贵带领几十号小船，去打捞水草，堆贮船中，躲在两旁。待他那第二队"弩楼船"来时，把草船使出来，将水草推下水去，塞住他的车轮。等那楼船行走不动，就上去杀他的兵，钉死他的炮眼。然后再下小船，分左右来助阵，那王贵领令去了。又命周青、赵云、梁兴、吉青四将带领五千人马，前往无锡大桥埋伏，道："那杨虎若败了，必由此路投九江去，你们到那里截住。只要生擒，不许伤他性命，违令者斩！"四将得令而去。岳元帅料理停当，择日出兵。三军齐至水口，发炮下湖。一贴木排，夹着一队小船。前一带皆是竹城，用绳索穿就溜头。若将绳子一扯，竹城就睡倒，将绳一放，那竹城依然竖起。众兵将都站立木排上，呐喊而来。

那边山上忙忙报知杨虎。杨虎即命先行许宾率领"炮火船"，元帅花普方率领"弩楼船"，水军头领何进率领"水鬼船"，自己率领大战船，亲自督阵，与岳飞交战。当有耿氏二兄弟奏道："岳飞诡计极多，恐沿湖另伏兵将，击我之后。我二人在此保守山寨，以免大王后顾之忧。"杨虎大喜道："若得二位贤弟保守了大寨，我好放心去。这一阵，定教他片甲不留。"当时二人直送至水寨方回。

杨虎上船，放炮开船。那岳元帅众兵将走在木排上，犹如平地一般。那许宾驾的第一队"炮火船"，看见就一齐放起火炮。岳元帅将红旗一招，众兵将躲进小船，将竹城睡倒遮护，停住不行。但听得炮声不绝，那炮子打在竹城上一片声响，俱溜下水去了。放了一会，听得炮声不响，众将仍旧竖起竹城，又呐喊杀来！这一队"炮火船"两路分开，一声鼓响，第二队"弩楼船"拥将上来，万弩齐发！岳元帅又将红旗一招，照旧睡倒竹城。那王贵将草船放出，一齐将水草推下湖去。那"弩楼船"上水车，却被水草塞住车轮，再也踏不动，那船好似钉住一般，转折不来。

王贵豁喇一声，率领众军跳上"弩楼船"，逢人就砍。众喽罗那里敌得住，杀的杀了，下水的下水去了。王贵吩咐众军士一齐动手，把炮连架子都推下湖去。花普方正来救护，王贵已经下了小船，与岳元帅合兵一处了。那第三队"水鬼船"，见前面两队火炮弩箭都不得成功，便一声梆子响，众水鬼齐齐下水。元帅见了，也把红旗一展。那阮良手提着两把泼风刀，带了几个会水的军士，扑通地跳下水去。那些水鬼在排底船底下，用力将凿子来凿船底。那船底下都是竹片钉着的，那里凿得通？

也有被倒须钩钩住的，也有碰着三尖刀割坏的。阮良同这几个水军，见一个，杀一个。那水鬼只识得水性，却不会厮杀，那里当得阮良这些好汉，十停中倒杀掉了九停，依旧跳上木排来助战。这里贼兵，看见水面上只管冒出红来，不见岳家兵船沉将下去，情知又着了道路。杨虎只得催动战船，来与岳飞决战。

岳元帅站立于船头之上，高声叫道："杨将军！你今大事已去，不若早早归降，上与祖宗争气，下得封妻荫子，休要自误了！"杨虎道："岳飞，你休夸大口！不要说我兵强将勇，就踞着这太湖，水势滔天，进则可攻，退则可守，你怎生奈何得我！"岳元帅大笑道："杨虎！你兀自不知，你那巢穴已被我抢了，尚在那里说梦话！你试回转头去望望看。"杨虎听说，回头一看，但见满山红焰，火势滔天。早有小喽罗飞船来报："大王不好了！耿家弟兄抢出牛皋，劫了山寨，四面放火，回去不得了！"杨虎大叫一声："好岳飞！俺怎肯轻饶了你！"催动战船，驶将上来，刀枪兵器，如雨点一般杀来。岳爷小船上兵将，仰着难以抵敌，岳爷忙命挠钩手搭着大船，众将涌身而上杨虎之船，俱各围裹拢来。王贵手起刀落，将许宾砍下水去。

汤怀、张显跳上"弩楼船"，双战花普方。花普方跳下湖，赴水逃到岸上，往湖广投杨么去了。"水鬼船"上何进提刀下水，来到木排边，只望来杀岳飞，被王横一铜棍，打得脑浆迸出，死在湖内。杨虎见不是头路，只是跳下水逃命。阮良见了，也跳下水来，擒捉杨虎。岳元帅见四队兵船俱破，下令："降者免诛！"那些大小贼船听得，俱齐声愿降。元帅就令汤怀、张显，发船往山寨招抚贼兵，如降者不许杀害。一面救灭了火，将杨虎家眷送到本帅营中候令，二将领令去了。又命王贵、施全收拾降军船只，发炮鸣金，奏凯回营。有诗曰：

旌旆生风喜气新，早持龙节靖边尘。

汉家天子图麟阁，身是当今第一人。

且说杨虎在水中虞不过阮良，逃往西边上岸。恰遇着数百败走的喽罗，杨虎就拣匹马来骑了，一同去投混江王罗辉、静山王万汝威，思量借兵报仇。行了一夜，天色才明，早到了无锡大桥边。只听得一声炮响，周青、吉青、赵云、梁兴四将一齐杀出，大叫："我等奉岳元帅将令，在此等候多时。快快下马受缚，免得老爷们动手。"杨虎大怒，举刀来战四将。可怜杨虎杀了一日，走了一夜，肚中又饥，人困马乏，那里战得过四将？只得虚晃一刀，沿着河败将下去，四将随后追来！又听得前面炮声又起，杨虎道："我命这番休矣！后面追来，前面又有伏兵，怎生逃得过！"恰待要自刎，忽听得前边河内叫道："杨将军！你令堂在此，快来相见！"那四将在后，就各把马勒住。

杨虎举目看时，只见水面上一二十号小船，齐齐摆列两岸。中间三号大船，岳元帅站立船头，左边张保，右边王横，好似天神一样。岳元帅高叫："杨将军！你令堂、宝眷俱已在此，何不早降？"杨虎道："岳飞！我已拚一死，休要来哄我。"

言未毕，那杨虎的母亲早从船舱里钻将出来，喝道："逆子，我一家性命皆蒙元帅不杀之恩，还不下马拜降，等待何时？”杨虎见了，慌忙跳下马来，撤了刀，跪在岸边，说道：“元帅虎威大德，杨虎情愿归降。但是屡抗天兵，恐朝廷不肯宽赦，奈何？”岳元帅忙拢船上岸，双手扶起道：“天下英雄，皆为奸臣当道，失身甚多。本帅当年在武场亦曾受屈，所以小弟兄辈，也做些不肖之事。当今天子敬贤爱才，将军既能改邪归正，就是朝廷的臣子了，都在本帅身上，保举将军共扶宋室，立功显亲，也不枉了人生一世。快请看视令堂，安慰宝眷。”杨虎连声称谢，上船来问候母亲。元帅命四将由陆路先回平江府去。那几百喽罗愿降者，俱令后船汤、张二将分隶部下；不愿为兵者，听其归农。发炮开船，与杨虎同往东西两山招抚羽党。收拾粮草。次日，到了洞庭山，与二耿、牛皋相会，一同回至平江，安抚地方，拔寨起行。平江知府陆章率领合城耆老乡绅，各送牛酒犒劳。路上百姓家家插香点烛，无不感谢岳元帅兵律森严，一路秋毫无犯。

不一日，早到了金陵，在城外扎住了营盘，安顿军士。岳元帅带领众将齐至午门见驾。高宗宣进，朝见已毕，岳飞将收伏太湖杨虎归降之事，一一奏明。高宗大悦，即敕光禄寺整备御宴。一面降旨，封杨虎、张国祥、董芳、阮良、耿明初、耿明达六人，俱为统制之职；岳飞加衔纪录；一班随征将士，俱各纪功升赏。即着岳飞统领大军，去征剿鄱阳湖水寇。

岳飞领旨出朝。杨虎自差人送老母、妻子回乡安顿，专候岳元帅择日出兵。却点牛皋带领人马五千，为前队先锋；王贵、汤怀带领五千人马，为第二队；自己同众将在后进发。那王贵向着汤怀道：“大哥不叫你我做先锋，反点牛兄弟去，难道我二人的本事不如他了么？”汤怀道：“不是这等说！大哥常说他大难不死，是员福将，故此每每叫他充头阵。”王贵道：“果然他倒有些福气。”不说二人在路闲谈。

且说牛皋挂了先锋正印，好不兴头，领着人马，一路到了湖口。当有总兵官谢昆下营在彼处，等候岳元帅。探兵见了牛皋打的是岳军旗号，认做是岳爷，慌忙通报。谢昆连忙出营跪接，口称：“湖口总兵谢昆，迎接大老爷。”牛皋在马上道：“贤总兵请起！我乃岳元帅先锋都统制牛皋，元帅还在后边。”谢昆气得出不得声，起来叫左右：“把报事人绑去砍了！”两边军士答应一声，就将探军绑起。牛皋大怒，这总兵如此可恶，便叫一声：“谢总兵！你既做了总兵官，吃了朝廷的俸禄，一两个小强盗，怕你还杀他不过、剿除不得，也要请我们来做什么？我们往别处下营去，这个功劳，让了你罢！”说罢，就回马转身，吩咐众兵士一齐退下。谢昆吃了一惊，暗道：“他是奉着圣旨来的，若在岳爷面前说些什么还了得！”只得忍着气赶上来，扯住牛皋的马，叫道：“牛将军请息怒！军中报事不实，应按军法。幸是将军来，报差了还好；倘是贼兵杀来，也报差了怎么处！既是将军面上,吩咐放了绑,快来谢牛老爷。"探子在马前叩头,谢了牛皋。

牛皋道:"谢总兵,我且问你,这里有多少贼?贼巢在那里?"谢昆道:"这鄱阳湖内有座康郎山,山上有两个大王,大头领罗辉,二头领万汝威。他两个占住此山,手下雄兵猛将甚多。内中有个元帅,姓余名化龙,十分厉害,因此官兵近他不得。"牛皋道:"这康郎山离此有多少路?可有旱路的么?"谢昆道:"前面湖口望去,那顶高的就是。水路去不过三十里,若转旱路,就有五十里。"牛皋道:"既如此,可着个小军来,引我们往旱路,就去抢山,你可速备粮草前来接应。"

说罢,就令众儿郎望康郎山进发。谢昆暗想:"这莽匹夫不知厉害,由他自去,送了他的命,与我何涉。"

且说牛皋领兵来至康郎山,吩咐众儿郎:"抢了山来吃饭罢!"三军得令,在山前放炮呐喊。早有守山喽罗飞报上山。万汝威就命余化龙引兵下山迎敌。余化龙得令,带领喽罗一马冲下山来,大喝一声:"那里来的毛贼,敢来寻死!"牛皋抬头一看,只见来将头戴烂银盔,坐下白龙马,手执虎头枪,望去竟如岳爷相像。牛皋也不答话,举锏便打!余化龙笑道:"原来是个村夫!也罢,让本帅赏你一枪罢。"

架开锏,刷刷刷一连几枪,杀得牛皋气喘汗流,招架不住,回马便走。那些军士道:"列位,走不得的!被他在马后一追,我等尽是个死,宁可抵挡着他。"那时众军士齐齐站定两旁,个个开弓发箭。余化龙见众兵卒动也不动,箭似飞蝗一般射来,不敢追赶,叹道:"话不虚传,果然岳家兵厉害!"只得鸣金收军,回山去了。众军士看见强人退上山去,又来收箭。

牛皋一马跑回了十来里路,不见半个兵卒逃回,说道:"不好了,都被他杀尽了!单单剩了我一个光身,怎好回去见我岳大哥?待我转去看看着。"又拨转马头,加上一鞭赶转来,但见军士都在草地上拾箭,牛皋便问:"强盗到那里去了?"众军士道:"我们放箭射他,他收兵回去了。"牛皋道:"妙啊!倘然我老爷下次弄了败仗,你们照旧就是了。"众军士倒好笑起来。牛皋不好去见谢总兵,只得退下三十里,安营住下。

次日,王贵兵到,同汤怀安营在湖口。停不得两日,岳元帅大队已到,谢总兵同着汤怀、王贵迎接。元帅便问:"牛皋怎么不见?往那里去了?"谢昆道:"他一到,就往康郎山交兵去了。"岳爷取令箭一枝,命谢总兵催粮应用,谢总兵领令去了。岳元帅吩咐众将,齐往康郎山旱路去取山。看看行至二十里,牛皋出营来接。

元帅见他在旁侧安营,料是又打了败仗,元帅就问贼兵消息。牛皋便将余化龙厉害的话说了一遍。岳元帅就相度地方,安下营盘。

那边小喽罗飞报上山。两个大王仍命余化龙下山讨战。岳元帅命众将士一齐放箭，坚守营寨，不与交战。余化龙令喽罗辱骂了一回，元帅只是不动。余化龙只得收兵回山。岳元帅暗暗传下号令："众将四下移营安歇，防他今夜来劫寨。只听炮响为号，四下齐声呐喊，却不要出战。"众将领令，各个暗自移营埋伏。

且说余化龙回山，奏上二位大王："岳飞今日不肯出战，今晚必定由水路来抢山，旱寨必然空虚。今我将计就计，二位大王保守水寨，臣领兵去劫他的旱寨，必然成功。"两个头领听了大喜，依计而行。等到二更时分，余化龙领兵悄悄下山，一声呐喊，杀入大营，并无一人。余化龙情知中计，拨回马便走。但听得轰隆的一声炮响，四下里齐声呐喊，众喽罗拚命逃奔，自相践踏，反伤了许多兵卒。岳爷却不曾亏折了一人。次日天明，余化龙又下山来讨战。岳元帅仍然坚守不出，余化龙只得收兵回山。

到了黄昏时候，岳爷换了随身便服，带了张保一人悄悄出营，不知作何勾当？正是：

雄才巧艺适相逢，屠龙宝剑射雕弓。
赤胆忠心扶社稷，鱼虾端不识游龙。

毕竟不知岳元帅黄夜出营有何事故，且听下回分解。

第三十一回 穿梭镖明收虎将 苦肉计暗取康郎

诗曰：

山川扰扰战争时，浑似英雄一局棋。
最好当机先一着，由他诈伪到头输。

话说岳元帅独自一人，带了张保悄悄出了营门，往康郎山左近，把山势形状，细细观看了一番。复身回营，对众弟兄道："我观康郎山前靠邵阳湖，山势险峻，虽有百万之众，一时难以破它。况且余化龙武艺高强，本帅久闻其名。待我明日与他交战，贤弟们只可旁观，不可助战。待我收服了他，方能破得此山；若不然，徒然虚费钱粮，迁延时日，究竟无益也。"众将俱各领命，各自归营安歇。

到了次日，岳元帅齐集众将，只听得扑通通三声大炮，出了营门，一路上咕咚咚战鼓齐鸣，带领大军直抵康郎山下。各将官齐齐的摆齐队伍，在后边观看。

那边小喽罗飞报上山。余化龙闻报，即引众喽罗下山来迎敌。两边军士射住阵脚。旗幡开处，闪出那岳元帅立马阵前，问道："来将何名？"余化龙道："本帅余化龙便是。来者莫非就是岳飞么？"岳飞道："然也。你既知本帅之名，何不下马归降？待本帅奏闻天子，不失封侯之位。"余化龙大笑道："岳飞，我久闻你是个英雄好汉，可惜你不识天时。宋朝臣奸君暗，气数已尽；二帝被掳，中原无主。不若归顺我主，重开社稷，再立封疆，岂不为美？你若仗一己之力，欲要挽回天意，恐一旦丧身辱名，岂不贻笑于天下乎？请自三思。"岳飞道："将军之言差矣。我宋朝自太祖开基，至今已一百六七十年，恩深泽沛。偶为奸臣误国，以致金人扰乱。今人心不忘故主，天意不肯绝宋，是以我主上神佑，泥马渡江，正位金陵，用贤任能，中兴指日可待。我看将军堂堂一表，抱负才能，不能为国家栋梁，甘作绿林草寇，是为不忠；既不能扬名显亲，反至玷污清白，是为不孝；荼毒生灵，残害良民，是为不仁；但知康郎山之英雄，不知天下之大，岂无更出其右，一旦失手，辱身败名，是为不智。将军空有一身本事，'忠孝仁智'四样俱无，乃是庸人耳，反说本帅不知天命耶！"

这一番话，说得余化龙羞惭满面，无言可答，只得勉强道："岳飞，我也不与你斗口。你若胜得我手中的枪，我就降你；倘若胜不得我，也须来归降我主。"岳爷道："一言既出，驷马难追。若添一个小卒助战，就算我输。但是刀对刀，枪对枪，不许暗算，放冷箭，就为不好汉。"余化龙说声："妙啊！这才是好汉！且与你战三百回合看。"就举虎头枪来战岳爷。岳爷把沥泉枪一摆，二马相交，双枪并举。这一个似雪舞梨花，那一个如风摆柳絮。果然好枪，来来往往，战有四十个回合，不分胜败。余化龙架住岳元帅的枪，叫声："少歇！岳飞，你果然好本事，今日不能胜你，明日再战罢。"两边各自鸣金收军。岳元帅回至营中坐定，对众弟兄道："余化龙枪法，果然甚好。若得此人归降，何愁金人不平乎？"众兄弟亦各称赞："果然好枪法。"当夜闲话不提。

到了次日，余化龙仍旧领兵下山，这里岳元帅也领兵出营。余化龙道："岳飞，本帅昨日与你未决雌雄，今日必要擒你。"岳爷道："余化龙，且休夸口，今日与你见个高下。"二人举枪又战。果然棋逢敌手，将遇良才，两个又战了一日，不分胜败。岳元帅把枪架住，叫声："余化龙，天已晚了，若要夜战，好命军士掌灯；若不喜夜战，且自收军，明日再战。"余化龙道："且让你多活一夜，明日再战罢。"两下鸣金收军，各自回营。

至第三日又战，至午后，尚无高下。余化龙暗想："岳飞果然本事高强，怎能胜得他？必须用我神镖，方可赢得。但在众人面前打倒他，只说我暗算，损我威名；不如引他到山后无人之处，打他便了。"余化龙算计已定。虚晃一枪，叫声："岳飞，本帅战你不过了！"回马便望山左败去。岳爷想："他枪法未乱，如何肯败，其中必有缘故。"便喝一声："余化龙，随你诡计，本帅岂惧了你？"就拍马赶上，追至山后边。余化龙见岳飞追来，拨回马又战了七八个回合，回马又走。岳爷又追下去。余化龙暗暗取出金镖，扭转身躯，喝声："着！"一镖打来。岳爷笑道："原来这般低武艺。"把头望左边一偏，这镖却打个空。余化龙又发一镖打来，岳爷往右边一闪，这一枝镖又打不着。余化龙着了慌，嗖的一声，又将第三枚镖望岳爷心窝里打来。岳爷把手一绰，接在手中道："余化龙，你还有多少？索性一齐来。"

余化龙道："岳飞，你虽接得我的镖，你也奈何不得我。"岳爷道："也罢，本帅虽没有用过这般暗器，今日就借你的来试试看。"就将手中镖望余龙化头上打来。

余化龙一手接住，又望岳爷打来。岳爷又接住，又望余化龙打来。两个打来打去，正好似织女穿梭一般。岳爷接镖在手，叫声："余化龙，你既自负英雄，能识天命，仗你平生本事尚不能胜本帅一人，何况天下人之大，岂无更胜如本帅的么？何不下马归降，去邪归正，以图富贵乎？”余化龙道：“岳飞，你休得大言，叫我下马。你若拿得我下马，我就降你；若不能拿我，怎肯服你？”岳元帅大喝一声：“本帅好意劝你，你却不听，快下马者！”一声喝，一镖打来。余化龙但防了上下身子，却不曾防得岳爷一镖将余化龙坐马项下的挂铃打断。那马一惊，跳将起来，把余化龙掀翻在地。岳爷跳下马来双手扶起，说道：“余将军，这马未曾临过大阵，请换了再来决战。”余化龙满面羞惭，跪下道：“元帅真是天神！小将情愿归降，望元帅收录！”岳爷道：“将军若果不弃，与你结为兄弟，同扶宋室江山。”余化龙道：“小将怎敢？”元帅道：“本帅爱才如命，何必过谦？”二人就撮土为香，对天立誓。岳元帅年长为兄，余化龙为弟。

岳爷道：“贤弟，我只假做中了你的镖败转去，在众人面前再战几合，以释你主之疑。”余化龙道声：“遵命。”二人复上马，岳爷前边败下，余化龙随后追来。

到了战场之上，岳爷大叫：“众兄弟，我被奸贼打了一镖，你们快来助战！”那时汤怀、张显、王贵、牛皋等众将一齐上前。余化龙略战几合，寡不敌众，败回山去，见了两个头领禀道：“小臣诈败，哄骗岳飞追赶，被我金镖打伤，正要擒获。谁知他那里将众人多，一齐助战，杀他不过。明日必须主上亲自出马，必然大胜也。”

罗辉对万汝威道：“休怪元帅，一人怎敌众手？明日与御弟亲自出马擒他便了。”

不说二贼计议出战之事。且说岳元帅收兵回营，众弟兄只道岳爷真个着了镖，俱来问安。岳爷假说：“被他暗算，几乎失手。幸亏打中了手指，不曾受伤。”正在谈论，忽有探子来报：“今金兀术差元帅斩着摩利之领兵十万，来打藕塘关，驸马张从龙领兵五万，攻打汜水关。十分危急，请令定夺！”元帅赏了探子牛酒银牌，吩咐再去打听，探子谢赏自去。

岳元帅心中好不纳闷，对众将道：“湖寇未平，金兵又到，如之奈何？”众将俱各袖手无计。忽见杨虎上前禀道：“末将曾与万汝威有一拜之交，他往往约我同夺宋朝天下，不若待末将前去将利害之语，说他归降，未知元帅意下如何？”岳爷大喜道：“若得将军肯为国家出力，实乃朝廷之福也。但要小心前往，本帅专候好音。”杨虎领令出营。

到了次日，万汝威与罗辉传令众喽罗紧守三关，专候二位大王亲自下山与岳飞决战。且说杨虎不走旱路，自到水口，用十二名水手，驾着一只小船，竟往水寨而来。小喽罗报知二位大王，随令上山，相见已毕。万汝威道：“贤弟有一身本事，兼有太湖之险，怎么反降顺了岳飞？今来见我，有何话说？”杨虎道：“不瞒兄长说，小弟在太湖有大炮无敌，水鬼成群，花普方等勇将无数，西山粮草充足，被岳飞一阵杀得大败。蒙他爱才重义，收录军前，奏闻天子，恩封统制之职。故今特来相劝二位大哥，不如归宋，必定封妻荫子。不知二位大哥意下如何？”万汝威听了，不觉勃然大怒，喝声：“推去砍了！”左右方欲动手，余化龙慌忙跪下道：“大王刀下留人。”大王道：“这等无志匹夫，自己无能，屈膝于人，反敢胡言来惑乱我的军心，留他怎么？”余化龙道：“大王前曾有恩于杨虎，今日斩了他，岂不把往日之情化为乌有？”万汝威道：“既如此，赶下山去。若在军前拿住，决不轻恕”杨虎抱头鼠窜，下山来至水口。那来的小船空空的，并无一人，只因万大王将杨虎绑了要杀，这十二个水手不敢下船，急急的从旱路逃回，报知岳元帅去了，所以只剩了一只空船。杨虎只得央及几个小喽罗，相帮摇回本营上岸，叫小喽罗暂在营门外等候：“待我见过元帅，取银钱相送。”

杨虎进营，来见元帅。元帅道：“方才水手逃回，说你被贼人斩首。今日安然回来，必然归顺了贼寇，思量来哄本帅，与我把这匹夫绑去砍了！”杨虎大叫道：“小将恐元帅动疑，故将送来的小喽罗留在营外。求元帅叫来问他，便知小将心迹了。”元帅令唤小喽罗进来，一齐跪下。元帅问道：“你们还是鄱阳湖贼人，还是乡间百姓被他掳来的？”那些喽罗要命，皆说道：“我们是良家百姓，被这位将军掳捉来的。”元帅微微笑道：“如今还有何辩？快快推出去斩了！这些既是乡下子民，放他去罢。”那几个喽罗叩头谢了，慌忙跑回山上去报信了。

且说这里将杨虎绑出营来，那些帐下众将，见事情重大，不敢出言，只有牛皋叫声：“刀下留人！”过来跪下禀道：“杨虎私通贼寇，虽则该斩，但无实证，未定真假。求元帅开恩，饶他性命。”元帅道：“既是牛将军讨情，饶了死罪，捆打一百。”牛皋起初听见说“饶了”，甚是欢喜；及至说要“捆打一百”，想道：“倒是我害了他了！若是杀头，痛过就完了。这一百棍子，岂不活活打死，反要受这许多疼痛！”欲待再上去求，又恐动怒。看看打到二十，熬不住了，只得又跪下禀道：“做武将的人全靠着两条腿，若打坏了，怎生坐马？牛皋情愿代打了八十罢。”

元帅道：“既如此，饶便饶了，倘他逃走了去，岂不是放虎归山？那个敢保他？”

两边众将并没个人答应。还是牛皋上来道：“小将愿保。”岳元帅道：“你既肯保，写保状来。”牛皋道：“我是写不来的。汤二哥，烦你代我写罢了！”汤怀道：“你既肯舍命保他，难道不替你写？”随即写了保状，叫牛皋画了押，送上元帅。

元帅就叫牛皋带了杨虎回营。众将各个自散。

杨虎谢了牛皋，叫家将：“取我的行李来，到牛老爷营中安歇。”牛皋道：“我若怕你逃走，也不保你了。请自回营将息去。”杨虎道：“承兄厚情，何日得报。”遂辞了牛皋，回到自己营中，坐定想道：“元帅打我几下何妨，但是也该访问个明白才是。怎么糊糊涂涂的屈我?”正在懊恼,忽见家将悄悄禀道:“元帅有机密人求见。”杨虎随命:“唤他进来。”家将出来引那人到跟前跪下,将密书呈上。杨虎拆开看了,就取过火来烧了,对来人说:“我晓得了。”来人叩头辞去。

杨虎就将药汤洗净棒疮,取些酒来吃得醉了。睡了半夜,到得五更,起来向家将说道:“我要往一个地方走走,须得两日方回。尔等紧守营寨,不必声张,只说我在后营养病,诸事不许通报!”家将领命。

那杨虎悄悄出了营门,上马加鞭,独自一人望康郎山来。到得山前,天已大明,高叫道:“杨虎求见大王。”守山峻罗报知万大王。大王命:“宣他进来!”杨虎来到大寨,见了万汝威跪下哭道:“不听大王之言,几乎丧了性命!叵耐岳飞叫我来说大王归顺,回去要斩。幸亏牛皋保救,打了数十,情实不甘,逃到此间。望大王念昔日之深情,代杨虎报了此仇,虽死无恨。”万大王就命军士看验棒疮,果然打得凶狠。万汝威忽然大喝一声:“杨虎,你敢效当年黄盖献‘苦肉计’么?”杨虎大叫道:“我此来差矣!”就在腰间拔出剑来要自刎。万汝威慌忙下坐,双手扶住道:“孤家与你相戏,何得认真?你若早听孤言,也不致受苦了。”就吩咐余化龙:“可代孤之劳,引御弟到营中去将养棒疮,治酒款待。”化龙得令,同杨虎回到本营,将药敷好,然后坐席饮酒。

余化龙暗想:“杨虎朝秦暮楚,是个反复小人。”饮酒之间,便嘲他一句道:“将军前日来劝吾主降宋,怎么今日反降了我主?真个凡事不可预料也!”杨虎道:“将军不知,杨虎此来,也只为能顺天时、结好汉,镖打穿梭义弟兄耳!”余化龙听了此言,大惊失色,忙叫左右从人回避。这些服侍人役,一齐退后。化龙问道:“将军此言,必有所闻。”杨虎回顾四下无人,便道:“实不相瞒,目今金兵攻打汜水、藕塘两关,元帅不得分兵,心中忧闷,故着小弟行此苦肉之计,前来帮助将军成功。”余化龙大喜道:“将军真是英雄!不才有眼不识,抱惭实甚!”两个说得投机,各人吃得大醉方歇。丢下一边。

且说那日早晨,牛皋坐在营中,小校来报道:“杨虎逃走了!”牛皋听了,心中好不懊恼:“这个狗头,果然害我!”只得来见元帅道:“杨虎夜间走了,不知去向,特来领罪。”元帅道:“我也不管,就命你去拿来赎罪!”牛皋得令,带领五千人马,来到康郎山下,大声叫喊:“杨虎狗头,快快出来见我!”喽罗报上山去,万汝威命杨虎下山迎敌。杨虎道:“小将亏得牛皋保救,不好下手,求大王别遣良将。”余化龙道:“待小将即去擒来。”万汝威道:“就命汝去。孤家即去邀请罗大王同来山顶观战。”余化龙一声:“得令!”即带领喽罗冲下山来,大喝一声:“牛皋,你是我手下败军之将,又来做什么?”牛皋道:“可恨杨虎这贼,我救了他的性命,反逃走了来害我。快快叫他出来,待我拿他去赎罪!”余化龙道:“杨虎今早来投降了，大王认为弟兄，十分荣贵。你不若也降了我主，待我在主公面前保奏，也封你做个大官，何如？”牛皋道：“放你娘的屁！我是何等之人，肯来降你？照爷爷的铜锏！”铛的一锏，望余化龙脑门上打来。余化龙举枪架开锏，搭上手，战了五六个回合。牛皋招架不住，败回阵来。余化龙也不追赶，鸣金收军，上山来见两上头领。

正在商议退兵之策，忽报：“岳飞差人来下战书！”罗、万两个拆开观看，上边写道：

大宋扫北大元帅岳，书谕万汝威、罗辉知悉：汝等无能草寇，蚁聚蜂屯，缩首畏尾，岂能成事？若能战，则亲自下山，决一雌雄；若不能战，速将杨虎献出，率众归降。我皇上体上天好生之德，决能饶汝残生。若待踏平山寨，玉石不分。早宜自裁，勿遗后悔！

罗辉、万汝威看了大怒，即在原书后面批定“来日决战”，将来人赶下山去。两边各自歇息了一夜。

次日，岳元帅率领众将带领大兵，直至康郎山下，三声炮响，列成阵势。罗、万二头领亦领众喽罗下山，摆得齐齐整整。又是一声炮响，岳元帅立马阵前，罗辉、万汝威亦出马来，余化成、杨虎跟在后面。牛皋见了杨虎，用手指着骂道：“你这无义匹夫，今日我必杀你！”这万汝威拍马上前一步，叫声：“岳飞，你空有一身本事，全然不识天时！宋朝气运已终，何苦枉自费力，保着昏君？若不降顺孤家，今日誓必拿你。”岳元帅道：“你二人若是知机，及早归降，以保一门性命。如若执迷，性命只在顷刻也！”罗辉大怒，叫声：“谁人与我拿下岳飞？”余化龙道：“我来拿他！”手起一枪，将万汝威刺于马下。杨虎手起刀落，将罗辉砍为两段。

元帅即令抢山。这一声呐喊，众将士一齐上山，砍的砍了，走的走了，愿降者齐齐跪下。余化龙招抚余党，杀了二贼家小，收拾钱粮下山，一同元帅回营。此时众将方知杨虎献的苦肉计。牛皋道：“这样事，也不通知我一声，只拿我做呆子。下回打死，我也不管他闲事了。”当日大排筵席，合营众将庆贺，不提。

次日元帅升帐，众将参见已毕。元帅就令牛皋带领本部五千人马，为第一队先行，星夜前去救汜水关；余化龙、杨虎二人领兵五千，为第二队救应。三人领令去了。元帅将降兵入册，钱粮入库，命地方官收拾寨栅船只。一面写本进京报捷，保奏余化尤为统制，然后起兵往汜水关进发。

再说牛皋兵至汜水关，军士报道：“汜水关已被金兵抢去了。”牛皋道：“既如此，孩儿们夺了关来吃饭。”三军呐声喊，到关下讨战。番将出关迎敌。两下列齐军士，牛皋道：“番奴通下名来，好上我的功劳簿。”番将道：“南蛮听者，俺乃金邦老狼主的驸马张从龙便是。你这南蛮既来寻死，也通个名来。”牛皋道：“你坐稳着,爷爷乃是总督兵马扫金大元帅岳爷部下正印先锋牛皋老爷便是。且先来试试老爷的锏看。”刷的一锏,就打将过来。张从龙使的是两柄八楞紫金锤,搭上手,战不到十二三个回合,那张从龙的锤重,牛皋招架不住,拨转马头,败将下来,大叫:“孩儿们照旧!”众军士果然呐喊一声,乱箭齐发。张从龙见乱箭射将来,只得收兵转去。牛皋败阵下来,在路旁扎住营寨。

到了次日,余化龙、杨虎二将到了,问军士道:“为何牛爷下营在路旁?”军士回禀说是:“一到就抢关,打了败仗。”杨虎对余化龙道:“我们且安下营寨,同你前去看看他。”不一时安下营寨。余化龙同了杨虎走到牛皋营前,守营军士忙要去通报。杨虎道:“与你家老爷是相好弟兄,报什么!”竟自进营。那军士怕的是牛皋性子不好,如飞进去报道:“余、杨二位将军到了。”牛皋大怒道:“由他到罢了,报什么?”军士吓得不敢则声,走将开去。牛皋又骂道:“杨虎这狗男女,自己要功劳,却鬼头鬼脑的哄我。我以前每次出兵,俱打胜仗。自被他的贼元帅花普方在水中淹了这一遭,出门就打败仗。”那余、杨二人刚刚走进来,听见他正在那里骂,就立定了脚,不好走进去,悄悄地出营。杨虎道:“他自己打了败仗,反抱怨我们。”余化龙道:“我们去抢了汜水关,将功劳送与他,讲和了,省得只管着恼,如何?”杨虎道:“说得有理。”回到营中,吩咐众军士,吃得饱了,竟去抢关。正是:

康郎已决安邦策,汜水先收第一功。

不知二人抢关胜败若何,且听下回分解。

第三十二回 牛皋酒醉破番兵 金节梦虎谐婚匹

词曰：

这香醪，调和曲蘖多加料。须知不饮旁人笑。杯翻罍到，酣醉破番獠。飞虎梦，卜英豪。一霎时，百年随唱，一旦成交好。

——《殿前欢》

却说余化龙、杨虎二人带领三军，齐至汜水关前，放炮呐喊。早有小番飞报上关，张从龙率领番兵开关迎敌，两阵对圆。余化龙出马，并不打话，冲开战马，挺枪便刺，张从龙举锤就打。枪来锤去，战到二十回合，不分胜负。余化龙自语道："怪不得牛皋败阵，这狗男女果然厉害！"虚晃一枪，诈败下来，张从龙拍马追来。

余化龙暗取金镖在手，扭回身子，豁的一镖，正中张从龙前心，翻身落马。杨虎赶上一刀，枭了首级。三军一齐抢进关来，众番兵四散逃走！两将就进汜水关安营。

明日，二人一同来见牛皋。牛皋道："你二位到此何干？"余化龙道："我二人得了汜水关了。"牛皋道："你二人得了功劳，告诉我做什么？"余化龙道："有个缘故，昨日听得将军抱恨杨虎，今我二人抢了汜水关送与将军：一则与将军重起大运，二则小将初来无以为敬，聊作进献之礼。将军以后不要骂杨将军了。"

牛皋道："元帅来时怎么说？"余化龙道："让牛兄去报功，小弟们不报就是。"

牛皋道："如此说，倒生受你们了。"二人辞别回营。牛皋就领兵出大路口安营，伺候元帅。

这日报元帅大兵已到，三人一齐上来迎接。元帅便问："抢汜水关是何人的功劳？"三人皆不答应。元帅又问："为何不报功？"牛皋道："我是不会说谎的，关是他二人抢的，说是把功劳让与我，我也不要，原算他们的罢！"元帅道："既如此，你仍领本部兵马去救藕塘关，本帅随后即至。"牛皋领兵而去。岳爷就与余、杨二人上了功劳簿，安抚百姓已毕，随即起身，往藕塘关进发。

且说牛皋一路上待那些军士,犹如赤子一般,效那当年楚霸王的行兵:自己在前,三军在后。那些军士常常带了饭团走路,恐怕牛皋要抢了地方,方许吃饭。一路如飞赶来。这一日,看看来到藕塘关。守关总兵闻报,说是岳元帅领兵已至关下,忙出关跪下道:"藕塘关总兵官金节,迎接大老爷。"牛皋道:"免叩头。我乃先行统制牛皋,元帅尚在后头。"金节忙立起来,只急得气满胸膛,暗想道:"一个统制见了本镇要叩头的,怎么反叫本镇免叩头?"吩咐:"把报事的绑去砍了!"

牛皋听了大怒道:"不要杀他。你既然本事高强,用俺们不着,我就去了。"吩咐转兵回去。金节想道:"这个匹夫是岳元帅的爱将,得罪了他,有许多不便。"只得忍着气上前叫声:"牛将军,请息怒。本镇因他报事不明,军法有律。既是将军面上,就不准法吧!"便吩咐放绑。牛皋道:"这便是了。你若难为了他,我就没体面了。"金节道:"是本镇得罪了,请将军进关驻扎。"

二人进来,到了衙门大堂。只见处处挂红,张灯结彩,皆因元帅到来,故此十分齐整。牛皋来到滴水檐前,方才下马。上了大堂,在正中间坐下,总兵只得在旁边坐下,送茶出来吃了。一面摆酒席出来,请牛皋坐下。牛皋道:"幸喜这酒席请我,还见你的情。若请元帅,就有罪了。"金节忙问道:"这却是为何?"牛皋道:"俺元帅每饭食,总向北方流涕。因二圣却在那里坐井观天,吃的是牛肉,饮的是酪浆。如此苦楚,为臣子的就吃一餐素饭,已为过分。俺们常劝元帅为国为民,劳心费力,就用些荤菜,也不为罪过。被俺们劝不过,如今方吃些鱼肉之类。若见这些丰盛酒席,岂不要恼你?"金节听了,连声谢道:"多承指教!"牛皋道:"索性替你说了罢:俺元帅最喜的是豆腐,因河北大名府内黄县小考时,吃了豆腐起身。他道:'君子不忘其本。'故此最爱豆腐。"金节道:"原来如此,越发承情指教了。"牛皋道:"贵总兵,你这酒席,果然是诚心请我的么?"金节道:"本镇果然诚心请将军的。"牛皋道:"若是诚心请我,竟取大碗来。"金节忙叫从人取过大碗,牛皋连吃了二三十碗。金节暗想道:"这样一个好元帅,怎用这样蠢匹夫为先行?"看看吃到午时,牛皋问道:"贵总兵,俺那些兵卒们,须要赏他些酒饭吃。"

金节道:"都与他们银子自买来吃了。"牛皋道:"如此费心了!"

金节看牛皋已有八九醉意,只见外边的军士进来报道:"金兵来犯关了!"金节悄悄吩咐军人传令,各门加兵护守。报子去了,牛皋问道:"金爷,你鬼头鬼脑,不像待客的意思,有甚话但说何妨。"金节道:"本镇见将军醉了,故不敢说。番兵将近关了!"牛皋道:"妙啊!既有番兵,何不早说?快取酒来吃了,好去杀番兵。"金节道:"将军有酒了。"牛皋道:"常听得人说:'吃了十分酒,方有十分气力。'快去拿来!"金节无奈,只得取一坛陈酒来,放在他面前。牛皋双手捧起来,吃了半坛,叫家将:"拿了这剩的那半坛酒,少停拿与你爷吃。"立起身来,踉踉跄跄,走下大堂。众人只得扶他上马。三军随后跟出城来。

金节上城观看,那牛皋坐在马上,犹如死的一般。只见金邦元帅斩着摩利之身长一丈,用一条浑铁棍,足有百十来斤,是员步将。出阵来,看见牛皋吃得烂醉,在马上东倒西斜,头也抬不动。斩着摩利之道:"这个南蛮,死活多不知的。"就把那条铁棍,一头竖在地下,一头拄在胸膛,好似站堂的皂隶一般,口里边说:"南蛮,看你怎么了?"牛皋也不答应,停了一会,叫:"快拿酒来。"家将忙将剩的半坛酒送在牛皋面前。牛皋双手捧着乱吃。那晓得吃醉的人被风一吹,酒却涌将上来,把口张开竟像靴统一样。这一吐,直喷在番将面上。那番将用手在面上一抹。这牛皋吐了一阵酒,却有些醒了,睁开两眼,看见一个番将立在面前抹脸,就举起锏来,当的一下,把番将的天灵盖打碎,跌倒在地,脑浆迸出。牛皋下马,取了首级,复上马招呼众军,冲入番营,杀得尸横遍野,血流成河。追赶二十里,方才回兵,抢了多少马匹粮草。金节出关迎接,说道:"将军真神人也!"牛皋道:"若再吃了一坛,把那些番兵都杀尽了。"说话之间,进了关来。金节送牛皋到驿中安歇,众军就在后首教场内安营。

金节回转衙中,戚氏夫人接进后堂晚膳。金爷说起:"这牛皋十分无礼,不想他倒是一员福将,吃得大醉,反打败十万番兵,得了大功。"夫人道:"也是圣上洪福,出这样的人来。"闲话之间,金爷吃完了晚膳,对夫人道:"下官因金兵犯界,连夜里还要升堂去办事,只好在书房去歇了。"夫人道:"相公请自便。"金节自往外去。夫人进房安歇。到了三更时分,忽听得房门叩响。夫人忙叫丫环开了房门,却原来是夫人的妹子戚赛玉,慌慌张张走进房来,叫声:"姐姐,妹子几乎惊死!特来与姐姐作伴。"夫人道:"你父母早亡,虽是你姐夫抚养成人,但如今年纪长大,也要避些嫌疑。幸喜你姐夫在书房去歇了,倘若在此,也来叩门?"赛玉道:"不是妹子不知世事。方才妹子睡梦里见一只黑虎来抱我,所以吓得睡不稳,只得来同姐姐作伴。"夫人道:"这也奇了,我方才也梦见一个黑虎走进后堂,正在惊慌,却被你来叩门惊醒。不知主何吉凶?"遂留赛玉一同宿了。

到了天明起来,梳洗已毕,金爷进后堂来用早膳。夫人道:"妾身昨夜梦见黑虎走入后堂,舍妹亦梦被黑虎抱住,不知主何吉凶?"金爷道:"有此奇事!下官昨晚亦梦有黑虎进内。莫非令妹终身,应在此人身上么?"夫人道:"那个什么'此人'?"金爷道:"就是岳元帅的先行官牛皋。他生得面黑短须,身穿皂袍,分明是个黑虎。我看他人虽鲁莽,后来必定衣紫腰金,倒不如将令妹配与他,也完了你我一桩心事,不知夫人意下如何?"夫人道:"妾乃女流,晓得什么,但凭相公作主。”金爷道：“待下官去问他家丁，若未曾娶过，今日乃是黄道吉日，就与令妹完姻便了。”夫人大喜，就进房去与妹子说知。

金节出来，叫他家丁来问，晓得牛皋未娶夫人。金节大喜，就命家人准备花烛，着人将纱帽圆领送到驿中去，嘱咐道：“你不要说甚么，只说请他吃酒，等他来时就拜天地便了。”家人领命，遂来至驿中，见了牛皋，送上衣服。牛皋道：“为何又要文官打扮吃酒？少停我便来罢了。”那家将回府说牛皋就来。金节甚喜。大堂上张灯结彩，供着喜神，准备花烛。不一时，牛皋来到辕门下马，金节出来迎接。

走至大堂，牛皋见这光景，心中想道：“他家有人做亲，所以请我吃喜酒。”牛皋便问金节道：“府上何人完姻？俺贺礼也不曾备来，只好后补了。”金节道：“今天黄道吉日，下官有一妻妹送与将军成亲，特请将军到来同结花烛。”叫：“请新人出来！”那牛皋听见这话，一张嘴脸涨得猪肝一般，急得没法，往外就跑，出了大门，上马奔回驿中去了。这边戚夫人见牛皋跑了去，便道：“相公，他今跑了去，岂不误了我妹子终身大事！”金爷道：“夫人不必心忧。且候元帅到来，我去禀明，必成这头亲事。”

正说之间，忽报岳元帅大兵已来。金总兵也不换衣甲，就穿着这冠带，上了马出关，直至军前跪下，口称：“藕塘关总兵金节迎接大老爷。”岳爷道：“请起。”

暗想：“那牛皋怎么不见来接？难道又打了败仗了？”便问金总兵：“为何这等服色？”金节禀道：“只因牛先锋兵至关中，甚是无礼，公堂饮酒，居中而坐，吃得大醉，适值番将领兵十万来犯关，那个番将身长一丈四尺，十分厉害。牛皋先锋决要出去交战，来到阵前，牛先锋吐酒于番将脸上，番将忙揩脸时，牛先锋一锏打死，大获全胜。卑职贱荆戚氏有一胞妹，年方十七，尚未适人。因夜间梦兆有应，欲配先锋，又逢今日黄道吉期，特请先锋到衙完姻，不知何故竟自跑回。求元帅玉成，得谐秦晋，实为恩便。”元帅道：“贵总兵请回，少停待我送来完姻便了。”金节谢了，回衙与夫人说知，各个欢喜。

再说岳元帅扎下营盘，便叫汤怀去唤牛皋来。汤怀得令，出营上马，进得关内，来至驿中门首，便问军士道：“你家牛老爷那里去了？”军士禀道：“俺家老爷在后帐房。”汤怀道：“不必通报，我自进去。”只见牛皋朝着墙头坐着，汤怀道：“贤弟好打扮！”牛皋道：“汤哥几时来的？”汤怀道：“元帅有令，传你前去。”

牛皋道：“待我换了衣甲去。”汤怀道：“就是这样的去罢！”扯了就走，一同上马，来至大营，汤怀先来缴令，然后牛皋跪下叩头。岳爷道：“夫妇，人之大伦，你怎么跑走了？岂不害了那小姐的终身？今日为兄的送你去成亲。”元帅也换了袍服，同牛皋一齐来到总兵衙门。金爷出来接到大堂之上，先拜了元帅，就请新人与牛皋拜了花烛，送归洞房。元帅对金总兵道：“今日匆匆，另日补礼罢。”金总兵连称：“不敢！”

元帅出了衙门，回营坐下，对众将道：“众位贤弟，从今日起，把‘临阵招亲’这一款革去。若贤弟们遇着有婚姻之事，不必禀明，便就成亲。况这番往北路去迎二圣，临阵交锋，岂能保得万全？若得生一后嗣，也就好接代香烟。”众将谢了元帅。按下不表。

话分两头。再说那山东鲁王刘豫守在山东，残虐不仁，诈害良民，也非止一端。

那次子刘猊，倚仗父亲的势头，在外强占民田，奸淫妇女，无所不为。忽一日带了二三百家将，往乡村打围作乐，一路来到一个地方，名为孟家庄。一众人放鹰逐犬。不道一个庄家正在锄田，忽见一鹰刁着一只大鸟，飞来落在面前。这庄家是个村鲁之人，晓得什么来历，赶上前一锄头打死，说道：“好造化！我家老婆昨日嫌我不买些荤腥与他下口，今日这两个鸟儿拿回去煮熟了，倒有一顿好吃。”正在快活算计，谁知一众家将赶来寻鹰，看那庄丁拿在手里，便喝道：“该死的狗才？怎么把我的鹰打死了！”庄丁道：“这是它飞到我跟前来，所以打死，要拿回家去做下酒，干你甚事？”家将道：“好个不知死活的人！你家在那里？”庄丁道：“我就是孟家庄孟太公家的庄丁，你问我怎的？”内中一个道：“哥，你休要和他讲，只拿他去见家主爷便了。”庄丁道：“打死了一个鸟儿就要拿我，难道没有王法的么？”众家将听了大怒，就将庄丁乱打。内中一个赶上一脚，正踢着庄丁的阴囊，一交跌倒，在地滚了几滚，就呜呼哀哉了！那众家将见打死了庄丁，忙来报知刘猊道：“我家的鹰被孟家庄庄丁打死，小的们要他赔偿，连公子也骂起来。所以小的们发恼，和他厮打，不道他跌死了。”刘猊道：“既然死了，要他家主赔还我的鹰来！”即带了家丁，往孟家庄来。

到了庄上，家丁大喊道：“门上的狗头，快些进去说：‘刘王爷二爵主的鹰被你庄丁打死，快早赔还，万事全休；如若迟了，报与四太子，将你一门碎尸万段。’”

庄丁听了，慌忙进来报与太公。孟太公闻言想道：“刘豫这奸臣投了外邦，他儿子连父亲的相知都不认了。待我自去见他，看他怎么样要我赔鹰。”孟太公出了庄门，这刘猊在马上道：“老头儿，你家庄丁把我的鹰打死了，快些赔来。”太公道：“你怎么晓得是我庄丁打死的？”刘猊道：“我家家将见他打死的。”太公道：“若果是我家庄丁打死的，应该赔你，待我叫他来问。”刘猊道：“你那庄丁出言无状，已被我打死了。”孟太公不听犹可，听了庄丁被刘猊打死，直急得三尸神暴跳，七窍内生烟，大怒道：“反了！反了！你们把他打死了不要偿命，反要我赔鹰，真正是天翻地覆了！"刘猊大怒道："老杀才！皇帝老儿也奈我不得，你敢出言无状？"就把马一拍，冲上前来，捉拿太公。孟太公看见他的马冲来，往后一退，立脚不住，一跤跌倒。只一跤不打紧，好似：

一团猛火烧心腹，万把钢刀割肚肠。

不知孟太公性命如何，且听下回分解。

第三十三回 刘鲁王纵子行凶 孟邦杰逃灾遇友

诗曰：

纵子行凶起祸胎，老躯身丧少逃灾。
今困围龙初离水，他年惊看爪牙排。

话说刘猊催马上前来捉太公，太公往后一退，立脚不住，一跤跌倒，把个脑后跌成一个大窟窿。那太公本是个年老之人，晕倒在地，流血不止。众庄丁连忙扶起，抬进书房中床上睡下。太公醒来，便对庄丁道："快去唤我儿来！"那太公中年没了妻室，只留下这一个儿子，名为孟邦杰，小时也请过先生，教他读过几年书。奈他自幼专爱使枪弄棒，因此太公访求几个名公教师，教了他十八般武艺，使得两柄好双斧。那日正在后边菜园地上习练武艺，忽见庄丁慌慌张张来报道："大爷不好了！我家太公与刘王的儿子争论，被他的马冲倒，跌碎了头颅，命在须臾了！"孟邦杰听了，吓得魂不附体，丢了手中棒，三脚两步赶进书房，只见太公倒在床上发昏。邦杰便问庄丁细底，庄丁把刘猊打死庄丁，来要太公赔鹰之事述了一遍。太公微微睁开眼来，叫声："我儿！可恨刘猊这小畜生无理，我死之后，你须要与我报仇则个！"话还未毕，大叫一声："疼煞我也！"霎时间，流血不止，竟气绝了。

孟邦杰叫了一回，叫不醒，就大哭起来。

正在悲伤之际，又有庄丁来报说："刘猊在庄门外嚷骂，说不快赔他的鹰，就要打进庄来了！"孟邦杰听了，就揩干了眼泪，吩咐庄丁："你去对他说，太公在里面花银子赔鹰，略等一等，就出来了。"庄丁说声："晓得！"就走出庄门。那刘猊正在那里乱嚷道："这讨死的老狗头！进去了这好一回，还不出来赔还我的鹰，难道我就罢了不成？"叫众家将打将进去。那庄丁忙上前禀道："太公正在兑银子赔鹰，即刻就出来。"刘猊道："既如此，叫他快些！谁耐烦等他！"庄丁又进去对孟邦杰说了。邦杰提着两柄板斧，抢出庄门，骂一声："狗男女！你们父子卖国求荣，诈害良民，正要杀你！今日杀父之仇，还想走到那里去么？"绰起双斧，将三四十个家将排头砍去，逃得快，已杀死了二十多个。刘猊看来不是路，回马飞跑。

孟邦杰步行，那里赶得上，只得回庄，将太公的尸首下了棺材，抬到后边空地上埋葬好了，就吩咐众家人道："刘猊这厮怎肯干休，必然领兵来报仇。你们速速收拾细软东西，有妻子的带妻子，有父母的领父母，快些逃命去罢！"众家人果然个个慌张，一时间俱各打迭，一哄而散！

孟邦杰取了些散碎金银，撒在腰间，扎缚停当，提了双斧，正要牵马，却听得庄前人喊马嘶，摇天沸地。邦杰只得向庄后从墙上跳出，大踏步往前途逃走。

说话的，你道那孟邦杰杀了刘猊许多家将，难道就罢了不成？当时刘倪逃回府中，听得父亲在城上玩景乘凉，随即来到城头上见了刘豫，叩头哭诉道："爹爹快救孩儿性命！"刘豫吃惊道："为着何事，这般模样？"刘猊就将孟家庄之事，加些假话说了一遍。刘豫听了，大发雷霆道："罢了，罢了！我王府中的一只狗走出去，人也不敢轻易惹他，何况我的世子？擅敢杀我家将，不是谋反待怎的？就着你领兵五百，速去把孟家庄围住，将他一门老小尽皆抄没了来回话。"刘猊答应未完，旁边走过大公子刘麟，上前来道："不可，不可！爹爹投顺金邦，也是出于无奈。

虽然偷生在世，已经被天下人骂我父子是卖国求荣的奸贼。现今岳飞正在兴兵征伐，倘若灭了金邦，我们就死无葬身之地。再苦如此行为，只恐天理难容。爹爹还请三思！"刘豫道："好儿子，那有反骂为父的是奸贼？"刘麟道："孩儿怎敢骂父亲，但只怕难逃天下之口！古人云：'为臣不能忠于其君，为子不能孝于其亲，何以立于人世？'不如早早自尽，免得旁人耻笑。"说罢，就望着城下涌身一跳，跌得头开背折，死于城下。刘豫大怒道："世上那有此等不孝之子，不许收拾他的尸首！"

就命刘猊发兵去将孟家庄抄没了。那刘猊领兵竟至村中，把孟家庄团团围住。打进庄去，并无一人，就放起一把火来，把庄子烧得干干净净，然后回来缴令。当时城外百姓有好义的，私下将大公子的尸首掩埋了。且按下不提。

再说那孟邦杰走了一夜，次日清晨，来到一座茶亭内坐定，暂时歇息歇息。打算要到藕塘关去投岳元帅，不知有多少路程。只因越墙急走，又不曾带得马匹，怎生是好？正在思想，忽听得马嘶之声，回转头一看，只见亭柱上拴着一匹马，邦杰道："好一匹马，不知何人的？如今事急无君子，只得借他来骑骑。"就走上前来，把缰绳解了，跳上马，加上一鞭，那马就唿喇喇如飞跑去！不道这匹马乃是这里卧牛山中一个大王的。这一日，那个大王在这里义井庵中与和尚下了一夜棋，两个小喽罗躲在韦驮殿前耍钱，把这马拴在茶亭柱上。到了天明，大王要回山去,小喽罗开了庵门来牵马,却不见了,小喽罗只得叫苦。和尚着了忙,跪下道:“叫僧人如何赔得起?”大王道:“这是喽罗不小心,与老师父何涉?”和尚谢了,起身送出庵门,大王只得步行回山。

却说孟邦杰一马跑到一个松林边,叫声:“啊呀!不知是那一个不积福的,掘下这个大泥坑。幸亏我眼快,不然跌下马来了!”正说之间,只听得一声呐喊,林内伸出几十把挠钩,将孟邦杰搭下马来,跳出几十个小喽罗,用绳索捆绑了,将马牵过来。众喽罗哈哈大笑道:“拿着一个同行中的朋友了。这匹马是我们前山大王的,怎的被他偷了来?”内中一个喽罗道:“好没志气,他是个贼,我们是大王,差远多哩!”又一个道:“算起来也差不多少,常言说的‘盗贼盗贼’,盗与贼原是相连的。”一个道:“休要取笑,解他到寨中去!”就将孟邦杰横缚在马上,押往山寨而来。

守寨头目进寨通报了,出来说道:“大王有令,叫把这牛子去做醒酒汤。”喽罗答应一声,将孟邦杰拿到剥衣亭中,绑在柱上,那柱头上有一个豹头环,将他头发挂上。只见一个喽罗手中提着一桶水,一个拿着一个盆,一个捧着一个钵头,一个手中拿着一把尖刀,一个手中拿着一个指头粗的藤条。那个喽罗将钵送在孟邦杰口边道:“汉子吃下些!”孟邦杰道:“这黑漆漆的是什么东西,叫爷吃?”喽罗道:“这里头是清麻油、葱花、花椒。你吃了下去,就把这桶水照头淋在身上。你身子一抖,我就分心一刀,剜出心来,放在盆里,送去与大王做醒酒汤。”邦杰道:“我劝他将就些罢,如何要这般像意?”把牙齿咬紧,不肯吃。这喽罗道:“不肯吃下去,敢是这狗头要讨打么!”提起藤条要打。孟邦杰大叫道:“我孟邦杰死在这里,有谁知道?”

这一声喊,恰恰遇着那前山的大王上来,听见喊着“孟邦杰”的名字,忙叫:“且慢动手!”走到他面前仔细一看:“果是我兄弟。”叫左右:“快放下来。”

众喽罗慌忙放下,取衣服与他穿好。这里喽罗忙报与大王。邦杰道:“若不是兄到来,小弟已为泉下之鬼矣!”那四个大王闻报,一齐来到剥衣亭上道:“大哥,这是偷马之贼,为何认得他?”大王道:“且至寨中与你们说知。”众大王同邦杰来到寨中,大家见了礼,一齐坐下。那救孟邦杰的,叫做锦袍将军岳真。那后山四位:一个姓呼名天保,二大王名天庆,第三个大王姓徐名庆,那个要吃人心的是第四大王姓金名彪。岳真道:“为兄的几次请贤弟上山聚义,兄弟有回书来,说因有令尊在堂,不能前来。今日却要往何方去,被我们的喽罗拿住?既然拿住了,就该说出姓名来,他们如何敢放肆?”孟邦杰道:“不是为弟的不思念哥哥,实系心中苦切,故此忘怀了。”那岳真道:“兄弟有何事心中苦切?”邦杰就将刘倪打围跌死父亲的话说了,然后道:“今欲要投岳元帅去,领兵来报此仇。”岳真道："原来如此。"于是大家重新见礼。

呼天保道："大哥，孟兄要报父仇，有何难处。我等六人聚集两个山寨中人马，约有万余，足可以报得孟兄之仇，何必远去？"孟邦杰道："小弟闻得岳元帅忠孝两全，大重义气，我此去投他，公私两尽。"众大王道："这也说得有理。"孟邦杰道："依小弟看起来，这绿林中买卖，终无了局。不如聚了两山人马，去投在岳元帅麾下。他若果是个忠臣，我们便在他帐下听用，挣些功劳，光耀祖宗；若是不像个忠臣，我们一齐原归山寨，重整军威，未为晚也。"岳真道："我也久有此心，且去投他，相机而行便了。"就吩咐喽罗，收拾山寨人马粮草金银。当日大排筵席，各个畅饮。到了第二日，众大王带领一万喽兵，一齐下山，望藕塘关而来。一路慢表。

且说藕塘关岳元帅那边，这一日正逢七月十五日，众将各个俱在营中做羹饭。

那牛皋悄悄对吉青道："那营中万马千军，这些鬼魅如何敢来受祭？我和你不如到山上幽僻之处，去做一碗羹饭，岂不是好？"吉青道："这句话讲得有理。"就叫家将把果盒抬到山上幽僻地方。牛皋道："我就在此祭，老哥你往那首去。各人祭完了祖，抬拢来吃酒。"吉青道："有理。"牛皋叫军士躲过了。他想起母亲，放声大哭。吉青听得牛皋哭得苦楚，不觉打动他伤心之处，也大哭了一场。两个祭完了，化了纸钱，叫家将把两桌祭菜抬过来，摆在一堆吃酒。吃不得几杯酒，牛皋说道："这闷酒吃不下，请教吉哥行个令。"吉青道："牛兄弟，就是你来。"牛皋道："若要我行令，你要遵我的令。"吉青道："这个自然。"牛皋想了想道："就将这'月亮'为题，吟诗一首。吟得来，便罢；吟不来，吃十大碗。"吉青道："遵令了。"吃了一杯酒，吟诗道：

团团一轮月，或圆又或缺。
安上头共尾，一个大白鳖。

牛皋笑道："那里会有这样大的白鳖，岂不是你诳我？罚酒，罚酒！"吉青道："如此，吃了五碗罢。"牛皋道："不相干，要罚十碗。"吉青道："就吃十碗！你来，你来！"牛皋道："你听我吟。"也斟了一杯酒，拿在手中，吟诗道：

洒满金樽月满轮，月移花影上金樽。
诗人吟得口中渴，带酒连樽和月吞。

吉青道："你也来诳我了。月亮这样高，不必说他，你且把这酒杯儿吃了下去。"

牛皋道："酒杯儿怎么叫我吃得下去？"吉青道："你既吃不下去，也要罚十大碗。"

牛皋笑了笑道："拿酒来我吃。"一连吃了五六碗，立起身来就走。吉青道："你往那里去，敢是要赖我的酒么？"牛皋道："那个赖你的酒？我去小解一解就来。"

牛皋走到山坡边，解开裤子，向草里撒将去。那晓得有个人，恰躲在这草中。

牛皋正撒在那人的头上，把头一缩，却被牛皋看见了。忙将裤子紧好，一手把那人拎将起来，走到吉青面前叫道："吉哥，拿得一个奸细在此。"吉青道："牛兄弟，你好时运，连出恭都得了功劳！"忙叫家将收拾残肴物件，把那人绑了。二人上马，竟往大营前来候令。元帅叫传宣令二人进见。牛皋跪下道："末将在土山上，拿得一个奸细在此，候元帅发落。"元帅道："绑进来。"左右一声："得令！"就将那人推进帐中跪下。元帅一见他服色行径，明知是金邦奸细，就假装醉意，往下一看，叫道："快放了绑！"说道："张保，我差你山东去，怎么躲在山中，被牛老爷拿了？书在那里？"那人不敢则声。元帅道："想必你遗失了，所以不敢回来见我么？"那人要命，只得应道："小人该死！"元帅道："没用的狗才！我如今再写一封书，恐怕你再遗失了，岂不误我的事！"吩咐把他腿肚割开，将蜡丸用油纸包了，放在他腿肚子里边，把裹脚包好，说道："小心快去，若再误事，必然斩首。"

那人得了命，诺诺而去。

那牛皋看见张保站在岳爷背后，就是元帅醉了，也不致如此错认。呆呆的看放那人去了，方上来问道："元帅何故认那奸细做了张保？末将不明，求元帅指示。"

岳爷笑道："你那里晓得。大凡兵行诡道，你把这奸细杀了，也无济于事。我久欲领兵去取山东，又恐金兵来犯藕塘关，故此将计就计，放他去替我做个奸细，且看如何？"众将一齐称赞："元帅真个神机妙算！我等如何得知。"元帅就命探子前往山东，探听刘豫消息，不表。

且说这个人果然是兀术帐下的一个参谋，叫做忽耳迷。兀术差他到藕塘关来探听岳爷的消息，不期遇着牛皋，吃了这一场苦，只得熬着疼痛，回至河间府。到了四狼主大营，平章先进帐禀明，兀术即命进见。看见忽耳迷面黄肌瘦，兀术心下暗想："必竟是路上害了病，所以违了孤家的限期。"便问道："参谋，孤家差你去探听消息，怎么样了？"参谋禀道："臣奉旨往藕塘关，因夜间躲在草中被牛皋拿住，去见岳飞。不期岳飞大醉，错认臣做张保，与臣一封书，教臣到山东去投递。"

兀术道："拿书来，待某家看。"参谋道："书在臣的腿肚子里！"兀术道："怎么书在你腿肚子里？"参谋道："岳飞将臣腿肚割开，把书嵌在里边，疼痛难行，故此来迟了。”

兀术遂命平章取来。可怜这参谋腿肚子都烂了！平章取出蜡丸，把水来洗干净了，送到兀术跟前，将小刀割开，取出书来。兀术细看却是刘豫暗约岳飞领兵取山东的回书。兀术大怒道：“孤家怎生待你，你直如此反复，真正是个奸臣！”就命元帅金眼蹈魔、善字魔里之领兵三千，前往山东，把刘豫全家斩首。元帅领命。当有军师哈迷蚩奏道：“狼主且住！这封书未知真假，不如先差人往山东探听真实，然后施行。若草草将刘豫斩了，焉知不中了岳飞反间之计？”兀术道：“不管他是计不是计，这个奸臣，留他怎么？快快去把他全家抄没了来！”金眼元帅竟领兵往山东而去。且按下慢表。

且说岳元帅一日正坐帐中，有探子来报：“启上元帅，关外大路上有一支兵马屯扎营寨，特来报知。”元帅道：“可是番兵么？”探子道：“不是番兵，看来好像是绿林中人马样子。”元帅命汤怀、施全前去打探：“倘若是来归降的，好生领他来相见。”二人答应，出营上马开关。未到得十余里，果见一支人马安下营头。

汤怀走马向前，大喝一声道：“吠！你们是那里来的人马？到此何干？”早有小卒报入营中。只见走出六员战将，齐齐走来，到马前道：“某等乃山东卧牛山中好汉岳真等，闻岳元帅礼贤重士，特来投顺的。不知二位将军尊姓大名？”汤怀、施全两个听了，连忙跳下马来道：“小将汤怀，此位施全。奉元帅之命，特来探问将军们的来意。既如此，就请上马，同去见了元帅定夺何如？”六人齐声道：“相烦引见。”于是八个人俱各上马进关。

到了营前，下了马，汤怀道：“待小将先进去禀明了元帅，然后请见。”六人道：“二位请便。”二人进营，见了元帅禀道：“有一支人马，为首六人乃是山东卧牛山中好汉，特来归顺，现在营前候令。”岳爷大喜，就命请进。六位好汉齐进营中跪下，口称：“岳真、孟邦杰、呼天保、呼天庆、徐庆、金彪在山东卧牛山失身落草，今国刘豫不仁，特来归顺元帅。”孟邦杰又道：“小人本系良民，因一门尽被刘猊杀绝，只有小人逃出。在外遇着这班好汉，欲与小人报仇，小人劝他们去邪归正，来投元帅。求元帅发兵往山东捉拿刘猊，明正典刑，公私两尽。”元帅道：“刘豫父子投顺金邦，那兀术甚不喜他。本帅已定计令他自相残害。我已差人往山东去探听消息，待他回来，便知端的。若此计不成，本帅亲领人马与将军报仇便了。”

孟邦杰谢了元帅。元帅传令，把降兵招为本队，少不得改换衣甲旗号。岳爷与这班好汉结为朋友，设筵款待，各立营头居住。不数日，岳爷正在营与众将聚谈兵法，忽报探子回营。元帅令进来，细问端的。

探子禀说：“小人奉令往山东，探得刘豫长子刘麟，为兄弟抄没了孟家庄，力谏不从，坠城而死。大金国差元帅金眼蹈魔、善字魔里之领兵三千，将刘豫一门尽皆抄没。只有刘猊在外打围，知风逃脱，不知去向。特来缴令。”元帅赏了探子银牌羊酒，探子叩谢出营去了。元帅对孟邦杰道：“刘豫既死，贤弟亦可释然。待后日拿住刘猊，将他的心肝设祭令尊便了。”邦杰谢了元帅，各自散去。

再表金眼蹈魔、善字魔里之取了刘豫家财，回至河间府缴令。兀术将财帛金银计数充用，便下令道：“岳飞久居藕塘关，阻我进路，有谁人敢领兵去抢关？”当有大太子粘罕答应一声：“某家愿去。”兀术道：“王兄可带十万人马，务必小心攻打！”粘罕领令，就点齐十万人马，另有一班元帅、平章保驾，离了河间府，浩浩荡荡，杀奔藕塘关而来。这里探子飞风报进岳元帅营中道：“启上元帅大老爷，今有金国大太子粘罕领兵十万，来取藕塘关，离此关前已不远，特来报知。”元帅命再去打探。随即令军政司点兵四队，每队五千人。命周青领一队，在正南上下营，保护藕塘关；赵云领一队，在西首保关；梁兴领一队，在东首安营；吉青领一队，在正北救应。四将领令，各去安营保守。元帅自同清将，守住中央大营，以备金兵抢关。

且说粘罕大军已至，离关十里，传下令来：“今日天色已晚，且安下营盘，明日开兵。”这一声令下，四营八哨，纷纷乱乱，各自安营。粘罕紧对藕塘关扎住大营，暗暗思想：“向日在青龙山有十万人马，未曾提防，不道到得二更时分，被岳南蛮单人独马，踹进营来，杀成个尸山血海。今日倘这蛮子再冲进来，岂不又受其害？”想了一回，就暗暗传下号令，命众小番在帐前掘下陷坑，两边俱埋伏下挠钩手，以防岳南蛮再来偷劫营寨。小番得令，不一时间，俱已掘成深坑，上面将浮土盖好。粘罕又挑选面貌相像的装成自己一样，坐在帐中，明晃晃点着两枝蜡烛，坐下看书。自己退入后营端正。不因是粘罕这一番小心防备，有分教：

挖下陷坑擒虎豹，沿江撒网捉蛟龙。

毕竟不知岳爷果然来劫寨否，且听下回分解。

第三十四回 掘陷坑吉青被获 认兄弟张用献关

诗曰：

几载飘零逐转蓬，年来多难与兄同。
雁南燕北分飞久，蓦地相逢似梦中。

上回已讲到那金国大太子粘罕统领大兵十万，离藕塘关十里，安下营盘，准备与岳元帅交兵，自有一番大战，暂且按下慢表。

话中说起一位好汉，乃是河间府节度张叔夜的大公子张立。因与兄弟张用避难在外，兄弟分散，盘缠用尽，流落在江湖上，只得求乞度日。闻得岳元帅兵驻藕塘关，特地赶来投奔。不道来迟了一日，遍地俱是番营阻住路头。张立便走到一座土山上，坐定想道："我且在这树林中歇息歇息，等待更深时分，打进番营去，打一个爽快，明日去见岳元帅，以为进见之功，岂不是好？"算计已定，就在林中草地上斜靠着身子，竟悠悠的睡去。

不道那日河口总兵谢昆，奉命催粮到此，见有金兵下营，不敢前进，只得躲在山后，悄悄安营，差人大宽转去报岳元帅，差兵遣将来接粮米。那张公子在土山之上睡了一觉，猛然醒来，把眼睛擦擦，提棍下山，正走到谢昆营前，举棍就打。三军呐喊一声，谢昆惊慌，提刀上马，大喝："何等之人，敢抢岳元帅的粮草？"张立抬头一看，说声："啊呀！原来不是番营，反打了岳元帅的营盘，却是死也！"

急忙退出，原上土山去了。谢昆也不敢追赶，说道："虽被这厮打坏了几十人，幸喜粮米无事。"且说这张公子上山来观看了一回，自想："不得功劳，反犯了大罪，如何去见得岳元帅？不如原讨我的饭罢！"又恐有人上山来追赶，只得一步懒一步，下山望东信步而去。

再说是夜吉青走马出营，吩咐："三军少动！我去去就来。"家将忙问："老爷黑夜往那里去？"吉青道："我前回在青龙山中，中了这番奴'调虎离山'之计，放走了粘罕，受了大哥许多埋怨。今日他又下营在此，吾不去拿他来见元帅，等待何时？”说罢了，就拍着坐下能征惯战的宝驹，一直跑至粘罕营门首，提起狼牙棒一声喊，打进番营。三军大喊道：“南蛮来踹营了！”拦挡不住，两下逃奔。吉青直打至中间，望见牛皮帐中坐着一人，面如黄土，双龙闹珠皮冠，雉尾高飘，身穿一件大红猩猩战袍，满口鲜红，身材长大。吉青大喜道：“这不是粘罕么？”把马一拍，竟冲上帐去。只听得轰隆一声响，连人带马，跌入陷坑。两边军士一声呐喊，挠钩齐下，把吉青搭起来，用绳索紧紧绑着，推进后营，来见大狼主。那粘罕见不是岳飞，倒是吉南蛮，吩咐推出去砍了。旁边闪过一位元帅铁先文郎上前禀道：“刀下留人！”粘罕道：“是吉南蛮，留他则甚？那日某家几乎死在他手内。今日擒来，那有不杀之理？”铁先文郎道，“狼主临行之时，四狼主曾对狼主说过：‘若拿住别个南蛮，悉听发落；若拿住了吉南蛮，必须解往河间府，要报昔日爱华山之仇。’”粘罕道：“不是元帅讲，我倒忘了。”遂传令叫小元帅金眼郎郎、银眼郎郎：“你二人领兵一千，将吉青上了囚车，连军器马匹，一齐解往四狼主那边去。”二人领命，立刻发解起身。

再说到吉青家将，见吉青一夜不回，忙去报知岳元帅。元帅急传令合营众将，分头乱踹番营，去救吉青。一声令下，当时大营中汤怀、张显、牛皋、王贵、施全、张国祥、董芳、杨虎、阮良、耿明初、耿明达、余化龙、岳真、孟邦杰、呼天保、呼天庆、徐庆、金彪，并东西南三营内梁兴、赵云、周青等一班大将；岳元帅亲领着马前张保、马后王横，一齐冲入番营。只见番兵分为左右，让开大路。岳爷暗想：“番兵让路，必有诡计。”传令众将分作四路，左右抄到他后营而入。一声炮响，四面八方，一齐杀入，横冲直撞。番兵抵挡不住，往前一拥，俱各跌下陷坑，把陷坑填得满满的，听凭宋兵东冲西突。粘罕带领众元帅、平章分兵左右迎敌，那里当得起这班没毛大虫：声若翻江，势如倒海，遇着他的刀，分作两段；挡着他的枪，戳个窟窿；锤到处，打成肉浆；锏来时，变作血泥。但见：

两家混战，士卒如云。冲开队伍势如龙，砍倒旗幡雄似虎。个个威风凛凛，人人杀气腾腾。兵对兵，将对将，各分头目使深机；枪迎枪，箭迎箭，两下交锋乘不意。直杀得翻江搅海，昏惨惨冥迷天日；真个似拔地摇山，渐索索乱撒风砂。正是：迷空杀气乾坤暗，遍地征云宇宙昏！

有诗曰：

餐刀饮剑血潸然，滚滚人头心胆寒。
阵雾征云暗惨淡，抛妻弃子恨漫漫。

这一阵，杀得番兵尸横遍野，血流成河，粘罕顾不得元帅，元帅顾不得平章，各自寻路逃奔。岳兵分头追赶，一面收拾辎重，不提。

又表那张立错打了谢昆粮寨，当夜下土山，行了半夜，到得官塘上，但见一支人马,喧喧嚷嚷解着一辆囚车,望北而行。张立暗想:“这囚车向北去的,必然是个宋将。我昨夜误打了元帅的粮草营头,何不救了这员宋将,同他去见元帅,也好将功折罪?”就放了筐篮,提起铁棍,赶向前来,大喝一声:“呔!你解的是什么人?”小番答道:“是宋将吉青。你是个花子,大胆来问他则甚!”张立道:“果然不错。”举起棍来便打,横三竖四,早打翻了六七十个,番兵一齐呐喊起来。

金眼郎郎在马上问道:“前面为甚呐喊?”早有小番急来禀道:“有个花子来抢囚车,被他打坏了多少人了。”金眼郎郎、银眼郎郎大怒道:“有这等事!”两个就走马提刀赶上前来。张立也就提棍便打,番将举刀迎战。战不几合,被张立把铁棍钩开了金眼郎郎手中大刀,向马腰上刷的一棍,将马腰打断。金眼郎郎跌下马来,照头一棍,打得稀烂。银眼郎郎见打死了金眼郎郎,心内着慌,拨马逃走。张立赶上,把棍横扫将去,连人带马,打成四段。

吉青在囚车内见了,就将两膀一挣,两足一蹬,囚车已散,向小番手内夺了狼牙棒,跳上了马,舞棒乱打。看见张立身上褴褛,犹如花子一般,便也不去问他,只顾追打番兵,往北赶去。张立站住道:“岂有此理!我救了你的性命,连姓名也不来问一声。这样人,是我救错了,睬他则甚,不如原讨我的饭去罢。”遂向地下拿了筐篮,向前行去。

却说这里有座山,叫做猿鹤山。山中有个大寨,寨中聚着四位好汉:为头的诸葛英,第二个公孙郎,第三个刘国绅,第四个陈君佑。聚有四千余人,占住此山落草。忽有喽罗报上山来道:“有一队番兵在山前下来了。”诸葛英道:“山寨中正无粮草,这些番兵久在中原,腰边必有银两,我们下山去杀一阵,夺他些辎重粮草,也是好的。”众人道:“好!”四位好汉带领喽罗一齐下山来,将这些番兵拦住,枪挑刀砍,那些番兵那里够杀?看看吉青赶来,那诸葛英等看见吉青青脸蓬头,只道是个番将,遂一齐来拿。吉青举狼牙棒招架,那里战得过这四人?

恰好张立一路走来,刚刚到这山中,看见吉青又与这四人交战,招架不住。看他走又走不脱,战又战不过,顷刻就有性命之忧,心里想道:“这个人论理不该救他。但见他四个人杀一个,我也有些不服。待我上去再救他一救,看他如何?”遂又放下了筐篮,提棍上前,大喝一声道:“你们四个战一个,我来打抱不平也!”

吉青正在危急之际,见了便叫道:“汉子快来帮我!”张立上前,与吉青两个抵住四人厮杀。四人无意中添个生力助战,正在难解难分,不期粘罕被岳元帅杀败,正望这条路上败将下来。小番报道:“前面有南蛮阻路。”粘罕着慌道:“前边有兵阻路,后面岳飞追兵又到,如何处置!”只得拣小路爬山越岭,四散逃命。

岳元帅带领众将追至猿鹤山下,番兵俱不见了,只见吉青同一破衣服的大汉与四将交战。牛皋道:“前面吉哥在那里打仗,我们快去助阵!”王贵听了,与牛皋两骑马飞风跑上前去。一柄刀,两条锏,不问来历,叮叮当当,四个战住两双,十六只臂膀撩乱,廿八个马蹄掀翻。岳爷在后赶上,看那四个好汉,一个手抡镔铁偏拐,一个双刀,一个八角水磨青铜锏,一个两条竹节鞭,一个个本事高强。又见那破衣大汉十分骁勇,况且吉青未曾遭害,心下好生欢喜,遂催马上前,高声喝问:“尔乃何等之人,擅敢拦阻本帅人马,放走番兵?”四人听见了,忙叫:“各人且慢动手!”八个各跳出圈子外来。

诸葛英问道:“你们却是何处兵马?来与俺们交战么?”牛皋道:“你眼睛又不瞎,不见岳元帅的旗号么?”四个人听见,慌忙跳下马来道:“你这个青脸将军,口也不开;又遇着这位好汉,身上襤襤褛褛,叫我那里晓得?”吉青不觉大笑起来。

那四位就走到岳爷马前跪下道:“小将诸葛英,兄弟公孙郎、刘国绅、陈君佑,共是四人,在此猿鹤山落草,因见番兵败下来,在此截杀。不想遇着这位将军,误认他是番将,故此冒犯了元帅。”元帅道:“将军们请起。我想绿林生理,终无了局。目今正在用人之际,何不归降朝廷,共扶社稷?列公意下如何?”四人道:“若得元帅收录,我等当效犬马之劳。”元帅道:“既是情愿归降,请上山收拾人马,同本帅回关。”四人大喜,一齐回山收拾。

岳元帅见那破衣大汉站在路旁呆着,便问道:“你是何人?缘何帮了我将与他们交战?”张立两眼流泪,向前跪下道:“小人乃河间节度使张叔夜之子,名唤张立。因兀朮初进中原,兵临河间,小人不知父亲是诈降,我弟兄两个不肯做奸臣,遂瞒了父亲,逃出家门,欲打番兵。因他人马众多,不能取胜。弟兄分散,流落江湖。后来问得二圣蒙尘,父亲尽节,母亲又亡,小人无奈,只得求乞度日。近来闻得康王即位,拜老爷为帅,几次要投奔帅爷,谁知小人大病起来。等得病好,帅爷兵到这里藕塘关来,小人乃赶到此处。却见都是番兵营寨,只得走上土山,将就歇息一回,去打番营。不意睡眼朦胧,错打了元帅的粮草营头,惧罪逃走。看见这一位青脸将军囚在囚车内,小人打散了番兵,救出囚车。他不谢一声,竟自往前追杀番兵。到这里,又遇见他与那四位将军交战,看来招架不住,恐误失了性命,一时激忿,故此又来助战。”岳元帅听了这一番言语,便道:“原来是位公子,且有此功劳,待本帅写本进京,请旨授职便了。”张立道:“多谢大老爷提拔!”

元帅唤过吉青喝道:“你受人救命大恩,不知作谢,是何道理?”吉青连忙过来,谢了张公子。元帅又道:“你未奉本帅将令,私自开兵,本当斩首,今姑从宽。以后若再犯令,决不轻恕!”吉青叩头谢了。

正在发放，那诸葛英等四人带了山寨大小儿郎已到。元帅即命将山寨降兵并作一队，一齐发炮回关，原在大营前扎好屯营。又与那四人拜了朋友。只有张立乃是晚辈，不便与他结拜。又报："谢昆解送粮草候令。"元帅命照数查收，记功讫。

一日，又有圣旨来，命岳元帅征汝南曹成、曹亮。元帅接过了旨，送了钦差出营，即时升帐。命牛皋带领本部人马，前往茶陵关，候本帅到来，然后开兵，牛皋领令去了。元帅又命汤怀、孟邦杰两人，送粮草到军前应用。二人领令去了。又命谢昆再去催粮接应。谢昆领令去了。隔了两日，元帅诸事安排停当，命金总兵好生把守藕塘关。金总兵唯唯听命。三声炮响，大兵拔赛起行，一路威风，按下不表。

且说那牛皋兵至茶陵关，扎下营寨，天色尚早，吩咐儿郎："抢了他的关，进去吃饭。"众兵答应，一声呐喊，到关前讨战。只见关里一声炮响，关门大开，冲出一支人马，只有五百多人。为首一员步将，身长丈二，使条铁棍，飞舞而来。牛皋见他满面乌黑，就哈哈地笑道："你这个人，好像我的儿子。"那将大怒，也不回言，提棍就打。牛皋举锏招架。马步相交，锏棍并举。战不到十几个回合，牛皋招架不住，回马便走，叫："孩儿们，快些照旧！"三军呐喊一声，一齐开弓上来射住阵脚。那将见了，也不追赶，就领兵进关。牛皋回头一看，且喜三军俱在，连忙转来，移营在旁侧扎住。过了两日，岳元帅大兵已到。牛皋上前迎接。元帅问道："你先到此，可曾会战？"牛皋道："前日会了一员步将，不肯通名，又不肯与我打仗，想是与元帅有什么仇隙，所以要候元帅兵到方来交战。"元帅微微一笑，情知他又打了败仗，便问："怎么样一个人？"牛皋道："是一个身长黑大汉子，用一条铁棍，却不骑马，是员步将。"元帅吩咐下营安歇。当日无话。

次日，帅爷升帐，众将两行排下。岳爷道："那位将军领令打关？"旁边闪过张立，上前道："昨日听得牛将军说那员步将形状，好似末将兄弟一般。待末将出去会他一会，看是如何？"元帅就命张立出马。张立得令，领兵出营，直至关前讨战。关内炮响一声，飞出那员将来迎敌。门旗开处，闪出那位英雄，手提铁棍，大喝一声："那个该死的到此寻死？通个名来。"张立仔细一看，果然是兄弟张用，假意喝道："你不必问我的姓名，我奉了岳元帅的军令，来拿你这班草寇。你便自己缚了，同我去见元帅，或者饶了你的狗命，省得老爷动手。"张用对面一看，却原来是哥哥，也不开言，但提棍打来，张立举棍招架。各人会意，假战了三四个回合，张立虚打一棍，落荒而走，张用随后赶来。赶到僻静之处，张立转身叫声："兄弟！"张用亦叫声："哥哥！"张立道："兄弟，你怎么得在这个所在？"张用道："我自与哥哥分散之后，不知哥哥下落，兄弟无处栖身，在此投了曹成，封我为茶陵关总兵之职。哥哥何不也归降此处，也得手足完聚，同享富贵，岂不是好？"

张立道："兄弟之言差矣！我二人因昔日不肯降金，故此瞒了父母，逃走出来。今曹成、曹亮，也不过是个叛国草寇。目今宋康王现在金陵即位，名正言顺。况且岳元帅足智多谋，兵精将勇，此关焉能保得？一旦有失，悔之晚矣！"张用道："既如此，只好明日诈败，献关与哥哥罢！"张立道："如此甚好。我且先作战败回营，禀明元帅便了。"说罢，就倒拖着铁棍败回来。张用在后追赶。赶至关前，又假战了三四合，张立败进营去。张用亦收兵回关。

张立回营进帐，将弟兄相会之事细细禀知元帅。元帅大喜。到了次日，张立又到关前讨战。军士报与张用，张用仍领兵出关。两个并不打话，虚战了三个回合，张用诈败，张立在后赶来。赶至关前，张用立在关口大叫道："吾已献关归顺朝廷，尔等大小三军，愿降者走过一边。"三军齐声："愿降！"张立得了茶陵关，与张用同至府中，差人请岳元帅进关。元帅大喜，拔寨进关。安营已毕，张立引张用来见了元帅。元帅上了二人首功。一面修本差官进京，就保举他为统制之职。差人催运粮草，准备去抢栖梧山。

元帅一日在营与众将闲谈，便向张用道："你既在此为官，可知那曹亮、曹成用兵如何？"张用道："他二人水里本事甚好。还有副将贺武、解云更十分了得。聚兵数十万。因这曹成专好结交，所以各处英雄俱来投顺。尽是一派虚诈，终是无谋之辈，不足为患。但这栖梧山上，元帅何元庆有万夫不当之勇，元帅须要防备着他。"元帅听了这番言语，心中暗喜，且待粮草到时，就好开兵去抢栖梧山。且按下不表。

再说总兵谢昆护送粮草，望茶陵关进发，军士禀道："前面有两条路，不知老爷从那条大路而去，还是从那小路而去？"谢总兵道："那一条路近？"军士道："小路近些。"谢总兵心下一想："小路上恐有强盗，不如走大路，就远些也罢。"

遂吩咐从大路上走。三军答应一声，竟往大路而行。行了两日，来到了一座高山，这山上有一位大王，那大王肩下齐齐的排列着四位兄弟，聚集喽罗五千余人，在此打家劫舍。早有喽罗飞报上山道："岳飞兵驻汝南，有总兵官解粮到彼，在此经过，特来报知。"那大王听了，呵呵大笑，对着那四位兄弟说出几句话来。有分教：山中壮士，全无救苦之心；寨内强人，尽有害人之意。正是：

说来惊破庸人胆，话出伤残义士心。

毕竟不知那大王说出甚么话来，且听下回分解。

第三十五回 九宫山解粮遇盗 樊家庄争鹿招亲

诗曰：

不思昔日萧何律，且效当年盗跖能。
蜂屯蚁聚施威武，积草囤粮待战争。

话说谢总兵来到此山，名为九宫山。山上那位大王，姓董名先。手下四个弟兄：一个姓陶名进，一个姓贾名俊，一个姓王名信，一个也姓王名义。招集了五千多人马，占住这九宫山，打家劫舍。当日闻报，说是岳元帅军前粮草在山下经过，不觉呵呵大笑，对着四个兄弟说道："我正想要夺宋朝天下，做个皇帝，强如在此胡为。那宋朝只靠着岳飞一人，若拿了岳飞，何愁大事不成？如今他粮草在此经过，岂肯轻轻放他过去！"就点起喽罗一千，扎营在半山之中。看看粮车将近到来，大王就带领喽罗冲下山来，一字儿摆开，大喝一声："呔！会事的快快把粮草留下，饶你这一班狗命。牙缝内迸出半个'不'字，就叫你人人皆死，休想要活一个！"

军士慌忙地报与谢昆。谢昆道："原来是我走差了路头，是我的不是了。"只得拍马抡刀，挺身上前观看。但见那强人身长九尺，面如锅底，两道黄眉直竖，颏下生一部血染红须，头戴镔铁盔，身穿乌油铠，坐下的是一匹点子青鬃马，手拿着一柄虎头月牙铲。见了谢昆，就大喝一声，如同霹雳："呔！你是何等样人，擅敢大胆在此经过？快把粮草送上山去，饶你狗命！"那谢昆吓得魂飞天外，魄散九霄，只得欠身鞠躬，叫声："大王不用动恼。小官是湖口总兵谢昆，奉岳元帅将令，解粮在此经过。可怜小官年纪老迈，不是大王的对手。若是大王拿了粮去，元帅必然将我全家抄斩。望大王怜而赦之，放过此山，感德不浅！"那大王听了，又把谢昆看了看，果然胡须有好些白了，便道："谢昆，你倒是个老实人，我不抢你的粮草。你可将营头扎住，速速差人去报你元帅知道，说我九宫山铁面董先大王阻住粮草，必要岳飞亲来会战。快快去报，俺们候你回音。如迟了，休怪我来欺你。"谢昆诺诺连声而退。大王领众喽罗回归本寨。

谢昆只得扎下营寨,急急写了文书,差旗牌星夜飞报上茶陵关去。正值岳爷升堂议事,传宣官上堂禀说:“谢总兵有告急文书投递。”元帅传令命他进来。传宣官领令,就同旗牌来到滴水檐前跪下,将文书呈上。元帅拆开看了,大怒道:“好强盗,欺谢昆年老,擅敢抢夺粮草!”便问一声:“那位将军前去救回粮草?”阶前闪出施全来,应声:“末将愿往。”元帅就命带领五百人马,同旗牌速去擒拿强盗。施全领令出关,同着差官一路望九宫山而来。

不一日,已到了粮草营前,来见了谢总兵,行礼过了。谢昆道:“施将军还同几位来?”施全道:“就是小将一人。”谢昆道:“那个强盗十分厉害,若只得将军一位,恐难取胜。”施全道:“谢总爷,你可放心,看小将擒他。”谢总兵当时留施全吃了午饭,众军亦饱餐了一顿。施全道:“天色尚早,待末将去擒这强盗来。”

施全提戟上马,带领儿郎来至山前摆开,高声喊叫:“强盗快快下山来受缚!”喽罗慌忙报与大王。董先拿铲上马,带领喽罗飞马下山来,抬头望见施全,大声喝道:“来者可就是岳飞么?”施全道:“胡说!尔乃乌合小寇,何用我元帅虎驾亲临。我乃岳元帅麾下统制施全是也。奉元帅将令,特来拿你。”董先大怒,举起手中月牙铲,照头便打。施全举戟相迎。只听得当的一声,打在戟杆上,震得施全两臂麻木。又是一连几铲,施全招架不住,转马就跑。董先大叫:“你往那里走?”拍马追赶下来。追了四五里路,施全走得远了,董先只得勒马回山。

这施全因被那董先这把月牙铲打得魂魄俱消,不敢望粮草营中来,只顾落荒败走。那自己马蹄銮铃声响,他只认做后边董先追来,所以没命的飞跑,一口气直跑下二十来里路。回转头来,不见了董先,方才勒住马,喘息不定。忽见前面为首一位少年,生得前发齐眉,后发披肩,面如满月,头戴虎头三叉金冠,二龙抢珠抹额,身穿大红团花战袄,软金带勒腰,坐下一匹浑红马。后面随着十四五个家将,各个骑着劣马,手执器械,跟着这少年,一直望前而去。施全想道:“那个少年必然是富家子弟,在此兴围作乐的。倘若前边去,遇着了这个强盗,岂不枉送了性命?待我通知他一声,也是好事。”便高声叫道:“前边这后生快快转来,休得前去送命!”

那后生正行之间,听得此话,勒马转来向施全问道:“将军唤我转来,却为何事?”

施全道:“前边有个强盗十分厉害,恐你们不知,倘遇见了他,白送了性命,故此通知你一声,快些转去罢!”那后生道:“将军何以晓得前边有强盗?”施全道:“实不相瞒,我乃岳元帅麾下统制官施全便是。因有护粮总兵谢昆,被那九宫山上强盗阻住不放,我奉元帅军令前来保粮。不道强盗果然本事高强,杀他不过,被他打败了。故此唤你们转来,是个为好的意思。”那少年道:“原来如此,极承你盛情。”遂吩咐家将：“取我的铠甲来！”家将答应一声，取过包袱解开，公子下马披挂。那施全在旁，看他穿上一副就身贴体的黄金甲，横勒丝蛮带，翻身跳上了浑红马。两个家将抬过一杆虎头鋈金枪，公子绰在手中，叫声：“施将军！引我前去捉这强盗。”施全观看这一根枪杆，比自己的戟杆还粗些，想必倒有些本事的，便道：“小将军，你尊姓大名？这强盗委实厉害，不要轻看了他吓！”公子道：“我今且去会会这个强盗，若然胜了，与你说名姓；若然不能取胜，也不必问我姓名。就请将军前行引道。”施全害怕，那里敢先走？那些众家将都笑道：“亏你做了一位统制老爷，遇了强盗这样害怕，怎么去与金兵对敌？同去不妨的。”施全满脸惭愧，无可奈何，只得一齐同走。

将近九宫山，施全把手指道：“前面半山里的人马，就是强盗营头。”那小将军就催马来到山下，高叫一声：“快叫那董先强盗下来，认认我小将军的手段！”

喽罗忙去报知董先，董先飞马下山。施全见了，对小将军道：“强盗来了，须要小心些！”公子道：“待我拿他。”一马冲上前去。施全同家将在后边观看。那董先见了公子，便骂道：“施全，你这狗男女也不成人，怎么去叫一个小孩子来送命？岂不可笑！”公子道：“你可就是董先么？”董先道：“既知我名，就该逃去，怎么还敢问我？”公子道：“我看你形状倒也像是一个好汉，目今用人之际，何不改邪归正，挣个功名？我也是要去投岳元帅的，不若同了我去。若一味逞蛮，恐你性命不保！可细细去想来。”董先道：“你这小毛虫有何本领，擅敢如此无礼，口出大言？打死你罢！”遂一铲打来，公子摆了摆这杆虎头枪，在他铲柄上一托，当的一声响，枭在旁边。刷刷刷一连几十枪，杀得董先手忙脚乱，浑身臭汗，那里招架得住？只得转马败上山去，大叫：“兄弟们，快来！”

那陶进等四人让过董先，一齐走马冲下山来，一见了那位小将军，齐齐叫声：“啊呀，原来是公子！”各个慌忙跳下马来跪下。公子亦下马来道：“俺祖爷原叫你们去投岳元帅，怎么反在这里落草？”却说那四人原是张元帅旧时偏将，故此认得公子，当下便道：“小将们原要去投元帅的，因从这里经过，被这董哥拿住，结为兄弟，故此流落在此。不知公子何故到此？”公子道：“我遵祖父之命，去投岳元帅。遇见了施将军，说你们阻挡了粮草，故尔来此。我想你等在此为盗，终无结果。既与董先结义，何不劝他归顺朝廷，同我到岳元帅营前效力？有功之日，亦可荣宗耀祖，扬名后世，岂不是好？”陶进等领了公子之言，连忙上山去劝董先，不提。

且说这施全看见公子在那里降伏这四人，便来问家将道：“你家公子，是何等样人？缘何认得这强盗？”张兴道：“俺家公子，名唤张宪。俺家老爷，便是金陵大元帅，今已亡故了。俺家太老爷，因有半股疯疾，故命我家公子去投岳元帅麾下,去干功名的。”施全听了大喜,连忙下马,来见了公子。谢总兵听得报说此事,亦出营来迎接。恰好陶进等四人下山来见公子道:“小将们说起先老爷之事,董哥亦佩服公子英雄,情愿投顺。但要收拾寨中,求公子等一天,方可同行。”公子道:“不妨。你们可同去帮助收拾,我在此间等候便了。”四人领命回山。这里谢昆、施全迎接张宪,各个见礼已毕。施全安排酒饭款待。到了次日,董先等五位好汉收拾干净,放火烧了山寨,带领数千陵兵下山来。谢昆接进营中,与施全、张宪各个见礼已毕。施全把兵分为两队,往茶陵关而来。且按下慢表。

又说到汤怀同着孟邦杰奉令催解粮草,到了三叉路口,军士来禀道:“老爷走大路,还是走小路?”汤怀问道:“大路近,还是小路近?”军士道:“小路近得一二十里,但恐有草寇强盗。”汤怀道:“粮米早到军前,就是功劳。既然小路近,就走小路。放着我二人在此,那里有吃豹子心肝的强盗来惹我?怕他怎的?”军士领令,竟往小路而走。不想道路狭窄难行,反要爬山过岭,本意图快,不觉越慢了。

一日,行到一块大平阳之地,汤怀吩咐军士安营造饭,方好盘山。众军领令,就扎下营寨歇息。汤怀对孟邦杰道:“贤弟,这几日行路辛苦,我今闲坐在此,何不同你到山前山后,寻些野味来下酒何如?”孟邦杰是个少年心性,便道:“闷坐不过,甚好,甚好!”汤怀就命家将:“坚守营门,我们闲耍一回就来。”二人出营上马,信步望着茂林深草处,一路沿着山下搜寻而来。只见前面一只大鹿,在那里吃草。汤怀就拈弓搭箭,飕的一箭射去,正中在鹿背上。那鹿负痛,带箭飞跑。

汤、孟二人加鞭追赶。那鹿没命的跑去,追下有十来里路。斜刺松林里转出一班女将,为首两女子,生得:

眉弯新月,脸映桃花。蝉鬓金钗双压,凤鞋金镫斜登。连环铠甲束红裙,绣带柳腰恰称。一个青萍剑,寒霜凛凛;一个日月刀,瑞雪纷纷。一个画雕弓,开处如满月;一个穿杨箭,发去似流星。

常言道:“无巧不成书。”那只鹿刚刚跑到那林边,被那使刀的女子加上一箭,那鹿熬不住疼痛,就地打一滚,却被众女兵一挠钩搭住,将绳索捆住,扛抬去了。

汤怀看见,便叫声:“孟贤弟,你看好两个女子,把我们的鹿捉将去了!”孟邦杰道:“我们上去讨还来。”汤怀道:“有理。”遂赶上前来,高叫道:“这鹿是我们射下来的,你倒凑现成,那里有这等便宜事?快快送还便罢,休要惹我小将军动手。”那拿剑的女子喝道:“胡说!这鹿明明是我妹子一箭射倒的。你要赖我,我就肯还你,只怕我手中这双剑也未必肯。”汤怀大怒道:“好贱人!我看你是个女子,好言问你取讨,你反敢无礼么?”就把枪倒转,一枪杆打来。那女将举剑隔开,劈面就砍。恼得汤怀心头火起,使开枪刷刷刷一连几枪。那女将力怯,招架不住。恼了使双刀的女将,把马一拍,舞动日月刀,上来帮助。孟邦杰看得高兴,抡开双斧,上前接住。两男两女,捉对儿厮杀。那女将抵敌不住,虚晃一刀,转马败将下去。汤、孟二人那里肯罢,随后追赶。

不到二三里地面,来到一所大庄院,背靠一座大高山,庄前一带合抱不拢的大树。那女将到了此地,竟带领女兵转入庄内,将庄门紧紧关闭,竟自进去了。那汤怀赶到庄门口,高声大叫:“你那两个贱人不还我鹿,待躲到那里去?快快把鹿送了出来,万事全休。若不然,惹得老爷性发,把你这个鸟庄子放一把火烧做了白地!”

叫了一回,不见动静。孟邦杰道:“哥哥,我们打进去,怕他怎的?”汤怀道:“那怕他是皇帝家里!”

二人正待动手,只见庄门开处,走出一位老者,年过半百,方脸花须,头戴逍遥巾,身穿褐色绒袍。背后跟随三四个家将,各挂一口腰刀,慢慢地踱将出来,问道:“是那里来的村夫,上门来欺负人?我这村庄非比别处,休来讨野火吃!”汤怀正要开口,却是孟邦杰抢上前一步,在马上躬身道:“老丈听者,我们二人乃是岳元帅麾下护粮统制。今日在此经过,在山前寻些野兽下酒。方才射倒一鹿,却被你们庄里两个女将恃强抢去,故此特来取讨。”那老者听了,便道:“原来为此。一只鹿值得甚事,大惊小怪!你们既是两位护粮将军,且请进小庄待茶。方才这两个是小女,待老夫去把鹿讨来奉还便了。”汤、孟二人见那老者言语温和,遂跳下马来,跟随老者进庄。庄客把马拴好在庄前大树上。

二人到了大厅上,撇下了兵器,望老者见礼毕,分宾主坐定。老者请问:“二位高姓大名?现居何职?”汤怀道:“小将姓汤名怀,是岳元帅从小结拜的义弟。这个兄弟乃是山东孟邦杰,因恶了刘鲁王,投在岳元帅麾下,都做统制之职。今奉元帅将令,催粮到此,偶尔逐鹿,多有唐突!请问长者尊姓大名?此地名何所?”老者道:“老夫姓樊名瑞,向为冀镇总兵,目今告病休官在家。此间后面高山,名为八卦山。因老夫贱姓樊,此庄顺口就叫做樊家庄。今日难得二位将军到此,山肴野蔬,且权当接风。”二人连称:“不敢!原来是前辈尊官,小将们不知,多有冒犯,望乞恕罪!”

正说之间,左右安排桌凳,摆列酒馔。二人连忙起身作谢,说道:“小将们公事在身,不敢久停。这鹿不还也罢,就此告辞了。”樊瑞道:“二位既来之,则安之。且请略坐一坐,老夫还有话请教。”二人只得告礼坐下。两边家将斟过酒来，各人饮过了几杯。樊瑞开言道："二位将军在外，终日在兵戈丛内驰骋，还念及家中父母、妻孥否？"汤怀道："不瞒老伯说，向来年荒时候，老父母都已见背。连年跟着岳元帅南征北讨，也不曾娶得妻室，倒也无甚牵挂。"樊瑞道："如此正好尽力王事，但孟将军青年，必竟椿萱还茂？"邦杰听了，不觉两泪交流，遂将刘猊行凶之事，告诉一遍，因此亦未有妻室。樊瑞听了二人说话，暗暗点头，道："难得，难得！老夫有一言，二位亦不必推辞。老夫向为总兵，只为奸臣当道，不愿为官，隐居于此。年已望六，小儿尚幼。只因两个小女，一向懒学女红，专好抡刀舞剑，由他娇养惯了，故今年虽及笄，尚未许人。恰好老夫昨夜三更时分，梦见两只猛虎，赶着一鹿奔入内堂。今日得遇二位到此，也是天缘。老夫意欲将两个小女，招赘二位为东床娇客，未知二位意下若何？"二人听了，心中大喜，只得假意道："极承老伯不弃！但恐粗鄙武夫，怎敢仰攀高门闺秀？"樊瑞道："不必固逊，前日藕塘关金舍亲曾有书来，说岳元帅已将'临阵招亲'一款革除。今贤婿们军粮急务，难于久留，趁今日黄道吉辰，便行合卺。"遂饮了几杯，撤过筵席，叫庄丁："去把二位将军的马，牵入后槽喂养。"一面端整花烛，安排喜筵；一面差人去近村庄，请过邻里老友来赴喜酌。那些近庄亲邻，亦都来贺喜。一时间，厅堂上点得灯烛辉煌，请出樊老夫人来，拜见了岳父、岳母，然后参天拜地，送入洞房。有诗曰：

堪夸女貌与郎才，天合姻缘理所该。
十二巫山云雨会，襄王今夜上阳台。

合卺已毕。汤、孟二人出到厅堂，款待众客。正在饮酒之间，家将来报说："公子回来了。"但见家将们扛抬着许多獐麂兔鹿之类，放在檐下。后边走进一位小英雄，前发齐眉，后发披肩，年纪十二三岁，生得一表人材，原来就是有名的虎将樊成，上厅来先见了爹爹。樊老将军便问："这次因何去了十数日方回？"樊成道："那近山野兽俱已拿尽，故尔远去兴围，迟了几日。"老将军道："过来与两位姐夫见礼。"樊成道："孩儿不省怎么就招得这两位姐夫？"老将军道："这个姓汤名怀，那个姓孟名邦杰，俱是岳元帅麾下，现居都统制之职。因为解粮过此，天缘凑合，招赘在此。"樊成听了，方来见了礼。又与各亲邻等见礼毕。然后就坐饮酒，直至二更方散。送归洞房。

次日，樊老将军宰了些牛羊猪鸡等物，叫庄丁扛抬十来坛自窨下的好酒，送到营中，犒赏了众军士。住了三日，到第四日，汤、孟二人请岳父出来禀道："小婿军务在身，今日拜别起行。"樊瑞道："此乃国家大事，不敢相留。"就命准备酒席饯行。席间，樊瑞道："贤婿们可尽心王事，若能迎还二圣，我亦有光！小女自有老夫照看，放心前去。"樊成道："再过二年，我来帮你杀番兵。"汤、孟二人遂拜辞了岳父母，与小姐、妻舅作别了出庄回营，领兵解粮起身，不表。

再说谢总兵催粮，到了关下扎住，同众将来到辕门候令。旗牌禀过元帅，元帅令进见。谢昆、施全先把九宫山铁面董失降顺之事，又将会着张公子的话，细细禀明。岳爷大喜，便叫："快请张公子相见。"公子就上前参见，将祖父之书双手呈上。岳爷接过看了，随即出位相扶道："公子在我这边，皆是为朝廷出力。"遂吩咐张保："将行李送在我衙门左近，早晚间还有话说。"张保领令而去。元帅又令查先等五人上堂，参见已毕。岳爷道："尔等到此，须与国家出力，建功立名，博个封妻荫子，不枉男儿之志。"董先等谢了。元帅遂令将董先带来兵卒，命军政司安插，收明粮草。

诸事已毕，大排筵宴，庆贺新来六将。各个见礼，阖营畅饮。忽报："汤、孟二将军候令。"元帅道："令进来！"二将进见。元帅道："十数万大兵，日费浩繁，何为今日才来？"二人道："末将有下情禀明，望元帅恕罪！"就将贪行小路，捉鹿招亲、成婚三日、有误军机之事细细禀明。元帅道："我前已有令，把'临阵招亲'一款已经革除，尔亦无罪。既是如此，且与众将相见，另日与你们贺喜罢！"

二人谢过，就来与张宪、董先等各个见礼，入席饮宴，不表。

且说岳元帅到了次日，将两队军粮屯扎关中，遂发大兵起身，来取栖梧山。到得离山十里，安下营盘，来至山下讨战。何元庆闻报，披挂下山。岳爷抬头观看，见那将：头戴烂银盔，身披金锁甲，手拿两柄银锤，坐下一匹嘶风马。威风凛凛，相貌堂堂。岳爷暗想："若得此人归顺，何愁二圣不还？"便开口道："来者莫非何元庆乎？"元庆道："然也！来将可是岳飞么？"岳爷道："既知我名，何不投降？"

元庆道："你既是岳飞，我闻你兵下太湖，收服杨虎、余化龙，果然是员名将。本帅久欲投降，奈我手下有两员家将不肯，故尔中止。"岳爷道："凡为将者，君命且不受，岂有反被家将牵制之理？亏你还要将领三军，岂不可耻！"元庆道："你不知我这两个家将，非比别个，自幼跟随着我，不肯半步相离，我亦不能一刻离他，所以如此。"岳爷道："你那两个家将是何等样人，可叫他出来，待本帅认他一认，待本帅劝他归顺，何如？"元庆道："我那两个家将，有万夫不当之勇，恐他未必肯听你的话。"岳爷道："你且叫他出来。"元庆道："你必要见他，休得害怕！"岳元帅道："不怕，不怕！"

何元庆唤出那两员家将来，有分教：

计就山中擒虎将，谋成水里捉英雄。

毕竟不知两个家将是何等之人，肯降不肯降，且听下回分解。

第三十六回 何元庆两番被获 金兀术五路进兵

诗曰：

庙堂无策可平戎，坐使甘泉照夕烽。
宝鼎铜驼荆棘里，龙楼凤阁黍离中。

却说岳元帅要见何元庆的两个家将，何元庆就把手中两柄溜银锤一摆，叫声："岳飞，这就是我两个家将！你只问他肯降不肯降。"岳爷大怒道："好匹夫！百万金兵，闻我之名，望风而逃，岂惧你这草寇？本帅见你是条好汉，不能弃暗投明，反去帮助叛逆，故此好言相劝。怎敢在本帅面前，摇唇弄舌？不要走，且吃本帅一枪罢！"刷的一枪，劈面门刺来。何元庆举银锤当的一声架开枪，叫声："岳飞，休要逞能！你果能擒得我去，我便降你。倘若不能，恐怕这锤不认得人，有伤贵体，那时懊悔迟矣！"岳元帅道："何元庆，你休得夸口！敢与本帅战一百回合么？"说着，刷的又是一枪，元庆举锤相迎。枪挑锤，好似狻猊舞爪；锤架枪，浑如狮子摇头。这一场大战，真个是棋逢敌手，将遇良才。直战到未牌时分，不分胜败。元庆把锤架住了枪道："明日再与你战罢！"岳爷道："也罢，且让你多活一晚，明日早来领死！"两下鸣金收军。那边何元庆回山，暗暗传下号令："今夜下山去劫宋营，各个准备。"不提。

且说岳元帅回到营中坐定，对众将道："我看何元庆未定输赢，忽然收兵，今晚必来劫寨。汤怀兄弟可领本部军兵，在吾大营门首开掘陷坑，把浮土盖掩。"再令张显、孟邦杰各领挠钩手，皆穿皂服，埋伏于陷坑左右，吩咐道："如拿住了何元庆，不准伤他性命。如违，定按军法！"三将领令，各去行事。又令牛皋、董先各带兵一千，在中途埋伏，截住他归路，须要生擒，亦不许伤他性命。二将领令去了。元帅自把中军移屯后面。分拨已定。

到了二更天气，何元庆就带领一千喽罗，尽穿皂服，口衔枚果，马摘铜铃，悄悄下山，竟往宋营。看看将近营门，元庆在马上一望，只见宋营寂然无声，更鼓乱点，灯火不明。元庆道："早知这般营寨，岳飞早已就擒。"当时就一声号炮，点起灯球火把，如同白日。何元庆为首，呐声喊，一齐冲入荣营。只听得宋营中一声号炮响，何元庆连人带马跌入陷坑。右有张显，左有孟邦杰，带领三军一齐上前，将挠钩搭起何元庆来，用绳索绑住。那些喽罗一见主帅被擒，各个转身逃走。正遇董先、牛皋拦住去路，大叫："休走了何元庆！"众喽罗齐齐跪下道："主帅已被擒去，望老爷们饶命。"牛皋道："既如此，随俺们转去。如要走回去的，须要留下头颅来！"众喽罗齐声道："情愿归降！"牛皋、董先带了降兵，回至大营门口。

等候天明，岳元帅升帐坐定，众将参谒已毕。张、孟二将将何元庆绑来缴令，牛皋、董先也来缴令。刀斧手将何元庆推至帐前，见了岳元帅立而不跪。元帅赔着笑脸，站起来道："大丈夫一言之下，今请将军归顺宋朝，再无异说。"元庆道："此乃是我贪功，反中了你的奸计，要杀就杀，岂肯服你！"元帅道："这又何难。"

吩咐放了绑，交还了何将军马匹双锤并本部降兵，再去整兵来战。左右领令，一一交清。元庆出了宋营，带领喽兵竟回栖梧山，于寨中坐定，好生恼怒："不想中了奸计，反被这厮取笑一场。我怎生计较，拿住了岳飞，方出得胸中之气！"

不说元庆思想报仇之计。再说岳元帅次日升帐，唤过张用问道："那栖梧山可有别路可通么？"张用道："后山有条小路，可以上去。只是隔着一溪涧水，虽不甚深，路狭难走。"元帅道："既有此路，吾计成矣！"遂命张用、张显、陶进、贾竣王信、王义带领步兵三千，每人整备布袋一口，装实沙土，身边暗带火药。到二更时分，将沙袋填入山溪，暗渡过去。取栖梧山后杀入寨中，放火为号，六将领令而去。又暗写一柬贴，命杨虎、阮良上帐，吩咐照柬行事，二将领命去了。又唤耿明初、耿明达上帐，亦付柬帖，命依计而行。二将亦领令而去。正是：

计就月中擒玉兔，谋成日里捉金乌。

岳元帅分拨已定，忽报何元庆在营前讨战。元帅就带领兵将，放炮出营。两军相对，射住阵脚。岳爷出马，叫声："何将军，今日好见个高低了。"元庆道："大刀阔斧奇男子，今日与你战个你死我活，才得住手。"岳爷道："我若添一个小卒帮助，也不算好汉，放马来罢！"元庆拍马提锤就打，岳爷举枪招架。元庆这两柄锤，盘头护顶，拦马遮人，一派银光皎洁。岳爷那一杆枪，右挑左拨，劈面分心，浑如蛟舞龙飞。两个直杀到天色将晚，并不见个输赢。岳爷把枪架住了双锤，叫声："将军，天色已晚，你若喜欢夜战，便叫军士点起灯球火把，战到天明。若然辛苦，回去将养精神，明日再来。"元庆大怒道："岳飞，休得口出大言，我与你战个三昼夜！"遂各叫军士点起灯球火把，三军呐喊，战鼓忙催，重新一场夜战。

杀至三更将近，只听得栖梧山上儿郎呐喊，火光冲天。岳爷把马一拎，跳出圈子，叫声："何元庆，你山上火起了！快快回去救火！"何元庆回头一看，果然满山通红，心里吃了一惊！又听得一班宋将齐声高叫："元帅，趁此机会拿此狗头！"

岳爷道："不可。何将军快些回去！"元庆回马便走。不多路，山上喽兵纷纷的败下山来，报道："茶陵关张用，带领人马从后山杀上来，四面放火，夺了山寨。小人们抵敌不住，只得逃下山来。"元庆咬牙切齿，大骂张用："这丧心奸贼，与你何仇，抢我山寨，叫我何处安身！"众头目道："山寨已失，后面又有岳飞兵阻，不如且回汝南，奏闻大王，再发倾国之兵前来报仇何如？"元庆道："讲得有理。"就带了众军士拨转马头，望汝南大路进发。

元庆行到天明，叫声："苦！我死于此矣！这一条大桥是谁拆断了！此处又无船只，叫我怎生过去！"众儿郎看了，正在着急，忽听得一声炮响，水面上撑出一队小船来，俱是四桨双橹，刀枪耀目。前面两只船头上，站着杨虎、阮良，各执兵器，高声大叫："何将军，我奉元帅将令，在此等候多时，邀请将军同保宋室江山，快请下船！"众喽罗吓得魂飞魄散！何元庆也不答话，拨马便走。

直至白龙江口，众儿郎一看，但见一派大江，并无船只可渡，又听得后面宋兵追声已近。何元庆道："又不能过得江去，不如杀转去与岳飞拚了命罢！"军士用手指道："这小港内不是两只渔船？"元庆一马跑上来，叫道："渔翁，快来救我！我乃栖梧山上大元帅何元庆！渡了我过去，重重谢你。"那渔翁听了，把船撑出港，把手一招，叫声："兄弟，快把船使来，是何老爷在此。"两只小船一齐撑至沙滩，叫声："何老爷，快请上船来！"元庆道："你这小船，怎渡得我的马？"渔翁道："老爷坐在小人船上，把这两柄锤放在兄弟船中，老爷身体重，大江大水不是儿戏的，那里还顾得马！"元庆只得下船，把锤放在那只船上，连忙撑得船离岸。岳元帅的追兵已经赶上。那些众头目齐齐跪下，情愿投降。元庆看了，十分凄楚道："还亏得不该死，遇着这两个渔翁救我，只是可惜我的马被他们拿去了！"元庆又叫："渔翁，你兄弟的船为何摇向那边去了？"渔翁道："啊呀！不好了！我这兄弟是好赌的，看见老爷这两柄锤是银子打的，便起不良之心将锤拐去了！"元庆道："你快叫他转来，我多将金帛送他。"渔翁道："老爷差了，他现的不取，反来取你赊的？"元庆道："如此说来，是你与他同谋的了。"渔翁道："什么同谋！老实对你说了罢，我那里是什么渔人，我乃当今天子驾前都统制将军耿明初，这个兄弟耿明达是也。奉岳元帅将令，特来拿你的。"元庆闻言，立起身来打渔翁，这耿明初翻滚落长江去了。何元庆站在船中，心内暗想："如今怎么处！"正在无可如何,那耿明初在水底下钻出头来,叫声:“何元庆下来罢!”两手把船一扳,船底朝天,元庆落水,被耿明初一把擒住,捉到岸上,用绳绑了,解到元帅马前。

岳爷见了,连忙下马,吩咐放绑,便道:“本帅有罪了!不知今番将军还有何说?”元庆道:“这些诡计何足道哉!要杀便杀,决不服你!”岳爷道:“既如此,叫左右交还锤马,快请回去,再整大兵来决战。”元庆也不答应,提锤上马而去。

众将好生不服,便问道:“元帅两次不杀何元庆,却是为何?”岳爷道:“列位贤弟,不知昔日诸葛武侯七纵孟获,南方永不复反。今本帅不杀何元庆,要他心悦诚服来降耳。汤怀兄弟,你可如此如此。”汤怀领令而去。

却说那何元庆来到江口,又羞又恼,又无船只,暗想:“曹成也不是岳飞的对手,真个无路可投,不如自尽了罢!”正欲拔剑自刎,只见宋将汤怀匹马空身,飞奔赶来道:“岳元帅记念何将军,着我前来远送。请将军暂停鞭镫,待小将准备船只,送将军渡江。”正说间,又见后面牛皋带领健卒,扛抬食物赶来道:“奉元帅将令,因何将军辛苦,诚恐饥饿,特备水酒蔬饭,请将军聊以充饥。”元庆泣道:“岳元帅如此待我,不由我不降也。”就同了汤怀、牛皋来至岳元帅马前跪下,口称:“罪将该死,蒙元帅两次不杀之恩,今情愿投降!”岳爷下马,用手相扶道:“将军何出此言?贤臣择主而侍,大丈夫正在立功之秋。请将军同保宋室江山,迎还二圣,名垂竹帛也!”遂叫左右将副衣甲与何将军换了。遂率领三军,回茶陵关扎营。传令栖梧山降卒皆换了衣甲,就拨与何元庆部领。又备办酒席,与何元庆结为兄弟,合营庆贺。一面申奏朝廷。养兵息马,差人探听曹成消息。

过了几时,报有圣旨下来。岳爷带领众将,出关接旨,迎到堂上开读:因得湖广洞庭湖水寇杨幺猖獗,特调岳飞移兵剿灭。元帅接过圣旨,送了钦差起身。恰好探子回报:“探得汝南曹成、曹亮领兵逃去,不知下落!”元帅就问何将军:“那二曹不知往何处避兵?”元庆道:“曹成兄弟胆量甚小,闻末将已降,故尔站身不住。他有许多亲眷都在湘湖、豫章等处,占据山寨做贼,定然投向那边去了。”岳爷道:“量这曹成,不足为患。”遂传令大兵,一齐拔寨往湖南进发。在路秋毫无犯。不一日,到了潭州。早有镇守本州总兵率领众官出关迎接。

岳爷引兵将进关,到了帅府,问总兵道:“杨幺在何处?”总兵道:“杨幺连日在城外焚掠。想是闻知元帅兵到,已于前两日不知那里去了?”元帅传令安顿营盘,一面差人探听杨幺消息,不提。

再说金邦兀术探听岳元帅兵驻潭州,征服水寇,就与军师哈迷蚩计议:“如今这岳南蛮远出,正好去抢金陵。”哈迷蚩道:“臣已定有一计,狼主可请大太子领兵十万,去抢湖广。”兀术道:“岳南蛮正在湖广,怎么反叫大王爷到那里去?”

哈迷蚩道:“那大太子到那里,并不与他交战。只要他守东,我攻西;他防南，我向北，牵制得那岳飞离不得湖广。这里就命二太子领兵十万，去抢山东；三太子领兵十万，去抢山西；五太子领兵十万，去抢江西，弄得他四面八方来不及，然后狼主自引大兵去抢金陵，必在吾掌握之中矣。此是五路进兵中原之计，不知狼主意下如何？”兀术闻言大喜，遂召请四位弟兄各引兵十万，分路而去。兀术自领大兵二十万，竟望金陵进发。但见：

杀气横空，日黑沙黄路漫漫，白云衰草霜凛凛；紫塞风狂，胡笳羯鼓悲凉月，赤帜红旗映日光。遍地里逃灾难的，男啼女哭；一路来掳财帛的，万户惊惶。番兵夷将，一似屯蜂聚蚁；长刀短剑，好如密竹森篁。可怜那栉风沐雨新基业，今做了鬼哭神号古战场！

诗曰：

刀锋耀眼剑光芒，摇漾旗幡蔽天荒。
马蹄踏碎中原地，稳取金陵似探囊。

这时节宗留守守住金陵，屡次上表，请康王回驻汴京，号令四方，志图恢复，无奈康王不从。此时打探得兀术五路进兵，岳飞又羁留湖广，急得旧病发作，口吐鲜血斗余，大叫“过河杀贼”而死。后人有诗曰：丹心贯日竭忠诚，志图恢复待中兴。出师未捷身先死，长使英雄泪满襟。

又诗曰：

祸结兵连通帝都，中原人旅几招呼？
南朝谁唱公无渡，魂绕黄流血泪枯！

却说兀术兵至长江，早有众元帅、平章等四下拘觅船只，伺候渡江。那长江总兵姓杜名充，他见兀术来得势大，心下暗想：“宗留守已死，岳元帅又在湖广，在朝一班佞臣那里敌得兀术大兵？那兀术有令，宋臣如有归降者，俱封王位。我不如献了长江，以图富贵。”主意已定，就吩咐三军竖起降旗，驾了小舟来见兀术，口称：“长江总兵杜充特献长江，迎接狼主过江。”兀术大喜，就封为长江王之职。

杜充谢恩道：“臣子杜吉官居金陵总兵，现守凤台门，待臣去叫开城门，请狼主进城便了。”兀术道：“尔子若肯归顺，亦封王位。”就命杜充为向导，大兵往凤台门而来。

再说康王正在宫中与张美人饮宴，只见众大臣乱纷纷赶进宫来，叫道：“主公不好了！今有杜充献了长江，引番兵直至凤台门，他儿子杜吉开门迎贼，番兵已进都城！主公还不快走！”康王大惊失色，也顾不得别人，遂同了李纲、王渊、赵鼎、沙丙、田思忠、都宽，君臣共是七人，逃出通济门，一路而去。

那兀术进了凤台门，并无一人迎敌，直至南门，走上金阶。进殿来，只见一个美貌妇人跪着道："狼主若早来一个时辰，就拿住康王了。如今他君臣七人逃出城去了。"兀术道："你是何人？"美人道："臣妾乃张邦昌之女、康王之妃。"兀术大喝一声道："夫妇乃五伦之首，你这寡廉鲜耻、全无一点恩义之人，还留你何用！"走上前一斧，将荷香砍做两半爿。遂传令命番官把守金陵，自家统众追捉康王。遂令杜充在前边引路，沿城追赶。所到之处，人只道杜充是保驾的，自然指引去路，遂引着兀术紧紧追赶上来。

这里康王君臣七人，急急如丧家之狗，忙忙似漏网之鱼，行了一昼夜，才得到句容。李纲道："圣上快将龙袍脱去，换了常服方好。不然，恐兀术跟踪追来！"

康王无奈，只得依言，不敢住脚，望着平江府秀水县，一路逃至海盐。海盐县主路金，闻得圣驾避难到此，连忙出城迎接，接到公堂坐定。王渊道："如今圣驾要往临安，未知还有多少路？"路金道："道路虽离此不远，但有番兵，皆在钱塘对面下营，节度皆弃兵而逃。圣上若到临安，恐无人保驾，不如且在此待勤王兵到。"

王渊道："你这点小地方，怎生住得？"路金道："地方虽小，尚有兵几百。此地有一隐居杰士，只要圣上召他前来，足可保守。"高宗叫声："卿家，此地有甚么英雄在此隐居？"路金道："乃是昔日梁山泊上好汉，复姓呼延名灼。此人有万夫不当之勇，主公召来，足可保驾。"王渊道："呼延灼当日原为五虎将，乃是英雄。只恐今已年老，不知本事如何？"高宗道："就烦卿家去请来。"知县领旨而去。

一面县中送出酒筵，君臣饮酒。王渊道："依臣愚见，还是走的为妙。倘到得湖广会见岳飞，方保无事。"高宗道："列位卿家！朕连日奔走辛苦，且等呼延灼到时，再作商议。"正说间，路金来奏："呼延灼已召到候旨。"高宗命："宣进来。"那呼延灼到县堂来见驾，高宗道："老卿家，可曾用饭否？"呼延灼道："接旨即来，尚未吃饭。"高宗就命路金准备酒饭，呼延灼就当驾前饱餐一顿。

忽见守城军士来报："番兵已到城下。"高宗着惊。呼延灼道："请圣驾上城观看，臣若胜了，万岁即在此等勤王兵到；臣若不能取胜，圣上即时出城，往临安去罢！"高宗应允，遂同了众臣，一齐上城观看。

只见杜充在城下高叫："城内军民人等听者，四太子有令，快快把昏君献出，官封王位。莫待打破城池，鸡犬不留，悔之晚矣！"话声未绝，那城门开处，一位老将军出城，大喝一声："你是何人，敢逼吾主？"杜充道："我乃长江王便是，你乃何人？"呼延灼道："嘎！你就是献长江的奸贼么！不要走，吃我一鞭！"刷的一鞭，望杜充顶梁上打去，杜充举金刀架住呼延灼又一鞭拦腰打来，杜充招架不住，翻身落马。众番兵转身败去。呼延灼也不追赶，取了首级，进城见驾。高宗大喜道:“爱卿真乃神勇!寡人若得回京,重加官职。”吩咐将杜充首级,号令在城上。

再说番兵败转去,报与兀术道:“长江王追赶康王,至一城下,被一个老南蛮打死了。”兀术道:“有这等事!”就自带兵来至城下,叫道:“快送康王出来!”

高宗正与众臣在城上,见了流泪道:“这就是兀术,拿我二圣的!孤与他不共戴天之仇!”呼延灼道:“圣上不必悲伤,且准备马匹。若臣出去不能取胜,主公可出城去,直奔临安,前投湖广,寻着岳飞,再图恢复。”

说罢,就提鞭上马,冲出城来,大叫:“兀术休逼我主,我来也!”兀术见是一员老将,鹤发童颜,威风凛凛,十分欢悦,便道:“来的老将军何等之人?请留姓名。”呼延灼道:“我乃梁山泊五虎上将呼延灼是也。你快快退兵,饶你性命。不然,叫你死于鞭下。”兀术道:“我非别人,乃大金国兀术四太子是也。久闻得梁山泊聚义一百八人,胜似同胞,人人威武,个个英雄,某家未信。今见将军,果然名不虚传!但老将军如此忠勇,反被奸臣陷害。某家今日劝你不如降顺某家,即封王位,安享富贵,以乐天年,岂不美哉?”呼延灼大怒道:“我当初同宋公明征伐大辽,鞭下不知打死了多少上将,稀罕你这样个把番奴!”遂举鞭向着兀术面门上打去。兀术举金雀斧架住。两人大战了三十余合,兀术暗想:“他果是英雄。他若少年时,不是他的对手。”二人又战了十余合。呼延灼终究年老,招架不住,回马败走。兀术纵马追来。呼延灼上了吊桥,不知这吊桥年深日久,不曾换得,木头已朽烂了。呼延灼跑马上桥,来得力重,踏断了桥木,那马前蹄陷将下去,把呼延灼跌下马来。兀术赶上前,就一斧砍死。城上君臣看见,慌慌上马出城,沿着海塘逃走!

那兀术砍死了呼延灼,勒马道:“倒是某家不是了。他在梁山上何等威名,反害在我手。”遂命军士收拾尸首,暂时安葬:“待某家得了天下,另行祭葬便了。”

城内百姓开城迎接。兀术进城,问道:“康王往那里去了?”军民跪着答道:“康王同了一班臣子逃出城去了。”兀术传令,不许伤害百姓。遂带领大兵,也沿着海塘一路追去。不上十来里路,远远望见他君臣八人在前逃奔。高宗回头看见兀术追兵将近,吓得魂飞魄散,真个似:

分开八片顶阳骨,倾下半桶雪水来。

不知高宗君臣们脱得此难否,且听下回分解。

第三十七回 五通神显灵航大海 宋康王被困牛头山

诗曰：

庙食人间千百春，威灵赫奕四方闻。
从他著论明无鬼，须信空中自有神。

却说康王见兀术将次赶上，真个插翅难逃，只得束手就擒。正在惊慌之际，忽见一只海船驶来，众大臣叫道："船上驾长，快来救驾！"那海船上人听见，就转篷驶近来，拢了岸，把铁锚来抛住了。君臣们即下马来，把马弃了，忙忙的下船。

那船上人看见番兵将近，即忙起锚使篙。才撑离得海岸，兀术刚刚赶到，大叫："船家！快把船拢来，重重赏你！"那船上人凭他叫喊，那里肯拢来，挂起风帆，一直驶去。兀术道："某家如今往何处去好？"军师道："量他们不过逃到湖南，去投岳飞，我们不如也往那一路追去！"兀术道："既如此，待某家先行，你在后边催趱粮草速来。"军师领命，辞了兀术自去。

那兀术带了人马，沿着海塘一路追将上来。忽见三个渔人在那里钓鱼，兀术问道："三位百姓，某家问你，可曾见一只船渡着七八个人过去么？"三人道："有的，有的。老老少少共有七八个，方才过去得。"兀术道："就烦你们引我们的兵马追去，若拿住了，重重的赏你。"那三个人暗想道："待我们哄他沿边而走，等潮汛来时，淹死这班奴才。"便道："既如此，可随着我们来。"就引了大兵，一路追去。不一时，但见雪白潮头涌高数丈，波涛滚滚，犹如万马奔腾。有诗为证：

怒气雄声出海门，舟人云是子胥魂。
天排雪浪晴雷吼，地拥银山万马奔。
上应月轮分晦朔，下临宇宙定朝昏。
吴征越战今何在？一曲渔歌过晚村。

原来这钱塘江中的潮汛非同小可，霎时间，巨浪滔天，犹如山崩地裂的一声响，吓得兀术魂飞魄散，大叫一声，连忙拍马走到高处。那江潮拥来，将兀术的前队几万人马，连那钓鱼的三人，都被潮浪涌去，尽葬江鱼之腹。闻得那三人却是朱县主自拚一死，扮作渔翁哄骗兀术的，后来高宗南渡，封为松木场土地。朱、金、祝三位相公，至今古迹犹存。

那时兀术大怒道："倒中了这渔翁的奸计，伤了我许多人马！"只见军师在后面赶来道："吓死臣也！虽然淹死了些人马，幸得狼主无事。我们一直追至湖广，必要捉了康王，方消此恨。"于是催趱大兵，一路追来。

再说高宗幸得海船救了危急，路金叫船家端正午饭。君臣尚未吃完，前面驶下一只大船来，将船头一撞，跳过几个强人来，就要动手。众大臣道："休得惊了圣驾！"强人道："什么圣驾？"太师道："这是宋朝天子。"众人道："好吓！俺家大王正要那个宋朝天子。"这几个强盗抢进舱来，将高宗并众臣一齐捉下船去，解至蛇山，上了岸，报进寨去。

那大王问道："拿的甚么人？"喽罗禀道："是宋朝皇帝。"那大王听说是宋朝皇帝，便大怒道："绑去砍了！"李纲叫道："且慢着！大海之中，怕我们飞了去不成？但是话也须要说个明白，和你有何仇恨，使我们死了，也做个明白之鬼。"大王道："既要明白，叫头目领他们到两廊下去看了来受死。"那头目得令，遂引了李太师一行人来到两廊下，但见满壁俱是图画。李纲道："这是什么故事？"头目道："这是梁山泊宋大王的出身。我家大王，就是北京有名的浪子燕青。只因宋大王一生忠义，被奸臣害死，故有此大冤。"李纲又逐一看去，看到"蓼儿洼"，便道："原来如此。"便放声大哭起来。哭一声："宋江。"骂一声："燕青。"哭一声："宋江，好一个忠义之士！"骂一声："燕青，你这背主忘恩的贼！不能将蔡京、童贯一般奸臣杀了报仇，反是偷生在此快活。"燕青听见，心下想道："这老贼骂得有理。"叫头目："送他们到海中，由他们去罢！"头目答应一声，将他们君臣八人推下海船，各自上山去了。

高宗与众臣面面相觑。这茫茫大水，无路可通，俱各大哭道："这贼人将我们送在此处，岂不饿死！"正哭之间，忽见一只大船，迎着风浪驶来。众大臣齐叫："救命！"只见五个大汉把船拢上来，问道："你们要往何处去？"众人道："要往湖广去寻岳元帅的。"那五个大汉道："我们就送你去。可进舱坐定，桌上有点心，你们大家吃些。"君臣进舱，正在肚饥时候，就将点心来吃。高宗道："天下也有这样好人！寡人若有回朝之日，必封他大大的官职。"说未了，船家道："已到湖广了，上岸去罢！"众人道："哪有这样快，休要哄我。"那五个人道："你上去看，这不是界牌关么？"李纲等保了高宗上岸观看，果然是黄州界牌关。众人大喜，正要作谢船家，回转头来，那里有什么船，但见云雾里五位官人，冉冉而去。众臣道："真个圣天子百灵护助，不知那里的尊神，来救了我君臣性命。"高宗道："众卿记着，待寡人回朝之日，就各处立庙，永享人间血食便了。"后来高宗迁住临安建都,即封为五显灵官,在于普济桥,敕建庙宇,至今香火不绝。这是后话,不表。

且说那君臣八人,进了界牌关,行了半日,来到一座村庄。中央一份人家门首,因他造得比别家高大,李纲抬头一看,叫声:“主公不好了!这是张邦昌的家里,快些走罢!”沙丙、田思忠扶了高宗急往前行。却被他门上人看见了,忙忙进去报知太师道:“门首有七八个人过去,听见他说话,好似宋朝天子,往东首去了,特来禀知。”邦昌听了,忙叫备马,出了门一路追来,看见前面正是高宗君臣,高叫:“主公慢行,微臣特来保驾。”连忙赶上来,下马跪着道:“主公龙驾,岂可冒险前行。倘有意外,那时怎么处!且请圣驾枉驻臣家,待臣去召岳元帅前来保驾,方无失误。”高宗对众臣道:“且到张爱卿家,再作计议。”

邦昌就请高宗上了马,自己同着众臣随后跟着回家。进到了大厅上,高宗坐定,便问:“卿家可知岳飞今在何处?”邦昌道:“现在驻兵潭州,待臣星夜前去召来。”

高宗大喜。邦昌吩咐家人安排酒席款待。天晚时,送在书房一处安歇,私下叫家人前后把守,辞了高宗,只说去召岳飞,却飞星的到粘罕营中报知,叫他来捉拿康王去了。

却说邦昌的原配蒋氏夫人,修行好善,念佛看经,所以家事俱是徐氏二夫人掌管。那晚有个丫环,将张邦昌在二夫人房内商量拘留天子、太师,去报金邦大太子来捉之事,细细说知。蒋夫人吃了一惊,暗想:“君臣大义,岂不灭绝天伦!”挨至二更时分,悄悄来到书房,轻轻叩门,叫声:“快些起来逃命!”君臣听见,连忙开门,问是何人?夫人道:“妾乃罪臣之妻蒋氏。我夫奸计,款留圣驾在此,已去报粘罕来拿你们了!”高宗慌道:“望王嫂救救孤家,决当重报!”夫人道:“可随罪妇前来!”君臣八人,只得跟了蒋氏,来到后边。蒋氏道:“前后门都有人看守,一带俱是高墙难以出去,只有此间花园墙稍低,外面俱是菜园,主公可从墙上爬出去罢。”君臣八人只得攀枝依树,爬出墙来,慌不择路,一跌一跛上路逃走。蒋氏谅脱不过,在腰间解下鸾带,在一棵大树下吊死了。

再说张邦昌来到番营,报知粘罕。粘罕随即领兵三千,连夜赶至张邦昌家里,进到大厅坐定道:“快把南蛮皇帝拿来!”邦昌带了一众家人,走进书房,只见书房门大开,不见了君臣八人。这一惊不小,慌忙寻觅,一直寻到后花园,但见墙头爬倒,叫声:“不好了!”回转头来,只见蒋氏夫人悬挂在一棵树上。邦昌咬着牙恨道:“原来这泼贱坏了我的事!”即拔佩刀,将蒋氏夫人之头割下,出厅禀道:“臣妻将康王放走,特斩头来请罪!”粘罕道:“既如此,他们还去不远,你可在前引路去追赶。但你既然归顺我国,在此无益,不如随着某家回本国去罢!”命小番将张邦昌家抄了,把房子烧毁了。邦昌心下好生懊悔,只得由他抄了,将房子放起一把火来,连徐氏一并烧化在内,跟了粘罕前去。

再说高宗君臣八人走了半夜,刚刚上得大路,恰遇着王铎带领从人,骑马来望张邦昌,要商议归金之事。恰好遇着高宗君臣,王铎大喜,慌忙下马,假做失惊,跪奏道:"主公为何如此?"李纲将失了金陵之事,说了一遍。王铎道:"既如此,臣家就在前面,且请陛下到臣家中用些酒饭,待臣送陛下到潭州去会岳飞便了!"

高宗允奏,随同众臣跟了王铎,一齐到王铎家中。进得里头,王铎喝叫众家将,将高宗君臣八人一齐绑了,拘禁在后园中。自己飞身上马,一路来迎粘罕报信,不表。

先说王铎的大儿子王孝如在书房内读书,听得书重说父亲将高宗君臣绑在后国,要献与金邦,吃了一惊,暗道:"这岂是人臣所为?如何做得!"慌忙赶至后园。喝散家人,放了君臣,一同出了后园门,觅路逃走。行不多路,王孝如忽又想道:"我不能为国报仇,为不忠;不遵父命,放走皇上,为不孝。不忠不孝,何以立于人世!"大叫一声:"陛下,罪臣之子不能远送了!"说罢,望山涧中一跳,投水而死!君臣叹息了一番,急急往前逃奔。

再说那王铎,一路迎着张邦昌,引见了粘罕,报知:"康王已被臣绑缚在后园,专候狼主来拿。"粘罕大喜,遂同了王铎来至家中坐定。王铎家人禀说:"公子放了康王,一同逃去了。"王铎惊得呆了,只得奏禀道:"逆子放走康王,一同逃去了。"粘罕大怒,吩咐把都儿们,将王铎家私抄了,房屋烧了。命王铎与张邦昌两个,同作向导,一路去赶康王。王铎暗恨:"早知粘罕这般狠毒,何苦做此奸臣!"

却说王孝如身边有一家将,名唤王德寿,听见小主放走康王,一同逃走,便追将上去,思想跟随孝如。那王铎在路望见了,便禀上狼主道:"前边这个是我家人王德寿。他熟谙路途,叫他做向导去追拿康王,必然稳当。"粘罕道:"既然如此,唤他来。"王铎叫转王德寿来,见了粘罕。粘罕叫他骑匹好马,充作向导。德寿道:"小人不会骑马的。"粘罕道:"就是步行罢。"王德寿想道:"公子拚命放走康王,我怎么反引他去追赶?不如领他们爬山过岭,耽搁工夫,好让他们逃走。"定了主意,竟往高山上爬去。那粘罕在山下扎住营盘,命众番兵跟了王德寿爬山。爬到半山之中,抬头观看,上面果有七八个人,在上面爬山。王德寿叫声:"我死也!怎么处!"就把身子一滚,跌下山来,跌成肉酱。

那些番兵看见上边果然有人,就狠命爬上去。那君臣八人回头望下观看,见山下无数番兵爬上来,高宗道:"这次决难逃脱的了!"君臣正在危急之际,天上忽然阴云布合，降下一场大雨，倾盆如注。但见：

霆轰电掣玉池连，高岸层霄一漏泉。
云雾黑来疑拥海，风响潮头万弩穿。

那君臣八人也顾不得大雨，拼命爬上山去。那些番兵穿的都是皮靴，经了水，又兼山上沙滑，爬了一步，倒退了两步。立脚不牢的跌下来，跌死了无数。那雨越下个不住。粘罕道："料他们逃不到那里去。且张起牛皮帐来遮盖，等雨住了再上去罢。"

再说那高宗君臣八人爬到了山顶平地，乃是一座灵官庙，又无庙祝，浑身湿透，且进殿躲过这大雨再处。做书的一枝笔，写不得两行字；一张口，说不出夹层话。且把高宗在灵官庙内之事，暂搁一边。

且说那潭州岳元帅，一日正坐公堂议事，探子报道："兀术五路进兵。杜充献了长江，金陵已失，君臣八人逃出在外，不知去向了！"元帅一闻此言，急得魂魄俱无，大叫一声："圣上吓！要臣等何用！"拔出腰间宝剑，就要自刎。张宪、施全二人，急忙上前，一个拦腰抱住，一个扳住臂膊，叫声："元帅差矣！圣上逃难在外，不去保驾，反寻短见，岂是丈夫所为？"岳爷道："古语云：'君辱臣死。'如今不知那圣上蒙尘何处，为臣子者何以生为！"旁边走过诸葛英道："元帅不必愁烦，末将同公孙郎善能扶乩请仙，可知君王逃在何处，我们就好去保驾了。"元帅拭泪，就命快排香案，祝拜通忱。诸葛、公孙二人在仙乩上，扶出几个字来道：

落日映湘潭，崔巍行路难。
速展乾坤手，觅迹在高山。

元帅道："这明明说是圣上在湘、潭二处山上。但不知在那一个山上，叫我向何处去寻觅？"便请过潭州总兵来道："有烦贵镇，将湘、潭二州山名尽数写来。"总兵就在下边细细开明，送上元帅。元帅就将山名做成阄纸，放在盒内，重排香案，再烧清香，虔心祷告："愿求神明指示，天子逃在何处，即拈着何山。"祝毕，拈起一阄，打开看时，却是"牛头山"三字。元帅就命："牛皋兄弟，你可带领五千人马，同着总兵，速往牛头山打探。我领大兵随后即来。"牛皋得令，如飞而去。

将到牛头山，恰正是君臣爬山遇雨的时候。牛皋军士在山下，也撑起帐篷，等雨过了再行。军士回报说："前面有番兵扎营。"牛皋道："既有番兵，君王必然在这山上了。请问总兵，从何处上山？"总兵道："从荷叶岭上去，却是大路。"

牛皋领兵，就从荷叶岭上去，一马当先跑上山来。那灵官庙内君臣们走出偷看，见是牛皋，便大叫："牛将军！快来救驾！"牛皋跑到庙前下马，进殿见了高宗，叩头道："元帅闻知万岁之事几乎自刎，幸得众将救解，令牛皋先来保驾，果然在这里!”就将身边干粮献上与高宗充饥,然后吩咐三军守住上山要路。那些番兵等雨住了,正要上山,忽见有宋兵把守,忙报知粘罕。粘罕就命人去催趱大兵,又着人望临安一路,迎报兀术领兵来。且把康王困住,不怕他插翅飞去。

且说牛皋就叫潭州总兵回去保守潭州,速请元帅来救驾。那总兵在路,正迎着元帅大兵,报说:“圣驾正在牛头山,牛将军请元帅速速上山保驾。”元帅闻得,飞奔上牛头山来。牛皋迎接,同至灵官庙朝见了高宗,奏道:“微臣有失保驾,罪该万死!”高宗大哭道:“奸臣误国,卿有何罪?”又把一路上受苦之事细细说了一遍。又道:“孤家因衣服湿透,此时身上发热,如之奈何!”

众臣正在商议,只见张保过来禀说:“拿得一个奸细,听候发落。”岳爷道:“带他过来!”张保一把提将过来跪下。元帅看他是个少年道童,便问:“你是何人,敢来窥探?”那人道:“小人是山上玉虚宫道童,闻得有兵马在此,师父特着小人来打听,望乞饶命!”岳爷道:“那玉虚宫可大么?”道童道:“地方甚大,有三十六个房头。”岳爷道:“你去说与住持知道,不必惊慌。有当今天子避难至此,因圣体不和,着你们收拾好房几间,送圣上来将养。”道童得令,飞奔上去报信。

岳爷奏道:“臣探得有玉虚宫可以安住,请陛下上车。”遂将米粮车出空了,载了天子,众大臣俱拣一匹马骑着。众将一齐送高宗来至宫前,早有住持率领三十六宫道士跪着迎接。天子进了宫,十分喜悦。岳爷即将干净新衣与高宗换了。众臣请安已毕,只见走过一个老道士奏道:“有当年梁山泊上神医安道全,在本山药王殿内安顿静养。今闻圣体违和,乞圣上召他来调治,可保圣躬无恙。”高宗大悦,即命老道士:“去请来调治朕躬,自当封职。”

又有李纲奏道:“乞于灵官殿左首,搭起一台,效当年汉高祖筑台拜将之事,拜封元帅并众将官,好使他舍身为国。”高宗准奏,遂令路金监督搭台。次日高宗出宫,众将迎驾上台,传旨:“封岳飞为武昌开国公少保统属文武兵部尚书都督大元帅。”岳飞谢恩毕。正要加封牛皋等一班众将,不道高宗一时头晕,传旨:“候朕病痊,再行封赏。”众将跪送回宫。

到了次日早上,众将到灵官殿前,但见挂着一张榜文,上写着:

武昌开国公少保统属文武都督大元帅岳,为晓谕事:照得本帅恭承王命,统属六军,共尔众将,必期扫金扶宋,尽力王事。所有条约,各宜知悉:听点不到者斩;擅闯军门者斩;闻鼓不进者斩;闻金不退者斩;私自开兵者斩;抢夺民财者斩;奸人妻女者斩;泄漏军机者斩;临阵反顾者斩;兵弁赌博者斩;妄言祸福者斩;不守法度者斩;笑语喧哗者斩;酗酒入营者斩。

大宋建炎某年某月某日榜,张挂营门。

那牛皋听见众人在那里一款一款念到后来两条,便道:“胡说!大哥明明晓得我喜欢吃酒，是这样高声乱嚷的，却将这两件事写在上边！停一会，待我闯一个辕门与他看，看他怎样斩我。”众将齐至营前，只见张保传出令来：“元帅今日不升帐了，诸将明日早上候令罢。”众将得令，各自散去。牛皋道：“明早待我吃个大醉而来，看他怎样？”

再说元帅命张保去请汤怀，直至后营相见。岳爷道：“请贤弟到来，非为别事。今日所挂斩条上，有两件事犯着牛兄弟的毛病，故此愚兄今日不升帐。发令之初，若不将他斩首，何以服众？若准了法，又伤了弟兄之情。贤弟可如此如此，方得无事。”汤怀领令，来到牛皋帐中，见他正在吃酒。牛皋道：“汤二哥来得好，也来吃一杯。”汤怀就坐下，吃了几杯，便道：“我有一事，与你相商。”牛皋道：“是什么事？”汤怀道：“你道大哥今日为何不升帐？打听得他要差个人到相州去催粮，因为山下有番兵阻住，无人敢去，为此愁闷不能升帐。我想我一人实不敢去，怎么作个计较，干得这件大功劳，特来与你商量。”牛皋道：“谅这些小番兵，怕他怎的？明日看我自去。”汤怀道：“既如此，明日你且休要吃酒，悄悄的来，不要被别人抢去头功。”牛皋道：“多谢你了。”汤怀别了牛皋回营。

到了次日，元帅升帐，众将参谒已毕，站立两旁听令。汤怀见牛皋低头走进营来，暗暗欢喜。元帅道：“三军未发，粮草先行。目今交兵之际，粮草要紧。但山下有金兵阻路，如何出得他的营盘？那一位大胆，敢领本帅之令前往相州催粮？”

话声未绝，牛皋上前道：“末将敢去！”元帅道：“你的本事，怎能出得番营去？”

牛皋道：“元帅何得长他人志气！谅这些毛贼，怕他怎的？小将若出不得番营，愿纳下这颗首级。”元帅道：“既如此，有令箭一枝，文书一封，限你四日四夜到相州，小心前去！”牛皋得令，将文书揣在怀中，把这令箭插在飞鱼袋内，上马提锏，独自一个跑下山来。正叫做：

壮士一身已许国，此行那计吉和凶？
双锏匹马番营过，粘罕应教吃一惊。

毕竟不知牛皋此去如何，且听下回分解。

第三十八回 解军粮英雄归宋室 下战书福将进金营

诗曰：

三尺龙泉吐赤光，英雄万载姓名芳。
男儿要遵封侯志，烈烈轰轰做一场。

却说牛皋一马跑到粘罕营前，大叫一声："快些让路！好等老爷去催粮。"就舞动双锏，踹进营来，逢人便打。众番兵见他来得凶，慌忙报知粘罕道："山上有个黑炭团杀进营来了！"粘罕大怒，拿了溜金棍上马来迎。刚刚碰着牛皋，被牛皋一连七八锏，粘罕招架不住，往斜刺里败走。却被牛皋冲出后营，到相州去了！粘罕回帐，叫小番收拾尸首，整顿营盘。一面再差人去催趱各位王兄王弟，速到牛头山来，围住他君臣再处。

且说岳元帅这日升帐，忽有探军来报："山下有一支番兵下寨。"不多时，探子又来报："又有一支番兵下寨。"一连报了四五次。元帅想："牛皋虽已踹出番营，那粮草怎能上得山来？"心下十分愁闷。

再说牛皋踹破番营，昼夜兼行，到了相州，一直到了节度使辕门下马，大声叫道："快些通报！"就把那锏在鼓上扑通的一下，把那鼓竟打破了！传宣进内禀知，刘都院传令牛皋进见。牛皋来至大堂跪下道："都爷快看文书！快看文书！"刘光世看了文书道："牛皋差了！限你四日，如今只才三日半，如何这般性急？且到耳房便饭。"牛皋道："饭是自然要吃的，但粮草是要紧的，明早就要起身的吓！"

刘爷道："这是朝廷大事，岂敢迟延？"传令准备粮草。至二更时分，俱已端正，一面点兵三千护送。刘爷一夜不曾睡着。刚刚天亮，牛皋早已上堂来见都爷催促。

刘爷道："军粮俱已整备，有道表章，烦你带去。外有书一封，候你家元帅的。"

牛皋收了表章书信，叩头辞别，上马便行。这日正行之间，忽然大雨下来，要寻个地方躲雨。望见前面有一带红墙,必然是个庙宇,忙忙催动粮车。赶到红墙边一望,不是庙宇,却是一座王殿。牛皋也不管他三七二十一,命众军士把粮车推进殿内躲雨。

却说这殿乃是汝南王郑恩之后郑怀的赐第。那郑怀生得身长丈二,使一条酒杯口粗的铁棍,力大无比,善于步战。当时有家将进内报说:“不知何处军马,推着许多粮车,在殿上喧哗糟蹋,特来报知。”郑怀道:“那有这样事!先王御赐的地方,那个敢来糟蹋!”便提了大棍走到殿前,大喝道:“何处野贼,敢来这里讨野火吃?”牛皋见来得凶,只道是抢粮的,不问情由,举锏就打,郑怀抡棍招架。不上四五个回合,被郑怀拦开锏,只一把,把牛皋擒住。走进里边厅上,叫家人绑了,推至面前,喝道:“你是何方草寇,敢来糟蹋王殿?”牛皋大喝道:“该死的狗囚!你眼又不瞎,不见粮车上的旗号么?我叫牛皋,奉岳元帅将令,催粮上牛头山保驾。在此躲雨,你敢拿了我,可不该凌迟剐罪?”郑怀道:“原来是牛将军,你也该早说个明白。”慌忙来解了绑,扶牛皋中间坐了,请罪道:“小弟乃汝南王郑恩后裔,名唤郑怀。久慕将军大名,今日愿拜将军为兄,同上牛头山保驾立功,未知允否?”

牛皋道:“我本是不肯的,见你本事也好,还有些情重的,且收你为弟罢。只是肚中饥了,且收拾些酒饭来我吃了,好同你去。”郑怀道:“这个自然。”就同牛皋对天结拜为弟兄。吩咐家人整备酒饭,杀了两头牛,抬出十来坛酒,到殿上犒赏三军。郑怀一面收拾行李,吃完酒饭,就同了牛皋起身。

说话的,那牛皋来时是连夜走的,故此来得快。此时回去有了粮车,须要昼行夜住,那能就到。这日行至一座山边,忽听得一棒锣声,拥出五六百喽罗。为首一员少年,身骑自马,手提银枪,白袍银甲,头戴银盔,口中大叫:“会事的留下粮车,放你过去!”牛皋大怒,方欲出马,郑怀道:“不劳哥哥动手,待小弟去拿这厮来。”提棍上前便打,那英雄抡枪就刺。大战三十多合,不分胜负。牛皋暗想:“我与郑怀战不上四五合,被他拿了。他两个战了三十多合,尚无胜败,好个对手!”

就拍马上前,叫道:“你们且住手,我有话说。”郑怀架住了枪道:“住着!俺哥哥有话讲,讲了再战。”那将收了枪道:“你有何话,快快说来。”牛皋道:“俺非别人,乃岳元帅的好友牛皋。我看你年纪虽小,武艺倒好。目今用人之际,何不归顺朝廷,改邪归正,岂不胜如在这里做强盗?”那将听了道:“原来是牛将军,何不早说!”遂弃枪下马道:“将军若不见弃,愿拜为兄,同往岳元帅麾下效用。”

牛皋道:“这才是个好汉!但不知你姓甚名谁?”那将道:“小弟乃东正王之后,姓张名奎,因见朝廷奸臣乱国,故尔不愿为官,在此落草。”牛皋道:“既如此,军粮紧急,速即收拾同行。"张奎就请牛、郑二人上山,结为兄弟。一面整备酒席,一面收拾粮草合兵同行。

又一日,来到一个地方,军士报说:"前面有四五千人马,扎住营盘,不知是何处兵马,特来报知。"牛皋吩咐也扎住了营头,差人探听。不一时军士来报:"有一将在营前,声声要老爷送粮草。"牛皋大怒,同了郑怀、张奎出营。看那后生生得身长八尺,头戴金盔,身穿金甲,坐下青鬃马,手提一杆錾金虎头枪,见了牛皋便喝道:"你可就是牛皋么?"牛皋道:"老爷便是。你是什么人?敢来阻我粮草?"那人道:"你休要问我,我只与你战三百合,就放你过去。"郑怀大怒,举棍向前便打,那将架开棍,一连几枪,杀得郑怀浑身是汗,气喘吁吁。张奎把银枪一摆,上来助阵,两个战了二十余合。牛皋见二人招架不住,举双锏也上来助战。

三个战一个,还不是那将的对手。正在慌忙,那将托地把马一拎,跳出圈子外,叫声:"且歇!"三人收住了兵器,只是气喘。那将下马道:"小将非别,乃开平王之后,姓高名宠。当年在红桃山保母,有番兵一支往山西而来,被小弟枪挑了番将,杀败了番兵,夺得金盔金甲,金银财帛几车,留下至今。目下听见朝廷被困牛头山,奉母命前来保驾,今日幸得相会,特来献献武艺。"牛皋大喜,叫声:"好兄弟!你既有这般本事,就作我哥哥也好,何不早说!"当时就与高宠并了队伍,在营中结为兄弟,用了酒饭。高宠就在前头开路,牛皋同郑怀、张奎押后,催兵前进,望牛头山进发。

且说兀术大兵已到,粘罕接着,将张邦昌、王铎的事说了一遍。兀术道:"既是康王同岳南蛮在山上,某家只分兵困住此山,绝了他的粮饷,怕不饿死?"遂分拨众狼主,四方八处扎住大营。六七十万大兵,团团围住牛头山,水泄不通。岳爷闻报,好不心焦!

且说牛皋等在路上非止一日,已到牛头山。高宠望见番营连络十余里,便向牛皋道:"小弟在前冲开营盘,兄长保住粮草,一齐杀入。"牛皋便叫郑怀、张奎左右辅翼,自己押后。高宠一马当先,大叫:"高将军来踹营了!"拍马挺枪,冲入番营,远者枪挑,近者鞭打,如同砍瓜切菜一般,打开一条血路。左有张奎,右有郑怀,两条枪棍犹如双龙搅海;牛皋在后边舞动双锏,犹如猛虎搜山。那些番兵番将那里抵挡得住,大喊一声,四下里各自逃生!兀术忙差下四个元帅来,一个叫金花骨都,一个叫铜花骨都,一个叫银花骨都,一个叫铁花骨都,各使兵器上前迎战,被高宠一枪,一个翻下马去;第二枪,一个跌下地来;第三枪,一个送了命;再一枪,一个胸前添了一个窟窿。后边又来了一个黄脸番将,叫做金古渌,使一条狼牙棒打来,被高宠望番将心窝里一枪戳透,一挑,把个尸首直抛向半天之内去了。吓得那番营中兵将个个无魂，人人落魄。更兼郑怀、张奎两条枪棍，牛皋一对锏，翻江搅海一般。杀得尸如山积，血流成河，冲开十几座营盘，往牛头山而去！兀术无奈，只得传令收拾尸首，整顿营寨，不提。

却说岳元帅正门坐帐中，忽探子来报道："金营内旗幡撩乱，喊杀连天，未知何故？"岳元帅道："他见我们按兵不动，或是诱敌之计，可再去打听。"不一会，又有探子来报："牛将军解粮已到荷叶岭下了。"岳元帅举手向天道："真乃朝廷之福也！"

不一时，牛皋催趱粮车，上了荷叶岭，在平阳之地把三军扎住，对三位兄弟道："待我先去报知元帅，就来迎见。"高宠道："这个自然。"牛皋进营见过了元帅，将刘都爷本章并文书送上。岳爷道："粮草亏你解上山来，乃是第一个大功劳！"

吩咐上了功劳簿。牛皋道："那里是我的功劳。亏得新收了三个兄弟：一个叫高宠，一个叫郑怀，一个叫张奎。他三个人本事高强，冲开血路，保护粮草，方能上山。现在看守人马粮车，在岭上候令。"岳爷道："既如此，快请相见！"牛皋出营来，同了三人进来，参见毕。岳爷立起身来道："三位将军请起。"遂问三人家世，高宠等细细说明。元帅道："既是藩王后裔，待本帅奏过圣上封职便了。"遂命将粮草收贮，自引三人来至玉虚宫内，朝见了高宗，将三人前来保驾之事奏明。高宗问李纲道："该封何职？"李纲奏道："暂封他为统制，待太平之日，再袭祖职。"

高宗依奏封职，三人一齐谢恩而退，一同元帅回营。牛皋上来禀道："这三个兄弟，可与小将同住。"岳爷应允，就将他三人带来人马，分隶部下。金银财帛，送入后营，为劳军之用。专等择日开兵，与兀术打仗。当日无话。

到了次日，元帅升帐，众将站立两旁听令。元帅高声问道："今粮草虽到，金兵困住我兵在此，恐一朝粮尽，不能接济。必须与他大战一场，杀退了番兵，奉天子回京。不知那位将军，敢到金营去下战书？"话声未绝，早有牛皋上前道："小将愿往。"元帅道："你昨日杀了他许多兵将，是他的仇人，如何去得？"牛皋道："除了我，再没有别人敢去的。"岳爷就叫张保："替牛爷换了袍帽。"张保就与牛皋穿起冠带来。

牛皋冠带停当，就辞了元帅，竟自出营。岳爷不觉暗暗伤心，恐怕不得生还。

又有一班弟兄们俱来相送到半山，对牛皋道："贤弟此去，须要小心！言语须要留意谨慎。"牛皋道："众位哥哥，自古道：'教的言语不会说，有钱难买自主张。'大丈夫随机应变，着什么忙？做兄弟的只有一事相托：承诸位兄弟结拜一场，倘或有些差池，只要看待这三个兄弟，犹如小弟一般，就足见盛情了！”众弟兄听了，含泪答道：“一体之事，何劳嘱咐，但愿吉人天相，恕不远送了！”众将各自回山。正是：

銮舆万里困胡尘，勇士勤王不顾身。
自古疾风知劲草，由来板荡识忠臣。

且说牛皋独自一个下山，揩抹了泪痕道：“休要被番人看见，只道是我怕死了。”

再把自己身上衣服看看，倒也好笑起来：“我如今这般打扮，好像那城隍庙里的判官了。”一马跑至番营前，平章看见喝道：“咦！这是牛南蛮，为何如此打扮？”

牛皋道：“能文能武，方是男子汉。我今日来下战书，乃是宾主交接之事，自然要文绉绉的打扮。烦你通报通报。”平章不觉笑将起来，进帐禀道：“有牛南蛮来下战书。”兀术道：“叫他进来。”平章出营叫道：“狼主叫你进去。”牛皋道：“这狗头，‘请’字不放一个，‘叫’我进来，如此无礼！”遂下马，一直来至帐前。那些帐下之人见牛皋这副嘴脸、这般打扮，无不掩着口笑。

牛皋见了兀术道：“请下来见礼。”兀术大怒道：“某家是金朝太子，又是昌平王，你见了某家也该下个全礼，怎么反叫某家与你见礼？”牛皋道：“什么昌平王！我也曾做过公道大王。我今上奉天子圣旨，下奉元帅将令，来到此处下书。古人云：‘上邦卿相，即是下国诸侯；上邦士子，乃是下国大夫。’我乃堂堂天子使臣，礼该宾主相见，怎么肯屈膝于你？我牛皋岂是贪生怕死之徒、畏箭避刀之辈？若怕杀，也不敢来了。”兀术道：“这等说，倒是某家不是了。看你不出，倒是个不怕死的好汉，某家就下来与你见礼。”牛皋道：“好吓！这才算个英雄！下次和你在战场上，要多战几合了。”兀术道：“牛将军，某家有礼。”牛皋道：“狼主，末将也有礼了。”兀术道：“将军到此何干？”牛皋道：“奉元帅将令，特来下战书。”

兀术接过看了，遂在后批着“三日后决战”，付与牛皋。牛皋道：“我是难得来的，也该请我一请！”兀术道：“该的，该的！”遂叫平章同牛皋到左营吃酒饭。

牛皋吃得大醉出来，谢了兀术，出营上马，转身回牛头山来。到了山上，众人看见大喜，俱来迎接，说道：“牛兄弟辛苦了！”牛皋道：“也没有甚么辛苦！承他请我吃酒饭，饭都吃不下，只喝了几杯寡酒。”来到大营，军士报知元帅。元帅大喜，吩咐传进。牛皋进帐，见了元帅，将原书呈上。元帅叫军政司记了牛皋功劳，回营将息。

次日元帅升帐，众将参见已毕。元帅唤过王贵来道：“本帅有令箭一枝，着你往番营去拿一口猪来，候本帅祭旗用。”王贵得令，上马下山而去。元帅又将令箭一枝，唤过牛皋道：“你也领令到番营去拿一口羊来，候本帅祭旗用。”牛皋也领令而去。正叫做：

天子三宣恩似海，将军一令重如山。

毕竟不知王贵、牛皋怎生进得番营，去拿他的猪羊，且听下回分解。

第三十九回 祭帅旗奸臣代畜 挑华车勇士遭殃

诗曰：

报应休争早与迟，天公暗里有支持。
不信但看奸巧辈，一做羊来一变猪。

却说王贵领令下山，暗想："这个差使却难！那番营中有猪，也不肯卖与我。若是去抢，他六七十万人马，那里晓得他的猪藏在那里？不要管他，我只捉个番兵上去，权当个猪缴令，看是如何？"想定了主意，一马来至营前，也不言语，两手摇刀，冲进营中。那小番出其不意，被他一手捞翻一个，挟在腰间，拍马出营，上荷叶岭来。恰好遇着牛皋下山，看见王贵捉了一个番兵回来，牛皋暗想："吓！原来番兵当得猪的，难道就当不得羊？且不要被他得了头功，待我割去他的猪头。"

遂拔剑在手，迎上来道："王哥，你来得快吓！"王贵道："正是。"两个说话之间，两马恰是交肩而过，牛皋轻轻把剑在小番颈上一割，头已落地。王贵还不得知，来到山上。诸葛英见了，便道："王兄，为何拿这没头人来做什么？"王贵回头一看道："呀！这个头被牛皋割去了。"就将尸道一丢，回马复下山来。

行至半路，只见牛皋也捉了一个小番来了。那牛皋看见了王贵，就勒住马，闪在旁边，叫声："王哥请便。"王贵道："世上也没有你这样狠心的人！你先要立功，怎么把我拿的人割了头去？"牛皋道："原是小弟不是！王哥，把这一功让了我罢！"王贵拍马竟去。牛皋来至大营前，叫家将："把这羊绑了。"牛皋进帐禀道："奉令拿得一腔羊缴令。"元帅吩咐将羊收了。牛皋道："这羊是会说话的。"

元帅道："不必多言。"牛皋暗暗好笑，出营去了。

再说王贵复至番营叫道："再拿一口猪来！"抡刀冲进营去，小番围将上来厮杀。王贵勾开兵器，又早捞了一个。粘罕闻报，拿了溜金棍上马，领众赶来，王贵已上了荷叶岭去了，那里追得着。王贵到了大营门首，将番兵绑了，进帐来见元帅道："末将奉令拿得一猪在此缴令。"元帅叫张保收了猪，上了二人的功劳。

次日,元帅请圣驾至营祭旗。众大臣一齐保驾,离了玉虚宫,来上大营。元帅跪接进营。

将小番杀了,当做猪羊,祭旗已毕,元帅奏:"请圣驾明日上台,观看臣与兀术交战。请王元帅报功,李太师上功劳簿。"天子准奏,众大臣保驾回玉虚宫,不表。

再说兀术在营中对军师道:"岳飞叫人下山,拿我营中兵去当作福礼祭旗,可恨可恼!我如今也差人去拿他两个南蛮来祭旗,方泄我根。"军师道:"不可!若是能到他山上去拿得人来,这座山久已抢了。请狼主免降此旨罢。"兀术想道:"军师此言,亦甚有理。这山如何上去得?我想张邦昌、王铎两人要他何用?不如将他当作福礼罢。"遂传令将二人拿下。一面准备猪羊祭礼,邀请各位王兄王弟,同了军师、参谋、左右丞相、大小元帅、众平章等一同祭旗。将张、王二人杀了,请众人同吃利市酒。他二人当初在武场对天立誓道:"如若欺君,日后在番邦变作猪羊。"不意今日有此果报。那兀术祭过了旗,正同众将在牛皮帐中吃酒,小番来报道:"元帅哈铁龙送'铁华车'至营。"兀术遂传令,叫他带领本部军兵,在西南方上埋伏。哈元帅得令而去!

次日,兀术自引大队人马,来至山前搦战。岳元帅调拨各将紧守要路,多设擂木炮石。张奎专管战阵儿郎。郑怀单管鸣金士卒。高宠掌着三军司令的大旗。自己坐马提枪,只带马前张保、马后王横两个下山,来与兀术交兵。只见金阵内旗门开处,兀术出马,叫声:"岳飞!如今天下山东、山西、湖广、江西皆属某家所管。

尔君臣兵不满十余万,今被某家困住此山,量尔粮草不足,如釜中之鱼。何不将康王献出,归顺某家,不失封王之位!你意下如何?"岳元帅大喝道:"兀术,你等不识人伦:四天子于沙漠,追吾主于湖广。本帅兵虽少而将勇,若不杀尽尔等,誓不回师!"大吼一声,走马上前,举枪便刺。兀术大怒,提起金雀斧,大战有十数个回合。那四面八方的番兵,呐喊连天,俱来抢牛头山。当有众将各路敌住。岳元帅记念有康王在山,恐惊了驾,勾开斧,虚晃一枪,转马回山去了。那张奎见元帅回山,即使鸣金收军。

不道那高宠想道:"元帅与兀术交战,没有几个回合,为何即便回山?必是这个兀术武艺高强,待我去试试,看是如何?"便对张奎道:"张哥,代我把这旗掌一掌。"张奎拿旗在手,高宠上马抡枪,往旁边下山来。兀术正冲上山来,劈头撞见。高宠劈面一枪,兀术抬斧招架。谁知枪重招架不住,把头一低,被高宠把枪一拎,发断冠坠,吓得兀术魂不附体,回马就走。高宠大喝一声,随后赶来,撞进番营。这一杆碗口粗的枪,带挑带打,那些番兵番将,人亡马倒,死者不计其数。

那高宠杀得高兴，进东营，出西营，如入无人之境，直杀得番兵叫苦连天，悲声震地。看看杀到下午，一马冲出番营，正要回山，望见西南角上有座番营，高宠想道："此处必是屯粮之所。常言道：'粮乃兵家之根本。'我不如就便去放把火，烧他娘个干净，绝了他的命根，岂不为美。"便拍马抡枪，来到番营，挺着枪冲将进去。小番慌忙报知哈元帅，哈铁龙吩咐快把"铁华车"推出去。众番兵得令，一片声响，把"铁华车"推来。高宠见了说道："这是什么东西?"就把枪一挑，将一辆"铁华车"挑过头去。后边接连着推来，高宠一连挑了十一辆。到得第十二辆，高宠又是一枪，谁知坐下那匹马力尽筋疲，口吐鲜血，蹲将下来，把高宠掀翻在地，早被"铁华车"碾得稀扁了。后人有诗吊之曰：

为国捐躯赴战场，丹心可并日争光。

华车未破身先丧，可惜将军年少亡。

却说哈铁龙拿了尸首，来见兀术道："这个南蛮连挑十一辆'铁华车'，真是楚霸王重生，好生厉害！"兀术吩咐哈元帅再去整备"铁华车"。叫小番在营门口立一高竿，将高宠尸首吊起。此时岳爷正同众将在山前打听高宠下落，忽见番营门首，吊起一个尸首来。牛皋远远望见，叫声："不好了！"就拍马冲下山去。那岳爷此时也不能禁止，忙令张立、张用、张保、王横四人飞步下山，再命何元庆、余化龙、董先、张宪速去救应。众将得令，一齐下山。

且说牛皋一马跑至营前，有小番上来挡路，被他把锏一扫一挥，那些小番好像西瓜般地滚去。直至高竿前，拔出剑来只一剑，将绳割断。那尸首坠下地来，牛皋抱住一看，大叫一声，翻身跌落马下。那些番兵见了，正待上前拿捉，却得张宪等四员马将、张立等四员步将一齐赶来，杀退番兵。张立、张用前后护持，王横扶牛皋上了马，张保将高宠尸首驮在背上，转身就走。又有几个平章晓得了，领着番兵追来，被何元庆、余化龙二人回马大杀一阵，锤打枪挑，伤了许多人马，番兵不敢追赶。众将一齐上了牛头山。那兀术得报，领人马飞风赶来，这里已经上山了。兀术只得回马转去，自忖："这些南蛮，有这等大胆，又果然义气，反伤了某家两员将官，杀了许多兵卒。"只得叫小番收拾杀伤尸首，紧守营门，不表。

再说众将将牛皋救得上山，牛皋大哭不止，连晕几次。人人泪落，个个心伤。

高宗传下圣旨："高将军为国亡身，将朕衣冠包裹尸首，权埋在此，等太平时送回安葬。"岳元帅又命汤怀住在牛皋帐中，早晚劝他不要过于苦楚。汤怀领令，自此就在牛皋帐中同住，不提。

却说兀术一日在帐中呆坐思想，忽然把案一拍，叫声："好厉害！"军师忙问：

"狼主,有何事厉害?"兀术道:"某家在这里想前日被高宠一枪,险些丧了性命,有本事连挑我十一辆'铁华车',岂不厉害!"军师道:"任他厉害,也做了个扁人。臣今已想有一计捉拿岳南蛮,不知狼主要活的,还是要死的?"兀术听了此言,不觉心中不然起来,脸色一变,说道:"军师,你在那里说梦话么?前日某家要拿他两个小卒来当福礼,你说:'若能拿得他的人来,久已抢了牛头山了。'两个小卒尚不能拿他,今日怎么说出这等大话来,岂不是做梦?"哈迷蚩道:"凡事不可执一而论。要上山去拿小卒,实是烦难;要拿岳南蛮,臣却有一计,任那岳南蛮有通天本事,生死俱在吾手中。"兀术忙问:"军师,有何奇计拿得岳南蛮?"哈迷蚩不慌不忙,伸两个指头。说出这个计来。有分教:少年英俊,初显出峥嵘头角;几千番卒,似群羊入虎口中。正是:

茅庐已定三分鼎,助汉先施六出奇。

不知哈迷蚩有何计拿捉岳元帅,且听下回分解。

第四十回 杀番兵岳云保家属 赠赤兔关铃结义兄

诗曰：

年少英风远近扬，凌云壮气傲秋霜。
人中俊杰非无种，世上英豪自有光。

话说兀术对军师道："怎么要拿他两个小卒不能得，拿岳南蛮倒容易？"军师道："他山上把守得铁桶一般，我兵如何得上去，故此拿他不得一个小卒。臣今打听得岳飞侍母最孝。他的母亲姚氏并家小，现今住在汤阴。目下我们在此相持，他决不提防。我今出其不意，悄悄的引兵去，将他的家属拿来。那时叫他知道，不怕他不来投降，岂不是活的？若要死的，将他一门尽行送往本国，他必然忧苦而死。岂不是生死出在我手中？"兀术闻言大喜，随差元帅薛礼花豹，同牙将张兆奴领兵五千，扮作勤王样子，暗暗渡过黄河，星夜前往汤阴，不许伤他家口，要一个个活捉回话。薛礼花豹领令，悄悄起身，望汤阴而来。

再说岳爷府中，已收拾得十分齐整，家中有一二百口吃用。大公子岳云，年已长成十二岁，出落得一表人材，威风凛凛。太太先前也曾请个饱学先生教他读书，无奈这岳云本是个再来人，天资聪敏，先生提了一句，他倒晓得了十句，差不多先生反被学生难倒了，只得见了太夫人说："小子才疏学浅，做不得他的业师，只好另请高才。"辞别去了。一连请了几个都是如此，所以无人敢就此馆。岳云独自一个在书房中，将岳爷的课程细细翻阅，那些兵书战策件件熟谙。他原是将门之子，膂力过人，终日使枪弄棍。叫家将置了一副齐整盔甲，家中自有弓箭枪马，常常带了家将，到郊外打围取乐。有时同了家将到教场中，看刘都院操兵。太太爱如珍宝，李夫人也禁他不住。

忽一日天气炎热，瞒了两位夫人，带了两个家将，私自骑马出门，向城外河边柳阴深处去玩耍了一会。不道天上忽然云兴雾起，雷电交加，家将叫声："公子，大雨来了，那里去躲一躲才好！"四下一望，并无人家，那雨又倾盆的下将起来。

公子无奈，只得把马加上一鞭，冒雨走了一二里，方见一座古庙。三个人赶到一看，却是个坍颓冷庙。忙忙的到殿上，公子下了马，拴在柱上。幸亏得俱是单衣，浑身湿透，各去脱下来，搭在破栏杆上晾着。仰着头看那天上的雨越下越大了。两个家将呆呆地望着。

那岳云就去拜台上坐下，不一会，身子觉得困倦，就倒在拜台上蒙眬的睡去。

忽听得后边喊杀之声，岳云暗想："这荒郊野外，那里有此声？"随即起身走到后边一看，原来是一片大空地。上边设着公案，坐着一位将军，生得青脸红须，十分威武；两边站立着一二十个将吏，看下边二人舞锤。岳云就挨身近前观看，但看那两个将官，果然使得好锤。但见：

前后进退，齐肋平腰按定；左顾右盼，盘头护顶防身。落地金光滚地打，漫天闪电盖天灵。搜山势，两轮皓月；煎海法，赶月追星。童子抱心分进退，金钱落地看高低，花一团，祥云瑞彩；锦一簇，纹理纵横。转折俯仰，舞动三十六路小结构；高低上下，使开七十二变大翻身。真个是：凛凛飞霜遮白雪，飕飕急雨洒寒冰。

岳云看到好处，止不住失声喝彩："果然使得好锤！真个是人间少有，天上无双！"

赞声未绝，那位青脸将军喝声："谁人在此窥探，与我拿来！"岳云听见，便慌忙上前一揖，禀道："晚生非别，乃岳飞之子，名唤岳云，因避雨至此。因见锤法高妙，不觉失口，惊动将军，望乞恕罪！"那将军道："原来你是岳飞之子。也罢，你既爱武艺，我就将这锤法传你，何如？"岳云道："若蒙教训，感德不忘！"那位将军就叫一声："雷将军，可将双锤传与岳云，使他日后建功立业。"那位将军应了一声走下来，将一对银锤前三、后四、左五、右六，教岳云照式也舞一回。岳云一霎时觉道前时会的一般。正使得高兴，只听得耳跟前叫道："天晴了，公子快回城去罢！"岳云猛然惊醒，开眼看时，身子却在拜台上睡着，原来是一个大梦。家将道："雨已止了，趁早回城去罢！"岳云立起身来，将神庙帐幔揭起一看，但见上边坐着一位神道，青脸红须，牌位上写着"敕封东平王睢阳张公之位"。旁边塑着两位将官，一边写着"雷万春将军位"，一边写着"南霁将军位"，恰与梦中所见的一般。岳云便向神前拜了两拜，暗暗许下愿心："将来修整庙宇，重塑金身。"

拜罢下来，将湿衣交家将一总收拾。赤身下殿上马，出了庙门，飞马回转城中，进了帅府，自到书房中去。

却说岳云次日即命家将打造两柄银锤。家将领命,叫匠人打了一对三十斤重的。

岳云嫌轻,重教打造,直换到八十二斤方才称手。天天私自习练。又对李夫人说,曾许下东平王庙的心愿,向母亲要了一二百两银子,叫家将去把庙宇法身收拾得齐齐整整。

光阴易过,不觉又是一年过了,岳云已是十三岁。那日在后堂参见太太请安,太太道:“岳云,你这样长成了,一些世事都不晓得。你父亲像你这样年纪,不知干了多少事业!那刘都爷几次差人来问候,你也不去谢谢。”岳云道:“太太不叫孙儿去,孙儿怎敢专主?待孙儿今日就去便了。”遂辞了太太,到他母亲房中来,与母亲说知。带了四个家将,出门上马前行,心下暗想:“我正要去问都爷,我的父亲在那里,我好去帮他。”

主仆五人进了城,到得辕门,与旗牌说知。旗牌进去禀知,刘都爷吩咐请进相见。公子直进后堂参拜,刘光世双手扶起命坐。岳云告过了坐,然后坐下。用茶已毕,公子道:“奉祖母之命,特来请老大人的金安。”刘爷道:“多谢老太太。公子回府,与我多拜上太太,说我另日再来问候。”公子道:“不敢!晚侄请问老大人,家父近日在于何处?”都爷想道:“岳太太曾嘱咐不要对他说知,不知何故?”

就随口答道:“自从进京,并无信来,不知差往那里出征,又不知随驾在京。且待得了实信,再来报知。”公子遂谢了都爷,告辞出来。刘爷说:“恕不送了。”叫家丁:“送了公子出去。”公子道声:“不敢。”出了后堂,一直来到仪门首,听得家将说:“这面鼓破了,也该换一面。你家老爷怎这样做人家!”门上人道:“你不晓得,这是你家老爷在牛头山保驾,差牛将军来催粮,牛将军是个性急的人,恐误了限期,将锏来击鼓,被他打破。我家大老爷不肯换,要留此故迹,使人晓得你家老爷赤心为国的意思。”两个正说之间,岳云听得明白,只做不知。出了仪门,家将接着,上马出城,一路回府。

到了门首,下马进来,见太太复命。太太便问:“都爷没甚话说么?”岳云道:“不要说起,倒被他埋怨了一场,说:‘你爹爹在牛头山保驾,与兀术交兵;你为何不去帮助,反在家中快乐?’”太太道:“胡说,快到书房中去!”太太喝退了岳云,便对李夫人道:“刘都爷不该对孙儿说知便好。他今得知此信,须要防他私自逃去。”夫人道:“媳妇领命,提防他便了。”当日过了。

到了次日,忽见家将慌慌张张来报道:“不好了!有无数番兵来捉我们家属,离此不远了!”吓得太太惊慌无措,李夫人面面相觑,无计可施。众家人正在七张八嘴,没做理会处,只见岳云走将进来,叫声:“太太、母亲,不要惊慌!闻得番兵只有三五千人马，怕他怎的？待孙儿出去杀他个尽绝。”太太道：“孙儿不知世事，你这等小小年纪，如何说出这样大话来！”岳云道：“且看，若是孙儿杀不过他，再与太太逃走未迟。”就连忙披了衣甲，提了双锤，带了一百多名家将，坐上战马，出了帅府门，一路迎来。

不到二三里路，正遇番兵到来。岳云大喝一声：“你们可是到岳家庄去的么？我小将军在此，快叫你那为头的出来受死！”小番转身报与元帅道：“前面有一小南蛮挡路。”薛礼花豹听了，遂提了大刀，走马上前，大喝道：“小南蛮是何人？敢挡某家的路？”公子道：“番奴听者，我小将军乃是岳元帅的大公子岳云是也。你为何辛辛苦苦地，赶到这里来送死！”薛礼花豹道：“我奉狼主之命，正要来拿你。”岳云道：“且吃我一锤！”一面话还未说完，举起锤来，照着番将顶门上一锤。那番将明欺岳云是个小孩子家，不提防他手快，措手不及，早被岳云打下马来。

张兆奴吃了一惊，提起宣花月斧来砍岳云。岳云一锤枭开斧，还一锤打来，张兆奴招架不及，一个天灵盖打得粉碎，死于马下。那些番兵见主帅死了，就拨转身逃走。

岳云抡动双锤赶上来，打死无数。适值刘节度闻得金兵来捉岳元帅的家属。连忙点起兵卒，前来救应。恰好遇着番兵败下来，大杀一阵，把那些番兵杀得尽绝，不曾走了一个。刘都院与公子同到岳府来见老太太问安。那地方官属晓得了，都来请候，公子一一谢了。各官俱各辞去。

岳云便向太太说：“孙儿要往牛头山去帮助爹爹，求太太放孙儿前去！”太太道：“且再停几日，待我整备行装，叫家将同你去便了。”岳云辞了太太，回到书房，想道：“急惊风撞着慢郎中！既知了牛头山围困甚急，星夜赶去才是，怎说迟几日？恐怕是骗我，我不如单身匹马赶去，岂不好？”主意定了，竟写了一封书，到了黄昏以后，悄悄地叫随身小厮，将书去呈与太太看。却自开了大门，提锤上马，一溜烟竟自去了。这里守门的不敢违拗，连忙进去报知太太。太太一见了书，慌忙地差下四五个家丁，分头追赶，已不知那里去了。只得再着人带了盘缠行李，望牛头山一路追去，不表。

且说岳云一路问信，走了四日四夜，到了牛头山。但见一片荒山，四面平阳，都是青草，并不见有半个兵马，心中暗想道：“难道番兵都被爹爹杀完了？”正在疑惑，忽听得山上叮叮当当，樵夫伐木之声。公子跑马上前，叫一声：“樵哥，这里可是牛头山么？”樵夫回答道：“此间正是牛头山，小将军要往何处去？”公子道：“既是牛头山，那些番兵往何处去了？”那樵夫笑道：“小将军你走差了路头了！这里乃是山东牛头山，那有番兵的是湖广牛头山，差得多了！”公子道：“我如今要往湖广去，请问打从那一条路去近些？”樵夫道：“你转往相州，到湖广这条大路去极好走。若要贪近，打从这里小路抄去近得好几天。只是山径丛杂难走些。”

公子谢了樵夫，拍马竟往小路走去。走不上十来里路，那马打了一个前失，公子把丝缰一提，往后一看道：“我的马落了膘了！要到湖广去不知有多少路，这便怎么处！”正想之间，听得马嘶声响，回头一看，只见树林中拴着一匹马，浑身火炭一般，鞍辔俱全。岳云失声道：“好一匹良马！”又看看四下无人：“不如换了他的罢？”

正想要上前去换，忽听得山冈上喝道：“孽畜还不走！”公子抬头看时，见一个小厮年纪十二三岁，在那冈上拖一只老虎的尾巴，喝那虎走。公子想道：“这个人大起来，定然是个好汉。这匹马想必是他的了，待我来耍他一耍。”便望着冈子上高声叫道：“呔！小孩子，这个虎是我们养熟了玩的，休要伤了他，快些送来还我！”那小孩子听了，心中暗想：“怪道今日擒这个虎恁般容易，原来是他养熟的。”

便道：“既是你们的，就还了你。”遂一手抓着虎颈，一手扑着虎腿，望冈子下掼将下来。不道使得力猛，扑的一声丢下冈来，那虎早已跌死了。公子想道：“真个好力气！”就下马来道：“我的虎被你掼死了，快赔我一只活的来。”就把那死虎提起来，望着冈子上掼将上去。那孩子心中也想道：“他的力气比我更大。”遂双手提着死虎，走下冈来，对公子道：“你改日来，等我拿着一个活的赔你罢！”公子道：“这虎是我家养的，你就拿着了，也是死的，要他何用？”孩子道：“如今已掼死了，你待要怎的？”公子道：“也罢，你把这匹马赔了我罢。”那孩子听了，微微笑道：“呆子！古人说的‘关门养虎，虎大伤人’。这个东西如何养得熟的？你原是想我这匹马，来哄我的！”便在青草内去拿出一口青龙偃月刀来，跳上马，叫声：“你且来与我比比手段看，若胜得我这把刀，我就把这马送你。若胜不得我，你直走你的路，休要妄想。”公子道：“既如此，好汉子说话不要放赖。”孩子说：“不赖！不赖！”

岳云听了，提锤上马。两人直在山坡之下，各显手段，战了四五十合，未分胜负。公子暗想：“这样一个孩子，战他不过，怎么到得百万军中去？”两人直战到晚。那小厮道：“住着！我对你说，天色晚了，我要回去吃饭了，明日再来与你比武罢。”公子道：“你明日倘然不来，我倒等你不成？你若要去，须把马留下做个当头，方许你去。”小厮道：“你只是想我的马。也罢，我把这口刀留在你处，明日来与你定个胜败。”竟将刀递与公子，拍马而去。岳公子见天色已晚，无处投宿，只得就在林中过夜。到了更深，身上觉得有些寒冷，公子就把死虎扯过来抱在怀中,竟蒙眬的睡去。

再说这前头庄上,有一位员外,带了庄丁,挑了一担东西,掌着灯火,正往前行。一个庄丁说道:“不好了!有个老虎在林子内吃人哩!”员外拿灯近前一看,原来这个人是抱着虎睡的。员外叫声:“小客官醒来!”岳公子被员外叫醒,开了眼,坐起来问道:“老丈何来?”员外道:“这里岂是睡觉的所在?那里来的死虎,你抱着他睡?倘再走出一个活虎来,岂不伤了性命么!”公子道:“不瞒老丈说,晚生要往牛头山去,遇着一位小英雄与我比武,杀了一日,未分胜负,约定明日再来,故此在这里候他。”员外道:“你也呆了!倘他明日不来,岂不误了你的路程?”

公子道:“他将刀放在此做当头,一定来的。”员外道:“刀在那里?”公子道:“这不是?”员外一看,原来是自己外甥的,遂问道:“足下尊姓大名?居住何处?”

公子道:“汤阴县岳飞就是家父,晚生名唤岳云。”员外听了,道:“原来是位公子,得罪得罪!且请到寒庄过夜,明日再作商量罢。”岳云道:“只是惊动不当!”就提了刀锤,带了马,跟着员外到了庄上。

在中堂见礼毕,员外吩咐备酒款待。公子请问老丈尊姓大名,员外道:“老汉姓陈名葵。日间比武的,就是舍甥。”叫庄丁:“请大爷出来,与公子相见。”公子道:“这位小哥果然好刀法,必然是老丈传授的了。”员外道:“此子名唤关铃,他的父亲原是梁山泊上好汉,叫做大刀关胜。这刀法是家姊丈传我,我又传他的。”

正说之间,关铃走将出来,见了便道:“舅舅不要睬他,他是拐子,想要拐我马的呀。”员外道:“胡说!我与你说了,这位少爷就是我常日间和你说的汤阴县岳元帅的大公子岳云。还不快来见礼!”关铃道:“你果然是岳公子,何不早说!我就把这匹马送你了,何苦战这一日?”岳云道:“若不是小弟赖兄这个死虎,怎能领教得小哥这等好刀法!”两个不觉大笑起来!见过了礼,重新入席饮酒。

谈讲了一会,岳云对着员外道:“晚生意欲与令甥结为异姓兄弟,但不知老丈容否?”员外道:“公子是贵人,怎好高攀?”公子道:“老丈何出此言!”立起身出位来,扯着关铃对天拜了八拜。关铃年只十二,遂认岳云为兄。两个回身,又拜了员外,员外回了半礼。再坐饮酒,当夜尽欢而散。员外叫庄丁收拾房间,关铃遂陪岳云同宿。到了次日,员外细细写了牛头山的路程图,又取出金银赠与岳云作盘费,对公子道:“待等舍甥再长两年,就到令尊帐下效力,望乞提携。”公子称谢不尽,关铃将赤兔马牵出来赠与岳云。公子拜辞了员外,关铃不舍,又相送了一程,方才分手回庄。

且说岳云拍马回鞭，上路而行。到了下午，来到一个地方，团团一带俱是山冈，树木丛杂。正在难走之间，那马踏着陷坑，轰隆的一声，连人带马跌在坑内。两边铜铃一响，树林内伸出几把挠钩，来搭公子。正是：

龙游浅水遭虾戏，虎落平川被犬欺。

不知岳公子性命如何，且听下回分解。

第四十一回 巩家庄岳云聘妇 牛头山张宪救主

诗曰：

从来好事岂人谋，女貌郎才自好逑。
千里良缘成佳偶，两心相得愿相酬。

却说岳公子跌落陷坑，两边伸出几把挠钩来捉公子。公子大吼了一声，那匹马就猛然一纵，跳出陷坑。公子舞动双锤，将挠钩打开，拍马便走。列位看官，你道这班响马是谁？原来是刘豫第二个儿子刘猊，因打围逃出，在此落草。当日正坐在冈子上看那两边小喽罗张网，恰遇着岳公子跌入陷坑又被他逃脱，见了那匹赤兔马好不可爱，就上马提刀，带领喽罗赶将上来。

那岳公子离脱了山冈，一路而来。看看天色晚将下来，无处歇宿。又走了一程，望见一座大庄院，公子把马加上一鞭，赶到庄前，已是黄昏时分了。庄丁正出来关门，公子下马，向庄丁道："我是过路的，因错过了宿头，欲求借宿一宵，望大哥方便！"庄丁道："我家员外极是好说话的，但是此时已经安寝，不便通报。只好就在这旁边小房里将就暂歇，可好？但是没有铺盖。"公子道："不妨！略坐坐，天明就行。只是这匹马怎么处？"庄丁道："小客人，我家后头也有牲口，待我取些料来喂它就是。"公子再三称谢不尽。当时公子就在小房内坐下。细细地请问庄丁。庄丁诉说："这里是叫做巩家庄。主人巩致十分好客，小客人若早来时，必定相待。如今有屈了！"公子道声："不敢。多蒙相留，已是极承盛意的了。"按下岳公子在巩家庄借寓。

且说那刘猊看上了岳公子的赤兔马，领着喽罗一路追来，不见了公子。看看天色已晚，便问道："前面是那里了？"喽罗禀道："是巩家庄了。"刘猊想道："我久有此心，要抢他的女儿做个押寨夫人。如今顺便，不如打进庄去。"吩咐喽罗："与我打进庄去！"当时庄丁忙报知庄主。庄主慌忙聚集庄丁，出庄与刘猊抵敌，那庄丁那能抵挡得住。正在危急，早惊动了耳房中的岳公子，手抡双锤，走将出来，大喝道："强盗往那里走？"举锤就打。刘猊不曾提防，被公子这一锤，早已打死。众喽罗见头目已死，只得四散逃走。公子追上来，打死五六个喽罗。那庄主巩致上前接着，同进庄来。

到了堂上坐定，巩致道："这位恩公，救我一门性命，望乞留名，他日好补报。"

公子道："我乃岳元帅的长子岳云便是。"巩致听见，连称："失敬！"吩咐家人忙备酒席相待，一面吩咐把那强盗的尸首收拾。那里边安人，偷看公子相貌非常，着人来请员外进去，说道："我看这公子年纪尚幼，必定未有亲事。我意欲招他为婚，你道如何？"巩致道："我出去将言语探他，便知分晓。"员外出来，对岳云道："老妻说，若不是公子相救，一门性命难保，只是无可报恩。我夫妻只生一女，年方一十四岁，要送与公子成亲，万勿推却！"岳云道："婚姻大事，必须禀告父母，方敢应允。"员外道："只要公子一件信物为定。待禀过令尊令堂，然后迎娶何如？"公子便在身边取出那十二文金太平钱来，奉上道："此乃祖母与我小时带着压惊之物，即将此钱为定。日后太平时，再来迎娶便了。"员外收了金钱，当晚请进书房安歇了。至次日，公子别了员外，往牛头山而去，不提。

再说牛皋在山上，这一日乃是八月十五日，牛皋坐在帐中，回头见汤怀在旁，牛皋道："汤二哥，我从今不哭了。"汤怀道："贤弟不哭了，我就去回复元帅。"

牛皋道："二哥请便。"汤怀就辞了出来。牛皋吩咐家将收拾酒饭，今晚去做碗羹饭。牛皋叫几声："兄弟啊，兄弟！"叫不答应，又大哭起来，哭个不止，一跤竟晕倒在坟前了。

这日岳元帅同张保出来探看番营，直看到兀术营前，元帅道："这许多番兵，怎保得主公下山？恐一朝粮尽，如何是好！"又看到西南上去，只见一派杀气迷天，元帅想道："前日高宠死在番营，不知何物埋伏在彼。"看了一番，回转营中，身体有些不遂，走进后营，命张保："你去各营要路口子上，叫他们今夜用心看守。"

张保领命前去，吩咐各处守山将校，俱要用心保守，不提。

又说朝廷在玉虚宫内，正值中秋佳节，只有李纲在旁，面前摆着水酒素菜。天子道："老卿家！想朕如此命苦，前被番人带往他国，幸亏崔卿传递血诏，逃过夹江，在金陵即位；又遭番兵追迫，若不亏五显灵官，怎能到得此地！不知几时方享太平也！"说罢，不觉流下泪来。李太师见天子悲伤，便奏道："陛下还算恭喜的。苦了二位老主公，在北国坐井观天，吃的是牛肉，饮的是酪浆，也要挨日子过去哩！"

那高宗听见太师说着那二帝，放声大哭起来。李纲再三劝不住，只得道：

"陛下！古人道得好'人生几见月当头？'值此中秋佳节，且看看月色，以散闷怀如何？"天子道："如此，老卿家同去更妙。"

李纲只得命内侍备了两匹马，保了高宗出玉虚宫来。到了灵官殿前，早有统制陶进等上来接驾道："万岁爷何往？"天子道："朕要下山看月色解闷。"陶进道："臣奉将令守在此处，万岁爷若下山看月，元帅定要加臣之罪！"天子道："不妨！若是元帅知道罪你，孤当与你说情。"陶进等只得送高宗、太师出了口子，往荷叶岭而来。有诸葛英等亦跪下阻挡。高宗道："诸事孤家自有主意，决不妨事。"诸葛英无奈，只得放开挡木说道："太师爷，要保万岁速回，不可久留！"李太师点头应允。君臣二人走马下山，太师道："陛下正好在这里看观番营。"高宗勒马观看营头。

岂知那番营中兀术看见月明如昼，遂同了军师出营来看月色，也到山下偷看此山何处可以上去得。正在指指点点，抬头观看，只听得上边有人说话响。兀术忙躲在黑影之中细听，原来是康王的声音，便对军师道："上面乃是康王，待某家悄悄上去捉他。你可速回营去，发大兵来抢山。"哈迷蚩领命而去。那高宗正在山上骂那兀术。兀术已悄悄走马上山来，大叫道："王儿休要破口伤人，某家来也！"高宗、李纲听见了，吓得魂魄俱消，忙忙转马便跑。兀术随后追赶。那诸葛英等上边瞧见，连忙上前挡住兀术。又有小校急往元帅帐前击起鼓来，报说道："不好了！圣驾私行荷叶岭下，兀术已赶上山来了！"

元帅大惊，忙唤备马。张保道："张公子已骑了元帅的马去救驾了。"慌得元帅就步行出帐。不道那张宪因心忙了，不管三七二十一，扯着元帅的马骑上去，泼喇喇跑下山来。看见诸葛英等俱被兀术战败，正在危急，张宪拍马上来，只一枪望兀术面上刺来。兀术叫声："不好！"把头一侧，那一枪把他一只耳朵挑开。兀术惊慌，转马败下山来。张宪追赶下来。再说岳元帅出营不多路，正遇着高宗，便道："陛下受惊了！"又道："老太师，你是朝廷手足，如何保陛下身入重地？此乃太师之过！"李纲道："此我之罪也！"元帅请天子回转玉虚宫，不表。

再说张宪追赶那兀术，紧紧不放。兀术进了营盘，张宪踹进去，远者枪挑，近者鞭打，番将那里敌得住，直追得兀术往后营逃去！那张宪追杀了一会，直到二鼓时分，方转牛头山来报功，不提。

却说牛皋睡倒在高宠坟上，忽听见耳边叫一声："牛大哥，快起身去立功！"

牛皋忽然惊醒，蒙蒙胧胧起来，上马提锏，冲下山来。那些守山战将只道元帅令他下山的，故不通报。这牛皋杀进番营，小番报与兀术。兀术大怒道："牛皋也来欺我？"遂起身上马，来战牛皋，牛皋一见心慌，又听见耳边叫声："牛大哥，小弟在此帮你！"牛皋放心，勾开兀术的斧，一锏打来。兀术躲避不及，早被打中肩膀,回马败走。那些众番兵围将拢来,牛皋杀得两臂酸疼,汗如雨下。看看有些招架不住了,便高声叫道:"高兄弟!你再来助我一助!"众番兵听见笑道:"牛皋在那里说鬼话了,我们一齐上前去拿他。"这一来,顿把牛皋困住了。不说牛皋被困在番营,存亡未卜。

再讲岳云来至牛头山,望见番营连扎十数里。岳云道:"妙啊!还有这许多番兵在此,待我进去杀他一个干净。"便拍马摇锤,大喝一声:"岳云公子来踹营了!"

举锤便打,番兵难以招架。小番急忙报与兀术。兀术大怒,提斧上马,来与岳云交战。兀术喝声:"看斧!"一斧砍来。岳公子左手架开斧,右手举锤,照兀术面门一锤打来。兀术见锤打来,向后一退,那锤在他肚皮上一刮,兀术几乎落马,痛不可当,拍马往旁侧而走。公子也不来赶,只是打进番营来,如入无人之境,打得尸如山积,血流成川。打至前面,但见番兵正围住牛皋在那里厮杀。岳云手起锤落,打散番兵。牛皋看见,也不认得,举锏乱打。倒是公子高叫道:"牛叔父,不要动手!侄儿岳云在此!"牛皋方才定了,却问道:"你为何到此?"就同了岳云杀出番营,回山而去。

却说兀术这一夜吃了三次亏,本营中又被岳云打杀多少兵将,只得吩咐众将重整营头,收拾尸首,不提。

岳元帅在帐中聚集众将商议,只听得传宣官禀道:"牛将军在外候令。"岳爷道:"令他进来。"牛皋进来跪下,禀道:"小将缴令。"元帅道:"你缴的是何令?"牛皋一想道:"我在高兄弟坟上睡着,不知怎样下山,杀进番营,得遇公子同归。并非差遣,有何令缴?"忙忙改口道:"小将因知侄儿杀到番营,故此下山救了侄儿上来,现在营门候令。"岳元帅方才得知是牛皋杀进番营大战而来,便道:"将军请起。"牛皋站立旁边。元帅传令叫岳云进来,公子领令来见父亲,跪下叩头。元帅忙叫他起来,令与众位叔父见过了礼,然后问道:"你不在家中读书用功,却到此为何?"岳云便将番将来捉家属、当即杀退之事禀知。岳元帅又问他一路上来的事。公子又将错走山东、相会关铃、打死刘猊、聘定巩氏之言,一一禀上。岳爷吩咐岳云在后营安歇。

到了次日,元帅升帐,众将参见已毕,站立两旁。元帅叫张保与公子收拾马匹,端正干粮。张保领令。元帅叫岳云听令:"为父的令你往金门镇傅总兵那边下文书,叫他即刻发兵调将来破番兵,保圣驾回金陵。此乃要紧之事,限你日期,须得要小心前去!"公子领令,接了文书,辞父出营。张保将文书包好,送与公子藏了。坐上赤兔马,手抡双银锤,下荷叶岭而来。心中想道:"我有要紧之事,须从粘罕营中杀出,方是正路。"主意已定,便催马到粘罕营前,手摆双锤,大喝道："小将军来踹营了！"举锤便打，杀进番营。正是：

矢石敢当先，生死全不惧。

破虏在反掌，方显英雄气。

未知岳公子冲进番营胜败如何，且听下回分解。

第四十二回 打碎免战牌岳公子犯令 挑死大王子韩彦直冲营

诗曰：

年少英雄胆气豪，腰悬橐高臂乌号。
冲锋独斩单于首，腥血淋漓污宝刀。

话说岳云拍马下山，一直冲至粘罕营前，大喝一声："小将军来踹营了！"摆动那双锤，犹如雪花乱舞，打进番营。小番慌忙报知粘罕，粘罕闻报，即提着生铜棍，腰系流星锤，上马来迎敌，正遇着公子，喝声："小南蛮慢来！"撩下生铜棍，举起流星锤，一锤打去。岳云看得亲切，将左手烂银锤当的一架，锤碰锤，真似流星赶月；右手一锤，正中粘罕左臂。粘罕叫声："啊唷，不好！"负着痛，回马便走。

公子也不去追赶，杀出番营，竟奔金门镇而来！

不一日，到了傅总兵衙门，旗牌通报进去。总兵即请公子到内堂相见。公子送过文书，总兵看了，便道："屈留公子明日起身，待本镇一面各处调兵遣将，即日来保驾便了。"当夜无话。

到了次日早堂，傅总兵先送公子起身，随即往校场整点人马。忽听见营门外喧嚷，军士禀道："外面有一花子要进来观看，小的们拦他，他就乱打，故此喧嚷。"

傅爷道："拿他进来！"众军士将花子拿进跪下。傅光低头观看，见他生得身材长大，相貌凶恶，便问："你为何在营外嚷闹？"花子道："小的怎敢嚷闹，指望进来看看老爷定那个做先锋。军士不许小人进来，故此争论。"傅爷道："你既然要进来看，必定也有些力气。"花子道："力气却有些。"傅爷又问："你既有些力气，可会些武艺么？"花子道："武艺也略知一二。"傅爷就吩咐左右："取我的大刀来与他使。"花子接刀在手，舞动如飞，刀法精通。傅爷看了，想道："我这口大刀有五十余斤，他使动如风，却也好力气！"那花子把刀舞完道："小人舞刀已完。"傅爷大喜，问道："你叫甚名字？"那人道："小人乃是平西王狄青之后，名叫狄雷。"

傅光道:“本镇看你武艺高强,就命你做个先锋。待有功之日,另行升赏。”狄雷谢了傅爷。傅爷挑选人马已毕,择日起行,到牛头山救驾,不提。

且说那粘罕几乎被岳云伤了性命,败回帐中坐定,对众将说:“岳南蛮的儿子如此厉害,想必元帅薛礼花豹已被他伤了性命。”忽有小番道:“二殿下完颜金弹子到,在营外候令。”粘罕大喜,就唤进来,同来见兀术。完颜金弹子进帐,见了各位狼主。你道那殿下是谁?乃是粘罕第二个儿子,使两柄铁锤,有万夫不当之勇。

金弹子道:“老王爷时常记念,为何不拿了那岳南蛮,捉了康王,早定中原?”兀术把岳飞兵将厉害、一时难擒的话说了一遍。金弹子道:“叔爷爷,今日尚早,待臣儿去拿了岳南蛮回来,再吃酒饭罢!”兀术心中暗想道:“他也不晓得岳飞兵将的厉害,且叫他去走走也好。”兀术就令殿下带兵去山前讨战。

山上军士报与元帅。元帅道:“谁敢迎敌?”牛皋应声道:“末将愿往。”元帅道:“须要小心!”牛皋上马提锏,奔下山来,大叫道:“番奴快通名来,功劳簿上好记你的名字。”金弹子道:“某乃金国二殿下完殿金弹子是也!”牛皋道:“那怕你铁弹子,也要打你做肉弹子。”举锏便打。那金弹子把锤架开锏,一连三四锤,打得牛皋两臂酸麻,抵挡不住,叫声:“好家伙,赢不得你。”转身飞奔上山来。到帐前下马,见了元帅道:“这番奴是新来的,力大锤重,末将招架不住,败回缴令,多多有罪!”

只见探子禀道:“启上元帅,番将在山下讨战,说必要元帅亲自出马,请令定夺。”岳爷道:“吓!既然如此,待本帅去看看这小番,怎生样的厉害。”就出营上马,一班众将齐齐的保了元帅,来至半山里,观看那金弹子怎生模样。但见:

镔铁盔,乌云荡漾;驼皮甲,砌就龙鳞。相貌希奇,如同黑狮子摇头;身材雄壮,浑似狠狻猊摆尾。双锤舞动,错认李元霸重生。匹马咆哮。却像黑麒麟出现。真个是:番邦产就“丧门煞”,中国初来“白虎神”。

那金弹子在山下,手抡双锤,大声喊叫,元帅道:“那位将军去会战?”只见余化龙道:“待末将去拿他。”元帅道:“须要小心!”余化龙一马冲下山来。金弹子道:“来的南蛮是谁?”余化龙答道:“我乃岳元帅麾下大将余化龙是也!”金弹子道:“不要走,照锤罢!”举锤便打,两马相交,战有十数个回合。余化龙战不过,只得败上山去。当时恼了董先,大怒道:“看末将去拿他!”拍马持铲,飞跑下山来,与金弹子相对。两边各通姓名,拍开战马,锤铲相交,斗有七八个回合。董先也招架不住,把铲虚摆一摆,飞马败上山去。旁边恼了何元庆,大怒道:“待末将去擒这小番来!”催开战马,提着斗大双锤,一马冲下山来。金弹子看见,大喝道:“来将通名!”何元庆道:“我乃岳元帅麾下统制何元庆便是,特来拿你这小番,不要走,照老爷的锤罢!"金弹子想着:"这个南蛮也是用锤的,与我一般兵器,试他一试看。"举锤相迎。锤来锤架,锤打锤当。但见:

战鼓齐鸣,三军呐喊。两马如游龙戏水,四锤似霹雳轰山。金弹子,拼命冲锋图社稷;何元庆,舍身苦战定华夷。宋朝将士,砣支支咬碎口中牙;金国平章,光油油睁圆眉下眼。你看那两员勇将,扬尘播土风云变;这时节一对英雄,搅海翻江华岳遥,直个是:将遇良材无胜败,棋逢敌手怎输赢?

二人大战有二十余个回合,何元庆力怯,抵挡不住,只得往山上败走。番兵报与兀术,兀术大喜,心中想道:"这个王儿连败南蛮,不要力怯了,待他明日再战罢!"

传令鸣金收兵。金弹子来至营前下马,进了牛皮帐,来见兀术道:"臣儿正要拿岳南蛮,王叔为何收兵?"兀术道:"恐王侄一路远来,鞍马劳顿,故令王侄回营安歇,明日再去拿他未迟。"金弹子谢了恩,兀术就留他饮酒。酒席之间,说起小南蛮岳云骁勇非常,金弹子道:"明日臣儿出阵去,决要拿他。"

再说岳元帅回营,传令各山口子上用心把守:"如今番营内有了这个小番奴,恐他上山来劫寨。"到了次日,兀术命金弹子带兵至山前讨战。守山军士报与元帅。

元帅命张宪领令下山,与金弹子会战。金弹子叫道:"来将通名!"张宪道:"我乃岳元帅麾下小将军张宪。奉元帅将令,特来拿你,不要走!"把手中枪一起,望心窝里便刺。金弹子举锤相迎,心中想道:"怪不得四王叔说这些南蛮了得,我须要用心与他战。"把锤一举打来。张宪挺枪来迎。一个枪刺去,如大蟒翻江;一个锤打来,如猛虎离山。那张宪的枪十分厉害,这殿下的锤盖世无双。二人在山下大战有四十余合,张宪看看力怯,只得败回山上,来见元帅。元帅无奈,令将"免战牌"挂出。金弹子不准免战,只是喊骂,岳爷只得连挂七道"免战牌"。兀术闻报,差小番请殿下回营。金弹子进帐见了兀术,把战败张宪之事说了一遍。兀术大喜道:"只要拿了这小南蛮,就好抢山了。"次日,兀术又同金弹子去看"铁华车",真个是十分欢喜。且按下慢表。

再说岳云往金门镇转来,将近番营,推开战马,摆着双锤,打进粘罕营中,撞着锤的就没命,旁若无人。这公子左冲右突,那番兵东躲西逃,直杀透番营,来至半山之中,忽见挂着七道"免战牌",暗想道:"这也奇了!吾进出皆无勇将抵挡,怎么将'免战牌'高挂?想是那怕事的瞒了爹爹,偷挂在此的,岂不辱没了我岳家的体面!"当下大怒,把牌多打得粉碎!元帅正坐帐中纳闷,忽见传宣来报道:"公子候令。"岳爷道:"令进来。"岳云进帐跪下道:"孩儿奉令到金门镇,见过傅总兵,有本章请圣上之安,即日起兵来也。"元帅接了本章。岳云禀道:"孩儿上山时，见挂着七面‘免战牌’，不知是何人瞒着爹爹，坏我岳家体面，孩儿已经打碎。望爹爹查出挂牌之人，以正军法。”元帅大喝道：“好逆子！吾令行天下，谁敢不遵！这牌是我军令所挂，你敢打碎，违吾军令！”叫左右：“绑去砍了！”

众将一齐上前道：“公子年轻性急，故犯此令，求元帅恕他初次。”元帅道：“众位将军，我自己的儿子尚不能正法，怎能服百万之众？”众将不语。

牛皋道：“末将有一言告禀。”元帅道：“将军有何言语？”牛皋道：“元帅挂‘免战牌’，原为那金弹子骁勇，无人敌得他过耳。公子年轻，不知军法，故将牌打碎。若将公子斩首，一则失了父子之情；二则兀术未擒，先斩大将，于军不利；三来若使外人晓得是打碎了‘免战牌’，杀了儿子，岂不被他们笑话！不若令公子开兵，与金弹于交战，若然得胜回来，将功折罪；若杀败了，再正军法未迟。”岳爷道：“你肯保他么？”牛皋道：“末将愿保。”元帅道：“写保状来！”牛皋道：“我是不会写的，烦汤怀哥代写罢了。”汤怀就替他写了保状。牛皋自己画了花押，送与元帅，元帅收了保状，吩咐放了岳云的绑，就令牛皋带领岳云去对敌。

牛皋领令出来，只见探了进营报事，牛皋忙问：“你报何事？”探子说道：“有完颜金弹子讨战，要去报上元帅。”牛皋道：“如此你去报罢。”牛皋道：“侄儿，我教你一个法儿，今日与金弹子交战，若得胜了，不必说；倘若输了，你竟打出番营，逃回家去见太太，自然无事了。”岳云点头称谢。叔侄一齐上马，来至山前。岳云一马冲下山来，金弹子大喝道，“来将通名！”公子道：“我乃岳元帅公子岳云是也。”金弹子道：“某家正要擒你，不要走！”举锤便打，岳云提锤便迎。一个烂银锤摆动，银光遍体；一个浑铁锤舞起，黑气迷空。二人战有四十多个回合，不分胜败。岳云暗想：“怪不得爹爹挂了‘免战牌’，这小番果然厉害！”

又战到八十余合，渐渐招架不住，牛皋看见，心中着了急，大叫一声：“我侄儿不要放走了他！”那金弹子只道是后边兀术叫他，回头观看，早被公子一锤打中肩膀，翻身落马。岳云拔剑上前取了首级，回山来见元帅缴令。岳爷就赦了岳云，令将首级在营前号令。

那边番将，只抢得一个没头尸首回营。众王子见了，俱各放声大哭。兀术命雕匠雕个木人头凑上，用棺木成殓，差人送回本国去了。兀术对军师哈迷蚩道：“军师！倘若宋朝各处兵马齐到，怎生迎敌！”军师道：“臣已计穷力尽，只好整兵与他决一死战。”兀术嘿然不语，在营纳闷。且按下慢表。

如今要说到那韩世忠与夫人梁氏，公子韩尚德、韩彦直，在汝南征服了曹成、曹亮、贺武、解云等，收了降兵十万，由水路开船下来。到了汉阳，将兵船泊住，那汉阳离牛头山，只有五六十里地面。韩元帅与夫人商议，欲往牛头山保驾，梁夫人道：“相公何不先差人上山，报知岳元帅，奏闻天子？若要我们保驾，便发兵前去；若叫我们屯扎他处，便下营屯扎，何如?”韩爷道：“夫人之言，甚为有理。”

就写了本章，并写了一封书，封好停当，便问：“谁敢上牛头山去走一遭?”当有二公子韩彦直，年方一十六岁，使一杆虎头枪，勇不可当，遂上前领差说：“孩儿愿去。”元帅便将本章、书信交与公子，吩咐：“到岳爷跟前，须要小心相见。”

公子领令上岸，坐马望牛头山来。

行有二十余里，只见一员将官败奔下来。看见了公子，便叫声：“小哥！快些转去，后面有番兵杀来了!”韩公子笑了一笑，尚未开言，那粘罕已到跟前。公子把枪一摇，当心就刺，粘罕举棍一架，觉得沉重。被公子刷刷刷一连几枪，粘罕招架不住，正要逃走，被公子大喝一声，只一枪挑下马来，取了首级。那位将官下马来，走至公子马前，深深打了一躬道：“多蒙小将军救了我性命！请问贵姓大名?”

公子道：“小将还未曾请教得老将军尊姓大名，因何被他赶来?”那位将官道：“我乃藕塘关总兵，姓金名节，奉岳元帅将令，来此保驾。到了番营门首，遇着这番将，不肯放我过去。战他不过，逃败下来，幸得遇见将军，不然性命休矣!”公子听了连忙下马道：“原来是总爷，多多有罪了!”金总兵道：“将军何出此言！幸乞通名。”公子道：“家爷乃两狼关元帅，家母都督府梁夫人，末将排行第二，唤名韩彦直的便是。奉令上牛头山去见岳元帅，不想得遇总爷。”金节道：“原来是韩公子，失敬了！本镇被金兵杀败，无颜去朝见天子。有请安本章一道，并有家信一封与舍亲牛皋的，拜烦公子带去，本镇且扎营在此候旨，未知允否?”公子道：“顺便之事，有何不可?”金节遂将本章、家信交与公子。公子藏在身边，把粘罕的首级挂在腰间，又对金节道：“番奴这匹马甚好，总爷何不收为坐骑?”金爷道：“正有此意。”遂将坐骑换了，二人一同行至三叉路口，金节道：“前面将近牛头山了，俱有番营扎住，请公子小心过去!”二人分别。金节自远远扎住营盘候旨，不提。单说韩二公子却一马冲进番营。有诗曰：

跃马扬威立大功，一朝疾扫虏尘空。
封侯万里男儿志，愿取天山早挂弓。

不知韩公子过得番营否，且听下回分解。

第四十三回 送客将军双结义 赠囊和尚泄天机

诗曰：

猛听金营笳鼓鸣，勤王小将显威名。
冲锋直进浑无敌，虎窟龙潭掉臂行。

却说那韩公子一马冲进金营，大喝一声："两狼关韩元帅的二公子来踹营了！"

摇动手中银杆虎头枪，犹如飞雷掣电一般，谁人挡得住？竟被他杀出番营，上牛头山而去。小番忙去报知太子道："不好了！又来了一个小南蛮，把大狼主伤了！冲破营盘，上山去了。"兀术听了，又惊又苦。一面差人打探，一面去收拾粘罕尸首，不提。

再说韩公子到了荷叶岭边，口子上守山军士问明放进，来至大营前，军士进帐禀知岳元帅。元帅吩咐："请进来！"军士答应一声，出来传令："请公子进见。"

公子来到帐中，行礼毕，便道："小将奉家父之命，来见元帅，有本章请圣上龙安。适在路上遇见粘罕追直藕塘关总兵金节，被小将挑死，将首级呈验。金总兵离此二十里扎营候旨，带有问安本章并牛将军家信呈上。"岳元帅大喜道："令尊平贼有功，公子又得此大功，请同本帅去见天子候旨。"随即引了公子来到玉虚宫，朝见高宗，将两道本章呈上，又将韩公子挑死金国粘罕奏闻。高宗便问李纲："应当作何封赐？"李纲奏道："韩世忠虽失了两狼关，今讨曹成有功，可复还原职。韩尚德、韩彦直俱封为平虏将军，命他引本部人马去复取金陵，候圣驾还朝，另加升赏。"

高宗依奏，传旨下来。岳元帅同韩公子谢恩，辞驾出宫。回至营前下马，公子即辞别了岳爷要回去。岳爷道："本欲相留几日，奈有君命，不好相强。"随叫："岳云何在？"岳云转将出来应声："孩儿有！"岳爷道："可送韩公子出番营去。"岳云领令，遂同韩公子并马下山。

将近番营，韩公子道："请公子回山罢。"岳云道："家父命小弟送出番营，岂敢有违！"韩公子再三推让，岳公子决意要送，便道："待小弟在前打开番兵，送兄出去。"就把双锤一摆，大喝一声："快些让路，待小爷送客！"那些番兵见是打死金弹子的小将军，人人胆战，个个心惊，一声呐喊，俱向两旁闪开。略略近些的，一锤一个，不是碎了头，就是折了背，谁敢上前，一直杀出大营。韩彦直心中暗想道："果然厉害，名不虚传！我何不也送他转去，也显显我的威名？"遂向岳云道："蒙兄送出番营，小弟再无不送转去之理。"岳公子再三不肯，韩公子立意要送。岳云道："既承美意，只得从命。"韩公子复身向前拍马冲进，逢人便挑，如入无人之境。番兵已是被他杀怕了的，口中呐喊，却已四散分开，近前的就没了命。二位公子冲透营盘，来至山下。韩公子道："请兄回山罢。"岳云道："既承兄送转来，自然再送兄出去。"韩公子再四推辞，岳云那里肯。复回马向前，韩公子在后，两个又杀入番营。那些番兵被他二人送出送进，不知杀伤了多少，一个个胆战心惊，让开大路。二人冲出了番营，韩公子再要送回。岳云道："何必如此送出送进，送到何时是了？难得我二人意气相投，小弟欲与兄结为兄弟，不知尊意若何？"韩公子道："小弟亦有此心，但是高攀不起。"岳云道："何出此言！"二人遂向树林中去，下马来，撮土为香，对天八拜。韩公子年长为兄，岳公子为弟。二人遂上马分手。有诗曰：

金兰结契两心同，豪杰相逢意气通。
险阻不辞劳送别，二难济美大家风。

岳云独自一个再杀进番营，回荷叶岭来。那番兵被二人杀得害怕，况因粘罕被韩公子挑死，众王子俱在兀术帐中悲苦，命匠人雕刻木头，配合成殓端正，差人送回本国。忙忙碌碌，所以无人阻挡，由他二人进出。那岳云上山，将送韩公子结义之事禀知元帅，元帅亦甚欢喜。且按下慢表。

再说韩公子回至汉阳，上船来见父亲，禀道："圣上复了爹爹、母亲之职。令我们兄弟领兵复取金陵，不必往牛头山去。"又把与岳云结拜之事禀知元帅夫人。遂命兵船望金陵进发。

一日，有探子来报："留守宗方杀破杜吉、曹荣两个，威镇金陵，特来报知。"

元帅问梁夫人道："如今待怎么处？"夫人道："我们且将大小战船在狼福山扎住，以扼兀术之路。闻得金山上有个道行高僧，法名道悦，能知过去未来，我们何不去问他一声，以卜休咎？"元帅道："夫人之言，甚是有理。"遂备了香烛礼物，上金山来。进了寺门，到大殿行过了香，然后来到方丈参见道悦禅师。禅师接进，见礼毕，元帅明了来意，道："不知后事如何，幸乞禅师指示！"道悦道："贫僧有一锦囊，内有一偈，元帅带去观看，自有效验。"元帅领了锦囊，辞别长老，下船来。

将锦囊拆开，与夫人一同观看，只见上边写道：

“老”龙潭内起波涛，“鹳”教一品立当朝。

“河”虑金人拿不住，“走”马当先问路遥。

韩元帅笑道：“这和尚空有虚名，谁知全无学问。怎么一首偈语，都写了别字？”

梁夫人也好生不然。韩元帅就传令各战船齐往狼福山下，扎成水寨。差人往金陵打听虚实，一面差人探听牛头山消息。

且说牛头山上岳元帅，专等各路勤王兵至，准备与兀术交兵。兀术也在与众王子、众平章商议开战之事。有探事小番进帐来报道：“启上狼主，小的探得有南朝元帅张浚领兵六万，顺昌元帅刘倚领兵五万，四川副使吴玠同兄弟吴璘统兵三万，定海总兵胡章、象山总兵龚相、藕塘关总兵金节、九江总兵杨沂中、湖口总兵谢昆，各处人马共有三十余万。俱离此不远，四面安营，特来报知。”兀术闻报，遂传令点四位元帅向东西南北四路，探听那一方可以行走。那四位元帅领令前去，不多时一齐回来，进帐来禀道：“四面俱有重兵，只有正北一条大路可以行走。”兀术就传令晓谕前后左右中五营兵将知悉：“若与南蛮交战，胜则前进，倘不能取胜，只望正北退兵。”谁知探路的，只探得四十余里就转来了，不曾到五十里外，故此一句话，断送了六七十万人马的性命。

却说岳元帅请天子离了玉虚宫，到灵官殿前，与众位大臣都坐在马上。传令施放大炮，连声不绝。那些各处总兵、节度听见炮响，各个准备领兵杀来夹攻。兀术传齐各位王子、众平章、众元帅、一众番将，俱各领兵上马，传下令来：“今日拚了命，与岳南蛮决一死战，擒了康王，以图中原。”这里岳元帅传下令来，命何元庆、余化龙、张显、岳云、董先、张宪、汤怀、牛皋等为首，带领众将，一齐放炮，呐喊踹入番营。那些各路总兵、节度，听得炮声，四面八方杀将拢来。但见：

轰天炮响，震地锣鸣。轰天炮响，汪洋大海起春雷；震地锣鸣，万仞山前飞霹雳。人如猛虎离山，马似游龙出水。刀枪齐举，剑戟纵横。迎着刀，连肩搭背；逢着枪，头断身开。挡着剑，喉穿气绝；中着戟，腹破流红。人撞人，自相践踏；马碰马，遍地尸横。带箭儿郎，呼兄唤弟，伤残军士，觅子寻爷。直杀得：天昏地暗无光彩，鬼哭神号黑雾迷。

这场大战真个是天摇地动，日色无光。杀得那些番兵人尸堆满地，马死遍尘埃。岳元帅带领这一班猛将逢人便杀，遇将就擒。摆动这杆沥泉枪，浑如蛟龙搅海，巨蟒翻身。那些众番将番兵见了岳爷，就是追魂使者、了命阎君，一个个抱头鼠窜，口中只叫：“走，走，走！岳爷爷来了！”岳爷望见南朝元帅张浚、顺昌元帅刘椅的旗号，遂令军士请来相见。张、刘二位元帅在马上见了岳元帅，岳元帅叫道："二位元帅！今日本帅将圣上并众大臣交与二位元帅，速速保驾回京。本帅好去追赶金兵。"遂辞了天子，带了张保、王横，催兵掩杀。从辰时直杀到半夜，杀得番兵抛旗弃甲，四散败走，众将各个在后追赶。

单讲岳爷追着兀术，连日连夜，直赶到金门镇相近，有傅光的先锋狄雷在此截杀番兵。众番兵无处逃命，被狄雷杀伤大半。岳爷刚到跟前，狄雷不分皂白，举起锤望岳爷便打。一连儿锤，岳元帅连忙招架，觉得沉重，便大喝道："你是何人，敢挡本帅去路？"狄雷听了，细细一认，晓得是岳元帅，心中惊慌，惧罪而逃。岳爷只是紧紧追赶兀术。兀术只顾望北逃去，看看来到江口，只听得众番兵一片声叫苦。原来一派大江，并无船只可渡，后面追兵又近，吓得兀术浑身发抖，仰天大叫："天亡我也！某家自进中原以来，未有如此之败！今前有大江，后有追兵，如之奈何！"正在危急，那军师哈迷蚩用手一指道："主公且慢惊慌！看这江中不是有船来么？"兀术定睛一看，却是金兵旗号。原来是杜吉、曹荣的战船，因被宗方杀败，故此驾船逃走。军师大叫："快来救主！"那船上见是番兵，如飞拢岸。兀术与军师、众平章等一齐争下船来。船少人多，那里装得尽？看见岳元帅追兵已近，慌忙开去。落后番兵无船可渡，岳元帅追至江口，犹如砍瓜切菜一般。可怜这些番兵啼啼哭哭，望江中乱跳，淹死无数。兀术望见，掩面流泪，好不苦楚！后人读史至此，有诗吊之曰：

百万金兵将枭雄，牛头山下困高宗。本期稳取中华地，谁料勤王有岳公！

且说那岳爷兵马到了汉阳江口，安下营寨。差人找寻船只，欲渡江去追拿兀术，忽听得营门口齐声喊冤。岳爷便问："何人喊冤？"早有传宣来到外边查问明白，进来禀道："是七八个船户。因临安通判万俟卨、同知罗汝楫解送粮草至此，私将粮草运回家中，反要船户赔补，为此众船户在营前喊冤。"元帅吩咐："将万俟卨、罗汝楫二人抓进来。"两旁军士答应一声，即将二人一把一个抓进帐来跪下。岳爷喝道："尔等既然解粮到此，何不缴令？"二人道："因番兵围困牛头山，只得在此伺候。船户人多，将粮草吃尽，故此要他赔补。望元帅开恩，公侯万代，感恩不浅！"元帅大喝一声："绑去砍了！"两边一声吆喝，登时绳穿索绑。二人齐叫："开恩！"旁边闪过张宪、岳云，跪下禀道："他二人因见番兵扎营山下，不敢上山缴令，虽系偷盗粮草，理当处斩，但实系日久，情有可原。望爹爹饶他性命！"

元帅道："你且起来。"二人谢了元帅，站立一边。元帅向万俟卨、罗汝楫喝道："本当斩你二人驴头。他二人求饶，饶了你死罪，拿下去打！"军士答应一声，将二人按倒在地，每人打了四十大棍，发转临安。二人受责，谢了元帅不斩之恩，出营自回临安而去。

忽有探子进营来报道："探得韩元帅扎营在狼福山下，阻住兀术去路，特来报知。"岳元帅想道："这一功让了韩元帅罢！"遂唤过岳云来，吩咐道："你可引兵三千，往天长关守住，倘兀术来时，用心擒住，不可有违！"岳云得令，带领人马，竟往天长关而去。元帅大队人马，自回潭州，不表。

且说兀术败在长江之中，有那金陵杀败的兵将、战船陆续到来，南岸上还有杀不尽的番兵逃来。兀术吩咐把船拢岸，尽数装载。看见北岸有韩元帅扎营，不能过去。兀术就吩咐将船只拢齐，查点数目，共有五六百号；计点番兵，不上四五万。

兀术叹道："某家初进中原，带有雄兵数十万，战将数百员。今日被岳南蛮杀得只剩四五万人马，又伤了大王兄与二殿下，有何面目去见父王！"说罢，痛哭起来。

众平章劝道："狼主不必悲伤，保重身体，好渡长江。"

兀术望见江北一带，战船摆列有十里远近，旗幡飘动，楼橹密布，如城墙一般。

又有百十号小游船，都是六桨，行动如飞，弓箭火器乱发。那中军水营都是海鳅舰，缆定桅樯，高有二十来丈，密麻相似。两边金鼓旗号，中间插着"大元帅韩"的宝纛大旗。兀术自想："不过五六百号战船，如何冲得他动，怎敢过去？"好生忧闷，便与军师商议。哈迷蚩道："江北战船密布，亦不知有多少号数。须要差人去探听虚实，方好过江。"兀术道："今晚待某家亲自去探个虚实。"哈迷蚩道："狼主岂可深入重地！"兀术道："不妨。某家昨日拿住个土人，问得明白。这里金山寺上，有座龙王庙最高，待某家上金山去细看南北形势，便知虚实矣。"哈迷蚩道："即如此，必须如此如此，方保万全。"兀术依计，即时叫过小元帅何黑闼、黄柄奴二人近前，悄悄吩咐："你二人到晚间照计而行。"二人领命，准备来探南兵。

且说那韩元帅见金兵屯扎在黄天荡，便集众将商议道："兀术乃金邦名将，今晚必然上金山来偷看我的营寨。"即令副将苏德引兵一百，埋伏于龙王庙里："你可躲在金山塔上，若望见有番兵到来，就在塔上擂起鼓来，引兵冲出，我自有接应。"

苏德领令去了。又命二公子彦直道："你也只消带领健卒一百，埋伏在龙王庙左侧，听得塔上鼓响，便引兵杀出来擒住番将，不可有误！"二公子领令去了。又命大公子尚德带领兵三百，架船埋伏南岸："但听江中炮响，可绕出北岸，截他归路。"大公子亦引兵去了。

这里端正停当，果然那兀术到了晚间，同了军师哈迷蚩、小元帅黄柄奴三人一齐上岸，坐马悄悄到金山脚边。早有番将何黑闼已带领番兵，整备小船伺候。兀术与哈迷蚩、黄柄奴上了金山，勒马徐行。到了龙王庙前一箭之地，立定一望，但见江波浩渺，山势宠庵。正待观看宋军营垒，那苏德在塔顶上望见三骑马将近龙王庙来，后面几百番兵远远随着，便喝采道："元帅真个料敌如神！"遂擂起鼓来。庙里这一百兵呐声喊，杀将出来。左首韩二公子听得鼓响，亦引兵杀出。兀术三人听得战鼓齐鸣，心惊胆颤，正待勒马回去，忽然韩彦直飞马大叫："兀术往那里走？快快下马受缚！"

这一声喊，早惊得三人飞马便走。不道山路高低，一将坐马失足，连人掀下，彦直举枪便刺。兀术举起金雀斧劈面砍来，救出那将，就与二公子大战。众番兵连忙下山逃走，何黑阀接应上船，飞风开去。大江中一声炮响，韩尚德放出小船来赶，已去远了。那二公子在山上与兀术战不上七八合，被二公子逼开斧，一手擒过马来，下船回营。天已大明，元帅升帐，请将俱来报功。韩元帅大喜，命将兀术推来。左右一声得令，将兀术推进来。正是：

阱中饿虎何难缚，釜底穷鱼命怎逃？

毕竟不知兀术性命如何，且听下回分解。

第四十四回 梁夫人击鼓战金山 金兀术败走黄天荡

诗曰：

腰间宝剑七星纹，臂上弯弓百战勋。
计定金山擒兀术，始知江上有将军。

那韩元帅一声吩咐，两边军士答应，将兀术推进帐前。元帅把眼望下一看，原来不是兀术。元帅大喝道："你是何人？敢假冒兀术来诳我！"那将道："我乃金国元帅黄柄奴是也。军师防你诡计，故命我假装太子模样，果不出所料。今既被擒，要砍就砍，不必多言。"元帅道："原来番奴这般刁滑！无名小卒，杀了徒然，污我宝刀。"吩咐："将他囚禁后营，待我擒了真兀术，一齐碎剐便了。"又对二公子道："你中了他'金蝉脱壳'之计，今后须要小心！"公子连声领命。

元帅因走了兀术，退回后营，闷闷不乐。梁夫人道："兀术虽败，粮草无多，必然急速要回。乘我小胜无意提防，今夜必来厮杀。金人多诈，恐怕他一面来与我攻战，一面过江，使我两下遮挡不住。如今我二人分开军政，将军可同孩儿等专领游兵，分调各营，四面截杀。妾身管领中军水营，安排守御，以防冲突。任他来攻，只用火炮管箭守住，不与他交战。他见我不动，必然渡江，可命中营大桅上立起楼橹，妾身亲自在上击鼓。中间竖一大白旗，将军只看白旗为号，鼓起则进，鼓住则守。金兵往南，白旗指南；金兵往北，白旗指北。元帅与两个孩儿协同副将，领兵八千，分为八队，俱听桅顶上鼓声，再看号旗截杀，务叫他片甲不回，再不敢窥想中原矣。"韩元帅听了，大喜道："夫人真乃是神机妙算，赛过古之孙、吴也！"

梁夫人道："既各分任，就叫军政司立了军令状，倘中军有失，妾身之罪；游兵有失，将军不得辞其责也！"

夫妇二人商议停当，各自准备。夫人即便软扎披挂，布置守中军的兵将。把号旗用了游索，将大铁环系住，四面游船八队，再分为八八六十四队，队有队长。但看中军旗号，看金兵那里渡江，就将号旗往那里扯起。那些游兵，摇橹的，荡桨的，飞也似去了。布置停当，然后在中军大桅顶上，扯起一小小鼓楼，遮了箭眼。到得定更时分，梁夫人令一名家将，管着扯号旗。自己踏着云梯，把纤腰一扭，莲步轻勾，早已到桅杆绝顶，离水面有二十多丈。看着金营人马，如蝼蚁相似，那营里动静，一目了然。江南数十里地面，被梁夫人看做掌中地理图一般。那韩元帅同二位公子自去安排截杀，不表。

后人有诗，单赞那梁夫人道：

旧是平康女，新从定远侯。戎妆如月孛，佩剑更娇柔。
眉锁江山恨，心分国土忧。江中闻奏凯，赢得姓名流。

再说那日兀术在金山上，险些遭擒，走回营中，喘息不定，坐了半日，对军师道："南军虚实不曾探得，反折了黄柄奴，如今怎生得渡江回去？"军师道："我军粮少，难以久持。今晚可出其不意，连夜过江，若待我军粮尽，如何抵敌！"兀术听得，就令大元帅粘没喝领兵三万，战船五百号，先挡住他焦山大营，却调小船由南岸一带过去，争这龙潭、仪征的旱路。约定三更造饭，四更拔营，五更过江，使他首尾不能相顾。众番兵番将那个不想过江，得了此令，一个个磨刀拈箭，勇气十倍。那兀术到了三更，吃了烧羊烧酒，众军饱餐了，也不鸣金吹角，只以胡哨为号。三万番兵驾着五百号战船，望焦山大营进发，正值南风，开帆如箭。这里金山下宋兵哨船探知，报入中军，梁夫人早已准备炮架弓弩，远者炮打，近的箭射，俱要哑战，不许呐喊，那粘没喝战船将近焦山，遂一齐呐喊，宋营中全无动静。兀术在后边船上正在惊疑，忽听得一声炮响，箭如雨发，又有轰天价大炮打来，把兀术的兵船打得七零八落，慌忙下令转船，从斜刺里往北而来。怎禁得梁夫人在高桅之上看得分明，即将战鼓敲起，如雷鸣一般。号旗上挂起灯球：兀术向北，也向北；兀术向南，也向南。韩元帅与二位公子率领游兵照着号旗截杀，两军相拒。看看天色已明，韩尚德从东杀上，韩彦直从西杀来。三面夹攻，兀术那里招架得住。可怜那些番兵溺死的、杀伤的，不计其数。这一阵杀得兀术上天无路，入地无门，只得败回黄天荡去了。那梁夫人在桅顶上看见兀术败进黄天荡去，把那战鼓敲得不绝声响，险不使坏了细腰玉软风流臂，喜透了香汗春融窈窕心。至今《宋史》上，一笔写着："韩世忠大败兀术于金山，妻梁氏自击桴鼓。"有诗曰：

一声桅鼓震桅樯，十万雄兵战大江。
忠义木兰今再见，三挝空自说渔阳。

又诗曰：

百战功名四海钦，贤哉内助智谋深。
而今风浪金焦过，犹作夫人击鼓音。

原来这黄天荡是江里的一条水港。兀术不知水路，一时杀败了，遂将船收入港中，实指望可以拢岸，好上旱路逃生，那里晓得是一条死水，无路可通。韩元帅见兀术败进黄天荡去，不胜之喜，举手对天道："真乃圣上洪福齐天！兀术合该数尽！只消把江口阻住，此贼焉能得出？不消数日，粮尽饿死，从此高枕无忧矣！"即忙传令，命二公子同众将守住黄天荡口。

韩元帅回寨，梁夫人接着，诸将俱来献功，苏德生擒得兀术女婿龙虎大王，霍武斩得番将何黑闼首级，其余有夺得船只军器者，擒得番兵番卒者，不计其数。元帅命军政司一一纪录功劳。命后营取出黄柄奴，将龙虎大王一同斩首，并何黑闼首级，一齐号令在桅杆上。是时正值八月中旬，月明如昼，元帅见那些大小战船，排作长蛇阵形，有十里远近，灯球火光，照耀如同白日，军中欢声如雷。

韩元帅因得了大胜，心内十分欢喜，又感梁夫人登桅击鼓一段义气，忽然要与梁夫人夜游金山看月，登塔顶上去望金营气色。即时传令，安排两席上色酒肴，与夫人夜上金山赏月。又将羊酒颁赐二位公子与各营将官，轮番巡守江口。自却坐了一只大船，随了数只兵船。梁夫人换了一身艳服，陪着韩元帅锦衣玉带，趁着水光月色，来到金山。

二人徐徐步上山来，早有山僧迎接。进了方丈，韩元帅便问："道悦禅师何在？"

和尚禀说："三日前已往五台山游脚去了。"待茶已毕，韩元帅吩咐将酒席移在妙高台上，同夫人上台赏月，二人对坐饮酒。韩元帅在月下一望，金营灯火全无，宋营船上灯球密布，甚是欢喜，不觉有曹公赤壁横槊赋诗的光景。那梁夫人反不甚开怀，颦眉长叹道："将军不可因一时小胜，忘了大敌！我想兀术智勇兼全，今若不能擒获，他日必为后患。万一再被他逃去，必来复仇，那时南北相争，将军不为无功，反是纵敌，以遗君忧。岂可游玩快乐，灰了军心，悔之晚矣！"韩元帅闻言，愈加敬服道："夫人所见，可谓万全。但兀术已入死地，再无生理，数日粮尽，我自当活捉，以报二帝之仇也。"言毕，举起大杯，连饮数杯。拔剑起舞，口吟《满江红》词一阕。词曰：

万里长江，淘不尽，壮怀秋色。漫说道，秦宫汉帐，瑶台银阙。长剑倚天氛雾外，宝弓挂日烟尘侧。向星辰，拍袖整乾坤，难消歇。龙虎啸，风云泣。千古恨，凭谁说？对山河，耿耿泪沾襟血。汴水夜吹羌笛管，鸾舆步老辽阳月。把唾壶，敲碎问蟾蜍，圆何缺？

吟毕，又舞一回，与梁夫人再整一番酒席，尽欢而罢。早已是五更时分，元帅传令，同夫人下山回营，不表。

再说兀术大败之后，剩不上二万人马，四百来号战船。败入黄天荡，不知路径，差人探听路途。拿得两只渔船到来，兀术好言对渔户道："我乃金邦四太子便是。因兵败至此，不知出路，烦你指引，重重谢你！"那渔翁道："我们也居在这里，这里叫做黄天荡。河面虽大，却是一条死港。只有一条进路，并无第二条出路。"

兀术闻言，方知错走了死路，心中惊慌。赏了渔人，与军师、众王子、元帅、平章等商议道："如今韩南蛮守住江面，又无别路出去，如何是好！"哈迷蚩道："如今事在危急，狼主且写书一封，许他礼物与他讲和，看那韩南蛮肯与不肯，再作商议。"兀术依言，即忙写书一封，差小番送往韩元帅寨中。

有旗牌官报知元帅，元帅传令唤进来。小番进帐，跪下叩头，呈上书札。左右接来，送到元帅案前。元帅拆书观看，上边写道：情愿求和，永不侵犯，进贡名马三百匹，买条路回去。

元帅看罢，哈哈大笑道："兀术把本帅当作何等人也！"写了回书，命将小番割去耳鼻放回。小番负痛回船，报知兀术。兀术与军师商议，无计可施，只得下令拚死杀出，以图侥幸。次日，众番兵呐喊摇旗，驾船杀奔江口而来。

那韩元帅将小番割去耳鼻放回，料得兀术必来夺路，早已下令，命清将用心把守："倘番兵出来，不许交战，只用大炮硬弩打去，他不能近，自然退去。"众将领令。那兀术带领众将杀奔出来，只见守得铁桶一般，火炮弩箭齐来，料不能冲出，遂传令住了船，遣一番官上前说道："四太子请韩元帅打话。"军士报知寨中，韩元帅传令，把战船分作左右两营，将中军大营船放开，船头上弩弓炮箭排列数层，以防暗算。韩元帅坐中间，左边立着大公子韩尚德，右边立着二公子韩彦直，两边列着长枪利斧的甲士，十分雄壮。兀术也分开战船，独坐一只大楼船，左右也是番兵番将，离韩元帅的船约有二百步，两个俱各抛住船脚。兀术在船头上脱帽跪下，使人传话，告道："中国与金国本是一家，皇上金主犹如兄弟。江南贼寇生发，我故起兵南来欲讨凶徒，不意有犯虎威！今对天盟誓，从今和好，永无侵犯，乞放回国！"韩元帅也使传事官回道："你家久已背盟，掳我二帝，占我疆土。除非送还我二帝，退回我汴京，方可讲和。否则，请决一战！"说罢，就传令转船。

兀术见韩元帅不肯讲和，又不能冲出江口，只得退回黄天荡，心中忧闷，对军师道："我军屡败，人人恐惧。今内无粮草，外无救兵，岂不死于此地。"军师道："事已急矣，不如张挂榜文，若有能解得此危者，赏以千金，或有能人，亦未可定。"

兀术依言，命写榜文召募。不一日，有小番来报："有一秀才求见，说道：'有计出得此围。'"兀术忙教请进来相见。那秀才进帐来,兀术出座迎接,让他上坐,便道:"某家被南蛮困住在此,无路可出,又无粮草。望先生救我!"那秀才道:"行兵打仗,小生不能,若要出此黄天荡,有何难处!"兀术大喜道:"某家若能脱身归国,不独千金之赠,富贵当与先生共之!"那秀才选两个指头,言无数句,话不一席,有分教:

打碎玉笼飞彩凤,顿开金锁走蛟龙。

毕竟不如这秀才有何计出得黄天荡,且听下回分解。

第四十五回 掘通老鹳河兀术逃生 迁都临安郡岳飞归里

诗曰：

两番败厄黄天荡，一夕渠成走建康。
岂是书生多妙策，只缘天意佑金邦！

却说兀术问那秀才："有何奇计，可以出得黄天荡，能使某家归国，必当重报。"

那秀才道："此间望北十余里就是老鹳河，旧有河道可通，今日久淤塞。何不令军士掘开泥沙，引秦淮水通河？可直达建康大路也！"兀术闻言大喜，命左右将金帛送与秀才。秀才不受，也不肯说出姓名，飘然而去。当下兀术传下号令，掘土引水。

这二三万番兵俱想逃命，一齐动手。只一夜工夫，掘开三十里，通到老鹳河中，把战船抛了，大队人马上岸，望建康而去。

这里韩元帅水兵在江口守到十来日，见金兵不动不变，烟火俱无，往前探听，才晓得漏网脱逃，慌忙报知元帅。元帅暴跳如雷道："罢了！罢了！不料道悦锦囊偈语，每句头上按着'老鹳河走'四字。果然是天机已定，这番奴命不该绝也。"

梁夫人道："虽然天意，也是将军骄惰玩寇，不为无罪！"世忠心中愤愤，传令大军一齐起行，往汉阳江口驻扎。上表自劾待罪，不表。

再说兀术由建康一路逃至天长关，哈哈大笑道："岳南蛮、韩南蛮，用兵也只如此！若于此地伏下一枝人马，某家就插翅也难过去！"话还未毕，只听得一声炮响，三千人马一字儿排开。马上簇拥出一员小将，年方一十三岁，头戴束发紫金冠，身穿可体烂银铠，坐下赤兔宝驹，手提两柄银锤，大喝一声："小将军在此，已等候多时！快快下马受缚！"兀术道："小蛮子，自古赶人不要赶上，某家与你决一死战罢！"举起金雀斧，劈面砍来，岳云把锤往上一架，当的一声，那兀术招架不住，早被岳公子拦腰一把擒过马来。那些番兵亡命冲出关去。可怜兀术几十万人马进中原,此时只剩得三百六十骑逃回本国！且按下不表。

且说岳元帅那日升帐,探子来报:“兀术在长江内被韩元帅杀得大败,逃入黄天荡,通了老鹳河,逃往建康,韩元帅回兵驻扎汉阳江口去了。”岳元帅把脚一蹬道:“兀术逃去,正乃天意也!”言未已,又有探子来报:“公子擒了兀术回兵。”

元帅大喜。不一会,只见岳云进营禀道:“孩儿奉令把守天长关,果然兀术败兵至此,被孩儿生擒来见爹爹缴令。”岳爷喝一声:“推进来!”两边答应一声:“嘎!”早把兀术推至帐前,那兀术立而不跪。岳爷往下一看,原来不是兀术,大喝一声:“你是何人？敢假充兀术来替死么？”那个假兀术道:“俺乃四太子帐下小元帅高大保是也。受狼主厚恩,无以报答,故尔今日舍身代狼主之难。要砍便砍,不必多言。”岳爷传令:“绑去砍了!”两边一声答应,登时献上首级。岳爷对公子道:“你这无用的畜生！你在牛头山多时,岂不认得兀术？怎么反擒了他的副将,被他逃去？”叫左右:“绑去砍了!”军士没奈何,只得将岳云绑起,推出营来。

恰遇着韩元帅来见岳元帅,要约同往行营见驾。到了营前,见绑着一员小将,韩元帅便问道:“此是何人？犯何军令？”军士禀道:“这是岳元帅的大公子岳云,奉令把守天长关,因拿了一个假兀术,故此绑在这里要处斩。”韩元帅道:“刀下留人！不许动手！待本帅去见了你家元帅,自有区处。”即忙来对传宣官道:“说我韩世忠要见。”传宣进去禀过元帅,元帅即忙出来迎接进帐。见礼已毕,坐定,韩世忠道:“大元戎果然有挽回天地之力,重整江山之手！若不是元戎大才,天子怎得回都？”岳元帅道:“老元戎何出此言？这乃是朝廷之洪福,众大臣之才能,诸将之用力,三军之奋勇,非岳飞之能也!”韩元帅道:“世忠方才进营,看见令公子绑在营外要斩,不知犯何军令。”岳元帅道:“本帅令他把守天长关擒拿兀术,不想他拿一个假兀术,错过这一个好机会,故此将他斩首。”韩元帅道:“下官驻兵镇江,那日上金山去问道悦和尚指迷。那和尚赠我偈言四句,谁知藏头诗,按着‘老鹳河走’四个字在头上。后来谅他必登金山探看我的营寨,也差小儿埋伏擒他,谁知他也擒了个假兀术。一则金人多诈,二则总是天意不该绝他,非令郎之罪也,乞大元戎恕之!”岳爷道:“老元戎既如此说,饶了他。”吩咐左右将公子放了,岳云进帐谢了韩元帅。韩元帅与岳元帅谈了一回戎事,约定岳爷一齐班师。

世忠由大江水路,岳爷把兵分作三路,由旱路进发。不一日,早到金陵,三军扎营城外。岳元帅率领大小众将进午门候旨。高宗宣进,朝见已毕,即着光禄寺安排御筵,便殿赐宴。当日慰劳多端,不必多叙。

过了两日,有临安节度使苗傅、总兵刘正彦,差官送奏本入朝。因临安宫殿完工，请驾迁都。高宗准奏，传旨整备车驾，择日迁都。百官有言："金陵楼橹残破，城郭空虚，迁都为妙。"有的说："金陵乃六朝建都之地，有长江之险，可战可守，易图恢复。"纷纷议论不一。李纲听得，慌忙进宫奏道："自古中兴之主，俱起于西北，故关中为上。今都建康虽是中策，尚可以号召四方，以图恢复。若迁往临安，不过是惧敌退避之意，真是下下之计！愿陛下勿降此旨，摇动民心，臣不胜惶恐之至！"高宗道："老卿家不知，金陵已被兀术残破，人民离散，只乘得空城，难以久守。临安南通闽、广，北近江、淮，民多鱼盐之利，足以休兵养马。待兵精粮足，然后再图恢复，方得万全，卿家何必阻朕？"李纲见高宗主意已决，料难挽回，便奏道："既然如此，臣已年老，乞圣恩放臣还乡，偷安岁月，实圣上之所赐也！"高宗本是个庸主，巴不得他要去，省得耳跟前聒噪，遂即准奏。李纲也不通知众朝臣，连夜出京回乡去了。

一日，岳飞闻得此言，慌忙同众将入朝奏道："兀术新败，陛下宜安守旧都，选将挑兵，控扼要害之地。积草屯粮，召集四方勤王兵马，直捣黄龙府，迎还二圣以报中原之恨，岂可迁都苟安，以失民心？况临安僻近海滨，四面受敌之地。苗傅、刘正彦乃奸佞之徒，不可被其蛊惑！望陛下三思！"高宗道："金兵入寇，连年征战，生民涂炭，将士劳心，今幸兀术败去，孤家欲遣使议和，稍息民力，再图恢复。主意已定，卿家不必多虑。"岳飞道："陛下既已决定圣意，今天下粗定，臣已离家日久，老母现在抱病垂危，望陛下赐臣还乡，少遂乌鸟私情。"高宗准奏。众将一齐启奏乞恩，俱各省亲省墓。高宗各赐金帛还乡，岳飞和众将一齐谢恩退出。正是：盖世奇才运不逢，心怀国愤矢孤忠。

大勋未集归田里，且向江潭作困龙。

高宗又传旨封韩世忠为咸安郡王，留守润州，不必来京。那高宗恐怕韩世忠到京，谏他迁都，故此差官沿途迎去，省了一番说话之意也。遂传旨择了吉日，起驾南迁。这一日，天子宫眷起程，百官纷纷保驾，百姓多有跟去的。不一日，到了临安，苗傅、刘正彦二人来迎接圣驾入城，送进新造的宫殿。高宗观看造得精巧，十分欢喜。传旨改为绍兴元年，封苗、刘二人为左右都督，不表。

且说那兀术逃回本国，进黄龙府来，见了父王，俯伏阶下，老狼主道："某家闻说大王儿死在中原，王孙金弹子阵亡，你将七十万雄兵尽丧中原，还有何面目来见某家！"吩咐："与我绑出去'哈喇'了罢！"那时众番官把兀术绑了，正要推出，当有军师哈迷蚩跪上奏道："狼主！不是四太子无能，实系岳南蛮足智多谋。八盘山战败，青龙山战败，渡黄河至爱华山战败，被岳南蛮追至长江，死了多少兵将，逃命过江，回守河间府，待岳南蛮兵往湖广，定计五路进中原。臣同四太子兵到黄河，有刘豫、曹荣等来献了长江，兵到金陵，追康王等七人七骑，真追至杭州。他们君臣下海，四太子大兵直追至湖广，将康王君臣围在牛头山。有岳飞、韩世忠、张浚、刘倚四元帅，领大兵来救驾，也有三十余万兵马。与他大战，败至汉阳江上。又无船可渡，我兵尽被南蛮杀尽亏得杜吉、曹荣二人败下，将船来救殿下。方要过江，又被韩世忠水战，败进黄天荡。幸有神明相救，掘开沙土，出老鹳河逃生。没有黄柄奴、高太保二人代死，四殿下亦不得归国矣！要求狼主开恩，怜而赦之！”老狼主闻言，传旨放回兀术，兀术谢了恩。众番将尽皆无罪，辞驾出朝，各自回府。

兀术在府内日日想到中原。这一日，令哈迷蚩来计议道：“某家初入中原，势如破竹，囚康王于国内，陷二帝于沙漠。因出了这岳飞，某家大败数阵，全师尽丧，逃命而归，却是为何？”军师道：“狼主前日之功，所亏者宋朝奸臣之力。狼主动不动只喜的是忠臣，恼的是奸臣，将张邦昌等杀了，如何抢得中原？”兀术想了一回道：“军师说的不差，某家前番进兵，果亏了一班奸臣。如今要这样的奸臣，往那里的去寻？”哈迷蚩道：“奸臣是还有一个在这里，当初何卓等共是五个人，跟随二帝到此。那四个俱是铁汉，铮铮不屈，俱死了。唯有秦桧乞哀求活，狼主将他驱逐出来，流落在此。我看此人乃是个大奸臣。但不知目下在何处，狼主可差人去寻他来，养在府中，加些恩惠与他，一年半载，必然感激。然后多将些金银送他回国，叫他做个奸细。这宋室江山，管教轻轻的送狼主受用，岂不是好？”兀术听了道：“真个好计策！”随即差小番四处去寻觅秦桧下落。正是：

落魄无心求富贵，运通富贵逼人来。

不知后事如何，且听下回分解。

第四十六回 兀术施恩养秦桧 苗傅衔怨杀王渊

诗曰：

铮铮义不帝邦昌，一过燕山转病狂。
臣妾自南君自北，莫寻闲事到沙场。

却说那秦桧夫妻二人，自从被掳到金邦，那些同来的大臣死的死了，杀的杀了，独有秦桧再四哀求，被老狼主赶他到贺兰山边草营内，服侍看马的小番。后来小番死了，他夫妻两个就流落在山下，住在一顶破牛皮帐房内，饮食全无措办，只靠王氏与这些小番们缝补缝补，浆洗浆洗，觅些来糊口。亏得那王氏生得俊俏，又有那些小番与他勾搭上了，送些牛肉羊肉与他，混帐过日。

也是他命应该发迹，忽然那一日兀术坐在府中，心头闷闷不乐，即领了一众小番，骑马带箭，驾着马，牵着犬，往山前山后打围取乐。一路上，也拿了几个獐儿兔儿。刚要回府，看看来到贺兰山脚下，远远望见一个南妆妇人，慌慌张张地躲入林子里去。兀术向前，命小番往林子里去搜检，不一会，拿出一个妇人来。兀术举眼观看，但见那妇人星眸带露，俏眼含情，那兀术本是个不贪女色的好汉，不知为什么见了这个妇人，身子却酥了半边，就叫小番："那里来这南边妇人，且带他回府去审问。"小番一声答应，不由分说，把那妇人一把抱来，横在马上，跟了兀术一同回到王府。兀术进了内堂，唤那妇人到跟前来，问道："你是何处人氏？因何在我北地？"那妇人便战兢兢地跪下，启一点朱唇，吐出娇滴滴的声音："禀上大王，奴家王氏，丈夫秦桧乃宋朝状元，随着上皇圣驾到此。狼主将二帝迁往五国城去，奴家与丈夫两个流落在此。方才往树林中去拾些枯枝当柴火炊爨，不知狼主到来，多有冒犯，望乞饶恕！"兀术听了，大喜道："连日着小番寻访秦桧，不道今于无意中得之！"正叫做：踏破铁鞋无觅处，得来全不费工夫。兀术便叫："娘子请起，我久闻你丈夫博学多才，正要请他做个参谋。"就令小番："速速备马去请了秦老爷来！"小番领命而去。这里兀术就携了王氏的手，同进后房，成其好事。

王氏见兀术雄壮，心中亦甚欢喜。两个恩恩爱爱，说了一回。

早有小番进来报说："秦老爷已请到了。"兀术同王氏出堂。秦桧参见了，兀术道："卿家且请坐了。"秦桧逊道："狼主在上，秦桧焉敢坐？"兀术道："卿家大才，某家久慕。一向因出兵在外，不得与卿家相叙。今日偶然遇见，某家这里缺少一个参谋，正好住在府中，朝夕请教。"秦桧拜谢了。当夜就与他夫妻二人换了衣服，收拾一间书房，与他夫妻居住。每日牛酒供待，十分丰盛。王氏常常进来与兀术相叙，秦桧也眼开眼闭，只做不知。兀术又常常送些衣服金钱，与他夫妻两个，不知不觉，过了一载有余。

忽一日，兀术问道："卿家可想回家去么？"秦桧夫妻二人道："蒙狼主十分抬举，况臣如此受用，怎么还想回家？"兀术道："古人有言：'树高千丈，叶落归根。'卿家若然思念家乡，某家差人送你回国。"秦桧道："若能使秦桧回去一拜祖坟，实为恩德，但是不好启齿。"兀术道："这有何难！但是你须要往五国城，讨了二圣的诏书，才可进得中原关口。"秦桧大喜，别了兀术，径往五国城去。那兀术与王氏二人因要分别，十分不舍，两个立誓："若得中原，立你为贵妃。"

且说秦桧来至五国城，寻着了二帝，参拜已毕，将纸墨笔砚放下井中道："臣秦桧要回本国，求二圣诏书。"二圣就书诏与秦桧。秦桧辞驾，回至王府与兀术说知。当日大排筵宴饯行。次日，兀术带领一众文武送他夫妻回国，三十里一营，五十里一寨，迎接秦桧夫妻安歇。在路也非止一日，看看望见潞州，小番报与兀术。

兀术请二人在帐中摆酒送别，酒毕，秦桧告辞起身，兀术道："卿家进中原去，若得了富贵，休忘了某家！"秦桧道："臣夫妻二人若得了好日，情愿把宋室江山送与狼主。"兀术道："卿家果有此心，何不对天立下一誓？某家方信爱卿之真心也。"

秦桧跪下道："上有皇天，下有后土，我秦桧若忘了狼主恩德，不把宋朝天下送与狼主，后患背疽而死！"兀术道："卿家何必如此认真，卿家日后若有要紧事情，命人来通知，某家定当照应。某家今日不能远送了！"秦桧夫妻拜别上马，往潞州而来。

夫妻二人来至关下，与守关军士说明。军士去报与守关总兵。总兵一一问了来历，然后放他二人进关，又差人送他往临安而来。不一日，到了临安，至午门候旨。

高宗传旨宣进金銮殿，秦桧道："二圣有诏书与陛下。"高宗闻言，连忙接了诏书。

然后秦桧朝见，高宗降旨道："今得卿家还朝，得知二圣消息，更得一佳士，甚是可喜。况爱卿保二圣在外有年，患难不改，今封为礼部尚书之职，妻王氏封二品夫人。”秦桧谢恩退朝，就进礼部衙门上任。此是绍兴四年初秋之事也。

诗曰：

高宗素志在偷安，奸佞纷纷列驾班。
从此山河成破碎，蒙尘二帝不能还！

却说其时乃是大元帅王渊执掌重兵。那王元帅虽则年过九旬，却是忠心尽力，保扶社稷。那日升帐，聚集众将传令道：“明日乃是霜降节期，在朝诸将俱往教场祭旗，操练兵卒，不可有误。”众将领令。到了次日五鼓，各将俱到教场伺候，王渊查点诸将皆齐，只有左都督苗傅、右都督刘正彦不到。王元帅又差官催请。不一时，差官回报说：“两位都督奉旨往西山打围，不能前来伺候。”王元帅也只得罢了。自己同众将等祭旗已毕，操演了一回兵马，把道回衙。行至众安桥，恰遇着苗、刘二人，吃得醉醺醺，带着几名家将骑马而来。二人要回避也来不及，只得下了马，低了头，立在人家门首。王渊在马上见了，吩咐：“唤他二人过来！”二人无奈，走到王元帅马前，打躬站立。王渊道：“好大胆的匹夫！你说天子旨意，命往西山打围，为何反在此处？明明藐视本帅，难道打你不得么？”吩咐：“将这厮扯下去各打二十！”二人慌忙跪下道：“小将一时冒犯虎威，求元帅看平日之面，饶恕罢！”

王渊道：“你仗着天子宠幸，侮蔑大臣，本该重处，姑且饶你，若再有无礼，必要奏明天子，斩你的驴头。”王元帅将二人大骂了一场，打道自回去了。

二人满面羞惭，无处申诉，苗傅道：“刘兄，不想我二人今日受这一场羞辱，且同到小弟衙门，别有话说。”二人上马，同至苗傅衙门，下马进去。到内衙坐定，苗傅道：“王渊老贼，将我们当街出丑，此恨怎消！况今岳飞已退居林下，韩世忠远在镇江，满朝之中还怕那个？我意欲点齐你我部下，杀了王渊老贼，以泄此恨，然后杀进宫中，捉了康王，不怕在朝文武不服。与兄平分天下，共享富贵，不知尊意若何？”刘正彦道：“此计甚妙！事不宜迟，出其不意，今晚约定点齐人马，俱在王渊门首会齐，不可走漏消息，误了大事！”二人商议已定，再四叮咛。

刘正彦辞了苗傅，上马回衙，暗传号令，命本部兵卒准备器械，饱食酒饭。到了三更时分，二人率领众兵，点起灯球火把，蜂拥一般来到王渊门首，呐一声喊，杀入府中。可怜王元帅不曾防备得，一门九十多口尽皆杀害，家财尽被抢劫。二人领兵转身，竟往午门而来，早有一班御林军将拦住，都被杀死，直至大殿。那些大臣太监慌忙报进宫中，高宗吓得满身发抖，惊慌无措，躲入深宫。二人又杀入宫中，恰遇着刘妃带领宫娥出来迎接。那刘妃乃是刘正彦的堂侄女，新近送与康王，康王收为正妃，见了苗傅道：“将军不可惊了圣驾！”苗、刘二人问道："康王在那里？"

刘妃道："将军差矣！王渊恃功欺藐天子，众大臣多有不平者。那康王昏昧不明，亦难主宰天下，此举正合我意。你今若是拿了天子，倘四方勤王兵到，众寡不敌，深为可虞。况岳飞现在汤阴，他手下兵将十分了得，倘若闻风而来，如之奈何？依我主见，不如将康王留在宫中，逼他传位与太子，换了新君，岳飞必来朝贺，那时先将他斩了，以绝后患。然后听凭你二位作何主见，高枕无忧，天下大事俱在你二位掌握中矣！"苗、刘二贼听了此一番言语，大喜道："此言深为有理。"苗傅对刘正彦道："事成，和你平分天下。令侄女，我必封他为正宫皇后也。"刘正彦笑道："贤侄婿，且休闲讲，料理正事要紧！"二人出宫，来到殿上坐下，吩咐家将收了王家一门尸首，将财帛分赐众人。又拨心腹家将去各衙门把守，不许闲人私自出入。假写诏书一道，说是康王传位太子，召岳飞还朝扶助社稷，去哄骗岳飞来京。

且说那尚书仆射朱胜非，见苗、刘二人如此行为，遂修书一封，悄悄差家人朱义，星夜往汤阴报知岳元帅，请他速来救驾。

那岳元帅自从归乡以来，即差人到巩家庄，迎取了巩氏小姐到来与岳云完聚了，一门共享家庭之福。不意太太老病日增，服药无效，忽然归天。岳元帅悲伤哭泣，尽心葬祭，日夕哀痛，废寝忘餐，弄得骨瘦如柴。众弟兄多方劝慰，方才少进饮食。

在家守孝，足迹不出门户。光阴易过，孝服已满，众弟兄皆在汤阴娶了妻小，生儿生女的往往来来，十分快活。这一日，岳爷同了众弟兄正在郊外打围，忽见家将引了朱义到围场上来见岳爷，将朱胜非的书札呈上。岳爷拆开看了，吃了一大惊，连忙散围回府，细细写了回书，交与朱义道："你回去多多拜上你家老爷，说照此书中行事。须要小心，不可泄漏！"叫家人取过二十两银子，与朱义为盘费，朱义叩谢了岳爷，自回临安报信，不表。

且说岳爷修书一封，唤过牛皋、吉青二人道："你二人可将此书到润州去见韩元帅，然后到临安去。只消如此如此，二贼可擒矣。"牛皋道："大哥，我们在此安安逸逸自由自在不好，管他娘什么闲事，我不去！"岳爷道："贤弟！我岂不知。但是已曾食过君禄，天下皆知我们是朝廷的臣子。如今有难，不去救驾，后人只说我们是不忠不义之人了！你二人可快快前去。若除得苗、刘二人，圣上留你们，二位就在临安保驾便了。"牛皋道："即是大哥要我们去，成了功也就回来，终日与众兄弟们聚会快活不好？那个要做什么官！"二人辞了岳爷，上马飞奔往润州而来。真个是：

一心忙似箭，双马走如云。

不一日，到了润州，来到帅府门首。其时韩元帅已封了成安郡王，十分威武，凡有各路文书，要先到中军衙门递了脚色手本，方得禀见。这牛皋、吉青那里晓得，走到辕门上对旗牌道："快快通报，说我牛老爷同吉老爷，有事要见元帅。"那旗牌道："好大来头！随你羊老爷、猪老爷，也不在我心上！"洋洋地走开去了。牛皋大怒道："你这该死的狗头！你不去报，我就打进去！"一声吆喝，辕门外多少军士一齐喧嚷起来。正是：

未向朝中擒叛逆，忽然祸变起萧墙。

不知后事如何，且听下回分解。

第四十七回 擒叛臣虎将勤王 召良帅贤后赐旗

诗曰：

中兴功业岂难收，为报君王莫重忧。
此去好提三尺剑，管教斩却贼臣头。

却说牛皋、吉青二人正待发作，辕门外一时喧嚷起来。不道惊动了韩元帅在大堂听得了，即着家将出来查问。那家将领命出来，见了牛皋、吉青，便问道："你两个是何人？敢在这里喧嚷！"牛皋道："俺们俩个乃是岳元帅帐前的统制官，奉令来见元帅，有机密大事。偏偏这狗头不肯与我通报。"那家将听得是岳爷差来的将官，况有机密事，不敢怠慢，便道："二位将军请息怒！旗牌不晓得是将军，多有得罪！且请少待，待小将进去通报便了。"牛皋道："还是你好说话，便宜了这狗头一顿拳头。"那家将慌忙进内报知，韩元帅即命请进相见。二人直至后堂，参见已毕，将书呈上。韩元帅拆开看毕，十分吃惊，说道："既有此变，你二位先行，照计行事，本帅即起兵，随后就来便了。"

二人别了韩元帅，飞奔望临安一路而来。将近城不多远，牛皋对吉青道："待我先去，吉哥你随后就来。"牛皋拍马来至城下，高叫道："俺乃岳元帅部将牛皋，有紧要事要见苗、刘二位王爷的。"那苗、刘二人正在巡城，见牛皋来叫门，况是单人匹马，便令军士开城放进。牛皋见了苗、刘道："乞退左右，小将有要言奉告。"

二贼道："我左右俱是心腹将士，有话但说不妨。"牛皋道："岳元帅叫小将多多拜上二位王爷，说：我家元帅立了多少大功，杀退金兵，那康王全无封赏，反将他黜退闲居，那些无功之人反在朝中大俸大禄的快活，心中实是不平。今二位王爷，何不将康王贬放冷宫？太子三四岁的孩子，那里做得皇帝！二位王爷何不将天下平分？我元帅情愿小助一臂。"苗、刘二人听了，大喜道："若得你家元帅肯来助我，我就封他王位，同享富贵，决不食言！"

随带了牛皋来至午门，进大殿坐下，牛皋站在旁边，商议写书报复岳元帅。

忽见军士来报:“城外有一姓吉名青的将军叫门。候二位王爷发令。”牛皋道:“这是我的兄弟。因康王不用他,逃在太行山落草,是我前日写书叫他来的。”苗、刘二贼道:“既如此,放他进来。”不一时,吉青来至午门下马,进大殿来朝见了,站在旁边。又一会,又有军士来报道:“韩世忠带领人马已到城下,口口声声要拿二位王爷。”二贼听报,正在惊慌,又有军士来报:“仆射朱胜非已去开城迎接韩世忠了。”二人大惊道:“谁与我先去拿了朱胜非来?”牛皋应声:“待我来拿!”上前一步,伸手一把把苗傅拿住。吉青也上前把刘正彦拿下。两边众军正待动手来救,牛皋、吉青大喝一声:“那个敢上来讨死!”牛皋一手举锏就打。吉青一手把刘正彦挟在肩膀下,一手拔出腰刀,大喊:“那个敢上来,我先杀了刘贼,也休想要活一个!”

众军士正在两难之间,那殿后早有一班值宿禁军,晓得拿住了苗、刘二贼,一齐杀将出来。那苗、刘手下这班军士看见势头不好,一哄的都下殿逃走去了。牛皋、吉青拿了二贼,也下殿来。外边韩元帅兵马已至午门,正遇着牛皋、吉青献上二贼。

韩元帅吩咐立刻斩首,领兵分往二人家中,将两家人口尽行抄灭。一面搜捕余党,一面聚集文武百官,请高宗登殿。

众朝臣请安已毕,高宗降旨道:“朕遭此二贼之害,几乎不保!韩世忠勤王有功,加封为蕲王,钦赐金帛仍回镇江。牛皋、吉青力擒逆贼,即封为左右二都督,随朝保驾!”牛皋道:“你这个皇帝老儿!不听我大哥之言,致有此祸!本不该来救你,因奉了哥哥之令,故此才来。今二贼已诛,俺们两个要去回复大哥缴令,那个要做什么官!”说完,竟自出朝上马,回汤阴去了。高宗传旨,将二贼首级祭奠王元帅,钦赐御葬。韩元帅在临安耽搁了两日,也辞驾仍回润州,不表。

再说高宗皇帝复登大宝,太平无事,到了绍兴七年春日,有兵部告急本章入朝启奏道:“山东九龙山杨再兴作乱。”又报:“湖州太湖水贼戚方、罗纲、郝先,聚众谋反,十分猖獗。”接连几道告急本章,弄得高宗仓惶无措,便问众公卿:“有何良策,剿除诸寇?”当有太师赵鼎奏道:“诸寇猖狂,须得岳飞去剿,他人恐难当此重任。”高宗道:“前已差官去召他来京受职,被他手下牛皋、吉青等打回,又将旨意扯碎。朕念他前擒苗、刘二贼有功,故尔不究,今若再去召他,恐他不肯奉诏,如之奈何!”当时诸臣计议,并无良策。高宗传旨退朝,明日再议,各官退班,天子回驾入宫。

魏氏娘娘见高宗面带忧容,闷闷不乐,便上前启奏道:“万岁今日升殿,有何事故,龙颜不悦?”高宗遂道:“众寇作乱,大帅赵鼎保奏岳飞方能平服。朕今要召岳飞入朝,命他征剿众寇,恐他不肯应召到京,故尔忧闷。”娘娘听了,奏道:

"臣妾为万岁绣成一对龙凤旌旗,如今中间再绣成'精忠报国'四字。主公差官赐与岳飞,或者肯来亦未可知。"天子大喜,即命娘娘绣成四字。差官赍旨,并娘娘懿旨龙凤旌旗一对,往汤阴县宣召岳飞,即日进京。差官领旨出京,星夜赶到汤阴。

岳爷闻知,连忙出迎,接到大堂,摆列香案,俯伏在地。钦差开读圣旨道:

奉天承运皇帝诏曰:岁寒知松柏之心,国难见忠贞之节。朕以藐躬,谬膺大宝。迩者获罪于天,国事多艰,以致胡马长驱,干戈鼎沸。赖尔岳飞竭力勤王,尽心捍御,得以偏安一隅,深惭二帝蒙尘,狼烟暂息,兵燹重兴。今杨再兴称兵于九龙山畔,戚方虽幺磨小寇,罗纲实蠹国奸民。正国家多事之秋,宜臣子枕戈待旦之日也。岂宜高卧北山,生观荆棘?皇后亲绣龙凤旌旗,用表'精忠报国'。尔其火速来京,起复旧职,统领熊罴之将,再驱虎豹之师,殄灭群凶,奠安社稷。朕不吝茅土之封,预开麟阁以待。钦哉!

岳元帅谢恩已毕,款待钦差。钦差辞别,先自回京复旨。

岳爷一面打点行装,一面去邀众弟兄一齐到来。岳爷道:"圣上特旨,差官来召我们出兵剿寇。皇后又亲绣一对龙凤旗,并赐'精忠报国'四字,只得奉诏进京去,特请众弟兄们同去面圣。"牛皋道:"我是不去的,那个瘟皇帝,太平无事,不用我们:动起刀兵来,就来寻着我们替他去厮杀,他却在宫里快活。"岳爷道:"贤弟休如此说!自古道:'君要臣死,臣不敢不死。'你我已经食过君禄,况为人在世,须要烈烈轰轰做一番事业,显祖扬名,岂肯老死蓬蒿!我们此去必要迎还二圣,恢复中原,方遂一生大愿。贤弟们可将家眷各个送归家乡故里,好放心前去干功立业,方不负此一世!"众人齐声道:"大哥言之有理。"众弟兄们即便辞出。

回到家中,各将家眷送回家乡,陆续来至帅府,伺候岳爷起身。李氏夫人与媳妇巩氏,置酒与岳爷父子送行。岳爷饮酒中间,吩咐些家务,即刻起身。那些地方官俱来送行。岳爷相见谢道:"不敢劳动各位大人,只是家下还求照拂!"众官一齐躬身答道:"当得效劳。"众官辞别起身。岳爷别了夫人,即同众弟兄发扛起程,望临安而来。正是:

从来世乱识忠臣,龙凤旌旗宠异群。
应诏速趋君命召,轰轰烈烈岳家军。

话休絮烦,单说岳爷一路来至润州,会见了韩元帅。两人说了些国家之事,即便辞行。韩元帅送了一程,两人分手而别。岳爷到了临安,进朝见驾。天子大喜,命岳飞官复旧职,待平寇之后,再行升赏!岳元帅谢了恩。天子传旨,命兵部发兵十万,户部支拨粮草。岳元帅辞驾,就要祭旗发兵。高宗问道:"元帅此行,先平何寇?”岳飞奏道:“先平了九龙山杨再兴,后平太湖。”高宗闻奏大喜,即赐御酒三杯,以壮行色。岳元帅谢了恩出朝,到营中,令牛皋带兵三千为先锋,又命公子岳云趱催粮草军前应用,吩咐道:“粮乃三军重事,可晓得军中一日无粮,三军就要鼓噪,不可视为儿戏!”岳公子领令而去。元帅大兵随后起行,一路上,但见:

滚滚人行如泄水,滔滔马走似狻猊。

风声吹动金铙壮,云影飘扬圣赐旗。

先说牛皋一路上穿州过府而来,到了山东九龙山。军士报道:“前面是九龙山了。”牛皋道:“抢了九龙山,然后扎营。”军士领命,一齐来至九龙山下呐喊。

那边喽罗报上山来说道:“有宋将在山前讨战,请令定夺。”杨再兴闻报,随即带领喽罗下山来,一字排开,便叫一声:“那里来的毛贼,敢到此地来寻死?”牛皋大喝道:“你这狗强盗,见了俺牛老爷,还不下马受缚?”杨再兴道:“吓!你就是牛皋么?不是我的对手,且等岳飞来会我罢!”牛皋大怒,提起锏便打,杨再兴抡枪招架。战有十二三个回合,牛皋战他不过,只得败下阵来。杨再兴也不追赶,回山去了。牛皋败下来,传令三军,离山数里下营,候元帅大兵到来。

不一日,岳元帅大兵已到,牛皋出营迎接元帅。元帅问道:“牛皋,你曾会战么?”牛皋禀道:“有一个贼子,白马银枪,战有十二三个回合,小将败了,他也不来追我,故此不曾再战。”众将听了,都微微笑道:“如此说,牛哥打了败仗了!”

元帅又问道:“那人叫甚名字?”牛皋道:“这却不曾问他。”岳爷道:“牛兄弟!你随我出兵多年,还是这等冒失,连姓名也不问,就与他动手,倘然立了功,那功劳簿上怎么样个写法?下次交战,必须要问了姓名,然后打仗,可记得当年你在汴京小校场中会的杨再兴?你前日会战的,可是他么?”牛皋连连点头道:“小弟一时却忘了,正是此人。”元帅大笑道:“既然是他,你那里是他的对手!待我明日亲自出马,劝他归顺了,岂不是好?”

到了次日,天尚未明,元帅吩咐:“擂鼓,点齐众将随我出阵。”众将上前禀道:“杀鸡焉用牛刀!谅一草寇,待末将等前去拿来,何劳元帅亲自出马?”岳爷道:“列位有所不知,非我今日要立功,只因这个杨再兴乃是一员虎将,本帅亲自出马去,收降这个英雄来做个臂膀,相助国家,故尔要亲自出马。还有一说,为兄的今日出战,若我胜了他,也不要贤弟们上前;为兄的打了败仗,也不要贤弟们上前,违令定按军法。”从将齐应一声:“得令!”又有上前来禀道:“元帅可带末将等去,看看元帅怎么样一个战法。”元帅道:“既然如此,皆可同去,只不要上前帮助就是。”说毕,竟出大营,来到九龙山下讨战。众将俱在后头观看。那边喽罗飞报上山,杨再兴领兵下山来会岳飞。岳爷抬头观看,那杨再兴怎生打扮?

但见：

头戴凤翅银盔，身穿鱼鳞细甲；手执滚金枪，腰悬竹节锏。衬一件白战袍，跨一匹银鬃马。面白唇红，微须三绺，腰圆膀阔，头大声洪。真个是：英雄盖世无双将，百万军中第一人！

岳元帅拍马上前道："杨将军，别来无恙？"杨再兴听了，便道："岳飞，休得扯谎！我和你在何处会过，今日在此讲这鬼话？"岳爷道："将军难道忘记了么？曾在汴京小校场中，与将军会过一次！"杨再兴想了一想道："吓！你可就是那枪挑小梁王的岳飞么？"元帅道："然也！我有一言奉告，将军乃将门之后，武艺超群，为何失身于绿林？岂不有玷祖宗，万年遗臭！况将军负此文武全才，何不归顺朝廷，与国家出力，扫平金虏，迎还二圣？那时名垂竹帛，岂不美哉？"杨再兴呵呵笑道："岳飞，你且住口！我杨再兴岂是不知道理之人？当日徽宗皇帝，任用蔡京、童贯等一班奸佞，梁师成督造艮岳，大兴工役；朱勔采办花石纲，竭尽民膏。

又听奸臣与金人约会攻辽，以致金人入寇，传位靖康，懦弱无能，俱被掳了。若果有中兴之主，用贤去奸，奋志恢复，何难报仇雪恨，奠安百姓？无奈当今皇帝，只图偏安一隅，全无大志；不听忠言，信任奸邪，将一座锦绣江山弄得粉碎！岂是有为之君？你不若同我在山东举义，先取了宋室，再复中原，共享富贵，何苦辅此昏君！你若不听我言，只怕将来死无葬身之地，懊悔无及也！"岳爷道："将军差矣！为臣尽忠，为子尽孝。生于大宋，即为宋臣。况你杨门世代忠良，岂可甘为叛逆，玷辱祖宗！若不听我良言，只得与你决一胜负。"杨再兴道："岳飞，你岂不知男子不能流芳百世，亦当遗臭万年！我是好言相劝，既然不听，不必多言，放马过来！"

岳爷道："住着！我和你各把兵将退后，只我一个对你一个，各显手段。"杨再兴道："如此甚好！"即命众喽罗退回山寨。岳爷亦传令众将退后，不许上前。二人两马催开，双枪并举。但见：

岳爷爷枪舞梨花，当心便刺；杨再兴矛分八叉，照顶来挑。这个枪来，犹如丹桂簇，那个矛去，好似雪花飘。真个是战作一团，不分胜负，杀做一处，难定输赢。

二人大战三百余合，不分胜负。看看天色已晚，各自收兵回营，约定明日再战。到了次日天明，岳元帅带领众将又至阵前。杨再兴早已等候。岳元帅吩咐众将，退下三箭之地观看，如有上来者斩。两个拨开战马，抡枪交战。一个前披后拨，一个左勾右挑，好似：

两条龙夺食，一对虎争餐。

二人正在大战,不分胜败。不道那岳云公子解了兵粮来到营门交割,那军士回禀公子:“元帅不在营中,亲自与杨再兴交战去了。”岳云即叫军士们看守粮草,一马跑到阵前来看,但见父亲与那员贼将厮杀,众位叔父一齐远远的观看。牛皋一眼看见是岳云,便道:“侄儿,你来得正好。快些上去帮助你父亲,拿了这个强盗,就完了事了。”岳云不知就里,便应声:“晓得!”把马一催,出到阵前叫道:“爹爹少歇,待孩儿来拿这逆贼。”那杨再兴喝声:“住着!岳飞,你军令不严,还做什么元帅?我不与你战了。”拨转马竟自回山。岳爷红着脸,只得收兵回营。

到帐中坐定,岳云上来缴令。元帅大怒,喝叫左右:“与我把这逆子,绑去砍了!”岳云茫然不知缘故,众将心中是明白的,连忙一齐跪下,苦苦求饶,说道:“公子解粮才到,不知就里,故此犯了军令,求元帅开恩!”元帅道:“众将求饶,放他转来。死罪饶了,活罪难免,与我捆打四十!”军士只得把公子捆翻,打到二十棍,牛皋在旁想道:“这个明明是我害他打的。”连忙上前禀道:“牛皋代侄儿打二十,求元帅恩准!”岳爷道:“即是兄弟说了,看你面上,免打放起。”叫张保:“你可将岳云背上山前,对杨再兴说:‘公子运粮初到,不知有这军令在先,故此莽撞。本要斩首,因众将求饶免死,打了二十大棍,送来验伤请罪。’”张保得令,背了公子往九龙山来,到了山前,将公子放下,对守山喽罗说知。

喽罗上山报知大王。杨再兴下山来看,只见张保跪下禀道:“这是公子岳云,为因解粮才到,不知有这个军令,故尔冒犯了大王。元帅回营,要将公子斩首以正军法。众将再四讨饶,故此打了二十大棍,送来验伤请罪!”再兴道:“如此还像个元帅。你回去,可约你元帅明日再来会战。”张保答应一声,依先背了公子回营,来见元帅,把杨再兴相约再战的话禀明。

这日,天色已晚,元帅退至后营,岳云、张宪两边站立。元帅回转头来,见那岳云泪流满面。岳爷道:“为父的就打了你这几下,怎么敢如此怀恨,这时候还在流泪么?”岳云道:“孩儿怎敢怨恨爹爹,只因想起太太若在时,闻得孩儿受刑,必定要与孩儿讨饶。一时动念,故此流下泪来。”岳爷听了此言,不觉伤心起来,便道:“你去安歇了罢!”岳云答应,遂与张宪一齐退出后营。

岳爷独自一人坐在那里,心头纳闷,就靠在桌子上蒙眬睡去。忽见小校来报:“杨老爷来拜。”岳爷思想:“那个什么杨老爷?”正待要问,只见外边走进一位将官来,头戴金盔,身穿金甲,面方耳大,五绺髭须;威风凛凛,雄气昂昂。岳爷即便起身迎接。正是:

人生异地无相识,大海浮萍何处来?

毕竟不知那人是谁,且听下回分解。

第四十八回 杨景梦传杀手锏 王佐计设金兰宴

诗曰：

金兰会上气如霜，杯酒生春频举觞。
奸雄空使鸿门计，闯宴将军勇力强。

却说岳爷打了岳云，又战不下杨再兴，心中闷闷不乐，就在帐中靠着桌上蒙眬睡去。忽见小校报说："杨老爷来拜。"随后就走进一位将官。岳爷连忙出来迎接，进帐见礼，分宾主坐定。那人便道："我乃杨景是也！因我玄孙再兴在此落草，特来奉托元帅，恳乞收在部下立功，得以扬名显亲，不胜感激！"岳爷道："小将久有此心。奈他本事高强，战了几日胜他不得，难以收服。"杨景道："这个是'杨家枪'，只有'杀手锏'可以胜得。待我传你，包管降他便了。"杨景说罢，起身抡枪在手，岳爷也把枪拿在手中。二人大战数合，那杨景拔步败走，岳爷在后赶上去。那杨景左手持枪，回转身分心便刺，岳爷才把枪招架，杨景右手举锏，叫一声："牢记此法！"把锏在岳爷背上一捺。岳爷一交跌倒，矍然醒来，却是一梦。岳爷暗暗称奇，私下把枪锏一法演熟。

过了两日，岳元帅依旧出兵来讨战。杨再兴也领兵下山，二人也不打话，各举兵器交战。大战十数合，岳爷佯输败走。杨再兴笑道："你今日为何不济？"随后赶来。岳爷回转马来，左手持枪便刺，杨再兴忙把枪架住，不提防岳爷右手将银锏在杨再兴背上轻轻这一捺。再兴坐不住鞍鞒，跌下马来。岳爷慌忙跳下马来，双手扶起，叫声："将军请起。本帅有罪了！可起来上马再战。"正是：

从今掬尽湘江水，难洗从前满面羞。

杨再兴满面羞惭，跪在地下，叫声："元帅，小将已知元帅本领，甘心服输，情愿归降。"岳爷道："将军若肯同扶宋室江山，愿与将军结为兄弟。"杨再兴道："愿随鞭镫足矣，焉敢过分？"岳爷不允，就在地下对拜了八拜，结为兄弟。杨再兴道："元帅先请回营。待小将上山去，收拾了人马粮草，来见元帅。"元帅回转大营。再兴回山收拾了人马粮草，放火烧了山寨，来见岳元帅。元帅十分大喜，吩咐摆酒,合营将士做庆贺筵席。到了次日,传下号令,起兵入朝奏凯。众兵将一个个鞭敲金镫,齐和凯歌。

一路来到瓜州口上,韩元帅早已备齐船只,请岳爷大兵渡过大江。相见已毕,留岳爷歇马三日,作别回京,一路无话。早到临安相近,探军来报:"水寇戚方领兵来犯临安甚急,特来报知。"元帅就传令扎营在夹地巷口,即命杨再兴带领三千人马,速去救应。

再兴领令出营,即带了人马上前。一路行去,正遇着戚方领了大队喽罗,蜂拥而来。杨再兴也不等他人马屯扎,就挺枪杀去。那边戚方也持枪迎住,大叫一声:"来将何人?"再兴道:"强盗,要知我的姓名武艺么?我乃岳元帅麾下大将杨再兴是也。贼将快通名来,功劳簿上好记你名字。"戚方道:"俺乃太湖水寨赛霸王戚方是也。俺劝你不如早早投降,免受诛戮。"再兴大喝一声:"贼将休得胡言,照你爷爷的枪罢!"一枪刺来,戚方忙接住厮杀。双枪并举,两马齐登,战了二十来合,再兴拦住枪,扯出锏来,一锏打去,戚方闪得快,一个马头打得粉碎。戚方慌了手脚,早被再兴擒过马来,摔在地下,命军士绑了。对阵罗纲见再兴擒了戚方,心中大怒,拍马上前,也不打话,举刀便砍。再兴拦开罗纲的刀,轻舒猿臂,也便擒了过来,叫军士绑了,解往元帅大营去报功。郝先在后压阵,听得戚、罗二人被擒,慌慌的飞马冲来,见了杨再兴,不分皂白,抡刀就砍。再兴架开刀,一连几枪,杀得郝先浑身是汗,招架不住,被再兴伸过手来,夹腰一把抓过马去,叫军士绑了。

众喽罗被这三千兵卒大杀一阵,杀的杀了,逃的逃了,一哄而散。再兴方始收兵。

回至元帅营前下马,进帐报功。元帅道:"贤弟日擒三寇,深为可喜,真乃盖世英雄!何愁金人不灭,二圣不还乎?"再兴连称:"不敢。此乃元帅的虎威,何干小将之功?"传令把这三贼推进来,当面跪下。元帅道:"尔等既被我将擒来,有何话说?何不归顺宋朝,立功之后,封妻荫子?"三人一齐说道:"蒙元帅不杀之恩,愿投麾下,稍助元帅之力。"岳爷吩咐左右放了绑,"本帅与三位将军结为兄弟。"三人一齐推辞道:"怎敢冒犯元帅?"岳爷道:"不必推辞,凡我帐下诸将,都是结拜过的了。"三人只得依允。同元帅结拜过了,然后与诸将见礼。相见毕,回去收拾粮草人马来见元帅。元帅吩咐将人马收入本营,军政司收了粮草,一面申奏朝廷。将人马屯扎在城外安顿。

元帅入朝,来至午门下马。进殿见驾,三呼已毕,奏道:"杨再兴、戚方、罗纲、郝先,俱已平服投顺。"高宗闻奏大喜,即封杨再兴为御前都统制,戚方等且暂居统制之职,日后有功,再行升赏。各人谢恩已毕。高宗问岳爷道:"卿家可晓得洞庭湖杨幺猖獗？地方官告急本章连进，卿家可速整人马，前往征剿，以救生民倒悬之苦。”岳爷领旨，辞驾出朝。高宗传谕，命兵部速发兵符火牌，调各路人马，拨在岳飞营中听用。又命户部给发粮草钱粮。诸事齐备，岳元帅整顿人马，择日祭旗开兵，三军浩浩荡荡，离了临安，望潭州而来。

一路地方官员馈送礼物，岳爷丝毫不受，鸡犬不惊，只是吩咐他们学做好官，须要爱民如子，无负朝廷。所过地方，秋毫无犯。各处百姓，无不感戴。行非一日，到了潭州不远。那潭州节度使姓徐名仁，乃是汤阴县升任在此。那日闻报岳元帅兵到，随即领了总兵，与地方官一齐出城迎接岳元帅。岳爷因徐爷是恩师，不便相见，吩咐另日请见，其余地方官，俱各相见。进了潭州，三军安营已毕，岳元帅进入帅府住下，当日无话。

次日，各个上堂参见已毕，便问总兵张明道：“那水寇目下如何？”张明禀道：“目下比前大不相同了，他在这洞庭湖中君山上起造宫殿，自称为王。他有个亲弟名叫小霸王杨凡，有万夫不当之勇。有军师屈原公，元帅雷亨，他有五子，名叫雷仁、雷义、雷礼、雷智、雷信，称为‘雷家五虎’，十分骁勇。又有太尉花普方，还有水军元帅高老虎与兄弟高老龙，更有东耳木寨东圣侯王佐，西耳木寨西圣侯严奇，又有潭州王钟孝、兄弟钟义，德州王崔庆、兄弟崔安，军师余尚文，副军师余尚敬，元帅伍尚志，长沙王罗延庆。有喽罗数十万，战将千员，粮草甚多，大小船只不计其数。十分猖獗。前者王宣抚领兵剿捕，被他杀得大败。若大老爷再不来时，连这潭州也被他抢去了。”岳爷叹道：“数载工夫，不道养成如此大患！”便叫总兵来至面前，岳爷附耳说如此如此，张明领令而去，岳爷差下兵将，紧守城门，不表。

次日，岳爷升帐，诸将两边站立。元帅便命张保前去东耳木寨下请帖，张保领令出了城，绕湖而去，行了三十余里，来至东耳木寨，便向军士道：“相烦通报一声，岳元帅那边下书人要见。”军士便进去禀知王佐。王佐道：“着他进来。”张保进寨跪下，将书呈上。王佐接来观看，方知是岳飞来请赴宴的。王佐看罢，便叫：“张头目，耳房便饭，待我商议回复。”张保径自用酒饭去了。

却说王佐心中想道：“当年之事，不过是进步之策，怎么当起真来？他这封书不打紧，倘若大王得知，岂不害我？”遂拿了这封书出寨至水口下船，直至大寨上岸，来到端门外候旨。杨幺传旨宣入。王佐进内，参拜已毕，奏道：“今有岳飞差人送请帖来，请臣进潭州赴宴。臣不敢自专，伏候我主定夺。”说罢，将书呈上。

杨幺看了书，便对军师道：“此事如何？”屈原公道：“可令东圣侯进潭州去赴宴。回来时，臣自然有计。”杨幺对王佐说道：“贤卿，你可去赴宴，回来军师自有计策。"王佐领旨出来,下船摇回。不一刻,来到营中,便叫过张保来,赏了十二两银子,说道:"你回去拜上你家元帅,说我明日来赴宴便了。"张保谢了,辞出营门,一径回来。进了城门,来见了元帅禀道:"王佐说明日准来赴宴。"元帅即忙吩咐地方官,连夜整备酒席。当日诸事不表。

到了次日巳牌光景,守城军士来禀:"王佐已到城下。"元帅即便率领众将,来至城外迎接。两人会了面,元帅便问道:"贤弟久违了!"王佐道:"一别数年,不想今日又得相会。"岳爷吩咐抬过八抬大轿,便将王佐抬进城来。王佐在轿里边看见众百姓的门首,家家点烛,户户焚香,十分齐整。直至辕门,抬到大堂下轿,与岳爷重新见礼,分宾主坐下,送上茶来。岳爷便叫摆酒,推王佐首坐。饮过数巡,王佐道:"仁兄,我主今日的事业,三分已归其二。"岳爷接口说道:"今日奉屈,不过为昔日之情,聚谈聚谈。古云:'吃酒不言公务事。'非是为兄的拦阻贤弟之口,因我帐下皆是忠义之将,恐有唐突,倒是愚兄的不是了。"王佐听了,不敢再说。

饮至午后,王佐便起身告辞道:"犹恐大王得知见罪,小弟告辞了。"岳爷道:"既如此说,为兄的也不敢强留了。"遂请王佐上轿,送出城外而别。元帅回府,不提。

且说王佐跟来的人,个个欢喜道:"岳元帅待人甚好。"说说话话,看看来到本寨,便下了船,上殿来复旨。杨幺闻知王佐回来,即刻宣召进见。王佐奏道:"今日臣去赴会已回,特来复旨。"杨幺便问屈原公道:"军师如今计将安出?"

屈原公奏道:"臣已定下一计在此。明日大王可命王佐差人前去请岳飞来赴席,那岳飞无有不来的。他若来时,就在席上令好武艺者,命他舞家伙作乐,可斩岳飞之首。如此计不成,再埋伏四百名标枪手,令王佐掷杯为号,四百名标枪手一齐杀出。那岳飞双拳不敌四手,纵有通天本事,只怕也难逃厄。那东耳木寨头门、二门两边,皆是军房,房内可多放桌凳什物。他若逃出来,可将桌凳一齐抛出,阻住他的行路。再叫军士一齐上屋,将瓦片打下。再令雷家五虎将带兵五千,截住他的归路。岳飞虽然勇猛,到这地步,就是脚生双翅,也飞不进潭州去矣!"杨幺闻言大喜,遂命王佐依计而行。

王佐领旨出来,到山下水口下船,回到本寨,心中想道:"岳飞,你甚要紧,却害了自己性命!"到了次日,差家将王德往潭州去见岳飞下请帖。王德领命,来到潭州城下叫门。守军士问明,进帅府禀知。元帅令他进来。王德进帅府来,叩见元帅禀道:"奉主人之命,特送书帖到来,请元帅去赴金兰筵宴。"岳爷吩咐张保引王德去吃酒饭。张保答应一声,便同王德至耳房去用酒饭。岳爷看了来书,知是王佐答席。王德吃过酒饭,来谢了元帅。元帅道:"我也不写回书了。

你去回复你家老爷，说我明日准来赴席便了。”又叫张保取二十四两银子，赏了王德。王德叩谢了元帅，回去禀复王佐，不表。

且说众将齐问岳爷道：“那王佐差人送书帖前来，为着何事？”岳爷道：“他特来请我去赴席。”众将道：“元帅允也不允？”元帅道：“好友相请，那有不去之理？”牛皋道：“小将的俸银可有么？”岳爷道：“贤弟的俸银不曾支动，问他怎么？”牛皋道：“拿五十两出来。”岳爷道：“要他何用？”牛皋道：“待我备一桌好酒筵，请了元帅，劝元帅不要到王佐那边去吃罢。常言道：‘筵无好筵，会无好会’也。要使小弟耽惊受吓！”元帅道：“贤弟，为兄的岂是贪图酒食？要与国家商议大事。既许了他，岂肯失信！”牛皋道：“元帅你要去，可带了我同往。”

岳爷道：“这倒使得。”当日诸将各自归营。

次日，元帅升帐，穿了文官服色。众将上前，叩见已毕，元帅传令汤怀、施全二人，暂掌帅印。牛皋同去。命杨再兴路上接应，再兴答应而去。又向岳云道：“你可在途中接应为父的。”岳云领令前往。元帅便同牛皋上马，张保在后跟随，众将送出城外，竟往东耳木寨而来。

王佐得报岳爷前来，连忙出寨迎接。进至二寨门首，岳爷下马。来至大营，行礼坐下，献茶上来。岳爷说道：“多蒙见招，只是不当之至！”王佐道：“无物可敬，略表寸心。”即忙吩咐摆酒，二人坐席饮酒，不表。

且说牛皋对张保说道：“你在此好生看守马匹要紧，待我进去保元帅。”张保答应。那牛皋未到军边，大声叫道：“要犒劳哩！”王佐看见，却不认得是牛皋，心下想道：“好一条大汉！”牛皋走上堂来，岳爷道：“这是家将牛皋，生性粗鲁，贤弟体计较他。”王佐吩咐手下取酒肉与他吃。家将答应一声，登时取了酒肉点心出来。牛皋看见道：“就在这里吃么！”王佐道：“就在这里也罢。”牛皋便将酒肉点心，一齐吃个干净，就立在岳爷的身边。

元帅开言道：“愚兄的酒量甚小，要告辞了。”王佐道：“岂有此理！酒尚未饮，正还要奉敬。小弟这边有一人使得好狼牙棒，叫他上来使一回，与兄下酒如何？”

岳爷道：“如此甚好，可唤他上来使一回。”王佐吩咐：“叫温奇来。”那温奇见唤，即忙上来，叩了一个头。王佐道：“岳元帅要你舞一回狼牙棒佐酒。好生使来，重重有赏！”温奇道：“既要小将舞棒，求元帅爷将桌子略移开些，小将方使得开。”

王佐对岳爷道：“哥哥，他倒也说得是，恐地方狭小，使不开来。”岳爷道：“贤弟之言有理。”遂命左右将酒席撤在一边。

那温奇把狼牙棒使将起来。看看使到岳爷的跟前，那牛皋是拿着两条铁锏，紧紧站在元帅跟前。便喝一声：“下去些！”那温奇只得下去。少停又舞上来，被牛皋一连喝退几次。那温奇收住了棒道：“你这个将军，好不知事务，只管的吆五喝六，叫我如何使得出这盘头盖顶来？”牛皋道：“‘单丝不成线，独木不成林’。你一个舞终究不好看，待俺来和你对舞。”不等说完，扯出锏走将下来。架着温奇的棒。

温奇巴不得的将牛皋一棒打杀，劈脸的盖将下来。牛皋枭开狼牙棒，一锏把温奇打杀。王佐看见，即将酒杯望地下一掷，往后便跑。那些标枪手听得警号，一齐杀出。

霎时间：

筵前戈戟如麻乱，一派军声蜂拥来。

毕竟不知岳爷怎生脱得此难，且听下回分解。

第四十九回 杨钦暗献地理图 世忠计破藏金窟

诗曰：

烽烟戈甲正重重，血战将军漂杵红。
拟向围场定狐兔，博取天山早挂弓。

话说那些标枪手一齐杀将出来，牛皋便叫："元帅快走！待我断后。"岳爷忙向腰间拔出宝剑，望外杀出。牛皋舞动双锏，且战且走。来到二门，只见张保手执佩刀，保住马匹，大叫："元帅！牛将军！快请上马，好让小人挡住后头。"岳爷、牛皋慌忙上马，不期前面丢下板凳家伙，横满一地，后面标枪手又追来，张保一刀砍死一个，夺过一杆枪来，连挑几人。牛皋回首，又打死十来个，那些标枪手不敢上前。张保把枪将板凳条桌挑开。三人方出一层，两边屋上瓦片如雨点一般打下来。

三人俱打得头青脸肿，冒着险拚命跑出大门外边。雷家五将左右杀来。岳爷三人正在招架厮杀，忽听得呐喊声响，杨再兴一马冲来，手起一枪，把雷仁挑下马来。雷义举起铁锤打来，杨再兴架开锤，回手一枪，正中雷义心窝，翻身落马。恰好岳云飞马上来，先保了元帅三人出寨，杨再兴在后跟着。那雷家三兄弟使刀的使刀，举叉的举叉，带领兵卒追上来。杨再兴大怒，拨回马，使开这杆滚银枪，左飞右舞，一连把三将挑死，再把众兵大杀一阵，方才收兵，赶上岳爷。一同回转潭州，进了城，来到帅府，众将俱来请安。元帅命纪录官记了杨将军、牛皋、张保三人的功劳，又命牛皋、张保到后营调治，不表。

再说王佐来见杨幺，将岳爷逃回之事奏明。杨幺好生懊恼，用计不成，反折了雷家五将，命王佐："且自回营，待孤家另思别计便了。"当时王佐辞了杨幺，自回寨中，不提。

且说岳元帅升帐，有军士来报："启上大老爷，今有韩世忠元帅带领水军十万，大小战船，已在水口扎成水寨，特来报知。"岳元帅大喜，即忙带了张保，前往水寨拜候。军士报进水寨，韩元帅大开寨门迎接进寨。二人见礼坐定，韩元帅问道:“大元戎到此,与杨幺打过几仗了?”岳元帅道:“不知虚实,尚未与他交兵。若定战期,还仗老元戎相助一臂!”韩元帅连称:“不敢!”吩咐摆宴款待。二人上席对饮,谈论了一回。看那天色已晚将下来,岳爷辞别,韩元帅送出水寨。

岳爷上了马,沿湖一路探看,那洞庭湖真个波涛万顷,水天一色,远远望见那君山上宫殿巍巍,旗幡密密,十分雄壮。正在观看,忽见水面上一只小船,使着双桨,望着边岸荡来。张保看见后首有一带茂林,便叫元帅:“那只小船来了,且进林子里躲一躲。”岳爷忙进林中,张保也走了进来窥看。只见那只小船直抵湖岸,艄子把船拢好,船舱里走出一个人来,四面张望,口中自言自语地道:“我明明看见有两个人在此,怎么不见了?”张保见那人手无军器,便提棍走出林中,大喝一声:“那里来的奸细,到此窥探?”那人道:“我那里是奸细?要见岳元帅干一件功劳的。”张保道:“既要见元帅,却好在此,你且跟我来。”那人就跟着张保走进林中。张保指着岳爷道:“这就是元帅,不知有何事?”那人便向爷跪下道:“小人乃是杨幺的族弟,名唤杨钦。因逆兄不知天命,妄行叛逆,小人要保全祖宗血食,无门可见元帅,方才有事过湖,见元帅独骑而行,意是宋朝将官,欲投托求见。不意天幸,得遇元帅,元帅若不见疑,可于明日晚间,约准到此一会。小人献一计,可灭逆兄,万勿失信!”元帅道:“你既知顺逆来归,何不就同本帅归宋,反要明日再见?”杨钦道:“元帅身为大将,岂不知机事不密,决无成功?小人既以身许国,岂不欲早投大寨?但小人手无缚鸡之力,又未修习行兵之道,于事无益。只有一隐情,必须秘密。倘少有泄漏,不独无功,反多周折也!”岳爷道:“既如此说,准于明日到此领教便了。”杨钦叩头辞别了元帅,下船而去。

岳爷同张保回城,安歇了一夜。到次日下午,岳爷暗暗的命张宪、杨再兴、岳云、王贵田将,各带三千人马,在于湖边四处埋伏。但看流星为号,即杀出救应。若安然无事,听炮声回营。四将领令,各自埋伏去了。到了临晚,元帅唤过张保来吩咐道:“你可独自前去,见机而行。倘有意外之变,可将流星放起,自有救应。”张保道:“不妨。小人走得快,若是不答对,我自跑了回来就是。”岳爷道:“须要小心!”张保辞了岳爷,出城来到林中,等了一会,果然见一只小船拢岸。杨钦走上岸来,张保走出林子外叫一声:“杨将军来了么?”杨钦道:“元帅在那里?”

张保道:“元帅偶染小恙,故命我到此等候。”杨钦道:“既然如此,我有一物,相烦面呈元帅。切不可被一人知觉!”就在身边取出一个小小册子,封固甚密,递与张保,再四叮咛,辞别下船。张保收了册子,拔步回城,进帅府来。岳爷正在帐中,坐在灯下观书等信。忽见张保回营来见,将杨钦之言禀明,把册子呈上。岳爷拆开细看,心中暗喜,遂命张保出营施放号炮,令埋伏四将回营。

到了次日，岳爷带了册子出城，到水寨来见韩世忠，行礼坐定，岳爷请韩元帅屏去左右，好商量机密事情。韩元帅道："为将者，全在上下同心。我手下将士如自己一般，有话不妨竟说。"岳爷即将册子送过道："有一功劳，特送与元帅。"

韩元帅接来一看，原来是一幅地图，分注得明明白白，大喜道："承让此功，何以为谢？"岳爷道："都是为朝廷出力，何出此言？"韩元帅道："还恳元帅麾下拨几位统制帮助帮助。"岳爷道："少停便送来。"辞别起身，一竟回转帅府，即点汤怀、王贵、牛皋、赵云、周青、梁兴、张显、吉青人员统制，去助韩元帅。又吩咐道："诸位将军，到了韩元帅那里，须要小心！若犯了军令，无人解救。"众将答应一声，齐上马出城，来见韩元帅。参见已毕，韩爷大喜，遂命大公子韩尚德，同着曹成、曹亮等看守水寨。自己同二公子韩彦直，率领八员统制，带领精兵五千，直到蛇盘山。离山十余里，安下营盘。早有喽罗报上蛇盘山去。

看官不知，这蛇盘山在于万山深处，一路都是乱山高岭，深篁密箐，路径丛杂，极难识认。山中有一洞，名为藏金窟，乃是杨幺的巢穴。杨幺的父亲杨枭，同着第三子杨宾，五子杨会，伪设护山丞相邬天美，镇国元帅燕必显，辅国元帅燕必达，左卫将军管师彦，右卫将军沉铁肩，还有护山太保二十名，护山勇士二千名，聚集喽罗万余保守。出入不常，人迹罕到。所以前者官兵来剿，往往失利。不意杨钦将路径细细画成此册，献与岳爷，因此韩元帅得近山下扎营。

当时杨枭闻报，吃惊道："宋兵怎能到得此间？必然我儿身边有了奸细了！"杨宾、杨会一齐上前禀道："父王且先捉了来将，再查察奸臣便了。"杨枭便问："谁人下山去，打听宋兵虚实？"当有元帅燕必显上前领令愿往，杨枭即命杨宾同去擒捉宋将。二人得令，一同上马，带领喽罗下山，直到宋营讨战。

小校报进营中，韩元帅即命二公子出营迎敌。二公子应声："得令！"上马领兵出营，来到阵前，大喝道："贼将何名？天兵到此，还不下马受缚？"燕必显道："我乃杨大王驾前镇国大元帅燕必显是也。你是何人，擅敢到此寻死？"韩彦直道："我乃韩元帅二公子韩彦直便是。汝等逆天谋叛，特来擒你！"燕必显大怒，提起八十二斤合扇刀，望韩彦直当头砍来。韩彦直舞动那杆虎头枪架住，一场厮杀：

燕必显虎头豹眼，韩彦直齿白唇红。虎头枪欺霜傲雪，合扇刀掣电飞虹。那个真是离山猛虎，这个分明出海游龙。一个怒气若雷吼，一个人发气填胸。你杀我，捐躯马革何曾惜；我杀你，愿与皇家建大功。

两个此战到三十余合，韩公子卖个破绽，回马诈败，燕必显拍马赶上。韩公子在腰间拔出金鞭，回转马刷的一鞭，正中燕必显的左臂。燕必显叫声："不好!”把身子一扭,回马便走。二公子赶上,将勒甲绦一把,轻轻提过来,横在马上。那边杨宾本是个无用之人,看见燕必显被擒,欲待向前来抢,又恐敌不过;欲要退后,又恐人笑,只指点众喽罗:“快杀上去救元帅!”众喽罗因是三大王指挥,又不敢不上前;欲待上前,料来怎生敌得过,只得假意呐喊,进了一步,倒退了两步。二公子见此光景,便把燕必显掷下,叫军士绑缚了,解往营中。自己回马摇枪,飞一般的冲去。那些喽罗,已挑死了几十。杨宾正待逃走,二公子一马已到面前,挺枪直刺。杨宾战抖抖的,举起手中这杆看样方天画戟来招架。二公子把枪枭开画戟,拦腰一把,已将杨宾擒过马来。众喽罗俱各没命的跑回山上去报信了。

韩公子掌着得胜鼓回营,来见父亲缴令。韩元帅命将二贼推过来。军士得令,将燕必显、杨宾二人推至帐前。杨宾垂头丧气地跪下,那燕必显立而不跪。韩元帅大喝道:“你这贼子既被擒来,怎敢不跪?”燕必显道:“大丈夫被擒,要杀就杀,岂肯跪你?”元帅看见二人光景,便喝小校:“且将他二人监禁后营。待我破了他的巢穴,捉了杨枭,一同斩首。”小校得令,将二人监在后营。元帅又令两个军士暗暗吩咐如此如此。军士得令行事,不表。

且说燕必显、杨宾两个锁禁在营中,却是每人一间囚房,紧紧对着,各人四名军士看守,不容说话。到了晚间,那杨宾已是饿得肚里鬼叫,瞪两只眼睛空望,却见两个小军:一个托着一盘不知什么菜蔬;一个提着一大瓶,大约是酒,一手一箩,大约是饭,走进对面房中去了。直至更深,也有一个小军,托着一碗粗饭,一碗冷不冷、热不热的白汤来,叫杨宾吃。那四个守军却是自己去取些酒饭自吃。杨宾看了,又气又恼,看了那碗粗饭,反吃不下了,只把那汤来呷了一口。又被那四个守军,絮絮叨叨地骂了几句:“刀口里的东西,还使什么气呢?终不然,老爷们反来供奉你这杀坯不成?且紧紧的缚一缚,好让老爷们睡觉。”那四个守军,又加上一条大铁链,将杨宾捆在柱上,各自去睡了。杨宾没奈何,死又不能死,活又不能活,止不住流下泪来,熬至一更时分,只听得外边脚步响。杨宾侧着耳朵细听,恰像三四个人走入对门国房里去。好一会,又听得有人出来,口内轻轻地只说得一句:“都在小将身上。”听他们仍出后营去了,杨宾心里好不疑惑。

到了天明,韩元帅暗暗令赵云、梁兴、吉青、周青田将如此如此。又写密书一封,差人到潭州城内去见岳元帅。岳元帅看了来书,打发来人外边酒饭。命军士到牢中吊出应死囚犯一名,来到后堂跪下。岳爷问道:“你叫甚名字?所犯何罪?”

那犯人回禀道:“小人蔡勋,因酒醉失手打死了人,故问死罪。”岳爷道:“酒醉误伤只应问军，不该死罪。今本帅有一事，你若干得来，不独无罪，而且有功。”

那犯人听了，便叩头道：“若蒙大老爷免死，叫小人水里火里去也是情愿。”岳爷道：“本帅有一马后王横，甚是得用。不意韩元帅闻知其名，今差人来要此人，本帅怎肯放他前去？若回绝他，又恐韩元帅见怪，你今可假扮装束，冒名王横，前去韩元帅营中，必然重用，但是不可泄漏，你可去得么？”那囚犯好不快活，连连叩头感谢：“元帅抬举，小人怎敢泄漏？只认真做个王横就是了。”元帅即命军士，将衣甲与他换了。随即升帐，传韩元帅差人进见，差人跪下候令。岳爷吩咐后营：“唤王横听令！”军士一声答应，即时唤出假王横来，跪在帐前。岳爷对着来人道：“元帅来书，要王横去服侍。但此人乃本帅得力之人，若非元帅来书恳切，决不能从命。今暂同你去，叫他服侍元帅，待平贼之后，须当还我，不可失信。”来人唯唯答应。岳爷即命王横：“且同来人去见韩元帅，须要小心服侍，不可怠惰！”假王横领命，遂同了差人叩辞了元帅，出城上路。

来到营中，正值韩元帅升帐。差人同了假王横跪下缴令。韩元帅便问：“你就是王横么？”假王横即叩头应道：“小人便是马后王横，并无第二人。”元帅道：“本帅久闻岳元帅有个马前张保，马后王横，十分得力。今暂着你做个队长，掌管一百名军士，倘有功劳，再行升赏。”假王横叩头谢了，站过一边。元帅又命军士：“将杨宾、燕必显二贼推来！”军士答应一声：“吓！”不一会，将二贼推到帐前。

元帅拍案怒道：“你二人既被擒来，料难飞去，还是降与不降？”燕必显睁着两眼大叫道：“宁可一刀，决不降你！”韩元帅道：“既不肯降”，叫军士：“与我绑出营门枭首号令。”军士答应一声，正待将二人推下阶去，忽见一员将官在韩元帅耳边轻轻说了二句。韩爷又命推转来，吩咐将燕必显仍禁后营，叫王横来道：“这杨宾非比别将，乃是杨幺兄弟，理当解上临安献俘。你可领兵四名，将他解到岳元帅处，听他处分，须要小心！”

王横得令，就辞了韩元帅，将杨宾推入囚车，带了这四名解军出营，望着潭州一路而来。不道那四个解军走了两步，倒退了一步。王横坐在马上，喝叫：“快走！休得慢腾腾的，误了公事！”那四个解军自言自语，只管抱怨：“你是岳元帅的身边一个使唤的人，反如此大样。我们辛辛苦苦，没有一些好处，还要呼喝人！”王横听了，好不动怒，就跳下马来，倒转鞭杆来打：“你这狗头，不见天色黑将下来了？进城还有一二十里！要紧重犯，倘有差池，可是当要的！”一个军士上前叫声：“将爷，不要动气，我们今日因帅爷升帐得早，没有食得饭饱，其实走不动。你是骑着马的，那里晓得？”又一个道：“你不见前面是灵官庙了？我们赶一步到那庙里,问道士讨些酒饭吃饱了,赶快些走就是了。"王横道:"既是这等说,快些前去!"

随即上马,押着四个军士推着囚车,一程赶到灵官庙里。军士将囚车推放廊下,一个跟着王横,走到殿上喊道:"有道士走几个出来!"喊声未毕,只见后殿走出两个中年道士来,问道"什么人在此大呼小叫?"军士喝道:"该死的贼道!我们是韩元帅差来的将官,押送钦犯进城去的,肚里饿了,要问你回些酒饭吃。你们却躲在后头,不是吃酒,就是赌钱,全不来招接。明日待我们禀过元帅,叫你这贼道不要慌。"那两个道士赔着笑脸,叫道:"将爷们不要恼,本庙向来香火极盛,近日皆因兵乱年荒,十分清淡。今日乃是灵官老爷升天之日,本庙道众各凑些微钱钞,到城中买得些三牲福物,祭赛了老爷。本庙有的是窨下的陈酒。道士俱在后头散福,故此有失迎接。这位将爷若不嫌弃,就请到后殿同饮一杯。各位将爷是有犯人干系,我们叫道人送出来,与各位享用罢!"那假王横原是个贪杯无赖之徒,看见道士十分恭敬,甚是喜欢,便道:"只是白受你们不当!"道士说:"将来正要老爷们照顾,小道们理当孝敬的。"王横同了道士到后殿来,却见七八个道士摆着两席丰盛酒肴,尚未坐席。见了王横,一齐迎接施礼,请王横上面坐定。众道士你斟我奉,好不凑趣。

那四个军士押着杨宾在外边廊下,清清冷冷,等了半日,只见一个老道士端着几碗蔬菜,一箩饭,放上几副碗箸,走来道:"里边这位将官说,叫众位吃了饭,好快些趱路。"放下自去了。那四个军士十分焦躁,侧耳听那后边欢呼畅饮,好不闹热。一个军士叫一声:"哥!我想王横这狗头,本是岳元帅跟马之人,不如我们的出身。今日韩元帅抬举他做个百总,就这等大模大样,把我们不当人。若然他将来得了功,还不知怎样哩!"一个道:"我们本是韩元帅手下兵丁,也不甘心去服侍这狗男女。明日回去,拚得退了这分粮,我们各自去做个生理罢了。"一个道:"交兵之际,那个准你退粮?只好逃往金国去投降了四太子,或者倒挣得个出身。"

四个军士你一句我一句,都愤愤不平。那杨宾在囚车内,听得明明白白,便接口道:"我看你四人容貌雄伟,决非久困之人,今日何苦受那小人之气?何不同去投了我家大王,必然重用,岂不是好?"四人道:"王爷若肯保我们做个小小职分,我们拚着性命对付了那厮,就放了王爷同去何如?"杨宾道:"你四位果然有心,我就保奏你四人俱为殿前统制。"四人大喜道:"事不宜迟,我们作速动手。"就将囚车打开,放出杨宾。四人拔出腰刀,同着杨宾抢入后殿来。那几个道士见了,俱奔入后面,把屏门紧紧的闭上。王横坐在上面,醉眼迷离,才立起身来,早被四个军士上前一顿乱刀砍死。拥了杨宾一齐出了庙门,将王横的马与杨宾骑了,抄着小路,一同望蛇盘山后山而来。

到得山边,已是定更时分。喽罗见是三大王回来,连忙开关。杨宾同了四人一直到藏金窟,正值杨枭在殿上和五王爷杨会、元帅燕必达,商议退兵救子之计。忽见杨宾回来,好生欢喜,便问:"我儿怎得回来?燕元帅已怎么了?"杨宾将两日之事细细禀明。杨枭便叫那四人上殿问道:"你四人姓甚名谁?"那四人跪下禀道:"小人一名江彩,一名山凤,一名水和,一名石鸣。"杨枭道:"难得你们好心,救了我儿!"就封为统制之职,分拨在三王爷名下。四人谢了恩,一时改换盔袍,好不荣耀。杨枭便对燕必达道:"令兄尚在韩营,如何得出?你可悄然从后山到湖口水路,上洞庭去见大王,速发救兵到此,共擒韩世忠,好救令兄。"燕必达得令,连夜单骑往洞庭湖去,不提。

再说韩元帅早有探军来报说:"四个军士将王横杀死,同杨宾一同逃去。"便吩咐将燕必显推来问道:"本帅看你堂堂一表,像个英雄,故不将你解去。何不降顺,以立功名?"燕必显道:"胡说!我弟燕必达现为辅国大元帅,各有家小在山,我怎肯贪生,遗害一家骨肉?"元帅道:"如此说来,虽然谋叛之徒,倒也忠义可嘉。本帅仁义之师,何愁杨枭不灭。"叫小校:"可将燕将军马匹军器还他,放他上山。待本帅擒了杨枭父子,再行招抚便了。"当时军士得令,将燕必显推出营门,交还了衣甲兵器马匹。

燕必显独自一人到山下叫关,关上喽罗见是自家元帅,连忙开了关栅,放上山来。燕必显来到殿上,见了杨枭,杨枭便问:"你怎得回来?"燕必显将前后事情细细禀明。杨枭大怒道:"胡说!你既不降,自然斩首,或者解往潭州,怎能就轻放了你?你的隐情,我已洞知,必是你先降顺了他,故此独把我儿解往城中,今日想要来骗取家小。"喝叫左右:"与我绑去砍了!"两边刀斧手正要动手,旁边闪过五公子杨会上前禀道:"请父王息怒,孩儿见他素有忠义之心,今日之事未见真假,岂可就杀一员大将?不如暂且将他监禁,探听的实,方可施行。"杨枭道:"既是我儿讲情,命左右将燕必显收监。"又对杨宾道:"今燕必达前往洞庭去请救兵,恐他变生异心,你可带领四统制一路迎去,接应山上救兵,直捣他的后寨。便可放火为号,我即下山夹攻,不可有误!"杨宾领令,随即同了四员新来统制,也从后山抄出小路,望湖口一路迎来。

这里韩元帅差探子打听明白,暗暗差人送书知会岳元帅,发兵截杀湖口救兵。

一面传令牛皋、王贵、汤怀、张显四将,各带人马,在蛇盘山半路四下埋伏。岳元帅接书,亦命杨再兴、徐庆、金彪三人,带领人马,埋伏青云山下,不提。

再说那燕必达奉着杨枭之命,从后山抄小路来至湖口下船。上了洞庭君山，进殿朝见杨幺已毕，将老大王的书送上。杨幺看毕，十分着忙，递与军师屈原公观看。

屈原公道："主公朝内必有奸细，若不然，朝世忠何以得知藏金窟地方屯扎之处？且发兵去解了蛇盘山之围再处。"杨幺即命奇王钟义同燕元帅领兵五千，速去救应。

奇王得令，点起人马，同了燕必达渡过洞庭湖。刚至湖口，恰遇着杨宾同着四个统制迎着，两边相见，遂齐往大路火速前来，行至青云山下，忽听得一声炮响，两边伏兵齐出。马上一员大将大叫："我杨再兴奉岳元帅将令，特来拿你，快快下马受缚！"奇王也不及通名问姓，举刀便砍。再兴摇枪接战，不上十来合，拦腰一把，把奇王生擒过来，交与徐庆。拍马来捉杨宾，杨宾见势不好，不敢交锋，回马便走。后边转过四员统制，高叫："杨宾不必惊慌，我等在此，叫你好处去。"四人一齐上前，把杨宾拿下。再兴举眼看时，原来是赵云、周青、吉青、梁兴。原来他四人奉看韩元帅军令，假装解军，杀了假王横，放了杨宾，投了藏金窟，今日得此大功。当时杨再兴将杨宾交与金彪，对徐庆、金彪道："二位贤北，将二贼带回城中缴令。我去帮助韩元帅也！"二人领命，飞马目回潭州而去。

这里杨再兴同着赵云等四人，将五千喽罗追杀一阵，杀死大半，其余尽皆降伏。

杨再兴带领三军，径至韩元帅营中。赵云、梁兴等四人，飞马来至蛇盘山叫关。守山军士见是四人，放上山来，见了杨枭道："燕元帅果然已投往潭州城去。今三大王同奇王领兵来捣韩营，约明放火为号，大王可即领兵下山，前后夹攻，擒拿韩世忠。"言未毕，忽见喽罗来报："山下火光冲天，喊杀不绝，想必是救兵到了。"

杨枭即命五公子同了左卫将军管师彦、右卫将军沈铁肩，带领三千喽罗下山接应。

三人领令下山，杀奔韩营，行不到几里，四边山坳里金鼓齐鸣，一声炮响，牛皋等四将伏兵一齐杀出，将杨会等三人截住乱杀。当有喽罗报上山去，杨枭道："不好了，中了他伏兵之计了！"遂对护国丞相邬天美道："贤卿好生保守山寨，且待孤家自去救应。"随即点齐二十名护山太保，率领了二千名护山喽兵，上马提刀，慌忙下山。但听得前面喊声震地，正在混战，杨枭拍马摇刀，杀入阵中助战。

四将正在难分胜败之际，忽听得一声喊，一骑马冲入重围，乃是杨再兴，把枪挑开了杨枭的刀，生擒过马，竟回潭州。杨会拍马欲待冲出，被牛皋一锏打下马来，军士用挠钩搭去。管师彦正在惊慌，鼓声响处，韩二公子冲进阵来，手起一枪，将管师彦挑于马下，乱马一踏，踹为肉泥。沈铁肩正没处逃命，被吉青一棒打碎脑盖,死于马下。韩元帅催动人马,直杀至蛇盘山下。那山上有燕必显手下众家将,保了燕氏一门家小,放出燕必显。燕必显谅难逃脱,正在迟疑,那四将叫声:"燕将军,你令弟现在潭州,今杨枭已被擒,何不投顺宋朝,以保令弟之命?"燕必显道:"事已至此,索性拿了杨氏一门,好去献功。"遂同了四将一齐动手,将杨氏一门良贱百余口尽皆拿下,献了蛇盘山寨。韩元帅同众将上山收拾金帛粮草,装载车上,把杨枭家口,尽上囚车,放火烧了山寨,拔寨回兵。将粮草贼犯解至潭州,到岳元帅营中交纳。

韩元帅进营与岳元帅相见,各把前后事一叙,各皆欢喜。岳爷传令,将杨枭一门一百余口尽皆绑下,燕必显前既被擒不降,直至势促方献山寨,非出本心,一并斩首。将人头装在桶内,差兵护送解上临安报捷。韩元帅即便辞了岳爷,仍往水口水寨,不表。

且说探子报上洞庭山,说是燕必显献了蛇盘山,一门家口尽被宋将拿去潭州,斩道号令,解往临安去了。杨幺听了,放声大哭,文武众臣,亦各悲伤。就命合山挂孝遥祭。又吩咐众军:"二大王杨凡现病在府中,恐他闻知此信病体加重,不许走漏消息。"一面与军师商议发兵,与岳飞决战,与父母、兄弟报仇。屈原公道:"我军初败,心尚未定。且调齐各处人马,然后直捣潭州,与他决战不迟。"杨幺准奏,遂传旨各处去调齐人马,不表。

且说岳爷的差官将人头解至临安,进上本章。高宗大喜,传旨将首级交刑部号令都城。再命户部颁发粮草彩缎,工部发出御酒三百坛,着礼部加封,差出内臣田思忠,解往潭州岳爷军前,犒赏三军。不料内臣发这三百坛御酒,到礼部秦尚书衙门内加封,险些儿使那些冲锋士卒,几作含冤之鬼;陷阵将军,反为枉死之魂。

毕竟后事如何,且听下回分解。

第五十回 打酒坛福将遇神仙 探君山元戎遭厄难

词曰：

御酒犒军前，鸩毒药，有谁参？幸亏福将有仙缘，打破醇坛，暂避茅庵。岳侯冒险浑身胆，翻身入虎窟龙潭，愿把命儿拼。

——《黄莺儿》

且说那田思忠奉着圣旨，将三百坛御酒发到秦桧衙门，叫他加封，送往岳爷军前去，恰值秦桧在兵部衙门议事未回。这王氏夫人暗暗叫心腹家将，将毒药每坛里放上一把。他的心上，思想药死岳飞并那一班将士，好让四太子来取宋朝天下。你想这等心肠，岂非比蛇蜂更毒么？到了次日，秦桧也不知就里，将三百坛御酒坛坛加上封皮，交与田思忠。田思忠领了御酒并粮草等物，带领人夫，一路来至潭州。

岳元帅得报，急差人到水口，请韩元帅进城一同接旨，将御酒等物送往教场中去，一面叫军士去买民间的酒来冲和这御酒，方够犒散。

不道那牛皋听见了，想道："不知有多少御酒，待我去看看。"就独自来到教场，走至车子跟前，觉得有些酒香。牛皋道："妙吓！待我打开一坛来看，不知御酒是怎样的。"便去将一坛的泥头打开，忽然一阵酒气冲入脑门头里，霎时疼痛起来。牛皋道："咦！这酒有些诧异。"回转头来，看那车夫立在后边，牛皋道："你可要酒吃么？"车夫道："若是老爷肯赏小人，极妙的了！"牛皋道："只是没有家伙。"车夫道："小人有个瓢在此。"牛皋接了瓢，便去坛里兜了一瓢，递与车夫道："快些吃了，再赏你一瓢。"这车夫是个贪杯的，说道："多谢老爷！"接过来，两三口就吃完了。不吃犹可，这酒下了肚，霎时间，一跤跌倒，满地乱滚，不多时，七窍流血而死！牛皋见了大惊，喊道："我等干此多少大功，这昏君反将药来害我们！"拿起两条锏来，将这三百坛御酒尽皆打碎。军士着急，忙来报知岳元帅。岳元帅吩咐令牛皋上来。牛皋走上来，大叫道："元帅先把钦差杀了，然后进都面圣，他为什么将药酒来药死我们？"岳元帅问道："何以晓得是药酒？"牛皋道："车夫吃了登时七窍流血而死，所以小将忿怒，将御酒打碎了。"岳爷道："还剩得多少囫囵的在么？"牛皋道："没有，都打碎了。"岳爷听了大怒，喝叫左右。"把牛皋绑去砍了！"韩爷吩咐："且慢！"向岳爷道："若不是牛将军打碎酒坛，我等尽遭其害矣！"钦差道："不要说元帅受害，就是下官亦难逃此难，牛将军非但无罪，抑且有功。求元帅赦了！"岳爷道"既然二位说情"，吩咐："与我把牛皋赶出营去！"牛皋道："我是要跟随元帅，不到别处去的。"岳爷道："我这里用你不着，快快走出去！"牛皋再三恳求，岳爷只是不留，牛皋只得上马去了。

元帅就问钦差道："这酒是何衙门造的？"田思忠道："这酒是工部官儿制造的，解到礼部衙门加封。因秦大人有事，放在堂上一夜。次日，秦大人加了封，下官领出，一路解来，并无差迟。"岳爷道："钦差大人先请回京复旨，待本帅平了洞庭贼，即时回京面圣，查究奸臣，以靖国法，再去扫北便了。"那钦差辞别起身，不表。

再说岳元帅差人去追赶牛皋。那些人四下去寻，并无消息，只得转来回复元帅，岳爷心中甚是不舍。且说那牛皋被岳爷赶了出来，一路下来行了数十里，不觉肚中饥饿。来到一座树林中，见一个道童立在林下，牛皋叫声："小哥，这山上可有寺院么？"道童道："此山名唤碧云山，并无寺院。只有我师父在此山中修炼，道法精通，有呼风唤雨之能，撒豆成兵之术。"牛皋道："你家师父姓甚么？叫做什么名字？"道童道："我家老祖姓鲍名方。早上对我说道：'你可下山去，有一骑马将军叫做牛皋，你可引他来见我。'将军，你可姓牛么？"牛皋道："我正是牛皋！你可领我上山去见你师父。"道童道："如此，跟我来。"牛皋只为肚中饥饿，没奈何，只得跟了道童，一步步走上山来。

进了洞门，见了老祖道："我肚中饥饿，可有酒饭，拿些来与我充饥。"老祖叫道童拿出些素饭来与牛皋吃。老祖道："将军有何事到此荒山？"牛皋将打碎酒坛、被岳元帅赶出之事说了一遍。老祖道："原来为此。将军今欲何往？"牛皋道："无处可居。"老祖道："如此，何不随贫道出家，倒也逍遥快活？"牛皋暗想："我与大哥立下许多功劳，昏君反要将药酒来害我们，不如在此出家，无拘无束，倒也罢了。"想定主意，连忙跪下道："弟子情愿跟着师父出家。"老祖道："你既愿出家，一要戒酒，二要除荤，三要戒情，方可出家。"牛皋道："弟子一一皆依，略略吃些酒罢！"老祖道："既要吃酒，快到别处去罢。"牛皋道："不吃，不吃，件件依你。"老祖道："既然依得，可跟我来。"牛皋跟了老祖来到山下，老祖便叫牛皋将马笼头鞍辔卸下，大喝一声，那马飞也似上山去了。又命牛皋卸下盔甲，至一井边，叫牛皋把盔甲鞍辔都放下去，然后同牛皋转到洞内来，收为徒弟，取名"悟性"，换了道袍。牛皋把身上一看，哈哈大笑道："如今弄得我像一个火烧道人了!”自此牛皋在碧云山做了道人,且按下慢表。

再说那杨幺这一日与屈原公商议,军师奏道:“臣有一计,再命王佐去请岳飞来看君山,只说有路好上宫殿,他若来时,四面放火,将那岳飞、王佐一同烧死,内外大患尽除。倘王佐推托,即将他家小监了,他自然肯去。”杨幺大喜,传旨宣王佐上殿。王佐来至殿下,杨幺便将此计说与王佐。王佐奏道:“前者岳飞赴会,被他走脱,如今再去骗他,如何肯信?”杨幺道:“你明明与他相好,不肯前往。”吩咐:“把他家小监了!”

王佐只得依允,坐船来至潭州城下,对守城军士说知,进了城,来到帅府。军士报进营中,岳飞出来迎接进帐,见礼毕,王佐道:“前日之事,皆屈原公所作,小弟其实不知,今日一来请罪,二来有事通知。”拿出洞庭湖图画与岳爷观看。王佐道:“今夜大哥同小弟同去君山观看,湖内有条暗路可上宫殿,若大哥看明此路,杨幺指日可破。”岳爷应允,王佐辞去。众统制齐来禀道:“王佐来请私看君山,决非好意,元帅不可轻往!”岳爷道:“已曾许过,岂可失信?”一面写书送与韩元帅,约他前来接应。又命张保、张宪、岳云、杨虎同去。五人骑马出了潭州,来至东耳木寨。

王佐出来迎着,同往君山而来。行至七里桥,岳爷对杨虎道:“你在此把守此桥,以防贼人偷桥。”杨虎领令守住,岳爷往君山而去。那杨虎心中暗想道:“如此大桥,怎么偷得?我且躲在石碑之后,看有何人来偷此桥。”将身往石碑后躲了,一眼观看,果然那边副元帅高老虎驾了一只小船,望桥边而来。上了岸,靠那石碑坐着,吩咐军士们一齐动手,将桥拆毁。杨虎道:“原来如此偷法!”轻轻掩至背后,手起一鞭,将高老虎打死,众喽罗见主将打死,连忙下船逃命去了。

再说岳爷同王佐众人上了君山,正在偷看之间,只见四面火箭齐发。君山左右前后,预先堆满干柴枯草,火箭落下,登时烈焰腾腾,冲天火起。岳爷和众人都在烟火之中。正是:

樊笼穷鸟谁相救,烈焰飞蛾怎脱逃?

毕竟不知岳爷和众将等性命如何,且听下回分解。

第五十一回 伍尚志火牛冲敌阵 鲍方祖赠宝破妖人

诗曰：

昔日田单曾保齐，今朝尚志效驰驱。
千牛奔突如风扫，宋将安知备不虞？

却说岳元帅和众将顾不得性命，冒烟突火冲下山来。岳云在烟雾里遇着王佐，认做是父亲，一把抱住，当先走马前行。可怜众人都烧得焦头烂额！逃至水口，只见那杨虎赶来，遇见了众人道："那边去不得！桥已被他们拆断了！"正在危急，忽见韩二公子驾船来，接应上船，送过断桥那边。上岸来至王佐寨门首，岳爷道："我儿放王叔父下来。"岳云把王佐放下。元帅道："贤弟请回寨罢！为兄的去了。"

王佐拜别回寨，怒道："又是岳飞好相与，如此两次害他，他并无害我之意。那杨幺我如此待他，他反如此待我！"心中恨恨不平。

且说岳爷回城，进帅府坐定，吩咐众人各自回去将养，不提。

那王佐来见杨幺，说："火烧君山，又被岳飞逃去。"杨幺道："你领了家小回去，记你功劳便了。"王佐领了家小回寨，不提。

再说杨幺因此计不成，心中不乐，忽见喽罗来报："启上大王，今有德州王崔庆奉旨带兵前来。"杨幺道："崔庆既到，令伍尚志去打潭州。"伍尚志得令，就领喽罗来至潭州城下讨战。军士报进帅府，岳爷闻报，带领众将出城，摆成阵势。但见伍尚志威风凛凛，相貌堂堂，手抡方天戟，坐下银鬃马，大声叫道："来将莫非岳飞么？"元帅道："然也。你是何人？"伍尚志道："我是通天大王麾下官拜大元帅伍尚志是也！"岳爷道："看你相貌魁梧，像个好汉，何故甘心事贼？何不改邪归正，建立功名？倘不知悔过，一旦有失，岂不可惜！"伍尚志道："岳飞，休要摇唇鼓舌，且来认我手段！"说罢，举起画杆方天戟，劈面刺来，岳爷摆动沥泉枪架开戟。两个一场好杀！但见：

二将阵前生杀气，跑开战马赌生死。岳飞枪发龙舒爪，尚志戟刺蛇伏起。

枪去不离胸左右，戟来只向心窝里。

三军擂鼓把旗摇，两边呐喊江潮沸。自来见过多少将军战，不似今番无底止。

两人战到百十余合，不分胜败。天色已晚，各自收兵。

伍尚志回山，见了杨幺奏道："岳飞本事高强，不可力敌，只可计取。臣有一计：要水牛三百只，用松香沥青浇在牛尾上，牛角上缚了利刃。临阵之时，将牛尾烧着，牛痛，自然往前飞奔冲出。岳飞纵有十分本事，焉能对敌？必然擒获。"杨幺闻言大喜，即传旨取齐水牛，交与尚志。尚志带了水牛回营，当晚准备停当。

次日，将火牛藏于阵内，一马当先，至城下讨战。城内岳元帅率领众将出城，尚未交锋，伍尚志将火牛烧着。那牛疼痛，便望宋营中冲来，势不可挡。元帅看见，大叫："众将快退！"众将一齐回马。那水牛负痛，乱撞乱冲，如崩山倒海一般。

这些军士但恨爹娘少生了两只脚，飞奔入城，将城门闭上。人马被火牛冲死不计其数，元帅心中忧闷。伍尚志见岳爷大败进城，鸣金收军。

过了一夜，又至城下来讨战。岳爷吩咐且将"免战牌"挂出，再思退敌之计。当时伍尚志见了，哈哈大笑："岳飞真乃无能之辈。只败一阵，不敢再战也，还要做什么元帅！"随命军士拔寨收兵，上山来见杨幺，将火牛之事奏闻："今岳飞闭了城门，挂起'免战牌'，不敢出战，请旨定夺。"杨幺大喜道："元帅辛苦，且暂停兵，孤家另思破城之策。孤家有一公主，招卿为驸马，可于今晚成亲。"伍尚志叩头谢恩。

当日，于殿上挂灯结彩。命宫女扶公主出来，就在殿上拜了杨幺，然后与伍尚志交拜，送进宫中合卺，花烛已毕。杨幺又赐众臣喜宴筵席，伍尚志陪饮至更深方散，回转宫中，只指望：秦晋同盟，成两姓绸缪之好；朱陈媲美，缔百年燕婉之欢。

那知这位公主双眉含怨，两泪交流。伍尚志那知就里，只道是娇羞怕丑，叫侍女们俱回避了，便上前去温存，低语叫道："公主！夜深了，请安寝罢！"那公主蓦地向胸前扯出一把佩刀来，把在手中，指着伍尚志道："你休想无礼！我非杨幺之女，若要成亲，须要我哥哥作主，若不然，就拼个你死我活。"伍尚志大惊道："不知令兄是谁？小将如何晓得？我和你既为夫妇，自然听从。且先放下凶器，慢慢的与小将说明便了。"那公主两泪交流道："妾家姓姚，杨幺将我父母兄弟一门杀尽，劫抢家财，那时妾身年方三岁，杨幺将我抚为己女。我只有一姑母之子表兄岳飞，现为宋朝元帅，须得见他与我报了杀父之仇，方雪我恨。今你堂堂一表，不思报国立功，情愿屈身叛逆，妾身宁死，决不从你骂名万代也！"伍尚志听了这番言语，低头一想，便道："公主之言，果是不差，我想杨幺贪残暴虐，谅不能成大事。但今令兄现为敌国。如何好去见他？既是公主如此说，小将焉敢冒犯？且名为夫妇，各自安寝，瞒过杨幺，待小将觑便行事便了。"公主谢了，各自去安歇，不提。

且说一日杨幺升殿，聚集众官，商议去打潭州。伍尚志奏道："岳飞守住城郭，不肯交战，一时难以取胜，不如遣人议和，两下罢兵息战，再看机会何如？"旁边闪出余尚文奏道："臣有一计，可破潭州，大王可传旨，着人在于七星山上搭起一台，待臣前去作起'五雷法'来，召遣天将进城去取了岳飞首级，其余就不足虑也！"

杨幺准奏，即刻传旨，在七星山搭起一座高台，余尚文辞了杨幺，即前往台上作法。

再说牛皋在碧云山上出家，你道他这个人那里受得这般凄凉？这一日瞒了师父，偷下山来闲走。走了一回，进林子去，拣块石上坐下歇息。忽见一只水牛奔进林来，牛皋看时，只见牛角上扎缚着利刃。原来是伍尚志的火牛逃走来的。牛皋上前一把拿住，想着："我每日吃素，实是难熬。今日天赐此牛来，想是与我受用的，若不然，为什么角上带了刀来？"就将角上的刀解下来，把牛杀了。就在石中敲出火来，拾些枯枝，把牛煨得半生不熟的。正吃得饱，忽见道童走来叫道："师兄，师父在那里唤你，快去，快去！"

牛皋上山，进洞来见了老祖。老祖道："牛皋，你既出家，怎的瞒我开荤？我这里用你不着，你依旧下山去助岳飞，擒捉杨幺罢。"牛皋叫声："师父！徒弟去不成了！"老祖道："却是为何？"牛皋道："我的盔甲鞍辔兵器，俱已放在井里，马匹又是师父放去，叫我如何上阵？"老祖道："你且随我来。"牛皋跟着老祖，来至山前井边。老祖向井中喝一声："快将牛皋的兵器等件送上来！"言未毕，忽见井中跳出一个似龙非龙、似人非人的物事来，将牛皋的盔甲鞍辔双锏一齐送上，老祖叫牛皋收了。那物仍旧跳入井中。牛皋道："原来师父养着看守物件的！"老祖又将手向山顶上一招，那匹马长啸一声，飞奔而来。

牛皋把盔甲穿好，又把鞍辔放在马背上，伏身跪下道："弟子前去上阵，求师父赐几件法宝，也不枉在这里修行一番！"老祖向袖中取出一枝小小箭儿，递与牛皋。牛皋接过来看了，便道："师父，这样一枝小箭要他何用？"老祖道："我不说，你也不知，此箭名为'穿云箭'，倘遇妖人会驾云的，只要将此箭抛去，百发百中。"牛皋道："这一件不够，求师父再添几件装装门面。"老祖又向袖中取出一双草鞋来，付与牛皋。牛皋笑道："徒弟上阵，穿着靴子不好？又不去挑脚，要这草鞋何用?”老祖道:“牛皋,你休轻看了这草鞋!这鞋名为‘破浪履’,穿在脚上,踏水如登平地。那杨幺乃是天上水兽下凡,非此宝不能服他。”牛皋道:“这等说起来,又是宝贝了,求师父索性再赐几件好些的与弟子。”老祖道:“我也没有别的宝贝,还有两丸丹药你可拿去。一丸可救岳飞性命,留着一丸日后自有用处。”即在袖中取出一个小葫芦,倾出两颗药丸,付与牛皋。

牛皋收了,便道:“弟子不认得路径,求师父叫个小道童引我一引。”老祖道:“这也不消,你且上了马,闭了眼睛。”牛皋依言上马,将双眼闭了,老祖喝声:“起!”那马忽然腾空而起。耳根前但听见飕飕风响,约有半个时辰,那马就慢了。只听得耳边叫道:“值日功曹,丁甲神将,速降坛前,听我法令!”又听见不住的劈拍之声。牛皋睁开眼睛一看,那马就落下山前,却见一个道人在台上作法。牛皋下马,走上台来,那余尚文见一个黑脸的,认做是召来的黑虎赵玄坛,便将令牌一拍道:“神将速进潭州城去,把岳飞首级取来,不得有违!”牛皋应道:“领法旨!”一锏打去,正中脑门,取了首级下台。上马往潭州而去。那台下的喽罗听得声响,上台来看,却见余尚文死在台上,又没了头,慌忙报知杨幺。杨幺好生烦恼,传旨收尸盛殓,暗暗察访奸细,不表。

且说牛皋到了潭州,进帅府来见了岳爷,把路遇余尚文作法打死之事说了一遍,岳爷就命将首级号令,便问牛皋:“一向在何处安身?”牛皋道:“只东游西荡,没有定处,故此复来。”岳爷心中疑惑,便写书一封,命牛皋:“暂时去帮助韩元帅,另日再来取你。”牛皋接了书,辞了岳爷,上马来至水口,见了韩元帅。参见已毕,将书呈上。韩元帅接过看了,却是岳爷要他探出牛皋这几时的行藏。韩元帅随命摆酒接风。过了一日,韩爷对牛皋道:“我看将军英雄义气,本帅欲与将军结为兄弟,万勿推却!”牛皋道:“小将怎敢!”韩爷道:“你与岳元帅原是兄弟,本帅亦然,休得谦逊!”遂吩咐左右摆下香案,与牛皋结为兄弟,入席畅饮。饮酒中间,牛皋便把打碎御酒坛被岳爷赶出之后,遇着神仙,收为徒弟,直至杀牛开戒,赠宝下山之事,尽情说出。韩爷道:“为兄的不信,可试与我看看。”牛皋就取出草鞋来穿了,一同韩爷出寨。跳下水去,果然在水面上行走,如履平地一般。韩爷大喜,暗想:“我家有此异人,何愁杨幺不破?”遂暗暗修书回复岳元帅。

次日将晚,牛皋来禀韩元帅道:“小将到此,并无功劳,闲坐不过,今夜须去巡湖。”韩爷应允。当夜,牛皋驾着一号小船,出湖巡哨,恰遇杨幺手下的水军元帅高老龙,也驾着三四号小战船来巡湖。牛皋见了,便叫水手:“且慢行!”却穿上草鞋,踏在水面上,走到贼船边。高老龙看见,只道是湖神显圣,就跪在船头上叩头道:“弟子高老龙,明日设祭,仰望神明护情!”牛皋道:“快摆香案!”随走上船头,这一锏,将高老龙打死,回身又将船上水手,尽皆打落水中。后面这几只小船，飞也似逃回去了。牛皋撑了战船，回寨报功。韩元帅记了功劳簿，差人报知岳元帅。岳爷寻思："倘被贼人放炮打死，如何是好！"忙传令到水寨，令牛皋回进潭州。

那边巡湖水卒逃回山中，报知杨幺："高元帅巡湖，被宋将杀死。"杨幺好生焦躁："宋朝出此异人，如何是好！"旁边闪过副军师余尚敬，奏道："臣能'驾云'之法，待臣今夜飞进潭州，必要取岳飞之首，一来分主公之忧，二则报杀兄之仇。"杨幺准奏。当夜，余尚敬将一方小帕铺在地上，喷上一口法水，将身坐在帕上，念念有词，忽然腾空飞起，竟往潭州城中。来到帅府，正值黄昏。恰好牛皋在韩营回来，元帅正在帐中盘问牛皋说话，众将两边侍立。余尚敬见下面人多，不好下手，只在半天里如风筝一般，飘来飘去。却被牛皋一眼看见，说道："诧异！是什么东西！不要是师父所说的那话儿吓！待我来试试箭看。"就将那枝"穿云箭"望空抛去。但闻轰隆一声响，半天里掉下个人来。牛皋一把拿住，取了穿云箭，将那人绑了，来见元帅。元帅审问明白，却是余尚敬。元帅吩咐即时斩首，号令在城上。那边探子报知杨幺，杨幺十分惊慌，就与众将商议。屈原公奏道："再去调长沙王罗延庆。臣已练一阵图，等齐了，就与岳飞决一雌雄。"杨幺准奏，即去调兵发马，不提。

再说那王佐自从领了家口回寨之后，只管感念岳元帅的义气："如今不若到西耳木寨去，邀了严奇，一同归顺岳无帅，以报他之恩义，岂不是好？"主意定了，即来见严奇说："岳飞如此义气英雄，况杨幺这般行为，必非对手。愚意欲与兄同去归顺，未知尊意若何？"严奇道："我想杨幺终非成大事之人。久闻岳侯忠义，礼贤下士。若承挈带，实为万幸！"

话还未绝，旁边走过一员小将，乃是严奇之子，名唤严成方，年方十四，使一对八棱紫金锤，猛勇非常，上前叫道："爹爹不可听信王叔叔之言，长他人之志气。孩儿闻得岳飞有一子，名唤岳云，也使两柄银锤，有万夫不当之勇。待孩儿明日与他比比武艺，若果然胜得孩儿，情原归降；若胜不得孩儿，叫岳飞早早收兵回去，休教杀个片甲不留。"严奇对王佐道："我儿之言，亦甚有理，免得被他们看轻了。"

王佐只得辞别回寨，悄悄地来至潭州城下，对守城军士说知，要见岳元帅。军士报进帅府，牛皋在旁听得，大骂道："这个狗头，几次三番来哄骗我们，今日又来做什么？且待我去拿他来，砍他七八段，方泄我胸中之恨！"提了双锏，怒冲冲地去杀那王佐。正合着常言道：

恨小非君子，无毒不丈夫。

不知王佐逃得性命否，且听下回分解。

第五十二回 严成方较锤结义 戚统制暗箭报仇

词曰：

年少英雄相遇，双锤比较相同。情投意合喜相逢，愿得百年长共！祸福皆由天数，暗地毒箭何功？冤家徒结总成空，到后方知春梦！

——《西江月》

话说牛皋怒气冲天，提锏出营，要杀王佐。岳飞连忙唤转，叫声："贤弟，为兄的两次险遭大难，皆为要他降顺。他虽使恶意，我全不计较。人非草木，岂有不知？今日他来见我，必有好音。且放他进来，看他有何话说。"随叫军士："请王将军相见。"牛皋不敢则声，呶着嘴，咕哝个不了。

不一会，军士引着王佐进帅府来，见了岳爷跪下道："两次哄骗元帅受惊，不赐斧诛，反蒙恩赦，实该万死！"岳爷道："贤弟请起，此乃各为其主，理所当然，何罪之有！但不知贤弟今日此来，有何见渝，莫非还有别计么？"王佐道："人非禽兽，岂无人意？蒙元帅大恩，无以为报，有西耳木寨严奇，小将已约他同来归顺。不道他儿子严成方年纪虽小，十分骁勇，负气不服。他闻得公子英雄，单要与公子比个手段，若能胜他，方肯来降，因此特来报知。"岳爷道："既如此，贤弟且请回，待明日叫小儿出城来，与他比试便了。"王佐辞别出城，悄悄自回寨去。

次日，岳爷命岳云领兵山城，等候严成方比武，相机行事，不可有误。旁边闪出统制戚方，上前禀道："王佐几次暗施毒计，恐有变动，小将愿去掠阵。"岳爷应允。戚方遂同公子齐出城来，安下营寨，专等严成方来比武。那里晓得杨幺在水寨操兵，严成方不能脱身来与岳云比武。这里岳云已等了两日。

王佐恐岳云性急，就命儿子王成亮前去通知操兵之事。王成亮领命，上马提枪，来至宋营门前，对军士道："我乃东耳木寨东圣侯大公子便是，快请岳公子出来会话。"军士报进营中。戚方道："待小将去看来。"戚方提刀上马，走出营前。王成亮道："来将何名？"戚方道："我乃岳元帅麾下统制戚方是也。尔乃何人？"

成亮道："我乃东圣侯长子王成亮是也！因严成方在水寨操兵未回，家父特命我来知会岳公子，休要回兵，须再等一两日。"

这几句话还未说完，不提防戚方手起一刀，将成亮斩于马下，取了首级，回营来见岳云道："来将乃是王佐之子，名唤王成亮，被我斩了首级在此。"岳云大惊道："戚老叔为何杀了他！爹爹知道，必要将我斩首，如何是好？"戚方道："他父亲屡屡哄骗，要杀元帅，焉知今日不是鬼诈？杀了他，有罪在我，公子不必惊慌。"

岳云忙命军士，把成亮首级送去还他。王佐大哭一场，不知何故被杀？只得收了尸骸，不表。

却说岳公子收兵回城，进帅府来见元帅道："爹爹，该斩孩儿之首。"元帅问道："你却为着何事？莫非战不过严成方么？"岳云道："孩儿奉命扎营在路旁等候严成方，他两日不来。今日王佐命儿子王成亮这来报成方在水寨操兵之事，却被戚老叔杀了，孩儿理当斩首。"元帅道："既是戚方所杀，与你何罪？"吩咐将戚方重责三十棍。两边军士一声答应，将戚方重责三十大棍。岳元帅叫张保："你可将戚方送到东耳木寨王老爷那边去说：'统制戚方误伤了公子，被家爷重责三十，送来验伤请罪！'"

张保领令，同了戚方一直来到东耳木寨。军士进寨细细禀明。王佐吩咐叫张保进寨道："你去禀上你家元帅，吾儿命该如此，与戚将军何干？那人有事未回，原请公子等候，料此事必成。"张保辞了出寨，同戚方回城缴令。岳爷道："本帅一次金兰会，二次探君山，皆因要降王佐之心，今日方得成功，被你如此，岂不把前功尽弃！幸得今日说明，你且回营将养。"戚方领令回营。元帅又命岳云原往城外下营去等。

这严成方在水寨内，直到十日方回。严奇道："为你操兵不回，岳云等候已久，王叔父恐他回城，命王成亮去通知，被戚方误伤了性命，你今快快去与岳云见个高下，好定行止。"成方领了父命，提锤上马，领兵来至岳云营前，高叫道："快报去，说我严成方在此，快叫岳云出来与我比武。"小校忙报进营。岳公子听报，随即上马提锤，来到阵前，看那严成方怎生打扮？但见：

束发金冠雉尾双，鱼鳞砌就甲生光。金锤八棱扬威武，恰似天神降下方。

那严成方对阵看那岳公子：

头上银盔双凤飞，狻猊宝甲衬征衣。
身骑赤兔胭脂马，气宇轩昂貌出奇。

两个在对阵，你看我威风凛凛，我看你雄气赳赳，各自暗暗欢喜。

严成方出马来道："小弟久闻公子英雄无敌，特来请教。"岳云道："领教便了。"两个各摆双锤,交手来战。一个舞动寒星万点,一个使出瑞彩千条。战到八十余合,不分胜负。岳云卖个破绽,跳出圈子,叫道:"果然好锤,战你不过,饶你去罢!"诈败落荒而走。严成方道:"往那里走?若不拿你下马,也算不得好汉。"

拍马追来。赶下十余里路,岳云使个"流星赶月"的解数,回马一锤,照着严成方的锤上打去,将严成方虎口震开,把锤打落于地。严成方跳落下马,便把那柄锤也弃了,跪下道:"公子英雄,名不虚传!小弟情愿归降,望公子收录!"岳云也跳下马来,双手扶起道:"久闻严公子大名,今日幸得相会。公子若肯归降,共扶社稷,小弟情愿与公子结为兄弟。不知尊意允否?"严成方道:"小弟亦有此心,只是不敢仰攀。"岳云道:"既同心意,何必过谦?"两个就在地下撮土为香。岳云年长一岁为兄,成方为弟,誓同骨肉。对拜已毕,各自上马回营。

成方来至东耳木寨,见了王佐,将与岳云结拜之事说明。王佐大喜,随同严成方来至西耳木寨见了严奇,暗暗各自同心计议,不提。那岳公子回城,也将前事说了一遍,岳爷喜之不胜。

忽见小校来报:"有长沙王罗延庆在城外讨战。"杨再兴便上前来禀道:"罗延庆同小将最是相好,待我去说他来归降。"岳爷就令再兴出马。再兴领令,上马提枪,领兵出城来,到阵前大叫一声:"杨再兴在此,谁人敢来会我!"忽听对阵只一声炮响,门旗开处,一将出马,见是杨再兴,便把眼色一丢,喝道:"来将休得逞能,俺罗延庆来也!"摆动錾金枪,当胸就刺。杨再兴举起滚银枪,劈面相交。

两个在战场之上假战了十余合,杨再兴卖个破绽,回马败下,落荒而走。延庆拍马赶来。有四五里远近,到一茂林之间,再兴看四下无人,便回马叫声:"兄弟,久不相见,却原来在这里。为兄的已归顺了岳元帅,圣上亲封我为御前都统制。与岳元帅结为兄弟,蒙他十分义气相待。兄弟何不弃邪归正,投顺宋朝?日后立功,决不失封侯之位也!"罗延庆道:"兄长之言,敢不如命?小弟情愿做个内应,待交兵之日,小弟杀贼立功,以作进见之礼便了。"再兴大喜道:"既如此,愚兄仍旧败回,好掩人耳目。"说罢,便转马奔回,延庆在后追至战场上,又假战了四五合,再兴假败,逃回城去。延庆也鸣金收军回营。

再兴进城,见了岳元帅,将罗延庆归降内助之事细细禀明。岳元帅大喜,记了功劳簿,不提。

且说那屈原公调齐各路人马,演习五方阵势,要与岳飞决战。这里探子报知岳元帅。岳元帅到了晚间,命张保跟随,私自出城来探看。到一树林中,岳爷爬上树顶,偷看贼营动静。正看之间,只听得弓弦响处,不知那里一箭射将上来。元帅叫声:"不好!"肋上早中了一箭,幸得把树枝抱住,不曾跌下。张保连忙上树扶下，只见岳爷面如白纸。张保慌慌地背了元帅，黑暗之中，不辨高低，如飞进城。到了帅府放下，卧在床上，人事不醒。吓得岳云魂魄俱无，连忙将箭头取出来。众将士闻知，齐集大营来看。但见箭眼中流出黑血，口吐白沫，箭伤甚重，命在顷刻。公子与众将俱各大哭。牛皋道：“你们不要哭，一哭，我就没有了主意了，我是有仙丹救得元帅的。”众将听了，俱各拭干了眼泪，来问牛皋。牛皋道：“不要慌，可取些滚水来。”旁边家将忙忙地倒了一碗滚水来。牛皋在身边左摸右摸，摸出一粒丹药来，将滚水调和，灌在元帅口中。不多一会，只见元帅大叫一声：“痛死我也！”

这颗仙丹，果然有起死回生这妙，顷刻之间，岳元帅一翻身坐起，众将好不欢喜。

牛皋道：“这箭不是敌人所射，乃是本营将官放的。且看箭上可有记号。”元帅把箭一看道：“没有记号。”牛皋道：“把众将的箭都拿来比看。若有那个的箭，与此箭一般样的，就是此人射的。”众将齐称：“有理。”元帅就将箭来折为两段，插在靴统内，说道：“你们不必穷究，待他悔过自新便了。”众将道：“元帅如此仁德待人，但此贼的心肠太狠，便宜了他！”牛皋气忿忿的，又摸出这丸丹药来道：“元帅收着，倘日后再被他射一箭，还好医治。第三回，却没有了！”元帅道：“凡事总由天命，贤弟何必着恼？贤弟们请各自回营，准备与朝廷出力便了。”众将辞别，各自散去。元帅自进后堂来，公子问道：“爹爹，孩儿已明知此人，何不将他正法？”岳爷道：“我儿，你那里晓得？他道我赏罚不明，因而怀恨，至有此举。”我但以仁德化之，彼必然追悔也。”岳云服侍元帅安寝，不提。

且说杨幺一日升殿，对屈原公道：“各路大兵虽到，但胜败亦未可遽定，当作何万全之计？”屈原公奏道：“臣的阵势已经演熟，大王可传旨，命王佐前去诱敌，待岳飞兵来，就命王佐截住他的归路。再命崔庆、崔安居左，罗延庆、严成方在右，二大王杨凡统领中军，四面夹攻。先命花普方驾着战船，去与韩世忠交战，以防他来救应，任那岳飞通天本事，亦必就擒也。”杨幺听了这番言语大喜，即命：“军师照计而行便了。”屈原公领旨，自去准备。

旁边闪出杨钦上前奏道：“军师妙计虽好，但是岳飞手下将士，俱是智勇兼全之辈，亦未可轻忽，臣愿拚身入虎穴，到潭州城去，与岳飞讲和。若肯两下罢兵息战，不独安然无事，又省了无数粮草。”杨幺道：“御弟前去讲和甚妙，若肯退兵，情愿送他些金帛，免得厮杀亦好。杨钦正要领旨出班，只见伍尚志闪出奏道：“单丝不成线，臣愿与王叔同往未营讲和。”杨幺道：“驸马同去，孤家更是放心。”

杨钦心中想道：“我有心事，特谋此差，不道驸马也要同去，如何是好？”无可奈何,只得和驸马一同出朝。

来到水口,下了小船,开到对岸。二人上马,来至城下,对城上军士说道:"相烦通报元帅,说杨钦、伍尚志特来求见元帅。"军士连忙报进帅府,岳爷传令,请进帅府相见。军士得令,出来开了城门,放他二人进城。来到帅府,进内见了元帅,口称:"小将杨钦,同伍尚志奉主公之命,特来与元帅讲和。若肯罢兵息战,情愿备办粮草犒军等物,每年进纳贡奉,免得人民涂炭,未知元帅允否?"岳爷大怒,喝道:"那杨幺早晚就擒,洞庭灭在旦夕,何得多言!"叫左右:"将二人拿下,两处拘禁,待我捉了杨幺,一同斩首。"左右一声答应,将二人各房拘禁,元帅暗暗叫军士将酒饭传送。

到得初更时分,叫张保悄悄地去请了杨钦来到后营,重新见礼。元帅让他坐了客位,问道:"方才冒犯!在诸将面前不得不如此,幸乞恕罪!不知将军此来,有何指教?"杨钦道:"今屈原公调集各路兵马,摆一'五方阵',前后左右俱有埋伏,特来报知元帅,以便准备破敌之计。但恐元帅大兵到时,玉石不分,要求元帅保全家口,感德无涯!"元帅道:"前承将军美意,破了蛇盘山。本帅还要奉明封赠,岂敢有犯?"即命家丁取过小旗一面,递与杨钦道:"倘大兵到日,将此旗插于门上,诸军自不敢进门。"杨钦接了旗收好,谢了元帅。元帅仍命张保送回房中安歇。

又叫王横:"你去好好的请那伍尚志来。"王横领令出去。不一时,尚志已到,见了元帅跪下道:"前者有犯虎威,望元帅恕罪!"元帅用手扶起请坐,便道:"将军大才,实为可敬。但所事非人,实为可惜!不知将军今日此来,有何主见?"

伍尚志就将得胜回营、招为驸马之事说了一遍,然后道:"那公主虽与小将做了花烛,却不肯成亲,要求元帅作主,方成此事。"元帅闻言,哈哈大笑道:"杨幺招驸马,怎么要本帅作主起来?岂非笑话?"伍尚志道:"有个缘故,那公主并非杨幺之女,乃潭州潭村人氏,父亲姚平章,一门俱被杨幺杀死,其时公主年幼,杨幺认为已女。"岳爷吃惊,道:"姚平章是吾母舅,那公主是我表妹了!如今却待怎么?"尚志道:"公主说,一则有父母之仇,二则元帅乃公主之兄,所以谋得此差,来见元帅请命,以安公主之心。"元帅闻言,即忙站起来道:"这等说来是我的妹丈了!"遂传命,请公子来见礼,便道:"这是我儿岳云。"岳云见了礼。

元帅吩咐家将:"去请杨老爷来。"伍尚志吃惊道:"小将在此,不便相见。"

岳爷道:"不妨。他也有事到此。"不一会,杨钦走进来,见了伍尚志,甚是慌张。

元帅笑把从前之事说了一遍,二人大笑起来。当夜,重整酒席,饮了一番,遂一处安歇。次日，送至水口，下船回寨见了杨幺，一同奏道："岳飞有允和之意，奈众将不肯，故留在驿中过了一夜。众将请命，要斩臣二人，又是岳飞道：'两国相争，不斩来使。'放臣二人回来缴旨。"杨幺闻奏，心甚不悦，起身回宫。那伍尚志进宫见了公主道："今日见过令兄，将公主之言一一道达了。令兄待等平了杨幺，令兄作主，与公主成婚也。"公主谢道："郎君若得与我父母报仇，感德不尽！"这边闲话，且按下慢表。

再说岳元帅调齐人马，约定韩元帅水陆会剿。分拨杨虎、阮良、耿明初、耿明达、牛皋，共是五人，来助韩元帅，由水路进发。自同众将出了潭州城，安下大营，准备与杨幺决战。不因此番开兵，有分教：

江水澄清翻作赤，湖波荡漾变成红。

毕竟不知谁胜谁负，且听下回分解。

第五十三回 岳元帅大破五方阵 杨再兴误走小商河

诗曰：

万骑飞腾出阵云，潭州战胜拥回军。
小商桥畔将星坠，夜半凄凉泣孤魂！

前言不表，闲话慢提。单说岳元帅带领大兵，齐出潭州城外，扎下大营。是日，元帅升帐，聚集一班众将，参见已毕。元帅开言道："今屈原公调齐人马，摆下此阵，名为'五方阵'。按金、木、水、火、土各路埋伏，前后左右俱有救应。各宜努力向前，擒拿杨幺，在此一举！违令怠玩者，必按军法！"众将齐声道："愿听指挥。"元帅即命余化龙听令，余化龙答应上前。元帅道："与你红旗一面，率领周青、赵云带领三千人马，从正西杀入阵去，我自有接应。"余化龙得令去了。又点何元庆同吉青，施全领兵三千，黑旗黑甲，从正南上杀进，取水克火之义，三将一声："吓！"领令去了。又唤岳云："你可同王贵、张显领兵三千，都是黄旗黄甲，从北方杀入接应。"岳云领令去了。又命张宪同郑怀、张奎领三千人马，白旗白甲，杀入正东阵内，取金克木之义，张宪领令下去。元帅又命杨再兴带领青甲兵三千，左首张用，右首张立，一齐冲入中央，砍倒他的"帅"字旗。元帅自领大兵在后，接应五方兵将，不提。

再说韩元帅已得了岳元帅会剿日期，即命杨虎、阮良、耿明初、耿明达各驾小船，往来截杀，牛皋在水面上救应。自己带领二位公子并各副将，摆开大战船杀来。

那日杨幺闻报，说岳飞来破"五方阵"，韩世忠又从水路杀来，即忙命杨钦把守洞庭宫殿，伍尚志保住家眷，自与太尉花普方等，驾着大小战船，向前去迎敌韩世忠，不表。

先说那岳营众将依次冲入"五方阵"内，虽有严成方、罗延庆了得，却彼已怀归顺之心，自然不肯出力。只有小霸王杨凡这杆枪十分厉害，在阵内抵挡各路兵将。那王佐来见岳元帅，献了东耳木寨。岳爷命王佐收拾寨中之物，速进潭州，不可迟延！王佐领命而去。不一会，又见伍尚志差心腹家将，驾船来到岸边，请元帅上山。元帅令三军上了战船，带领张保、王横下船，直至杨幺水寨，逢人便杀，遇将便砍，四面放起火来，众喽罗飞奔逃命。岳爷杀上山来，早有杨钦接着，指引军兵，将杨幺合门诛戮。伍尚志领了公主下山，放起一把火，将大小宫殿营寨烧个干净。

早有小喽罗逃得命的，飞报与杨幺，说道："大王不好了！驸马伍尚志与御弟杨钦献了水寨，放火烧了宫殿，大王眷属都被岳飞杀尽了！"杨幺听了，大叫一声道："罢了！罢了！谁知二贼如此丧心，将我满门杀绝，此恨怎消！拿住二贼碎尸万段，方泄我恨！传令众将，快奋力杀上去，擒了韩世忠，再作道理。"众将得令，正把战船驶上，只见牛皋在水面上走来，见了花普方，叫声："贤弟，此时不降，更待何时！"花普方叫声："哥哥，小弟来也！"将船一摆，跟着牛皋归往宋营去了。杨幺见花普方归宋，心中又慌又恼，只得强勉上前，与韩元帅战船打仗。

说话的，做小说的人，没有两张嘴，且把杨幺敌住韩元帅交战之事略停一停。

且先说那岳元帅烧了洞庭山宫殿，下船来，依旧上岸屯住。早有牛皋带领花普方来投降，岳爷大喜，用好言抚慰。忽然又有探子来报道："启上元帅，今有金邦四太子兀术，调领六国三川各岛人马，共有二百余万，来犯中原，将近朱仙镇了！请令定夺。"岳元帅听了此报，吃了一惊，吩咐探子再去打听。这个方去，那个又来，一连七八报。元帅好不着急，想："那杨幺未擒，金人又到，奈何奈何！"慌忙传令军政司，点齐七队人马，每队五千，候本帅发令。军政司连忙点齐，专等元帅调用。岳爷又发文书，差官往各路总兵节度，在朱仙镇取齐，星飞投递去了。

且说"五方阵"内，余化龙率领周青、赵云杀入正西阵内，正遇着崔庆。大战了数十回合，被余化龙拦开刀，一枪刺于马下。那何元庆同着吉青、施全领兵从正南杀来，早有崔安接住厮杀，不上五六合，崔安正待逃走，被何元庆一锤打得脑浆迸出，死于马下。岳云、王贵、张显三个从北方杀入阵中，贼将金飞虎使两条狼牙棒上前迎敌，被岳云枭开棒，只一锤打作两截，再杀过去，恰遇着余化龙、何元庆两边杀来，三支兵合做一处，恶龙搅海的一般，那里挡得住！其时东边阵上喊杀连天，乃是张宪同着郑怀、张奎领兵杀来。正遇周伦舞动双鞭来敌张宪，未及交锋，被郑怀斜刺里一棍打死。恰好杨再兴从中杀进阵来，正遇三大王杨凡。两个大战，正是棋逢敌手，将遇良才。正在难解难分，严成方见杨再兴战不下杨凡，便把双锤一摆，大叫一声："严成方来助战也！"一马跑上前来。杨凡只道他来帮助，那里防他马到锤落，把杨凡打落马下，再兴取了首级。罗延庆见了把枪一摆,连挑几员偏将,大叫道:“俺罗爷已归顺岳元帅了！尔等愿降者,都随我来投顺,免受诛戮!”那阵内人马见主将已降,俱各四散逃生。

早有军士飞报屈原公道:“王佐、罗延庆俱投降了宋朝。严成方把三大王打死,也归宋朝去了。阵势已破,三军尽逃散了。”屈原公正在惊慌,又有探子来报道:“伍尚志与杨钦献了水寨,放火烧毁了宫殿,大王一门家眷尽被宋兵杀尽了。”说犹未了,又有探子来报:“牛皋招降了花普方,大王现被韩世忠围困,十分危急,候军师速去救驾!”屈原公一连听了几报,弄得手足无措,仰天大叫道:“铁桶般的山河,一旦丧于诸贼之手,岂不可恨!”遂拔剑自刎而死。这叫做:“大破‘五方阵’,逼死屈原公。”

岳元帅正在调拨人马,早有探子来报:“韩元帅大破了杨幺,杨幺弃船下水。杨虎、阮良等一齐下水追拿去了。”岳元帅吩咐再去打听。不多一会,早有杨再兴进营缴令。岳爷道:“贤弟,来得正好。方才得报,说金兵二百万,又犯中原,将近朱仙镇。贤弟可领兵五千,为第一队先行,速速去救朱仙镇。小心前去!”杨再兴领令出营,带兵五千,星飞去了。随后岳云进营说:“孩儿领令,杀入‘五方阵’内,将杨幺人马尽皆杀散,特来缴令。”岳爷道:“我儿！今有兀术带领二百万人马,来犯中原,你可领兵五千,速往朱仙镇救应。”岳云一声:“得令!”出营领兵,飞奔去了。又有何元庆同严成方进营交令。元帅令成方为第三队,接应岳云。

成方听说岳云在前,领令星飞而去。元帅又令何元庆为第四队先行。元庆得令,出营带领五千儿郎,前往朱仙镇来。落后余化龙进营缴令,元帅亦令领兵五千,为第五队,速奔朱仙镇去,不提。

再说罗延庆进帐见了元帅,跪下禀道:“末将归降来迟,望元帅恕罪收录!”岳爷连忙扶起,说道:“本帅与将军汴京一别,久怀渴想。今日将军改邪归正,正欲与将军叙谈衷曲。不意金邦兀术,带领番兵二百万,复进中原,已近朱仙镇,十分危急！我已命杨再兴、岳云、严成方、何元庆、余化龙各领五千人马,作五队,前去救应朱仙镇了。今将军可为第六队先行,带领人马五千前去。有功之日,待本帅奏闻,封职不小!”罗延庆道:“蒙帅爷如此恩待,何惜残躯？誓必杀尽金兵,以报元帅知遇之德也!”遂辞了元帅,出营领兵去了。又一会,伍尚志进营缴令,元帅道:“贤妹丈来得正好,我早上已命潭州节度使徐仁,叫他整备花烛,今因金兵犯界,我不得工夫,故托他主婚。妹丈可同表妹进城,今晚成了花烛,明日即领兵五千,星速为第七队救应,不可有误!”伍尚志谢了元帅,出来同姚氏进城,当夜成了亲。明日即引兵出征,不表。

且说杨虎与耿氏兄弟,一齐下水追捉杨幺。杨幺无处躲避,往水面上透出来，想要上岸逃走，不道牛皋正穿着那双‘破浪履’，在水面上走来走去的快活。忽见水面上探出人头来，牛皋认得是杨幺，便道：“好人吓！拿了这头来罢！”手起一锏，把杨幺打翻。阮良等一齐上前捉住了，解上韩元帅大船上来报功。韩元帅即命绑过岳元帅营中来。岳爷道：“叛逆大罪，理应解赴临安处斩，但我要速往朱仙镇去，恐途中有变。”吩咐绑去砍了，将首级差官送往临安奏捷。又令牛皋往各路催粮，到朱仙镇来接应。牛皋领令去了。此时岳元帅与韩元帅共有三十万大兵。二位元帅放炮拔寨，统领全师，望朱仙镇而来。且按下慢表。

再说第一队先行杨再兴，奉令前往朱仙镇来。此时正值十一月天气，只见四下里彤云密布，大雪飘扬，万里江山，如同粉壁。再兴带兵冒雪而行，一连走了两日两夜，已离朱仙镇不远。看那金邦人马，漫山遍野，滔滔而来，不计其数。杨再兴道：“三军听者：尔等看番兵如蝼蚁一般，你们上前去，岂不白送了性命？尔等可扎好营寨，在此等候，我去杀他一个翻天倒海！”众兵一齐答应，下了营寨。那杨再兴即便拍马摇枪，往番营杀进。

那昌平王兀术四太子带领了六国三川大兵，分为十二队，每队人马五万，共有六十五万人马，虚张声势，假言二百万，往小商桥而来。第一队的先锋雪里花南走马上来，正遇着杨再兴一马当先，那枪只一挑，将雪里花南挑下马来。番兵不能抵挡，呐喊一声，两边散开。杨再兴拍马赶上，那第二队先行雪里花北便来接战，早被杨再兴一枪，那雪里花北招架不住，也死于马下。只见那番兵回身一转，杨再兴拍马又上前来，撞见三队先锋雪里花东，早已知道前边之事，催马摇刀上来，正遇杨再兴。他的刀尚没有举起，又早被杨再兴一枪，将颈下挑了一个窟窿，翻身落马！

杀得那些番兵东倒西横，抱头鼠窜，只恨爹娘少生了两只脚，没命的逃走。那四队先行雪里花西闻报，飞马上来接战，撞着杨再兴，不上一合，早被杨再兴挑于马下！

不上一个时辰，连把四员番邦大将送往阎罗殿去了。四队番兵共计有二十余万，见主将已亡，大败而走。众番兵惧怕，不知道像这样的南蛮有多少追杀下来，先自慌了乱跑。人撞人跌，马踏马倒，自相践踏，死者不计其数。但见尸如山积，血若川流。

杨再兴在后追赶，见番兵向北而走，心下想道：“我往此处抄去，岂不在番人之前？截住他的归路，杀他个片甲不留。”再兴想定了主意，竟往近路抄去。谁知此地有一条河，名为小商河，早已被这大雪遮满，看不出河路。那些番兵尽皆知道是小商河，前边小商桥，所以那些番兵皆往西北而逃。小商河河水虽不甚深，却皆是淤泥衰草，被雪掩盖，不分河路。杨再兴一马来到此处，一声响跌下小商河，犹如跌落陷坑的一般，连人带马，陷在河内。那些番兵看见，只叫一声："放箭！"一众番兵番将万矢齐发，就像大雨一般射来。可怜杨再兴连人带马，射得如柴蓬一般。后人有诗吊之曰：

东南一棒天鼓响，西北乾方坠将星。

未曾受享君恩露，先向泉台泣夜萤！

兀术传令众将，调兵转去下营："若有南蛮前来迎敌，不可造次，须要小心准备为主！"不提。却说那第二队先行岳云赶到，天色已暗。再兴的军士上前迎着公子，报道："杨老爷追杀番兵，误走小商河，陷于河内，被番人乱箭射死，特来报知。"岳云听了，不觉大叫道："苦哉，苦哉！救应来迟，此乃我之罪也！"传令三军："与我扎住营盘，待我前去与杨叔父报仇。"三军得令，安下营头。岳云拍马摇锤，直抵番营，一马冲进金营，有分教：

万马丛中显姓字，千军队里夺头功。

不知胜负如何，且听下回分解。

第五十四回 贬九成秦桧弄权 送钦差汤怀自刎

诗曰：

报国丹心一鉴清，终天浩气布乾坤。
只惭世上无忠孝，不论人间有死生。

说话那岳云一马冲入番营，大叫："俺岳小爷来踹营了！"舞动那两柄银锤，如飞蝗雨点一般的打来，谁人抵挡得住！况且那些番兵俱已晓得岳公子的厉害，都向两边闪开。岳公子逢人便打，打得众番兵东躲西逃，自相践踏。

恰好第三队先行严成方已到。两队军士将杨先锋误走小商河被金兵射死，如今岳公子单身独马踹进番营的事说了。严成方闻言大怒，即传令三军安下营寨："等我帮他去来！"把马一提，直至番营，高声大叫："俺严成方来踹营也！"抡动紫金锤，打将入来，指东打西，绕南转北，寻见了岳云，两个人并力打来。那时兀术在大营，见小番报说："岳小南蛮又同了一个小南蛮叫做严成方，踹进营盘，十分凶狠，难以抵敌，望速遣将官擒拿！"兀术思想："某家六十万大兵来到此地，被杨再兴一人一骑挑死我四个先锋，杀伤我许多人马，如今又有这两个小南蛮如此厉害，叫某家怎能取得宋朝天下！"随即传下令来，点各营元帅、平章速去迎敌，务要生擒二人，如若放走，军令治罪！那些番兵番将得了此令，层层围住岳公子、严成方厮杀，不表。

再说那第四队先行何元庆领兵来到，军士也将杨再兴射死、岳公子与严成方杀入番营的事说了一遍。何元庆听了，吩咐三军扎下营寨，他也是一人一骑，冲至番营门首，大喝一声："呔！番奴！何元庆来也！"舞动双锤，杀进番营。

随即那第五队先行余化龙兵马也到。听了此信，按下三军，飞马冲入番营，大叫一声："番奴闪开！余化龙来也！"把银枪一起，点头点脑挑来，好生厉害，杀得那番兵喊叫道："南蛮狠哩！"霎时间，冲透番营七层围子手，撞翻八面虎狼军。匹马冲入重围，来寻众位先锋。

不久，那第六队罗延庆人马又到。众三军也将前事说了一遍。罗延庆闻言，大怒道："尔等扎下营盘，等我去与杨将军报仇！"一马飞奔而来！只见杨再兴射死在河内，延庆下马拜了两拜，哭一声："哥哥吓！你为国捐躯，真个痛煞我也！今小弟与兄上前去报仇，望哥哥阴灵护信！"就揩干眼泪，上马提枪，竟往番营而来，杀入重围。罗延庆踹进番营，已是黄昏时分。

第七队伍尚志也到，三军也将前事禀上。伍尚志吩咐三军扎住营盘，飞马来至番营，将马一提，舞动这枝画杆银戟，杀进番营，一层层冲将进去。只见岳云、严成方、何元庆、余化龙、罗延庆皆在围内，伍尚志叫声："有兴头！我伍尚志也来了！"六只大虫杀在番营内，锤打来，遇着便为肉酱；枪刺去，逢着顷刻身亡。真个天昏地暗，日月无光！

兀术看见，便道："不信这几个南蛮如此厉害！"遂又传集众平章一齐围住，吩咐："务要拿了这几个南蛮，大事就定了！"众将得令，层层围住。那六个人在里面杀了一层，又是一层，杀了一昼夜。恰好岳元帅、韩元帅的大兵已到，依河为界，放炮安营。那番阵内六个先行听见炮响，晓得是元帅兵到。岳公子抡锤打出番营，后边何元庆、余化龙、罗延庆、伍尚志一齐跟着杀出来。岳云回头一看，单单不见了严成方，大叫："众位叔父！严成方尚在阵内！快些进去救应他出来。"岳公子当头，众将在后，复转身一齐又杀进番营。只见严成方在乱军中逢人乱打，岳云道："贤弟快回营去罢！"严成方也不回言，举锤便打。岳云连忙架住。却是那严成方杀了一日一夜，已经杀昏了，只往番营杀进去，也认不出自家人了。岳云便一手抡锤，一手拖住严成方左手，何元庆扯住右手，罗延庆抱住身子，余化龙在前引路，伍尚志断后。众英雄裹了严成方杀出番营，来到大营，进帐见岳元帅缴令。

岳爷吩咐严成方后营将养。只见罗延庆十分悲苦，岳爷道："贤弟休得悲苦！武将当场，马革裹尸，只是未曾受享朝廷爵禄，如此英雄，甚为可惜！"元帅就吩咐整备祭礼，亲到小商河祭奠。然后收尸，葬在凤凰山，不表。

再说兀术见众英雄去了，但见尸骸满地，血流成河，死者莫知其数，带伤者甚众。一面将尸首埋葬，一面将带伤军士发在后营医治。又与众将计议道："这岳南蛮如此厉害，他若各处人马到齐，早晚必来决战！某家想那秦桧为何不见照应，难道他死了不成？况某家何等恩义待他！他夫妻二人临别时对天立誓，归到南朝，岂有忘了某家之理？"军师道："狼主今日进中原，秦桧岂有不照应之理？请狼主静候几日，决有好音。"且按下兀术营中之事。

却说那边张元帅带领五万人马，刘元帅带兵五万，各处节度总兵皆到，共有二十万大兵，扎下了十二座大营，聚在朱仙镇上。这一日，岳元帅升帐，军士来报说："圣旨下。"岳爷连忙出营接旨。钦差开读，却是朝廷敕赐岳飞"上方剑"

一口，札符数百道：有罪者先斩后奏，有功者任凭授职。岳爷谢恩，送了钦差起身。回到帐中坐下，又有探子进帐来报："赵太师气愤疾发，已经亡故；将礼部尚书秦桧拜了相位，特来报知。"岳爷与众元帅、节度、总兵，各个差官送礼进京贺喜。

过了数日，有新科状元张九成奉旨来做参谋，在营外候令。传宣官进帐通报，元帅遂命进见。张九成却不戎装，进营来至帐下，道："各位老大人在上，晚生张九成参见。"岳爷与众元帅等一齐站起来道："殿元请起。"叫左右看坐。张九成道："各位老元戎在上，晚生焉敢坐！"岳爷道："奉君命到此，正要请教，焉有不坐之理？"九成只得告坐过了，就于旁侧坐定。岳爷道："殿元馆阁奇才，何不随朝保驾，却来此处参谋？"九成道："晚生蒙天子洪恩，不加黜逐，反得叨居鼎甲。因为晚生乃一介寒儒，前去参见秦太师没有孝敬，故而秦太师在圣上面前，特保居此职。"岳爷对众元帅道："岂有此理！我想那秦太师亦是十载寒窗，由青灯而居相位，怎么重赂轻贤！"众元帅道："且留殿元在此，再作区处。"

正在说话之间，又报圣旨下了。众元帅闻报，一齐出营来接旨。那钦差在马上说道："只要新科状元张九成上来接旨。"张九成忙上前道："臣张九成接旨。"

那钦差道："圣旨命张九成往五国城去问候二圣，特此钦赐符节，望阙谢恩。"张九成谢恩过了。那钦差道："圣上有旨，着岳飞速命状元起身，不可迟误！"说罢，即将符节交代明白，转马回去。

各位元帅进帐坐定，议论此事："那里出自圣旨！必定秦桧弄权遗害殿元！"

众人俱各愤愤不平，都说道："如今朝内有了这样的奸臣，忠臣就不能保全了！真正令人胆寒！"岳爷道："贵钦差不知何日荣行？"张九成道："晚生既有王命在身，焉敢耽搁？只是一件：家下还有老母与舍弟九思，怎知此事？须得写一信通知，今日便可起身。"岳爷道："既如此，贵钦差可即写起书来，待本帅着人送到尊府便了。"即叫左右取过文房四宝，将桌子抬到九成面前，九成即含泪修书，将一香囊封好在内，奉与岳元帅。岳元帅即唤过一名家将，吩咐道："这封书，着你星夜往常州，送到状元府上，面见二老爷亲自开拆。"家将答应，领书而去。张九成道："家书已去，晚生就此告辞了！还求元帅差一位将军，送晚生出那番营便好。"岳爷道："当得遵命。"即传下令来道："那一位将军敢领令送钦差出番营去？"下边应声道："末将愿往。"岳爷举目一看却是汤怀，不觉泪下，叫道："汤将军好生前往！"这班元帅，各节度、总兵、众统制，与张九成、汤怀出营，一齐上马，直送至小商桥。众元帅道："贵钦差，兄弟们不远送了！"张九成道："请各位大人回营。"汤怀道："各位大老爷，末将去了！"又对岳爷道："大哥，小弟去了！"

岳元帅欲待回言，喉中语塞，泪如泉涌，目不忍视，带领众将，回转营中，掩面悲切，退往后营去了。

那汤怀保着张九成直至番营，大喝道："番奴听者，俺大宋天子，差新科状元张九成往五国城去问候二圣，快去通报，让路与我们走！"小番听了便说道："汤南蛮且住着！待俺去禀狼主。"小番忙进帐去报与兀术。兀术道："中原有这等忠臣，甚为可敬！"传令把大营分开，让出一路。再点一员平章，带领五十儿郎，送他到五国城去。小番得令，传下号令，那五营八哨，众番兵一齐两下分开，让出一条大路。张九成同着汤怀，一齐穿营进来。那些番兵番将看见张九成生得面白唇红，红袍金带，乌纱皂靴，在马上手持符节，后边汤怀横枪跃马保着，人人喝彩："好个年少忠臣！"兀术也来观看，不住口的称赞。又见汤怀跟在后头，便问军师道："这可是岳南蛮手下的汤怀么？"哈迷蚩道："果然是汤南蛮。"兀术道："中原有这样不怕死的南蛮，叫某家怎能取得宋朝天下！"吩咐："将大营合好，若是汤南蛮转来，须要生擒活捉，不可伤他性命，违令者斩！"

却说张九成同汤怀二人出了番营，只见一个平章带了五十名番兵，上前问道："呔！俺奉狼主之命，领兵护送。那一位是往五国城去的？"汤怀指着九成道："这一位便是。一路上尔等须要小心服侍！"番兵点头答应。汤怀道："张大人，末将不能远送了！"张九成道："今日与将军一别，谅今生不能重会了！"言罢，掩面哭泣而去！

汤怀也哭了一会。望见钦差去远了，揩干了眼泪，回马来到番营，摆着手中银枪，端进重围。众番兵上前拦住，喝道："汤南蛮，今日你休想回营了！俺等奉狼主之命，在此拿你。你若早早下马投降，不独免死，还要封你一个大大的头目。"

汤怀大怒道："呔！番贼！我老爷这几根精骨头，也不想回家乡的了。"大喝一声，便走马使枪往番营中冲入重围，与番人大战。那汤怀的手段本来是平常的，二来那座番营有五十余里路长，这杆枪如何杀得出去？但见那番兵一层一层围将上来，大声叫道："南蛮子，早早下马投降！若想出营，今生不能够了！"只一声叫，那些番兵番将，刀枪剑戟一齐杀将拢来。汤怀手中的这杆枪那里招架得住，这边一刀，那边一枪。汤怀想道："不好了！我单人独骑，今日料想杀不出重围。倘被番人拿住，那时求生不能，求死不得，反受番人之辱，倒不如自尽了罢！"把手中枪，左右勾开许多兵器，大叫一声："且慢动手！"众番将一齐住手，叫："南蛮快快投降，免得擒捉！"汤怀喝道："呔！你们休要想错了念头！俺汤老爷是何等之人，岂肯投降于你？少不得俺哥哥岳大元帅前来将尔等番奴扫尽，那时直捣黄龙府，捉住完颜老番奴，将尔等番奴斩尽杀绝，那时方出俺心中之气也!”叫一声:“元帅大哥!小弟今生再不能见你之面了!”又叫:“各位兄弟们!今日俺汤怀与你们长别了!”就把手中抢尖调转,向咽喉只一下,早已翻身落马而死。可怜他:

一点丹心归地府,满腔浩气上天庭。

有诗曰:

送客归来勇气微,孤身力尽斗心稀。
自甘友谊轻生死,血染游魂志不移!

那些众番兵看见汤怀自尽,报与兀术。兀术吩咐把首级号令军前,将尸骸埋葬。岳爷正在营中思想汤怀,军士进来报道:“汤将军的首级,号令在番营前了!”岳爷闻言大哭道:“我与你自幼同窗学艺,恩同手足,未曾受得王封,安享太平之福,今日完丧于番人之手!”说罢,放声大哭。众将俱各悲咽。元帅吩咐备办祭礼,遥望番营祭奠。众将拜奠已毕回营,不提。

且说兀术自葬汤怀之后,在帐中与众元帅、平章等称赞那汤怀的忠心义气,忽有小番进帐报道:“殿下到了。”兀术传令宣进。陆文龙进营参见。那陆文龙:

年方一十六岁,膂力倒有千斤。身长九尺,面阔五停;头大腰圆,目秀眉清。弓马俱娴熟,双枪本事能。南朝少此英雄将,北国称为第一人!

这陆文龙进帐参见毕,兀术道:“王儿因何来迟?”文龙道:“臣儿因贪看中原景致,故尔来迟。父王领大兵进中原日久,为何不发兵到临安,去捉南蛮皇帝,反下营在此?”兀术就把杨再兴战死小商河,岳云、严成方等大战;又因对营有十二座南蛮营寨,况岳飞十分厉害,所以为父的不能前进说知。文龙道:“今日天色尚早,待臣儿领兵前去,捉拿几个南朝蛮子,与父王解闷!”兀术道:“王儿要去,必须小心!”

文龙领令出来,带领番兵直过小商桥,来至宋营讨战。当有小军报入大营:“启上元帅:今有番邦一员小将,在外讨战。”元帅便问两边众将:“那一位敢出马?”话言未绝,旁边闪过呼天庆、呼天保两员将官,上前打恭道:“小将情愿出阵,擒此番奴来献上。”元帅吩咐小心前去。

二人得令,出营上马,带领兵卒来至阵前。两军相对,各列阵势。呼天保一马当先,观看这员番将,年纪十六七岁,白面红唇;头戴一顶二龙戏珠紫金冠,两根雉尾斜飘,穿一件大红团龙战袄,外罩着一副锁子黄金玲珑铠甲。左肋下悬一口宝刀,右肋边挂一张雕弓;坐下一匹红砂马,使着两杆六沉枪,威风凛凛,雄气赳赳!

呼天保暗暗喝彩:“好一员小将!”便高声问道:“番将快通名来!”文龙道:“某家乃大金国昌平王殿下陆文龙便是。尔乃何人?”呼天保道:“我乃岳元帅麾下大将呼天保是也。看你小小年纪,何苦来受死!倒不如快快回去,别叫一个有些年纪的来,省得说我来欺你小孩子家。”陆文龙哈哈大笑道:“我闻说你家岳蛮子有些本事,故来擒他,量你这些小卒,何足道哉!”呼天保大怒,拍马抡刀,直取陆文龙。陆文龙将左手的枪,勾开了大刀;右手那枝枪,嗖的一声,向呼天保前心刺来,要招架也来不及,正中心窝,跌下马来,死于非命。呼天庆大吼一声:“好番奴,怎敢伤吾兄长!我来也!”拍马上前,举刀便砍。陆文龙双枪齐举。两个交战,不上十个回合,又一枪,把呼天庆挑下马来,再一枪,结果了性命。陆文龙高声大叫:“宋营中着几个有本事的人出来会战!休使这等无名小卒,白白的来送死!”

那败军慌慌忙忙报知元帅。元帅听得二将阵亡,止不住伤心下泪,便问:“再有那位将军出阵擒拿番将?”只见下边走过岳云、张宪、严成方、何元庆四人,一齐上前领令,情愿同去,岳爷道:“即是四人同去,吾有一计,可擒来将。”四人齐齐听令。正是:

运筹帷幄将军事,陷阵冲锋战士功。

毕竟不知岳元帅说出什么计来,且听下回分解。

第五十五回 陆殿下单身战五将 五统制断臂假降金

诗曰：

昔日要离曾断臂，今朝王佐假降金。
忠心不计残肢体，义胆常留自古今！

当时岳云等四人上前听令，元帅道："你等四人出阵，不可齐上，可一人先与他交战，战了数合，再换一人上前：此名'车轮战法'。"

四将领令，出营上马，领兵来至阵前。岳云大叫道："那一个是陆文龙？"陆文龙道："某家便是。你是何人？"岳云道："我乃大宋岳元帅大公子岳云便是。你这小番，休得夸能，快上来领锤罢！"陆文龙道："我在北国也闻得有个岳云名字。但恐怕今日遇着了俺，你的性命就不能保了，照枪罢！"刷的一枪刺来，岳云举锤架住，一场厮杀，有三十多合，严成方叫声："大哥且少歇！待兄弟来擒他。"

拍马上前，举锤便打。陆文龙双抢架住，喝声："南蛮，通个名来！"严成方道："我乃岳元帅麾下统制严成方是也。"陆文龙道："照枪罢！"两个亦战了三十多合。何元庆又上来接战三十余合。张宪拍马摇枪，高叫："陆文龙，来试试我张宪的枪法，这一枝的比你两枝的何如？"刷刷刷一连几枪。陆文龙双枪左舞右盘。这一个恰如腾蛟奔蟒，那一个好似吐雾喷云。

那金营中早有小番报知兀术。兀术道："此名'车轮战法'。休要堕了岳南蛮之计。"忙传令鸣金收军。文龙听得鸣金，便架住张宪的枪，喝声："南蛮！我父王鸣金收兵，今日且饶你，明日再来拿你罢！"掌着得胜鼓，竟自回营。

这里四将也只得回营，进帐来见元帅缴令。岳爷命将呼氏兄弟尸首埋葬好了，摆下祭礼，祭奠一番。又传下号令，各营整备挨弹檑木，小心保守，防陆文龙前来劫营。各营将士，各个领令，小心整备。

到了次日，军士来报："陆文龙又来讨战。"岳元帅仍命岳云等四人出马。旁边闪过余化龙，禀道："待小将出去压阵，看看这小番如何样的厉害。"元帅就命余化龙一同出去。那五员虎将出到阵前,见了陆文龙,也不打话,岳云上前,抡锤就打,文龙举枪相迎,锤来枪去,枪去锤来,战了三十来合,严成方又来接战。小番又去报知兀术,兀术恐怕王儿有失,亲自带领众元帅、平章出营掠阵。看见陆文龙与那五员宋将轮流交战,全无惧怯,直至天色将晚,宋营五将见战不下陆文龙,吆喝一声,一齐上前。那边兀术率领众番将,也一齐出马,接着混战一阵。天已昏黑,两边各自鸣金收军。

五将进营缴令道:“番将厉害,战他不下。”元帅闷闷不乐,便吩咐:“且把‘免战牌’挂出,待本帅寻思一计擒他便了。”诸将告退,各自归营安歇。唯有那岳元帅回到后营,双眉紧锁,心中愁闷。

且说统制王佐,自在营中夜膳,一边吃酒,心中却想:“我自归宋以来,未有尺寸之功,怎么想一个计策出来,上可报君恩,下可分元帅之忧,博一个名儿流传青史,方遂我的本怀。”又独自一个吃了一会,猛然想道:“有了,有了。我曾看过《春秋》、《列国》时,有个‘要离断臂刺庆忌’一段故事。我何不也学他断了臂,潜进金营去?倘能近得兀术,拚得舍了此身刺死他,岂不是一件大功劳?”主意已定,又将酒来连吃了十来大杯。叫军士收了酒席,卸了甲,腰间拔出剑来,嗖的一声,将右臂砍下,咬着牙关,取药来敷了。那军士看了,惊倒在地,跪下道:“老爷何故如此?”王佐道:“我心中的冤苦之事,你等不知的,你等自在营中好生看守,不必声张传与外人知道。且候我消息。”众军士答应,不敢作声。

王佐将断下的臂,扯下一副旧战袍包好,藏在袖中,独自一人出了帐房,悄悄来至元帅后营,已是三更时分,对守营家将道:“王佐有机密军情,求见元帅。”

家将见是王佐,就进帐报知。其时岳元帅因心绪不宁,尚未安寝,听得王佐来见,不知何事,就命请进来相见。家将应声:“晓得!”就出帐来请。王佐进得帐来,连忙跪下,岳元帅看见王佐面黄如蜡,鲜血满身,失惊问道:“贤弟为何这般光景?”

王佐道:“哥哥不必惊慌,小弟多蒙哥哥恩重如山,无可报答。今见哥哥为着金兵久犯中原,日夜忧心。如今陆文龙又如此猖獗,故此小弟效当年吴国要离先生的故事,已将右臂断下,送来见哥哥,要往番营行事,特来请令!”岳爷闻言下泪道。

“贤弟!为兄的自有良策,可以破得金兵,贤弟何苦伤残此臂!速回本营,命医官调治。”王佐道:“大哥何出此言?王佐臂已砍断,就留本营,也是个废人,有何用处?若哥哥不容我去,情愿自刎在哥哥面前,以表弟之心迹。”岳元帅听了,不觉失声大哭道:“贤弟既然决意如此,可以放心前去!一应家事,愚兄自当料理便了。”王佐辞了元帅,出了宋营,连夜往金营而来。词曰:

山河破碎愁千万，拚余息把身残。功名富贵等闲看！长虹贯白日，秋风易水寒。

——《临江仙》

又诗曰：

壮士满腔好热血，卖与庸人俱不识。

一朝忽通知音客，倾心相送托明月。

王佐到得金营，已是天明，站在营前等了一会。小番出营，便向前说道："相烦通报，说宋将王佐有事来求见狼主。"小番转身进帐："禀上狼主，有宋将王佐在营门外求见。"兀术道："某家从不曾听见宋营有什么王佐，到此何干？"传令："且唤他进来。"不多时，小番领了王佐进帐来跪下。兀术见他面色焦黄，衣襟血染，便问："你是何人？来见某家有何言语？"王佐道："小臣乃湖广洞庭湖杨幺之臣，官封东圣侯，只因奸臣献了地理图，被岳飞杀败，以至国破家亡，小臣无奈，只得随顺宋营。如今狼主大兵到此，又有殿下英雄无敌，诸将寒心。岳飞无计可胜，挂了'免战牌'。昨夜聚集众将商议，小臣进言：'且今中原残破，二帝蒙尘。康王信任奸臣，忠良退位，天意可知。今金兵二百万，如同泰山压卵，谅难对敌，不如差人讲和，庶可保全。'不道岳飞不听好言，反说臣有二心卖国，将臣断去一臂，着臣来降金邦报信。说他即日要来擒捉狼主，杀到黄龙府，踏平金国，臣若不来时，即要再断一臂，因此特来哀告狼主。"说罢，便放声大哭，袖子里取出这断臂来，呈上兀术观看。兀术见了，好生不忍，连那些元帅、众平章俱各惨然。兀术道："岳南蛮好生无礼！就把他杀了何妨？砍了他的臂，弄得死不死，活不活，还要叫他来投降报信，无非要某家知他的厉害。"兀术就对王佐道："某家封你做个'苦人儿'之职。你为了某家断了此臂，受此痛苦，某家养你一世快活罢！"叫平章："传吾号令各营中，'苦人儿'到处为居，任他行走。违令者斩！"这一个令传下来，王佐大喜，心下想道："不但无事，而且遂我心愿，这也是番奴死日近矣！"王佐连忙谢了恩。

这里岳爷差人探听，金营不见有王佐首级号令，心中甚是挂念，那里放得下心。

再说那王佐每日穿营入寨，那些小番俱要看他的断臂，所以倒还有要他去耍的。

这日来到文龙的营前，小番道："'苦人儿'那里来？"王佐道："我要看看殿下的营寨。"小番道："殿下到大营去了，不在这里，你进去不妨。"王佐进营来到帐前闲看，只见一个老妇人坐着。王佐上前叫声："老奶奶，'苦人儿'见礼了。"

那妇人道："将军少礼！"王佐听那妇人的声口却是中国人，便道："老奶奶不像个外国人吓!"那妇人听了此言,触动心事,不觉悲伤起来,便说:"我是河间府人。"王佐道:"既是中国人,几时到外邦来的?"那妇人道:"我听得将军声音也是中原人声气。"王佐道:"'苦人儿'是湖广人。"妇人道:"俱是同乡,说与你知道谅不妨事,只是不可泄漏!这殿下是吃我奶大的,他三岁方离中原。原是潞安州陆登老爷的公子,被狼主抢到此间,所以老身在此番邦一十三年了。"王佐听见此言,心中大喜,便说道:"'苦人儿'去了,停一日再来看奶奶罢!"随即出营。

过了几日,王佐随了文龙马后回营。文龙回头看见了,便叫:"'苦人儿',你进来某家这里吃饭。"王佐领令,随着进营。文龙道:"你是中原人,那中原人有什么故事,讲两个与我听听。"王佐道:"有,有,有。讲个'越鸟归南'的故事与殿下听!当年吴、越交兵,那越王将一个西施美女进与吴王。这西施带一只鹦鹉,教得诗词歌赋,件件皆能,如人一般。原是要引诱那吴王贪淫好色,荒废国政,以便取吴王的天下。那西施到了吴国,甚是宠爱。谁知那鹦鹉竟不肯说话。"陆文龙道:"这却为甚么缘故?"王佐道:"后来吴王害了伍子胥,越王兴兵伐吴,无人抵敌,伯嚭逃遁,吴王身丧紫阳山。那西施仍旧归于越国,这鹦鹉依旧讲起话来。这叫做'越鸟归南'的故事。这是说那禽鸟尚念本国家乡,岂有为了一个人,反不如鸟的意思。"文龙道:"不好,你再讲一个好的与我听。"王佐道:"我再讲一个'骅骝向北'的故事罢。"陆文龙道:"甚么叫做'骅骝向北'?"王佐道:"这个故事却不远,就是这宋朝第二代君王,是太祖高皇帝之弟太宗之子真宗皇帝在位之时,朝中出了一个奸臣,名字叫做王钦若。其时有那杨家将俱是一门忠义之人,故此王钦若每每要害他,便哄骗真宗出猎打围,在驾前谎奏:'中国坐骑俱是平常劣马,唯有萧邦天庆梁王坐的一匹宝驹,唤名为'日月骕骦马',方是名马。只消主公传一道旨意下来,命杨元帅前去要此宝马来乘坐。'"陆文龙道:"那杨元帅他怎么要得他来?"王佐道:"那杨景守在雍州关上,他手下有一员勇将名叫孟良。他本是杀人放火为生的主儿,被杨元帅收伏在麾下。那孟良能说六国三川的番话,就扮做外国人,竟往萧邦,也亏他千方百计把那匹马骗回本国。"陆文龙道:"这个人好本事!"王佐道:"那匹骕骦马送至京都,果然好马。

只是一件,那马向北而嘶,一些草料也不肯吃,饿了七日,竟自死了。"陆文龙道:"好匹义马!"王佐道:"这就是'骅骝向北'的故事。"王佐说毕道:"'苦人儿'告辞了,另日再来看殿下。"殿下道:"闲着来讲讲。"王佐答应而去,不表。

正是:

为将不惟兵甲利,还须舌亦有锋芒。

再说曹荣之子名叫曹宁,奉了老狼主之命,统领三军来助四狼主。这日到了营中，参见毕，遂把奉老狼主之命来此助战言语说了。兀术道："一路辛苦，且归本营安息。"曹宁谢了恩，问道："狼主开兵如何？"兀术道："不要说起，中原有了这岳南蛮，十分厉害，手下兵强将勇，难以取胜。"曹宁道："待臣去会一会岳南蛮，看是如何。"兀术道："将军既要出阵，某家专听捷音。"当时曹宁辞了兀术，出营上马，领兵来到宋营讨战。真个是：

少年胆气摇山岳，虎将雄风惊鬼神！

毕竟不知宋营中何人出马，胜败若何，且听下回分解。

第五十六回 述往事王佐献图 明邪正曹宁弑父

诗曰：

插下蔷薇有刺藤，养成乳虎自伤生。
凡人不识天公巧，种就秧苗待长成。

却说这曹宁乃是北国中一员勇将，比陆文龙更狠，使一杆乌缨铁杆枪，有碗口粗细。那兀术说起岳家将的厉害，不能胜他。目今幸得小殿下连胜两阵，他将“免战牌”挂出，所以暂且停兵。曹宁要显他的手段，请令要与岳家去会战，兀术就令曹宁出马讨战。

曹宁领兵直至宋营前，吆喝道：“吠！闻得你们岳家人马，如狼似虎，为什么挂出这个羞脸牌来？有本事的可出来会会我曹将军。”那小校忙进营中报道：“有一员小将在营外讨战，口出大言，说要踹进营来了。”下边恼了徐庆、金彪，上前禀道：“小将到此，并未立得功劳，情愿出去擒拿番将献功。”岳爷即命去了“免战牌”，就准二人出马。

二人领命，带领儿郎，来到阵前。徐庆上前大喝一声：“番将通名！”曹宁道：“俺乃大金国四太子麾下大将曹宁是也。你是何人？”徐庆道：“俺乃岳元帅帐前都统制徐庆便是，快来领我的宝刀！”不由分说，就是一刀砍去。曹宁跑马上前，只一枪，徐庆翻身落马。金彪止不住心头火发，大骂：“小番，焉敢伤我兄长！看刀罢！”摇动三尖刀，劈面砍去。曹宁见他来得凶，把枪架开刀，回马便走。金彪拍马赶来。曹宁回马一枪，望金彪前心刺来。金彪躲闪不及，正中心窝，跌下马来。

曹宁把枪一招，番兵一齐上前，杀得宋兵大败逃奔。曹宁取了徐庆、金彪两人的首级，回营报功去了。

宋兵背了没头的尸首回营，报与元帅。岳爷闻报，双眼流泪，传令备棺成殓。

当时恼了小将张宪，请令出战。元帅应允。张宪提枪上马，来至阵前讨战，坐名要曹宁出马。曹宁得报,领兵来至阵前,问道:“你是何人?”张宪道:“我乃大元帅岳爷帐下大将张宪便是。”曹宁道:“你就是张宪?正要拿你。”二人拍马大战,双枪并举,战了四十多合,不分胜败。看看红日西沉,方才战罢,各自收兵。

次日,曹宁带兵又到阵前喊战,元帅令严成方出去迎敌,严成方领令来至阵前。曹宁叫道:“来者何人?”严成方道:“我乃岳元帅麾下统制严成方是也!你这个小番,可就是曹宁么?”曹宁道:“某家就是四狼主帐前大将军曹宁!既闻我名,何不下马投降?”严成方道:“我正要拿你。”举锤便打。曹宁抡枪架住。大战四十余合,直至天晚,方各自收兵。一连战了数日,元帅只得又把“免战牌”挂出。

岳爷见番营又添了一员勇将,十分愁闷。

且说金营内王佐闻知此事,心下惊慌,来至陆文龙营前,进帐见了文龙。文龙道:“‘苦人儿’,今日再讲些什么故事?”王佐道:“今日有绝好的一段故事,须把这些小番都叫他们出去了,只好殿下一人听的。”文龙吩咐伺候的人尽皆出去。

王佐见小番尽皆出去,便取出一幅画图来呈上道:“殿下请先看了,然后再讲。”

文龙接来一看,见是一幅画图,那图上一人有些认得,好像父王。又见一座大堂上,死着一个将军,一个妇人。又有一个小孩子,在那妇人身边啼哭,又见画着许多番兵。文龙道:“‘苦人儿’,这是什么故事?某家不明白,你来讲与某家听。”王佐道:“殿下略略闪过一旁,待我指着画图好讲。这个所在,乃是中原潞安州,这个死的老爷,官居节度使,姓陆名登。这死的妇人,乃是谢氏夫人。这个是公子,名叫陆文龙。”陆文龙道:“‘苦人儿’,怎么他也叫陆文龙?”王佐道:“你且听着,被这昌平王兀术兵抢潞安州,这陆文龙的父亲尽忠,夫人尽节。兀术见公子陆文龙幼小,命乳母抱好,带往他邦,认为己子,今已十三年了。他不与父母报仇,反叫仇人为父,岂不痛心!”陆文龙道:“‘苦人儿’,你明明在说我。”王佐道:“不是你,倒是我不成?我断了臂膀皆是为你!若不肯信我言,可进去问奶妈便知道。”言未了,只见那奶妈哭哭啼啼走将出来,道:“我已听得多时,将军之言,句句是真!老爷、夫人死的好苦吓!”说罢,放声大哭起来。陆文龙听了此言,泪盈盈的下拜道:“不孝之子,怎知这般苦事?今日才知,怎不与父母报仇!”便向王佐下礼道:“恩公受我一拜,此恩此德,没齿不忘!”拜罢起来,拔剑在手,咬牙根道:“我去杀了仇人,取了首级,同归宋室便了。”王佐急忙拦住道:“公子不可造次!他帐下人多,大事不成,反受其害。凡事须要三思而行!”

公子道:"依恩公便怎么?"王佐道:"早晚寻些功劳,归宋未迟。"公子道:"领教了!"

那众小番在外,只听得啼哭,那里晓得底细。

王佐问道:"那曹宁是甚出身?"文龙道:"他是曹荣之子,在外国长大的。"

王佐道:"我看此人,倒也忠直气概,公子可请他来,待我将言探他。"公子依言,命人去请曹将军来。不多时,曹宁已至,下马进帐,见礼毕,坐下。只见王佐自外而入,公子道:"这是曹元帅,你可行礼。"王佐就与曹元帅见了礼。文龙道:"元帅,他会讲得好故事。"曹宁道:"可叫他讲一个与我听。"王佐便将那"越鸟归南","骅骝向北"的两个故事说了一遍。曹宁道:"鸟兽尚知思乡念主,岂可为人反不如鸟兽?"文龙道:"将军可知道令祖那里出身?"曹宁道:"殿下,曹宁年幼,实不知道。"文龙道:"是宋朝人也!"曹宁道:"殿下何以晓得?"

文龙道:"你问'苦人儿'便知。"曹宁道:"'苦人儿',你可知道?"王佐道:"我晓得。令尊被山东刘豫说骗降金,官封赵王,陷身外国。却不想报君父之恩,反把祖宗抛弃,我故说这两个故事。"曹宁道:"'苦人儿',殿下在此,休得胡说!"陆文龙就将王佐断臂来寻访,又将自己之冤一一说知,然后道:"将军陷身于外国,岂不可惜?故特请将军商议。"曹宁道:"有这样事么!待我先去投在宋营便了。但恐岳元帅不信,不肯收录。"王佐道:"待末将修书一封,与将军带去就是。"随即写书交与曹宁。

曹宁接来收好,辞别回营,想了一夜,主意已定。到了次日清早,便起身披挂齐整,上马出了番营,直至宋营前下马道:"曹宁候见元帅。"军士报进,岳爷道:"令他进来。"曹宁来到帐前跪下道:"罪将特来归降,今有王将军的书送上。"

元帅接书拆开观看,心中明白,大喜道:"我弟断臂降金,今立此奇功,亦不枉他吃一番痛苦。"遂将书藏好,说道:"曹将军不弃家乡,不负祖宗,复归南国,可谓义勇之士。可敬,可敬!"吩咐旗牌:"与曹将军换了衣甲!"曹宁叩谢,不表。

再说金营内四狼主次日见报,说曹宁投宋去了,心中正在恼闷。忽见小番又报上帐来,说是赵王曹荣解粮到了,兀术道:"传他进来。"不一会,曹荣进帐,见了兀术禀道:"粮草解到,缴令。"兀术道:"将他绑了。"两边答应一声,将曹荣绑起。曹荣道:"粮草非臣迟误,只因天雨,所以迟了两日,望狼主开恩!"兀术道:"胡说!你命儿子归宋,岂不是父子同谋?还有何辩?推去砍了!"曹荣道:"容臣禀明,虽死无怨。"兀术道:"且讲上来!"曹荣禀道:"臣实不知逆子归宋,只求狼主宽恩,待臣前去擒了这逆子来正罪便了。"兀术道:"既如此,放了绑!"就命领兵速去擒来。

曹荣领命出营，上马提刀，带兵来到宋营。曹荣对军士说道："快快报进营去，说我赵三到此，只叫曹宁出来见我！"军士进帐报知元帅，元帅发令着曹宁出营，吩咐道："须要见机行事，劝你父亲早早归宋，决有恩封。"曹宁得令，上马提枪，来到营前一看，果然是父亲。那曹荣看见儿子改换衣装，大怒骂道："逆子！见了父亲还不下马？如此无礼！"曹宁道："爹爹，我如今是宋将了，非是孩儿无理，我劝爹爹何不改邪归正，复保宋室，祖宗子孙皆有幸矣。爹爹自去三思！"曹荣大叫道："狗男女！难道父母皆不顾惜，背主求荣？快随我去，听候狼主正罪。"曹宁道："我一向不知道：你身为节度，背主降虏。为何不学陆登、张叔夜、李若水、岳飞、韩世忠？偏你献了黄河，投顺金邦？眼见二圣坐井观天，于心何忍，与禽兽何异！你若不依，请自回去，不必多言！"曹荣大怒道："畜生！擅敢出言无状！"拍马舞马，直取曹宁，望顶门上一刀砍来。那曹宁一时恼发，按捺不住，手摆长枪只一下，将父亲挑死，吩咐军士抬了尸首回营，进帐缴令。

元帅大惊道："你父既不肯归宋，你只应自回来就罢。那有子杀父之理？岂非人伦大变！本帅不敢相留，任从他往。"曹宁想道："元帅之言甚是有理。我如今做了大逆不孝之事，岂可立于人世？"大叫一声："曹宁不能早遇元帅教训，以至不忠不孝，还有何颜见人！"遂拔出腰间的佩刀，自刎而死！元帅吩咐把首级割下，号令一日，然后收棺盛殓。曹荣系卖国奸臣，斩下首级，解往临安，不表。

且说兀术闻报曹荣被儿子挑死，道："那曹宁归宋，果然不与他父亲相干。但是这弑父逆贼，岳飞肯收留帐下，岂是明理之人？也算不得个名将！"正在议论，忽见小番来报道："不知何故，将曹宁首级号令在宋营前。"兀术拍手道："这才是个元帅，名不虚传！"对着众平章道："宋朝有这等人，叫某家实费周折也！"

正说间，又有小番来报说："本国元帅完木陀赤、完木陀泽带领'连环甲马'候令。"

兀术大喜，传令请二位元帅进见。不一时，二位元帅进帐，参见已毕，兀术便道："这'连环甲马'，教练了数载功夫，今日方得成功！明日就烦二位出马，擒拿岳飞，在此一举也！"二人领令出帐，左右安营。

到了次日，完木陀赤、完木陀泽二人领兵来至宋营讨战。军士报进大营。岳元帅便问："何人敢出马？"只见董先同着陶进、贾竣、王信、王义一同上来领令。

元帅就分拨五千人马，命董先率领四将出战。董先等五人得令，带领人马出营，来到阵前，只见完木陀赤生得来：

鼻高眼大，豹头燕颔。膀阔腰圆，身长八尺，一部落腮胡子，满脸浑如黑漆。若不是原义镇上王彦章，必定是灞陵桥边张翼德。

又看那完木陀泽怎生模样。但见:

头戴雉尾闹狮盔,身穿镔铁乌油甲。麻脸横杀气,怪睛如吊闸。浑铁镋,手中提;狼牙箭,腰间插。战马咆哮出阵前,分明天降凶煞神。

董先大喝一声:"来将通名!"番将答道:"某乃大金国元帅完木陀赤、完木陀泽是也。奉四太子之命,前来擒捉岳飞。你是何人,可就是岳飞么?"董先大怒道:"放你娘的屁!我元帅怎肯和你这样丑贼来交手,照我董爷爷的家伙罢。"当的一铲打去,完木陀赤舞动铁杆枪,架开月牙铲,回手分心就刺。战不得五六个回合,马打七八个照面,完木陀泽看见哥哥战不下董先,量起手中浑铁镋,飞马来助战。这里陶进等四人见了,各举大刀一齐上前。七个人跑开战马,犹如走马灯一般,团团厮杀!但见:

剑戟共旗幡照日,征云并杀气相褔天昏地暗,雾惨云愁。舞动刀枪若电闪,跑开战马似龙游。那边一意夺乾坤,拚得你生我死;这里忠心保社稷,博个拜将封侯。直杀得:草地磷磷堆白骨,涧泽滔滔血水流。

你想这两员番将,怎敌得过五位将军,只得回马败走。完木陀赤且走且叫道:"宋将休得来赶,我有宝贝在此!"董先道:"随你什么宝贝,老爷们也不惧怕。"拍马赶来。

不因董先胆大追去,有分教:

五员虎将,死于非命;数千人马,尽丧沙场。

毕竟不知胜负如何,且听下回分解。

第五十七回　演钩连大破连环马　射箭书潜避铁浮陀

诗曰：

宋江昔日破呼延，番帅今朝死董先。
从今传得枪牌法，甲马虽坚也枉然。

话说完木陀赤、完木陀泽二人，引得董先等赶至营前，一声号炮响，两员番将左右分开，中间番营里拥出三千人马来。那马身上都披着生驼皮甲，马头上俱用铁钩铁环连锁着，每三十匹一排。马上军兵俱穿着生牛皮甲，脸上亦将牛皮做成假脸戴着，只露得两只眼睛。一排弓弩，一排长枪，共是一百排，直冲出来。把这五位将官连那五千军士，一齐围住，枪挑箭射。只听得沙沙沙，不上一个时辰，可怜董先等五人并五千人马，尽丧于阵内，不过逃得几个带伤的。正是：

出师未捷身先死，长使英雄泪满襟！

那败残军士回营，报与元帅道："董将军等全军尽殁于阵内了！"元帅大惊问道："董将军等怎么样败死的？"军士就将"连环甲马"之事细细禀明。岳元帅等满眼垂泪道："苦哉，苦哉！早知是'连环甲马'，向年呼延灼曾用过，有徐宁传下'钩连枪'可破。可怜五位将军白白的送了性命，岂不痛哉！"遂传令整备祭礼，遥望着番营哭奠了一番。回到帐中，就命孟邦杰、张显各带兵三千，去练"钩连枪"。张立、张用各带兵三千，去练"藤牌"。四将领令，各去操练，不表。

且说那兀术坐在帐中，对军师道："某家有这许多兵马，尚不能抢进中原，只管如此旷日持久，军师有何良策？"哈迷蚩道："岳南蛮如此厉害！况他兵马又多，战他不下。臣有一计，狼主可差一员将官暗渡夹江，去取临安。岳南蛮若知，必然回兵去救。我以大兵遏其后，使他首尾不能相顾。那时岳南蛮可擒也！"兀术听了大喜，就命鹘眼郎君领兵五千，悄悄的抄路，望临安一路进发。

却说朝中有一奸臣，姓王名俊，本是秦桧门下的走狗，因趋奉得秦桧投机，直升他做了都统制，又奏过朝廷，差他带领三千人马，押送粮草到朱仙镇来，就在那里监督军粮,原是提拔他的意思。这一日行至中途,恰恰那个鹘眼郎君带领番兵到来,正遇个着。鹘眼郎君提刀出马,大喝一声:“何处军兵,快快把粮草送过来,饶你狗命!”王俊道:“我乃大宋天子驾前都统制王俊是也!你是何处番人,擅敢到此?”鹘眼郎君道:“某家乃大金国四太子帐前元帅鹘眼郎君是也!特到临安来擒你那南蛮皇帝,今日且先把你来开刀。”说罢,一刀砍来。王俊只得举刀相迎。

不上七八个回合,番将历害,王俊那里招架得住,只得回马落荒败走。鹘眼郎君从后面赶来。

正在危急之时,忽见前面来了一支兵马,乃是总领催粮将军牛皋。牛皋见了想道:“这里那有番兵?不知是何处来的?追着的又不知是何人?”便道:“孩儿们站着!待我上前去看个明白。”便纵马迎上前来,叫道:“不要惊慌,有牛爷爷在此。”那王俊道:“快救救小将!”牛皋上前大喝一声:“番奴住着,你是何人?往那里去的?”鹘眼郎君道。“某家要去抢临安的,你问某家的大名,鹘眼郎君便是。”牛皋大怒,举锏便打。两人战了二十个回合,鹘眼郎君手中的刀略迟得一迟,被牛皋一锏打中肩膀上,翻身落马,牛皋取了首级,乱杀番兵。那些番兵死的死了,得命的逃了些回去。牛皋转来,见了王俊问道:“你是那里来的将官?这等没用,被他杀败了!”王俊道:“小将官居都统制,姓王名俊。蒙秦丞相荐我解粮往朱仙镇去,就在那里监督粮草。偏偏遇着这番贼,杀他不过。幸得将军相救,后当图报!不知将军高姓大名?”牛皋心里想道:“早知这是个狗头,就不该救他了。”便道:“俺乃岳元帅麾下统制牛皋,奉令总督催趱各路粮草。王将军既然解粮往朱仙镇去,我的粮草烦你一总带去,交与元帅,说牛皋还有几个所在去催粮,催齐了就来。”

王俊道:“这个当得。”牛皋道:“这首级也带了去,与我报功。”王俊道:“将军本事,天下无双!望将军把这功送与末将罢!”牛皋暗想:“我想这功且送了他,回营时再出他的丑也未迟。”便道:“将军若要,自当奉送。将此粮草小心解去,勿得再有遗失!”拱了一拱别去。那王俊领兵护送粮草,望朱仙镇行来,在路无事。

这一日,看看到了大营相近,把兵扎住,来到营门候令。传宣禀进,岳爷想:“他此差是奸臣谋来的。且请他进来。”王俊进帐,向各位元帅见了礼,禀道:“卑职奉旨而来,行至中途,遇见牛皋被番兵追赶。卑职上前救了牛皋,带了粮草并那番将的首级,俱在营门,候元帅号令定夺。”岳爷道:“牛皋所遇的是何处番兵?”王俊道:“番将口称暗渡夹江,去抢临安,恰好牛皋遇着战败,被他追赶,遇见卑职,杀了番兵,救了牛皋,现在首级报功。”岳爷听了底细,明白是王俊冒功,且记了他的功劳,收了粮草。将番人首级号令,又命去下营。

到了次日,孟邦杰、张显、张立、张用各将所练的枪牌已熟,前来缴令。元帅就命四将去破番阵,又叮咛了一回。四将领命而去。又令岳云、严成方、张宪、何元庆,领带人马五千,外边接应。四将领令而去。且说那孟邦杰、张显等四将,到番营讨战。那二元帅提兵出营,看见四将喝道:"南蛮通姓!"张立道:"我乃岳元帅麾下统制张立,那是张显、孟邦杰、张用是也。番将报名上来!"番将道:"某乃大金国四狼主帐下元帅完木陀赤、完木陀泽是也。"张立道:"不要走,我正要拿你。"二人拍马抡枪,战了数合,番将诈败进营,那四将追来。只见那些小番吹动笳篥,打起驼皮鼓,一声炮响,三千"连环马"周围团团裹将上来。张立看见,吩咐三军将"藤牌"四面周围遮住:弓矢不能射,枪弩不能进。孟邦杰、张显带领人马,打开"钩连枪",一连钩倒数骑"连环马",其余皆不能动,都自相践踏。又听得营中炮响,岳云、张宪从左边杀入,何元庆、严成方从右边杀入,番将怎能招架。这一阵,将"连环马"尽挑死了。张立、岳云等得胜收兵回营,见元帅缴令,不表。

却说那兀术正望着完木陀赤弟兄"连环马"成功,只见小番来报道:"岳飞差八个南蛮将'连环马'破了。"正说间,二人败回,来见狼主。兀术问道:"南蛮怎么破法?"二将将"藤牌""钩连枪"如此破法说了一遍。兀术大哭道:"军师!某家这马,练了数载功夫,不知死了多少马匹,才得成功!今日被他一阵破了!"

军师道:"狼主不必悲伤,只待那'铁浮陀'来时,何消一阵,自然南蛮尽皆灭矣!"

兀术道:"某家也只想得这件宝贝了。"且按下不表。

再说牛皋回营缴令道:"末将前者救了王俊,有番将鹘眼郎君的首级并粮草可曾收到否?"元帅道:"有是有的。但王俊说是他救了你,这功劳是他的,本帅已将功劳簿上,写了他的名字了。"牛皋道:"王俊怎么冒功?"王俊在旁答道:"人不可没有了良心,小将救了你的性命,怎么反来夺我的功劳?"牛皋道:"我与你比比武艺,若是胜得我,便将功劳让你。"

二人正在争功,只听得营门前数百人喧哗。传宣进来禀道:"有数百军卒在外要退粮,求元帅发令定夺。"元帅问道:"何处军兵要退粮?"传宣禀道:"是大老爷的兵要退粮。"韩世忠、张信、刘琦三个元帅齐声的道:"岂有此理!若讲别座营的兵,或有此事;若说元帅的兵,皆是赴汤蹈火,血战争先,怎肯退?必有委曲。元帅可令那班兵丁会说话的,走十数个来问他。"岳爷答道:"元帅们所言有理。"吩咐出去叫兵丁进来。那兵丁有十数个进来跪下道:"求元帅准退了小人们粮,放小人们去归农罢。"岳爷道:"别座营头,尚无此等事情,何况本帅待兵如子？现今金兵寇乱，全仗尔等替国家出力，怎么反说要退粮？”兵丁道：“小人们平日深感元帅恩养，怎敢退粮？但是近日所发粮米，一斗只有七八升，因此众心不服。”元帅道：“王俊，钱粮皆是你发放，怎么克减，以致他们心变？”王俊禀道：“钱粮虽是卑职管，却都是吏员钱自明经手关发，卑职实不知情。”元帅道：“胡说！自古道：‘典守者不得辞其责。’怎么推诿？且传钱自明来！”不一会，钱自明进帐来叩见，元帅喝问：“你为何克减军粮？”钱自明禀道：“这是王老爷对小吏说的，粮米定要折扣，若不略减些，缺了正额，那里赔得起？”元帅大喝一声：“绑去砍了！”一声令下，两边刀斧手即将钱自明推出，霎时献上首级。元帅又叫王俊：“快去把军粮赔补了来，再行发落。”众军兵一齐跪下道：“这样号令，我等情愿尽力苦战，也不肯舍了大老爷。”俱各叩头谢恩而去。王俊只得将克减下的粮草照数赔补了，来见元帅缴令。元帅道：“王俊！你冒功邀赏，克减军粮，本应斩首！今因是奉旨前来，饶你死罪。捆打四十，发回临安，听凭秦丞相处治。”左右一声吆喝，将王俊拖下去，打下四十大棍。写成文书，连夜解上临安相府发落。

牛皋禀道：“小将杀败番兵，救了他的性命，这奸贼反冒我的功劳，又来克减军粮。况是秦桧一党，元帅何不将他斩了，以绝后患，反解到奸臣那里去？”岳爷道：“贤弟不知，他是秦桧差来的，秦桧现掌相位。冤家宜解不宜结！”正所谓：可放手时须放手，得饶人处且饶人。牛皋听了，心中愤愤不平，辞了元帅，自回本营，不表。

再说那番营中兀术被岳飞破了“连环马”，心中郁郁不乐，正在聚集众将商议，忽见小番来报：“本国差兵解送‘铁浮陀’在外候令。”兀术大喜，传令：“推过一边，待天晚时，推到宋营前打去。任那岳飞足智多谋，也难逃此难！”一面整备火药，一面暗点人马，专等黄昏施放。那陆文龙在旁听了，就回营对王佐道：“今日北国解到‘铁浮陀’，今晚要打宋营，十分厉害，却便怎处？”王佐道：“宋营如何晓得？须要暗送一信，方好整备。”陆文龙道：“也罢。待我射封箭书去报知岳元帅，明早即同将军归宋何如？”王佐大喜。看看天色将晚，陆文龙悄悄出营上马，将近宋营，高叫一声：“宋军听者，我有机密箭书，速报元帅，休得迟误！”飕的一箭射去。随即转马回营。

宋营军士拾得箭书，忙与传宣说知。传宣接了，即时进帐跪下禀道：“有一小番将，黑暗里射下这枝箭书，说有机密大事，求元帅速看。”元帅接了书，将手一挥，传宣退下。岳爷把箭上之书取下，拆开观看，吃了一惊。便暗暗传下号令，先叫岳云、张宪吩咐道：“你二人带领人马如此如此。”二人得令，领兵埋伏去了。

又暗令兵士通知各位元帅，将各营虚设旗帐，悬羊打鼓。各将本部人马，一齐退往凤凰山去躲避，不提。

且说金营中到了二更时分，传下号令，将“铁浮陀”一齐推到宋营前，放出轰天大炮，向宋营中打来。但见烟火腾空，山摇地动，好似雷公排恶阵，分明霹雳震乾坤。有诗曰：

长驱大进铁浮陀，欲打三军片甲无。
不是文龙施羽箭，宋营将士命俱殂。

当时众位元帅在凤凰山上，看见这般光景，好不怕人，便举手向天道：“幸得皇天护佑，不绝我等！若不是陆文龙一枝箭书，岂不把宋营人马打成齑粉？也亏了王佐一条臂膀，救了六七十万人马的性命！”

那岳云、张宪领了人马，埋伏在半路，听得大炮打过，等那金兵回营之后，在黑影里，身边取出铁钉，把火炮的火门钉死，令军士一齐动手，将“铁浮陀”尽行推入小商河内，转马来到凤凰山缴令。岳爷仍命三军回转旧处，重新扎好营盘。且按下慢表。

再说那兀术自在营前，看那“铁浮陀”大炮打得宋营一片漆黑，回到帐中对军师道：“这回才得成功也！”众将齐到帐中贺喜。兀术传令摆起酒席，同众元帅等直饮到天明。只见小番进帐报道：“‘苦人儿’同殿下带了奶母五鼓出营，投宋营去了。”兀术听了，大叫道：“罢了，罢了！此乃养虎伤身也！”正在恼恨，又有小番来报：“启上狼主，岳营内依然如此，旗幡且分外鲜明，越发雄壮了。”兀术好生疑惑，忙出营前观看，果然依旧旗帜鲜明，枪刀密布，不知何故。传令速整“铁浮陀”，今晚再打宋营。小番一看，“铁浮陀”不知那里去了，慌往四下搜寻。呀！俱推在小商河内了，忙来禀知。直气得兀术暴跳如雷，众将上前劝解。

兀术回营坐定，叹了口气道：“那岳南蛮真是厉害，能使将官舍身断臂，来骗某家！那曹宁必然也是他说去，害他父子身亡。如今又说陆文龙归宋。‘铁浮陀’一旦成空，枉劳数载功夫，空费钱粮不少。情实可恨！如今怎么处！”哈迷蚩道：“狼主不必心焦。待臣明日摆下一阵，名为‘金龙绞尾阵’，诱那岳南蛮来打阵，可以擒他。”兀术道：“如此速去整备。”哈迷蚩领令，自去操演。且按下慢表。

再说那晚“铁浮陀”打过宋营之后，将至天明，陆文龙同奶娘暗将金珠宝贝收拾停当，同王佐出营，竟往宋营而来。岳爷已将营寨重新扎好。王佐到了营前下马，进见元帅，禀明前事。各位元帅、总兵、节度、统制，俱各致谢王佐活命之恩。岳元帅传令，请陆公子相见。陆文龙进帐参见道：“小侄不孝，错认仇人为父，若非王恩公说明，怎得复继陆氏之脉！”元帅吩咐送公子后帐居住，拨二十名家将服侍。一面差人送奶娘回到陆公子的家乡居住，不表。

却说金营内哈迷蚩来禀上兀术道：“狼主，可差人将一封箭书射进宋营，叫岳南蛮暂停一月。待臣摆好阵势,然后开兵擒捉岳南蛮,早定大事。”兀术听了,就写一书,差番将来到宋营前,高声叫道:“南蛮听者,俺乃金邦元帅,有书一封与你宋营主将,快些接去!”说罢,一箭射来。小军拾得箭书,送与传宣。传宣将书呈上。元帅看毕,吩咐道:“你去与他说,教他摆好阵势,快来知会打阵。”传宣得令,出营大声喝道:“番奴听者,俺家元帅有令,教你们速去练熟些摆来,好等我们来打。”番将听了,回营复命。哈迷蚩即将大兵尽数调齐,操演阵势。

忽一日,有小番报进帐来:“启上狼主,营门外有一大汉,口称云南化外大王,叫做李述甫,带他外甥黑蛮龙求见。”兀术便问哈迷蚩道:“他是何人?来见某家则甚?”不知哈迷蚩如何回答,又不知那两人果有何事来见兀术。正叫做:

浑浊未分鲢与鲤,水清方见两般鱼。

要知后事如何,且听下回分解。

第五十八回 再放报仇箭戚方殒命 大破金龙阵关铃逞能

诗曰：

百万貔貅气象雄，秋风到韩倚崆峒。
将军已定平金策，夺取龙骧第一功。

话说哈迷蚩对兀术道："臣久闻云南化外国，有个李述甫，是个南方蛮子的统领。今日必然来助狼主，可请他进来相见，看他有甚言语。"兀术就命小番请李大王进帐相见。那小番遂出营对李述甫说道："狼主请大王进帐相见。"李述甫想道："兀术不过是金国的四太子，我也是个王位，怎么不出来接一接？"就对黑蛮龙道："你可在外等候，待我去见了兀术，看他如何？若无待贤之礼，我何苦来助他？"

黑蛮龙答应，站在营前等候。那李述甫来到兀术帐前立着，叫声："太子见礼。"

兀术看见他生得身高一丈二尺，面如蓝靛，发似朱砂，心里有些奇异。本要下来与他行礼，却挨拢来与他比比看长自己多少。那李述甫见兀术不住眼的瞧着他，又见他挨近身来，只认道是要来拿他，举起手来只一掌，把兀术打倒，飞跑出营，上马提枪便走。后边众平章及番将，真个赶来拿他。黑蛮龙大喝一声，提起斗大的铁锤来，一连打翻了几个。后面不敢追来。

李述甫对黑蛮龙道："这番奴不是个好人！我倒有心来帮助他，不想他倒来拿我。被我一拳打翻了他，走了出来。"黑蛮龙道："舅王，我们既到此，不如到对门营内看看，闻得岳元帅的儿子岳云本事高强，待甥儿去与他比试比试，若果然高强，我们愿归了宋朝罢？"李述甫道："这也有理。"遂领着一队苗兵，来至宋营前呐喊。黑蛮龙立马阵前，高声叫道："呔！宋兵听者，我乃化外国大王。闻得你们有个什么岳云是有些本事的，可叫他出来试试我小王爷的锤。不然，俺就杀进营来了！"小军慌忙报上帐来："启上元帅爷，有一个化外国苗王讨战，坐名要公子出马，特来禀知。"元帅道："那蛮王为甚到此讨战？必有缘故。"就命岳云："你出去，须要见机而行。"

岳云答应一声："得令！"上马提锤，直至阵前观看。一眼看去，但见那员苗将，头有笆斗大，脸如黑漆，眼环口阔，头上戴着乌金莲子箍，左右插着两根雉鸡尾，身上披着乌金铠甲，坐下一匹高头黑马，手使两柄笆斗大的铁锤，年纪不多，只好十六七岁。再看到旗门下这个人，身长丈二，形容古怪，相貌稀奇，红须赤发，压住阵脚。黑蛮龙大喝一声："来将何人？留下名来！"公子道："苗蛮坐稳了，不要听了跌下马来！我乃武昌开国公太子少保统属文武兵马大元帅岳大公子岳云的便是。你这苗将缘何到此？亦留下名来！"黑蛮龙道："小王爷乃是云南化外国总领李大王的外甥黑蛮龙的便是。因你宋朝久不来封王，故来帮助金国，来夺你天下。不道那兀术也不是个好人，今欲回去，闻得你这个蛮子有些本领，故来与你比比武艺，且上来试试我的锤看！"说罢，就当的一锤打来，岳云把左手中这烂银锤架开，右手一锤打去。两个锤来锤往，锤去锤迎。举起犹如日月当空，按下好如寒星坠地。

真个是棋逢敌手，将遇良材。战到百十个回合，不分胜负。岳云想道："这个苗蛮果然好本事！我且引他到荒僻之处，问他个缘故，劝他归顺，岂不为美？"便回马就走，大叫："苗蛮，你敢来追我么？看我的回马锤厉害。"黑蛮龙道："怕你什么回马锤，偏要追你！"

饶你走上焰魔天，足下腾云须赶上。

两个紧赶紧走，慢赶慢行。将到凤凰山一带茂林深处，岳云回转马头，叫一声："小蛮王，且慢动手！我有一句话与你相商。"黑蛮龙道："却不是你输了，有什么话讲？"岳云道："我与你战了这半日，只抵得对手，难道真个是怕了你！况我爹爹帐下雄兵猛将不少，金兵六七十万尚不能抢我中原，你的令舅乃是云南总领，应该发兵来相助我朝才是，因何反来与我作对？悄然你杀了我，也占不得我宋朝的江山；我杀了你，白白的送了性命，也不见得凌烟阁上标名。故引你到此，就是这句话。请你想想看，何苦做甚冤家？"黑蛮龙道："你既知我舅父是云南总领，为何这数年不来封王？"岳云道："原来如此，小蛮王你有所不知，这数年来国事艰难，二圣被陷金邦。幸得今上泥马渡过夹江，又遭兀术屡犯中原，应接不暇，那有工夫到南地来封王？久仰小苗王乃世间之豪杰，今幸相逢，意欲结拜为友。待等恢复中原，我爹爹奏闻圣上，来封令舅的王位，决不食言！未知小苗王意下如何？"

黑蛮龙道："俺也闻得小将军的英名，如今看起来，果然不虚。今幸识荆，三生有幸！蒙许结拜，只恐高攀不起。"岳公子道："大丈夫意气相投，遂成莫逆，何出此言？"二人遂各下马，撮土为香，对天立誓，结拜为友，岳云年长为兄，蛮龙为弟黑蛮龙道："大哥且请回营，待小弟与家母舅说明，再来候见老伯。"二人上马同行。到了阵前，岳云收兵回营，来见父亲缴令，将与黑蛮龙结拜的事说了一遍，岳爷大喜。

却说李述甫见外甥与岳云同归本营而别，来问黑蛮龙道："你与岳云比武，胜败如何？"黑蛮龙下马，将前事细细禀明。李述甫听了，心中大喜，遂与黑蛮龙一同来到宋营前。传宣飞报进帐道："启主帅爷，今有云南李大王同了小王爷在外候见元帅。"元帅传令大开营门，带领大小众将，一齐出来迎接。接至帐中，见礼已毕，分宾主坐下。岳云过来见了大王李述甫，黑蛮龙亦过来见了各位元帅。张、韩、刘、岳四元帅齐道："久仰大王英名灌耳，敢不钦敬！"李述甫道："久闻四位元帅再整宋室江山，真乃擎天玉柱，架海金梁，敢不宾服！"

元帅吩咐军中治酒相待，一面传令犒赏云南军卒。岳爷对李述甫道："大王且请回国。目下金邦兀术屡犯中原，如此猖獗，尚未平服，恐关外苗蛮乘机而入，甚为不便。须得大王镇治，方保无虞！待本帅平了金邦，迎了二圣还朝，那时奏明圣上，本帅亲到云南封大王的王位便了。"李述甫大喜道："遵教了。"当日酒散，各自回归本营。随岳云留黑蛮龙叙谈了一夜。次日早上，李述甫来辞别元帅。岳爷吩咐整备粮草等物相送，各将官俱来送李述甫起行。只有岳云与黑蛮龙有恋恋不舍之意。黑蛮龙道："哥哥千万同了老伯来到云南走走！"岳云道："为兄的必要来探望贤弟的！"两人洒泪而别。李述甫同了黑蛮龙领了苗兵，自回化外国而去。

过了十余日，岳元帅暗想："今已半月有余，金营不见动静，不知排的什么阵，这等烦难？"等到晚上，悄悄带了张保出营，来到凤凰山边茂林深处，盘上一株大树顶上偷看金营，果有百十万人马，诈言二百万，摆着两条"长蛇阵"，头并头，尾搭尾，所以名叫"金龙绞尾阵"。元帅正看了之间，只听得弓弦响，连忙回转头来看时，肩膀上早中了一箭，岳爷大叫一声。那放箭的暗想："这遭报了仇了。"竟是悄悄的去了。这里张保听见元帅大叫，忙把索子放下，拔出箭头，扯下一幅战袍包好了膀子，将岳爷负在背上，定了一定神，元帅轻轻叫道："张保，扶我上马回营罢！"张保便扶岳爷上了马，慢慢的回至本营。张保扶岳爷至后帐坐定。元帅即将以前牛皋存下的一颗丸药服了，霎时箭疮平复。又叫张保："你悄悄去唤戚方来。"张保领命来唤戚方。戚方好像有个吊桶在心头，一上一下不住的打，又不敢不来。只得同了张保来至后帐，叩头道："元帅唤末将有何使令？"岳元帅道："戚方！人非草木，岂无分晓？我因兵下洞庭的时节，你违了我的军令，故将你责了几下。你竟欲把本帅射死，若无牛皋救我性命，今已休矣！你竟不想若非本帅恩义待人，怎能得王佐断臂？不要说他别的功劳了，只讲他前日报'铁浮陀'之信,使我等凤凰山避兵,幸得救了三军之命。况且我是主帅,就屈打了你几下,有何大仇?你今日又射本帅一箭,幸喜天不绝我。你如此狠心,岂不送了宋朝天下!我如今唤你到来,与你一封书信,连夜往临安去,投在后军都督张俊那边去寻个出身罢!若到了天明,恐众将不服,就难活命了!"戚方无言可答,接了书,叩头谢恩出帐。上马回营,取了些金帛。

戚方上马出营来,恰好劈面撞着牛皋。牛皋道:"是谁?"戚方道:"是我。"

牛皋道:"半夜三更,你往何处去?"戚方道:"奉元帅之命,令我去投奔后军都督张老爷,故尔出营。将军若不信,现有元帅书信在此?"牛皋想道:"方才见他出营去,又见他回营。不多时,又见元帅伏在马上,张保扶着。必定这厮又做出什么事来了。若叫他去投了奸臣,越发不妙了。"便喝道:"果是奉元帅之令,也该青天白日,怎么夜里私逃?必有情弊!且同我去见了元帅,方放你去。"戚方道:"元帅命我速去,勿待天明,你如何阻我?"牛皋道:"胡说!"就一锏打来,戚方不曾提防,早被牛皋打得脑髓直流,跌下马来!牛皋将他身上金银并那一封书搜出,取了首级,进帐来见元帅。元帅见了,说一声:"是本帅忘了,不曾记得今夜是贤弟巡夜。被你打死了,也是他的命不该活。"牛皋道:"元帅为着何事,叫他去投奸臣?"岳爷便把放箭之事说了一遍。牛皋道:"既如此,小弟打死他原不差!"

遂辞了元帅,仍去巡夜。当晚亦不提起。

明日,元帅升帐,聚集众将,把戚方之事说了一遍,众皆大惊!又有军士来报:"罗纲同郝先逃走了。"岳爷道:"他见戚方身死,自然立脚不住。由他自去,不必追他。"吩咐将戚方首级,号令军前一日,取来合在尸首上埋葬,不提。

再说金营哈迷蚩阵已摆完,来禀兀术。兀术大喜,即差人来下战书。岳元帅约定来日决战。一面请各位元帅齐到中军商议。那四位元帅各处人马,合来共有六十万。岳元帅同张元帅带领人马,打左边的"长蛇阵"。韩元帅和刘元帅领兵去打右边的"长蛇阵"。命岳云、严成方、何元庆、余化龙、罗延庆、伍尚志、陆文龙、郑怀、张奎、张宪、张立、张用,从中杀来。准备停当。

到了次日,三个轰天火炮,中间这六柄锤,六条枪,一枚银剪戟,三条钢铁棍,冲进阵来。撞着锤,变为肉饼;挨着棍,马仰人翻。金营将台上一声号炮,左右营阵脚走动,方才围裹拢来。岳元帅已从左边杀入,举起沥泉枪乱挑。马前张保,抡动镔铁棒,马后王横,舞着熟铜棍,好似天神出世。后边牛皋、吉青、施全、张显、王贵等众英雄,一齐杀入阵来。右边韩元帅手舞长枪,左手大公子,右手二公子,后边苏胜、苏德等众将一齐杀进。金营将台上又是一声号炮,四面八方团团围裹拢来。那"金龙阵",原是两条"长蛇阵"化出来的,头尾各有照应,犹如两个剪刀股形一般，一层一层围拢来。杀了一层，又是一层，都是番兵番将，杀不散，打不开。这四位元帅、大小将官，俱在阵中狠杀。真个是：杀得天昏地黑，日色无光，好生厉害！但见：

征云阵阵迷三界，杀气腾腾闭九霄。大开兵，江翻海搅；冲队伍，地动山摇。叉耙枪刀宣花斧，当头砍去；铲锤剑戟狼牙棒，劈面飞来。强弓硬弩，逢者便死；单鞭双锏，遇者身亡。红旗耀日，人皆丧胆；白刃争光，鬼亦消形！

正是：

惨淡阵云横，悲凉鼓角声。
杀人如草芥，破阵扫金营。

却说那四位元帅同众将正在阵中厮杀，阵外忽然来了三个少年英雄。原来那金门镇的先行官狄雷，自从遇见岳元帅之后，每每要想去投奔在他麾下去立功，却无门可入。那日闻得兀术又犯中原，与岳爷在朱仙镇上交兵，便心下暗想道："我此时不去立功，更待何时？"遂披挂停当，拿了两柄银锤，跨上青鬃马，飞奔往朱仙镇而来。在路非止一日，到了朱仙镇，方知岳元帅杀了一日一夜，尚未出来。正要打点杀进阵去，但见正南上一个少年英雄飞马而来。狄雷定睛一看，那位小将不上二十岁年纪，骑着一匹红鬃马，使着一杆錾金枪。狄雷就迎上一步问道："将军尊姓大名？到此何干？"那人道："小可樊成，乃是岳元帅麾下统制官孟邦杰的妻舅。今闻得金兵在此与岳元帅交战，特地到此助他一臂之力。请问将军尊姓大名？因何问及小可？"狄雷道："我乃金门镇先行官便是，姓狄名雷。因昔日岳元帅追杀金兵，小将一时误认，冒犯了元帅，惧罪潜逃。今因兀术又犯中原，故此欲来立功赎罪。"樊成道："既如此，我二人就杀入阵去助战，何如？"狄雷道："虽然说得是，但是番兵重重叠叠如此之多，不知岳元帅在何处，我们从那一方杀入方好？"

两个正在商议，只见前面一位将官飞马而来。二人抬头看时，只见那人生得面如重枣，丹凤眼，卧蚕眉，坐下黄骠马，横提青龙偃月刀，年纪不上二十。樊、狄二人催马上前来问道："将军且住马。前有金兵阻路，要往何处去？"那人道："在下姓关名铃，曾与岳元帅的公子八拜为交。闻得兀术与元帅交兵，故此特来帮助杀贼！请问二位尊姓大名？"樊成、狄雷各通了姓名，将前来助阵之事大略说了一遍。关铃道："如此甚好，我们一同杀入阵去便了。"樊成道："我二人本欲杀入阵去，因见番兵甚多，不知排的何阵，从那一头杀入方好。故尔在此商议。"关铃道："二位仁兄，自古大丈夫堂堂正正，既来助阵，不管他什么阵，我们只从正中间杀入去，怕他什么！"二人大喜，叫声："好！"就一齐拍马，望着正中间，杀将进去。

锤打枪挑刀砍去，人头滚滚肉为泥。

番兵那里招架得住，慌忙报上将台道："启上狼主，有三个小南蛮杀入阵中，十分骁勇，众平章俱不能抵敌，杀进中心来了。"其时兀术正坐在将台上看军师指挥布阵，听了此报，便把号旗交与哈迷蚩，自己提斧下台，跨马迎上来，正遇见关铃等三人。兀术大喝一声："呔！小南蛮是何等之人，擅敢冲入某家的阵内来？"

关铃喝道："我乃梁山泊大刀关胜爷爷的公子关铃便是。你是何人？说明了好记我的头功。"兀术看见关铃年纪幼小，威风凛凛，相貌堂堂，心中十分喜爱，便叫："小南蛮，某家乃是大金邦昌平王兀术四太子是也。我看你小小年纪，何苦断送在此地！若肯归顺，某家封你一个王位，永享富贵，有何不美？"关铃听了笑道："咦！原来你就是兀术！也是我小爷的时运好，出门就撞见个宝货。快拿头来，送我去做见面礼！"兀术大怒，骂一声："不中抬举的小畜生！看某家的斧罢！"遂抡动金雀斧，当头砍来。关铃举起青龙偃月刀，拨开斧，劈面交加。两人战了十余合。恼了狄雷、樊成，一杆枪，两柄锤，一齐上前助战。兀术那里敌得住这三个出林虎，直杀得两肩酸麻，浑身流汗，只得转马败走。又恐他们冲动阵势，反自绕阵而走。因是兀术在前，众兵不好阻挡，那三人在后追赶，反把那"金龙阵"冲得七零八落。

那阵内四位元帅见阵脚散乱，就指挥众将四处追杀。关铃正杀得热闹，看见了岳云，便高声大叫："岳大哥！小弟在此。"岳云见是关铃，好不欢喜，便道："贤弟来得好。快些帮我杀尽了这些番兵，同你去见爹爹。"那樊成舞动这杆錾金枪，一枪一个，正杀得高兴，正撞着孟邦杰，叫声："姐夫，我来也！"孟邦杰见了，大喜道："小舅来得甚好！快立些功，好见元帅报功。"那狄雷杀进番营中，正遇见岳爷，便高叫："元帅，小将狄雷在金门镇上误犯虎驾，今日特来投在元帅麾下效劳！"岳爷道："将军与国家出力，杀退了金兵，报功受职。"狄雷得令，抖擞精神，去打番兵！当时刘倚对岳爷道："元帅少陪了。"竟带领本部人马，匆匆的杀出阵去了，连岳爷也不知其故。

且再说岳公子银锤摆动，严成方金锤使开，何元庆铁锤飞舞，狄雷双锤并举，一起一落，金光闪灿，寒气缤纷：这就叫做"八锤大闹朱仙镇"。杀得那些金兵尸如山积，血若川流，好生厉害！但见：

杀气腾腾万里长，旌旗密密透寒光。雄师手仗三环剑，虎将鞍横丈八枪。军浩浩，士堂堂，锣鸣鼓响猛如狼。刀枪闪烁迷天日，戈戟纷纭傲雪霜。狼烟火炮哄天响，利矢强弓风雨狂。直杀得：滔滔流血沟渠满，叠叠尸骸积路旁。

只一阵，杀得那兀术大败亏输，往下败走。众营头立脚不住，一齐弃寨而逃,乱乱窜窜,败走二十余里,追兵渐远。不道前队败兵发起喊来,却原来是刘倚元帅抄着小路到此,将树木钉桩,阻住去路,两边埋伏弓弩手。一声梆子响,箭如飞蝗一般的射来。兀术传令转望左边路上逃走,又走了一二十里,前军又发起喊来。兀术查问为何,小番禀道:"前面乃是金牛岭,山峰巉削,石壁危峦。单身尚且要攀藤附葛,方能上去,何况这些人马,如何过得?"

兀术下马走上前一看,果然危险,不能过去,欲待要再寻别路,又听得后边喊声震耳,追兵渐近,弄得进退两难,心中一想:"某家统领大兵六十余万,想夺中原。今日兵败将亡,有何面目见众将!死于此地罢休!"遂大叫一声:"罢!罢!罢!此乃天亡某家也!"遂撩衣望着石壁上一头撞去。但听得震天价一声响,兀术倒于地下。正是:

身如五鼓衔山月,命似三更油尽灯。

毕竟不知兀术性命如何,且听下回分解。

第五十九回 召回兵矫诏发金牌 详恶梦禅师赠偈语

诗曰：

北狄连番犯宋关，英雄并起济时艰。
金兵大溃朱仙镇，几使余生不得还。
满期直捣黄龙府，二圣迎归复汴京。
争奈班师牌十二，大勋一旦败垂成！

却说兀术望着石壁上一头撞去，原自舍身自尽，不道天意不该绝于此地，忽听得震天价一声响，那石壁倒将下去；又听得豁喇喇的，山岭危巅尽皆倒下。兀术扒将起来一看，山峰尽平，心中大喜，跨上马，招呼众将上岭。那些番兵个个争先，一拥而上，反挤塞住了。刚刚上得五六千人，忽然一声雷响，那巅崖石壁依旧竖起。后边人马不得上山。看看追兵已到，把那些金兵犹如砍瓜切菜一般，无路逃生。兀术在岭上望见山下，见那本邦人马死得可怜，不觉眼中流泪，对着哈迷蚩道："某家自进中原，所到之处，望风瓦解。不想遇着这岳南蛮如此厉害，六十万人马，被他杀得只剩五六千人！还有何面目回去见老狼主，倒不如自尽了罢！"说罢，便拔出腰间佩剑欲要自刎。哈迷蚩将他双手紧紧抱住，众将上前夺下佩剑，哈迷蚩叫声："狼主，何必轻生！胜败乃兵家常事。且暂回国，再整人马，杀进中原，以报此仇。"

正说之间，只见对面林子内走出一个人来，书生打扮，飘飘然有神仙气象，上前来见兀术道："太子在上。你只想调兵复仇，终久何用？若向锅中添水，不如灶内无柴。况自古以来，权臣在内，大将岂能立功于外？不久岳元帅自不免也。"兀术听了，恍然大悟，遂作揖谢道："极承教谕！请问先生尊姓大名？"那人道："小生之意，不过应天顺人，何必留名？"遂辞别而去。

兀术就吩咐早早安营，且埋锅造饭，吃了一餐。哈迷蚩道："天遣此人点醒我们，狼主且请回关。待臣私入临安，去访秦桧，等他寻个机会，害了岳飞，何愁天下不得？"兀术大喜道："既如此，待某家写起一书来，与军师带去。"当下就取过笔砚，写了一书，外用黄蜡包裹，做成一个蜡丸，递与哈迷蚩道："军师，你进中原，须要小心！"哈迷蚩道："不劳狼主嘱咐，小臣自会见机而行。"遂将蜡丸藏好，辞了兀术，悄悄地暗进临安而去。后人有诗曰：

战败金邦百万兵，中原指日息纷争。
何来狂士翻簧舌，遂致昌平智复萌！

且说岳元帅就在金牛岭下扎住营盘，赏劳兵将，一面写本进朝报捷；一面催趱粮草，收拾衣甲，整顿发兵扫北。按下慢表。

再说那哈迷蚩打扮做个汴京人模样，悄悄的到了临安。那一日，打听得秦桧同了夫人王氏在西湖上游玩，即忙也寻到湖上来。只见秦桧正在苏堤边泊下座船，与夫人对坐饮酒，赏玩景致。哈迷蚩就高声叫道："卖蜡丸，卖蜡丸！"叫过东来，又叫过西去。那王氏听得卖蜡丸的只管叫来叫去，就望岸上一看，便叫："相公，这不是哈军师么？"秦桧一眼望去，说道："不差，不差！"便吩咐家人："去叫那卖蜡丸的上船来见我。"家人领命，忙忙的走到船头上，把手一招，叫那卖蜡丸人上船来，同了家人进舱跪下。秦桧问道："你卖的是什么蜡丸？可医得我的心病么？"哈迷蚩道："我这蜡丸专治的是心病，且有妙方在内。但要早医，缓则恐其无效。"秦桧道："既如此，且把丸子留下，我照方而服便了。"叫家人："赏他十两银子去罢。"哈迷蚩会意，谢赏而去。

秦桧将蜡丸剖开看时，却是兀术亲笔之书，责备"秦桧负盟，致被岳飞杀得大败亏输。若能谋害得岳飞，方是报我国之恩。倘得了宋朝天下，情愿与汝平分疆界"等语。秦桧看完，即将书递与王氏道："四太子要我谋害岳飞，当如何处置？"王氏道："相公官居宰辅，职掌群僚，这些小事有何难处。况且前日药酒之事被牛皋识破，今若灭了金邦，功高无比。倘然回京，查究出此事来，我们一家性命难保。为今之计，不如慢发粮草，只说今日欲与金国议和，且召他收兵，暂回朱仙镇养马。然后再寻一计，将他父子害了，岂不为美？"秦桧大喜道："夫人言之有理。"遂命罢宴开船，上岸回府。

那哈迷蚩见了秦桧，送了蜡书，依旧扮作客商模样，取路回营，来见兀术道："臣在西湖上见过秦桧夫妻，接了蜡丸，已是会意，料他必然有计与狼主抢天下，我等且回关外，再差人打听消息便了。"兀术遂命拔寨，带领了败残人马，往关外去了，不提。

却说岳元帅与各元帅在营中商议调兵养马，打点直捣黄龙府，迎还二圣，早晚成功。却是粮草不至，不知何故？正在差官催趱军粮，刻日扫北，忽报有圣旨下。

岳爷一同众元帅出营接旨，钦差宣读诏书，却是召岳飞班师，暂回朱仙镇歇息养马,待秋收粮足,再议发兵。岳爷送了钦差,回营坐定。当下韩元帅开言道:“大元戎以十万之众,破金兵百万,亦非容易。今成功在即,不发兵粮,反召元帅兵回朱仙镇,岂不把一段大功,沉于海底!这必是朝中出了奸臣,怕大将立功。元帅且自酌量,不可轻自回兵。”

岳元帅道:“自古君命召,不俟驾而行,不可贪功,逆了旨意。”刘元帅道:“元帅差矣。古云:‘将在外,君命有所不受。’今金人锐气已失,我兵鼓舞用命,恢复中原,在此一举。依着愚见,不如一面催粮,一面发兵,直抵黄龙府,灭了金邦,迎回二圣,然后归朝,将功折罪,岂不为美?”岳爷道:“众位元帅有所不知,本帅因枪挑小梁王,逃命归乡。年荒岁乱,盗贼四起。有洞庭湖杨幺差王佐来聘本帅,本帅虽不曾去,却结识了王佐,故有断臂之事。我母恐我一时失足,将本帅背上刺了‘精忠报国’四个大字,所以一生只图尽忠。即是朝廷圣旨,那管他奸臣弄权!”遂传令拔寨起营。一声炮响,十三处人马分作五队,滔滔地回转朱仙镇。依旧地扎下十三座营头,各个操兵练卒,专待秋收后进兵。

一面唤过岳云,暗暗吩咐道:“方今奸臣弄权,专主和议。朝廷听信奸言,希图苟安一隅,无用兵之志,不知将来如何?你可同张宪回到家中,看望母亲,传教兄弟些武艺。倘有用你之处,再来唤你。”二人领命,拜别了岳爷,来与关铃作别,便道:“向日承我弟所赠宝驹,愚兄目下归乡,并无用处,今日物归故主。愚兄暂时拜别,不久再得相会。”关铃只得收了赤兔马,依依不舍,直送至十里方回。那岳云自和张宪二人,一同归乡去了。

一日,岳元帅同众元帅坐谈议论,忽叫一声:“张保何在?”张保应声道:“有。小人在此,元帅有何吩咐?”岳爷对着众元帅道:“这个张保,乃是李太师的家丁,送与我做个伴当,想要寻个出身。他随我数年苦战,元帅们也知他的功劳。今蒙圣恩赐我的空头扎付,本帅意欲与他一道,往濠梁去做个总兵,可使得么?”

众元帅道:“大元戎何出此言?张将军在帐下不知立了多少大功,莫说总兵,再大些也该。”岳元帅便取过一道札付,填了姓名,就付与张保道:“你可回去领了家小,一齐上任。”张保道:“小人不愿为官,情愿在此跟随元帅。”岳爷道:“人生在世,须图个出身,方是男子汉,你去,不必多言!”张保见岳爷主意已定,只得禀道:“小人去便去,若做不来总兵,是原要来服侍元帅的嘘。”岳爷道:“只要你尽心保国,有何做不来之事?”张保叩辞了,并拜别了众位元帅,出营起身去了。

岳爷又叫声:“王横。”王横跪下道:“元帅有何吩咐?”岳爷道:“我欲叫你去做个总兵,你心下如何?”王横连忙叩头禀道:“啊呀!小人是个粗人,只晓得跟随大老爷过日子,不晓得做什么总兵总将的。若要小人去做官,情愿就在老爷跟前自尽了罢!”岳爷道:“既然如此,便罢了!”王横谢了元帅,起来走过一边。

众元帅道:“难得元帅手下都是忠义之人,所以兀术屡败。”

正在闲谈,忽报圣旨又下。众元帅一同接进,天使开读,却是:命岳元帅在朱仙镇屯田养马;众元帅节度且暂回本处,候粮足听调。众元帅谢恩,送出天使。回营养马三日,韩元帅、张元帅、刘元帅,与各镇总兵、节度使齐到大营,与岳元帅作别,俱各拔寨起身,各回本处去了。

且说岳爷在朱仙镇上终日操兵练将,又令军士耕种米麦,专等旨意扫北。不道秦桧专主和议,使命在金国往返几回终无成议,看看腊尽春残,又是夏秋时候。一日,闲坐帐中,观看兵书,忽报圣旨下。岳飞连忙迎接开读,却是:因和议已成,召取岳飞回兵进京,加封官职。岳爷谢恩毕,送出天使,回到营中,对众将道:“圣上命我进京,怎敢抗旨?但奸臣在朝,此去吉凶未卜。我且将大军不动,单身面圣,情愿独任扫北之事。倘圣上不听,必有疏虞。众兄弟们务要戮力同心,为国家报仇雪耻,迎得二圣还朝,则岳飞死亦无恨也!”众将道:“元帅还该商议,怎么就要进京?”岳爷道:“此乃君命,有何商议。”

正说之间,又报有内使赍着金字牌,递到尚书省札子,到军前来催元帅起身。岳爷慌忙接过,又报金牌来催。不一时间,一连接到十二道金牌。内使道:“圣上命元帅速即起身,若再迟延,即是违逆圣旨了!”岳爷默默无言,走进帐中,唤过施全、牛皋二人来道:“二位贤弟,我把帅印交与二位,暂与我执掌中营。此乃大事,须当守我法度,不可纵兵扰害民间,也不枉我与你结义一番!”说罢,就将帅印交付二人收了,再点四名家将,同了王横起身。众统制等并一众军士,齐出大营跪送,岳爷又将好言抚慰了一番,上马便行。但见朱仙镇上的居民百姓,一路携老挈幼,头顶香盘,挨挨挤挤,众口同声攀留元帅,哭声震地。岳爷挥泪对着众百姓道:“尔等不可如此,圣上连发十二道金牌召我,我怎敢抗违君命!况我不久复来,扫清金兵,尔等自得安宁也。”众百姓无奈,没一个不悲悲楚楚,只得放条路让岳爷过去。众将送了一程,岳爷道:“诸位将军,各自请回罢。”众将俱各洒泪作别,直待看不见岳爷,方各回营。

后人读史至此,有诗惜之曰:

胡马南来捍御难,中原疆土日摧残。幸逢大帅忠诚奋,感激诸军勇力殚。
百战功高番寇遁,几回凯捷庶民安。高宗不信秦长脚,二圣终当返御銮。

又有诗骂秦桧曰:

通金受策哈迷蚩,长舌东窗毒计施。十二金牌三字狱,万年遗臭桧奚辞!

且说岳爷同王横带着四名家将,离了朱仙镇,望临安进发。在路非止一日,来到瓜州地方,早有驿官迎接,到官厅坐定,上前禀道:“扬子江中风狂浪大,况天色将晚，只好在驿中安歇，等明日风静了，小官准备船只，送大老爷过江罢。”岳爷道：“既如此，且在此暂歇罢。”那驿官忙忙地去整备夜膳，请岳爷用了，送至上房安歇。王横同四位家将，自在外厢歇宿。

那岳爷中心有事，睡在床上，不觉心神恍惚，起身开门一望，但见一片荒郊，蒙蒙月色，阴气袭人。走向前去，只见两只黑犬，对面蹲着讲话，又见两个人赤着膊子，立在旁边。岳爷心里想道：“好作怪！畜生怎么会得说话？”正在奇怪，忽然扬子江中狂风大作，白浪滔天，江中钻出一个怪物似龙非龙，望着岳爷扑来。岳爷猛然吃了一惊，一跤跌醒，却在床上，一身冷汗，却是一梦。侧着耳朵听时，谯楼正打三鼓，暗想：“此梦好生蹊跷！曾记得韩元帅说，此间金山寺内有个道悦和尚，能知过去未来，我何不明日去访访他，请他详解？”

主意定了，到了天明起来，梳洗了，吩咐王横备办了香纸等物。那驿官已将船只备好，岳爷将几两银子赏了驿丞，下船过江，一径来到金山脚下上岸。命家将在船看守，只带了王横，信步上山。来到大殿上，拜过了佛，焚香已毕。转到方丈门首，只听得方丈中朗然吟道：

苦海茫茫未有涯，东君何必恋尘埃？
不如早觅回头岸，免却风波一旦灾！

岳爷听了，暗暗点头道：“这和尚果然有德行，但虽劝我修行，那知我有国家大事在心，怎能丢着？”正想之间，只见里边走出一个行者来道：“家师请元帅相见。”岳爷随了行者走进方丈。那道悦下禅床来，相见已毕，道悦道：“元帅光临，山僧有失远接，望乞恕罪！”元帅道：“昔年在沥泉山参见我师，曾言二十年后再得相会，不竟果然！下官只因昨夜在驿中得一异梦，未卜吉凶，特求我师明白指示！”

道悦道：“自古至人无梦，梦景忽来，未必无兆。不知元帅所得何梦，幸乞见教。”

岳爷即将昨夜之梦，细细的告诉了一遍。道悦道：“元帅怎么不解？两犬对言，岂不是个‘狱’字？旁立裸体两人，必有同受其祸者。江中风浪，拥出怪物来扑者，明明有风波之险，遭奸臣来害也。元帅此行，恐防有牢狱之灾、奸人陷害之事，切宜谨慎！”岳爷道：“我为国家南征北讨，东荡西除，立下多少大功，朝廷自然封赏，焉得有牢狱之灾？”道悦道：“元帅虽如此说，岂不闻‘飞鸟尽，良弓藏’？从来患难可同，安乐难共。不如潜身林野，隐迹江湖，乃是哲人保身之良策也。”

岳爷道：“蒙上人指引，实为善路。但我岳飞以身许国，志必恢复中原，虽死无恨！上人不必再劝；就此告辞。”道悦一路送出山门，口中念着四句：

风波亭上浪滔滔，千万留心把舵牢。
谨避同舟生恶意，将人推落在波涛。

岳爷低头不语，一径走出山门。长老道："元帅心坚如铁，山僧无缘救渡。还有几句偈言奉赠，公须牢记，切勿乱了主意！"岳爷道："请教，我当谨记。"长老道：

岁底不足，提防天哭。
奉下两点，将人荼毒。
老柑腾挪，缠人奈何？
切些把舵，留意风波！

岳爷道："岳飞愚昧，一时不解，求上人明白指示！"长老道："此乃天机，元帅谨记在心，日后自有应验也。"

岳爷辞别了禅师，出了寺门。下山来，四个家将接应下船。吩咐艄公解缆，开出江心。岳爷立在船头上观看江景，忽然江中刮起一阵大风，猛然风浪大作，黑雾漫天。江中涌出一个怪物，似龙无角，似鱼无腮，张着血盆般的口，把毒雾望船上喷来。

岳爷忙叫王横，取过这杆沥泉枪来，望着那怪一枪戳去。有分教：

水底捞针难再得，海中失宝怎重逢？

不知那怪如何，且听下回分解。

第六十回 勘冤狱周三畏挂冠 探囹圄张总兵死义

诗曰：

挂冠归隐不贪名，富贵浮云看得轻。
全具一腔真血气，只论忠义不论生。
为国为民终永誉，全忠全义每伤身。
试看殒命如张保，等是天生不贰臣。

却说岳爷举起沥泉枪，望那怪戳去，那怪不慌不忙，弄一阵狂风，将沥泉枪摄去，钻入水底，霎时风平浪息。岳爷仰天长叹道："原来是这等风波，把我神枪失去，可惜，可惜！"不一时，渡过长江，到了京口，上岸骑了马，吩咐："悄悄过去，休得惊动了韩元帅，又要耽搁。"遂加鞭赶过了镇江，望丹阳大路进发。及至韩元帅闻报，差家将赶上去，已过了二十多里，只得罢了。

且说岳爷在路行了两三日，已到平江，忽见对面来了锦衣卫指挥冯忠、冯孝，带领校尉二十名，两下正撞个着。冯忠便问："前面来的，莫非是岳元帅么？"王横上前答道："正是帅爷。你们是什么人？问他做甚？"冯忠道："有圣旨在此。"

岳爷听得有圣旨，慌忙下马俯伏。冯忠、冯孝即将圣旨开读道：

岳飞官封显职，不思报国，反按兵不动，克减军粮，纵兵抢夺，有负君恩。着锦衣卫拥解来京，候旨定夺。钦哉！

岳爷方要谢恩，只见王横环眼圆睁，双眉倒竖，抡起熟铜棍，大喝一声："住着！我马后王横是也。俺随元帅征战多年，别的功劳休说，只如今朱仙镇上二百万金兵，我们舍命争先，杀得他片甲不留，怎么反要拿俺帅爷？那个敢动手的，先吃我一棍！"

岳爷道："王横！此乃朝廷旨意，你怎敢罗唣，隐我不忠之名！罢罢，不如自刎了，以表我之心迹罢！"遂向腰间拔出宝剑，即欲自刎。四个家将慌了，一齐上前抱住，夺下宝剑。王横跪下哭道："老爷难道凭他拿去不成？"冯忠见此光景，随提起腰刀来砍王横。王横正待起身，岳爷喝一声："王横，不许动手！"王横再跪下来，已被冯忠一刀砍中头上，众校尉一齐上来。可怜王横半世豪杰，今日被乱刀砍死！

有诗曰：

忠臣义仆气相通，马后王横志自雄。
此日平江头溅血，他年姓氏布寰中。

却说那四个家将见风色不好，骑着岳爷的马，拾了铜棍，带了宝剑，乘闹里一齐走了。岳爷止不住两泪交流，对冯忠道："这王横亦曾与朝廷出力，今日触犯了贵钦差，死于此地，望贵钦差施他一口棺木盛殓，免得暴露形骸！"冯忠应允，就传地方官备棺盛殓。一面暗暗将秦桧的文书传递各处地方官府，禁住往来船只，细细盘诘，不许走漏风声；一面将岳爷上了囚车，解往临安，到了城中，暗暗送往大理寺狱中监禁。

次日，秦桧传一道假旨，命大理寺正卿周三畏勘问。三畏接了圣旨，供在公堂，即在狱中取出岳飞审问。岳爷来到堂上，见中央供着圣旨，连忙跪下道："犯臣岳飞朝见，愿我皇万岁万岁万万岁！"拜毕，然后与三畏见礼道："大人，犯官有罪，只求大法台从公审问！"三畏吩咐请过了圣旨，然后正中坐下，问道："岳飞，你官居显爵，不思发兵扫北，以报国恩，反按兵不动，坐观成败，又且克减军粮，你有何辩？"岳爷道："法台老大人差矣，若说按兵不动，犯官现败金兵百余万，扫北成功，已在目前，忽奉圣旨召回朱仙镇养马。现有元帅韩世忠、张信、刘琦等可证。"周三畏道："这按兵不动，被你说过了，那克减军粮之事是有的了，还有何说？"岳爷道："岳飞一生爱惜军士，如父子一般，故人人用命，克了何人之粮，减了何人之草，也要有人指实。"三畏道："现在你手下军官王俊告帖在此，说你克减了他的口粮。"岳爷道："朱仙镇上共有十三座大营，有三十余万人马，何独克减了王俊名下之粮？望法台大人详察！"周三畏听了，心中暗暗想道："这桩事，明明是秦桧这奸贼设计隐害他。我如今身为法司，怎肯以屈刑加于无罪？"便道："元帅且暂请下狱，待下官奏过圣上，候旨定夺。"岳爷谢了，狱卒复将岳爷送上狱中监禁。

那周三畏回到私衙，闷闷不悦，仰天叹息道："得宠思辱，居安虑危，岳侯做到这样大官，有这等大功，今日反受这奸臣的陷害。我不过是一个大理寺，在奸臣掌握之中，若是屈勘岳飞，良心何在！况且朋恶相济，万年千载，被人唾骂。若不从奸贼之谋，必遭其害，真个进退两难！不如弃了这官职，隐迹埋名，全身远害，岂不为美？"定了主意，暗暗吩咐家眷，收拾行囊细软，解下束带，脱下罗袍，将印信幞头象简，俱安放案桌之上。守到五更，带了家眷并几个心腹家人，私出涌金门，潜身走脱。正是：

待漏随朝袍笏寒，何如破衲道人安？
文柄被绣鸾刀逼，野鹤无笼天地宽。

到了次日天明，吏役等方才知道本官走了，慌忙到相府去报知。秦桧大怒，要将衙吏治罪，众人再三哀求，方才饶了。就限在这一干人身上，着落他们缉拿周三畏。又行移文书，到各府州县勒拿缉获。秦桧见周三畏不肯依附他，挂冠逃去，想了一会，便吩咐家人道："你悄悄去请了万俟卨、罗汝楫二位老爷来，我有话说。"

家人领了钧旨，来请二人。那万俟卨乃是杭州府一个通判，罗汝楫是个同知。这两个人在秦桧门下走动，如狗一般。听说是太师相请，连忙坐轿到相府，下轿，一直进书房内来参见。秦桧赐坐待茶毕，二人足恭问道："太师爷呼唤卑职二人，不知有何台谕？"秦桧道："老夫相请二位到此，非为别事，只因老夫昨日差大理寺周三畏审问岳飞罪案，不想那厮挂冠逃走，现在缉拿治罪。老夫明日奏闻圣上，即升你二位抵代此职，委汝勘问此案。必须严刑酷拷，审实他的罪案，害了他的性命！若成了此段大功，另有升赏。不可违了老夫之言！"二人齐声道："太师爷的钧旨，卑职怎敢不遵？总在我二人身上，断送了他就是。"说罢，遂谢恩拜别，出了相府回衙。次日，秦桧就将万俟卨升做大理寺正卿、罗汝楫做了大理寺丞。在朝官员，那个敢则一声？二人即刻上任。

过了一日，就在狱中提出岳飞审问。岳爷来到滴水檐前，抬头一看，见堂上坐着他两个，却不见周三畏，便问提牢狱卒道："怎不见周老爷？"狱卒道："周老爷不肯勘问这事，挂冠走了，今日是秦丞相升这万俟卨老爷、罗老爷做了大理寺，差他来勘问的。"岳爷道："罢了，罢了！他前日解粮来，被我打了四十。当初懊悔不曾杀了他，今日倒反死于二贼之手也！"就走上堂对着二人举手道："大人在上，岳飞没有公服，恕不施礼了！"万俟卨道："胡说！你是朝廷的叛逆，我奉旨勘问，怎见了我不跪？"岳爷道："我有功于国家，无罪于朝廷，勘问甚么？"罗汝楫道："现在你部下军官王俊告你按兵不举，虚运粮草，诈称无粮。"岳爷道："朱仙镇上现有十三座大营，三十万人马，怎说得个无粮？"万俟卨道："无粮不成，反输一帖，难道我倒跪了你罢？"岳爷道："我是统兵都元帅，怎么反来跪你？"

二人道："不要与他讲，请过圣旨来。"二贼即将圣旨供在中间，岳爷只得跪下。

那二贼将公案移在旁边下首坐着，便道："岳飞，你快快将按兵不举，私通外国的情由招上来。"岳爷道："既有告人王俊，可叫他来面证。"万俟卨道："那王俊是北边人，到了这临安来，不服水土，吃多了海蜇胀死了。人人说你是个好汉，这小小的杀头罪就认了罢，何必有这许多牵扯？”岳爷道：“胡说！别样犹可，这叛逆的罪，如何屈得我！”二贼道：“既不招”，叫左右：“先与我打四十！”左右一声吆喝，将岳爷扯下来，重重的打了四十。可怜打得鲜血迸流，死去复醒，只是不肯招认。二贼又将岳爷拷问一番，用檀木拶指，命二人用杖敲打，打得岳爷头发散开，就地打滚，指骨尽碎！岳爷只是呼天捶胸，那里肯招。二贼只得命狱卒仍旧带去收监，明日再审。

二贼退回私宅，商议了一番，弄出一等新刑法来，叫做“披麻问”、“剥皮拷”。连夜将麻皮揉得粉碎，鱼胶熬得烂熟，端整好了。次日，又带岳爷出来审问。万俟卨道：“岳飞！你好好将按兵不动、意图谋反，快快招来，免受刑法。”岳爷道：“我一生立志恢复中原，雪国之耻。现在朱仙镇上同着韩、张、刘众元帅，力扫金兵二百万。若再定几日，正好进兵燕山，直捣黄龙，迎取二圣还朝。不意圣旨促回兵歇马，连用金牌十二道召我回来。那有按兵不动之事？十三座营头，三十多万人马，若有克减军粮，怎能够安然如堵？岳飞一点忠心唯天可表！叫我招出什么来？”

万俟卨道：“即不招，夹起来。”左右即将岳爷夹起，又喝打了一回。岳爷受刑不过，大叫道：“既要我招，取纸笔来，待我亲写招状。”二贼大喜，叫典吏与他纸黑笔砚。

岳爷接了，写成一张招状，递与二贼。二贼接来一看，只见上写道：

武胜定国军节度使、神武后军都统制、湖北京西路宣抚使兼营田大使、节制河北诸路招讨使、开府仪同三司、太尉、武昌郡开国公岳飞招状：飞生居河北，长在汤阴。幼日攻习诗书，壮年掌握军兵。正值权奸板荡艺祖之鸿基，复遇靖康丧败皇都之大业，三千粉黛，一旦遭殃；八百胭脂，霎时被掳。君臣北狩，百姓流离。万民切齿，群宰相依。幸而圣主龙飞淮甸，虎踞金陵。帝室未绝，乾坤再造。不思二帝埋没于沙漠，乃纵幸臣权于庙廊。丞相虽主通和，将军必争用武。飞折矢为誓，与众会期。东连海岛，学勣李跨海征东；南及滇池，仿诸葛渡沪深入。羡班超辟土开疆，慕平仲添城立堡。正欲直捣黄龙，迎回二圣，平吞鸭绿，一统中原，方满飞心，始全予志。昔者群雄并起，寇盗纵横，区区奋身田野，注籍戎行。戚方本国家大盗，鞭指狼烟自息；王善乃太行巨寇，旗挥即便剿除。除刘豫一贼之功，缚苗、刘二将之力；收杨虎、何元庆军中之助，服曹成、杨再兴帐下之雄。斩杨幺于洞庭湖，败兀术于黄天荡。牛头山杀贼，尸积如山；汴水河创金，血深似海。北方闻我兵进，人人胆破；南岭见我旗至，个个心寒。朱仙镇上，百千铁甲奔逃；虎将麾前，十二金牌召转。前则遵旨屯兵，今乃奉征见帝。有贼权奸，谋诛忠直。设计陷我谋反，将飞赚入监牢。千般拷打，并无抱怨朝廷；万种严刑，岂自出于圣主？飞今死去，阎罗殿下，知我忠心。速报司前，明无反意。天公无私，必诛相府奸臣以分皂白；地府有灵，定取大理寺卿共证是非。右飞所供是实，如虚甘罪无辞。

万、罗二贼看了大怒，喝教左右将岳爷衣服去了，把鱼胶敷上一层，将麻皮搭上。一时间，将岳飞身上搭上好几处，便问："岳飞，招也不招？"岳爷道："你误了军粮，打了你四十，今日欲陷我于死地。我死必为厉鬼，杀你二贼！"二贼大怒道："你性命只在顷刻，还敢胡言！"吩咐左右："与我扯！"左右一声答应，就把麻皮一扯，连皮带肉向去了一块。岳爷大叫一声："痛煞我也！"霎时晕去。左右连忙将水来喷醒。万俟卨又叫："岳飞，你若不招，叫左右再扯。"岳爷大声叫道："罢罢！我如今就死了也罢！我那岳云、张宪，不要坏了我一世忠名才好！"

那二贼听见此言，直吓得汗流脊背，把舌一伸，吩咐掩门。左右答应一声："吓！"就把门掩了。二贼假意起身，请岳爷坐了，说道："下官看元帅的供词，尽是大功。我二人本欲上本保留元帅，奈是秦丞相主意，此本决难到得圣前。方才元帅说有公子并贵部张宪，何不修书一封，请他到此，上一辨冤本？下官二人就好于中帮助，不知元帅意下如何？"岳爷道："甚好！甚好！即使圣上不准，我亦情愿与这两个孩儿同死于此，方全得我父子二人忠孝之名。"随即写了一封家书，交与万俟卨，万俟卨吩咐仍送进狱中。

这两个贼子就带了岳爷的招状，忙到相府通报。秦桧命进私宅相见，二人进来见了秦桧道："门下小官，奉太师爷的钧旨，连日勘问，岳飞受了多少严刑，今日写下一张供状在此。"就双手呈上。秦桧看罢，大怒道："那厮如此无理，何不一顿就打杀了他！"万俟卨道："太师爷不知，岳飞写了此辞，小官即要加以严刑，忽听他大叫道：'我死之后，岳云、张宪这两个孩儿，不要坏了我一世忠名方好！'小官倘打杀了他，那岳云、张宪有万夫不当之勇，领兵前来，不要说我与丞相，连朝廷也难保！为此小官忙掩了门，向岳飞假说救他，骗他写书叫岳云、张宪来上辨冤本，特来呈与太师爷定夺。"秦桧看了大喜道："这是二位贤契的大才。"就同进书房中去，唤过惯写字的门客来，将岳飞的笔迹，照样套，更改了数句，说是：奉旨召回临安，面奏大功，朝廷甚喜。你可同了张宪，速到京来，听候加封官职，不可迟误。写完封好，即差能事家丁徐宁，星夜往汤阴县去哄骗岳公子、张宪到来，只望一网打尽。这里就委万、罗二贼在监内另造十间号房，名唤："雷""霆""施""号""令""星""斗""焕""文""章"，专等监禁家属人等。万、罗二贼辞出，即去建造号房。

其时临安有两个财主，本是读书君子，一位姓王名能，一位姓李名直。他二人晓得岳爷受屈，就替岳爷上下使钱。那狱卒得了钱财，多方照看，替岳爷洗净棒疮,用药敷上。那狱官倪完原是个好人,见岳爷是个功臣,被奸臣所害,明知冤屈,故亦用心服侍。故此岳爷在监安然无事。

且说濠梁总兵张保,自从和妻子洪氏领了儿子张英到任上来,过得年余,忽然一日有军校来报:“打听得岳元帅在朱仙镇上屯兵耕地,忽然有圣旨召回,不知何事。”张保听了,好生疑惑,一连几日,觉得心神恍惚,坐卧不宁,便对夫人道:“这几日不知我为什么,只管心惊肉跳。我想做了这个什么总兵官,反觉得拘拘束束,有甚趣处?目下岳公子住在家中,我意欲同你到汤阴去,依旧住在帅府中。不知夫人意下若何?”洪氏道:“将军!自古道:‘无官一身轻,有子万事足。’为了些小功名绊住身子,倒不如到帅府去住,反可脱然无累,逍遥自在。”张保大喜,忙忙地收拾了行李,将总兵印挂在梁上,带了三四名家将,悄悄的一路望汤阴而来。

不一日,来至永和乡岳家帅府门首,将车马停住,岳安即忙进内报知李氏夫人。

夫人道:“快请进来相见。”张保夫妻同了儿子来到内堂,拜见了夫人,又拜见了巩氏夫人,然后将不愿做官的话说了一遍。夫人道:“总兵来得正好。一月前传闻老爷钦召进京,前日老爷忽又着人持书来,把大公子并张将军叫了去,不知为着何事,好生挂念!这几日又只管心惊肉跳,日夜不宁。意欲烦总兵前去探听个消息,未知可否?”张保道:“既有此事,夫人不叫小人去,小人也要走一遭。”就向洪氏道:“你在此好生服侍夫人、公子,我明日就往临安去探听大老爷的行藏。”当时夫人吩咐备办酒席,与张总兵夫妇接风,打扫房间,安歇了一宵。

次日饭后,张保吩咐了妻、儿几句,打迭了一个包裹,独自一个背了,辞别两位夫人,出门望临安进发。晓行夜宿,非止一日,到了大江口。前路一望茫茫荡荡,并无一只渡船,走来走去,那里觅处?天又黑将下来,江口又无宿处。正在舒头探望,忽见一个渔人,手中提着一壶酒,篮内不知放些什么东西,一直走向芦苇中去。

张保就跟着上去一看,却是滩边泊着小船一只,那人提着东西上船去了。张保叫声:“大哥!渡我一渡!”那人道:“如今秦丞相禁了江,不许船只往来,那个敢渡你?”

张保道:“我有紧要事,大哥渡我一渡,不忘恩德!”那人道:“既如此,你可下船来耽搁一会,等到半夜里渡你过去。但是不要大惊小怪,弄出事来!”张保道:“便依你,决不连累你!”张保一面说,一面钻进舱里,把包裹放下。那人便道:“客官,你一路来,大约不曾吃得夜饭?我方才在村里赊得一壶酒来,买了些牛肉在此,胡乱吃些,略睡睡,等到三更时分,悄悄过江去便了。”张保道:“怎好相扰！少停，一总奉谢。”那人便将牛肉装了一碗，筛过一碗酒，奉与张保，自己也筛酒奉陪。张保行路辛苦，将酒来一饮而尽，说道：“好酒，好酒！”那人又筛来，张保一连吃了几碗，觉道有些醉意，便道：“大哥，我吃不得了！少停上岸，多送船钱与你。”一面说，一面歪着身子，靠在包裹上去打盹。那人自将酒瓶并吃剩的牛肉，收拾往艄上去了。

停了好一会，已是一更天气，那人走出船头将缆解了，轻轻地摇出江心，钻进舱来，就把那条缆绳轻轻地将张保两手两脚捆住，喝道：“牛子醒来！”那张保在梦里惊醒，见手脚俱被缚住，动弹不得，叫声：“苦也！我今日就死也罢了！但不知元帅信息，怎得瞑目！”那人听了，便道：“你实说是何人？”张保道：“我乃岳元帅帐下马前张保。为因元帅进京久无信息，故此我要往临安探听。不意撞在你这横死神手内！”那人听了，叫声：“啊呀！不知是岳元帅手下将官，多多有罪了！”连忙解下绳索，再三请罪。张保道：“原来是个好汉。请问尊姓大名？”那人道：“小弟复姓欧阳名从善。只因宋朝尽是一班奸臣掌朝，残害忠良，故此不想富贵，只图安乐，在此大江边做些私商，倒也快活。你家元帅没有主意，由他送了江山，管他则甚，何苦舍身为国？我闻得岳元帅过江去，到平江路，就奉旨拿了。又听得有个马后王横，被饮差砍死了。就从那一日起禁了江，不许客商船只往来，故此不知消息。”张保听了，大哭起来。从善道：“将军休哭！我送你过江去，休要弄出事来！”一面就去把船撑开，到了僻静岸边，说道：“将军，小心上岸，小弟不得奉送了！”张保再三称谢，上了岸。那欧阳从善自把船仍摇过江去了。

张保当夜就在树林内蹲了一夜。等到天明，一路望临安上路，路上暗暗打听，并无信息。一日，到了临安，在城外寻个宿店安歇。次日，捱进城去，逢人便问。那一个肯多言惹祸？访问了几日，毫不知情。一日，清晨早起，偶然走到一所破庙门首，听得里边有人说话响，张保就在门缝里一望，只见有两个花子睡在草铺上闲讲，听得一个道：“如今世界做什么官！倒不如我们花子快乐自在，讨得来就吃一碗，没有就饿一顿。这时候还睡在这里，无拘无束。那岳元帅做到这等大官，那里及得我来？”那一个道：“不要乱说！倘被人听得，你也活不成了！”张保听见了，就一脚把庙门踢开，那两个花子惊得直竖起来。张保道：“你两个不要惊慌，我是岳元帅家中差来探信的，正访不出消息，你二人既知，可与我说说。”那两个花子只是撒撒的抖，那里肯说，只道：“小，小，人，人，们，们，不曾说什么！”张保就一手将一个花子提将起来，道：“你不说，我就掼杀了你！”花子大叫道：“将爷不要着恼，放了我，待我说。”张保一手放下道：“快说，快说！”那花子土神一般，对着那个花子道：“老大，你把门儿带上了，站在门首探望探望;倘有人走来,你可咳嗽一声。"那个花子走出庙门,这里把门忙掩上了,便道:"秦桧陷害岳爷,又到他家中去将他公子岳云、爱将张宪骗到这里,就一齐下在大理寺狱中,不知做些什么?若有人提起一个'岳'字,就拿了去送了性命,因此小人们不敢说。将军千万不要说是我阿二说的吓!"张保听了这一席话,惊得半晌作不得声。身边去摸出一块银子,约有二两来重,赏了花子,奔出庙门。

再回到下处,取了些碎银子,走到估衣店里,买了几件旧衣服,又买了一个筐篮,央人家备办了些点心酒肴,换了旧衣,穿上一双草鞋,竟往大理寺监门首,轻轻的叫道:"里边的爷!小人有句话讲。"那狱卒走来问道:"有甚话讲?"张保道:"老爷走过来些。"那狱卒就走到栅栏边,张保低低的说道:"里边有个岳爷,是我的旧主人,吃过他的粮,因我病退了粮,今日特来送餐饭与他,聊表一点私心。有个薄礼在此,送与爷买茶吃,望乞方便!"那禁子接过来,约有三四两重,暗想:"王、李二位相公曾吩咐,倘有岳家的人来探望,须要周全。落得赚他三四两银子。"

便道:"这岳爷是秦丞相的对头,不时差人来打听的,我便放你进去,切莫高声,要连累我们!"张保道:"这个自然。"那狱卒开了监门,张保走进去,对禁子道:"你可知我是什么人?"那狱卒把张保仔细一看,方才在外面是曲背躬身的,进了监门站直了,却是长长大大换了一个人了。狱卒道:"爷爷是害我不得的呀!"张保道:"不要惊慌!我非别人,乃濠梁总兵马前张保是也!"狱卒听了,慌忙跪下道:"爷爷,小人不知,望老爷饶了小人之命罢!"张保道:"我怎肯害你?你只说我主人在那里。"狱卒道:"丞相为了岳爷爷,新造十间牢房,唤做'雷''霆''施''号''令''星''斗''焕''文''章'。岳爷爷同着二位小将军俱在'章'字号内。"张保道:"既如此,你可引我去见。"禁子起来,又看了看道:"老爷这酒饭……"张保道:"你放心!我们俱是好汉,决不害你的。"那禁子先进去禀知、然后请张保进去。

那张保走进监房,只见岳元帅青衣小帽,同倪狱官坐在中间讲话,岳云、张宪却手铐脚镣坐在下面。张保上前双膝跪下,叫一声:"老爷,为何如此?"岳爷道:"你不在濠梁做官,到此怎么?"张保道:"小人不愿为官,已经弃职回转汤阴。不想公子也至于此!"岳爷道:"你既不愿为官,就该归乡去了,又到这里来何干?"

张保道:"一则探老爷消息,二来送饭,三来请老爷出去。"岳爷道:"张保!你随我多年,岂不知我心迹!若要我出去,须得朝廷圣旨。你也不必多言,既来看我,不要辜负了你的好意,把酒饭来领了你的情。快些出去,不要害了这位倪恩公!"

张保就将酒饭送上去，岳爷用了一杯酒，叫张保快些出去。张保走下来对岳云、张宪道："二位爷！难道也不想出去的了么？"二人道："为臣尽忠，为子尽孝，爹爹既不出去，我二人如何出去！"张保道："是小人失言了！小人也奉敬一杯。"

二人道："也领你一个情。"那倪狱官与禁子看了，俱皆落泪道："难得！难得！"

岳爷又道："张保出去罢！"张保道："小人还有话禀上。"复上前跪下道："张保向蒙老爷抬举，不能服侍得老爷终始。小人虽是个愚蠢之人，难道不如王横么？今日何忍见老爷公子受屈！不如先向阴间，等候老爷来服侍罢！"遂立起来，望着围墙石上将头一撞。一声响，头颅已碎，脑浆迸出而死！后人有诗曰：

拚将一死报东君，忠义原来似宪云。

地下王横如聚首，马前马后总超群！

那倪狱官看见，心中十分伤惨。岳云、张宪痛哭起来，独有那岳爷哈哈大笑道："好张保，好张保！"倪完道："这张总爷路远迢迢赶来，为不忍见元帅受屈，故此撞死。帅爷不哀怜他也罢，怎么反大笑起来？"岳爷道："恩公你有所不知，我们'忠''孝''节'已经有了，独少个'义'字。他今日一死，岂不是'忠孝节义'四字俱全了？"说罢，放声大哭起来，众人无不下泪。岳爷哭了一回道："望恩公将他的尸首周全出去方好！"倪完道："这个不消帅爷吩咐。"即刻差人去与王能、李直知道，将尸首抬在后边。直到黄昏时候，王、李二人将棺木抬来，把尸首从墙上吊出，收殓钉好，村头上写着"濠梁总兵张公之柩"，叫心腹家人抬出城去，放在西湖边螺蛳壳内。可怜张保服侍岳爷这好几年，立了多少功劳，才博得个前程；不愿为官，今日仗义死于此地！正是。

三寸气在千般用，一旦无常万事休。

不知后事如何，且听下回分解。

第六十一回 东窗下夫妻设计 风波亭父子归神

诗曰：

秦桧无端害岳侯，故令宋祚一时休。
至今地狱遭枷锁，万劫千回不出头。

话说宋高宗皇帝，一日，忽然扮做客商模样，叫秦桧改装作伴，往临安城内私行闲耍。秦桧只得也扮做个伴当，私行出了朝门，各处走了一会，偶然来至龙吟庵门首，只见围着许多人在那里不知做什么。高宗同着秦桧挨进人丛里去一看，却是一个拆字先生，招牌上写着“成都谢润夫触机测字”，撑着帐篷，摆张桌子，正在那里替人拆字。

高宗站在桌边，看他拆字一回，觉得有文有理，遂上前坐下道：“先生也与我拆个字。”谢石道：“请书一字来。”高宗随手就写了一个“春”字，递与谢石。

谢石道：“好个‘春’字！常言道：‘春为一岁首。’足下决非常人。况万物皆春，包藏四时八节，请问尊官所问何事？”高宗道：“终身好否？”谢石道：“好，好，好！大富大贵，总不可言。但有一言：‘秦’头太重，压‘日’无光，若有姓秦的人，切不可相与他，恐害在他手内，牢记，牢记！”高宗伸手向身边摸出一块银子，谢了先生，拱手立起，悄悄对秦桧道：“贤卿也试拆一字。”秦桧无奈，随手写了一个“幽”字，递与谢石。谢石道：“这位尊官所问何事？”秦桧道：“也是终身。”

谢石道：“‘幽’字虽有泰山之安，但中间两个‘丝’字缠住，只叫做：双龙锁骨，尸体无存。’目下虽好，恐后来年老齿坏，遇硬则衰，须要早寻退步方好。”秦桧道：“领教了。”也送了些谢金，同着高宗去了。

当时内中有认得的，说：“你这先生字虽断得好，只是拆出祸来了！方才那头一个正是当今天子，第二个便是秦丞相。你讲出这些言语，怎得就饶恕了你？”又有一人道：“我们走开了罢！不要在此说是非，打在一网里！”众人听了，俱一哄而散。谢石想道："不好！"遂弃了帐篷，急忙的逃走去了。秦桧陪着高宗回进朝中，辞驾回府，即差家丁去拿那拆字的。家丁忙去拿时，早已不在，再往各处找寻，并无踪迹。一连缉拿了三四日不见影响，只得罢了。

且说秦桧命万俟卨、罗汝楫两个奸贼，终日用极刑拷打岳爷父子、张宪三人招认，已及两月，并无实供，闷闷不悦。这一日，已是腊月二十九日，秦桧同夫人王氏在东窗下向火饮酒，忽有后堂院子传进一封书来。秦桧拆开一看，原来不是书，却是心腹家人徐宁递进来民间的传单——是一个不怕死的白衣，名唤刘允升，写出岳元帅父子受屈情由，挨门逐户的分派，约齐日子，共上民表，要替岳爷伸冤。秦桧看了，双眉紧锁，好生愁闷。王氏问道："传进来的是什么书？相公看了就这等不悦？"

秦桧就将传单递与王氏道："我只因诈传圣旨将岳飞父子拿来监在狱中，着心腹人万俟卨、罗汝楫两个用严刑拷打，要他招认反叛罪名，今已经两月，竟不肯招。民间俱说他冤屈，想要上民本。倘然口碑传入宫中，岂是儿戏！欲放了他，又恐违了四太子之命，以此疑虑不决。"王氏将传单略看了看，即将火箸在炉中炭灰上写着七个字道："缚虎容易纵虎难。"秦桧看了点头道："夫人之言，甚是有理。"即将灰上的字迹搅抹了。

二人正说之间，内堂院子走进来禀道："万俟卨老爷送来黄柑在此，与太师爷解酒。"秦桧收了。王氏道："相公可知这黄柑有何用处？"秦桧道："这黄柑最能散火毒，故尔送来，可叫丫环剖来下酒。"王氏道："不要剖坏了！这个黄柑，乃是杀岳飞的刽子手！"秦桧道："柑子如何说是刽子手？"王氏道："相公可将这柑子捞空了，写一小票藏在里边，叫人转送与勘官，教他今夜将他三个就在风波亭结果了。一桩事就完结了。"秦桧大喜，就写了一封书，叫丫环将黄柑的瓤去干净了，将书安放在内，封好了口，叫内堂院子交与徐宁，送与万俟卨去。正是：

缚虎难降空致疑，全凭长舌使谋机。
仗此黄柑除后患，东窗消息有谁知？

再说这时节已将岳云、张宪另拘一狱，使他父子不能见面的了。到得除夜，狱官倪完备了三席酒，将两席分送在岳云、张宪房里；将这一席，倪狱官亲送到岳爷房内摆好，说道："今日是除夜，小官特备一杯水酒，替帅爷封岁。"岳爷道："又蒙恩公费心！"就走来坐下，叫声："恩公请坐。"倪完道："小官怎敢！"

岳爷道："这又何妨？"倪完告坐，就在旁边坐下相陪。饮过数杯，岳爷道："恩公请便罢。我想恩公一家，自然也有封岁的酒席，省得尊嫂等候。"倪完道："大人不必记念，我想大人官至这等地位，功盖天下，今日尚然受此凄凉，何况倪完夫妇乎！愿陪大人在此吃一杯。"岳爷道："如此多谢了！不知外面什么声响？"倪完起身看了一看道："下雨了。"岳爷大惊道："果然下雨了！"倪完道："不独下雨，兼有些雪，此乃国家祥瑞，大人何故吃惊？"岳爷道："恩公有所不知，我前日奉旨进京，到金山上去访那道悦禅师，他说此去临安，必有牢狱之灾，再三的劝我弃职修行，我只为一心尽忠报国，不听他言。临行赠我几句偈言，一向不解，今日下雨，就有些应验了！恐朝廷要去我了！"倪完道："不知是那几句偈言？帅爷试说与小官听听看。"岳爷道："他前四句说的是：'岁底不足，提防天哭。奉下两点，将人荼毒。'我想今日是腊月二十九日，岂不是'岁底不足'么？恰恰下起雨来，岂不是'天哭'么？'奉'下加将两点，岂不是个'秦'字？'将人荼毒'，正是毒我了！这四句已经应验。后四句道是：'老柑腾挪，缠人奈何？切记切记，留意风波！'这四句还解不来，大约是要去我的意思。也罢，恩公借纸笔来一用。"

倪完即将纸笔取来。岳爷修书一封，把来封好，递与倪完道："恩公请收下此书。倘我死后，拜烦恩公前往朱仙镇去。我那大营内，是我的好友施全、牛皋护着帅印，还有一班弟兄们，个个是英雄好汉。倘若闻我凶信，必然做出事来，岂不坏了我的忠名？恩公可将此书投下，一则救了朝廷，二来全了我岳飞的名节，阴功不小！"倪完道："小官早已看破世情，若是帅爷安然出狱便罢，倘有什么三长两短，小官也不恋这一点微俸，带了家眷回乡去做个安逸人。小官家离朱仙镇不远，顺便将这封书送去便了！"两个人一面吃酒，一面说话。

忽见禁子走来，轻轻地向倪完耳边说了几句。倪完吃了一惊，不觉耳红面赤。

岳爷道："为着何事，这等惊慌？"倪完料瞒不过，只得跪下禀道："现有圣旨下了！"岳爷道："敢是要去我了？"倪完道："果有此旨意，只是小官等怎敢！"

岳爷道："这是朝廷之命，怎敢有违？但是岳云、张宪犹恐有变，你可去叫他两个出来，我自有处置。"倪完即唤心腹去报知王能、李直，一面请到岳云、张宪。岳爷道："朝廷旨意下来，未知吉凶，可一同绑了，好去接旨。"岳云道："恐怕朝廷要去我们父子，怎么绑了去？"岳爷道："犯宫接旨，自然要绑了去。"岳爷就亲自动手，将二人绑了，然后自己也叫禁子绑起，问道："在那里接旨？"倪完道："在风波亭上。"岳爷道："罢了，罢了！那道悦和尚的偈言，有一句：‘留意风波。’我只道是扬子江中的风波，谁知牢中也有什么‘风波亭’！不想我三人，今日死于这个地方！”岳云、张宪道：“我们血战功劳，反要去我们，我们何不打出去？”岳爷喝道：“胡说！自古忠臣不怕死。大丈夫视死如归，何足惧哉！且在冥冥之中，看那奸臣受用到几时！”就大踏步走到风波亭上。两边禁子不由分说，拿起麻绳来，将岳爷父子三人勒死于亭上。

时岳爷三十九岁，公子岳云二十三岁。三人归天之时，忽然狂风大作，灯火皆灭，黑雾漫天，飞沙走石。

后人读史至此，无不伤心惨切，唾骂秦桧夫妻并那些依附权奸为逆者。后人有吊岳王诗曰：

金人铁骑荡征尘，南渡安危系此身。二帝不归天地老，可怜泉下泣孤臣！

又诗曰：

遗恨高宗不鉴忠，感斯墓木撼天风。赤心为国遭谗没，青史徒修百战功！

又诗曰：

华表松枝向北寒，周情孔思楷模看。湖波已泄金牌恨，絮酒无人酬曲端。

又诗曰：

忠臣为国死衔冤，天道昭昭自可怜。留得青青公道史，是非千载在人间。

又诗曰：

双剑龙飞脱宝函，将军扼腕虎眈眈。奸邪误国忠良死，千古令人恨不甘！

又诗曰：

剑戟横空杀气高，金兵百万望风逃。自从公死钱塘后，宋室江山把不牢。

又诗曰：

泰山颓倒哲人萎，白玉楼成似有期。天道朦朦无可问，人心愤愤岂无为？
一生忠义昭千古，满腔豪气吐虹霓。奸臣未死身先丧，常使英雄泪湿衣！

又诗曰：

报国忘躯矢血诚，谁教万里坏长城？十年愤积龙沙远，一死身嫌泰岱轻。
自愿藏弓虽弱主，何来叩马有书生？于今墓畔南枝树，犹见忠魂怒未平。

又诗曰：

十二牌来马首东，郾城憔悴哭相从。千年宗社孤坟在，百战金兵寸铁空！
径草有灵枝不北，江湖无恙水流东。堪嗟词客经年过，惆怅遥吟夕照中！

后又有过岳王坟而作者曰：

将军埋骨处，过客式英风。北伐生前烈，南枝死后忠。
山川戎马异，涕泪古今同。凄绝封丘草，苍苍落照中！

浙江衢州太学生徐应鹿有祭岳王文云：

鸣呼！维王生焉义烈，死矣忠良。恒矢心以攘金虏，每锐志以复封疆。奇勋未入凌烟之间，奸计先成偃月之堂。含冤泉壤，地久天长。中原涂炭，故国荒凉。叹狐奔而兔逐，恨狼竞以鸱张！王如在也，必能保全社稷；王今没矣，伊谁力挽颓唐？鲰生才谫，事类参商。方徙薪乎曲突，忽祸起于萧墙。立身迥异于禽兽，含污忍入于犬羊。舍生取义，扶植纲常。来今往古，人谁不死？轰轰烈烈，万古流芳！鸣呼！罄南山之村而书情无尽，决东海之波而流恨难量。王之名，与天地同大；王之德，与日月争光。鸣呼哀哉！伏惟尚飨。

当时倪完痛哭一场，那王能、李直得知此事，暗暗买了三口棺木，抬放墙外。狱卒禁子俱是一路的，将三人的尸骨从墙上吊出，连夜入棺盛殓，写了记号，悄悄地抬出了城，到西湖边爬开了螺蛳壳，将棺埋在里面，那倪完也不等到天明，当夜收拾行囊，挨出城门而去。

且说万俟卨见那岳爷三人已死，同了罗汝楫连夜来到相府，见秦桧复命。秦桧不胜之喜，又问道："他临死，可曾说些甚么？"二贼道："他临死，只说是：'不听道悦之言，果有风波之险！'小官想此等妖僧，也不可放过了他。再者斩草留根，来春又发。太师爷何不假传一道圣旨，差人前往汤阴，拿捉岳飞的家属来京，一网打尽，岂不了事？"秦桧点头称是，道："就烦二位出去，吩咐冯忠、冯孝，起身速往相州，捉拿岳飞的家眷，一个不许放走！"二贼领命出府。

秦桧又唤过家人何立来，吩咐道："你明日绝早起身到金山寺去，请道悦长老来见我，不可被他走脱了！"何立领命，回至家中，对母亲说知："太师害了岳家父子，又命孩儿前去捉拿道悦和尚，明日即要起身。"老母道："我儿路上须要小心！"到了明日，即是绍兴十三年正月初一日。何立只得离了临安，径奔京口而来，在路无话。一日，已到了镇江，就到江口趁着众香客渡到金山上岸。走到寺门口，耳边但听得钟磬声响。许多男男女女，都擎着香烛进去烧香。何立也混在人丛里，进去一看，却原来是道悦和尚正在升座说法。何立就立在大众之中，听他讲经，暗自想："且听他说完了，骗他到临安去，不怕他飞上了天去。"但听得那长老将"梦幻泡影"四个字，已讲得天花乱坠，大众无不齐声念佛。讲了一会，口中吟出一偈，叫大众听者：

吾年三十九，是非终日有。
不为自己身，只为多开口。
何立自东来，我向西边走。

不是佛力大，岂不落人手！

说完，只见他闭目垂眉，就在法座上坐化去了。当下众僧一齐合掌道："师父圆寂了！"

何立吃了一惊，便扯住了住持道："我奉秦太师钧旨来请长老，不想竟坐化了，只恐其中有诈。叫我如何回复太师爷？"住持道："我那位师父能知过去未来。谅你太师爷来请，决无好处，故此登座说偈而逝。这是你自己亲眼见的，有何诈伪？"

何立道："尔等众僧，须要把长老的尸骸烧化了，我方好去回复。不然，你们俱要同我去见相爷。"众僧道："这有何难。"就叫火工道人，即时将柴草搬动，拣一块平地上搭起柴棚，将长老的法身抬在上面，下面点起火来。不一时，烈焰腾空，一声响，直透九霄，结成五色莲花，上面端坐着一位和尚，叫道："何立！冰山不久，梦景无常！你要早寻觉路，休要迷失本来！你去罢！"说罢，冉冉腾空而去。众僧即将长老骨殖捡出来，装在龛内，抬放后山，再拣日安葬。

当日，便请何立到客堂中坐了，整备素斋款待。何立将秦太师陷害岳爷，"因他临死时曾有'懊悔不听道悦和尚'之言语，故此丞相命我来骗他到临安究治。不道长老果是活佛临凡，已预先晓得坐化去了。方才明明在云端里吩咐我及早修行，奈我有八旬老母在家不能抛撇，待等他百年之后，我决意要出家了"。众僧道："阿弥陀佛！为人在世，原是镜花水月。小僧们在这金山寺，闲时看那些来来往往的船只，那一个不是为名？那一只不是为利？常常遭遇风波之险，何曾想到富贵荣华？到后来总是一场春梦！有诗道得好：

从来富贵若浮云，吉凶倚伏信难分。田地千年八百主，何劳牛马为儿孙！"

何立听了，点头称是。随即别了一众僧人，行下山来，仍旧渡到京口上岸，取路回临安复命，不表。

再说岳夫人一日与媳妇、女儿闲语，张保的妻子洪氏也在旁边。夫人道："自从孩儿往临安去后，已经一月有余，连张总兵去探听，至今亦无信息，使我日夜不安，心神恍惚。我昨夜梦见元帅转回来，手中擎着一只鸳鸯，未知有何吉凶？"银瓶小姐道："我昨夜也梦见哥哥同着张将军各抱着一根木头回来，亦未知吉凶如何？"

夫人道："想是你父兄必有不祥之事，故我母女心神惶惑。且叫岳安到外面去请一个圆梦先生来详解详解，看是如何？"当时丫环即到外厢传话，叫岳安去请圆梦先生。岳安去不多时，请了一个王师婆来，见了太夫人并夫人、小姐，磕了头。夫人就道："岳元帅进京，叫了两个小将军去，并无信息。又因夜梦不祥，故来唤你决断。"王师婆道："这个容易，待吾请下神道来，问他知那端的。"当时就将一张桌子摆在中间，明晃晃点起两枝蜡烛，焚起一炉香来。王师婆书符念咒。李夫人跪下，祷告了一番，停了多时，但见王师婆忽然两眼直竖，取过一根棒来乱舞了一回，大声道："我乃弈游神是也！请我来做什么？快说快说！"吓得李夫人战战兢兢地跪下道："只因丈夫岳飞钦召进京，连我儿岳云、张宪，至今一月有余，并无音耗，特求尊神指示明白！"王师婆道："没事没事。有些血光之灾，见了就罢。"夫人道："奴家昨夜梦见丈夫手擎鸳鸯一只，不知主何吉凶？"王师婆道："此乃拆散鸳鸯也。"银瓶小姐亦跪下道："小奴家亦梦见哥哥同张将军各抱一木回来，未知如何？"王师婆道："人抱一木，是个'休'字，他两人已休矣。快烧纸，快烧纸，吾神去也！"说罢，那王师婆一跤跌倒在地。正是：

邪正请从心剖判，疑神疑鬼莫疑人。

不知后事如何，且听下回分解。

第六十二回 韩家庄岳雷逢义友 七宝镇牛通闹酒坊

诗曰：

秋月春光似水流，等闲白了少年头。
功名富贵今何在？好汉英雄同一丘！
对酒当歌须慷慨，逢场作乐任优游。
红尘滚滚途车马，且向樽前一醉休。

这首诗，乃是达人看破世情，劝人不必认真，乐得受用些春花秋月，消磨那些岁月光阴。不信，但看那岳元帅做到这等大官，一旦被秦桧所害，父子死于狱中。兀是不肯饶他，致使他一家离散，奔走天涯。倒不如周三畏、倪完二人弃职修行，飘然物外。闲话休说。

那王师婆跌倒地下，停了一会，爬起身来，对着李夫人道："我方才见一个神道，金盔金甲，手执钢鞭，把我一推，我就昏昏的睡去了，不知神道怎么样去了。"

夫人就将适来之事说了一遍。王师婆道："夫人，小姐们，且请放心！吉人自有天相。我那里隔壁有个灵感大王，最有灵验。明日夫人们可到那里去烧烧香，就许个愿心，保佑保佑，决然无事的。"夫人赏了王师婆五钱银子。王师婆叩谢辞别，自回去了。

夫人同着巩氏夫人、银瓶小姐正在疑疑惑惑，忽见岳雷、岳霆、岳霖、岳震，同着岳云的儿子岳申、岳甫一齐走来。岳震道："母亲，今日是元宵佳节，怎不叫家人把灯来挂挂？到了晚间，母亲好与嫂嫂、姐姐赏灯过节。"夫人道："你这娃子一些事也不晓！你父亲进京，叫了你哥哥同张将军去，不知消息。前日张总兵去打听，连他也没有信息。还有什么心绪，看什么灯！"五公子听了，就走过了一旁。

二公子岳雷走上来道："母亲放心！待孩儿明日起身往临安，到爹爹那里讨个信回来就是。"夫人道："张总兵去了，尚无信息。你小小年纪，如何去得？"

当时夫人、公子五人在后堂闲讲，只见岳安上前禀道："外面有个道人，说有机密大事,必要面见夫人。小人再三回他,他总不肯去!特来禀知。”夫人听来,好生疑惑,就吩咐岳雷出去看来。岳雷到门首,见了道人问道:“师父何来?”道人也不答话,竟一直走进来。到了大厅上,行了一个常礼,问道:“足下何人?”

二公子道:“弟子岳雷。”道人道:“岳飞元帅,是何称呼?”岳雷道:“是家父。”

道人道:“既是令尊,可以说得。我非别人,乃是大理寺正卿周三畏,因秦桧着我勘问令尊,必要谋陷令尊性命,故我挂冠逃走。后来只令万俟卨严刑拷打,令尊不肯招认。闻得有个总兵张保撞死在狱中。”讲到了这一句——里边女眷,其时俱在屏门后听着——洪氏心中先悲起来了。及至周三畏说到“去年腊月二十九日,岳元帅父子三人屈死在风波亭上”这一句,那些众女眷好似猛可半天飞霹雳,满门头顶失三魂,一家男男女女尽皆痛哭起来!周三畏道:“里面夫人们,且慢高声啼哭!我非为报信而来,乃是为存元帅后嗣而来。快快端正逃难!钦差不久便来拘拿眷属,休被他一网打尽。贫道去了。”夫人们听得,连忙一齐走出来道:“恩公慢行,待妾等拜谢。”夫人就同着一班公子跪下拜谢。周三畏也连忙跪下答拜了,起来道:“夫人不要错了主意,快快打发公子们逃往他乡,以存岳氏香火!贫道就此告别了!”公子们一齐送出大门,回至里面痛哭。

夫人就叫媳妇到里边去,将人家所欠的账目并众家人们的身契尽行烧毁,对众家人道:“我家大老爷已死,你们俱是外姓之人,何苦连累?着你们众人趁早带领家小,各自去投生罢!”说罢,又哭将起来。众公子、媳妇、女儿并洪氏母子,一齐哭声震天。那岳安、岳成、岳定、岳保四个老家人,对众人道:“列位兄弟们,我们四人情愿保夫人、小姐、公子们一同进京尽义。你们有愿去者,早些讲来;不愿者,趁早投生。不要临期懊悔,却就迟了。”只听众家人一齐道:“不必叮咛,我等情愿一同随着进京去,任凭那奸贼要杀要剐,也不肯替老爷出丑的。”岳安道:“难得!难得!”便道:“夫人不必顾小人们,小人们都是情愿与老爷争光的。只有一件大事未定,请太夫人先着那位公子逃往他方避难要紧。”夫人道:“你们虽是这样讲,叫我儿到何处安身?”岳安道:“老爷平日岂无一二好友?只消夫人写封书,打发那位公子去投奔他,岂有不留之理?”夫人哭叫岳雷:“你可去逃难罢!”

岳雷道:“母亲另叫别个兄弟去,孩儿愿保母亲进京。”岳安道:“公子不要推三阻四,须要速行!况‘不孝有三,无后为大’,难道老爷有一百个公子,也都要被奸臣害了么?须要走脱一两位,后来也好收拾老爷的骸骨。若得报仇,也不枉了为人一世。太夫人快快写起书来,待小人收拾些包裹银两,作速起身,休得误了。”当时,岳安进去取了些碎银子,连衣服打做一包,取件旧衣替公子换了。

夫人当即含泪修书一封，递与岳雷道："我儿，可将此书到宁夏，去投宗留守宗方。他念旧交，自然留你，你须要与父亲争气，一路上须要小心！"公子无奈，拜辞了母亲、嫂嫂，又别了众兄弟、妹子，大家痛哭。众公子送出大门，回进里边静候圣旨，不提。

且说藕塘关牛皋的夫人所生一子，年已十五，取名牛通。生得身面俱黑。满脸黄毛，连头发俱黄，故此人取他个绰号，叫做"金毛太岁"。生得来千斤膂力，身材雄伟。那日正月初十，正值金总兵生日，牛夫人就领了牛通来到后堂。牛夫人先拜过了姐夫、姐姐，然后命牛通来拜姨爹、姨母的寿。金爷就命他母子二人坐了。

少停摆上家宴来，一同吃着庆春寿酒。闲叙之间，金总兵道："我看内侄年纪长成，武艺也将就看得过。近闻得岳元帅钦召进京，将帅印托付他父亲掌管。贤内侄该到那边走走，挣个出身。但是我昨日有细作来报，说是：'岳元帅被秦桧陷他谋反大罪，去年腊月二十九日已死于狱中。'因未知真假，已命人又去打听。待他回来，便知的实也。"牛夫人吃惊道："呀！若是谋反逆臣，必然抄尽杀绝，岳氏一门休矣！何不使牛通前往相州，叫他儿子到此避难，以留岳氏一脉？未知姐夫允否？"金总兵道："此事甚好！且等探听回来，果有此事，就着侄儿去便了。"牛夫人道："姐夫差矣！相州离此八九百里，若等细作探回，岂不误事？"牛通接口道："既如此说，事不宜迟，孩儿今日连夜往汤阴去，若是无事，只算望望伯母。倘若有变，孩儿就接了岳家一个兄弟来，可不是好？"金节道："也等明日准备行李马匹，叫个家丁跟去方是。"牛通道："姨爹，亏你做了官，也不晓事！这是偷鸡盗狗的事，那要张皇？我这两只脚怕不会走路，要甚马匹！"牛夫人喝道："畜生！姨爹面前敢放肆大声叫喊么！就是明日着你去便了。"当时吃了一会酒，各自散去。

牛通回到书房，心中暗想："'急惊风，偏撞着慢郎中！'倘若岳家兄弟俱被他们拿去，岂不绝了岳氏后代！"等到了黄昏时候，悄悄地收拾了一个小包裹背着，提了一条短棒，走出府门，对守门军士道："你可进去禀上老爷，说我去探个亲眷，不久便回，夫人们不要挂念。"说罢，大踏步去了。那守门军士，那里敢阻挡他，只得进来禀知金总兵。金总兵忙与牛夫人说知，连忙端整些衣服银两，连夜着家人赶上，那里赶得着。家人只得回来复命，说："不知从哪条路去了！"金节也只得罢了。

那牛通晓行夜宿，一路问信来到汤阴。直至岳府，与门公说知，不等通报，竟望里边走。到大厅上，正值大夫人一家在厅上。牛通拜毕，通了姓名。太夫人大哭道："贤侄呀，难得你来望我！你伯父与大哥被奸臣所害，俱死在狱中了!"牛通道:"老伯母不要啼哭!我母亲因为有细作探知此事,放心不下,叫侄儿来接一位兄弟,到我那边去避难。大哥既死,快叫二兄弟来同我去。倘圣旨一到,就不能走脱了!"夫人道:"你二兄弟已往宁夏,投宗公子去了。"牛通道:"老伯母不该叫兄弟到那里去。这边路程遥远,那里放心得下!不知二兄弟几时出门的?"夫人道:"是今日早上去的。"牛通道:"这还不打紧,侄儿走得快,待侄儿去赶着他,就同他到藕塘关去,小侄也不回来了。"说罢,就辞别了夫人。出府门来,问众家人道:"二公子往那一条路去的?"家人道:"望东去的。"牛通听了,竟也投东追赶,不提。

且说那钦差冯忠、冯孝,带了校尉离了临安,望相州一路进发。不一日,到了汤阴岳府门首,传令把岳府团团围住。岳安慌忙禀知夫人,夫人正待出来接旨,那张保的儿子张英,年纪虽只得十三四岁,生得身长力大,满身尽是疙瘩,有名的叫做"花斑小豹",上前对夫人道:"夫人且慢,待我出去问个明白了来。"就几步走到门口。那些校尉乱糟糟的,正要打进来。张英大喝一声:"住着!"这一声,犹如半天中起了个霹雳,吓得众人俱住了手。冯忠道:"你是什么人?"张英道:"我乃马前张保之子张英便是!若犯了我的性,莫说你这几个毛贼,就是二三千兵马,也不是我的心事!但可惜我家太老爷一门俱是忠孝之人,不肯坏了名节,故来问你一声。"冯忠道:"原来如此。但不知张掌家有何话说?"张英道:"你们此来,我明知是奸臣差你们来拿捉家属,但不知你们要文拿呢,还是要武拿?"冯忠道:"文拿便怎么?武拿又怎么?"张英道:"若是文拿,只许一人进府,将圣旨开读,整备车马,候俺家太夫人、夫人及小人等一门家属起身。若说武拿,定然用囚车镣铐,我却先把你这几个狗头活活打死,然后自上临安面圣。随你主意,有不怕死的就来!"说罢,就在旁边取过一根门闩,有一二尺粗细,向膝盖上这一曲,曲成两段,怒冲冲地立住在门中间。众人吃了一吓,俱吐出了舌头缩不进去。冯忠看来不搭对,便道:"张掌家息怒!我们不过奉公差遣,只要有人进京去便罢了!难道有什么冤仇么?相烦张掌家进去禀知夫人,出来接旨。我们一面着人到地方官处,叫他整备车马便了。"

张英听了,就将断闩丢在一边,转身入内,将钦差的话禀明夫人。夫人道:"也难得他们肯用情,可端正三百两银子与他。我们也多带几百两,一路去好做盘缠。"夫人出来接了圣旨,到厅上开读过了,将家中收拾一番,府门内外重重封锁。

一门老少共有三百多人,一齐起程。那汤阴县官将封皮把岳府府门封好。看那些老少乡民,男男女女,哭送之声,惊天动地!岳氏一家家属自此日进京,不知死活存亡?且按下慢表。

再说那二公子岳雷离了汤阴，一路上凄凄凉凉。一日，行到一个村坊上，地名七宝镇，甚是热闹。岳雷走进一个店中坐定，小二就上来问道："客人还是待客，还是自饮？"岳雷道："我是过路的，胡乱吃一碗就去。有饭索性拿一碗来，一总算账。"那小二应声："晓得！"就去暖了一壶酒来，摆上几色菜，连饭一总搬来放在桌子上。公子独自一个吃得饱了，走到柜上，打开银包，放在柜上，叫声："店家，该多少，你自称去！"主人家取过一锭银子要夹。不想对门门首站着一个人，看见岳雷年纪幼小，身上虽不甚华丽，却也齐整，将这二三十两银子摊在柜上，就心里想道："这后生是不惯出门的，若是路近还好，若是路远，前途去，岂不要把性命送了！"岳雷还了酒饭钱，收了银包，背了包裹出门。却见对门那个人走上前来，叫声："客官且慢行！在下就住在前面，转弯几步就是，乞到小庄奉茶，有言相告。"岳雷抬头一看，但见那人生得面如炭火，细目长眉，颔下微微几根髭须，身上穿得十分齐整，即忙答道："小子前途有事，容他日来领教。"店主人道："小客人！这位员外是此地有名的财主，最是好客的，到他府上去讲讲不妨。"岳雷道："只是不当轻造！"员外道："好说。四海之内皆兄弟也，在下就此引道。"

当时员外在前，岳雷在后，走过七宝镇，转弯来到了一所大庄院，一同进了庄门。到得大厅上，岳雷把包裹放下，上前见礼毕，分宾主坐下。员外便问："仁兄贵姓大名？仙乡何处？今欲何往？"岳雷答道："小子姓张名龙，汤阴人氏，要往宁夏探亲。不敢动问员外尊姓贵表？有何见谕？"员外道："在下姓韩名起龙，就在此七宝镇居住。方才见仁兄露了财帛，恐到前途去被人暗算，故此相招。适闻仁兄贵处汤阴，可晓得岳元帅家的消息么？"岳雷见问，便答道："小子乃寒素之家，与帅府不相闻问，不知甚么消息？"一面说，不觉眼中流下泪来。起龙见了，便道："仁兄不必瞒我！若与岳家有甚瓜葛，但请放心！当年我父亲曾为宗留守裨将，失机犯事，幸得岳元帅援救，今已亡过三年，再三遗嘱，休忘了元帅恩德！你看，上面供的，不是岳元帅的长生禄位么？"岳雷抬头一看，果然供的是岳公牌位，连忙立起身来道："待小子拜了先父牌位，然后奉告。"起龙道："如此说来，是二公子了！"岳雷拜罢起来，讲过姓名，又说："周三畏来报信，家父、大兄与张将军尽丧于奸臣之手，又来捉拿家属，为此逃难出来。"言毕，放声大哭。起龙咬牙大怒道："公子且不要悲伤！如今不必往宁夏去，且在我庄上居住，打听京中消息再处。"岳雷道："既承盛情，敢不如命！欲与员外结为兄弟，未知允否？"起龙大喜道："正欲如此，不敢启齿。"当时员外叫庄丁杀鸡打肉，点起香烛，两人结为异姓弟兄。收拾书房，留岳二公子住上，不表。

且说牛通追赶岳雷，两三日不曾住脚。赶到一个镇上，跑得饿了，看见一座酒店,便走将进来,坐在一副座头上,拍着桌子乱喊。小二连忙上前赔着笑脸,问道:"小爷吃些什么?"牛通道:"你这个狗头!你店中卖的什么?反来问我?"小二道:"不是呀!小爷喜吃甚的,问问方好拿来。"牛通道:"拣可口的便拿来,管什么!"小二出来,只拣大鱼大肉好酒送来。牛通本是饿了,一上手吃个精光;再叫小二去添来,又吃了十来碗。肚中已是挺饱,抹抹嘴,立起身来,背着包裹,提着短棒,往外就走。小二上前拦住道:"小爷会了钞好去。"牛通道:"太岁爷因赶兄弟,不曾带得银子,权记一回账,转来还你罢!"小二道:"我又不认得你,怎么说要转来还我?快快拿出来!"牛通道:"偏要转来还你,你怎奈何了我!若惹得我小爷性起,把你这鸟店打得粉碎。"店主人听得,便走来说道:"你这人好没道理!吃了人家东西不还钱,还要撒野!快拿出银子来便罢,牙缝内迸半个'不'字,连筋都抽断你的!"牛通骂道:"老奴才!我偏没有银子,看你怎样抽我的筋。"

店主人大怒,一掌打去。牛通动也不动,反哈哈大笑起来:"你这样气力,好像几日不曾吃饭的,只当替我拍灰。"店主人愈加大怒,再一拳,早把自己的手打得生疼。便吆呼走堂的、烧火的,众人一齐上前,拳头巴掌,乒乓劈拍,乱打将来。牛通只是不动,笑道:"太岁爷赶路辛苦,正待要人捶背。你们重重的捶,若是轻了,恼起太岁爷的性子,叫你这班狗头一个个看打!"那些走堂、火工,小二,也有手打痛的,也有脚踢肿的。

正在无法可处,只见二三十个家丁,簇拥着一位员外坐在马上,正从店门口经过。店主人看见了,便走出店来,叫声:"员外来得正好。请住马!"员外把马勒住,问道:"你们为何将这个人乱打?"店主人道:"他吃了酒饭不肯还钱,反要在此撒野,把家伙打坏。小人领的是员外的本钱,故请员外看看。"员外听了一番言语,就下马走进店来,喝道:"你这人吃了酒饭不还钱,反在此行凶,是何道理?"

牛通道:"扯淡!又不曾吃你的,于你鸟事?"员外大怒,喝令众人:"与我打这厮!"二三十个家丁听了主人之命,七手八脚一齐上前。牛通将右手一格,跌了六七个;左手一格,又倒了三四个。员外见了,太阳中直喷出火星,自己走上前来,将牛通一连七八拳。却不知这些拳头那里在他心上。打得有些不耐烦了,拦腰的将员外抱住,走到店门首望街上一丢道:"这样脓包,也要来打人!"员外爬起来,指着牛通道:"叫你不要慌!"家丁簇拥着望西去了。牛通哈哈大笑,背了包裹,提了短棒,出了店门大踏步竟走了。店家打又打他不过,也不敢来追。

牛通走不到二三十家人家门面,横巷里胡风唿哨,撞出四五十个人来,手中各执棍棒，叫道："黄毛小贼！今番走到那里去！"牛通举目一看，为头这人却是方才马上这位员外，手中拿着两条竹节钢鞭。牛通挺起短棒，正待上前厮打，不期两边家人丢下两条板凳来。牛通一脚踹着，绊了一跤，众人上前按住，用绳索捆了。员外道："且带他到庄上去，细细地拷问他。"正是：

饶君纵有千斤力，难免今朝一旦灾。

不知员外将牛通捉去怎生结果，且听下回分解。

第六十三回　兴风浪忠魂显圣　投古井烈女殉身

诗曰：

奸佞当权识见偏，岳侯一旦受冤愆。
长江何故风波恶，欲报深仇知甚年？

却说员外命众人将牛通捆了，抬回庄上，绑在廊柱上。员外掇把椅子坐下，叫人取过一捆荆条来，慢慢的打这厮。那家人提起一根荆条，将牛通腿上打过二三十，又换过一个来打。牛通只叫："好打！好打！"接连过了三四个人，打了也有百余下。牛通大叫起来道："你们这班狗头！打得太岁不疼不痒，好不耐烦！"

那牛通的声音响亮，这一声喊，早惊动了隔壁一位员外，却是韩起龙。看官听了这半日，却不知这打牛通的员外是谁？原来是起龙的兄弟，叫做韩起凤。那日起龙正在书房同岳雷闲讲，听得隔壁声喊，岳雷问道："隔壁是何人家？为何喧嚷？"

韩起龙道："隔壁就是舍弟起凤，人见他生得面黑身高，江湖上起他一个浑名，叫做'赛张飞'。不瞒二弟说，我弟兄两个是水浒寨中百胜将军韩滔的孙子。当初我祖公公同宋公明受了招安，与朝廷出力，立下多少功劳，不曾受得封赏，反被奸臣害了性命。我父亲在宗留守帐下立功，又失机犯罪，几乎送了性命，幸得恩公救了，所以我兄弟两个不想功名，只守这田庄过活，倒也安闲。只是我那兄弟不守本分，养着一班闲汉，常常惹祸。今日，又不知做甚勾当。二弟请少坐，待愚兄去看来。"

岳雷道："既是令弟，同去何妨？"起龙道："甚妙！"

二人一同去到隔壁，起凤见了，慌忙迎下来道："正待要请哥哥来审这人，不知此位何人？"起龙道："这是岳元帅的二公子岳雷，快来相见！"起凤忙道："不知公子到此，有失迎接。得罪，得罪！"二公子连称："不敢！"那牛通绑在柱上，听见说是岳二公子，便乱喊道："你可就是岳雷兄弟么？我乃牛通，是牛皋之子。"

岳雷听了,失惊道:"果是牛哥!却从何处来?到这里做甚么?"牛通道:"我从藕塘关来,奉母亲之命,特来寻你的。"韩起凤听了,叫声:"啊呀!不知是牛兄,多多得罪了!"连忙自来解下绳索,取过衣服来,替他穿了。请上厅来,一齐见礼,坐定。起凤道:"牛兄何不早通姓名,使小弟多多得罪!勿怪,勿怪!"

牛通道:"不知者不罪!但是方才打得不甚煞痒。"众人一齐大笑起来。牛通道:"小弟已先到汤阴,见过伯母,故尔追寻到此。既已寻着,不必到宁夏去了,就同俺到藕塘关去罢!"起龙道:"且慢!我已差人往临安打听夫人、公子的消息去了,且等他回来,再为商议。"起凤就吩咐整备筵席,四人直吃到更深方散。牛通就同岳雷在韩家庄住下,过了数日,无话。

这一日,正同在后堂闲谈,庄丁进来报说:"关帝庙的住持,要见员外。"员外道:"请他进来。"庄丁出去不多时,领了一个和尚来到堂前。众人俱见了礼,坐定,和尚道:"贫僧此来,非为别事,这关帝庙原是清静道场,蒙员外护法,近来十分兴旺。不意半月前,地方上一众游手好闲之人,接一位教师住在庙中,教的许多徒弟,终日使枪弄棍,吵闹不堪,恐日后弄出事来,带累贫僧。贫僧是个弱门,又不敢得罪他,为此特来求二位员外,设个计策打发他去了,免得是非。"员外道:"这个镇上有我们在此,那个敢胡为?师父先请回去,我们随后就来。"和尚作谢,别了先去。起龙便对起凤道:"兄弟,我同你去看看是何等人!他好好去了便罢,若不然,就打他个下马威。"牛通道:"也带挈我去看看。"起龙道:"这个何妨。"

岳雷道:"小弟也一同去走走。"起凤道:"更妙,更妙!"四个人高高兴兴,带了七八个有力的庄客,出了庄门,径直到关帝庙来。

众人进庙来,不见什么,一直到大殿上,也无动静。再走到后殿一望,只见一个人坐在上面,生得面如纸灰,赤发黄须,身长九尺,巨眼獠牙,两边站着二三十个,却都是从他学习武艺的了。起龙叫庄丁且在大殿上伺候,自己却同三个弟兄走进后殿来。那些徒弟们都有认得韩员外的,走去悄悄地向教师耳边说了几句。那教师跳下座来说道:"小可至此行教半个多月,这个有名的七宝镇上,却未曾遇见有个本事的好汉。若有不惧的,可上来见个高下。"韩起龙走上一步道:"小弟特来请教。"说未毕,牛通便喊道:"让我来打倒这厮。"就把衣裳脱下,上前就要动手。那教师道:"且慢!既要比武,还是长拳,还是短拳?"牛通道:"什么长拳短拳,只要打得赢就是。"抢上来,就是一拳。那教师侧身一闪,把牛通左手一扯,牛通扑地一跤便倒,连忙爬起来,睁着眼道:"我不曾防备,这个不算。"抢将去,又是一拳。那教师使个"狮子大翻身",将两手在牛通肩背上一捺。牛通站不住,一个独蹲,又跌倒在地下。那教师道:"你们会武艺的怎不上来,叫这样莽汉子来吃跌?”岳雷大怒,就脱下上盖衣服,走上前来道:“小弟来了。”教师道:“甚好。”就摆开门户,使个“金鸡独立”。岳雷就使个“大鹏展翅”。来来往往,走了半日。岳二爷见他来得凶,便往外收步。那教师直一步赶上,岳雷回转身,将右手拦开了他的双手,那左手向前心一捺,那教师吃了一惊,连忙侧身躲过,喝住:“住手!这是‘岳家拳’。你是何人?那里学得来?乞道姓名!”韩起龙道:“教师既识得‘岳家拳’,决非庸流之辈。此地亦非说话之所,请同到小庄细谈,何如?”

教师道:“正要拜识,只是轻造不当!”员外道:“好说。”旁边众徒弟一齐道:“这位韩员外极是好客的!师父正好去请教请教,小徒辈暂别。”俱各自散去。

于是员外等一共五个人,带了庄丁出了庙门,转弯抹角,到了韩家庄。进入大厅上,各个行礼坐定。岳雷先开口道:“请问教师尊姓大名?何以晓得‘岳家拳头’?”

教师道:“不瞒兄长说,先祖是东京留守宗泽,家父是宁夏留守宗方,小弟叫做宗良。因我脸色生得淡黑,江湖上都叫小弟做‘鬼脸太爷’。我家与岳家三代世交,岳元帅常与家父讲论拳法,故此识得这‘黑虎偷心’是岳家拳法。目下老父打听得岳老伯被奸臣陷害,叫小弟到汤阴探听。不料岳氏一门俱已拿捉进京,只走了一位二公子,现在限期缉获。故此小弟各处寻访,要同他到宁夏去。只因盘缠用尽,故此在这庙中教几个徒弟,觅些盘缠,以便前去寻访。不想得遇列位,乞道尊姓大名!”

岳雷道:“兄既是宗留守的公子,请少坐,待小弟取了书来。”岳雷起身进去。这里四人各通姓名。岳雷已取了书出来,递与宗良。宗良接书观看,大喜道:“原来就是岳家二弟!愚兄各处访问,不意在此相会!正叫做:‘有意种花花不发,无心插柳柳成荫。’既已天幸相遇,便请二弟同回宁夏,以免老父悬望。”牛通道:“我也是来寻二弟的。难道藕塘关近些不走,反走远路,到你宁夏去么?”起龙道:“二位老弟休要争论。且同住在此,待我的家人探了临安实信回来,再议也未迟。”三人俱说是:“有理。”韩起龙就差人到庙中去,取了宗公子的行李来。一面排下酒席,五人坐下,叙谈心曲。直饮到月转花梢,方各安歇,不表。

再说临安大理寺狱官倪完,自从岳爷归天后,心中好生惨切,过了新年,悄悄收拾行李,带了家小,逃出了临安,竟望朱仙镇而来。不止一日,到了朱仙镇上,将家小安置在客寓内,自己拿着岳元帅的遗书,走到营门,对传宣官道:“相烦通报,说岳元帅有书投上。”传宣官即忙进帐禀知。施全道:“快着他进来。”传宣官出来道:“投书人呢?老爷唤你进去。”倪完跟传宣官进来,到帐前跪下,将书呈上。施全接书,拆开观看毕,大哭道:“牛兄不好了!元帅与公子、张将军三人俱被秦桧陷害,死于狱中了!"牛皋听了,大叫起来道:"把这下书人绑去砍了!"吓得倪完连声叫屈。施全连忙止住道:"这是元帅的恩公,为何反要杀他起来?"

牛皋道:"我只道是奸臣叫他来下书,不知道是元帅的恩人,得罪了!得罪了!"

施全又问倪完道:"元帅怎生被奸臣陷害的?"倪完将往事一五一十,细细直说到十二月二十九日屈死在风波亭上。施全、牛皋并众兵将等一齐痛哭,声震山岳。施全叫左右取过五百两银子,送与倪完。倪完再三推辞,施全再三相送。倪完只得收了,拜谢出营,到寓中取家小,自回家乡去了,不提。

且说牛皋对众兄弟道:"大哥被奸臣陷害,我等杀上临安,拿住奸贼,碎尸万段,与大哥报仇!"众人齐声道:"有理!有理!"当时吩咐连夜赶造白盔白甲。不数日造完。众将带领兵卒,三声炮响,浩浩荡荡,杀奔临安而来。朱仙镇上众百姓闻知岳元帅被害,哭声震野,如丧考妣一般,莫不携酒载肉,一路犒军,人人切齿,个个咬牙,俱要替岳爷报仇。

大兵不日行至大江,取齐船只,众兵将一齐下船渡江。这一日,真正风清日朗,兵船方至江心,忽然狂风大作,云雾迷漫。空中现出两面绣旗,上有"精忠报国"四个大字。但见岳爷站立云端,左首岳云,右首张宪。众人见了,个个在船头上哭拜道:"哥哥阴灵不远,兄弟们今日与哥哥报仇雪恨,望哥哥保佑!"岳爷在云端内把手数摇,这是叫施全回兵,不许报仇之意。那牛皋令速速开船,众兵卒将船摇动,只见岳爷怒容满面,将袍袖一拂,顿时白浪滔天,连翻三四只兵船,余船不能前进。余化龙大叫道:"大哥不许小弟们报仇,何颜立于人世!"大吼一声,拔出宝剑,自刎而亡。何元庆也叫一声:"余兄既去,小弟也来了!"举起银锤,向自己头上扑的一声,将头颅打碎归天去了。牛皋见二人自尽,大哭一场,望着长江里扑通的一声响,跳下去了。众兵将道:"元帅既不许我等报仇,可将兵船回岸,一齐回乡去罢。"此时便把风篷调转来,把船拢了岸,大众纷纷的散去。

只剩了施全、张显、王贵、赵云、梁兴、周青、吉青七个人,还有三千八百个长胜军不动。施全道:"你们为何不散?"众兵士道:"我等受大老爷莫大之恩,难以抛撇。目今虽遭陷害,我们想那奸臣少不得有个败坏之日,那时我们得到大老爷坟墓之前拜奠拜奠,也见我等一点真心。如今情愿跟随众位将军做些事业,所以不散。"施全道:"只是我等无处安身,怎生是好?"吉青道:"不如依旧往太行山去驻扎,差人探听夫人、娘儿们消息,再图报仇,何如?"众英雄齐道:"此言有理。"七位英雄带领三千八百长胜军,竟奔太行山而去。

有诗曰：

死生天赋忠贞性，不让日横五百人。
当时羞杀秦长脚，身在南朝心在金。

再说牛皋跳下长江，随着波浪滚去，性命将危。忽然一阵狂风大浪，将牛皋刮在一个山脚之下，耳中听得叫道："牛皋醒来！"牛皋悠悠的醒转，吐了几口白沫。

开眼看时，却原来是鲍方老祖，背后一个小道童，手中拿着一套干衣。牛皋见是老祖，慌忙跪下磕头。老祖道："牛皋，你的禄寿还未应绝，快把干衣换了。"牛皋痛哭道："弟子虽蒙师父救了性命，只是我不报大哥之仇，有何颜面立于人世！"

老祖道："岳飞被害，自有一段因果，后来自有封赠，奸臣不久将败。你也不必过伤，可速往太行山去。有施全等在彼，你可去同他们暂为目前之计。日后尚要与朝廷出力，不可忘了！"说罢，一阵清风，倏然不见。牛皋只得将干衣换了，寻路往太行山去，不表。

再说冯忠、冯孝，解了岳家家属，到了临安，安顿驿中，即来报知秦桧。秦桧假传一道旨意出来，把岳家一门人口一齐拿往西郊处斩。其时韩元帅正同了夫人梁红玉进京朝见了高宗，尚未回镇。家将来报知此事，梁夫人就请韩元帅速去阻住假旨，校尉不许动手。自己忙忙地披挂上马，带领了二十名女将跟随，一直竟至相府，不等通报，直至大堂下马。守门官见来得凶，慌忙通报。王氏出来接进私衙，见礼坐下。梁夫人道："快清丞相相见，本帅有话问他！"王氏见梁夫人怒容满面，披挂而来，谅来有些儿尴尬，假意问道："夫君奉旨进宫去，尚未回来。不知夫人有何见教？"梁夫人道："非为别事，只因岳元帅一事，人人生愤，个个不平，闻得今日又要将他家属斩首，所以本帅亲自前来，同丞相进宫去，与圣上讲话。"王氏道："我家相公正为着此事，入宫保奏去了，谅必就回。请夫人少待片刻。"一面吩咐丫环送上茶来；一面暗暗叫女使，到书房去通知秦桧，叫他只可如此如此。秦桧也惧怕梁夫人，只得连忙收转行刑圣旨，假意打从外边进来，见了梁夫人。梁夫人大怒道："秦丞相！你将'莫须有'三字，屈杀了岳家父子三人还自不甘，又要把他一家斩首，是何缘故？本帅与你到圣上面前讲讲去。"秦桧连忙陪笑道："夫人请息怒！圣上传旨，要斩岳氏一门，下官连忙入朝，在圣上面前再三保奏，方蒙圣恩免死，流徙云南为民了。"梁夫人道："如此说来，倒亏你了。"也不作别，竟在大堂上了马，一直出府去了。这就是：

从空伸出拿云手，救拔天罗地网人。

秦桧心中方把这块石头放下。王氏道："相公，难道真个把岳家一门都免死了么？倘他们后来报仇，怎么处！”秦桧道：“这梁红玉是个女中豪杰，再也惹他不得，倘若行凶起来，我两人的性命先不保了！我如今将计就计，将他们充发云南，我只消写一封书来送与柴王，就在那边把他一门尽行结果，有何难哉！”王氏赞道：“相公此计甚妙！”不言夫妻计定。

却说梁夫人出了相府，来至驿中，与岳夫人见礼坐下，叙了一会寒温。梁夫人道：“秦贼欲害夫人一门性命，贱妾得知，到奸贼府中要扯他去面圣，所以免死，发在云南安置。夫人且请安心住下，待妾明日进朝见驾，一定保留不去。”岳夫人听了，慌忙拜谢道：“多感夫人盛情！但先夫、小儿既已尽忠报国，妾又安敢违抗圣旨？况奸臣在朝，终生他变，不如远去，再图别计。但有一件大事，要求夫人保留妾等耽延一月，然后起身，乃莫大之恩也！”梁夫人道：“却为何事？”厉夫人道：“别无牵挂，只是先夫小儿辈既已身亡，不知尸骨在于何处？欲待寻着了安葬入土，方得如愿。”梁夫人道：“这个不难，待妾在此相伴夫人住在驿中，解差也不敢来催促起身。元帅归天，乃是腊月除夕之事，所以无人知道。不如写一招纸贴在驿门首，如有人知得尸首下落前来报信者，谢银一百两，收藏者，谢银三百两。出了赏赐，必有下落。”岳夫人道：“如此也好，但是屈了夫人，如何做得！”梁夫人道：“这又何妨？”随即写了招纸，叫人贴了。梁夫人当夜就陪伴岳夫人歇在驿中。说得投机，两个就结为姊妹。梁夫人年长为姊，岳夫人为妹。

过得一夜，那王能、李直已写了一张，贴在招纸旁边。早有驿卒出来开门，见了就来与岳夫人讨赏，说：“元帅尸首在螺蛳壳内。”岳夫人道：“这狗才！大老爷的尸首既是你藏过，就该早说，为何迟延？”驿卒道：“不是小人藏的。小人适才开门，看见门上贴着一张报条，所以晓得。小人揭得在此，请夫人观看。”夫人接来一看，只见上面写着：“欲觅忠臣骨，螺蛳壳内寻。”夫人流泪道：“我先夫为国为民，死后还有人来嘲笑。”梁夫人道：“报条上写得明白，决非奸人嘲笑，必是仗义之人见元帅尽忠，故将尸骨藏在什么螺蛳壳内，贤妹可差人寻访寻访。”

岳夫人即差岳安等四处去查问。有一个老者道：“西湖上螺蛳壳堆积如山，须往那里去看。”岳安回来禀知岳夫人。梁夫人道：“我同贤妹去看，或者在内，亦未可知。”岳夫人道：“只是有劳姐姐不当。”遂一同上马，带领一众家人出城，来到西湖上，果然有一处堆积着许多螺蛳壳。即令家人耙开来看，只见有一口棺木在内。岳安上前看时，但见村头上写着“濠梁总兵张保公柩”。岳夫人道：“既有了张保的棺木，大老爷三人也必在内了。”叫众家丁再耙。众家丁一齐动手，霎时间将螺蛳壳尽行耙开，果然露出三口棺木，俱有记号，遂连忙雇人搭起篷来，摆下祭礼，合家痛哭！后人有诗吊之曰：

无辜父子抱奇冤，飘零母女泪如泉。

堪怜大梦归蝴蝶，忍听啼魂泣杜鹃！

奠祭已毕。那银瓶小姐想道：“我是个女儿，不能为父兄报仇，在世何为？千休万休，不如死休！”回头见路旁有一口大井，遂走至井边，踊身一跳。夫人听得声响，回转头来见了，忙叫家人搭救起来，已气绝了。真个是：

断送落花三月雨，摧残杨柳九秋霜。

不知后事如何，且听下回分解。

第六十四回 诸葛梦里授兵书 欧阳狱中施巧计

诗曰：

三卷兵书授远孙，辅成孝子建奇勋。
非关预识欧阳计，须知袖里有乾坤。

却说岳夫人见银瓶小姐投井身亡，痛哭不止。梁夫人亦甚悲伤，阖家无不哀痛。就是那些来来往往行路之人，那一个不赞叹小姐孝烈！梁夫人含泪劝道："令爱既死，不能复活，且料理后事要紧。"岳夫人即吩咐岳安，速去置备衣衾棺椁，当时收殓已毕。岳夫人对梁夫人道："现今这五口棺木将如何处置？必须寻得一块坟地安葬，方可放心。望姊姊索性再待几日，感恩无尽！"梁夫人道："这个自然。愚姊要全始全终，岂肯半途而废？可命家人即于近处寻觅便了。"当时岳夫人即命四个家人在篷下看守，自同梁夫人并众家属仍回驿内安歇。

过了两日，岳安来禀道："这里栖霞岭下有一块空坟地，乃是本城一位财主李官人的。他说岳元帅一门俱是忠臣孝子，情愿送与岳元帅，不论价钱。只要夫人看得中，即便成交。"岳夫人听了，即邀梁夫人一同出城，来至栖霞岭下，看了那块坟地，十分欢喜。回转驿中，即命岳安去请李官人来成交。去不多时，李直同了岳安来见岳夫人，送了文契，不肯收价。韩夫人道："虽是官人仗义，但没有个空契之理，请略收些，少表微意可也。"李直领命，收下二十金，告辞回去。岳夫人择取吉日，安葬已毕。

梁夫人送回驿中，已见那四个解官、二十四名解差催促起身。岳夫人就检点行李，择于明日起身。梁夫人又着人去通知韩元帅，点了有力家将四名护送，梁夫人亲送出城，岳夫人再三辞谢，只得洒泪而别。梁夫人自回公寓，岳夫人一家自上路去。这里秦桧又差冯忠带领三百名兵卒，守住在岳坟近处巡察，如有来祭扫者，即时拿下。一面行下文书，四处捉拿岳雷；一面又差冯孝前往汤阴，抄没岳元帅家产，不提。

再说韩起龙一日正与岳雷等坐在后厅闲话，那上临安去的家人打听得明明白白，回来见了员外，将秦桧如何谋害，梁夫人如何寻棺、如何安葬，银瓶小姐投井身亡，岳氏一门已经解往云南、现在差官抄没家私、四下行文捕捉二公子的话，细细说了一遍。岳雷听了，不觉伤心痛哭，晕倒在地。众人连忙将姜汤灌醒。醒来，只是哀哀的哭："爹爹呀！你一生忠孝，为国为民，不能封赏，反被奸臣惨害！一家骨肉，充发云南！此仇此恨，何日得报！"正是：

路隔三千里，肠回十二时。

思亲无尽日，痛哭泪沾衣。

起龙道："事已至此，二弟不可过伤。你坏了身子，难以报仇！"岳雷道："多承相劝。只是兄弟欲往临安，到坟前去祭奠一番，少尽为子之心，然后往云南去探望母亲。"起龙道："二弟，你不听见说奸臣差人在坟上巡察，凡有人祭奠的，必是叛臣一党，即要拿去问罪？况且行文画影，有你面貌花甲，如何去得？"牛通道："怕他什么！有人看守，偏要去！若有人来拿你，我自抵挡。"宗良道："不如我们五个人同去，就有千军万马，也拿我不住。"众人齐声拍手道："妙，妙！我们一齐去。"韩起龙就吩咐收拾行李，明日一同起身，不表。

且说诸葛英自长江分散回家，朝夕思念岳爷，郁郁不乐，染成一病而死。其子诸葛锦在家守孝，忽一夜睡到三更时分，梦中见父亲走进房来，叫声："孩儿，快快去保岳二公子上坟，不可有误！"诸葛锦道："爹爹原来在此！叫孩儿想得好苦！"上前一把扯住衣袂。诸葛英将诸葛锦一推，倒在床上，醒来却是一梦。到次日，将夜间之梦告诉母亲。诸葛夫人道："我久有心叫你往汤阴去探望岳夫人消息，既是你爹爹托梦，孩儿可速速前往。"

诸葛锦领命，收拾行李，辞别母亲，离了南阳，望相州进发。不想人生路不熟，这一日贪赶路程，又错过了客店，无处栖身，天色又黑将下来。又走了一程，只见一带茂林，朦胧月色，照见一所冷庙，心中方定，暗想："且向这庙内去蹲一夜再处。"走上几步，来到庙门首，两扇旧门不关。上边虽有匾额，字迹已剥落的看不出了。诸葛锦走进去一看，四面并无什物，黑影影两边立着两个皂隶，上头坐个土地老儿。一张破桌，缺了一只脚，已斜摊在一边。诸葛锦无奈，只得就拜台上放下包裹，打开行李，将就睡下。行路辛苦，竟蒙眬的睡着了。

将至三更时分，忽见一人走进庙来，头戴纶巾，身穿鹤氅，面如满月，五绺长须，手执羽扇，上前叫道："孙儿，我非别人，乃尔祖先孔明是也！你可快去保扶岳雷，成就岳氏一门‘忠孝节义’。我有兵书三卷：上卷占风望气，中卷行兵布阵，下卷卜算祈祷，如今付你去扶助他。日后成功之日，即将此书烧去，不可传留人世，须要小心！”说罢，化阵清风而去。诸葛锦矍然醒来，却是一梦。到了天明起来，见那供桌底下有个黄绫包袱，打开一看，果然是兵书三卷，好不欢喜。连忙一总收拾在包裹内了，就望空拜谢。看看东方渐白，就背上包裹，出了土地庙。一路下来，日间走路，夜投宿店。又在市镇上买了一件道家衣服，从此日常改作道家装束。又行了几日，到了江都地面，住在一个马王庙内。每日在路旁搭个帐篷，写起一张招牌来，上写着“南阳诸葛锦相识鱼龙并不计利”十三个大字。那些人多有来相的，皆说相得准。送的银钱，诸葛锦也不计论多寡，赚得些来将就度日。

那一日，岳雷同着牛通、宗良、韩起龙、韩起凤五个人，一路行至江都，打从诸葛锦帐篷前走过。牛通看见聚着一簇人不知是做什么的，便叫：“哥哥们慢走，待我看看。”就向人从里分开众人，上前一看，说道：“是个相面的，什么稀罕，聚这许多人！”岳雷听见，便道：“我们何不相一相，看他怎么说？”岳雷就走进帐篷，众人也一齐跟进去。不道看相的人多，牛通就大喝道：“你们这班鸟人！要相就相，不相的，却挤在这里做什么？快快与我走他娘，不要惹我老爷动手！”那看的人见牛通是个野蛮人，况这五个人都是异乡来的，与他争些什么，都一哄的散了。岳雷上前把手一拱，说道：“先生，求与在下相一相。”那诸葛锦抬头将岳雷一看，说道：“足下的尊相，非等闲可比！等小子收拾了帐篷，一同到敝寓细细的相罢。”岳雷道：“如此甚好。”那道人即去把招牌放下，卷起帐篷，一同众人来到马王庙中，各个见礼坐下。

诸葛锦道：“足下莫非就是岳二公子么？”岳雷吃了一惊，便问：“小弟姓张，先生休要错认了！”诸葛锦道：“二兄弟，休得瞒我！我非别人，乃诸葛英之子也。因先父托梦，叫我来扶助你去上坟的。”岳雷大喜道：“大哥从未识面，那里就认得小弟？”诸葛锦道：“我一路来的关津，俱有榜文张挂，那面貌相似，所以认得。”

众人大喜道：“今番上坟，有了诸葛兄就不妨事了。”牛通道：“既有了军师，我们何不杀上临安，拿住昏君，杀了众奸臣？二兄弟就做了皇帝，我们都做了大将军，岂不是好？”岳雷道：“牛兄休得乱道！恐人家听见了，不是当耍的！”当时诸葛锦一一问了姓名，就在庙中住了一夜。到次日收拾行李，离了马王庙，六个人同望临安上路。行了一日，到瓜州已是日落西山，天已晚了，不好过江，且在近处拣一个清净歇店住了一夜。天明起身，吃饱了离了店门，一齐出了瓜州城门，见有一个金龙大王庙，诸葛锦道：“我们且把行李歇在庙中坐坐，那一位兄弟先到江边叫定了船，我们好一齐过江去。”岳雷道：“待小弟去，众位可进庙中等着。”说罢，竟独自一个来到江边。

恰好有只船泊在岸边，岳雷叫声：“驾长，我要雇你的船过江，要多少船钱？”那船家走出舱来，定睛一看，满面堆下笑来道：“客人请坐了，我上去叫我伙计来讲船钱。”岳雷便跳上船，进舱坐下，那船家上岸飞跑去了。岳雷正坐在船中，等一会，只见船家后边跟了两个人，一同上船来道：“我的伙计就来了。这两个客人也要过江的，带他一带也好。”岳雷道：“这个何妨，不知二位过江到何处去公干？”

二人流泪道：“我二人要往临安去上坟的。”岳雷听了“上坟”两字，打动他的心事，便问：“二位远途到临安，不知上何人之坟？”二人道：“我看兄是外路人，谅说也不妨。我们要去上岳爷之坟的。”岳雷听了，不知不觉就哭将起来，问道：“二位与先父有何相与？敢劳前去上坟？实不相瞒，小弟即是岳雷。二公要去，同行正好。”二人道：“你既是岳雷，我二人也不敢相瞒，乃是本州公差，奉秦太师钧旨来拿你的。”二人即在身边取出铁连，将公子锁了上岸，进城解往知州衙门里去。那知州姓王名炳文，正值升堂理事。两个公差将岳雷雇船拿住之事禀明。知州大喜道：“带进来！”两边一声吆喝，将岳雷推至堂上。知州大喝道：“你是叛臣之子，见了本州为何不跪？”岳雷道：“我乃忠臣之子，虽被奸臣害了，又不犯法，为何跪你？”知州道：“且把这厮监禁了，明日备文书起解。”左右答应，就将岳雷推入监中。

且说那众小弟兄在大王庙中，等了半日，不见岳雷转来，韩起龙道：“待我去寻寻看，为何这半日还不来？大江边又是死路，走向那里去了？”起凤道：“我同哥哥去。”弟兄两个出了庙门，来至江口，只听得三三两两传说：“知州拿住了岳雷，明日解上临安去，倒是一件大功劳！”也有的说：“可怜岳元帅一生尽忠，不得好报！”又有的说：“秦太师大约是前世与他有甚仇冤。”韩起龙弟兄两个听得明白，慌慌张张回转庙中，报知众人。牛通便对诸葛锦道：“都是你这牛鼻子，叫他去叫船，如今被人捉去。快快还我二兄弟来便罢，不然我就与你拚了命罢！”诸葛锦也慌了手脚。宗良便道：“牛兄弟且莫要忙，事已如此，我们且商量一计，救他方好。”诸葛锦道：“且慢，待我来卜他一卜。”就在身边取出三个铜钱，对天祷告，排下卦来。细细看了卦象，大喜道：“你们各请放心！包管三更时分，还你岳家兄弟见面便了。”众人道：“如今现被知州监禁在狱，我们若不去劫牢，今晚怎得出来？”诸葛锦道：“我看卦象，是有救星在内，应在酉亥二时出城。我们都往城边守候，包你不错就是。”众人无奈，只得由他。

且说岳雷在牢中放声大哭，大骂："秦桧奸臣！我父亲在牛头山保驾，朱仙镇杀退金兵，才保得这半壁江山。你将我父兄三个害死风波亭上，又将我满门充发云南！今日虽被你拿住，我死后必为厉鬼，将你满门杀绝，以泄此恨！"带哭带骂，唠叨不住。谁知惊动了间壁一个人听得明明白白，便大喝一声："你这现世宝！你老子是个好汉，怎么生出你这个脓包来，这样怕死！哭哭啼啼的来烦恼咱老子！"

那禁子便道："老爷不要理他，过了今日一晚，明日就要解往临安去的。他不晓得老爷在此，待我们去打他，不许他哭就是了。"

你道此人是谁？原来是复姓欧阳名从善，绰号叫做"五方太岁"，惯卖私盐，带些私商勾当。只因他力大无穷，官兵不敢奈何他。又且为人率直，逢凶不怕，见善不欺。昔日渡张保过江的就是此人。因一日吃醉了酒，在街坊与人厮打，被官兵捉住，送往州里。州官将他监在狱中，那牢子奉承他，便赏他些银钱。倘若得罪了他，非打即骂。那些禁子怕他打出狱去，尽皆害怕，所以称他叫"老爷"，十分趋奉他。他倒安安稳稳坐在监房里。

那日，听得岳雷啼哭，假意发怒，便对禁子道："今日是我生日，被这现世宝吵得我不耐烦。"就在床头取出一包银子，约有二十来两，说道："你拿去，替我买些鸡鹅鱼肉酒曲果子进来，庆个寿，也分些众人吃吃。"禁子接了银子，到外边买了许多酒菜。收拾端正，已是下午，禁子将那些东西，搬到从善面前摆着。从善叫分派众囚人，又道："这一个现世宝，也拿些与他吃吃。"众牢子各个分派了，回到房中坐定。欧阳从善与这些牢头禁子猜拳行令，直吃到更深，大家都已吃得东倒西歪，尽皆睡着。

从善见众人俱醉了，立起身，拿了几根索子束在腰间，走过隔壁来，轻轻地对岳雷道："我乃欧阳从善，日间听见你被捉，故设此计救你！"公子称谢不尽。从善便将公子镣铐去了，便道："快随我来！"二人悄悄来至监门首，从善将锁轻轻打落，二个逃出监来，如飞的来至城头。欧阳从善解下腰间的索子，拴在岳雷腰里，从城上放将下去。谁知这诸葛锦预先算定阴阳，同众弟兄在城脚下接应，见岳雷在城上坠下，尽皆欢喜。牛通道："这个人算的阴阳果然不差！"忽然见城上高喊一声："下边是什么人，走开些！"这一声喊里，欧阳从善即趋势一纵，已跳下城来。

与众弟兄相见了，各通姓名。岳雷将从善在狱中相救之事说了一遍。众弟兄十分感激，称谢不尽。诸葛锦道："我等不可迟延，速速寻觅船只过江！恐城中知觉，起兵追来，就费手脚了。"众弟兄各个称"是"，一齐同到江口，却见日里那只船还泊在岸边。

韩起龙跳上船头，喝声："艄公快起来，本州太爷解犯人过江。"那艄公在睡梦里听见吆喝，连忙披了衣服，冒冒失失钻出舱来。早被韩起龙一把揪起头发，身边拔出腰刀，一刀剁落水去。众兄弟齐上船来，架起橹桨，一径摇过江去了。正是：

鳌鱼脱了金钩去，摆尾摇头再不来。

不知后事如何，且听下回分解。

第六十五回 小兄弟偷祭岳王坟 吕巡检贪赃闹乌镇

诗曰：

堪叹英雄值坎坷，平生意气尽消磨。
魂离故苑归应少，恨满长江泪转多！

且说瓜州城里那狱中这些牢头禁子酒醒来，不见了欧阳从善，慌慌地到各处查看，众犯俱在，单单不见了岳雷。又看到监门首，但见监门大开。这一吓真个是魂飞天外，魄散九霄，忙去州里报知。知州闻报是越了狱，即刻升堂，急急点起弓兵民壮，先在城内各处搜寻，那里有一点影响，空闲了半夜。天色将明，开了城门，赶到江口，一望绝无踪迹。无可奈何，只得回衙，将众禁子各打了四十。一面差人四处追捉，不表。

且说众小弟兄渡过了长江，到京口上岸，把船弃了，雇了牲口，望武林一路进发。不一日，到了北新关外，见一招牌上写着"王老店安寓客商"。众弟兄正在观望，早有人出店来招接道："众位相公要歇，小店尽有洁净房子。"众弟兄一齐走进店内，小二早把行李接了，搬到后边三间屋内安放。众人举眼看时，两边两间卧房，安排着三四张床铺。中间却是一个客座。影壁上贴着一幅朱砂红纸对，联上写着：人生未许全无事，世态何须定认真？中间一只天然几上供着一个牌位。诸葛锦定睛看时，却写着"都督大元帅岳公之灵位"。众弟兄吃惊，也不解其意。少停，店主人端正酒饭，同了小二搬进来。诸葛锦便请问主人家："这岳公牌位为甚设在此间？"主人道："不瞒诸位相公，相公是外路客人不避忌讳，这里本地人却不与他得知。小可原是大理寺禁子王德，因岳爷为奸臣陷害，倪狱官也看破世情回乡去了，小可想在狱中勾当，赚的多是欺心钱，怕没有报应的日子？因此也弃了这行业，帮着我兄弟在此开个歇店。因岳爷归天，小子也在那里相帮，想他是个忠臣，故此设这牌位，早晚烧一炷香，愿他早升天界。"诸葛锦道："原来是一家人，决不走漏风声的。"指着岳雷道："这位就是岳元帅的二公子，特来上坟的。"王德道："如此，小人失敬了！小可因做过衙门生意，熟识的多,再无人来查察,众位相公尽可安身。但是坟前左右,秦太师着人在彼巡察,恐怕难去上坟,只好待半夜里,悄悄前去方可。”诸葛锦道:“且再作商量。”当日,弟兄七个在店中宿了一夜。

天明起来梳洗,吃了早饭。诸葛锦取出三四两银子来,对着主人家道:“烦你把祭礼替我们端正好了,我们先进城去探探消息,晚间回来,好去上坟。”王德道:“祭礼小事,待小的备了就是,何必又要相公们破钞!”岳雷接口道:“岂有此理?劳动已是不当了!”说罢,就一齐出了店门。

进城来,一路东看西看,闯了半日。日已过午,来到一座酒楼门首经过,牛通道:“诸葛哥,我肚中饥了,买碗酒吃了去。”众人道:“我们也用得着了。”七个人一齐走进店门,小二道:“各位相公,可是用酒的?请上楼去坐。”众人上了楼,拣一个干净座头占了。小二铺排下下酒东西,烫上酒来。七个人猜拳行令,直吃到红日西沉。下楼来算还了酒钱,一路望武林门而来。

恰恰打从丞相府前经过,诸葛锦悄悄地对众人说道:“这里是奸贼秦桧门首。不要多言,快快走过去。”众人依言,俱嘿嘿的向前走去。独有那牛通听了此言,暗暗自想道:“我正要杀这个奸贼,与岳伯父报仇。今日在此贼门首经过,反悄悄而行,岂有此理?待我进去,除了此贼,有何不可?”想定了主意,挨进头门。此时天色已晚,衙役人等尽皆散去,无人盘问。远远望见那门公点火出来上灯,牛通连忙往马弄内去躲。看见搁着一乘大轿在那里,牛通就钻进轿中坐着。直至更深人静,牛通钻出轿来,走至里边。门户俱已关上,无处可入。抬头一看,对面房子不甚高大,凑着墙边一棵大树,遂盘将上去。爬上了屋,望下一看,屋内却有灯光,便轻轻地将瓦来揭开,撬去椽子,溜将下来,只见一个人睡在床上,却被牛通惊醒。正待要喊,牛通上前,照着他兜心一拳。那人疼了,一轱辘滚下床来,被牛通趁势一脚踹住胸膛,一连三四拳,早已呜呼了。回头看那桌上,却有好些爆竹,牛通道:“待我拿些去坟上放也好。”就捞了几十个揣在怀里。将桌上灯剔亮了,四下观看,满房俱是流星花炮烟火之物。原来是秦桧的花炮火药房,叫那人在此做造,施放作乐的。牛通骂一声:“秦桧奸贼!万代王八!你在家中这般快活!我那岳伯父拚身舍命与金人厮杀,才保全得这半壁江山,你方得如此快活。蓦地里将他害了性命,弄得他家破人亡,连坟都不许上!你若撞在我太岁手里,活剥了你的皮,方泄我恨!”

一面恨,一手将灯煤一弹,正弹在火药中。登时烈焰冲天,乒乒乓乓,竟自烧将起来。牛通大惊,欲寻出路,却被火烟迷住了眼目,正在走头无路,十分着急。忽然一阵冷风,火中走出一个人来,叫声:“牛公子休要惊慌,我来救你。”牛通道:“你是何人?”那人道:“我乃张保。”一手就将牛通提在空中去了。

那秦桧在睡梦之中,听得火烧,惊醒起来,说是花炮房失火,急喊起家丁众人连忙救灭,只烧了他两间小房。只道是做花炮的遗漏了火,以致烧死,那里晓得是牛通放的。

且说后边岳雷、诸葛锦一班小弟兄,出城回到店中,却不见了牛通,岳雷大惊道:“牛哥不知那里去了,如何是好!”诸葛锦就袖占一卦,早知其事,便道:“卦象无妨!我们且去坟上等他便了。”店主人便将三牲祭礼搬将出来。众弟兄收拾齐备,着两个伙计抬了,一齐出门,望栖霞岭而来。到得坟前,不见牛通,众人个个慌张,诸葛锦道:“你们不必心焦,即刻时辰已到,包你就来。”众人正在不信,只见空中跌下一人。众人上前观看,果然是牛通。众人齐道:“诸葛兄果然好神算!”岳雷问道:“牛兄,你往何处去了?使我们好着急!在空中跌下来,不知何故?”牛通将私入相府、误烧火药房、张保显灵相救之事细细说了一遍。韩起龙道:“也好,也好!虽未报仇,只算先送个信与他。”众人就将祭礼摆下,岳雷哭奠一番。众人然后一个个拜奠。岳雷跪在旁边回礼,十分悲苦,一阵心酸,不觉晕倒在地。宗良正在焚化纸钱,牛通心中想起:“我方才在奸贼家里拿得些爆竹在怀里,何不放了?”便向胸前去摸将出来。欧阳从善一手就接过来,点上药线就放。起龙、起凤俱是后生心性,各人取来放起。一时间轰天价响起来。

那秦桧原差冯忠领三百名军兵,在岳爷坟上左右巡察,如有人来私祭者,即便拿去究问。那冯忠在坟上守了许多日子,并不见有人来祭奠,因此把人马扎住在昭庆寺前。这一晚,听得花炮震响,恰正是这脚风色,连忙点起人马,迎着风嗯哨而来。诸葛锦道:“有兵来了,快快走罢!”众弟兄俱望后山逃走。性急慌忙,却忘了岳雷还睡在坟上。那冯忠赶到坟上,并无一人,但见摆着祭礼。再将灯火照着,却见地下睡着一人,上前细认,与画上面貌一般无异。冯忠大喜,便将来用绳捆了,放在马鞍上,好不欢喜。吩咐三军回营,离了岳坟,往昭庆寺而来。

来至湖塘上,岳雷已悠悠醒转,开眼看时,满身绳索,已知被人拿住,吃了一惊,不敢则声。那冯忠得意洋洋,坐在马上,来到一棵大树旁边经过,因树枝繁茂,痄开碍路,把头一低,在树底下钻过去。岳雷顿生一计,把双脚钩住在树上,用力一蹬,冯忠、岳雷连人带马一齐跌下湖中。众军士见主人跌下水去,一齐上前捞救。忽然一阵阴风,将灯球火把尽皆吹灭。众军士毛骨悚然,乌天黑地,那里去捞得,却往四下里去寻火。那岳雷跌入湖中,自分必死。忽见银瓶小姐头戴星冠,身披鹤氅,叫声:“二弟休慌,我来救你也!”就把岳雷提在空中。再一阵风,将冯忠吹入湖心之中,吃了一肚子的清水,等得众军点了火去救时,眼见得不活了。

再说岳雷在空中，如云似雾，顷刻之间，已到了乌镇。小姐道："二弟小心，我去也！"岳雷睁开眼一看，却在平地上，杳无人迹。在黑暗里，一步捱一步，来到一家门首，门儿半掩，里面透出灯光。岳雷走上前去，把门一推，原来是老夫妇二人在那里磨豆腐。岳雷叫声："老丈，望乞方便，搭救则个！"那老者出来，见岳雷浑身透湿，便问："小客人为何这般光景？"岳雷道："小子是异乡人。因遇着强盗，劫了行囊，跌入河中逃得性命！有火借烘烘衣服。"那老者道："可怜，可怜！如此青年，也不该独自一个出门，快进来，灶内有的是火，可坐的那边去。"

又叫婆子："你可去取件旧衣服，与他换了，脱下来好烘。"那婆子就取出干衣来，与岳雷换了。岳雷感恩不尽，一面烘衣，一面问道："老丈尊姓大名？"老者道："老汉姓张，本是湖州府城里人氏，今年五十六岁，没了儿子，我两口儿将就在这乌镇市上做些豆腐过活。不知小客人从何处来？因何遇了强盗？"岳雷假说道："小子也姓张，汤阴人。因往临安探亲，在船上遇着强盗。"张老道："汤阴有个岳元帅算得是个大英雄，亏他保全了当今皇帝，可惜被奸臣害了！如今还在拿他的子孙哩！"

两人说说话话，不觉天已大明。张老舀了一碗豆腐浆，递与岳雷道："小客人，可先吃些挡寒。"岳雷谢了，接过来正吃，只见两个人推门进来，叫声："张老儿，有豆腐浆舀两碗来吃！"张老举眼看时，却是本镇巡检司内的两个弓兵，一个赵大，一个钱二。张老连忙舀两碗豆腐浆递去，掇条凳子，说："请二位坐下。"二人一面吃，却看见岳雷，便问张老道："这个后生，是那里来的？"张老暗想："衙门中人，与他缠什么账？"就随口答道："是我的外甥。"赵、钱二人吃了豆腐浆，丢了两个钱，走出门来。

赵大对钱二道："从未见老张有什么亲眷来往，我看这个人正与岳雷图形无异，我们何不转去盘问他个细底？倘若是岳雷，将他解上去，岂不得了这场富贵？"钱二道："有理。"两个转进店中，问道："你这外甥，却是何处人？姓甚名谁？为甚往常从不提起？"张老道："他叫做张小三，因他住得远了，所以不能常来看我。"

赵大大喝道："放你的驴子屁！你姓张，那有外甥也姓张！明明是岳雷，还要赖到那里去？"岳雷道："既被你们识破，任凭你拿我去请功何妨。"赵、钱十分大喜，上前拿住，就叫拢地方左右邻居俱到。赵大、钱二道："这个是朝廷要犯，在此拿住，你们俱要护送，若有疏失，你们都有干系！"众人道："自然自然，我们相帮解去。"赵大道："这张老儿窝藏钦犯，假说外甥，也要带到衙门去的。"张老道："他就是被盗落水，到此借烘烘衣服，实是不知情的。"钱二道："不相干，你自到当官去讲。"不由分说，拖了他就走。张老着了急，便叫道："二位不要罗唣，我家中银子实没有分文,只养得一窝小猪在后头,拿来奉送与二位,不要我到官,感恩不尽!"赵大、钱二还要装腔作势,地方邻舍俱来替他讨情,二人方才应允,叫张老把小猪赶到他们家里去。遂同地方等将岳雷解到巡检司来。

巡检是个苏州人,如吕名柏青,最是贪赃刁恶之人,听说是捉住了钦犯,连忙坐堂。赵大、钱二同着地方等一齐跪下,禀说是:"岳雷在那里买豆腐浆吃,被小的们盘倒,故此协同地保邻里一齐擒获。"巡检道:"既是岳雷,自认不讳,不必审问,且将他锁在后堂。连夜打起一辆囚车来,明日备文起解,你二人再来领赏。"

又吩咐衙役去传谕各镇百姓:"说我老爷拿了岳雷,十分功劳,朝廷必然加官封爵。

你们众百姓须要家家送礼物庆贺。"衙役领命,忙忙的去做囚车,将岳雷囚了。又分头去传谕百姓,俱纷纷的来送礼不绝。

再说众弟兄那晚上坟听得人喊马嘶,连忙往后山逃走,到僻静处不见了岳二公子,众人大惊道:"方才二兄弟哭倒在墓旁,必然被人马拿去了。如何是好!"诸葛锦道:"列位不必着忙,我早已算定。我等且到乌镇去,决然会着。"众弟兄将信将疑,但都已佩服诸葛锦神算,只得一齐回转店中,取了行李,辞别了王德,连夜望乌镇而来。

到得镇上,已是申牌时分,众人腹中饥饿,走进一个饭店来吃饭。但见市镇上来来往往,也有拿着盒子的,也有捧着酒果的,甚是热闹。诸葛锦便问店小二道:"今日这镇上有甚事情,这等热闹?"小二答道:"只因本镇巡检吕老爷拿住了一个钦犯,叫做岳雷,要镇上人家送礼庆贺,故此热闹。"诸葛锦道:"原来为此!

那巡检是我们的乡亲,也该去贺贺才是。"便摸出了五六锭银子,替店家回了一个封筒封好了,算还了饭钱,跟着众人来到巡检衙门。

那巡检正坐在堂上,看着两个书吏收礼登簿。诸葛锦等六人跟了百姓竟到堂上,见了巡检,深深作揖,送上贺礼。韩起龙道:"我们六人俱是外路商人,在此经过,听得老爷捉了岳雷,解上京师,老爷定然荣升,故此凑得些贺礼,特来叩贺叩贺。但是商人们听路人传闻,说是那个岳雷脑后有一只眼睛,不知果然否?"那巡检一眼见那礼物沉重,好生欢喜,便道:"难得你们好意,一个人那里脑后有眼的?岂不是妖怪?就囚在后堂,列位何不进去看看?倒是个好人品!"六个人七张八嘴道:"既是老爷叫我们看,也让我们见识见识,极好的了。"

巡检就叫衙役:"领他六位进去,看看就出来,不许众人进去啰唣。"那六个弟兄那里等他说完,遂一齐拥到后堂,叫声:"岳雷在那里?"岳雷看见众弟兄俱来,便高声道:"在这里!"便把双足一蹬,囚车已散,将手铐扭断。众弟兄各去抢根排棍竹片，乱打出堂来。只见：双拳起处云雷吼，飞脚来时风雨惊。那吕巡检见不是头，慌忙要躲时，早被欧阳从善提起案上签筒，望他头上一下，可怜吕巡检贺礼不曾收用分文，早已脑浆迸裂，死于地下。众书办衙役，只恨爷娘少生了两只脚，四散飞跑。

众弟兄打出巡检衙门来，那些市镇上人那个肯出头惹祸，况又正恨着吕巡检贪污，不愿替他出力。趁着天已黑将下来，家家把门关上，由他七个人毫无阻挡，安然冲出市镇逃走。走了二十余里，天已昏黑，举眼一望，七个人齐叫一声："苦！"原来前面白茫茫，一带汪洋！来到这个所在，不是天尽头，即是地绝处。真个是：

茫茫大海无边岸，渺渺天涯无尽头。

不知众弟兄怎生脱离此难，且听下回分解。

第六十六回 牛公子直言触父 柴娘娘恩义待仇

诗曰：

不念旧恶怨自稀，福有根源祸有基。
能移怨恨为恩德，千古贤名柴桂妻。

且说众弟兄急急忙忙走到这个所在，白茫茫一片无边无际，原来是太湖边上。天又昏黑，又无船只，好不惊慌。只得沿着湖边一路下来，见几株绿杨树下系着四五只渔船，前面又有几只大官船。那弟兄七人走近船边，诸葛锦叫道：“艄长，我们是临安下来，要往京回去的。贪走了几里路，无处歇宿，烦你渡我们过湖，多将银钱送你。”那渔翁道：“天色晚了，过不得湖。”岳雷道：“天既昏黑，又无宿店，没奈何，就借你船里坐坐，等到天明罢！”渔翁道：“我们船不便。”用手一指道：“你再走去，不到半里路，这一带林子里有个湖山庙，倒可借宿得一宵。”

岳雷谢了，就同众人到得林子内一看，果然有个古庙。旁边还有一二十间草房，俱是渔房住家之所。诸葛锦道：“你们且站着，待我先去说明了，休得大惊小怪。”

众人依言，就在树林下立着。诸葛锦走到庙前，把门敲了三下。里边走出一个老道来，开门问道：“是那个？”诸葛锦深深作了一揖，说道：“小可弟兄们自临安买卖回来，贪赶路程，失了宿头，特来借宿一夜，明日过湖，望乞方便！”那老道人道：“这个不妨！但是荒凉地面，诚恐亵慢。”诸葛锦道：“说那里话！打扰已是不当了！”把手一招，弟兄们一齐进庙，各个与老道人见礼。

忽然，殿后边走出一个人来，将众人细细一看，对岳雷道：“这位官人，可是岳二公子么？”岳雷道：“我是姓张，不晓得什么岳二公子。”那人道：“二公子，你不要瞒我，我非别人，乃是元帅的家将王明，一同四个人，随了大老爷进京。到得平江就被校尉拿了，把王横砍死，我们四人各自逃难。我到此间恰遇着我那哥哥，就以此庙里安身。我今日在镇上买办香纸，听得吕巡检拿住二公子，明日解上临安，因此我纠合众人驾着渔船，专等他来时抢劫。你的相貌宛然与大公子一般，况且与图形上一些不差。不知二公子为何到此？”岳雷听了，不觉两泪交流，便把前后事情细细说明。王明便道：“二公子且免悲伤。现今秦桧又差冯孝往府中抄没家私，装着几船，今日正泊在这里过夜。我们想个方法，叫那奸臣不得受用我们的东西方好。”

众人听了，俱各大怒道：“我们就去把那些狗奴杀个干净！”诸葛锦道：“不必莽撞，我们只消如此如此，万无一失。”众人大喜，各人准备。王明端正夜膳，与众人饱食一顿。

捱至二更时分，来至湖边。王明照会小船上渔人，将引火之物搬上小船。一齐摇至大船边，轻轻地将船缆砍断，慢慢地拖至湖心。将引火之物点着，抛上大船，趁着湖风，尽皆烧着。可怜满船之人走投无路，有的跳出火中，也落在湖内淹死。

众人立在小船上面，看得好不快活。牛通道：“妙呵！如今是火德星君拿去送与海龙王了。”看看船已烧完，众人方才摇回岸来。那冯孝死在船中，尸骨葬于湖内。也是附助奸臣、陷害忠良的报应。明日，地方官免不得写本申奏朝廷，行文缉拿。且按下不表。

且说众弟兄回转庙中，已是五更将尽。宗良道：“如今坟已上了，冯忠淹死了，冯孝烧死了。二弟还是往那里去好？”岳雷道：“我母亲、兄弟等一门家属俱流住云南，未卜生死。我意下竟往云南去探问，何如？”牛通道：“二兄弟既是要往云南，我们众人都一齐同去罢！”诸葛锦道：“不可造次！此去云南甚远，况且二兄弟画影图形，捉拿甚紧，如何去得？我前日一路来时，闻得人传说：‘牛皋叔叔在太行山上聚有数千人马，官兵不敢征剿。’我们不如前往太行山，向牛叔叔那里借些人马，往云南去探望伯母，方为万全。”牛通道：“吓！我一向不知他在何处。原来依旧在那里做强盗，快活受用！待我前去问他，为什么不领兵与岳伯父报仇！”

当时众人议定了主意。王明便去杀了两口猪，宰些鸡鹅之类，煮得熟了，烫起酒来，大家吃得醉饱了。

天色渐明，王明将众弟兄的行李搬上小船。另将一船，把向日收得岳元帅那匹白玉驹并那口宝剑，送还岳雷，物归故主。众人上船渡过太湖，直到宜兴地方上岸。

王明拜别了二公子，仍旧回太湖去了。这里弟兄七个把那行李一总拴缚在马上，一齐步行。不敢出京口旧路，远远的转到建康过江，望太行山一路而来。

有话即长，无话即短。一日，来到太行山下，只听得一棒锣声，走出二三十喽罗拦住，叫道：“快拿出买路钱来！”牛通上前大喝一声：“该死的狗强盗！快快上山去叫牛皋来见太岁。若是迟延,叫你这狗强盗一窝儿都要死!”喽罗大怒,骂道:“黄毛野贼,如此可恶!”方欲动手,岳雷上前道:“休得动手！我乃岳雷,特来投奔大王的,相烦通报!”那些喽罗听得说是岳雷,便道:“原来是二公子！大王日日想念,差人各处打听,并无消息。今日来得恰好!”就飞奔上山通报。牛皋大喜,随同了施全、张显、王贵、赵云、梁兴、吉青、周青一齐下山迎接。岳雷和众人相见过了,一同上山来到分金亭上,各个通名见礼。牛皋便问起从前一向事情。岳雷将一门拿至临安,幸得梁夫人解救发往云南,又将上坟许多苦楚说了一遍,牛皋听了,大哭起来。牛通怒哄哄地立起身走上来,指着牛皋大喝道:“牛皋！你不思量替岳伯父报仇,反在此做强盗快活,叫岳二哥受了许多苦楚！今日还假惺惺哭什么?”牛皋被儿子数说了这几句,对二公子道:“当初你父亲在日,常对我说:‘孝顺还生孝顺子,忤逆还生忤逆儿。’今日果应其言!”岳雷道:“侄儿欲往云南去探望母亲,因路上难走,欲向叔父借兵几千前去,不知可否?”牛皋道:“我们正有此心。贤侄且暂留几日,待我打造白盔白甲,起兵前去便了。”一面吩咐安排酒席,款待他众弟兄。饮至更深方散,送往两边各寨内安歇,不提。

且说岳太夫人一门家眷,跟着四个解官、二十四名解差,一路往云南进发。一日,已到南宁地方。那南宁当初来朝却叫做“南宁州”,就是柴王的封疆。自从柴桂在东京教场中被岳爷挑死,他的儿子柴排福就荫袭了梁王封号,镇守南宁,因得了秦桧的书信,晓得岳氏一门到云南必由此经过,叫他报杀父之仇,那柴排福就领兵出铁炉关,在那巴龙山上扎住,差人一路探听消息。那日,岳太夫人到了巴龙山下,见一派荒凉地面,又无宿店,只得打下营寨,埋锅造饭。那探子连忙报上巴龙山。

柴排福听报,就上马提刀,带了人马飞奔下山,直至营前,大声喊道:“谁来见我!”这边家将慌忙进来通报,岳太夫人好不惊慌。张英道:“太夫人放心,待小人去问他。”太夫人道:“须要小心!”张英遂提棍出营,但见那小柴王头戴双凤翅紫金盔,身穿锁子狻猊甲;外罩一件大红镶龙袍,腰间束一条闪龙黄金带;坐下一匹白玉嘶风马,手抡金背大砍刀。年纪只得二十上下,生得来威风凛凛,相貌堂堂。张英把手中浑铁棍一摆道:“这位将军,到来何干?”柴排福道:“岳飞与孤家有杀父之仇,今日狭路相逢,要报昔日武场之恨！你们一门男女,休想要再活一个。你是他家何人,敢来问我?”张英道:“我乃濠梁总兵张保之子张英是也！我家元帅被奸臣陷害,已死于非命,又将家眷充发云南,就有仇怨,也可释了！望王爷放一条路,让我们过去罢!”柴王道:“胡说！杀父之仇如何肯罢？你既姓张,不是岳家亲丁,快把岳家一门送出,孤家便饶你。不然,也难逃一命!”

张英大怒道:“你这狗头!我老爷好好对你说,你不肯听我。不要走,吃我一棍!”便抡起浑铁棍打来,柴王举刀来迎。一个刀如恶龙奔海,一个棍似猛虎离山,刀来棍去,棍去刀迎,来来往往,战了百十来个回合。张英的棍,只往下三路打;柴王的刀,在马上往下砍,十分费力。两人又战了几合,看看日已沉西,柴王喝道:“天色已晚,孤家要去用饭了。明日来取你的命罢!”张英道:“且饶你多活一宵。”柴王回马上山。张英回身进寨,夫人便问道:“却与何人交战这一日?”张英道:“是柴佳之子。因当年先大老爷在武场中,将他的父亲挑死,如今他袭了王位,要报前仇,小人与他战了一日,未分胜负,约定明日再定输赢。”岳夫人听了,十分悲切。

到了次日,柴王领了人马,又到营前讨战。张英带了家将出营,也不答话,交手就战。正是棋逢敌手,又战了百十合。柴王把手一招,三百人马一齐上来捉张英。

这里众家将亦各上前敌住,混杀一场。张英一棍,正打着柴王坐的马腿上,那马跳将起来,把柴王掀在地下。张英正待举棍打来,幸得柴王人多,抢得快,败回上山。柴王坐下喘息定了,便吩咐众军士小心牢守:“待孤家回府去,多点人马,出关拿他。”众军得令,守定铁炉关,不与交战。

柴王飞骑进关,回转王府,来至后殿,老娘娘正坐在殿中,便问:“我儿,你两日出关,与何人交战,今日才回?”柴王道:“母亲!昔日父王在东京抢夺状元,却被岳飞挑死,至今尚未报仇,不意天网恢恢,岳飞被朝廷处死,将他一门老小流徙云南,孩儿蒙秦丞相书来,叫孩儿将他一门杀尽,以报父王之仇。如今已到关外,孩儿与他战了两日,未分胜败。因此回来多点人马出关,明日务要擒他!”那柴娘娘听了,便道:“我儿,不可听信奸臣言语,恩将仇报!”柴王道:“母亲差矣!岳家与孩儿有杀父之仇,不共戴天,怎么母亲反说恩将仇报!”娘娘道:“吾儿当初年幼,不知其细。你父亲乃一家藩王,为何去大就小,反去抢夺状元?乃是误听了金刀王善之语,假意以夺状元为名,实是要抢宋室江山,所以你父死后,王善起兵谋反,全军覆没。你父亲在教场中以势逼他,岳飞再三不肯,况当日倘然做出叛君大逆的事来,你父与王善一样,你我的身命亦不能保,怎得个世袭王位,与国同休?况我闻得岳飞一生为国为民,忠孝两全。那秦桧奸贼欺君误国,将他父子谋害,又写书来叫你害他一门性命,你若依附奸臣,岂不骂名万代么!”柴王道:“孩儿原晓得秦桧是奸臣,因为要报父仇,故尔要杀他。若非母亲之言,险些误害忠良!”

娘娘道:“我儿明日可请岳夫人进关,与我相见。”柴王道:“谨依慈命。”当晚无话。

次日，柴王出关，单人独骑，来至营前，对家将道："孤家奉娘娘之命，特来请岳夫人到府中相会。"家将进来禀知夫人。众人齐道："太太不可听他！那奸王因两日战张英不下，设计来骗太太。太太若去，必受其害！"太太道："我此来乃奉旨的，拚却一死，以成先夫之名罢了！"众家将那里肯放岳夫人出去，正在议论纷纷，忽见解军来报道："柴老娘娘亲自驾车来到，特来报知。"岳夫人听了，慌忙出营，一众家将跟着张英，左右扶着岳夫人出营来。恰好柴王扶着柴娘娘下车，岳夫人连忙跪下，口称："罪妇李氏，不知娘娘驾临，未得远迎，望乞恕罪！"柴娘娘慌忙双手扶起道："小儿误听奸臣之言，惊犯夫人，特命他来迎请到敝府请罪，恐夫人见疑，为此亲自来迎。就请同行，切勿推却！"岳夫人道："既蒙恩德，不记前仇，已属万幸，焉敢有屈凤驾来临？罪难言尽！"柴娘娘道："你们忠义之门，休如此说。"就挽了岳夫人的手，一同上车。又令柴王同各位公子、妇人等，一齐拔营进关。

来到王府，柴王同众公子在前殿相见。柴娘娘自同岳太太、巩氏夫人进后殿见礼，分宾主坐下。柴娘娘将秦桧写书来叫柴王报仇之事细说了一遍，岳夫人再三称谢。柴娘娘又问："岳元帅如何被奸臣陷害？"岳夫人将受屈之事细说一番。柴娘娘听了，也不觉心酸起来。不一时，筵席摆完了，请岳夫人、巩氏夫人入席。柴王另同各位小爷，另在百花亭饮宴。柴娘娘饮酒中间，与岳夫人说得投机，便道："妾身久慕夫人阃范，天幸相逢，欲与结为姊妹，不知允否？"岳夫人道："娘娘乃金枝玉叶，罪妇怎敢仰攀！"柴娘娘道："夫人何出此言？"随叫侍女们去摆起香案来，两人对天结拜。柴娘娘年长为姊，岳夫人为妹。又唤柴王来拜了姨母。众小爷亦各来拜了柴娘娘。重新入席饮酒，直至更深方散。打扫寝室，送岳夫人婆媳安歇。众家将解官等，自有那柴王的家将们料理他们，在外厢安置。

到了次日，柴王来禀岳夫人道："姨母往云南去，必定要由三关经过、镇南关总兵名黑虎、平南关总兵巴云、尽南关总兵石山，俱受秦桧嘱托，要谋害姨母。况一路上高山峻岭，甚是难走，姨母不如且住在这里，待侄儿将些金银买嘱解官，叫地方官起个回文，进京复命便了。"岳夫人道："多蒙贤侄盛情，感激非小！但先夫、小儿既已尽忠，老身何敢偷生背旨！凭着三关谋害，老身死后，也好相见先夫于九泉之下也！"柴娘娘道："既是贤妹立意要去，待愚姊亲自送你到云南便了。"

岳夫人道："妾身身犯国法，理所当然，怎敢劳贤姊长途跋涉？决难从命。"柴娘娘道："贤妹不知，此去三关，有愚姊相送，方保无虞。不然，徒死于奸臣之手，亦所不甘！"柴王道："母亲若去，孩儿情愿一同到彼。看看那里民情风俗，也不枉了在此封藩立国。”柴娘娘大喜道:“如此更妙了,你可即去端正。”柴王领命,来到殿上齐集众将,吩咐各去分头紧守关隘。一面准备车马,点齐家将。

到次日,一齐往云南进发。一路上早行夜宿,非止一日。那三关总兵虽接了秦桧来书欲要谋害,无奈柴王母子亲自护送,怎敢动手?一路平安。直到了云南,解官将文书并秦桧的谕帖交与士官朱致。那朱致备了回文,并回复秦桧的禀帖,另备盘费仪礼,打发解官解差回京。然后升堂点名,从岳夫人起,一路点到巩氏夫人。

朱致见他年轻貌美,便吩咐道:“李氏、洪氏、岳霆、岳霖、岳震、岳申、岳甫、张英等,俱在外面安插。巩氏着他进衙服侍我老爷。”巩氏道:“胡说!妾身虽然犯罪,也是朝廷命妇,奉旨流到此间为民,并非奴隶可比。大人岂可出此无礼之言!”

朱致道:“人无下贱,下贱自生。秦太师有书叫我害你一门,我心不安,故此叫你进来服侍我。你一家性命俱在我手掌之中,反如此不中抬举?快快进去!”巩氏夫人大怒道:“我岳氏一门忠孝节义,岂肯受你这狗官之辱?罢,罢,罢!今既到此间,身不由主,拚着这条命罢!”就望着那堂阶台上一头撞去。正是:

可怜红粉多娇妇,化作南柯梦里人!

不知巩氏夫人的性命如何,且听下回分解。

第六十七回 赵王府莽汉闹新房 问月庵兄弟双配匹

诗曰：

有意无媒莫漫猜，张槎裴杵楚阳台。
百年夫妇一朝合，宿世姻缘今世谐。

话说巩夫人正待望阶石上撞去，却被两旁从人一齐扯住。当时恼了张英，大怒起来，骂道："你这狗官，如此无礼！我老爷和你拚了命罢！"捏着拳头，就要打来。朱致怒喝道："你这该死的囚徒，怎敢放肆！左右与我打死这囚徒！"两边从人答应一声，正待动手，忽见守门衙役忙来报道："柴王同老娘娘驾到，快快迎接。"朱致听了，吓得魂不附体，忙忙地走出头门，远远的跪着。恰好柴王与老娘娘已到，朱致接到堂上。

柴娘娘坐定，柴王亦在旁边坐下。张英即上前来，把朱致无礼之话细细禀上。柴娘娘听了，勃然大怒！柴王道："你这狗官，轻薄朝廷命妇，罪应斩首！"叫家将："与我绑去砍了！"岳夫人慌忙上前道："殿下，看老身薄面饶了他罢！"老娘娘道："若不斩此狗官，将来何以服众？"岳夫人再三讨饶。柴王道："姨母说情，权寄他这狗头在颈上。"朱致那里敢做声，只是叩头。柴娘娘又喝道："你这狗官，快快的把家口搬出衙去，让岳太太居住，你早晚在此小心伺候，稍有差池，决不饶你的狗命！"朱致喏喏连声，急急地将合衙人口尽行搬出去，另借别处居住。柴王、老娘娘遂同岳氏一门人众，俱搬在土官衙门安身。岳夫人又整备盘费，打发韩元帅差送来的四名家将，修书一封，备细将一路情形禀知，致谢韩元帅、梁夫人的恩德。那家将辞别了，自回京口而去。那柴王在衙中，倒也清闲无事，日日同众小爷，张英，带了家将，各处打围玩耍。

一日，众人抬了许多獐狸鹿兔回来，岳夫人同着柴娘娘正在后堂闲话，只见那众小爷欣欣得意。岳夫人不觉坠下泪来，好生伤感。柴娘娘道："小儿辈正在寻乐，贤妹为何悲伤起来？"岳夫人道："这些小子只知憨玩作乐，全不想二哥往宁夏避难，音信全无，不知存亡死活，叫我怎不伤心！”岳霆听了，便道：“母亲何必愁烦，待孩儿前往宁夏去探个信息回来便了。”岳夫人道：“你这点小小年纪，路程遥远，倘被奸臣拿住，又起风波，如何是好！”柴王接着道：“姨母放心，三弟并无图形，谁人认得？若说怕人盘问，待侄儿给一纸护身批文与他，说是往宁夏公干，一路关津便无事了。”岳夫人道：“如此甚妙。”三公子便去收拾行李，到次日，辞别太太并柴老娘娘和众小弟兄。岳夫人吩咐：“若见了二哥，便同他到此地来，免我记念。一路须当小心！凡事忍耐，不可与人争竞。”三公子领命，拜别起身，离了云南，进了三关，望宁夏而来。尚有许多后事，暂且按下慢表。

先说太行山公道大王牛皋，打造盔甲器械，诸事齐备，发兵三千，与二公子带往云南。中军打起一面大旗，上面明写着“云南探母”四个大字。岳雷别了牛皋和众叔伯等，同了牛通、诸葛锦、欧阳从善、宗良、韩起龙、韩起凤共弟兄七人，带领了三千人马，俱是白旗白甲，离了太行山，望云南进发。牛皋又发起马牌，传檄所过地方，发给粮草。如有违令者，即领人马征剿。那些地方官，也有念那岳元帅忠义的，也有惧怕牛皋的，所以经过地方，各个应付供给。在路行了数月，并无阻拦。离镇南关不远，已是五月尽边，天气炎热，人马难行。二公子传令军士，在山下阴凉之处扎住营盘，埋锅造饭，且待明日早凉再行。

那牛通吃了午饭，坐在营中纳闷，便走出营来闲步，走上山冈，见一座茂林甚觉阴凉，就走进林中，拣一块大石头上坐着歇凉。坐了一会，不觉困倦起来，就倒身在石上睡去。这一睡不打紧，直睡到次日早上方醒，慌忙起来，抹抹眼，下山回营。谁知忘了原来的路，反往后山下来。只见山下也扎着营盘，帐房外边摆张桌子。

傍边立着几个小军，中间一个军官坐着，下面有百十个军士。那军官坐在上面点名，点到六七十名上，只听得叫一名“刘通”。那牛通错听了，只道是叫“牛通”，便大嚷起来道：“谁敢擅呼我的大名？”那军官抬头一看，见牛通光着身子，也错认是军人，大怒道：“这狗头如此放肆！”叫左右：“与我捆打四十！”左右答应一声：“吓！”便来要拿牛通。牛通大怒，一拳打倒了两三个，一脚踢翻了三四双。

军官愈加忿怒，叫道：“反了，反了！”牛通便上前，向军官打来。那军官慌了，忙向后边一溜风逃走了。众军人见不是头，呐声喊，俱四散跑了。牛通见众人散去，走进帐房一看，只见帐房桌上摆着酒筵，叫道：“妙呀！我肚中正有些饥饿，这些狗头都逃走了，正好让我受用。”竟独自一个坐下，大吃大嚼。正吃得高兴，忽听得一声呐喊，一位王爷领着一二百军士，各执枪刀器械，将帐房围住，来捉拿牛通。

牛通心下惊慌，手无军器，将桌子一脚踢翻，拔下两只桌脚，舞动来敌众军。

且说岳雷营中军士，见牛通吃了饭上冈子去，一夜不回，到了天明，到冈子上来，一路找寻不着。直至后山，但听得喊声震地，远远望见牛通独自一人，手持桌脚，与众军厮杀。那军士慌了，飞跑的下冈回营，报知二公子。二公子大惊，忙同从兄弟带领了四五百名军士，飞奔而来，但见牛通兀自在那里交战。众弟兄一齐上前，高声大叫道："两家俱罢手！有话说明了再处。"那王爷见来的人马众多，便各个住手。岳雷便问牛通道："你为何在此与他们相杀？"牛通道："我在冈子上乘凉，恍惚睡着。今早下冈，错走到此。叵奈那厮在此点名，点起我的名字来，反道喧哗，要将我捆打，故此杀他娘，二兄弟来正好帮我。"众人听了，方知牛通错认了。岳雷便向那王爷问道："不知你们是何处人马，却在此处点名？"那王爷道："这也好笑！孤家乃潞花王赵鉴。这里是我所辖之地方。你等何人，敢来此地横行？"

岳雷连忙下礼道："臣乃岳飞之子岳雷。臣实不知，有犯龙驾，死罪死罪！"赵王道："原来是岳公子！孤家久闻令尊大名，不曾识面。今幸公子到此，就请众位同孤家到敝府一叙。"

岳雷谢了，随同众人一齐来到王府银安殿上。参见已毕，赵王吩咐看坐，一一问了姓名，又问起岳元帅之事。岳雷即将父兄被奸臣陷害、家眷流到此地之事，细细说了一遍。赵王十分叹息痛恨："秦桧如此专权误国，天下何时方得太平！"岳雷道："方今炎天暑日，王爷何故操演人马？"赵王道："孤家只有一女，这里镇南关总兵黑虎强要联姻，孤家不愿，故此操演人马，意欲与彼决一死战。"岳雷道："既是不愿联姻，只消回他罢了，何故动起刀兵来？"赵王道："公子不知，那厮倚仗他本事高强，手下兵多将勇，又结交秦桧做了内应，故敢于欺压孤家，强图郡主。今幸得众位到此，望助孤家一臂之力，不知允否？"牛通便嚷道："不妨，不妨！有我们在此，那怕他千军万马，包你杀他个尽绝。"诸葛锦微微暗笑。岳雷道："诸葛兄哂笑，不知计将安出？"诸葛锦道："不知那个为媒！几时成亲？"赵王道："那有什么人为媒！三日前，他差一军官，领了十余人，强将花红礼物丢下，说是这六月初一日，就要来迎娶。"诸葛锦道："既如此，也不用动干戈，只消差个人去，说：'姻缘乃是好事，门户也相当，但只有一个郡主，不忍分离，须得招赘来此，便当从命。否则宁动干戈，决难成就。'他若肯到此，只消如此如此，岂不了事?"赵王听了大喜，便整备筵席，请众弟兄到春景园饮宴。一面差官到镇南关去说亲。赵王在席上与众弟兄论文论武，直吃到日午。只见那差官同了镇南关一个千总官儿回来复命，说："总兵听说王爷肯招做郡马，十分欢喜。赏了小官许多花红喜钱，准期于初一吉期来入赘，特同这位军官到此讨个允吉喜信。"赵王随吩咐安排酒席，款待来人，也赏了些花红钱钞，自去回复黑虎。这里众弟兄重新入席，商议招亲之事，饮至更深，辞别赵王回营。

光阴迅速，几日间，已是六月初一。岳雷等七人俱到赵王府中，将三千军士，远远四散埋伏，赵王仍同众弟兄在后园饮酒，一面各个暗自准备。看看天色已晚，银安殿上挂灯结彩，一路金鼓乐人，直摆至头门上。少顷，忽见家将来报："黑虎带领着千余人马，鼓乐喧天，已到门首。"赵王即着四个家将出来迎接。黑虎吩咐把人马暂扎在外，同了两员偏将直至银安殿上，参见赵王。赵王赐坐，摆上宴来。

黑虎见殿上挂红结彩，十分齐整，喜不自胜。赵王命家将快将花红羊酒等物，同着二位将军，给赏军士。黑虎起身道："吉时已到，请郡主出来，同拜花烛罢。"赵王道："小女生长深闺，从未见人，不特怕羞，恐惊吓了她，今日先请进内成亲，明日再拜花烛罢!"

黑虎未及回言，早有七八个宫妆女子掌着灯，前迎后送，引至新房。黑虎进了新房，见摆列着古玩器皿，甚是齐整，好生欢喜，便问："郡主何在?"丫环道："郡主怕羞，早已躲在帐中。"黑虎大笑道："既已做了夫妻，何必害羞?"叫丫环们："暂自回避，我老爷自有制度。"众丫环呆的呆，笑的笑，俱走出房去了。

黑虎自去把房门关了，走到床边，叫道："我的亲亲！不要害羞!"一手将帐子揭起。不期帐内飞出一个拳头来，将黑虎当胸一下，扑地一跤。黑虎大叫道："亲尚未做，怎么就打老公!"话还未绝，床上跳下一个人来，一脚将黑虎踹定，骂声："狗头！叫你认认老婆的手段!"黑虎回转头一看，那里是什么郡主，却是个黄毛大汉。黑虎道："你是何人?敢装郡主来侮弄我!"那人道："老爷叫做'金毛太岁牛通'。你晦气瞎了眼，来认我做老婆!"便兜眼一拳，两个眼珠一齐迸出。黑虎大叫："好汉饶命!"牛通道："你就死了，我也不饶你。"提起拳头，连打几下，那黑虎已不响了。

那黑虎带来的两员偏将，给散了众军羊酒仍回到殿上，听得里面沸反连天，拔出腰刀抢进来。韩起龙、韩起凤喝声："那里走!"一刀一个，变作四截。宗良、欧阳从善等，一齐拿着军器杀出王府。一声号炮，四面伏兵齐起，将黑虎带来的一千人马杀了八九，逃不得几个回去报信。

赵王同众弟兄回到银安殿上，向各位称谢，命将黑虎尸首抬出去烧化了。一面给发酒肉，犒劳军兵，大排筵席，请众人饮宴。吃过几杯，赵王对诸葛锦道："吾女若非各位拔刀相助，几乎失身于匪类！孤家意欲趁此良宵，将小女招岳公子成亲，众位以为何如？"诸葛锦道："王爷此举，臣等尽感大恩。"二公子立起身辞道："不可！虽则王爷恩德，但岳雷父兄之仇未报，母流化外，正在颠沛流离之际，怎敢私自不告而娶！待臣禀过母亲，方敢奏命。"赵王道："此话亦深为有理，但是不可失信！"牛通道："这个不妨。有臣在此为媒，不怕二兄弟赖了婚的。"赵王大喜。众人再饮到半夜，各自散去安歇。次日，众弟兄保了赵王，带领本部三千人马，直至镇南关。守关将士闻报黑虎已死，人马杀尽，即便开关迎接。赵王同了众兄弟进关住下，挑选一员将官守关，写本申奏朝廷，说是："黑虎谋叛，今已剿除，请旨定夺。"过了一夜，赵王别了众弟兄，自回潞花王府，不提。

再说众弟兄又行了两日，来到平南关。岳雷传令三军扎下营寨，便问："那位哥哥去讨关？"韩起龙、韩起凤道："待愚兄去。"就带领人马，来至关前，高声叫道："守关将士，快些报知总兵，我等太行山义士，要往云南探母，快快开关放行。"那守关将士慌忙飞报与总兵知道。那位总兵姓巴名云，生得身长力大，闻报大怒，随即披挂，提刀上马，带领三军，一声炮响，冲出关来，厉声大喝："何方毛贼？擅敢闯关！"韩起龙拍马上前，举手一揖道："我乃韩起龙是也！奉太行山牛大王将令，保岳公子往云南探母，望总兵开关放行！"巴云哈哈大笑道："原来就是岳雷一党。本镇奉秦丞相钧旨，正要拿你，你今日反来纳命。也罢，你若胜得我手中这刀，就放你过去；倘你本事低微，恐难逃一死！"起龙大怒骂道："狗奴！小爷好言对你说，你反出恶语，不要走，看家伙罢！"举起三尖两刃刀，劈面砍来。巴云举刀迎住，二马相交，双刀并举，战有十数个回合。起龙卖个破绽，驾住巴云的刀，腰边抽出钢鞭，只一下，打中巴云背上。巴云叫声："不好！"口吐鲜血，败进关去，把关门紧闭。

巴云回到后堂，睡在床上，疼痛不止。家将慌忙进内去报知秀琳小姐。小姐忙来看视父亲，但见昏沉几次，十分危急，忙请太医来治。正商议守关之策，军士来报："关外贼人讨战。"

秀琳大怒，披挂上马，手抡日月双刀，带领人马出关，大骂："无知毛贼，敢伤吾父！快来纳命！"起龙抬头一看，但见那员女将：

头戴包发烂银盔，扎着斗龙抹额，雉尾分飘；身披锁子黄金甲，衬的团花战袄，绣裙飞舞。坐下一匹红鬃马，执着两柄日月刀。生得面如满月，眉似远山，眼含秋水，口若樱桃。分明是仙女下凡，却错认昭君出塞。

韩起龙看了，十分心喜，拍马上前，叫声："女将通过名来。"小姐道："我乃平南关总兵巴云之女巴秀琳是也！贼将何名？"起龙道："我乃太行山牛大王部下大将韩起龙是也！你父亲已被我杀败，你乃娇柔女子，何苦来送命！快快开关，让我们过去。你若是未曾婚配，我倒要你做个夫人。"秀琳大怒，骂道："贼将竟敢侮我！你伤我父亲一鞭，正要拿你报仇，不要走，且吃我一刀！"就抡起日月刀，飞舞砍来。韩起龙将刀架住，来来往往，战有三十余合。秀琳小姐招架不住，勒马奔回。

谁知那马不进本关，反落荒而走，起龙拍马紧紧追来。秀琳小姐一路败下，来到一个尼庵门首，认得是问月庵，就下马叩门。尼僧开门接进，众尼便问："小姐为何如此？"秀琳将战败之事说了一遍，又道："师父，可将我的战马牵到后边藏了，我且躲在房内。倘那贼将追来，你们指引他进房，我在房门后一刀砍死他！"

众尼依计而行。恰好韩起龙赶到尼庵前，不见了秀琳，暗想："必定躲在里面。"便下马来，把马拴在树上，来叩庵门。尼僧开了门，起龙便问："可有一位女将躲在你这庵内？"尼僧道："有一个女将被人杀败了，躲在里面，我们不敢隐瞒。"

起龙道："可引我进去。"尼僧将起龙引到一带五间小房内，尼僧指道："就在这房内，小尼不敢进去。"便翻身往外。起龙见房门掩上，暗想："他必然躲在门后，暗算我。"便把刀放下，手提钢鞭，一脚把门踢开。秀琳果在门后，飞出刀来，要砍起龙。起龙将鞭架开刀，把身一钻，反钻在秀琳背后，将秀琳双手拿住，夺去双刀，拦腰抱住。秀琳叫将起来，起龙道："天南地北，在此相遇，合是姻缘。况你我才貌相当，不必推辞。"竟将秀琳按倒在床上。秀琳力怯，那里脱得身，只得半推半就，卸甲宽衣，成全了一桩好事。正是：

天南地北喜相逢，鱼水强谐乐意浓。
今日牛郎逢织女，明年玉母产金童。

却说韩起凤见哥哥追赶女将，也拍马追来。追到庵前，见哥哥的马拴在树上，便下马来，也将马拴在一处，走进庵来问尼僧道："战马拴在外边，那位将军在于何处？"尼僧道："方才在里面交战，好一会不听见声响，不知在内做些甚事。他们都是拖刀弄剑的，小尼不敢进去。"起凤听了，一直走到后边，却不见起龙。又到一间小房，觉得十分幽雅，随手把门推开，里面却坐着一个少年女子，生得十分美貌。韩起凤便走进房来，那女子看见心下惊慌，正欲开言，起凤上前一把抱住。那女子吓得面涨通红，正要声张，那起凤道："小娘子独自一个在此，偏偏遇着我，谅必是前世姻缘。"那女子只挣得一句："将军若要用强，宁死不从。必待妾身回家禀知父亲，明媒正娶，方得从命。"起凤道："虽是这等说，但恐你变局，必须对天立誓，方才信你。"那女子道："这也使得。"二人即将房门关了，两个对天立誓，结为夫妻。

诗曰：

孤鸾寡鹤许成双，一段姻缘自主张。

不是蓝田曾种玉，怎能巫女梦襄王？

韩起凤细问："小娘子何家宅眷？到此何事？"那女子道："妾乃前村王长者之女素娟。因母亲三周忌辰，特地到此来烧香追荐，不意遇见将军。"起凤道："此乃前生所定也。"随挽手出房。

适值韩起龙也同了巴秀琳俱到大殿上。弟兄二人各将心事说明，商议求亲之事。

起龙即托尼僧，到前村通知王长者，请他到此相会。王长者听知，飞跑来到问月庵中，看见女儿和那后生一同迎接，气得目瞪口呆。倒是巴秀琳上前说道："无意相逢，合是姻缘。妾愿与他为媒。"王长者见事已如此，况见韩起凤人才出众，只得叹口气道："是我命薄，老妻亡故，以致如此！罢，罢，罢！由你们罢。"韩起凤就拜谢了丈人，扶着素娟上马，自己步行跟随回营。巴秀琳对着起龙道："妾身依先败进关去，将军赶来。等妾进关与父亲说明，明日招亲便了。"起龙依允，送了王长者出庵。

秀琳上马，望平南关败去，起龙在后追赶，来至关前。关上军卒见小姐败回，忙忙放下吊桥。秀琳方才过去，不意韩起龙马快，飞奔抢过吊桥，冲进关内。这里岳雷等众弟兄见起龙得了关，就一齐拥入。军士慌忙报知巴云，巴云大叫一声："气死我也！"口中吐出鲜血，膊背疼痛，又不能起来，竟气死在床上。岳雷等得了平南关，一齐来到帅府坐定。巴云手下偏将军兵一半逃亡，一半情愿投服。岳雷命将巴云尸首安葬，秀琳大哭一场。韩起龙弟兄二人就把聘定秀琳、王素娟之事说了一遍。岳雷大喜，就差人迎接王素娟进关，与巴秀琳共守平南关。

过了一夜，岳雷催兵起营，望尽南关而来，行了数日，已到尽南关前，扎下营寨。岳雷便问："那位兄长去讨关？"牛通道："这遭该我也去寻一个老婆了。"

岳雷道："闻说此处总兵厉害，须要小心！"牛通答应，带领人马来至关前，大叫："快快把这牢门开了，让爷爷们过去便罢。若道半个'不'字，就把你们这个鸟关内杀个干净!"那守关军士忙忙的去报与总兵石山知道了。石山听了，披挂上马，手提铁叉，带领人马冲出关来。牛通看见，也不问姓名，举起泼风刀，劈面就砍，石山抡叉招架，二马跑开，刀叉齐举，叉来刀架，刀至叉迎，来来往往，战有二三十个回合。牛通性起，逼开石山手中叉，抡转一刀。石山把身子一闪，来不及，已砍伤着肩膊，负痛拨马败进关来。走进堂上坐定，叫家将："快请夫人、小姐出来。"

不多时，夫人、小姐同出堂来相见。石山道："我今日与贼人交战，被他砍伤肩膊。女儿快快出去，擒拿此贼，与我报仇!"那鸾英小姐领命，披挂齐整，提枪上马，带领人马出关。三声炮响轰天，两面绣旗飘动。正是：

未逢海内擒龙将，先认关中娘子军。

毕竟胜负如何，且听下回分解。

第六十八回 牛通智取尽南关 岳霆途遇众好汉

诗曰：

父子精忠铁石坚，一朝骈首丧黄泉。
心怀萱室遭颠沛，聚众兴师赴滇南。

话说牛通正在尽南关下叫骂讨战，忽见鸾英放炮出关。牛通抬头一看，但见马上坐着一员女将，生得：

眉含薄翠，杀气横生；眼溜清波，电光直射。面似杨妃肥白，腮如飞燕霞红。玉笋纤纤，抡动梨花飞舞；金莲窄窄，跨着骏马咆哮。戴一顶螭虎凤头冠，斜插雉尾，穿一领锁子鱼鳞甲，紧束战裙。俨然是《水浒》扈三娘，赛过那《西游》罗刹女。

牛通见了，大喜道："这是我的夫人来了。我等不是无名之辈，乃藕塘关总兵的内侄婿、太行山大王的公子，正是门当户对。不如和你结了亲，放我们到云南去，叫你父亲仍在此做总兵，岂不为美？"石鸾英大怒道："黄毛小丑，休得胡言，照枪罢！"挺起手中枪，劈刀刺来，牛通舞刀相迎。来来往往，战不到十余合，牛通力大无穷，鸾英那里招架得住，转马败回，牛通拍刀追来。鸾英回头一看，见牛通将次赶近，暗暗的向锦袋内取出一个石元宝来，喝声："丑汉看宝！"紧起空中。牛通叫声："不好！"将身一闪。那石元宝落将下来，正打在牛通腰眼骨上。牛通大叫一声，伏鞍落荒而走。

鸾英勒回马头，却要追赶，这里恼了欧阳从善，抡动双斧，大喝一声："蛮婆！休得追我兄弟，我'五方太岁'来也！"鸾英见势来得凶，随手在袋内又摸出一个石元宝，劈面打来。欧阳从善将斧一隔，当的一声，打在左手背上，拿不住斧，把斧丢下，转马败回本阵。宗良拍马舞棍接着，鸾英厮杀不上三四合，鸾英又勒马败回。宗良道："别人怕你暗算，我偏不怕。"拍马追来。不道鸾英又暗暗的腰边取出一柄石如意来，丢在空中，落将下来。宗良眼快，把身子一偏，却打着坐的马脚，那马负疼一蹶，把宗良掀下马来。

鸾英举枪回马刺来，岳营内韩起龙、韩起凤双马齐出，众军救了宗良回营。鸾英也不追赶，掌着得胜鼓回进关中，不表。

且说牛通被石元宝打伤，伏在鞍上落荒而走，昏迷不省人事。不道前面两个后生坐着马，后面跟着十数个家将，擎鹰牵犬，出猎回来。那牛通的马跑到二人面前，那后生道："这个人怎的在马上打瞌睡，待我耍他一耍。"遂将马一拦，那马一闪，将牛通跃下马来。牛通大叫一声："痛死我也！"睁开眼睛一看，只见二人在马上大笑。牛通叫道："你们是谁？把我推下马来。"二人道："你是何人？往哪里去？却在马上睡着。"牛通道："我乃'金毛太岁'牛通。奉父亲牛皋之令，送岳雷兄弟往云南探母。来到此间，那尽南关总兵石山，不肯放过。我与他女儿交战，被他用石元宝打伤了腰，因此败下来。"二人听了，慌忙下马扶起牛通，道："小弟非别，姓施名凤，父亲施全。那位兄弟姓汤名英，乃叔父汤怀之子。我二人奉母亲之命，往化外去问候岳老伯母，路过尽南关，遇见石山，强留我两个为螟蛉之子。今日幸得相遇牛兄。那石山女儿鸾英曾遇异人传授石元宝、如意打人，百发百中，难以取胜。小弟今有一计在此：不如将牛兄绑了，送进关去，只说我二人出猎回来，路上遇见。解至石山跟前，我二人相助，将那厮杀了。抢了小姐，与牛兄完婚，不知可使得否？"牛通大喜道："此计甚妙！"

施凤、汤英就将牛通绑了，回至关中，一齐来见石山道："孩儿们出猎回来，路遇一人败下来，细细盘问，乃是贼将牛通，被孩儿拿下，候父亲发落。"石山听了大喜，吩咐将牛通推进来。两边军士答应一声，出来将牛通推至大堂。牛通立而不跪，石山大骂道："该死的贼！今日被擒，命在顷刻，尚敢不跪么？"牛通将怪眼圆睁，黄毛倒竖，大吼一声："你这万剐的贼！"便把绳索挣断。施凤递过泼风刀，牛通接刀赶上前来，将石山一刀杀死。两旁家将被施凤、汤英连杀十数人，大喝道："降者免死！"众人听见，一齐跪下，口称愿降。牛通奔进私衙，正遇鸾英，上前一把抱住，飞身上马，竟往本营而来。

岳二公子因众将败回，不知牛通跌伤败走何处？正在着急，忽然军士来报道："牛将军拿了一员女将回营来了。"二公子大喜。只见牛通抱了石鸾英来，大叫道："二兄弟！快进关去，我放了嫂嫂就来的。"二公子问了牛通底细，带领人马来至关前。只见汤英、施凤上前迎接进关，二公子与施凤、汤英见过了礼。一面将石山尸首收拾安葬，盘查粮草，给赏军士，一面大排筵席，请众弟兄饮宴。

且说牛通将鸾英抱进营中，不由分说，扯去盔袍，按倒在床，鸾英左推右避，终是力怯，这一场可羞之事，怎能免得？

诗曰：

柔枝嫩蕊尚含苞，浪蝶初栖豆蔻梢。

正是莺声鸣哕哕，复教黄鸟试交交。

欢毕起身，石鸾英羞惭满面，低头垂泪。牛通道："我和你既做了夫妻，自当百年偕老，何必如此！"随即整理衣裳，一同拔营，带了人马进关，来到衙门，与岳雷相见，说明已许成配匹。岳雷就差人将鸾英母女送往平南关，与巴秀琳、王素娟一同居住，不提。

却说岳雷当晚把人马在关内扎住了一夜。次日，即便催兵起身，往化外而来。

有话即长，无话即短。在路非止一日，早已到了云南。岳雷已探知母亲与柴王母子，将土官的衙门改造王府，一同居住。便将人马安顿，同了众弟兄一齐进关。到王府来，见了母亲、嫂嫂并各位兄弟，将前事细说了一遍，又引众弟兄拜见了岳太夫人，太夫人甚喜，命拜谢了柴娘娘。柴娘娘命柴王到后堂与众人相见，就结拜做弟兄。

岳雷问道："三弟因何不见？"岳夫人道："我因记念你，在一月之前，打发他到宁夏来寻你了。"岳雷道："三弟年纪幼小，路上倘有疏失，如何是好！"柴王道："二兄弟，不须愁虑，我有护身批文与他，只说宁夏公干，路上决无人盘问的。"

岳雷听了，方才放心。当日，柴王大排筵席，与众弟兄开怀畅饮，直吃到月转花梢，各人安置。这一班小英雄自此皆在化外住下。正是：

飘荡风尘阻雁鱼，幸逢骨肉共欷歔。几番困厄劳无怨，相叙从容乐有余。

再说那三公子岳霆，一路上果然验了护身批文，并无人盘问，安安稳稳，直到宁夏。问到宗留守府中，传宣官进去通报，宗方吩咐进相见。三公子进内见了宗方，双膝跪下，将岳大夫人书札呈上。宗方接书，拆开观看，就用手扶起三公子，便问："贤侄，一向令堂好么？"岳霆即将前后事情细诉了一遍。宗方道："你哥哥并不曾来此。我因心下也十分记念，故此叫我孩儿宗良前去寻访，至今也无音信回来。前日有细作来报：'说你哥哥在临安上坟，到乌镇杀了巡检，共有六七个人往云南去了。'我已差人前去打听。贤侄且在我这里住几日，等打探人回来，得了实信再回去禀复令堂便了。"岳霆道："多感老伯父盛情！但侄儿提起上坟，意欲也往临安去祭奠一番，稍尽为子之心。"宗方道："贤侄要去上坟，乃是孝心，怎好阻挡你？但奸臣正罗网密布，如何去得！也罢，你可假装作我的孩儿，方可放心前去。"

公子应允。当日设宴款待，过了一夜。次日，宗方点了四名家将，跟三公子同上临安，嘱咐道："路上倘有人盘问，只说是我的公子便了。"岳霆拜谢。宗方又再三嘱咐："路上须要小心！"

三公子拜别，出衙上马，四个家将骑马跟随上路。一日，来至一座山前，但见大松树下，拴着两匹马，石上坐着两位好汉：一个旁边地上插着一杆錾金枪，生得面如重枣，头戴大红包巾，身穿猩红袍，年纪不上二十岁；一个面如蓝靛，发似朱砂，膀阔腰圆，头戴蓝包巾，身穿蓝战袍，年纪二十三四光景，旁边石壁上倚着一柄开山大斧。岳霆刚走到面前，那二人把手一招，说道："朋友！何不在此坐坐？我们打伙同行如何？"岳霆见那二人相貌雄伟，料不是常人，便下马道："如此甚好。"二人立起身来见礼。三个俱在石上坐定，岳霆便请问："二位尊姓大名？今欲何往？"那红脸的道："在下姓罗名鸿，因我生得脸红，没有髭须，那些人就起弟一个浑名，叫'火烧灵官'，乃湖广人氏。"那蓝脸的道："在下姓吉名成亮，乃河南人氏。人见我生得脸青发红，多顺口儿叫我做'红毛狮子"。今要往临安去上坟的。"岳霆道："罗兄贵处湖广，吉兄又是河南，为何坟墓反在临安？"那二人道："兄长有所不知，家父叫做罗延庆，吉兄令尊叫做吉青，皆是岳元帅的好友。只因岳老伯在朱仙镇上，被奸臣秦桧连发十二道金牌，召回临安，将他父子三个害了性命。家父同了众位叔父，提兵上临安去报仇，来至长江内，岳伯父显圣，不许前去，所以众人尽皆散去。家父回家，气愤身亡。吉叔叔不知去向。今我二人奉母亲之命，往临安去上岳伯父的坟。"岳霆听了，大哭道："原来是罗、吉二位兄长！待小弟拜谢。"二人问道："兄长是他家何人？"三公子道："小弟乃岳霆是也。"

就把流到云南、奉母命往宁夏访问二哥岳雷，见过了宗叔父，今要往临安去上坟之事，细细说了一遍，道："今日天遣相逢，实出万幸！如今同了二位哥哥前往临安，可保无事。"三人大喜，遂即撮土为香，拜为弟兄，便一路同行。

一日，来至一座大树林中，只见一个人面如火神，发似朱砂，身长体壮，手提大砍刀，立在树林前。见了岳霆等三人，便迎上前来，把手中刀摆一摆，大叫道："快拿买路钱来！"罗鸿上前道："你有甚么本事？擅敢要我们的买路钱？"那人道："不用多讲，若无买路钱送爷爷，休想过去！"岳霆听了大怒，把手中枪紧一紧，劈心刺来。那人用手中大刀招架。来来往往，战有三四十个回合。罗鸿上前，把手中錾金枪架住二人的兵器，说道："朋友，你的山寨在于何处？我们一路行来，实在肚中饥饿了，你也该留我们吃顿酒饭，再与你战。”那人道：“我那里有甚么山寨？只因要往一个地方去，身边没有了盘费，故在此收些买路钱做盘费，那有酒饭与你们吃？”吉成亮道：“你说要往那里去，且与我们说知。”那人道：“我因要往临安去，上岳元帅的坟。你们身边若有银钱，快快送些与我，省得我来动手。”

岳霆忙叫道：“好汉！你与岳家是何亲戚？要去上他的坟么？”那人道：“我就说与你听何妨。我姓王名英，绰号叫‘小火神’。先父王贵，乃是岳元帅的好朋友。我奉了母亲之命，到岳伯父坟上去走走。”岳霆听说，慌忙下马道：“原来是王家哥哥！小弟不知，多多得罪！”王英亦拱手问道：“兄是他家何人？”岳霆道：“小弟乃岳元帅第三子岳霆的便是。”王英道：“呀！原来就是岳家三弟，正乃天遣相逢。不知这二位高姓大名？”罗、吉二人亦下马相见，各通了姓名。家将就让了匹马，与王英坐了。

同行了数日，已到了海塘上。远远望见一个大汉，身长丈二，摇摇摆摆的走来。

吉成亮叫声：“罗哥，你看那边有个长子来了，我们将马冲他下塘去，要他一要。”

罗鸿道：“有理。”二人遂将马一逼，加上两鞭，跑将上去。那大汉见马冲到面前，便将双手一拦，那两匹马一齐倒退了十余步。那人就向腰边取出两柄铁锤来，摆一摆，喝声：“谁人敢来尝我铁锤！”二人见那人力能倒退双马，手中铁锤足有巴斗大，甚是心慌。那岳霆就下马来，上前一步，叫道：“老兄息怒！我们因有些急事，故此误犯虎威，真正得罪了，幸勿见怪！”那人便收了锤，说道：“你这位朋友，还有些礼数，看你面上罢了。我对你说，我如今要往临安去，代一个人报仇。他那里千军万马的地方，我尚且不惧，何况你这几个毛人？”岳霆道：“如此说来，是位好汉了！请教尊姓大名？”那人道：“我姓余名雷。因我生得脸上不清不白，人都顺口儿叫我做‘烟熏太岁’。”岳霆听了，便道：“兄长的令尊，莫非是余化龙么？”余雷道：“先父正是余化龙，朋友何以认得？”岳霆道：“小弟就是岳霆，这位是罗兄，那位是吉兄，此位是王兄，都是各位叔父之子。”余雷大喜，岳霆就招呼三弟兄下马，各个相见行礼。余雷便问：“三弟要往何处去？”岳霆将父兄被秦桧陷害，母亲流徙云南，“如今奉母命，往宁夏探望二哥。谁知二哥未曾到彼，同了好几个朋友，往临安上了坟，想是去往化外了。小弟不曾会着，所以不知实信。

如今同这三位弟兄，也要到临安去上坟。”余雷道：“伯父被奸臣害了，先父因报仇不遂，自刎而亡。我今欲到临安觑个方便，将这些奸臣刺杀，替伯父、父亲报仇。今日幸遇三弟，正好同行。”一众大喜，遂到驿马行内，雇了一口脚力，同余雷一路而行。

行了数日，已到武林门外，拣一个素饭店歇下。吩咐家将打发了雇来的牲口，将自己的马匹牵在后边园内养了。店主人送夜膳进来，便问道：“客官们到此，想必是来看打擂台的了？”余雷问道：“我们俱是江湖上贩卖杂货的客商，却不晓得这里甚么是‘打擂台’？倒要请教请教！”那店主人言无数句，话不一席，说出那打擂台的缘故来，有分教：昭庆寺前，聚几个英雄好汉；万花楼上，显一番义魄忠魂。真教：

双拳打倒擒龙汉，一脚踢翻捉虎人。

毕竟后事如何，且听下回分解。

第六十九回　打擂台同祭岳王坟　愤冤情哭诉潮神庙

诗曰：

一同洒泪奠重泉，孤家荒坟衰草连。
愿将冤曲森罗诉，早喋奸邪恨始蠲。

话说当时余雷问那店主人道："我等俱是做买卖的客人，却不晓得什么是'打擂台'。请主人与我们说说着。"那店主人道："我这里临安郡中，有个后军都督叫做张俊。他的公子张国乾，最喜欢武艺。数月前，来了两个教师：一个叫做戚光祖，一个叫做戚继祖。他弟兄两人，本是岳元帅麾下统制官戚方的儿子。说他本事高强，张公子请了他来，学成武艺。在昭庆寺前，搭起一座大擂台，要打尽天下英雄。已经二十余日，并无敌手。客官们来得凑巧，这样胜会，也该去看看。"

那店主人指手画脚，正说得高兴，只听得小二来叫，说："有客人来安寓，快去招接。"店主人听得，慌忙的去了。不多时，只见小二搬进行李，店主人引将三个人来，就在对门房内安顿着。听得那三人问道："店家，这里的擂台搭在那里？"

店主人答道："就搭在昭庆寺前，客官可是要去看么？"那三个人道："什么看！我们特地来与他比比手段的。"店主人道："客官若是打得过他，倒是有官做的！"

内中一人道："那个要什么官做！打倒了他，也叫众人笑笑。"店主人笑着自去了。

余雷道："这三个说要去打擂台，我看他们相貌威风，必然有些本事。我们那个该去会他们一会？"岳霆道："待小弟去。"随即走过对门房内来，把手一拱，说道："仁兄们贵处那里？"那人道："请坐。在下都是湖广潭州人。"岳霆又问："各位尊姓大名？"那人道："小弟姓伍名连，这位姓何名凤，那位姓郑名世宝，俱是好弟兄。"岳霆道："既是潭州，有一位姓伍的，叫做伍尚志，不知可是盛族么?”伍连道:“就是先父。我兄何以认得?”岳霆道:“如此说来，你是我的表兄弟了。”伍连道:“兄是何人?”岳霆道了姓名，二人大哭起来。伍连道:“母舅、大哥被奸臣陷害，我爹爹自朱仙镇撤兵回家，终朝思念母舅，染病而亡。小弟奉母亲之命，来此祭奠娘舅一番。这何兄是何元庆叔父之子，郑兄乃郑怀叔父之子，一同到此上坟的。小弟一路上来，听说奸臣之子，搭一座擂台，要与天下英雄比武。小弟欲借此由，要与岳伯父报仇。表兄为何到此?”岳霆将奉母命到宁夏去寻二哥不遇，也来此上坟，路上遇见罗鸿等，细说了一遍。伍连道:“诸兄既然在此，何不请来相见?”岳霆起身出房，邀了罗鸿、吉成亮、王英、余雷四人，来与伍连相见。礼毕坐定，商议去打擂台。店主人送进夜膳来，八位英雄就一同畅饮。谈至更深，众人各自安歇。

次日，吃了早饭，八个人一齐出店，看了路径，回转店中。岳霆拿出两锭银子递与店家，说道:“烦你与我买些三牲福礼，再买四个大筐篮装好，明日早间要用的。”主人家答应，收了银子，当晚整备端正。次早，众人吃了早饭，一齐上马。

先着罗鸿、吉成亮、王英带了四个家将，一应行李马匹，并四筐篮祭礼，先到栖霞岭边等候。

岳霆同着伍连、余雷、何凤、郑世宝，共是五人，去看打擂台。来到昭庆寺前，但见人山人海，果然热闹。寺门口高高的搭着一座擂台，两旁边一带帐房，都是张家虞候、家将。少停了一刻，只见张国乾扎缚得花拳绣腿，戚光祖、戚继祖两个教师在后面跟着，走上台来，两边坐定。张国乾就打了一套花拳，就去正中间坐下。

戚光祖起身，对着台下高叫道:“台下众军民听者，张公子在此识瞻天下英雄，二十余日，并没个对手，再有三日，就圆满了，你们若有本事高强的，可上台来比试。倘能胜得公子者，张大爷即保奏，封他的官职，不要惧怕!”叫声未绝，忽然人丛里跳出一个人来，年纪三十多岁，生得豹头圆眼，叫一声:“我来也!”踊身跳上台去。张国乾立起身来问道:“你是何方人氏?快通名来!”那人道:“我乃山东有名的好汉，叫做‘翻山虎’赵武臣的便是。且来试试爷的拳看。”说罢，就一拳打来，张国乾将身一闪，劈面还一拳去。两个走了三五路，张国乾卖了破绽，将赵武臣兜屁股一脚，轱辘辘的滚下台来。看的众人喝一声彩。那赵武臣满面羞惭，飞跑的去了。戚继祖哈哈大笑，向台下道:“还有人敢上台来么?”连叫数声，并无人答应。伍连方欲开口，岳霆将伍连手上捏了一把道:“哥哥且缓，让小弟上去试试看，若然打输了，哥哥再去拿个赢。”

岳霆便钻出人丛，纵身一跳，已到台上。张国乾见是个瘦小后心，不在心上，叫声：“小后生，你姓甚名谁？”岳霆道：“先比武，后通名。”张公子露出锦缎紧身蟒龙袄，摆个门户，叫做“单鞭立马势”，等着岳霆。岳霆使个“出马一枝枪”，抢进来。张国乾转个“金刚大踏步”，岳霆应回个“童子拜观音”。两个一来一往，走了十余步。张国乾性起，一个“黑虎偷心”，照着岳霆当胸打来。岳霆把身子一蹲，反钻在张国乾背后，一手扯住他左脚，一手揪住他背领，提起来望台下噗通的掼将下去。台下众人也齐齐的喝一声彩。张国乾正跌得头昏眼暗，爬不起来。伍连走上去，当心口一脚，踹得口中鲜血直喷，死于地下。说时迟，那时快，戚光祖弟兄立起身来，正待来拿岳霆，岳霆已经跳下台去了。

余雷取出双锤，将擂台打倒。两边帐房内，众家将各执兵器来杀岳霆。郑世宝已将腰刀递与岳霆。五位好汉一齐动手，已杀了几个。戚光祖举刀来砍，被余雷一锤打在刀柄上，震开虎口。戚继祖一枪刺来，何凤举鞭架开枪，复一鞭打来，闪得快，削去了一只耳朵。弟兄两人见不是头路，回去又怕张俊见罪，趁着闹里，一溜风不知逃往何处去了。那五位好汉逢人便打。张公子带来的家将，俱逃回府去报信。

这些看的人见来得凶，也各自逃散。那五人飞奔来到栖霞岭下，罗鸿等三人已在等候，齐到坟前。四个家将将祭礼摆下，哭奠了一番，焚化了纸钱。将福礼摆下，吃得饱了。打发那四个家将自回宁夏去，复宗留守。八个好汉从后山寻路，同往云南一路而去。

这里张俊闻报，说是公子被人打死，戚家弟兄俱已逃散，张俊大怒，忙差两个统制官，领兵出城追赶，已不知这班人从那里去了。随即火速行文，拿捉戚家弟兄，一面将公子尸首收拾成殓；一面申奏朝廷，缉拿凶党。且按下不表。

再说到王能、李直二人，自从那年除夜岳元帅归天之后，二人身穿孝服，口吃长斋。他说：“朝内官员皆惧秦桧，无处与岳元帅伸冤；阴间神道，正直无私，必有报应。”遂各庙烧香，虔心祷告。如此两三年，并不见有一些影响。二人又恼又恨，就变了相：逢庙便打，遇神就骂。又过了几时，一日正值八月十八，乃是涨潮之日。那钱塘观潮，原是浙江千古来的一件胜事，诗曰：

子胥乘白马，天上涌潮来。
雷破江门出，风吹地轴回。

孤舟凌喷薄，长笛引凄哀。

欲作枚乘赋，先挥张翰怀。

王能对李直道："如此混浊世界，奸臣得福，忠臣受殃，叩天无门，求神不应，岂不气闷死人！何不同到江边观潮，少消闷怀，何如？"李直道："甚妙！甚妙！"当时王、李二人出了候潮门，来至江边。

谁知这日潮不起汛，乃是暗涨，甚觉没兴，只得沿江走走。走到一座神庙，上面写着"潮神庙"三字。李直道："我和你各庙神道都已求过，只有这潮神不曾拜过，何不与兄进去拜求拜求？"王能道："原说是逢庙便拜，遇神即求，难道潮神就不是神道？"遂一同走进庙来。细看牌位，那潮神却就是伍子胥老爷，王能道："别的神道。未受奸臣之害，你却被伯嚭谗害而死。后来伯嚭过江，你却立马显圣，自己也要报仇。难道岳爷为国为民，反被奸臣所害，你既为神，岂无应感？难道岳家不应报仇的么？"李直也恼起来，大叫道："这样神道留他何用，不如打碎了罢！"二人拿起砖头石块，将伍子胥老爷的神象并两边从人等，尽皆打坏。正是：

英雄无故道残灭，一腔忠义和谁说！

须将疏奏达天庭，方把忠良仇恨雪。

二人道："打得快活！这番稍出吾二人胸中之气！"两个遂出了庙门，一路行来，不觉腹中饥饿。只见临河一座酒楼，造得十分精致。有《西江月》一首为证：

断送一生惟有，破除万事无过。花开如绮鸟能歌，不饮旁人笑我。愤恨凭他驱遣，忧愁赖尔消磨。杯行到手莫辞多，一觉醉乡高卧。

二人走至店中，上楼坐定。小二问道："二位相公，还请甚客来？"王能道："我们是看潮回来，不请甚客。有好酒好肴，只管取来，一总算钱还你。"小二应了一声，忙忙地安排酒菜，送上楼来。两个吃一回，哭一回，狂歌一回，直吃到天晚。

小二道："可不晦气！撞着这两个痴子，这时候还不回去，哭哭笑笑的！"便上楼来问道："二位相公，还是在城外住呢，还是要进城去的？"二人才想着是要进城的，随即下楼，取出一锭银子丢下，说道："留在此一总算罢！"出了店门，赶至候潮门，城门早已关了。王能对着李直道："城门已闭，不能回家。不如过了万松岭，到栖霞岭下岳元帅坟上，去过了一夜罢。"李直道："使得。"两个乘着酒兴，一路来到岳坟，倒在草边睡去了。

那王能、李直正在睡梦之中，听得一声："岳飞接旨！"二人忙走前观看，但见岳王父子等跪着迎接。伍王手捧玉旨开读。大略云：

金阙玄穹高上玉皇帝君诏曰：赏善锄奸，乃天曹之法；阳施阴报，实地狱之常刑。兹据伍员所奏：宋相秦桧，阴通金虏，专权误国。其妻王氏，私淫兀朮，奸诈助虐。寺丞万俟卨、罗汝楫求荣附恶，残害忠良。咨尔岳飞，勤劳王事，能孝能忠，一门四德已全，诚为可嘉！许尔等阴魂，各寻冤主，显灵预报。待其阳寿终时，再行勘问，着地狱官拟罪施行。王、李二生，诽谤神明，拆毁神象，本应处分，但念其忠义可嘉，姑置不究。钦哉！

岳王父子等谢恩毕，伍王即将“无拘霄汉牌”交与岳爷，辞别而去。那王、李二人蓦然惊醒，想道：“方才神道所言之事，我和你进城去打听。若是岳爷果然在奸臣家中显圣，便择日重修伍王庙宇，再塑金身。”二人挨到天明，回城打听，不表。

再说秦桧自从害了岳爷之后，心下想道：“岳飞虽除，还有韩世忠、张信、刘倚、吴璘、吴玠等，皆是一党。若不早除，必有后患。”这一日，独自一个坐在万花楼上写本，欲起大狱，害尽忠良。这一本非同小可！正写之间，岳爷阴魂，同了王横、张保正到万花楼上，见秦桧写这本章，十分大怒，将秦桧一锤打倒，大骂：’“奸贼！恶贯满盈，死期已近，尚敢谋害忠良！”秦桧看见岳爷，大叫一声：“饶命呀！”岳爷吩咐张保：“在此吵闹，我往万俟卨、罗汝楫、张俊家去显圣。”岳爷往各奸臣家，吓得那些奸臣人人许愿，个个求神，不表。

再说王氏听得丈夫在万花楼上叫喊，忙叫丫环上楼去看。那些丫环走上楼来，被张保尽皆打下，头脑跌破，大叫：“楼上有鬼！”夫人叫何立往楼上观看。何立走上楼来，张保就闪开了。何立见太师跌倒，昏迷不醒，只叫：“岳爷饶命！”何立惊慌，跪下求道：“岳爷！饶了小人的主人罢！明日在灵隐寺修斋拜忏，超度爷爷罢！”张保又往别处去了。秦桧醒转，何立扶下楼来。王氏见了，问道：“相公何故叫喊？”秦桧道：“我方才在楼上写本，被岳飞打了一锤，所以如此。”何立道：“小人上楼，见太师跌倒在地，小人许了灵隐寺修斋，太师方才醒转。”秦桧就叫何立拿二百两银子，往灵隐寺修斋拜忏，道：“明日我与夫人到寺拈香。”何立领命而去。

那王能、李直闻知此事，又打听得各奸臣家家许愿，个个惊慌！二人十分欢喜，择日与伍老爷修整庙宇，装塑神像。正是：

昊昊青天不可欺，举头三尺有神知。
善恶到头终有报，只争来早与来迟！

不知后事如何，且听下回分解。

第七十回 灵隐寺进香疯僧游戏 众安桥行刺义士捐躯

诗曰：

从来天运总循环，报应昭彰善恶间。
信是冥冥原有主，人生何必用机关？
欺君误国任专权，罪恶而今达帝天。
赫濯声灵施报复，顿教遗臭万斯年！

前话休提，且说秦桧夫妻那日来到灵隐寺中进香，住持众僧迎接进寺。来到大殿上，先拜了佛，吩咐诸僧并一众家人回避了，然后默默祷告：“第一枝香，保佑自身夫妻长享富贵，百年偕老。第二枝香，保佑岳家父子早早超生，不来缠扰。第三枝香，凡有冤家，一齐消灭。”祝拜已毕，便唤住持上殿引道，同了王氏到各处随喜游玩。处处玩罢，末后到了方丈前，但见壁上有诗一首，墨迹未干。秦桧细看，只见上边写道：

缚虎容易纵虎难，东窗毒计胜连环。
哀哉彼妇施长舌，使我伤心肝胆寒！

秦桧吃了一惊，心中想道：“这第一句，是我与夫人在东窗下灰中所写，并无一人知觉，如何却写在此处？甚是奇怪！”便问住持：“这壁上的诗，是何人写的？”

住持道：“太师爷在此拜佛，凡有过客游僧，并不敢容留一人，想是旧时写的。”

秦桧道：“墨迹未干，岂是写久的？”住持想了想道：“是了。本寺近日来了一个疯僧，最喜东涂西抹，想必是他写的。”秦桧道：“你去叫他出来，待我问他。”

住持禀道：“这是疯僧，终日痴痴癫癫，恐怕得罪了太师爷，不当稳便。”秦桧道：“不妨！他既有病，我不计较他便了。”

住持领命，就出了方丈，来至香积厨下，叫道：“疯僧！你终日里东涂西抹，今日秦丞相见了，唤你去问哩！”疯僧道：“我正要去见他。”住持道：“须要小心，不是当要的！”疯僧也不言语，往前便走。

住持同到方丈来禀道：“疯僧唤到了。”秦桧见那疯僧垢面蓬头，鹑衣百结，口嘴歪斜，手瘸足跛，浑身污秽，便笑道：“你这僧人：

蓬头不拜梁王忏，垢面何能诵佛经？

受戒如来偏破戒，疯癫也不像为僧！”

疯僧听了，便道：“我面貌虽丑，心地却是善良，不似你佛口蛇心。”秦桧道：“我问你，这壁上诗句是你写的么？”疯僧道：“难道你做得，我写不得么？”秦桧道：“为何‘胆’字甚小？”疯僧道：“胆小出了家，胆大终要弄出事来。”秦桧道：“你手中拿着这扫帚何用？”疯僧道：“要他扫灭奸邪。”秦桧道：“那一只手内是什么？”疯僧道：“是个火筒。”秦桧道：“既是火筒，就该放在厨下，拿在手中做甚？”疯僧道：“这火筒节节生枝，能吹得狼烟四起，实是放他不得。”

秦桧道：“都是胡说！且问你这病几时起的？”疯僧道：“在西湖上，见了‘卖蜡丸’的时节，就得了胡言乱语的病”王氏接口问道：“何不请个医生来医治好了？”

疯僧道：“不瞒夫人说：因在东窗下‘伤凉’，没有了‘药家附子’，所以医不得。”

王氏道：“此僧疯癫，言语支吾，问他做甚。叫他去罢！”疯僧道：“三个都被你去了，那在我一个？”秦桧道：“你有法名么？”疯僧道：“有，有，有！”

吾名叶守一，终日藏香积。

不怕泄天机，是非多说出。”

秦桧与王氏二人听了，心中惊疑不定。秦桧又问疯僧：“看你这般行径，那能做诗，实是何人做了，叫你写的？若与我说明了，我即给付度牒与你披剃何如？”疯僧道：“你替得我，我却替不得你。”秦桧道：“你既会做诗，可当面做一首来看看。”

疯僧道：“使得。将何为题？”秦桧道：“就指我为题。”命住持取纸墨笔砚过来。

疯僧道：“不用去取，我袋内自有。”一面说，一面向袋内取出来，铺在地下。秦桧便问：“这纸皱了，恐不中用？”疯僧道：“‘蜡丸’内的纸，都是这样皱的。”

就磨浓了墨，提笔写出一首诗来，递与秦桧。秦桧接来一看，上边写道：

久闻丞相有良规，

占擅朝纲人主危。

都缘长舌私金虏，

堂前燕子水难归。

闭户但谋倾宋室，
塞断忠言国祚灰。
贤愚千载凭公论，
路上行人口似口。

秦桧见一句句都指出他的心事，虽然甚怒，却有些疑忌，不好发作，便问："末句诗为何不写全了。"行者道："若见'施全'面，奸臣命已危。"

秦桧回头对左右道："你们记着，若遇见叫施全者，不要管他是非，便拿来见我。"王氏道："这疯子做的诗全然不省得，只管听他怎的？"疯僧道："你省不得这诗，不是顺理做的，可横看去么？"秦桧果然将诗横看过去，却是"久占都堂，闭塞贤路"八个字。秦桧大怒道："你这小秃驴，敢如此戏弄大臣！"喝叫左右："将他推下阶去，乱棒打杀了罢！"左右答应一声，鹰拿燕雀的一般来拿疯僧。疯僧扯住案脚大叫道："我虽然戏侮了丞相，不过无礼，并不是杀害了大臣，如何要打杀我？"那时吓得那些和尚，一个个战战兢兢。左右只顾来乱拖，却拖不动。王氏轻轻的对秦桧道："相公权倾朝野，谅这小小疯僧，怕他逃上天去？明日只消一个人，就拿来了结他的性命，此时何必如此？"秦桧会意，便叫："放了他，以后不许如此！"叫住持："可赏他两个馒头，叫他去罢。"住持随叫侍者取出两个馒头，递与疯僧。疯僧把馒头双手拍开，将馅都倾在地下。秦桧道："你不吃就罢，怎么把馅都倾掉了？"疯僧道："别人吃你馅，僧人却不吃你陷。"秦桧见疯僧句句讥刺，心中大怒。王氏便叫："疯僧，可去西廊下吃斋，休在丞相面前乱说！"

众僧恐惧，一齐向前，把疯僧推向西廊。疯僧连叫："慢推着！慢推着！夫人叫我西廊下去吃斋，他却要向东窗下去饲饭哩！"众僧一直把疯行者推去。

秦桧命左右打道回府，众僧一齐跪送，尚都是捏着一把汗，暗暗的将疯行者看守，恐怕他逃走了，秦丞相来要人不是当耍的。

话分两头。且说施全在太行山，日夜思量与岳爷报仇。一日别了牛皋，只说私行探听。离了太行山，星夜赶到临安，悄悄到岳王坟上，哭奠了一番。打听得那日秦桧在灵隐寺修斋回来，必由众安桥经过，他便躲在桥下。那秦桧一路回来，正在疑想："我与夫人所为之事，这疯僧为何件件皆知？好生奇怪！"看看进了钱塘门，来至众安桥，那坐下马忽然惊跳起来。秦桧忙把缰绳一勒，退后几步。施全见秦桧将近，挺起利刃，望秦桧一刀搠来。忽然手臂一阵酸麻，举刀不起。两旁家将拔出腰刀，将施全砍倒，夺了施全手中之刀，一齐上前捉住，带回相府来。

列位看官，要晓得：施全在百万军中打仗的一员勇将，那几个家将那里是他的对手，反被他拿住？却因岳元帅阴灵不肯叫他刺死了奸臣，坏了他一生的忠名，所以阴空扯住他的两臂，举不起手来，任他拿住，以成施全之义名也。

且说秦桧吃这一惊不小，回至府中，喘息未定，命左右押过施全来到面前，喝问道："你是何人？擅敢大胆行刺？是何人唆使？说出来，吾便饶你。"施全大怒，骂道："你这欺君卖国、谗害忠良的奸贼！天下人谁不欲食汝之肉，岂独我一人！我乃堂堂丈夫，行不更名，坐不改姓，岳元帅麾下大将施全便是。今日特来将你碎尸万段，以报岳元帅之仇。不道你这奸贼命不该绝！少不得有日运退之时，看你这奸贼躲到那里去？"秦桧被施全千奸贼、万奸贼，骂得做不得声。随叫拿进大理寺狱中，明日押赴云阳市斩首。后人有诗赞之曰：

烈烈轰轰士，求仁竟不难。
春秋称豫让，宋代有施全。
怒气江河决，雄风星斗寒。
云阳甘就戮，千古史班班。

那施全下山之后，牛皋放心不下，差下两个精细喽罗，悄悄下山打听，那日喽罗探得的实，回山报知此信，牛皋怒发如雷，即要起兵杀上临安，与施全报仇。王贵劝道："当初岳大哥死后，阴灵尚不许我们兴兵。如今施大哥自投罗网，岂可轻动？"当时众人大哭一场，设祭望空遥拜，又痛饮了一回。王贵、张显二人悲伤过度，是夜得了一病，又不肯服药，不多几日，双双病死。牛皋又哭了一场，弄得独木不成林，无可如何，且把二人安葬，心中好不气闷！按下慢表。

且说这日秦桧退入私衙，神思恍惚，旧病复发，王夫人好生闷闷不悦。一日，王夫人对秦桧道："前日与丞相往灵隐寺修斋，叫疯行者题诗，句句讥刺，曾说'若见施全命必危'。这施全必然是疯僧一党，指使他来行刺的。"秦桧猛省道："夫人所言，一些不差。"随唤何立，带领提辖家将十余人，往灵隐寺去捉拿疯行者，不许放走。

何立领命，同众人径到灵隐寺来。寻见疯行者，何立一手扯住道："丞相令来拿你，快快前去！"疯僧笑道："不要性急。吾一人身不满四尺，手无缚鸡之力，谅不能走脱，何用捉住？我自知前日言语触犯丞相，正待沐浴更衣，到府中来叩头请死。你众人且放手，立在房门外，待我进僧房去换了衣服，同去便了。"何立道："也不怕你腾了云去，只要快些！"遂放疯僧进入僧房，好一会不见出来，何立疑惑："不要他自尽了？"随同众人抢入房中，那里有什么疯僧？床底阁上，四处找寻，并无踪迹。只见桌上有一个小匣，封记上写道："匣中之物，付秦桧收拆。"

何立无奈，只得取了小匣，同众家将等回府，将疯僧之事细细禀知。秦桧拆开，匣内却是一个柬帖。那帖上写道：

偶来尘世作疯癫，说破奸邪返故园。

若要问我家何处，却在东南第一山。

秦桧看罢，大怒道："你这狗才！日前拿道悦和尚，你却卖放。今又放走了疯行者，却将这匣儿来搪塞我！"叫左右将何立的母亲、妻子监禁狱中，就叫何立："往东南第一山捉还疯行者，便饶汝罪。若捉不得疯僧，本身处斩，合家处死。"何立惊惶无措，只得诺诺连声。

次日，将天下地理图细看，在招军城东面，有东南第一山，乃是神仙所居的地方，世人如何到得？无可奈何，只得进监中哭别了母亲、妻子，起身望招军城而去！

那秦桧自斩了施全之后，终日神昏意乱，觉得脊背上隐隐疼痛，过不得几日，生出一个发背来，十分沉重。高宗传旨命太医院看治。说话的在下只有一张口，说不来两处的事。且把秦桧一边的话丢下，待慢慢的表。

如今先说那岳霆、伍连等八人自闹了擂台，祭了岳坟，从后山盘上小路，夜宿晓行，一路无话，早已到了云南。来至王府，三公子先进去通报了，然后出来迎接。

七位小英雄进府，见了柴王，各通姓名。岳霆进内见了岳夫人，把前事细细述了一遍，然后又出来，请各位少爷进来，相见岳夫人行礼。又叩见了柴老娘娘，俱道："岳家伯母皆亏老娘娘千岁的大恩照看，方得如此。"柴娘娘道："众位公子何出此言！我看众公子皆是孝义之人，甚为可敬，欲命小儿与列位公子结为异姓兄弟，幸勿推却！"众人齐称："只是不敢仰攀。"柴王道："什么说话！"即命排下香案，与众少爷一同结拜做弟兄。柴排福年长居首，以下韩起龙、韩起凤、诸葛锦、宗良、欧阳从善、牛通、汤英，施凤、罗鸿、王英、吉成亮、余雷、伍连、何凤、郑世宝、岳雷、岳霆、岳霖、岳震，共是二十位小英雄。是日结为兄弟，终日讲文习武，十分爱敬，赛过同胞。

看看到了八月十五，大排筵宴，共赏中秋。柴王道："今日过了中秋佳节，明日我们各向山前去打围，如有拿得虎豹者，为大功；拿了獐鹿者，为次功；拿得小牲口者，为下功，罚冷酒三壶。"韩起龙道："大哥之言，甚是有兴，我们明日就去。"当晚酒散，各自安歇。次日，众少爷各拿兵器，带领人马，向山前结下营寨，各去搜寻野兽。有诗为证：

晓出凤城东，分围沙草中。
红旗这日月，白马逐西风。
背手抽金箭，翻身挽角弓。
众人齐仰望，一雁落空中。

却说四公子岳霖，一心要寻大样的走兽，把马加上一鞭，跑过两个山头。只见前面一只金钱大豹奔来，岳霖大喜，左手拈弓，右手搭箭，一箭射去，正中豹身。

那豹中了一箭，滚倒在地。岳霖飞马赶上，又是一枪，将豹搠倒。后边军士正想赶上拿回献功，不道前面来了一员苗将，后边跟着十多个苗兵，赶来大喝道："你们休要动手！这豹是俺家追来的。"岳霖道："胡说！我打寻了半日，方才遇着这豹，是我一箭射中，方才搠死的，怎么说是你追来的？"那苗将道："就是你射中的，如今我要，也不怕你不把来与我。"岳霖道："你要这豹也不难，只要赢得我手中这枪，就与了你。倘若被我搠死，只当你自己命短，不要怨我。"苗将听了大怒道："你这个小毛虫，好生无理，先吃我一刀罢！"抡起大刀砍来。岳霖把手中枪紧一紧，架开刀，分心就刺。两个交手，不到十合，岳霖卖个破绽，拦开刀，拍马就走，苗将在后追来，岳霖回马一枪，将苗将刺下马来，再一枪，结果了性命。那些跟来的苗兵慌忙转马飞跑，回去报信了。岳霖取着豹，慢慢的坐马回营。

走不到一二十步，忽听后面大叫道："小毛虫不要走，我来取你的命也！"岳霖回头一看，吓得魂不附体，但见一个苗将来，生得来：面如蓝靛，眼似红灯，獠牙赛利箭，脸似青松口血盆，虬髯像铜针。身长丈二，穿一副象皮锁子甲，红袍外罩；头如笆斗，戴一顶盘龙赤金盔，雉尾双分。狮蛮带腰间紧束，牛皮靴足下牢登。一丈高的红砂马，奔来如掣电；碗口粗的溜金铣，舞动似飞云。远望去，只道是龙须虎；近前来，恰似个巨灵神。

那苗将声如霹雳，飞马赶来。岳霖心慌，回马问道："小将何处得罪大王，如此发怒？"苗王大喝一声："小毛虫，你把我先锋赤利刺死，怎肯饶你！"便一铣打来。岳霖举枪架住，觉道沉重，好不惊慌。不下三四合，被苗王拦开枪，轻舒猿臂，将岳霖勒甲绦一把擒过马去。众苗兵将赤利的尸首收拾回去。这岳霖被苗王擒进苗洞而去，正是：

海鳖曾欺井内蛙，大鹏展翅绕天涯。
强中更有强中手，莫向人前满自夸！

毕竟不知那苗王将岳霖擒进苗洞，性命如何，且听下回分解。

第七十一回 苗王洞岳霖入赘 东南山何立见佛

诗曰：

红鸾天喜已相将，不费冰人线引长。
着意种花花不发，无心插柳柳成行。

话说那苗王将岳霖擒进苗洞，喝叫苗兵："将这小毛虫绑过来！"苗兵即将岳霖绑起，推上银安殿来。苗王喝道："你是何处来的毛虫，敢将我先锋挑死？今日被我擒来，还敢不跪么？"岳霖道："我乃堂堂元帅之子，焉肯跪你化外苗人？要杀就杀，不必多言。"苗王道："你父是什么元帅，就如此大样，见我王位不跪。"

岳霖道："我父乃太子少保武昌开国公岳元帅，那个不知，谁人不晓？"苗王道："莫不是朱仙镇上扫除金兵的岳飞么？"岳霖道："然也。"苗王道："你是岳元帅第几个儿子？因何到此？"公子道："我排行第四，名唤岳霖。父亲、哥哥俱被奸臣秦桧陷害，我同母亲流徙到此。"苗王听了道："原来就是岳元帅的公子，如此受惊了！"遂亲自下座来，放了绑，与公子见礼，坐下。苗王问道："令尊怎么被奸臣陷害的？"公子就将在朱仙镇上十二道金牌召回、直到风波亭尽忠的事说了一遍，不觉放声大哭。苗王道："公子，俺非别人，乃化外苗王李述甫是也。昔日在朱仙镇上，曾会过令尊，许我在皇帝面前保奏了，来到化外封王，不想被奸臣害了，令人可恼！你今既到此间，俺家只有一女，招你做个女婿罢。"吩咐左右："将岳公子送到里面，与娘娘说知，端正今夜与公主成亲。"岳霖闻言，哀求道："蒙大王垂爱，只是我父兄之仇未报，待小侄回去禀过母亲，再来成亲方可。"苗王道："你们兄弟多，你只当过继与俺，省得受那奸臣之气。"岳霖再三不肯依从。

苗王不由分说，送到里面。苗后看见岳霖，十分欢喜，便对公子说道："大王当年到朱仙镇时，我外甥黑蛮龙曾与你的哥哥结为兄弟。我外甥回来，无日不思想你父亲、哥哥，今日才得知你家遭此大变，天遣你到此，只当你父亲分了你在此罢！"

公子无奈，只得依允。暂且休提。

且说众弟兄各拿了些大小野兽,陆续回到营中。正是:

获禽得兽满肩挑,猛虎逢吾命怎逃?
漫说文章华国好,须知武艺卫身高!

不一时,众弟兄俱已到齐,单单不见四公子回来。正在盼望,忽见那些逃回军士,气急败坏,跑回营来报道:“不好了!四公子被一个苗王生擒去了!”柴王大惊失色,便对弟兄道:“我们快去救他,不可迟误!”

众少爷们听了,一齐上马,飞奔来至苗洞门首,大叫道:“快快将岳家公子送出,万事全休,迟了片刻,踏平你这牢洞,寸草不留!”苗兵忙进来报知苗王。苗王道:“这一定是柴王,待我出去见他。”便坐马提镗出洞而来。众人见他生得相貌凶恶,俱各吃惊。柴王上前道:“你是何人?为何把我岳家兄弟拿了?”苗王道:“俺乃化外苗王李述甫是也。你那岳公子把我先锋赤利挑死,是我拿的!你们待怎么?”柴王道:“此乃失误,若肯放了他,我等情愿一同请罪。”苗王道:“既讲情理,且请到洞中少叙。”众弟兄就一同进了洞门。来到王府,行礼已毕,坐定,左右送上酪浆来,吃罢。苗王道:“众位是岳家何人?”众人各通姓名,说明俱是拜盟弟兄。苗王喜道:“如此说,俱是一家了。俺家向日曾在朱仙镇会过岳元帅,我外甥黑蛮龙也曾与岳大公子结拜。今难得众位在此,俺只有一女,要将四公子入赘为婿,望众位玉成!”岳雷道:“极承大王美意!但我父兄大仇未报,待报了大仇之后,即送兄弟来成亲便了。”苗王道:“二公子,不是这等说。你弟兄甚多,只当把令弟过继与我了。况且你们在此化外,又无亲戚,就与俺家结了这门亲,也不为过,何必推辞?若有赦回乡里之日,俺家就听凭令弟同小女归宗便了。”岳雷、柴王众兄弟见苗王执意,只得应允。苗王大喜,吩咐安排酒席。

正欲上席,苗兵上来禀到:“黑王爷到了。”李大王道:“请进来。”黑蛮龙进来,见过了李述甫,又与众弟兄见过了礼。李述甫便把岳元帅被害之事,细细对黑蛮龙说了一遍。黑蛮龙听了,不觉腮边火冒,毛发尽竖,大怒道:“只因路遥,不知哥哥被奸贼陷害,不能前去相救,不由人不恼恨!”牛通道:“黑哥,你若肯去报仇,到是不妨得的。况且王爷是化外之人,不曾受过昏君的官职。若是杀进关去,百姓人等,皆感激岳伯父的恩德,总肯资助粮草的。若到了太行山,在我父亲那里起了大兵,一同杀上临安,岂不是好?”黑蛮龙听了,心中大喜,也不回言,暗地叫一个心腹苗兵,假报李王爷道:“今有傜洞,领兵前来犯界。”苗王闻报大怒,就命黑蛮龙领兵三千征剿。蛮龙别了众人,领了人马,杀进三关,与岳元帅报仇去了。

再说李述甫一边饮酒,心中想道:“外甥方才回来,怎么说就有傜洞来犯界?事有可疑。”即差苗兵前去打听。不多时,那苗兵回来报道:“小的探得小大王带了兵马，杀进中原去了。"李大王道："不出我之所料。"因向众弟兄说道："俺家并无子侄，只有这个外甥，他如今杀进中原，与岳元帅报仇，路远迢迢，无人相助，倘有不虞，只好存一点忠义之名罢了。众位公子且请回，只留女婿一人在此相伴俺家，待外甥回来时，再作道理。"岳雷见黑蛮龙如此义气，只得应允，将岳霖留下，众公子辞别回去。岳霖道："二哥回家，代我安慰母亲，料我在此无碍。"

岳雷道："晓得！"遂别了苗王。

众人回来，见了岳夫人，将岳霖招赘之事细细说了一遍。岳夫人道："难得苗王如此美意！我欲亲去谢亲。"柴娘娘道："贤妹若去，愚姊奉陪。"次日，柴娘娘同岳夫人来到苗王府中，苗后出来迎接进内。岳霖同公主云蛮，出来见过礼。当下就摆酒席款待，岳夫人见了云蛮，十分相爱。到晚作别回来。岳夫人结了这门亲，常常来往，倒也颇不寂寞。按下不表。

如今且接着前回，秦桧差那何立往东南第一山去捉拿疯僧。那何立无奈，监中别了母亲、妻子，连夜望招军城一路而行。行了三四个月，逢人便问东南第一山的叶守一，并无人晓得东南第一山，也没有人得知什么叶守一。何立暗想："若无疯僧下落，岂不连累了母亲、妻子？"好生愁闷。一日，来到一个三叉路口，又无人家，不知从哪条路去方好。正在踌躇，忽见一个先生，左手拿着课筒，右手拿扇，招牌上写着两句道：八卦推求玄妙理，六爻搜尽鬼神机。何立见是个卖卜先生，便上前一把扯住道："先生，小子正有事疑惑不决，求先生代我一卜。"那先生即在路边石上放下招牌道："所问何事？可祷告来。"何立撮土为香，望空暗暗祷告。

祷毕，先生卜了一卦，便云："汝问何事？"何立道："要寻人，未知寻得着否？"

先生道："敢是西北上往东南去的么？"何立道："先生真个如见！"那先生道："此卦不好，路上巅险崎岖，快快回头，不要去罢！"何立道："不要说巅险崎岖，就是死，也要去的。"先生道："既是你拚得死，我就指引你去。你往中间这条路上去，不到二三十里，就是泗洲大路。若到了泗洲，就寻得着那人了。"何立说声："有劳了！"随在身上摸出十来个钱来，谢了先生。先生拿了招牌，摇着课筒，自转弯去了。

何立依着先生指的中路，向前便走，走到申牌时分，果然到了泗洲，寻个歇店，住了一夜。次日，访来访去，访了一日，城里城外并无有个东南第一山。过了数日，并无影响，暗想："那卖卜先生言语，全无一点应验。闻说在这里泗洲山上有一座泗圣祠，祠内神道最灵。何不去祷告一番，求他指引？"定了主意，忙忙地去买办了香烛，上山来走进庙中，到神道面前烧香点烛，默默祷告了一番。那里有什么应验？一步懒一步地走出庙门，在山前闲望，忽见一处山石嶙峋，奇峰壁立。何立走近一看，只见一块石上镌着“舍身岩”三个大字。临下一望，空空洞洞，深邃不测。

何立思想道：“我半年之间历尽艰辛跋涉，并无疯僧下落，终久是死。不如跳入于此，做个了身之计。”欲待要跳，又想道：“我身何足惜，但吾母亲年纪八十有三，我若死了，妻子必难活命，何人侍奉？”不觉坐在石上，伤心痛哭起来。哭了一回，那身子甚觉困倦，竟在那石上倒身睡去。

忽有一人用手推道：“快走，快走！”何立抬头一看，却是前日遇见的那位卖卜先生。何立道：“好呀！你说到了泗洲就有下落，怎的并不见什么消息？”先生道：“你实对我说，要往何处？寻什么人？”何立道：“我奉秦太师命，往东南第一山去寻疯僧叶守一。”先生道：“你不见前面高山，不是东南第一山么？”

何立回头一看，果然见前面一座高山，喜不自胜，便慌慌地向前走去。走了一程，来到山前，但见一座大寺院，宫殿巍峨，辉煌金碧。山门前一座大牌坊，上边写着“东南第一山”五个大金字。何立暗想：“好个大所在！”正在观看，只见山门内走出一个行者来。何立上前，把手一拱，叫声：“师父，借问一声，这寺里可有个疯僧叶守一么？”那行者大喝一声：“咄！你是何等之人，擅敢称呼佛爷的宝号？好生大胆！”何立道：“小人不知，望乞恕罪！但不知这宝号是那位佛爷？”

行者笑道：“那里是‘叶守一’，乃是‘也十一’，音同字不同。‘也’字加了‘十一’，不是个‘地’字？此乃地藏王菩萨的化身宝号。”何立道：“望师父代小人禀一声，说是秦太师差家人何立求见。”那行者道：“你且在此等候，待佛爷升殿，方好与你传禀。”话犹未绝，只听得殿内钟鸣鼓响，行者道：“菩萨升殿了，待我替你禀去。”何立连声称谢。

等不多时，只见那行者走出来唤道：“何立，佛爷唤你进去。”何立慌忙走进寺中，来至大殿，跪下道：“愿佛爷圣寿无疆！”地藏王菩萨道：“何立，你到此何干？”何立道：“奉家主之命，特请菩萨赴斋。”佛爷道：“那里是请我赴斋，明明是叫你来拿我！你也不必隐瞒，那秦桧已被我拿下酆都受罪去了。”何立道：“小人出门时候，太师爷好好的在府中，怎么说已拿在此？”佛爷道：“你既不信，”叫侍者：“与我吩咐狱主冥官，带秦桧上殿与何立面对。”侍者领佛旨去了。不多时，只见狱主冥官将秦桧带到，跪下道：“求佛爷大发慈悲，我秦桧受苦不过了！”

佛爷道：“你不该叫人来拿我。”秦桧道：“没有此事。”佛爷道：“你休胡赖。”

命侍者：“叫何立上来，与他对证。”何立上殿来，但见秦桧披枷带锁，十分痛苦，叫道：“太师爷，小人在此！”秦桧道：“何立！你休叫我太师，只叫我残害忠良的奸贼罢！你若回去，可对夫人说：我在受罪，皆因东窗事发觉，如今懊悔已迟！

不久也要来此受罪了。”佛爷叫狱主:“带秦桧仍回地狱去罢!”狱主辞了菩萨,众鬼卒将秦桧一步一打去了。何立见了,十分不忍,禀道:“求佛爷恕了主人,何立情愿代主人受罪罢!”菩萨道:“一身做事一身当,怎么代得?但你今已到了阴司,怎能再回阳世?”何立道:“求佛爷慈悲!小人家中现有八十三岁的老母,待小人回去侍奉终年,再来受罪罢!”佛父道:“善哉!何立倒有一点孝心,可敬,可敬!”佛爷随命侍者:“领何立还阳去。”

何立叩头谢了。随着侍者出了山门,一路而行,却不是前番来的路了,但见阴风惨惨,黑雾漫漫。来至一个村中,俱是恶狗,形如狼虎一般。又有一班鬼卒,押着罪犯经过,那狗上前乱咬,也有咬去手的,也有咬出肚肠的。何立吓得心惊胆战,紧紧跟着侍者,过了恶狗村。又到一处,两边俱是高山,山上石峰尖耸,犹如刀剑一般。山下牛头马面,将鬼犯一个个丢上山去:也有丢在峰上搠破肚肠的,也有打破头的,鲜血淋漓,好不惨伤!才过得刀山地狱,前面却是奈何桥。何立到了桥边,望河内一看,好怕人呀!河内许多鬼犯尽是赤身露体,许多毒蛇盘绕着,也有咬破天灵盖的,也有啄去眼珠的。又看那桥,那里是什么桥,不过是横着一根木头。何立道:“师父!这一根木头如何走得过去!若是跌将下去,你看这些恶物,不是要处!”侍者道:“不妨,你只闭着眼睛,包你过去!”何立魂胆俱丧,只得把两只眼睛紧紧闭着,两手扯住侍者衣服,大着胆走。过了奈何桥,却是一派荒郊旷野,黄沙扑面,鬼哭神号。何立战兢兢的问侍者道:“师父!这是什么地方?这等凄惨!”

侍者道:“前面就是鬼门关,右首就是枉死城。大凡鬼犯进了枉死城,就难转人身了。”说话之间,已到了鬼门关。那城门下抢出几个狰狞恶鬼,上前拦住,喝道:“往那里走?”侍者道:“佛爷念他孝义,命我送他回阳,休得拦阻!”众鬼道:“不敢,不敢!既是佛爷法旨,就请过关。”何立过了鬼门关,望见一座高台,何立问道:“师父,这是那里?”侍者道:“就是望乡台了。”不一时来到台前,何立道:“小人上去望一望,不知可否?”侍者道:“待我同你上去。”两人上了台,何立一望,果然临安城市,皆在目前。侍者道:“你既见家乡,如何还不回去?”将他背上一推。何立大叫一声,一交跌下台来,猛然惊醒,却原来在舍身岩,好一场大恶梦!

何立定了神,细想梦中之事,十分诧异:“方才明明的见了地藏王菩萨,已将丞相拘入酆都,又亲见多少地狱之苦,分明是神道指引,不如谢了神道回去,回复太师爷。”随即再进店来,拜谢了泗洲大圣。下山回寓,歇了一夜。次日,算还了饭钱,起身赶回临安。在路非止一日,已到了家乡。进相府来见秦桧,秦桧发背沉重,睡在书房内床上,时时发昏,叫痛不绝。何立来到书房中跪下,秦桧开眼见了何立,便道:"何立,你回来了么?疯僧之事,我已尽知,也不必说了。你的家小,我已放了。你快回去,安慰你母亲、妻子罢!"

何立叩头辞谢了秦桧,出了相府。回到家中,相见了母亲、妻子,大哭一场。再去备办香纸,拜谢祖宗,从此存心行善,何立母亲直活到九十九岁,无病而终。何立尽心祭葬,夫妻二人又无子女,双双出家修行。闻得何立后来坐化平江府玄妙观中,即是如今的蓑衣真人,未知确否?有诗曰:

冤山仇海两何凭,百岁风前短焰灯。

今日早知冤有报,从前何苦枉劳心?

未知后事如何,且听下回分解。

第七十二回 黑蛮龙提兵祭岳坟 秦丞相嚼舌归阴府

诗曰：

一啸江河尽倒流，青霜片片落吴钩。
直捣中原非叛逆，雄心誓斩逆臣头。

上回何立之事，已经交代。如今要说那黑蛮龙在苗王李述甫面前，假说征剿傜洞，领兵杀过三关。一路移文，说是要拿秦桧，与岳元帅报仇。故此在路并无阻挡，反各馈送粮草。

那些地方官飞本进京。张俊、万俟卨、罗汝楫看了本章大惊，一同来见秦桧，到了相府，直至书房，只见秦桧发背沉重，卧床不起。三人将黑蛮龙杀进三关与岳家报仇，声言要朝廷献出太师方才回兵，"今告急本章雪片一般，小官们不敢轻自奏闻，故特来请命。"秦桧听了，大叫一声，背疮迸裂，昏迷无语。

三人见秦桧这般光景，只得辞回商议：黑蛮龙十分凶狠，料难取胜。且假传圣旨，差官往云南去，将罪名都推在岳夫人身上，叫他写书撤回苗兵，他自然听允。一面吩咐地方官紧守关隘，添兵设备，以防攻击。

次日，进朝启奏："秦丞相病在危笃，请旨另册宰辅，以理朝政。"高宗闻奏，即传旨摆驾亲往相府看问。那秦桧过继的儿子秦熹，忙同着王氏夫人，一齐出府接驾。高宗来至书房，直至床前坐下，但见秦桧睡在床上，昏迷不醒。秦熹叫声："大人！圣驾在此。"秦桧微微睁开眼来，手足不能动，带喘道："何劳圣驾亲临！赦臣万死！臣因罪孽深重，致受阴愆，愿陛下善保龙体。臣被岳飞索命，击了一锤，背脊疼痛，料不能再瞻天颜也！"言毕，又发昏晕去。高宗命太医用心调治，朝事暂着万俟卨、罗汝楫协办。遂传旨摆驾回宫，不表。

再说黑蛮龙一路杀来，势如破竹，遇州得州，逢县得县，一径杀到临安范村地方。但见：

盔甲鲜明如绣簇，喊声威震着山崩。
天王乘势离宫阙，下界凡夫孰敢凌？

张俊闻报,急命总兵王武领兵五千,出城擒拿洞蛮。王武得令,即带了人马,来到范村,安下营寨。

黑蛮龙提锤出马,直至营前喊叫道:“宋朝将官,晓事的快把秦桧献出,万事全休,稍有迟延,杀进城来,将你们那昏君一齐了命!”军士慌忙报知王武。王武随即提刀上马,出营大喝道:“你等洞蛮,为何不遵王化,擅敢兴兵,来犯天朝?罪在不赦!本帅特来拿你,碎尸万段。”黑蛮龙大怒,骂声:“你这班奸党逆贼,快快把秦桧首恶献出,饶你这班助奸为恶的多活几天。不然,杀进来,玉石不分,那时鸡犬不留,休要后悔!”王武大怒,喝声:“洞蛮,休得胡说!看刀罢!”便一刀砍来,黑蛮龙把锤枭开刀,还一锤打来。两马相交,刀锤并举。战不上五六个回合,这黑蛮龙的锤十分沉重,王武那里是他的对手,招架不住,着了忙,早被黑蛮龙一锤打个正着,头颅粉碎,死于马下。黑蛮龙招呼人马,冲将过来。王武的五千人马自相践踏,伤了一半。那些败残兵马,逃进城去了。黑蛮龙引兵至栖霞岭下寨。随命军士备下祭礼,亲到岳王坟上哭祭了一番。

次日,那张俊自己带领人马出城,来到净慈寺前,安下营寨。两旁道路,皆把石车塞断。张俊与御前总兵吴伦、陈琦、王得胜、李必显四人商议道:“那洞蛮十分骁勇,只可智取,不可力敌。”王得胜道:“小将有一计在此,今夜可将桌子数百张,四足朝天,放在湖内,将草人绑于桌脚之上,各执火球。元帅带领人马,乘着竹排,将桌子放过湖去,小将前去劫营寨,那厮决来迎战。小将引他到河边,黑夜之中不知水旱,决然跌下水去,那时擒之易如反掌也。”张俊大喜道:“妙计,妙计!”遂暗暗吩咐军士,依计而行。

待至天晚,领了人马,来到黑蛮龙营前呐喊。那黑蛮龙正在睡梦之中,听得有人来劫营,慌忙披挂,提锤上马,冲出营门。王得胜看见黑蛮龙出营,连忙带转马头便走,走到湖边,往别条小路上去了。黑蛮龙追至湖边,不见了王得胜,但见湖内有人手执灯球。因黑夜里看不明白,便将双膝一催,拍马往湖内追来,扑通的一声响,跌下水去。张俊在对岸见黑蛮龙跌入水中,心中大喜。众军士一齐呐喊,用挠钩把黑蛮龙搭起,将绳索绑了。命总兵张坤带领了三百人马,连两柄铁锤与坐骑,由六条桥解进城来。

正行之间,只见前面来了一将,白马银枪,拍马上来,一枪把张坤刺死,放了黑蛮龙,将那些护送人马尽皆杀散。黑蛮龙道:“将军尊姓大名?多蒙救俺的性命!”

那将答道:“小弟姓韩名彦直。家父乃大元帅韩世忠。因岳元帅父子被害,心中气闷,不愿为官,隐居于此。今闻将军起兵与岳元帅报仇,大快人心。今晚闻将军与张俊交兵,家父恐将军被奸贼暗算,特着小弟来探听消息,不想正遇将军。”黑蛮龙道：“小弟多蒙将军救了性命，如不嫌化外之人，愿与结为兄弟。”韩彦直听了大喜，二人就在六条桥上，撮土为香，拜为兄弟。”黑蛮龙年长韩彦直两岁，遂为兄长。彦直道：“哥哥！小弟要告别了。若再迟延，恐奸臣知觉，深为不便。”黑蛮龙道：“贤弟若得空闲，可到化外来见见愚兄一面。”二人依依，不忍分手而别。

彦直仍回家中，黑蛮龙仍旧到湖边下寨。

次日，领了人马，直至城门下讨战。军士报与张俊，张俊好生烦闷：“好好的已擒住了，又被他走脱！”遂与众将等商议道：“黑蛮龙骁勇难挡，不如用缓兵之计，只说朝廷有病，俟圣体少安，便送出奸人，与他报仇。目下先送粮草与他犒劳三军，彼必停兵。待云南消息一到，必然回兵，那时再调人马拿他。”商议定妥，就上城说与蛮龙。蛮龙道：“也罢，限你十日之内，将奸臣献出，若再迟延，便杀进城来，休想要活一个！”随命军士，仍旧退回栖霞岭下安营。这里张俊一面端正粮草犒赏之物，差人送到黑蛮龙营中，一面发文书去调各处人马，火速勤王。

不意那云南岳老夫人接到朝廷旨意，知道黑蛮龙兵犯临安，忙令岳雷写书一封，即命张英星夜兼程，来到临安，直至黑蛮龙营内。蛮龙接进寨中，取书开看，上写道：

大宋罪妇岳李氏，致书于黑蛮龙将军麾下：先夫遭罹国典，老妇待罪云南，倘奸邪有败露之日，必子孙有冤白之年。今将军虽具雄心义胆，但奋一愤之私，兴兵犯阙，朝廷震惊，本意为岳氏报仇雪恨，实坏我夫子一生忠义之名。故特差张英捧呈尺素，乞鉴我心！望即星夜班师回国，勿累老妇万世骂名，实有望焉！

蛮龙看毕，不觉感愤皆集，垂泪对张英道：“小弟自进三关，一路百姓无不为岳老伯悲惜，今岳伯母又坚持忠义之心，要小弟回兵。但是便宜了这奸贼，实不甘心！”张英道：“昔日牛将军等，亦为岳太老爷兴兵报仇，兵至长江，岳太老爷显圣作浪，不许渡江。可见他一生忠义，决不肯坏了名节。那奸臣罪恶满盈，少不得有报应之日，我与你只看他后来结果罢了！”黑蛮龙无奈，吩咐军士整备丰盛祭礼，同了张英到坟上再哭奠了一番，化了纸钱。回转营中，安歇了一夜。次日，拔寨起程，自回化外。

正是：

满腔义愤兴师旅，一封尺素便回兵。

却说张俊已得了下书人回报，又见探子来报：“洞蛮已拔寨退兵去了。”才放下了心。遂进朝来假奏：“微臣杀退洞蛮，追赶不着，已逃窜远去，特此奏闻。”

高宗大喜，加封张俊为镇远大都督，赏赐黄金彩缎。随征将士，各皆升赏。

张俊谢恩出朝，一直来到相府，看候秦桧。秦熹接进书房，张俊到床前，见秦桧面色黄瘦，牙根紧咬，十分危笃，便问：“太师病体如何？连日曾服药否？”秦熹答道：“太医进药，总无效验。惟日夜呼喊疼痛，不时昏晕，谅不济事的了。”张俊轻轻叫声：“太师，保重贵体！黑蛮龙已被小弟杀退，特来报知。”秦桧睁开双眼，见了张俊，大叫一声：“岳爷饶命吓！”张俊看见这般光景，心下疑惑，只得别去。

秦熹送出府门，复身转来，方至书房门口，但听得里边有铁索之声。慌忙走进到床前来看，但见秦桧看了秦熹，把头摇了两摇，分明要对秦熹说什么话，却是说不出来。霎时把舌头吐将出来，咬得粉碎，呕血不止而死！

诗曰：

宋祖明良享太平，高宗南渡起胡尘。

奸邪幸进忠贤退，报国将军枉用兵！

排斥朝臣居别墅，暗通金虏误苍生。请看临死神人击，咬舌谁怜痛楚声！

当时秦熹哭了一场。一面打点丧事，一面写本入朝奏闻。这正是：

运乖金失色，时退玉无光。

不知后事如何，且听下回分解。

第七十三回 胡梦蝶醉后吟诗游地狱 金兀术三曹对案再兴兵

诗曰：

石火电光俱是梦，蛮争触斗总无常。
达人识破因缘事，月自明兮鹤自翔。

说话的常言道得好："死的是死，活的是活。"上回秦桧既死，且丢过一边。

却说那临安城内，有一个读书秀才，姓胡名迪，字梦蝶，为人正直倜傥。自从那年腊月岁底，岳爷归天之后，心中十分愤恨，常常自言自语，说道："天地有私，鬼神不公！"手头遇着些纸头，也只写这两句，已有几年。一日，闻听得黑蛮龙领兵杀到临安与岳爷报仇，已到范村地方了，声声要送出奸臣即便回兵，不然就要杀进城来了。胡迪听了此信，好不欢喜，便道："这才是快心之事！"就叫家人出去打听。

次日，家人来报说："王武被黑蛮龙打死，苗兵已到栖霞岭扎营，张俊自领兵出城了。"胡迪一发欢喜："但愿得张俊也死苗人之手，也除了一个奸臣！"自此时时刻刻叫家人出去打听，已知朝廷惊恐，馈送犒军钱粮，许他十日内送出秦桧，喜得挝耳搔腮。那日叫书童去整备美酒，独自个在小轩独酌，专等消息，吃了又吃，吃到黄昏时分，已经酣了，忽见家人来报说："黑蛮龙被张俊杀败，逃回化外去了。朝廷今日加封张元帅官爵，十分荣耀。"胡迪听了此信，按不住心头火起，拍案大怒，取过一张黄纸，提起笔来写道：

长脚奸臣长舌妻，忍将忠孝苦诛夷。
开曹默默缘无报，地府冥冥定有私！
黄阁主和千载恨，青衣行酒两君悲。
愚生若得阎罗做，定剥奸臣万劫皮！

写罢，读了一遍，就在这灯下烧了，恨声不绝，又将酒吃了一会。蒙蒙胧胧，忽见桌子底下走出两个皂衣鬼吏来，道："王爷唤你，快随我去。"胡迪道："那个王爷？是什么人？为何唤我？"二人道："不必多问，到那里你就晓得。"胡迪随着二人便走。那书童送进饭来，见主人已死在椅上，忙去报知主母。主母大惊，三脚两步跑入书房，见丈夫果然死在椅上，摸他心口，尚是微温，便扶到床上放下。阖家啼哭，整备后事，不提。

且说那胡梦蝶跟了二人，行走了十余里，皆是一片荒郊野地，烟雨霏霏，好像深秋时候。来到一所城郭，也有居民往来贸易。入到城内，也像市廛一样。一直到一殿宇，朱门高敞，上边写着"灵曜之府"，门外立着牛头马面，手执钢叉铁锤守着。胡迪心慌！那皂衣吏着一个伴着胡迪，进去禀报。

少顷，那皂衣吏走出来道："阎君唤你进去！"胡迪吓得手足无措，只得跟着两个来到殿廷，但见殿上坐着一位大王，衮衣冕旒，好像庙中塑的神像一样。左右立着神吏六人，绿袍皂带，高幞广履，各个手执文簿。阶下立着五十余人，俱是狰狞恶相，赤发獠牙，好不怕人！胡迪在阶下叩头跪下。阎王怒道："你乃读书士子，自该敬天礼地，为何反怨恨天地，诽谤鬼神？"胡迪道："小子虽后进之流，早习先圣之道，安贫循理，何敢怨天恨地，诽谤鬼神？"阎王道："你常言：'天地有私，鬼神不公。'那'天曾默默缘无报，地府冥冥定有私'之句，是那个做的？"

胡迪听了，方才醒悟酒后之诗，便拜道："贱子见岳公为国为民，一旦被奸臣残害，沉冤不雪；那奸臣反得安享富贵，一时酒后感忿，望大王宽宥！"阎王道："汝好议论古今之人臧否，我今令你写一供状上来，若写得有理，便放你还阳，与妻孥完聚；倘词意舛误，定押你到刀山地狱中受苦！"命鬼吏："将纸笔给与胡迪，好生供来。"胡迪唯唯叩头，提起笔来，一挥而就。鬼吏将供呈上。阎王细看，只见上边写着：

伏以混沌未分，亦无生而无死；阴阳既判，方有鬼而有神。为桑门传因果之经，知地狱设轮回之报。善者福，恶者祸，理所当然；直之升，屈之沉，亦非谬矣。盖贤愚之异类，若幽显之殊途。是以不得其平则鸣，匪沽名而钓誉。敢忘非法不道之戒，致罹罪以招愆？出于自然，本乎天性。窃念某，幼读父书，早有功名之志。长承师训，惭无经纬之才。非惟弄月管之毫，拟欲插天门之翼。每夙兴而夜寐，常穷理以修身。读孔圣之微言，思举直而错枉，观王圭之确论，欲激浊以扬清。立忠贞愿效松筠，肯衰老甘同蒲柳！天高地厚，知半世之行藏；日居月诸，见一心之妙用。惟尊贤而似宝，第见恶以如仇。闻岳飞父子之冤，欲追求而死诤，睹秦桧夫妻之恶，更愿得而生吞。因东窗赞擒虎之言，致北狩失回銮之望。伤忠臣之被害，恨贼子以全终。天道何知，鬼神安在？俾奸回生于有幸，令贤哲死于无辜。侮鬼谤神，岂比滑稽之士？好贤恶佞，实非迂阔之儒。是皆至正之心，焉有偏私之意？饮三杯之狂药，赋八句之鄙吟。虽冒天聪，诚为小过。斯言至矣，惟神鉴之！

阎王看罢，笑道："这腐儒还是这等倔强！虽然好善恶恶，人人如此。但'若得阎罗做'这一句，其毁辱甚焉，汝若做了阎罗，将我置于何地？"胡迪道："昔日韩擒虎云：'生为上柱国，死作阎罗王。'又寇莱公、江丞相亦尝有此言，明载简册，班班可考。这等说起来，那阎罗王皆是世间正人君子所为。贱子虽不敢比着韩、寇、江三公之万一，但是那公正之心，颇有三公之毫末。"阎王道："若然，冥王有代，那旧的如何？"胡迪道："新者既临，旧者必生人世，去做王公大人矣！"阎王对左右曰："此人所言，深有玄理。但是这等狂生，若不令他见之，恐终不信善恶之报，看得幽明之道如若风声月影，无所忌惮矣！"即叫绿衣吏取过一白柬来，写道："右仰普掠地狱冥官，即带领此儒生遍观众狱报应，毋得违误！"那绿衣吏领命，就引了胡迪下西廊。

过了殿后三里许，但见白石墙高数仞，以铁为门，上边写着"普掠之狱"。把门叩动，忽然夜叉突出，来抢胡迪。那绿衣吏喝曰："此儒生也，无罪到此，是阎君令他遍视善恶之报。"将白柬与他看了。夜叉谢道："我们只道是罪鬼，不知是儒生，幸勿见怪！"那绿衣吏便引胡迪进内。但见其中阔有五十余里，日光惨淡，冷气萧森。四边门牌皆写着名额：东曰"风雷之狱"，南曰"火车之狱"，西曰"金刚之狱"，北曰"冷溟之狱"。男女披枷带锁，约有千百余人。

又到了一小门，窥见男子二十余人，皆披发赤体，以巨钉钉其手足于铁床之上，项荷铁枷，遍体有刀杖之痕，脓血腥秽，不可近视。绿衣吏指着下边一人，对胡迪道："这个就是秦桧也，已先拿到此。这万俟卨、张俊等，不日受了阳间果报，亦来受此罪孽。"又指着数人说："这是章惇，这是蔡京父子，这是王黼、朱勔、耿南仲、吴升、莫俦、范璟等一班，但是奸恶之徒，在此受罪。方才阎君遣我施阴刑，令君观之。"即呼鬼卒三十余人，驱秦桧等到"风雷之狱"，缚于铜柱。一鬼卒以鞭扣其环，但见风刀乱至，绕刺其身，桧等体如筛底。不一会，雷震一声，击其身如齑粉，血流满地。少顷，恶风盘旋，吹其骨肉，复为人形。绿衣吏对胡迪道："此震击者，阴雷也；吹者，阴风也。"又叫狱卒驱至"金刚之狱"，缚桧等于铁床之上。牛头鬼唿哨一声，只见黑风滚滚，飞戈攒簇其身，痛苦非常，血流满地。

牛头复哨一声，黑风乃止，风砂亦息。又驱至"火车之狱"。夜叉以铁挝驱桧等登车，以巨扇一扇，那火车如飞旋转，烈焰大作，顷刻皆为煨烬。狱卒以水洒之，复变人形。又呼狱卒驱桧等至"冷溟之狱"。见夜叉以长矛贯桧等沉于寒水中，举刀乱砍，骨肉皆碎。少刻以铁钩钩出，仍复驱于旧所，以铁钉钉手足于钢柱，用滚油浇之。饥则食以铁丸，渴则饮以铜汁。

绿衣吏对胡迪道："此辈奸臣，凡三日则遍历诸狱，受诸苦楚。三年之后变为牛羊猪犬，生于凡世，使人烹剥食肉。秦桧之妻王氏，即日亦要拿到此间来受罪，三年之后变作母猪，替人生育小猪，到后来仍不免刀头之苦。今此众已为畜类五十余世。"胡迪问道："其罪何时可止？"绿衣吏道："历万劫而无已，岂有底止！"一面说，又引至西垣一小门，题曰"奸回之狱"。但见披枷带锁百余人，满身披着刀刃，浑类兽形。胡迪道："此等何人？"绿衣吏道："乃是历代将相、奸回党恶，欺君罔上，误国害民，每三日亦与秦桧等同受其刑。三年后变为畜类，与秦桧一样也。"

又至南一小门，题曰"不忠内臣之狱"。内有牝牛数百，皆以铁索贯鼻，系于铁柱，四围以火炙之。胡迪道："牛乃畜类也，有何罪过，以致如此？"绿衣吏道："书生不必问，你且看。"即呼狱卒以巨扇扇火，须臾烈焰冲天，牛皆疼痛难熬，哮吼踯躅，皮肉腐烂。大震一声，忽然皮绽，裂出人形，俱无须髯。绿衣吏呼夜叉掷于铁锅内汤中烹之，已而皮肉融液，唯存白骨。再以冷水沃之，仍复人形。绿衣吏曰："此等皆是历代宦官：汉朝的十常侍，唐朝的李辅国、仇士良、王守澄、田令孜，宋朝的阎文应、童贯等。俱是向时长养禁中，锦衣玉食，欺罔人主，残害忠良，浊乱海内。今受此报应，万劫不复！"

再至东壁，有男女千数，皆赤身跣足，或烹剥剖心，或锉烧舂磨，哀痛之声，呼号不绝。绿衣吏道："此等皆在生为官为吏，贪污虐民，不孝不忠，悖负君亲，奸淫滥赂，为盗为贼，皆受此报。"胡迪大喜，叹曰："今日始出我不平之气也！"

绿衣吏仍领胡迪回至灵耀殿。阎王问道："狂生所见何如？"胡迪叩头谢恩道："可谓天地无私，鬼神明察也。"阎王便道："汝今既见，心已坦然。可再作一判文，以明秦桧父子夫妇之过。"胡迪领命，遂提笔写出一判曰：

尝谓轩辕得六相以助理万机，则神明应至。尧舜有五臣以揆持百事，而内外平成。苟非怀经天纬地之才，曷敢受调鼎持衡之任？今照奸臣秦桧，斗筲之器，闾阎小人。獐头鼠目，忖主意以逢迎；羊质虎皮，阿邪情而谄谀。岂有论道经邦之志，全无拯危扶溺之心。久占都堂，闭塞贤路。伤残犹剽掠之徒，负鄙胜穿窬之盗。既官职居宰辅，而叨任处公台。惟知黄阁之荣华，罔竭赤心于左右。欺君罔上，擅行予夺之权；嫉善妒能，专起窜诛之典。奸究逾宜于莽、操，凶顽尨胜斯、高。复以枭獍为心，蛇蝎成性。忠臣义士，尽陷罗网之中；贼子乱臣，咸置庙廊之上。视本朝如敝履，通敌国若宗亲。奸心迷暗，受诡胡兀术之私盟；凶行荒残，害贤将岳飞之正命。悍妻王氏，不言隐豹，而言放虎之难；愚子秦熹，只顾贪狠，不顾回銮之幸。一家同情而秽恶，万民共怒以含冤。虽侥幸免乎阳诛，其孽报还教阴受。数其罪状，书千张茧纸，不能尽其详；究其愆尤，历万劫畜生，不足蔽其恶！合行榜示，幽显成知。

胡迪写完呈上。阎王看了赞道："这生果然狂直。"胡迪禀道："奸臣报应，生员已经目击。但岳侯如此忠义被陷，不知此时在于何所？"阎王道："只因狂生不知果报，故特令汝遍历地狱，已邀请岳侯、兀术之魂，到此三曹对案。"

不一时，但见岳老爷随着岳云、张宪，又有一位番邦王子到来。阎王下殿迎接，接至殿上行礼，分宾主坐下。胡迪战战兢兢，不敢仰视，但见阎王道："兹因狂生不知果报，妄云：'天地有私，鬼神不公！'即岳公、太子，犹未明前后诸因，故特请诸公到此三曹对案，以明天地鬼神秉公无私，但有报应轻重远近之别耳。"遂将前事细细说了一遍。又云："岳公子、张将军，亦系雷府星官应运下凡，不日亦有玉旨，加封归位矣。"说完了，就命鬼卒："往酆都带秦桧出来！"不一时，秦桧披枷带锁，跪在殿前。阎君喝令牛头马面重打二十铜棍，打得鲜血淋漓，仍令押入地狱。阎王道："请元帅、太子，各回本府。胡迪虽狂妄无知，姑念劲义正直，如今果报已明，加寿一纪，放他回阳去罢！"当时岳王父子、兀术，方才明白往事，一齐辞别阎君。阎君亲送下阶，方才归殿。

只见功曹禀道："胡迪来久，若再迟三刻，坏了躯壳，难以回阳，奈何！"阎王道："既如此，可将急脚驹借与他乘去，勿误时刻。"鬼卒即去牵过一匹马来，不由分说，把胡迪扶上马，加上一鞭，那马如飞云掣电一般跑去！吓得胡迪惊惶失措，把缰绳扯住，紧紧的闭了双眼，不敢开看，由着他腾空而走。倏忽之间，来到一座高山，胡迪微微开眼一看："啊呀，不好了！"两边俱是万丈深涧，中间只得一条窄路，吓得坐不住鞍鞒，咚的一声，跌下涧中。一身冷汗，惊醒来，身子却睡在堂上。但见合家男女围着啼哭，正要下殓。胡迪道："我已回阳，不必啼哭！"

合家男女好不欢喜，都各去了孝服。死了三日，重活转来，真个是诧闻异事！胡迪坐起来，吃了些汤水，慢慢的将阴间所见之事细细说了一遍。众人不胜惊骇道："秦桧昨日方死，不道已在阴司受罪，真个可怕！"胡迪方知秦桧已死，越发敬信。

自此以后，斋僧布施，广行善事，也不图功名富贵，安享田园，直活到九十多岁，无病而终。这些后话不表。

且说黄龙府金主完颜阿骨打驾崩，传位与皇弟吴乞买。是时吴乞买崩，原立粘罕长子完颜冻为君。众王子朝贺之后，兀术回转府中，闷闷不乐。那日在睡梦之中，明明到阴司与岳飞在阎王殿上三曹对案。他赋性本来是个粗莽的，阎王原说他不久就要归位，不道错听了，道是不久就要正位。一觉醒来，细想梦中之事，自语道："原来我是奉着玉旨下界，应有帝王之分。岳飞强违天意，故遭命丧。他今已死，中国还有何人挡我？不趁此时去抢宋室江山，等待何时？"随入朝奏知，即同军师哈迷蚩、参谋忽尔迷商定计策。约同众王子完颜乾等，并大元帅粘得力、张豹马，提国元帅冒利燕，支国元帅迷特金，提国大将哈同文银，提国元帅完黑宝，黑水国元帅干里朵，共同起大兵五十万，浩浩荡荡，杀进中原而来。但见：

铁骑如云绕，塞满关山道。
弓随月影弯，剑逐霜光耀。
笳笛征鸿起，涛声鼙鼓敲。
指日破京城，直向中原捣。

那些地方官员告急本章，犹如雪片一般的进朝告急。

不知高宗作何主意，且听下回分解。

第七十四回 赦罪封功御祭岳王坟 勘奸定罪正法栖霞岭

诗曰：

窃弄威权意气豪，谁知一旦似冰消。
人生祸福皆天理，天道昭昭定不饶！

话说秦桧夫人王氏，自从丈夫死后，日夜心神恍惚，坐卧不安。一日，独自一个在房中，傍着桌儿，手托香腮，不知想着些甚事。忽有丫环进来禀道："适才有张元帅差人来报，说：'金邦四太子又起大兵五十万，杀进中原，势加破竹，十分厉害，将近朱仙镇了。"王氏听了，心中暗想："岳飞已死，无人迎敌，宋室江山，决然难保。'我何不同了孩儿、家属，悄悄逃往金邦，决有封赠，莫待他得了天下，落人之后。"正在暗想，忽然一阵阴风，吹得毛发皆竖。举眼一看，却见牛头马面，引着一班鬼卒，赤发獠牙，各执锤棍，将秦桧牵着，披枷带锁，走近前来，对王氏道："我好苦呀！"王氏惊得魂飞魄散，索落落地抖个不住，冷汗直流。秦桧只说得一声："东窗事发了！"那鬼卒将铁锤向王氏背上一击，王氏只大叫一声，跌倒在地。

众丫头听得房内声响，俱各赶进来，看见王氏倒在地下，慌忙扶上床去，口口声声只叫："饶命！"众婢女慌到外边报知秦熺。秦熺忙赶进来看视，但见舌头拖出二三寸，两眼爆出，已死在床上！秦熺悲伤，大哭一场，一面端正丧事。次日早晨，写本奏闻。

恰值高宗升殿，那文武官员朝参已毕，分班站立。只见黄门官手持本章，来至金殿，俯伏奏道："边关告急本章，进呈御览。"近侍接本，摆在龙案之上。高宗举目一观，上写着"金国四太子完颜兀术领兵五十万，来犯中原，十分危急，请速发救兵"等事。高宗看罢大惊，便问两班文武："那位贤卿，领兵去退金兵？"那时岳爷的忠魂，附在罗汝楫身上，跪下奏道："臣岳飞愿往！"高宗听了"岳飞"二字，吓得魂不附体，大声一叫，跌下龙床。众大臣连忙扶起。回宫得病，服药不效，不多几日，高宗驾崩。众大臣议立太子登位，乃高宗之侄，是为孝宗。红白诏书,颁行天下,在朝文武,尽皆加职。

那时有南朝元帅张信,闻得高宗驾崩,新君即位,来到临安朝贺。孝宗宣召张信进宫。张信进内,朝见已毕,奏道:"陛下即位未久,今值金兵又犯中原,未知圣裁如何?"孝宗道:"朕年幼无知,老卿有何良策,可退金兵?"张信道:"臣有五事:第一要拿各奸臣下狱治罪,以泄民怨;第二命官起造岳王坟,建立忠祠,以表忠义;第三差官往云南赦回岳家一门子孙,应袭父职,就命岳雷去退番兵;第四招安太行山牛皋众将,协同剿灭兀术;第五复还旧臣原职。陛下若能依此五件行事,不愁金兵不败,社稷不安也!"。孝宗闻言大喜道:"就烦老柱国捉拿各奸臣家眷,下狱治罪。"又命吏部差官一员往云南,赦回岳氏一门,应袭父职。又命大学士李文升往太行山,招安牛皋众将。又差张九思建造岳王坟祠。颁诏天下,旧时老臣,被秦桧所贬者,复还原职起用。

张信谢恩,领旨出宫,带了校尉,往拿罗汝楫、万俟卨、张俊以及各家家属,尽行下在天牢内。张九思领了圣旨,即在栖霞岭下起造岳王词庙并众忠臣殿宇,竖立碑记,增塑神像。吏部大堂承旨,即差行人司陈宗义,捧诏往云南去赦回岳氏一门。又颁发诏书,凡因岳氏波累诸人在逃者,俱各赦罪,入朝受职。其时周三畏得了此信,遂将岳爷前后被秦桧排害,并将昔年勘问招状写成冤本,进朝来替岳爷鸣冤。孝宗准本,即复三畏旧职,命复推勘各奸覆旨。

且先说那李文升奉旨往太行山招安牛皋等众,行了月余,方到得太行山下,与喽罗说知。喽罗上山报知中皋,牛皋道:"叫他上山来。"喽罗下山说道:"大王唤你上山去相见。"李文升无奈,只得上山,来到分金亭,见了牛皋,便道:"牛将军,快排香案接旨。"牛皋道:"接你娘的鸟旨!这个昏君,当初在牛头山的时节,我等同岳大哥如何救他,立下这许多的功劳,反听了奸臣之言,将我岳大哥害了,又把他一门流往云南。这昏君想是又要来害我们了!"李文升道:"将军原来尚不知道,如今高宗圣驾已崩了!"牛皋道:"这个昏君既死就罢了,你又到此做什么?又说什么接旨!"李文升道:"如今皇太子即位,称为孝宗皇帝。将朝内奸臣尽行下狱;又差官往云南赦回岳氏一门,应袭父职;又命张九思建设岳王坟庙;命下官前来,招安将军回京起用。"牛皋道:"大凡做了皇帝,尽是无情义的。我牛皋不受皇帝的骗,不受招安!"李文升道:"敢是将军知道兀术又犯中原,必定惧怕,故此不受招安么?"牛皋大怒道:"放你娘的狗屁!我牛皋岂是怕兀术的?就受招安,待我前去杀退了兀术,再回太行山便了。"吉青道:"牛哥不可造次,这些话不知真假,牛哥可先往云南去见过了嫂嫂,若果然赦了他们,我等便一同进京。"牛皋道:"吉兄弟说得有理。"一面打发李文升回京复旨去了。牛皋带了人马,自往云南而来,不表。

再说岳夫人与柴娘娘正在闲话，只见军士进来禀道："圣旨下了。"岳太夫人闻报，慌忙带了众公子出来，迎接圣旨到堂上。陈宗义宣诏已毕，夫人率领众公子叩头谢恩，设宴款待钦差。次日，钦差作别，回京复旨。李述甫闻知此事，带了女婿岳霖并自己女儿云蛮，前来贺喜。岳夫人出来相见已毕，李述甫道："某家闻知亲母奉旨还朝，特送令郎、小女归宗。"岳夫人再三称谢。当日备酒款待，吃至黄昏方散。次日，收拾行李起身，李述甫与女儿大哭而别。柴老娘娘与柴王亲送众公子与岳家眷属，望三关上路，行了数日，到了平南关。岳太夫人择日与岳雷、韩起龙、韩起凤、牛通四人结了花烛。过了三朝，带了新人，一齐望临安上路。到得南宁，柴王、老娘娘、潞花王，各与众人拜别，各回王府。

岳夫人过了铁炉关，一路行来，恰好遇着牛皋的人马。那牛皋问道："前面是何处人马？"军士禀道："是岳家奉旨还朝的。"牛皋道："快与我通报，说牛皋要见夫人。"众军慌忙报知岳夫人。岳夫人叫军士就此安营，命众公子："快去请牛叔叔相见！"众公子领命出来见了牛皋，接进营中。牛皋拜见了岳夫人，又与众公子重新见礼毕。岳夫人道："牛叔叔！如今我们奉旨进京，既已赦罪，牛叔叔亦该弃了山寨，一同去朝见新君，仍与国家出力，以全忠义为是！"牛皋连声道："嫂嫂之言，甚是有理。小叔就带领人马，仍回太行山去，收拾了山寨，同了众弟兄一齐在前途等候便了。"当下别了众公子，星夜回转太行山，收拾去了。

且说岳家人马，在路又行了几日，见牛皋和赵云、梁兴、吉青、周青五人，带领合山人马，已在前途等候。各个相见了，遂合兵同行。在路非止一日，已到临安。

岳夫人率领牛皋并各位公子一齐来到午门候旨。黄门官启奏，孝宗即宣岳夫人等上殿，众臣俯伏谢恩。孝宗道："先帝误听奸臣之言，以致忠良受屈，今特封李氏为一品鄂国夫人，四子俱封侯爵。牛皋、吉青五人俱封为灭虏将军。韩起龙、宗良等俱封御前都统制。岳雷承袭父职，赐第暂居。亡过诸臣，俟朕明日亲临致祭褒封。"众人一齐谢恩出朝。次日，孝宗带领文武各官，传旨排驾，出了钱塘门，来到岳王坟前，排了御祭。命大学士李文升代祭。后人有诗曰：

一著戎衣破逆腥，漫陈肴醴吊亡灵。
君臣义重敦三节，父子恩深殉九京。
累累白骨埋岭畔，隐隐封丘绕江滨。
人生自古谁无死？留得丹心照汗青。

李文升祭奠毕。孝宗传旨封岳飞为鄂国公，岳云为忠烈侯，银瓶小姐为孝和夫人，张宪为成义将军，施全为众安桥土地，王横为平江驿土地，张保为义勇尉，汤怀为忠义将军，杨再兴为忠勇将军，董先等五人俱封为萃忠尉，其余阵亡诸将,俱各追封,建立祠庙,春秋祭祖。又命周三畏协同牛皋,勘问秦熹、万俟卨、罗汝楫、张俊等,并各家家属,依律定罪。岳夫人率领众人谢恩。天子排驾回宫,众臣进驾已毕,然后各又上祭。

正在热闹之际,只见两个人身穿孝服,走到坟前祭奠,放声大哭。祭毕起来,脱了孝衣。众公子因在回礼,却不认得。岳雷上前:“请问二位尊姓大名?”二人道:“小生王能,此位李直,向慕岳爷忠义,被奸臣假传圣旨,召进京来,小生二人虽曾料理监中诸事,但奸臣决意要谋害岳爷,小生亦无法可救。只得买嘱狱官牢子,将各位尸首从墙上吊出,收殓入棺,藏于螺蛳壳内。自从那年带孝至今,天开眼现报,故到此间来除服。”说罢,转身就走。公子忙叫家将:“请他两位转来!”

家将忙走出坟门来,已不知往那里走了。岳夫人与众公子无不感激赞叹。次日,着人寻访,说是二人向时俱住在箭桥边,数年前,将回房产业尽行变卖,东一日,西一日,并无定处。家人寻了数日,并无下落,直至后来岳雷扫北回来之后,有人传说:二人在云栖出家。岳雷亲往拜谢向日之情,赠以黄金布帛,二人亦不肯受,就布施在场住公用。二人活到九十多岁,得道坐化。此是后事不提。

再说那日牛皋来到大理寺衙门,周三畏接到大堂上,中间供着圣旨,二人左右坐定。监中去提出张俊、秦熹等一干人犯,来到阶前,唱名跪下。周三畏先叫秦熹上去问道:“你父亲身为一品,你又僭入翰苑,受了朝廷厚禄,不思报国也罢,反去私通兀术,假传圣旨,谋害忠良,欺君误国,有何理说?”秦熹吓得不敢则声。

牛皋道:“不必问他,先打四十嘴巴,然后定罪。”左右“呀”的一声,将秦熹打了四十巴掌。可怜小时受用到今,何曾受此刑法!打得脸如屁股一般。周三畏又问张俊:“你的罪名,也讲不得这许多。只问你身为大将,但知依附权奸,杀害忠良,当得何罪?”张俊默默无言,低着头只不则声。牛皋道:“问他怎的!也打四十嘴巴,然后定罪。”左右将张俊也重重的打了四十。周三畏又问万俟卨:“你怎么说?”

万俟卨道:“犯官不过是听秦太师差遣,非关犯官之事。”周三畏又问罗汝楫:“你身为法司大臣,怎么屈害岳家父子?”罗汝楫道:“都是秦桧吩咐了万俟卨所为,犯官如何敢违拗?实是他二人专主,与犯官无涉。”牛皋大喝一声:“放你娘的屁!这样狗官,问他做什么!”叫左右:“拿下去,先打他四十大板,然后定罪。”

左右答应一声,鹰拿燕雀的一般,将二人掀翻,每人四十,打得鲜血淋漓,死而复醒。周三畏便提笔判拟:“秦桧夫妻,私通兀术,卖国欺君,残害忠良,法应斩棺戮尸。其子秦熹，营谋编修，妄修国史，颠倒是非。张俊身为大将，不思报效，专权乱政，误国害民。万俟卨、罗汝楫，依附权奸，夤缘大位，残害忠良，贪婪误国：并拟立决不枉。其各奸妻孥家属，并发岭南充军。”周三畏叠成罪案，命将各犯收监，候旨施行。

当时将所定之罪，次早入朝奏同。孝宗准奏，即传旨命牛皋监斩，将各犯押往栖霞岭下岳王坟前处决。又颁赐岳夫人生铁五百斤，铸成秦桧、王氏、张俊万俟卨四人形象，跪在坟前，以快众百姓公愤。圣旨一下，那些临安百姓人人踊跃，个个欢呼。那日岳夫人备了祭礼，同众公子到坟上等候。

不多一会，周三畏取出监中各犯，到大理寺堂上绑起，判了“斩”字。刽子手左右服侍，军校在前，招旗在后，一起破锣，一起破鼓，出了钱塘门。一路上看的百姓，男男女女，人千人万，那一个不说是天理昭彰，报应不爽！看看已到了岳坟，牛皋穿了大红吉服，排列公案坐下，吩咐先将秦桧夫妻二人的棺木打开，枭了首级，供在祭桌上。再命把张、秦、罗、万四个犯人，推出斩首。正是：

万事劝人休作恶，举头三尺有神明。
早知今日遭刑戮，悔却从前使黑心。

左右刀斧手将四人刚刚推到坟前，只听得坟门外齐声呐喊，震得天摇地动！岳夫人与牛皋同吃一惊，只道谁来劫法场，忙唤家将出去查看。

不知果是何人，且听下回分解。

第七十五回 万人口张俊应誓 杀奸属王彪报仇

诗曰：

休言是是非非地，现有明明白白天。
试看害人终自害，冤冤相报总无愆。

话说岳夫人听得外边呐喊，即着家将出去查看。牛皋道：“敢是有人来劫法场么？快将我的兵器拿来！”正待要立起身来披挂，家将已进来禀道：“众百姓为那张俊在临安奸人妇女，占人田产，今日许多受冤之人，都来看他行刑，想要报仇，故此喧嚷。”岳夫人道：“既有此事，那百姓众多怨恨，这一刀，怎能报得许多仇来？也罢，如今可传我之命，将张俊赏与众百姓，随他们怎么一个处置罢！”

家将领命，传出这句话来，那些众百姓齐齐跪在外面叩头，谢了岳夫人起来，七手八脚，一窝蜂把张俊拥到湖塘上。也有手打的，也有脚踢的，乱个不止。内中走出一个人来，叫道：“列位且慢动手！我们多感岳夫人将这奸贼赏与我们报仇，若是张家报仇，李家不能报，就有许多争论了。况且受害之家尽多，他一个人，如何报得完？我们不如把他推到空阔之处，众人立在一边，逐个走来，将冤仇数说他一遍，就咬他一口，如何？”众人齐声道：“妙极！妙极！”即时将张俊推在空处，绑在一棵柳树上。先是一个走过来，骂声：“奸贼！你为何强占我的妻子？”就一口咬下一块肉来，就走开去。让第二个上来骂道：“奸贼！你为何谋我的田地？”也是一口。又一个来道：“奸贼！你为何贪赃把我父亲害死了？”也是咬一口。你也咬，我也咬，咬得血肉淋漓。咬到后头，竟咬出一场笑话来。不知那里走出一个无赖，有甚冤仇，竟把他阳物都咬掉了！

当时牛皋命将张俊斩首，枭了首级，然后命将秦熹、万俟卨、罗汝楫三人斩了。

将四颗首级，一并摆在岳爷面前，祭奠一番，焚化了纸钱。太夫人起身进城，同了牛皋、众将、公子等，入朝谢恩已毕，回归府第。次日，周三畏差解官将各奸臣家属，起解岭南而去。

且说过不得两三日，又有告急本章进朝说："兀术大兵已近朱仙镇，十分危急，请速发救兵!"张信抱本上殿启奏。孝宗随传旨，宣岳雷进朝。岳雷听宣，即行进朝，朝见已毕。孝宗面封岳雷为扫北大元帅，牛皋为监军都督，诸葛锦为军师，众位英雄俱各随征，有功之日，另行封赏。岳雷谢恩，辞驾出朝。次日，张元帅调拨人马。岳雷拜别了母亲妻小，到教场中点齐各将，带领二十万人马，浩浩荡荡，离了临安，望朱仙镇而来。有诗曰：

恩仇已了慰双亲，领受兵符宠渥新。

克建大勋同扫北，行看功业画麒麟。

慢表岳雷带领三军来迎兀术。再说到当年铁面董先在九宫山落草，遇见了张宪，一同前去投顺了岳爷。其时不便携带家小，将妻子钱氏安顿在九宫山下一个村庄居住。所生一子，取名耀宗，年纪尚幼。后来董先死于金营阵上，岳元帅常常着人赠送金银抚养。不道这耀宗长成起来，只落得好一副长大身材，面如锅底，力大无穷，惯使一柄九股托天叉，重有百十余斤。那一村人俱怕他，俱称为"卷地虎"。那日和同伴中玩耍闲讲，提起岳爷父子被奸臣陷害，心中忿忿不平。回到家中，收拾行李，别了母亲，竟望临安小路，要与岳家报仇。

在路行了几日，这一日来到列峰山下，天色已晚。正愁没个歇处，急步乱走，忽见前面树林内走出一个人来，生得身长九尺，年纪不上二十，面如黄土，头戴包巾，身穿青布扎袖；脚下缠着卷腿，穿着一双快鞋，手执一根铜棍。看见董耀宗近前，大喝道："快拿买路钱来!"董耀宗哈哈大笑道："朋友，要什么?"那人道："要买路钱，要什么!"董耀宗哈哈大笑道："朋友，这个路是你几时挣的，却要我的买路钱?"那人道："普天下的路，老爷撞着就要钱，若不与我，休想过去!"

耀宗道："你问我老爷要钱，岂不是虎头上来抓痒?不要走，且赏你一叉，发个利市。"便举叉望那人搠来。那人大怒，舞动熟铜棍招架。二人战了五十余合，不分个高下。耀宗暗想："这个人本事倒好，不如收服他做个帮手也罢。"便将九股叉架住了铜棍，叫道："朋友，与你杀了半日，不曾问得你的姓名，且说与我听。"

那人道："老爷行不更名，坐不改姓，姓王名彪。因我有些力气，这些人都呼我做'摇山虎'。"董耀宗道："你既有这样本事，为什么不去干些功名，倒在这里剪径?"王彪大喝道："放你娘的屁！我父亲乃岳元帅麾下将官，我岂肯为盗？只为要往临安去，少了盘缠，问你借些，什么剪径！”董耀宗道：“你父亲既是岳元帅的将官，不知叫甚名字？”王彪道：“我父亲王横，那处不闻名？”董耀宗道：“如此说来，我和你俱是自家人了。我非别的，乃铁面董先之子，董耀宗是也。”

王彪听了，便撒了熟铜棍，慌忙作揖道：“啊呀！原来是董公子，方才多多得罪，休要见怪！不知公子为何到此？”董耀宗把要往临安与岳爷报仇的话说了一遍，然后道：“不想在此处得遇王兄！”王彪道：“不瞒公子说，父亲跟随大老爷来至临安，到了平江驿，大老爷被众校尉拿了。那时我父亲不服，正欲动手，大老爷喝住，被众校尉乱刀砍死。我在家闻得此信，不知真假，别了母亲，赶到平江探听。半路上遇着跟随军士，将此铜棍还我，方得实信。又闻得将大老爷拿进京去，只得回来。不道今年母亲亡过，舅舅又死了，只剩得单身独一。故此要往临安去，打杀那些奸臣，为大老爷、父亲报仇。不想带少了盘缠不能前去，所以在此做这勾当。”二人大笑。耀宗也把心事说了一遍，各个欢喜，就在山下撮土为香，拜为弟兄。赶到前村，寻个歇店，歇了一夜。

次日，同望临安上路。一日，来到九龙山下，只听得一棒锣声，松林内走出几十个喽罗，一字排开，大叫：“快拿买路钱来！”董耀宗对王彪道：“王兄弟，你的子孙来了。”王彪大笑，走上一步，喝声：“狗弟子孩儿！老爷正没盘缠，若有，快快送些来与我。”喽罗道：“可不晦气么！两天不发利市，今日又张着个穷鬼！滥不济，把身上的包裹留下，也当杀水气。”众喽罗也不晓得利害，七手八脚，向他二人背上来把包裹乱扯。王彪大怒，把熟铜棍一扫，跌倒七八个。董耀宗把九股叉略略一动，又叉翻了四五双。众喽罗见来得凶，都飞奔上山去了。

董耀宗叫声：“王兄弟，你看那些喽罗逃上山去，必然有贼头下来，我与你在此等一等，替他要些盘缠去也好。”王彪道：“董哥说得有理。”话犹未了，只见山上飞下一骑马来，董耀宗抬头一看，只见马上坐着一位英雄，生得脸白身长，眉浓唇厚，两耳垂肩，鼻高眼阔，身穿一领团花绣白袍，头戴一顶烂银盔，坐下白龙马，手提双铁戟。近前来大喝一声：“那里来的野种！擅敢伤我的喽兵，爷爷来取你的命也！”董耀宗大怒，也不回话，举手中托天叉劈面就搠。那将使动双戟，如雪花飘舞一般的飞来，马步相交，叉戟并举。不上二十来合，王彪见董耀宗招架不住，提起手中熟铜棍上前助战。那人使动手中双戟，犹如猛虎离山，好似恶龙戏水。

二人战不过，只得往下败走。那人紧紧追赶。

二人大叫道："我等要紧去报大仇，和你作甚死冤家，苦苦的来追我？"那将道："既是你要去报仇，且住着，说与我听。若果有什么大仇要紧去报，便饶你前去，倘说不明白，休想要活。"董耀宗道："俺乃岳元帅麾下统制董先之子，名叫董耀宗。这个王彪，是王横之子。因岳爷爷被秦桧、万俟卨等众奸臣杀害，我两个要到临安去杀尽奸臣，故此要紧。"那将听了，哈哈大笑，连忙收戟下马道："不知是二位兄长，多多得罪！我非别人，乃杨再兴之子，杨继周是也。当日家父归顺了岳爷，小弟幼时，就同家母住在寨后，不料家父被兀术射死在小商河，我母亲日夜悲啼，染成一病而亡。小弟本欲到朱仙镇投奔岳爷，去杀兀术报仇，不想元帅又被奸臣陷害，故此小弟招集旧时人马，复整山寨。今日得遇二位，既要报仇，请二兄到山寨商议。"二人大喜道："原来是杨公子，怪道这等好武艺！"二人重新见礼。喽罗牵过马来，三人坐了，一同上山。

进寨坐定，各把心中之事诉说一番。继周道："临安既为帝都，自有许多人马，我三人不可莽撞，反误大事。二兄权住在此，且招揽英雄，粮草充足，那时杀进临安，方可报得此仇。"二人称言有理。三人说得投机，摆下香案，结为兄弟，就在这九龙山上落草，分拨喽罗四处探听张罗。

一日，三人正在寨中闲谈，忽有巡山小喽罗报道："山下有一起官家，解犯在此经过，打听得有些油水，特来报知。"王彪起身道："待小弟去拿来。"随提着铜棍，带领喽罗，大步飞奔下山，只见四个解官、五六十个解差，押着三四十个犯人，男男女女，已到面前。王彪大喝一声："拿买路钱来！"那些解官、解差吓得魂不附体，战兢兢地叫声："大王！我们并非客商，乃是刑部解差，解些罪犯，往岭南去的。求大王放我们过去罢！"王彪道："我也不管这些噜苏。"叫众哄罗："都与我拿上山去！"众喽罗一声呐喊，就把众人推的推、扯的扯，推着车，挑着担，一齐押上山来。

王彪进了山寨，对杨继周道："小弟拿得这些罪犯，我们审他一审，看内中如有冤枉的，便把解官杀了，放他们去。"众犯听得了，齐声叫道："冤枉的。"四个解官慌忙跪下道："大王爷爷！这班都是奸臣家属，并没有什么冤枉的事！"董耀宗便问道："是那个奸臣的家属？细细说来。"那解官道："这是秦桧的媳妇、女儿，这是万俟卨、罗汝楫、张俊等众奸臣的子女、媳妇，一共有四十多名，现有文书为证。"杨继周道："这班所犯何罪？你可说来。"解官即将高宗崩驾，孝宗登基，兀术起兵，张信进宫启奏，赦回岳氏一门，岳公子应袭父职，圣上亲往岳王坟前祭奠，又差官招安了牛皋老爷们，将各奸臣处斩，子孙、眷属尽流岭南充军之事，细细述了一遍。三个大王听了，一齐呵呵大笑道："这一班奸贼，不想也有今日！"吩咐将万俟卨、罗汝楫、张俊之子，取出心肝，另行枭首。众喽罗将这班人推到剥衣亭上，一齐绑起来，剐出心肝，又把他们首级砍下，排在桌上。设了岳爷父子、张宪的牌位，将心肝人头祭奠已毕。王彪又把父亲王横的牌位供着，亦将心肝人头祭奠过了。那解官吓得魂飞胆丧，只是磕头求告。杨继周道："你休得害怕。俺且问你，如今那岳家少爷，还是在朝为官，还是在那里？"解官道："岳家公子，今朝廷封为扫北大元帅。牛皋老将，封为监军。一班老小英雄，尽皆随征。起了二十万大兵，迎请二圣回朝，扫灭兀术去了。"杨继周吩咐："将众奸臣罪犯的财物，赏了解官，打发他下山去罢。"那解官等磕头谢恩，没命的奔下山去，赶路回临安复旨去了。

杨继周对董耀宗道："既然岳二公子提兵扫北，我们何不弃了山寨，统领人马，去助他一臂，何如？"董耀宗道："大哥之言，正合我意。"继周道："但是我们与岳公子并未相识，带了许多人马，恐怕动人疑惑。敢烦二位贤弟，先往朱仙镇大营去通达岳二哥，我好在此收拾人马粮草，随后就来。"王、董二人道："大哥所见极是。"次日，辞了继周，只带两个小喽罗作伴，星夜望朱仙镇而来。正是：心忙似箭犹嫌缓，马步如飞尚道迟。

再说那岳雷领了大元帅印绶，统领大兵二十万，到了天长关。即有本关总兵郑材，出关迎接。岳雷过了天长关，直至朱仙镇上，放炮安营。

那金邦探子。报进牛皮帐中来道："启上狼主，宋朝差岳南蛮的儿子岳雷，统领二十万人马，已到朱仙镇上扎营了。"兀术道："呀，有这等事！那南蛮皇帝，叫这后辈小儿来拒敌，想也是命尽禄绝了！再去打听。"探子应声："得令！"出帐而去。

到了次日，岳雷升帐，诸将参见已毕，即传下令来道："今日那一位将军去见头阵？"说还未了，旁边闪出一将，应声："小将愿往。"岳雷一看，却是欧阳从善。岳雷即命带领三千人马，往金营讨战。从善答应一声："得令！"出营上马，手提双斧，带领军士直至番营，大声喊道："快着几个有本事的出来试斧头。"那探事小番报进帐中，兀术问道："今日有南蛮讨战，谁人去与我拿来？"但见帐下闪出一员番将应道："小将土德龙愿往。"兀术遂点三千人马，叫土德龙出去迎敌。

土德龙得令，手提镔铁乌油棍，出营上马，带领番兵，来到阵前。欧阳从善抬头观看，但见来的番将：

金盔插雉羽，蓝脸爆睛红。
金甲袍如火，黄骠马似熊。

手执乌油棍，腰悬满月弓。
金邦称大将，名为土德龙。

欧阳从善看见番将相貌凶恶，暗暗的道："我在江边海口，见了些粗蠢蛮汉，却是从未见过鞑子的。不要初发利市，倒输与他了。"便喝道："来将何人？快通名来。"

土德龙道："俺乃大金国昌平王平南大元帅完颜兀术四太子麾下前哨平章土德龙是也。你乃何人，敢来阻我大兵，自寻死路？"从善道："我乃大宋天子驾前都督天下兵马扫北大元帅岳帐下统制欧阳从善，名唤'五方太岁'的便是。何不自下马受缚，省我老爷动手？"土德龙大怒，舞动乌油棍，当头打来。欧阳从善摇动双斧，劈面相迎。两马跑开，斧棍并起，一来一往，不上十二三个回合。这个番贼，原来中看不中吃的。从善是拚命的，把双斧没头没脸的乱劈，他那根乌油棍竟有些招架不住了。又战了三四合，被从善左手这把斧挑开乌油棍，右手这把斧砍去，正砍个着，土德龙好一个头竟劈做两片，死于马下。枭了首级，掌着得胜鼓，回营缴令。

岳雷命军政司上了欧阳从善第一功。

那边小番飞风报进牛皮帐中："启上狼主，土元帅失机了！"旁边恼了土德虎、土德彪、土德豹弟兄三人，一齐上前禀道："南蛮杀我哥哥，小将弟兄们前去擒那岳南蛮来，与哥哥报仇。"兀术依言，拨兵五千，同去讨战。三人得令，上马领兵，来至宋营前喊骂。小校报进中军。岳雷即传请老将吉青，协同宗良、余雷，带领三千人马，一齐迎战。三人领令，出营上马，来到阵前。但见对阵马上，齐齐排列着三员番将，怎生打扮？但见正中间那将：

脸似赤霞红，怪眼赛灯笼。
铁甲生光焰，皮带嵌玲珑。
骏马追风电，狼牙出海龙。
将军土德虎，出阵显威风。

左首马上坐着的，生得来：

一张铁扇嘴，胡须乱更虬。
两只铜铃眼，睁开鬼神愁。
大刀横马背，杀气满心头。
若问名和姓，金邦土德彪。

右首马上坐着的，越发生得凶恶：

头如笆斗大，青脸爆双睛。
身长一丈二，膂力几千斤。

吆咤风云变，喑哑山岳崩。

番邦土德豹，俨似巨灵神。

吉青大喝一声："你们这班狗养的！一个个排齐了，报明名字，把颈脖子伸长些，好等我来排头打去，省些气力。"那土德虎大喝道："你这狗南蛮，休要乱话，尚不知某家大名厉害哩！某乃大金兀术四太子帐下前哨平章土德虎。这是俺三弟土德彪、四弟土德豹。你杀了我大哥，特来拿你去，挖出心肝来祭奠。"吉青道："啐！张三入了你娘，却问我李四要钱！不要走，吃我一棒罢！"举起金顶狼牙棒，当头盖下，土德虎忙把铁搠狼牙槅相迎。

二将一样狼牙棍，棋逢敌手相交进。来来往往手无停，下下高高心不定。一个棒来心不善，一个棒去真凶狠。直杀得：天昏地暗鬼神愁，倒海翻江波浪滚！

两个战了二三十合，土德虎有些招架不住了，土德彪摇动手中雁翎刀，出阵助战。

这里宗良举起镔铁棍，接住厮杀。土德豹挺着丈二蛇矛，飞风出马。余雷舞动双铁锤来迎。六个人捉对儿厮杀。但见：

两阵齐鸣战鼓，六人各逞英豪。长枪铁棍乱相交，

雁翎双锤闪耀，这场恶战果蹊跷，莫作寻常闲闹！

六人大杀了一阵。土德彪手中刀略略一松，被宗良挡腰一棍，打下马来。三军一声呐喊，土德虎着了忙，来不及，吉青的狼牙棒早从头上盖将下来，把个天灵盖打得粉碎。土德豹见两个哥哥俱死，不敢恋战，拨转马头败走。这里三人也不追赶，取了首级，回营报功。

那土德豹败回金营，来见兀术，哭禀道："南蛮厉害，两个哥哥又丧于南蛮之手，特来领罪！"兀术大怒道："有这等事！"便问帐下："有何人敢去与岳南蛮打仗？"当时恼了大元帅粘得力，上前来禀道："小将愿往。"兀术便道："将军若去，自必成功。"遂命领军三千，去宋营报仇。

粘得力领令出营，手提一百二十斤重的紫金锤，跨上骆驼，直至宋营讨战。小校报进中军："启上元帅，营门外有番将讨战！"岳雷传令："命罗鸿、牛通二人，带领三千人马迎敌。"二人得令，出营上马，来到阵前。抬头观看，但见来的番将：

头上金冠雉尾飘，身穿金甲象皮绦。

腰悬秋水青风剑，背插螭头雁翎刀。

面似红铜无二色，满口黄须如蜡胶。

俨似金刚无二样，胜却波斯国内豪。

牛通大喝一声："你这蛮子，叫什么名字？说明了，好上帐。"粘得力道："某家乃金邦大元帅粘得力便是。你是何人，敢伤我的先锋？"牛通道："老爷叫做'金毛太岁'。你撞着太岁爷，也是阎王注定你的寿限了，且吃我一刀！"粘得力举起紫金锤，架开刀，还一锤打来。牛通举刀一架，格当一声响，震得两臂麻木。牛通叫声："好家伙！"粘得力又是一锤，牛通一闪，落了空，跌下马来。罗鸿见了，飞马上前，抵住了粘得力，大战了四五个回合。宋营军士将牛通救回营去。罗鸿战不住粘得力，也只得败回。

岳雷在帐中闻报番将厉害，忙令宗良、余雷、欧阳从善、郑世宝四将，一齐出营接应。正值罗鸿败回，宗良就抡动铁棍，从善舞开双斧，余雷抡起铁锤，郑世宝排开铁方槊，上前迎住粘得力，走马灯相似，团团转的厮杀。粘得力毫无惧怯，舞起紫金锤，左插花，右插花，上三路，下三路，战了四十余合，越斗越有精神了。四将看来不搭对，只得败回。粘得力见天色已晚，鸣金收军回营，来见兀术报功。

兀术大喜道："元帅今日辛苦了，且请回营将息。"粘得力谢了，自回本营。

次日，粘得力又到宋营讨战。岳雷传令王英、吉成亮、施凤、汤英、伍连、余雷、韩起龙、韩起凤、岳霆，共是十员小将，出马迎敌。众将得令，各拿兵器出营，来到阵前，也不通名道姓，一窝蜂上前，将粘得力围住核心，刀枪并举，锤斧齐奔。

粘得力大喝："你们有多少？索性一齐来受死！"使起紫金锤，左遮右架，前挑后搠，那里在他心上。早有小番报知兀术，兀术随命撒离罕、孔彦舟、李堇哈哩。鹘眼郎君四员骁将，出马助阵。呀！嘎嘎！这场恶战，好不怕人！但见：

光烁烁，旌旗荡漾；咕冬冬，战鼓齐挝；昏惨惨，冥迷天日；渐索索，乱撒风砂；唿啦啦，箭锋似雨；密锵锵，戈戟如麻。直杀得黑洞洞双眼乱飞花，但只见轱辘辘人头滚落。

那粘得力犹如离山猛虎，出海蛟龙，更有这四员猛将，帮助威风。那十员小将都有些招架不住，一个个拨马奔回。粘得力率领众将兵卒，随后追来。将近宋营，亏得宋营军士鸟枪喷筒，强弓硬弩，飞蝗一般放来。粘得力等只得鸣金收兵，打着得胜鸵皮鼓，回营缴令去了。

到了次日，岳雷升帐，齐集众将商议。诸葛锦道："元帅不必忧心！小可夜来细观乾象，袖卜阴阳，不日有将星来克他，必有大将来帮助成功扫北也。"正在议论之际，忽有小校进帐来报元帅："番将粘得力，又来营前讨战。

口出大言，说要‘踹进营来，踏为平地’。还有许多不好听的说话，小的不敢说。”岳雷皱了眉头，想：“那番将如此骁勇，如何擒得他？”吩咐：“且将‘免战牌’挑出，待我商议一计，然后开兵。”那牛皋在旁边听了，便大叫道：“且慢着！我想你父亲当日出征，出阵当先，真个是旗开得胜，马到成功，从不曾打过一阵败仗，今日轮到你做元帅，一个番将擒他不住，还想要去扫北，真正出尽了父亲的丑了！待我为叔的出去拿来。”

说罢，就提了双锏出营，上马冲出阵前，大喊道：“呔！你可就是什么粘得力么？”粘得力道：“既知某家的大名，就该逃避。你是什么人，这等大胆，来送死么？”牛皋道：“你这冒失鬼！牛皋爷爷还是认不得，亏你做什么将官！赏你一锏罢！”扑的就是一锏打去！粘得力提着紫金锤，扑的一声，枭开锏，还一锤，当顶门打来。牛皋双锏望上一架。那锤来得狠，把牛皋两手虎口都震开了，叫声：“不好！”回转马头就走。只因在岳雷面前说了大话，不好意思往本营败走，只得落荒而逃。粘得力道：“牛南蛮！你待走到那里去？”登开骆驼，紧紧追赶：

好似皂雕追紫燕，浑如猛虎逐群羊。

不知牛皋性命如何，且听下回分解。

第七十六回 普风师宝珠打宋将 诸葛锦火箭破驼龙

诗曰：

胜败军家事本常，请从邪正别妖祥。
普风空倚驼龙术，难免今朝箭下伤！

却说牛皋被粘得力紧紧追赶下来，正在紧急之际，却来了一个救星。你道是那一个？却是那大刀关胜之子关铃，自从在朱仙镇上散伙回家之后，心中忿忿不平，欲待要兴兵与岳元帅报仇，却又孤掌难鸣。此时闻得高宗驾崩，新君即位，赦了岳氏一门，拜了岳雷做元帅，兴兵扫北。打听得的实，就出门上路，来到长沙府、潞安州、金门镇各处，邀请陆文龙、樊成、严成方、狄雷四人，一同往朱仙镇上来助阵。那四个人自然是同心合意的，俱各欢欢喜喜的，一路望朱仙镇而来。

那一日，离镇不远，正值牛皋败阵下来。关铃见了，高叫："老将军，请住马！"

牛皋耳朵里听见，却不细看是何人，随口道："休管闲事，番将厉害哩！"关铃又叫："牛老将军！休得惊慌，小侄关铃在此！"牛皋勒住了马，定睛一看，方定了神，在马上对陆文龙等四人道："恕不下马了！那个番将十分了得，杀他不过，已追将来了。"言之未已，只见那粘得力骆驼已到，大叫："牛南蛮！你待走到那里去？快快下马受缚。"牛皋不敢回头，把马加上一鞭就走。

关铃让过了牛皋，把青龙刀横在马背上，迎上前来，大喝一声："你是什么人？这等逞能，小爷在此！"粘得力大怒道："你这小南蛮！是何等之人？擅敢阻我去路，放走某家败将。"关铃道："我不说，你也不知。小爷姓关名铃，乃是汉朝义勇武安王之后人，今日你遇着小爷，只怕要活也不能够了。"粘得力大怒，举起紫金锤，登开骆驼，照头便打。关铃把青龙刀劈面相迎。一来一往，战了三十余合。

狄雷在一边见关铃战他不下，把坐下青鬃马一提，舞锤上前助战。粘得力毫无惧怯,三个人又战了十余合。樊成正待向前,陆文龙大叫一声:“二位贤弟少歇,某来也!”

拍马上前,刷的一枪,粘得力把身子一闪,恰中了骆驼的眼睛。那骆驼负痛,把头一蹲,被严成方举起八棱紫金锤,上前一锤打去,把那骆驼头颅打得粉碎,一轱辘把粘得力跌下驼来。樊成手起枪落,粘得力已是不活了。关铃下马来,取了首级。后面番兵一哄逃散。牛皋大喜,转马来,同了五人一齐回转大营,来见岳雷,将遇小弟兄五人、斩了粘得力细细说了一遍。岳雷大喜,下帐来与五人见过了礼,各诉衷情。岳雷就写本,差官入朝启奏,请封五人官职。又命将粘得力首级,号令营前,已毕。

到了次日,探子来报:“河间府守备解送粮草三千石,将近朱仙镇,却被金将尤可荣截住抢夺,望元帅速遣大将救应。”元帅便问:“那位将军前去接救军粮?功劳不小。”牛皋便道:“这个大差,别人却是不中用的,须得我为叔的去,方保无事。”岳雷道:“牛叔叔!粮草是要紧的,须要小心!”牛皋道:“包你稳稳的就送了来。”岳雷就火速的点起三千兵卒。

牛皋上马提锏,一路迎将上去。那河间守备孙兰,正与金将尤可荣厮杀,正在危急,牛皋上前大喝一声:“呔!你是那里来的野种?敢抢我们的粮草,且先来尝尝我的铁锏。”刷的就是一锏。那金将举刀招架相迎。不上三四合,战不过牛皋,回马败走。牛皋道:“不要走!粮草虽然还了我,你这颗头,一发送了来罢!”便拍马追去。这里孙兰同众军士,将粮草护送回营。那牛皋一直追去,有一二里远近。

金将转过山坡,便不见了。只见山坡之上,立着一位道人,叫声:“牛皋!”牛皋抬头一看:“啊呀!原来是我的师父。”慌得牛皋连忙下马,上坡跪下,叫声:“师父何来?”鲍方祖道:“那番将命不该绝,放他去罢!你儿子有难,我有丹药一颗付汝,可半服半敷,救他性命,再有一颗,可救何凤之命。你一路去,倘有妖人用宝伤人,你只将‘穿云箭’射去,便可破得。好生立功去罢!”说罢,把双足一登,驾起祥云,霎时不见。牛皋又望空拜谢了,下坡上马,慢慢的回来。且按下不表。

且说粘得力手下败军,报进牛皮帐中。兀术听报粘得力战死,又气又恼:“这一班小南蛮,比前番的老南蛮更加厉害,叫某家怎能抢得宋室江山!”正在心中愁闷,忽见小番报进帐来:“启上狼主,国师普风爷到了。”兀术大喜,忙叫:“请进来!”小番得令出帐。不一会,只见普风来到牛皮帐中,兀术连忙起身迎接,见过了礼。普风坐定,便问道:“太子与南蛮开兵几次了?胜败若何?”兀术叹口气道:“不瞒国师说,这一班小南蛮十分厉害,比前那些老南蛮更加凶狠!开兵几次，连败了几阵，伤了十余员上将。不能取胜，如何是好！”普风道：“太子放心。待僧家明日出阵去，拿几个南蛮来，与太子解闷。”兀术道：“全仗国师！”当夜设筵款待，普风吃得大醉，方才安歇。

到了次日，普风也不带多人，独自一个，叫取匹马来坐了，提了禅杖，直至宋营讨战。小校报进大营：“启上元帅，营门外有一个番僧讨战。”岳雷便问：“那位将军出马？”旁边闪过牛通、何凤二人，一齐上前道：“小将愿往。”岳雷道：“二位将军，大凡僧道、妇女上阵，都有妖法，须要防他妖法暗算！”遂命汤英、吉成亮、余雷，一同出阵，随机接应。众将一齐得令，出营上马，带领人马来到阵前，看那来的番僧，怎生模样？但见他：

削发拨缁，不会看经念佛；狠心恶胆，那知问道参禅？头上戴金箍，身穿布衣衲裰；手中提铁杖，脚登骏马雕鞍。初见时，好像梁山泊鲁智深无二；近前来，恰如五台山杨和尚一般。

牛通大喝一声：“呔！我太岁爷不斩无名之将，你这秃驴，快报名来！”普风道：“佛爷乃大金国国师普风爷爷是也！”牛通道：“我太岁爷也不管什么古风时文！只叫你这秃驴，把脖子伸长些，等太岁爷砍了去报功，省得费力。”普风大怒，骂声：“小南蛮！好生无礼，照佛爷的禅杖罢！”举起手中铁禅杖，当脑门打下。牛通叫声：“来得好！”量起泼风刀，当的架开，复一刀砍来，普风架开刀，还杖又打。两上回合，一场好杀：

一个黑煞，新从天上降；一个怪僧，久已产金邦。铁禅杖，降龙伏虎；泼风刀，耀目闪光。杖打来，犹如毒龙喷紫雾；刀砍去，好比柳絮逞风狂。恶战苦争拚性命，舍身出力为君王。

两个斗了三十余合，普风力怯，战不住牛通，便暗想打人先下手为强，假意说道：“佛爷战你不过，饶你去罢！”拨转马头就走。牛通道：“你这秃驴！便走上天，也要取了头来，便放你去！”紧紧的追将下来。那普风暗暗的将手向豹皮袋中取出一颗“混元珠”来，有酒杯大小，拿在手中，叫声：“小南蛮，休要赶，送你一件宝罢！”便把宝珠抛起。牛通抬头一看，只见米筛一般物件，滴溜溜的在天上转。

牛通道：“你这秃驴！弄什么玄虚？倒也好耍子。”正说未完，呼的一声响，望着牛通顶门上打将下来。牛通叫声：“不好！”慌忙一闪，却打着左边肩膀，翻身落马。普风收了宝珠，量起禅杖，来打牛通。恰好何凤同众将刚刚赶到。何凤吃了一惊，大叫一声：“休要动手，我来也！”舞动金鞭，慌忙接住普风厮杀。众将将牛通救回。

何凤与普风战不到十来合，普风又把“混元珠”抛起。何凤晓得厉害，回马便走。走得快,已打在背上,翻身落马,跌于地下。普风正待下马来取首级,这里汤英、余雷、吉成亮各举兵器,冲上前来,把普风围住混战,众军士将何凤抢回。普风见人众,料敌不过,又把"混元珠"望空抛去,犹如乌云黑雾盖将下来,那三人慌忙跑马转身,吉成亮的马屁股已着了一下,将吉成亮颠将下来。幸亏得众军士喷筒弩箭,一齐乱发,吉成亮爬起身来,飞跑逃回营去。汤英、余雷不敢恋战,亦败回本营。

普风得胜,转回番营,兀术接进牛皮帐中,说道:"国师辛苦了!"连忙置酒款待。普风道:"不是僧家夸口。这几个小南蛮,只算得个瓮中之鳖,不消费得僧家大力,管教他一个个束手就缚。"兀术大喜,当晚吃得大醉,方各安歇。且说宋营众将败阵进营,牛通、何凤叫疼唤痛,看看待死。岳雷正在愁闷,忽见小校来报:"牛老将军回来了。"岳雷传令请进。只见牛皋摇摇摆摆,进帐来缴令。岳雷道:"恭喜叔父得了大功!但是牛哥哥今日出阵,被番僧用什么妖法打伤,病在危急,请叔父速往后营看视。"牛皋听了,随到后营来,只见牛通正睡着叫疼。何凤躺在一边,口中只有出的气,没有入的气,已是九死一生了。牛皋道:"不妨事。"叫军士:"快取些水来。"身边取出丹药,将一半磨了,命牛通吃下,一半敷在伤处,霎时全愈。再将一颗拿来,照样与何凤磨敷。何凤大叫一声:"疼煞我也!"睁开眼来,见是牛皋救他,连忙就爬起来谢了。一时平复。

二人跟了牛皋出来,见了岳雷。岳雷便问缘故,牛皋将鲍方祖赠药之事说了一遍,岳雷大喜,举手谢天。牛通、何凤咬牙恨道:"多蒙鲍方祖赐下仙丹,救了性命。明日,必要去拿那秃驴报仇!"岳雷道:"二位将军,今日吃苦,且自将息几天。

这妖僧厉害,且将'免战牌'挂出,再思良计擒他便了。"牛皋道:"我为叔的,当年跟你老子横冲直撞,杀得那些金兵、湖寇,丧胆亡魂,你们这班小后生,做了将官,动不动挂出'免战牌',真正羞杀人!明日仍叫我儿子同弟兄们出去,待我做叔父的压阵,包你就把这秃驴拿了来。"岳雷道:"且待明日再议。"当夜,各自归帐歇息。

到了次日,岳雷升帐,聚集众将商议。忽小校来报:"番僧在营外讨战。"牛通、何凤气愤愤地上来,要领命出战。岳雷正要止住,旁边军师诸葛锦道:"元帅可仍听他五人出战,只消牛老将军压阵,万无一失!"岳雷听了,便叫五人出阵,嘱咐:"须要小心!"向牛皋道:"就烦牛叔父压阵!"五人得令,出营上马,牛皋在后,一同带领军兵,来到阵前。牛通见了普风,也不答话,大吼一声,举起泼风刀,望着普风顶门上便砍。何凤咬着牙齿,骂声:"好秃驴!敢使什么妖法来伤我老爷!不要走,且吃我三百鞭!"双鞭并举,没头没脸的打来。汤英、余雷、吉成亮亦各举兵器，上前助战。那普风看见不搭对，复取出“混元珠”，喝一声：“南蛮看宝！”那五人见头上一片黑打来，正在慌张，不道那牛皋在后看见，说道：“这是什么东西，且赏他一箭看。”随即取出那枝“穿云箭”来，搭在弓弦上，望着这一段黑气上飕的一声射去。那团黑气便随风四散，扑的一声响，那颗“混元珠”坠在地下转。牛通见了，便道：“好耍子！好耍子！”就跳下马来，将那颗“混元珠”枪在手中。重复上马，对普风道：“秃驴！也看着我太岁爷的宝来了。”也照着样向空中一丢，那晓得这个宝贝，经着箭射了窟窿，便不灵了，被普风一手接去。正想再抛起来打宋将，早被余雷赶上去一锤，正中普风肩膀，一跤跌下马来。牛通举刀来砍，那普风在地上化作一道金光逃去。众将也不追赶，掌着得胜鼓，回营报功，不提。

再说普风借金光逃回营中，将丹药敷了伤痕，一时便不疼痛，进帐来见兀朮道：“僧家今日与南蛮交战，被他破了宝珠，故此败回。”兀朮道：“似此屡屡失利，何日方能抢得宋室江山！”普风道：“太子放心！看今晚僧家必将这些南蛮杀一个尽绝，方泄我今日之恨。”兀朮道：“这些小南蛮十分凶恶，国师怎能杀得他个干净？”普风道：“僧家当日投师披剃，吾师曾赐我一件法宝：有五千四百零八条驼龙，能大能小，收在葫芦内，专一吃人精髓。今晚待僧家作起法来，将宋营数十员将官，连那二十万人马，吃他一个干干净净，以报今日之仇！”兀朮听了大喜，吩咐小番摆设筵宴，与国师预庆大功。小番领令，遂即搬上酒肴，兀朮与普风对酌，直至天晚。普风辞了兀朮，回到自己营中，摆下香案，桌上供着一个葫芦。普风口中念动真言，将葫芦上盖揭开道：“请宝贝出来。”只听得葫芦内哄的一声响，犹如蚊虫一般，飞将出来，起在空中。霎时间，每条变成数丈长，栲栳大小身躯，眼射金光。口似血盆，牙如利刃。这五千四百零八条驼龙，在空中张牙舞爪，直往宋营中冲来。

那宋营军士，看见半天里无数金光，犹如灯火一般，向着营里奔来。有的军士说道：“这些灯火，莫非是番兵来劫寨么？”有的说道：“不要管他，且报进大营去再作道理。”随即进营报道：“启上元帅，有无数火光在空中，直往营内冲来，不知是何物？”诸葛锦闻得此报，忙抬头一看，大叫一声：“不好了！”吩咐各营各哨人马将官，后队作前队，前队作后队，速速退后逃命。三军一声：“得令！”俱各慌慌张张拔寨起行。只听得后军喊声如雷，却被驼龙飞至，将军士乱吃乱咬：也有将腿咬去的，也有将头啮破的，也有吃骨髓的，也有吃血肉的。吓得那宋营军士，沸反摇天，慌慌往下逃命，败下六十余里。已是五更时分，那边普风念动真言，将驼龙收去。宋营中不见了驼龙，军心始定。

天明查点人马，已被驼龙伤了一万八千。牛皋问道：“这是什么东西？如此厉害！”岳雷便问诸葛锦道：“此乃何物？”诸葛锦道：“此阵名为‘驼龙阵’。我未曾防备得，被他伤了许多人马。我今略施小计，将他此阵破了，普风易擒耳！”

遂吩咐三军，取猪血、狗血、干柴、芦苇、火药等物齐备。又令三千军士，尽换皂衣，各带火器药箭等候。又令五千人马，到旧时扎营之处，掘一濠沟：阔一丈五尺，深一丈二尺，长二十五丈，连夜就要成功，不得有误。三军领了军令，前去挖掘，不消几时，完工交令。诸葛锦又令军士将火炮藏入沟渠之内，接着引火之物。上边盖了干柴芦苇，上面再放些引火之物，又将猪羊血放在上面，仍令军士于旧处下营。

三军得令，一齐呐喊到原处下营。那诸葛锦传令三千军士，换了皂衣，埋伏营前，专候驼龙落入沟渠，即听放炮为号，齐放火箭。诸事齐备。

看看天色已晚，那金国国师普风又将葫芦盖揭开，放出驼龙，亲自坐马，手执葫芦，随后来到宋营。到得沟边，那些驼龙闻着血腥之气，都落沟渠之内来吃血，你压我，我压你。诸葛锦见了，吩咐放起号炮。那三千伏兵听得炮响，一齐施放火箭鸟枪，登时烧着芦苇，火光冲天。埋在地下的火炮一齐发作，乒乒乓乓，打得烟飞灰乱。普风慌忙作法，想要收转驼龙，那晓得经了污秽血腥，飞腾不起，将五千四百零八条驼龙，尽皆烧死于沟渠之中。普风在黑暗之中被乱箭射中了三四箭，逃回本营来，拔出箭头，用药敷好，思想：“这场大败，又伤了驼龙，何颜去见兀术！不如且回山去，再炼法宝，来报此仇。”主意定了，也不去通知兀术，连夜回山去了。

后人有诗赞那诸葛锦道：

玄妙兵机六出奇，胸藏韬略少人知。
不施血污深沟计，怎得驼龙尽斩除！

不知后事如何，且听下回分解。

第七十七回 山狮驼兵阻界山 杨继周力敌番将

诗曰：

丹心誓补前人事，浩气临戎不顾身。

痛饮黄龙雪旧耻，平吞鸭绿报新君。

话说普风逃走回山之后，自有众小番忙来报知兀术。兀术又惊又恼，只得写成奏章，差官回本国去奏闻，求再添兵遣将，与宋朝决战。

到了次日，这边岳雷升帐发令，命关铃、牛通领兵三千，为第一队；陆文龙、樊成领兵三千，为第二队；吉青、梁兴、赵云、周青、牛皋五员老将，为第三队；吉成亮、狄雷为左队；严成方、伍连为右队。自引一众将官合后。扑通通三声炮响，大兵直至番营。那边兀术亦即带领大小元帅、平章等，出营迎敌。两边也不通名道姓，各持兵器混战。兀术人马虽多，怎禁得宋军四面八方的杀来，接应不及，却被那些小凶神，逢兵就杀，遇将便砍。但见那：

四下阴云惨惨，八方杀气腾腾。鞭锤闪烁猛如熊，画戟钢刀奋勇。枪刺前心两肋，斧抡头顶当胸。一个个咬牙切齿面皮红，直杀得地府天关摇动。

有诗曰：

杀气横空红日残，征云遍地白云寒。

人头滚滚如爪瓞，尸骨重重似阜山。

这一阵，杀得那些金兵马仰人翻，寻爹觅子，五十万金兵，倒杀去大半。兀术大败亏输，带领残兵败将，一路逃回。岳雷亦领大军追出关外来，兀术已走得远了。岳雷随令三军扎住营盘："候粮草到日，再去追拿兀术，迎请二圣还朝便了。"昔日岳爷曾有写志诗一着，不道被奸臣陷害，不能遂意，今日岳雷方得继父之志。其诗曰：

雄气堂堂贯斗牛，誓将直节报君仇。

不除顽恶还车驾，那算登坛万户侯？

且说兀术败回关外，与众王子、平章商议："且回本国，再整人马前来报仇。"

主意已定，带领残兵狼狼狈狈而行。这一日行至界山之下，只见前面一支人马屯住，打着金邦旗号。兀术差人查问，却是本邦元帅山狮驼，同一个涵关总兵连儿心善，带领番兵五千，前来助战，兀术悲中一喜，就命小番报进行营。山狮驼同着连儿心善出来迎接，进入牛皮帐中，见过了礼，便问道："狼主，为什么不杀进中原，反回来做甚？"兀术道："某家自进中原，一路上势如破竹，不道未到朱仙镇，即遇着岳小南蛮，反兴兵来扫北，某家与他连战几次，那班小蛮子十分厉害，伤我大将二十余员，五十万大兵丧了大半。故此某家欲回本国去，再调人马，与他决战。"

山狮驼道："既如此，待臣等候这班南蛮到此，一个个擒来与狼主报仇。狼主可速回本国去，调兵来接应，一直杀上临安便了。"哈迷蚩道："山元帅之言，甚是有理。"遂将败卒尽数留下，山狮驼、连儿心善就在界山下扎营，专等宋兵交战。兀术同众王子、军师等，自回本国，去调人马，不提。

且说岳雷率领大军，一路来至界山，早有探军飞报："启上元帅，界山下有金兵扎营阻住，不能前进，请令定夺。"元帅就令放炮安营。金营中山狮驼听得宋兵已到，随即披挂上马，手提一百二十斤的一杆溜金镋，来至宋营讨战。小校报进大营："启上元帅，有番将讨战。"岳雷便问："那位将军出马？"关铃上前，应声："小将愿往。"岳雷道："须要小心！"关铃得令，上马提刀，带领三千兵士，战鼓齐鸣，来至阵前，把马勒住，举眼一瞧，你道那山狮驼怎生模样？但见：

黑铁炭一张瘦脸，狠粗疏两道黄眉，雷公嘴，浑如怪鸟，波斯鼻，活像油瓶。落腮胡，赛过鸡毛刷帚，蒲扇耳，尽道耙田祖宗。一双鬼眼，白多黑少，两只毛拳，好似铜锤。分明是催命判官，又道是无常恶鬼。

关铃上前，大喝一声："番将何人，敢阻我的大兵去路？快快通个名来，好取你的头，去上功劳簿！"山狮驼呵呵大笑道："某乃大金国神武大元帅山狮驼是也。尔等不知死活，自己国家残破，君昏臣奸，不日灭亡，正要来取你的江山，你反敢兴兵到我疆界上来送死！可怜你这小孩儿，若要性命，可速速回去，换个有年纪有本事的来。若不要性命，也通个名，待某家送你到阎王殿上好去勾帐。"关铃道："你这不识起倒的毛贼，那里晓得小爷的厉害！小爷乃义勇武安王之后关铃便是，你且来试试我小爷的刀罢。"山狮驼道："不中抬举的小狗才，不听我的好话，赏你一镋罢！"当的一声，望顶门上盖将下来。关铃叫声："来得好！"举青龙偃月刀，望上一架，觉道来得沉重。那山狮驼碰碰硼硼，一连十来镋，关铃招架不住，回马败将下来。被山狮驼冲杀一阵，三千人马，伤了一千。山狮驼掌着得胜鼓，收兵回营去了。

关铃败转本营，来见元帅请罪。元帅道："初次交兵，未知虚实，罪在本帅。

但他得胜，今夜须要防他来劫寨。”遂与诸葛锦计议，暗暗传令三军，退下二十里安营。命关铃领兵三千，埋伏左边；严成方领兵三千，埋伏右边；陆文龙领兵三千，抄远路转出界山，截他归路。自己领着众军将，在大营两边埋伏，但听炮声为号，四面八方，一齐杀来，捉拿番将。安排已定。

到了黄昏，果然那连儿心善对山狮驼道：“宋兵今日败阵，必然惊惶无备，元帅何不领兵劫他的营寨，必获全胜。”山狮驼道：“你不知南朝的蛮子诡计极多，故此我家的四狼主，往往吃他的亏苦。我若正经去劫他的寨，倘若他有备，岂不反堕了他的算计？我不如使个反宾为主之法，调遣裨将方临、方学，叫他二人领兵一千，虚声劫寨。我和你各分兵两翼，左右抄转，占住他的后路。他进前不敢，退后不得，岂不俱死于我手？”连儿心善拍手道：“元帅神算，众不能及！”当时就令小平章方临、方学带领番军一千，从大路劫营。山狮驼、连儿心善各领兵从左右两边抄来。

将及三更时分，方临、方学领兵直冲入宋营。宋营中一声炮响，方临、方学拨马就转。那知关铃从左边杀来，正遇山狮驼；严成方从右边杀来，又遇连儿心善。

两边接住厮杀，黑夜混战，各有所伤。山狮驼看来不利，只得收军回营。恰遇陆文龙抄出后边，山狮驼、连儿心善二人正遇着，又杀了一阵，天色已大明，各自鸣金收军。山狮驼计点军兵，方学被乱兵杀死，折了一千三四百人马。岳雷那边也伤了一千余兵卒，只当扯个直。两家各自休息了一天。

隔了一日，番营内连儿心善带领番兵来到宋营讨战。小校报上帐来：“启上元帅，今又有一员番将，在营门外讨战。”岳雷便问：“那位将军出马？”旁边闪过严成方应声：“愿往。”岳雷便令带兵三千出战。严成方得令，领兵出到阵前，只见那员番将，生得：

身长一丈，虬髯红睛，头戴着明晃晃金盔，高飘雉尾。身穿着索郎郎铠甲，细砌龙鳞。狮蛮带，腰间紧束；牛皮靴，脚下双登。坐下乌骓马，追风逐电；手提合扇刀，霹雳飞腾。

连儿心善跃马横刀出阵来，大喝道：“来将通名！”严成方道：“俺乃大宋御前都统制严成方是也。你乃何人？快通名来！”连儿心善道：“某家乃大金国涵关大元帅连儿心善是也。你这南蛮，快快下马受缚，休惹某家动手。”严成方道：“丑贼休要多言，照爷爷的家伙吧！”便舞动双锤打来。连儿心善举起合扇刀劈面招架，好一场厮杀，但见：

二将阵前把脸变，催开战马来相见。一个指望直捣黄龙府，一个但愿杀到临安殿。一个合扇刀，闪烁似寒光；一个八棱锤，星飞若紫电。直杀得：播土扬尘日光寒，搅海翻江云色变。

二人战到三四十个回合，严成方看看招架不住，恐他冲动大营，虚晃一锤，拨转马头，斜刺里落荒而走。连儿心善在后，紧紧追来。严成方败下有十余里路，只见前面树林下拴着两匹马，石上坐着两个好汉：一个面如黑炭，一个脸若黄土，看见严成方败来，便叫声："将军休要惊慌，我们来帮你！"严成方道："后面有番将追来。不知二位尊姓大名？"那黑面的道："我乃董先之子董耀宗，这位是总兵王横之子王彪，俱是来投岳二弟的。"严成方道："我乃岳元帅麾下严成方，被番将杀败，望二位助我一臂！"说未了，连儿心善已赶到，大叫："严蛮子，还不下马，待走那里去！"董耀宗举起九股托天叉，跨马上前挡住，叫声："番将休要逞能，董爷在此。"连儿心善大怒道："那里走出这一个黑小鬼来，打我的咤？且看刀罢！"提起合扇刀，望顶门上砍来。董耀宗举九股叉迎敌。两马跑开，刀叉并举，二人战有二十余合。董耀宗那里是连儿心善的对手，看看招架不住，王彪上马提棍，上前助战。连儿心善力敌二将，全无惧怯。又战了几合，严成方回马举锤打来。连儿心善虽然勇猛，怎经得三个战一个，又是生力军，那里战得过，只得虚晃一刀，回马败走。三个将众番兵赶杀一阵，连儿心善败回番营。

三人也回马来至本营，到帐内来见了岳雷。董耀宗、王彪即将"杨再兴的公子杨继周，要报父仇，先着小弟二人前来报知。他收拾粮草人马，随后便来。今日偶遇严将军，一同杀退连儿心善"，细细说了一遍。岳雷大喜，就记了董、王二人之功，然后设宴款待，不提。

再说连儿心善败回营中，来见山狮驼，说起追赶严蛮子，将次就擒，不意又遇着两个小南蛮，被他救去。山狮驼心中好生焦躁。到了次日，提镋上马，来到宋营前，坐名要岳雷出马。岳雷即欲亲自出战，旁边闪过王英出来，说："这小寇，何必元帅亲自出马？待小弟去擒来便了。"岳雷吩咐："须要小心！"王英道："我是晓得的。"便提着大砍刀，跨上了马，领兵出营，来到阵前，山狮驼大喝道："来将何名？"王英道："小爷行不更名，坐不改姓，绰号'小火神王爷爷'的便是。不要走，吃我一刀！"举起大砍刀，当的一刀砍来。山狮驼把溜金镋架开刀，当当当一连几镋，杀得王英浑身是汗，叫声："好家伙！杀你不过。"拨回马望斜刺里败走。山狮驼大喝一声："你往哪里走？"就催动坐下马，唿喇喇赶将下来。

王英正在危急，恰遇牛皋一路催趱粮草，望界山而来。正遇着王英败下，便叫声："贤侄休要心慌，有我在此！"就让过了王英。那山狮驼恰正赶到，大喝道："呔！你是那里来的毛贼，敢放走我手下的败将？"牛皋道："我只道你有些本事，是个识货的，原来是个冒失鬼，牛皋爷爷都不认得的！"山狮驼道："呀！原来你就是牛皋，可晓得我山狮驼的厉害么？"牛皋道："凭你什么山狮驼，遇了我牛老爷，就打你做个熟柿饼。”刷的一锏，望山狮驼打来。山狮驼把镋一枭，呼的一声响，把牛皋的锏枭在半天云里，滴溜溜的落在草地上。牛皋叫声：“不好！果然厉害！须得我的徒弟来拿你。”山狮驼道：“你这黑炭团，这般低武艺，还教什么徒弟？”牛皋道：“你是番国人，不晓我们中国的事，大凡人之气力，是天生成的，那些运用，须要拜个师父。若说我那个徒弟，不要说你见了他慌做一团，就说说也破了你的胆。他的力气，不知有几千万斤！凡是上阵，也不消用得兵器，一手就擒过一个来，一脚就踢倒两三个。像你这样瘦鬼，只消喝一声，你就跌下马来了！”

山狮驼大怒道：“放你的狗屁！世上那有人在马上喝得下来的？”牛皋道：“你不信，却不要动，待我去唤他来，你试试看。”山狮驼大怒道：“就是说鬼话，也不怕你飞上天去，快去唤他来。”牛皋道：“既然如此，好汉做事，须要名正言顺，我去叫他来。你若杀得过他，也是你的本事。我的粮草是动不得的呀！”山狮驼道：“你这个粮草，是我面袋里的货色，愁他则甚？快去唤那徒弟来！”牛皋道：“我去便去，你不要怕呀！”

一面说，一面下马来拾了锏，仍复上马，向东而走，心里暗想：“鬼话便说了，如何救得这些粮草回营？”一步懒一步的，走不到一里路，望见前面尘头起处，一簇人马，打着“九龙山勤王”的旗号，飞奔而来。牛皋闪过一旁，看看人马近前，却见王英同着一位英雄，并马而来。牛皋看那将，打扮得：

浑身粉洁，遍体素丝，头戴一顶二龙戏珠银盔，水磨得电光闪烁，身穿一件双龙滚珠白铠，丝绣得月色清明。手抡双戟，腰系雕弓，坐着追云逐日白龙驹，四脚奔腾，霏霏长空洒白雪；佩着吹毛截铁青锋剑，七星照耀，飕飕背地起寒风。吕温侯忽然再见，薛仁贵蓦地重生。

牛皋看得亲切，暗暗想道：“是了。我在太行山上，久闻得杨再兴的儿子，仍在九龙山落草。他今日必然闻得岳二侄扫北，前来助战的。”便上前叫一声：“王英贤侄，那来的可是杨再兴的令郎么？”王英道：“正是。”便向杨继周道：“此位就是牛皋老伯。”杨继周忙上前迎住，道：“小侄正是杨继周！且请问番将怎么样？”

牛皋道：“番将果然厉害。你既是杨再兴的令郎，快些回去罢！”杨继周道：“小侄正来帮助平番，怎么反叫我转去？”牛皋道：“你不晓得那山狮驼十分厉害！不独王英侄儿赢他不得，就是我也战他不过，被他把粮草阻住。我说：‘若不放我粮草过去，我那徒弟杨继周即日就来勤王，他有万夫不当之勇，必然擒你。’他说：‘那杨再兴，当初何等英雄，不消我们一阵乱箭，射死在小商河里，何况他的小子？他若来时，只消我一镋，就铲下他的头来了。’因此，我们不若转别路抄回大寨去,叫几个狠些的侄儿们来杀他。”杨继周听了大怒,叫道:“牛伯伯,休要长他人之志气!看小侄去擒他!”就吩咐三军速趱上前。

看看来到粮草屯处,那山狮驼果然还在等候。牛皋上前一步,叫声:“山狮驼!我的徒弟来了,你来试试手段看。”山狮驼跃马横镋,高叫道:“你就是牛皋的徒弟么?姓甚名谁?”杨继周道:“且先取了你的头来,再和你通名姓。”山狮驼大怒,举起溜金镋,劈头盖来。杨继周右手戟架开镋,左手一戟当胸刺来。镋来戟架,戟去镋迎,真个是棋逢敌手,将遇良材:

一个是成都再世,一个是典韦重生。一个是双铁戟,犹如二龙戏水;一个是溜金镋,恰像猛虎离山。一个镋发,虎啸山风生万壑;一个戟施,龙喷水浪进千层。直杀得:遍地征云笼宇宙,迷空杀气罩乾坤。

两个战有百余合,并无高下。牛皋叫一声:“山番,我却没工夫等,得罪你,且先暂别了。”就命军士推动粮草,一径冲开番卒,望宋营中去了。山狮驼大喝一声:“老蛮子!鬼头鬼脑,怎肯轻放了你!”撇了杨继周,恰待来赶,杨继周、王英二人一齐上前截住。山狮驼只得回马,又战了几合,敌不住二人,拨转马头,望本营败回去。王英遂同了杨继周回到宋营,就同牛皋一齐进帐缴令。岳雷同众将出帐迎接。杨继周进帐,各个见礼,叙了些旧话寒温。岳雷传令收明粮草,分隶兵卒,设宴款待。直吃到更深,方各回营安歇。

且说山狮驼败回营中,气愤不过,正在思想如何破得宋兵之计,忽见小番来报:“有国师普风在营外求见。”山狮驼心中暗想:“前日四狼主说他已被宋将杀败逃去,怎么今日又来?”便叫:“请进来相见。”小番得令,来至营门外传请。不因普风此来,有分教:绿草黄沙地,忽变作血海尸山;青风白日天,霎时间云愁雾惨。

正是:

天翻地覆何时定,虎斗龙争恁日休?

不知普风来见山狮驼有何法术,再破宋兵,且听下回分解。

第七十八回 黑风珠四将丧命 白龙带伍连遭擒

诗曰：

衰草青霜鬼火磷，征夫血泪洒荒坟。
为民为国从来苦，千古沙场泣旅魂。

话说普风进到牛皮帐中，山狮驼同着连儿心善一齐迎接，见礼坐定。山狮驼开口道："前日四狼主败回，曾说是国师宝珠驼龙俱被宋兵破了，也吃了他一亏。不知今日国师从何而来？"普风笑道："谅宋朝这几个小毛虫，有何难剿灭？前日僧家只顾贪功，不曾防备得，一时去劫他寨，中了他的奸计。僧家明日出阵，必杀尽那些小毛虫，以泄我恨也。"山狮驼大喜，当夜安排酒筵款待普风，吃至更深方歇。

次日，普风也不乘骑，带领三千人马，步行来至阵前，大声吆喝："普风佛爷在此，叫那些小毛虫，一齐儿都来受死！"那宋营小校慌忙报入中军："启上元帅，前番那个普风和尚，又在营门外讨战。"岳雷闻报，皱着眉头，闷闷不乐。众将道："元帅自受命出师以来，曾杀得兀术望风而逃，何惧一和尚，这等迟疑？"岳雷道："列位不知，大凡行兵，最忌的是和尚、道士、尼姑、妇女。他们俱是一派阴气，必然皆倚仗着些妖法。如今这个和尚逃去复来，必有缘故。我所以迟疑也。"诸葛锦道："元帅之言，甚是有理，不如且将'免战牌'挂出，再思破敌之计。"话还未毕，左边闪出吉青，大喝道："胡说！我们堂堂大将，反怕了一个和尚，况是败军之将！你这牛鼻子这等害怕，还要做甚么军师？你看我不带一名兵卒，空手去拿来，羞死你这牛鼻子！"旁边走过梁兴、赵云、周青三个一齐道："吉哥说得有理，小弟们和你同去。"牛皋道："且慢！你们要去，须得我来压阵，方保无事。"四人道："牛哥也去，极好的了！"五个人也不由岳雷作主，竟自各拿兵器，出营上马去了。诸葛锦跌脚道："这和尚去而复来，必有妖法。元帅，你乃三军司命，何不令他转来！"岳雷道："虽如此说，他乃父辈，非比他人，况未见输赢。有牛叔父压阵，料不妨事。只点几位弟兄们去接应便了。"当时就命陆文龙、关铃、狄雷、樊成四员小将领命到阵前接应,不表。

且说吉青等四人来到阵前,牛皋压住阵脚,只见对阵普风站立在门旗之下,高叫:"宋将慢来,可叫岳雷出来会我。"吉青冲马上前,大喝道:"呔!贼秃驴,杀不尽的狗驴子!前日被你逃脱,好好的去敲梆化缘度日罢了,又到这里来做甚么?"

普风大怒,骂一声:"丑蛮子!待佛爷超度了你罢!"便举起铁禅杖打来。吉青舞动狼牙棒,架开禅杖,回棒就打,两人斗了十几合,未分高下。那赵云、梁兴、周青三人熬不住,各举枪叉大刀,三般兵器,一齐上来。普风那里招架得住,忙向腰边袋中摸出一件东西来,名为"黑风珠",抛起空中,喝声:"疾!"只见起一阵黑风,那颗珠在半空中一旋,一变十,十变百,一霎时,变作整千整万的铁珠,有碗口大小,望着吉青等四人头上打来。牛皋在后看见,连忙取出"穿云箭",一箭射去。那珠纷纷的落下地来,仍变作一颗。那普风是在地下的,等到牛皋要下马,已被普风连箭抢在手里。牛皋连忙上前看时,说道:"啊呀!不好了!"正在慌张,不想吉青等未曾防备,早被铁珠打下马来,可怜弟兄四人,俱各死于非命!正叫做:

瓦罐不离井上破,将军难免阵前亡!

普风正待招呼军士来取首级,这里牛皋、陆文龙、关铃、狄雷、樊成各举兵器,一齐向前,将普风围住厮杀。宋营军士,将吉青等四人尸首抢回。牛皋和普风战了一回。普风看来杀不过,又占住双手,用不得法宝,只得就地纵起祥光,逃回营去。

牛皋等因丧了吉青弟兄,无心恋战,鸣金收军。回到营中,各自痛哭了一场吉成亮哭得死去复醒。元帅吩咐备办棺木,成殓已毕,祭奠一番。吉成亮换了一身孝服。元帅又命诸葛锦就在山冈边,择一高阜去处安葬。

过了两日,又见军士来报:"普风又在营前讨战。"吉成亮听见,便啼啼哭哭上前来禀,要去与父亲报仇。岳雷道:"贤弟,且宽心!那妖道的妖法厉害,慢些与他交战,待我与军师想一妙计,方可擒他。"吉成亮道:"父母之仇,不共戴天,如何缓得!"旁边这些小爷们,又一齐叫将起来道:"岂有此理!若是元帅这等畏缩,怎能得到五国城去,迎得二圣还朝!我们一齐出去,且把这妖和尚捉来,与四位叔父报仇。"一声声你争我嚷。岳雷无奈,只得命众人分作左中右三队,自领众军压住阵脚,一齐放炮出营。

来到阵前,但见普风手提禅杖,带领三千军士,正在吆吆喝喝。吉成亮大骂:"秃驴!伤我父亲,快快偿还我的命来!"提起开山斧,没头没脸的乱砍。那普风也不及回言,举起禅杖迎战。这里关铃、狄雷、张英、王彪等,叉锤刀棍一齐上。

普风那里招架得住,虚晃一杖,跳出圈子外,一手向豹皮袋中摸出一件东西来,却是小小一面黑旗,不上一尺长短,名为“黑风旗”,拿在手中,迎风一展,霎时就有五六尺。普风口中念念有词,把旗连摇几摇,忽然平地里刮起一阵恶风,吹得尘土迷天,黄沙扑面,霎时间乌云蔽日,黑雾迷天,伸手不见五指,对面那分南北。那黑雾中冰牌雹块,如飞蝗一般的望宋阵中打来,打得宋营将士叫疼喊苦,头破鼻歪。普风招呼众军上前冲杀一阵,杀得宋兵星飞云散,往后逃命不及。普风率领番兵,直赶下十余里,方才天清日朗。普风得胜,收军回营。

这里岳雷直退至三十里安营。计点将士,也有打破了头的,也有打伤了眼的,幸得不曾丧命。手下军兵被杀的,马践的,折了千余人马,带伤者不计其数。岳雷好生烦恼,对军师道:“这妖僧如此厉害,如之奈何!”诸葛锦道:“元帅且免愁烦。小生算来,众将该有此一番磨难,再迟几日,自有高人来破此阵也。”岳雷无可奈何,一面调养将士,一面安排铁蒺鹿角,以防妖僧乘胜劫寨。

过了两三日,忽有小校来报:“营门外来了一个道人,说道牛老将军是他的徒弟,今有事要见元帅。”岳雷听报,喜出望外,连忙同了牛皋出营,迎接进帐,各见礼毕,牛通、何凤谢了救命之恩。鲍方祖先开口道:“贫道方外之人,本不该在于红尘缠扰。但今紫微治世,宋室运合中兴,元帅兴兵扫北,被那妖僧阻住,故特来相助一臂之力。”岳雷大喜,就取过兵符印信,双手奉与鲍方祖道:“不才碌碌无知,误膺重任,被番僧杀败,诚乃朝廷之罪人!今幸师父降临,实皇上之洪福!就请师父升帐发令。”鲍方祖道:“元帅不必如此,那妖僧本是蜃华江中一个乌鱼。因他头戴七星,朝礼北斗一千余年,已成了气候。近因令尊身害了乌灵圣母之子,故此命他来掣你之肘。全靠着这些妖法,并无实在本事,元帅可命军士仍于界山前扎营,他必来讨战,不论着那位将军出阵,等他放出妖法之时,待贫道收了他的来,就无能为力了。”岳雷大喜,一面整备素斋款待,一面传令三军饱餐一顿。连夜拔营,仍向界山前旧处安营。当夜无话。

到了次日,山狮驼、连儿心善正和普风在帐中议论:“宋兵大败而去,数日不见动静,必不敢再来。且等四狼主兵到,杀入中原,稳取宋朝天下。”三人说说笑笑,忽见小番来报:“启上二位元帅,宋兵仍逼界山前下营,旗幡越发兴旺了。”

普风道:“不信他们这等不知死活。也罢,待僧家去杀他一个尽绝罢!”两个元帅道:“我二人一同出去助阵,以壮威风。”就点起人马,一同放炮出营。

普风大叫一声:“宋营中有不怕死的,来会佛爷!”大声吆喝。宋营中一声炮响,一将跃马横刀,大叫:“牛爷爷在此,秃驴快拿头来!”普风大骂:“杀不尽的狗蛮囚,看佛爷爷来超度你。”当的就是一禅杖,牛通提起泼风刀架开杖,刷刷刷一连七八刀,杀得普风浑身是汗,回身就走。牛通道:“随你这贼秃弄鬼,我太岁爷是不怕的。”拍马追来!普风伸手就在豹皮袋中摸出这颗“黑风珠”来,喝一声:“小南蛮看宝!”便抛在空中。谁想那宝珠被“穿云箭”射坏,便不灵了,扑的一声,落在地下,滴溜溜的转。牛通道:“这贼秃要的什么戏法,敢是要化我的缘么?我太岁爷是没有的呀!”那普风见宝珠不灵,趁着牛通在那里看,暗暗就将牛皋的“穿云箭”,望着牛通当面门射来。只见门旗下走出一个道人,一手接去。

普风大怒道:“那里来的妖道,敢接我的箭?”就放开大步,举禅杖来打道人,道人闪过一边,牛通又接住普风交战。

但见宋营的关铃、狄雷、陆文龙、樊成、严成方、吉成亮、施风、何凤、郑世宝、伍连、欧阳从善等一班小将齐喊:“今日不要放走了这妖和尚!”一齐出马来奔普风。普风慌忙向袋中取出“黑风旗”连摇几摇,忽地乌云骤起,黑雾飞来。鲍方祖见了,便向胸前取出一面小小青铜镜子,名为“宝光镜”,拿在手中,迎风一晃。那镜中放出万道毫光,照得通天彻地的明朗,那黑风顿息,云开雾绝,兴不起冰雹。普风大怒,就把手中铁禅磨了一磨,口中念念有词,那根禅杖蓦然飞在空中,一变十,十变百,一霎时间,成千成万的禅杖,望宋将头上打来!宋将正在惊惶,那鲍方祖不慌不忙,将手中的拂尘,望空抛去,喝声:“疾!”那拂尘在半空中也是这般一变十,十变百,变成千千万万,一柄拂尘抵住一根禅杖,呆呆的悬在空中,不能下来。两边军士们倒都看得呆了,齐齐的喝彩,却忘了打仗。

普风见禅杖不能打他,正待收回,那鲍方祖左手张开袍袖,右手一招道:“来了罢!”那拂尘仍变作一柄,落在手中。这普风的禅杖,就变作一条三寸长的泥鳅,簌的一声,落在袍袖里去了。这普风失了禅杖,就似猢狲没棒弄了,心慌意乱,驾起金光要走。才离不得平地上一二尺,被欧阳从善赶去一斧,正砍个着,一跤跌翻。余雷又赶上前,手起一锤,把普风脑盖打开,现出原身,原来是一个不大不小的乌鱼。可惜千年道行,一旦成空;可见嗔怒之心,害人不小!

当时山狮驼按不住心头火起,把马一拍,举起溜金镋,望欧阳从善顶门上盖来。杨继周见了,手挺双戟,接住山狮驼厮杀。连儿心善摆动合扇刀,跑马出阵,这里陆文龙舞动六沉枪,飞马迎敌。战不上几个回合,杨继周叫一声:“山蛮,你爷爷战你不过。”回马便走。山狮驼道:“杨南蛮,你待走到那里去?”拍马追来,杨继周听得脑后銮铃响,晓得山狮驼已近,回转马头,发手中戟,紧向山狮驼心窝里一戟。山狮驼要招架,已来不及了,前心直透到后心,跌下马来。再加上一戟,自然不活了。连儿心善见山狮驼被杀,心里着慌,手中刀略松得一松,被陆文龙一枪,正中咽喉,也跌下马来,灵魂儿赶着山狮驼一齐去了。岳雷把令旗招动,大军一齐冲杀过去。这几千番兵,那里够杀,有命的逃了几个,没命的都做了沙场之鬼。

有诗曰：

刀兵恶战两交加，遍地尸横乱若麻。
只为宋金争社稷，淋漓鲜血染滩沙。

岳雷大军过了界山，收拾人马，放炮安营，计功行赏。鲍方祖对岳雷道："元帅此去，虽有些小周折，但宋朝气运合当中兴，自有百灵扶助。贫道告别回山去也！"

岳雷再三苦留不住。牛皋道："徒弟本待要跟了师父去，只是熬不得这样清淡，只好再混几时罢。但是这枝箭，求师父还了我，或者还有用处。"鲍方祖笑道："你不久功名已就，那里还用得着他？你且把那双草鞋休要遗失了。"牛皋道："徒弟紧紧收好在腰边一个袋里，再不会遗失的。"鲍方祖道："你且取出来看。"牛皋即在腰中摸出那双"破浪履"来，拿在手中道："师父，这不是草鞋？"鲍方祖道："你可再细看看。"牛皋低头一看，那里是草鞋，忽然变作一对双凫，把口一张，双翅一扑，呼的一声，望空飞去。鲍方祖呵呵大笑，驾起祥云，霎时不见。岳雷同牛皋众将，一齐望空拜谢。连夜写本，差官上临安报捷，不提。

且说这里养兵三日，岳雷就点欧阳从善为头队先锋，余雷、狄雷为副，带领一万人马，为第一队；又点牛通为第二队先锋，杨英、施风为副，领兵一万，为第二队；自己同众将引大兵在后，望着牧羊城进发。但见：

龙旗展处三军动，鼍鼓桴来万队行。
杀气腾腾同敌忾，征云簇簇盖群英。

不一日，前队先锋已到牧羊城，欧阳从善下令，众军士离城三十里，安营下寨。次日，上马提枪，余雷、狄雷持锤在后，带领兵卒，来到牧羊城下讨战。那牧羊城内守将，乃是金邦宗室完颜寿，生得虎头豹眼，惯使一口九耳连环刀，有万夫不当之勇。手下有两员副将：一名戚光祖，一名戚继祖，原是戚方之子。那年在临安摆"擂台"，逃奔至此，降了金邦，就分拨在完颜寿帐下。是日，听得探军报说："宋将在城下讨战。"就上马提刀，带领了戚家两个弟兄，开关出城，过了吊桥。

两面把人马摆列，射住阵脚。完颜寿跃马横刀出阵，大喝："宋将何等之人，敢来犯我城池？"欧阳从善道："我乃大宋扫北大元帅麾下先锋'五方太岁'。奉将令，特来取你这牧羊城。我太岁爷这斧下不斩无名之将，快通名来，好上我的功劳簿。"

完颜寿道："某家乃金邦宗室，当今王叔完颜寿的便是。你若好好退兵，各守疆土，容你再活几时。若是恃蛮，只恐你来时有路，退后无门，休得懊悔！"从善大怒道:“我家元帅奉命扫北,迎请二圣,一路来势如破竹,何惧你小小一城!若不早献城池,打破之时,鸡犬不留。”完颜寿大怒,喝一声:“南蛮好无礼!看刀罢!”提起九耳连环刀,劈面砍来,从善双斧相迎,一场好杀:

擂鼓喊声扬,二人杀一场。红旗标烈焰,白帜映冰霜。战马如飞转,将军手臂忙。斧去如龙舞,刀来似虎狼。一个赤胆开疆土,一个忠心保牧羊。真个是:大蟒逞威喷毒雾,蛟龙奋勇吐寒光。

两人战到二三十个回合,欧阳从善手略一松,被完颜寿挡腰一刀,斩于马下。余雷、狄雷大吼一声,四锤并举,两马齐奔,敌住完颜寿,众军士抢回尸首。余雷、狄雷与完颜寿斗了几合,无心恋战,虚晃一锤,转马败走。完颜寿也不来追赶,掌着得胜鼓进城。余、狄二人,只得将从善尸首收殓,暂葬于高冈之下。

诗曰:

星落长空逐晓霜,捐躯赢得姓名扬。
水流江汉雄心壮,莲长蒲塘义骨香。
有死莫愁英杰少,能生堪羡水云瀼。
惟看千古忠魂在,不避寒流去渺茫。

次日,牛通二队已到,与余、狄二人相见,说知欧阳从善阵亡。牛通大叫起来道:“罢了!罢了!我们就去把他这牢城,不踏他做一片白地,也誓不为人!”众人劝道:“牛哥且不要性急,谅这牧羊城也拒不住我大兵。且等元帅到来,然后开仗,方是万稳万当。”牛通道:“等元帅不打紧,又多气我几日!”不说这里五人议论纷,且说那里完颜寿虽然赢一场,算来终久众寡不敌,就连夜写本,差人星飞往黄龙府去讨救兵。金主接了告急本章,忙请四王叔上殿商议。兀术道:“今宋兵已至牧羊城,事在危急,可速传旨往鹞关去调元帅西尔达,先领兵去救应。待臣亲往万锦山千花洞,拜请乌灵圣母。他有移山倒海之术,手下有三千鱼鳞军,十分厉害,若得他肯来相助,何惧宋朝百万之众?”金主道:“全仗王叔维持!”当时即降诏书,差番官往鹞关宣调西尔达,星夜往牧羊城救应。兀术辞驾出朝,自往万锦山去告求乌灵圣母,不提。

且说鹞关总兵西尔达,接了金主调兵的旨意,随即同了女儿西云小妹,率领本部人马,离了鹞关,一路滔滔,往牧羊城来。不一日,到了牧羊城。完颜寿出城迎接,进城相见毕,置酒款待,另在教场旁侧扎营安歇。次日,探子来报:“宋朝大兵已到,有将士讨战。”西尔达随即披挂上马出城,把人马摆开。完颜寿同着威氏兄弟上城观战。只见宋营中一声炮响,门旗开处,一员小将出马来到阵前,生得来:

千丈凌云豪气,一团仙骨精神。挺枪跃马荡征尘,四海英雄谁近?身上白袍古绣，七星银甲龙鳞。岳霆小将显威名，当先飞马出阵。

那岳霆大叫一声："番将！早早投降，饶你一城性命，若有迟延，顷刻即成齑粉，休要懊悔！"西尔达把马一拍，出到阵前，好生威风！但见：

一部落腮胡子，两条板刷眉浓，脸如火炭熟虾红，眼射电光炯炯。头上分开雉尾，腰间宝带玲珑。鹞关大将逞威风，叱咤山摇地动。

西尔达大喝一声："乳臭小蛮，焉敢犯我疆界？快通名来，好取你的驴头。"岳霆笑道："我乃大宋天子敕封武穆王第三公子岳霆的便是。我这枪下不挑无名之将，也报个名来。"西尔达道："某乃金国鹞关大元帅西尔达是也。今奉圣旨，特来拿你这班小毛虫，不要走，看家伙罢！"提起赤铜刀，拦头便砍。岳霆使动手中烂银枪，架开刀，攒心直刺。刀来枪架，枪去刀迎，战了三四十个回合，那西尔达虽然勇猛，怎当岳霆少年英武，手中这杆烂银枪，犹如飞云掣电一般。看看招架不住，赤铜刀略松得一松，早被岳霆一枪，刺中肩膀，翻身落马。再一枪，结果了性命，岳霆下马取了首级。宋营众将呐喊一声，冲杀过去。完颜寿在城上见了，慌忙扯起吊桥，擂木炮石，一齐打下。岳雷传令，鸣金收军，记了岳霆的功劳。

那金兵只抢得西尔达没头的尸首进城，西云小妹放声大哭。完颜寿即命匠人雕成一个木人头，来凑上成殓，把棺木暂停在僧寺。次日，西云小妹全身素白披挂，带领番兵出城，坐名要岳霆出马。小校报进中军，岳雷仍领众将出营，列成阵势，但见金阵上一员女将，生得：

娇姿袅娜，慵拈针黹好抡刀；玉貌娉婷，懒傍妆台骋马游。白罗包凤髻，雉尾插当头。素带湘裙，窄窄金莲踏宝镫；龙鳞砌甲，弯弯翠黛若含愁。杏脸通红，羞答答怕通名姓；桃腮微恨，娇怯怯欲报父仇。正是：中原漫说多良将，且认金邦一女流。

那西云小妹立马阵前，高叫："宋营将士知事者，快将岳霆献出，偿我父亲之命，若少迟延，教你合营都死于非命，半个不留！"岳霆听了大怒，飞马出阵，大叫："贱人休得要逞能，俺岳三爷来也！"拍马抡枪，望着西云当胸直刺。西云舞动手中绣鸾刀，迎住厮杀，战不上七八个回合，西云那里是岳霆的对手，便把绣鸾刀一摆，回马败走，岳霆随后赶来。原来那西云小妹曾遇异人传授阴阳二弹，随手在黄罗袋内摸出一个阴弹来，即扭转身躯，望着岳霆打来。只见一道黑光，直射面门，岳霆一个寒噤，坐不住鞍鞒，跌下马来。西云转马，来取首级。宋阵上樊成一马冲出，挺枪挡住西云，众人将岳霆救回。那西云小妹与樊成战了三四合，又向袋中摸出那个阳弹，劈面打来。但见一块火光，向樊成脸上飞来。樊成叫声："啊呀！"把头一仰，翻身落马。亏得伍连见了，早挺起面杆朝，叫声："蛮婆，休要动手，我伍连来拿你也！”西云小妹抬头一看，见那伍连：

紫金冠，紧束发；飞凤额，雉尾插。面如傅粉俏郎君，唇若涂朱可爱杀！鸾狮宝带现玲珑，大红袍罩黄金甲。若不是潘安重出世，必是西天降下活菩萨。

西云小妹一见伍连生得齐整，心下暗想：“我那番邦几曾见这等俊俏郎君！不如活拿这南蛮回城，得与他成其好事，也不枉我了一世。”便舞动绣鸾刀，来战伍连。

伍连举前相迎，一来一往，战有十余合，西云回马又走。伍连道：“别人怕你暗算，我偏要拿你。”拍马追来，西云暗暗在腰间取出一条白龙带，丢在空中，喝声：“南蛮，看宝来了！”伍连抬头一看，只见空中一条白龙落将下来，将伍连紧紧捆定，被西云赶上来拦腰一把擒过马去。宋阵上严成方舞动八棱锤，余雷使起双铁锤，韩起龙摇着三尖两刃刀，陆文成挺一对六沉枪，一齐赶上来相救。伍连早被西云擒在马上，掌着得胜鼓，拽起吊桥，进城去了。岳雷只得鸣金收兵，同众将回转大营，闷闷不乐。且按下不表。

先说那西云小妹擒了伍连回到自己营中，解下白龙带，将伍连囚在陷车内，吩咐四名小番：“将他推入后营，好生看守！”却暗暗的差一个心腹侍婢，叫做彩鸿，着他私下去说，他若肯降顺，情愿与他结为夫妇，同享富贵。那伍连初时不肯，被那彩鸿再三撺掇，遂心生一计，不如假意应承了，再图机会。便对那婢女道：“既蒙不杀之恩，但有一事，那欧阳从善是我结义弟兄，誓同生死，今被完颜寿害了，若与我报了此仇，情愿依从，并去说那岳家弟兄，一同到来归降金国。若不杀得完颜寿，宁甘一死，决不从命。”彩鸿将此话回复了西云，西云正在心持两端，疑惑不定，忽报：“完颜寿元帅差官揭着令旗来，要捉的宋将去斩首号令。”西云吃了一惊，便叫军士对差官说：“我父亲被岳霆挑死，大仇未报，要捉了岳霆，一同斩首祭我父亲的。”差官只得回去禀复完颜寿。完颜寿听了大怒道：“这贱婢略胜了一阵，便这般小觑我，待我明日出阵也拿两个宋将来，羞这贱人！”当日过了一夜。

到次日，小校报说：“宋将在城外讨战。”完颜寿听了，便同戚氏兄弟领兵出城，一面差一小番：“请西云小妹出城观战，看我擒拿宋将。”西云小妹遂带本部人马，在吊桥边齐齐摆列，看那完颜寿横刀跃马，过了吊桥，大叫：“宋营中有不怕死的快来纳命！”喝声未绝，宋营中一声炮响，飞出一将，坐下红砂马，手挺六沉枪，大叫一声：“陆文龙在此，快快下马受缚！”完颜寿摇刀直砍，陆文龙双枪并举，一场好杀：

二将交锋在战场，四只膀臂望空忙。一个丹心扶宋室，一个赤胆助金邦。一个似摆尾狻猊寻虎豹，一个似摇头狮子下山岗。天生一对恶星辰，各人各为各君王。

两个战到四五十个回合，完颜寿招架不住，大叫："西云小姐快来助我！"那西云呆呆的在吊桥边，勒马站着只不动身。又战了三四合，只得回马败走。刚至吊桥边，陆文成已经赶到，手起一枪，将完颜寿挑下城河，做了个水中之鬼。陆文龙招呼众军枪桥，西云小妹忙忙叫城上军士拽起吊桥，弩箭齐发。可怜戚光祖、戚继祖两个，上不及吊桥；宋军一拥，跌下坐骑，双双的被众马践为肉泥。三千番卒不曾留得一个。陆文龙掌着得胜鼓，随着大军回营。岳雷记了陆文龙大功，犒赏军士，暗暗差人打听伍连消息。这且不表。

且说西云小妹回转城中，早有完颜寿的女儿瑞仙郡主，一路大哭迎来。西云见了，连忙下马搀着郡主的手，劝道："郡主且免悲伤，待小妹明日去拿那南蛮来，与令尊报仇便了。"就替他拭了眼泪，又安慰了几句，命随身女将送了郡主回府。

西云小妹回到营中，心中暗喜，便叫彩鸿到后营去与伍连说："今日完颜寿已被宋将杀死，小姐坐视不救，与你报了义兄之仇。何不趁着今夜良辰，成了好事，就将帅印交你掌管，何如？"不因彩鸿去与伍连说出这番说话，有分教：落花有意，翻成就无意姻缘；流水无情，倒做了有情夫妇。正是：

神女有心来楚岫，襄王无梦到阳台。

不知这伍连究竟如何结果，且听下回分解。

第七十九回 施岑收服乌灵圣母 牛皋气死完颜兀术

诗曰：

娇羞袅娜世无双，愿得风流两颉颃。

襄王不入巫山梦，恐劳宋玉赋高堂。

这一首诗，单道那西云小妹看中了伍连风流少年，动了邪念，一心想与他成就好事，竟忘了父母之仇。这伍连是个豪杰汉子，怎肯下气求生？那知西云一片痴心，反成了他意外姻缘，自己落得一场话柄。

闲话丢开，且说那彩鸿来对伍连说知："今日完颜寿战败，我家小姐坐视不救，被宋将射死，报了你欧阳之仇。何不趁着今晚良时，与俺家小姐完成好事？明日你就是帅爷了！"伍连听了，又喜又愁：喜是的完颜已死，愁的是西云要他成亲。想了一想，便对彩鸿道："既与我报了仇，你家小姐就是我的恩人了，敢不从命！但是婚姻大事，岂可草草？无媒无证，岂不被人笑话？须得要我宋营中一个人来说合为媒，方是正理。若不通知，便是苟合了。这断断使不得！"

彩鸿只得回复西云。西云细想："那宋营中人如何肯到此？也罢，待我明日到阵上擒一员宋将来，叫他为媒，不怕他不从。"主意定了，一夜不睡。等到天明，传令军士造饭，吃得饱了，放炮出城，直至宋营讨战。

且说岳雷昨日虽然胜了一阵，杀了完颜寿，但那牧羊城中尚有西云小妹守住，他有异法，一时不能胜他。连差细作爬山过岭，进城去打听伍连生死的消息，并无回报。岳霆、樊成被西云小妹打伤，在后营昏迷不醒。心中十分愁闷，正在与军师诸葛锦议论。诸葛锦道："请元帅放心！小弟昨日细卜一封，伍兄有天喜星相照，性命无妨。又仰观乾象，这金兵气暗，我军正旺，不日自有高人来相助。前日那妖僧如此厉害，尚不能伤我大兵，何况这女人？"二人正在谈论，忽小校来报："西云小妹在营前讨战。"

岳雷听了，传令排齐队伍，亲到阵前。但见西云小妹坐在马上，娇声吆喝道："宋将快来受死！"岳雷道："那位将军与我擒来？"话声未绝，闪出吉成亮应道："待小将去擒来。"摇动开山斧，拍着青鬃马，冲出阵前，大叫："蛮婆慢来！"就一斧砍去。西云见来得凶狠，不敢恋战，略战了两三合，随在袋中摸出一个阴弹，望吉成亮面门上打来。只见一道寒光直射，吉成亮浑身发抖，一跤翻下马来。罗鸿见了，连忙挺起錾金枪，飞马出阵，众人将吉成亮抢回。西云见了，也不问名姓，举起绣鸳刀抵住便战。两个战了七八合，西云取阳弹打来，把罗鸿的眉毛都烧个干净，跌下马来。西云正待举刀砍去，只见牛通大吼一声："休得动手！太岁爷在此！"摇刀直取西云，救了罗鸿。西云道："不好了！不知是那个庙里十王殿失了锁，走出个丑鬼来了！"牛通道："你道我丑呀？我家中有个老婆，会将石元宝打人。你这蛮婆，也会弄玄虚，不如做了我的小老婆，倒也是一对。"西云大怒，骂声："丑鬼，休得胡言乱道，看刀罢！"一刀砍来，牛通举刀架住搭上手战了十来合，那西云那里敌得住牛通，暗暗的在腰间取出白龙带，丢在空中，喝声："丑鬼看宝！"牛通见那西云手发白光，抬头一看，只见一条白龙，夭夭矫矫，落将下来，将牛通紧紧捆住。亏得宋阵上抢出施凤、汤英、韩起龙、韩起凤四将，一齐杀出，将牛通连带抢回。岳雷传令众军士，将弩箭火炮一齐施放。西云小妹只得掌着得胜鼓，回城去了。

这里宋营将士仍回大寨，看那牛通身上有一条白带，犹如生根一般，将身子捆住，要解也没个头。命将小刀割断，那刀割在带上，犹如铁入红炉，便卷了口，那里割得动丝毫。元帅无奈，只得写了榜文，挂在营门口：有人能解得捆带者，赏银千两。且按下慢表。

再说那西云小妹虽然胜了一阵，却不曾拿得半个宋将，回转营中，闷闷不乐。

彩鸿道："若是小姐这般样的厮杀，就打着他的人，也是死的；捆着他的人，他那里人多将多，自然被他抢去了。须得要诈败佯输，引他到无人之处，然后拿倒他，岂不是稳的？"西云听了大喜，说："傻小丫头，倒说得有理，待我明日诈败，引他到山坳里，拿他一个来，叫他为媒，怕他还有什么推托？"当夜欢欢喜喜，吃得醉了，且安睡一宵，明日好去行事。暂且慢提。

且说伍连囚在后营，因西云有意招亲，所以看守的人不十分上紧，反将好酒好食供养着他。伍连是留心的，便问守军："今日阵上如何？"守军道："连打二将，捆住一人，却被人多抢去了，不曾拿得回来，明日还要去出阵哩！"伍连道："妙啊！若拿得个活的来，就好叫他为媒，成就了亲事，你们都是有赏赐的。我老爷在此，你们酒也该买些来，请请我。"军士道："有，有，有！我这牧羊城内出的是上等打辣酥，待小的们去烫几瓶来，请爷爷来吃个快活。明日与我家元帅做了亲，就是帅爷了，须要照顾照顾小的们！”伍连道：“这个自然。最不济，也赏你们做个千总百户。”那四个守军欢欢喜喜的，你去烙胡饼，我去办羊酒，搬到伍连面前。替伍连开了囚车，松了手铐。伍连道：“承你们的好情，大家来吃一杯。”小军道：“这个小的们怎敢？”伍连道：“不妨！我是被掳之人，和你们如弟兄一般，不必拘礼。来，来，来！”于是四个小军欢天喜地，啰啰唣唣，你一杯，我一碗，高兴起来，吃完了又去添来，竟吃得烂醉，俱东倒西歪的睡了。伍连想道：“此时不走，更待何时？”悄悄的就走起身来，逃出后营。但是人生路不熟，逃到那里去好？正在乱闯，听得前面咯咯的响，有巡更小番来了。伍连慌了，看见左边一带围墙却不甚高，就踊身一跳，跃入围墙。

却原来是一座大花园，四面八方俱有亭台楼阁。伍连一步步捱进一重屋内，后面放出灯光来。再进一层，摆设得好生齐整。正在东张西望，忽听得门外有人说话进来，伍连吓得无处藏躲，竟向床底下一钻。少停，外边来了三个人，却是完颜寿的女儿瑞仙郡主，两个丫环在前面掌着白纱灯，走入房来，就坐定了，止不住两泪双流。只因往孝堂中上了晚祭，才回来。丫头劝道：“郡主且免悲伤，王爷已死，不能复生，郡主且自保重。小婢打听得都是西云小妹这贱人欺心，他前番捉的那宋将生得十分美貌，心上要他成亲，所以不肯解来，以致王爷气恼出阵，反害了性命。如今哭又哭不活了，且待慢慢的报仇罢！”郡主听了，咬牙恨骂：“待我奏过狼主，将她千刀万剐，不到得饶了这贱人。”那伍连在床底下，是黑暗看明处，看得亲切，但见那郡主生得来，好似：

雪里梅开出粉墙，一枝寒艳露凝香。
腰肢袅娜金莲窄，体态风流玉笋长。
一转秋波含望眼，两弯新月锁愁肠。
广寒仙子临凡世，月殿嫦娥降下方。

那两个丫环解劝了一番，忙去收拾夜膳送进来。那郡主只是腮边流泪，哭一声“父王”，骂一声“西云”，那里肯吃甚么。丫环再三相劝，只吃了几杯酒，叫丫环来将肴馔收拾去吃。又坐了一回，觉得身子困倦，便吩咐侍婢收拾床铺，闭上房门，各个安寝。

好一会，那郡主已是睡着。伍连在床底下爬将出来，轻轻地揭起罗帐，看那端仙郡主，犹如酒醉杨妃，露出一身白肉，按不住心头欲火，一时色胆如天，就解衣宽带，捱入棉被，双手将他抱住。那郡主惊醒，身子却被伍连紧紧压住，施展不得，便叫一声："有贼！"伍连轻轻叫道："郡主不必声张，我并不是贼，乃是来杀西云小妹，替你父亲报仇的。你若高声，我只得先杀了你。"郡主道："你是何人，也须说个明白，如若这等用强，宁死不从！"伍连道："这也说得是。"就把手一松，郡主慌忙起身，披衣服下床。郡主扯剑在手，便喝问道："你是何人？擅敢私入王府，调戏郡主！今日不是你死，便是我亡。"正要将剑砍来。伍连深深作揖叫声："郡主息怒！听小将说明，悉听发落。小将非别，乃宋营大将伍连。前日在阵上被西云小妹用妖法擒来，已拚一死。不意西云着侍婢来说我成亲，小将因他不把父仇为重，反贪淫欲，故尔不从，托言报了欧阳之仇，方与他成亲。故此前日令尊败阵，西云故意不救，以致令尊陷死城河。小将今晚幸得逃脱，偶避至此。不意得遇郡主，也是天缘！今郡主已经失身于小将，倘若扬出声名，有甚好处？不如俯就姻缘，和你结为夫妇，杀了西云小妹，同归宋室。一则报了杀父之仇，二来完了终身之事，岂不两全其美？"

郡主听了这番言语，低着头不做声，细想："此人之言，果然不差。"再偷眼看他，见那人生得一表非俗，气宇轩昂，后来必作栋梁之器。况今金主荒淫无道，气数已尽，不如嫁了他，也得个终身结局。遂叹了一口气，把剑放下道："罢，罢，罢！但须要与我报了父仇，情愿和你一同归宋。倘不杀得西云小妹这淫贱，我就拚却一命，无颜立于人世也！"伍连大喜，便道："西云明日必然出城讨战。不论胜败，待他回来，郡主可带领家将去迎接他。待小将扮作亲随，跟在后面，觑便将他杀了。将牧羊城献与岳元帅，朝廷必有封赏，岂不是好？"郡主道："如此甚妙。"

当夜两个说得投机，唤起侍婢，与他说明，重新收拾酒筵，吃到半夜。两个解衣上床，重整鸾凤，自不必说。

且说那晚四个守军醒来，不见了伍连，吓得不敢做声，只得逃出营门，投往别处去了。到了次日，西云小妹得知伍连逃走了，吓了一跳，吩咐军士在合城搜查，乱了一日，那里有影响。又过了一日，西云披挂上马，带了军士出城到宋营讨战。

岳雷吩咐将"免战牌"挂出，再作计议。旁边闪出四公子岳霖，大叫："不可丧了威风！待小弟去活擒这妖妇来献。"岳雷道："那妖妇有妖法厉害，须要小心！"

岳霖应声："得令！"提枪上马，出营来到阵前，喝道："妖妇慢来，我四公子来取你的首级也！"西云举眼一看，心中想道："妙啊！又是一个标致后生！今番必定要活拿他进城的了。"便叫声："小南蛮，看你小小年纪，何苦来送死？不如投降了我，封你做个官儿，另换个有本事的来与我厮杀。”岳霖便骂一声：“不识羞耻的贱人！不要走，看枪罢。”刷的一枪刺来。西云举刀架住，来来往往，战了七八十个回合，西云叫声：“我战你不过，休得来赶！”回马败走，却不进城，反往左边落荒而走。四公子道：“你这贱人弄什么鬼，我偏不怕你。”拍马追来，唿喇喇赶下十多里路来。两边俱是乱山，只中间一条路，西云想：“此时不下手，更待何时？”就在腰间取出一条白龙带来，望空抛去，叫声：“小蛮子，看宝！”四公子抬头一看，晓得此物厉害，正要回马逃走，忽听得前面山上叫道：“岳霖休要惊慌，有我在此！”岳霖抬头一看，却是一个道人，头戴九梁冠，身穿七星道袍，坐下一匹分水犀牛，手执一把古定剑，生得仙风道骨，慢慢的走下山来，把手一抬，那白龙带忽然缩做一团，钻入道人袍袖内去了。西云大骂：“何方妖道，敢收我宝！”举刀望道人劈面砍来。道人举剑相迎，岳霖挺枪助战，西云谅来战不过，飞起阴弹打来！道人把袖口一张，一道寒光落在袖内去了。西云慌了，又将阳弹打来，道人将左手接住，也丢入袖内。西云见事不妙，拨马飞奔，急望本城逃走，岳霖同着道人一路赶来。刚到城门边，城上瑞仙郡主，忙将吊桥放下，自己走下城来，开了城门迎接。西云一骑马刚才进得瓮城，城门边闪出伍连，拔出腰刀，拦腰一挥，将西云斩为两段。

可怜红粉多娇女，化作沙场怨鬼魂！

那时节，岳雷闻报岳霖追杀女将，恐又中他奸计，正领大兵来救应。忽见伍连手提西云首级，又有一位年少佳人，坐在马上叫喊：“我已归顺宋朝，降者免死！”

众番兵齐声：“愿降！”有不愿者，逃去十分之一二。岳雷见了，便统领大兵一齐进城。伍连引了郡主来见岳雷，接进完颜帅府。

岳霖同道人见了岳雷，诉说道人相救。岳雷下礼拜谢：“请问仙长何方洞府？那处名山？高姓尊名？来救我兄弟之命，且得了牧羊城，其功不小！”道人道：“贫道乃蓬莱散人，姓施名岑。偶见令弟有难，少助一臂，若有将士受伤，贫道亦能医治。”岳雷大喜，就命将岳霆、樊成、吉成亮、罗鸿、牛通五人，一齐抬到大堂上。施岑道：“此乃阴阳弹所伤。”就取出四丸丹药，用水化开，灌入四人口中，霎时平复。牛通大叫道：“我被这牢带子捆得慌了，快来救救我！”施岑用手一指，其带自脱。牛通爬起来道：“好厉害！骨头都被他捆酥了！待我来砍他几段。”就向旁边军士手内夺过一把刀来，连砍几刀，那里砍得断！岳雷道：“这是什么东西？这等厉害！”施岑笑嘻嘻的，又在袖中捞出那条带子，说道：“还有一条在此，那里是什么宝贝，这是他炼就的一双裹脚带子。”又摸出两个弹子来与岳雷看，那白弹是铅粉捏成的，红弹是胭脂团就的。众将无不惊异，俱各赞叹仙长法力，各皆下拜，都称为施仙师。岳雷不敢怠慢，着人送至西涵真观内安歇。次日，传令盘查府库，出榜安民，犒赏军士。就与伍连郡主结了花烛，大排庆贺筵席。养军练士，准备扫北。

再说兀术往万锦山千花洞中来拜请乌灵圣母，扶金灭宋。乌灵圣母见兀术来请他助阵，满口应承，带领三千鱼鳞军星夜起身，往牧羊城救应。路上遇着小番，报知牧羊城已失。兀术大惊！即来见乌灵圣母，商议退兵之策。圣母道：“太子放心！待贫道就去靥华江边，摆下一个阵图，看岳雷过得过不得。”兀术大喜，当夜同圣母渡过靥华江，背着江扎下大营。一面差官调请六国三川人马速来救应。各营准备不提。

且说岳雷大兵分作四队，一路而来，离靥华江不到五十里地，早有探子来报：“江边有几十番营扎住”岳雷便命拣空阔处安营。随命韩起龙、韩起凤、杨继周、董耀宗四人在左，罗鸿、吉成亮、王英、余雷四人在右，分为两翼，自领众将在中，结成三个大寨。再命张英、王彪等领军士砍伐树木，督造大筏，准备渡江，专等牛皋后队到时开兵。当日分拨已定。

过不得三两日，金邦救兵已到，俱是请来的六国三州共有十万人马，各过靥华江来，周围扎住营寨。乌灵圣母摆下一阵，名为“乌龙阵”，真个是：

营安胜地，寨倚长江。五色旗按金木水火土，相生相克；八卦带分东南西北中，随色随方。密密匝匝围营，伏着弓架着弩；整整齐齐队伍，刀似雪，剑如霜。鱼鳞军中央守护，左右营幡立五方。南排朱雀，北方玄武施威武；东按青龙，西边白虎爪牙张。但见那：鞭锏瓜锤光耀日，斧戟长枪豹尾扬。

当时，那乌灵圣母排下阵图，即命兀术打下战书到宋营，约日决战。岳雷即时批：“来日准战。”

到了次日，两边放炮出阵。兀术提斧纵骑，叫岳雷亲自出来打话。岳雷即带了众将来到阵前，两下相见。兀术叫声：“岳雷！自古道‘赶人不可赶上，英雄不可使尽。’某家当日三进中原，势若破竹，皆因是你宋朝君昏臣奸，以致国家破碎。今你主既安坐临安，理宜各守疆界。你今反夺我城池，杀我大将，骄横已极。况汝宋君新立，现差枢密使臣何铸、曹勋到本国来讲和，你若不趁此得意之时，退兵回宋，安享功名，一味贪功，窃恐一旦有失，悔之无及也！”岳雷道：“兀术，汝此言差矣！你无故犯我城池，劫我二圣，杀我人民，掳我宗室，就是三尺童子，也思报仇雪恨！何况我岳氏忠义传家，名震四海？若不踏平尔国，何以报二帝之仇？”兀术大怒道：“小畜生！某家好意劝你，乐得两邦和好，你反口出大言！不必多讲，放刀来罢！”

岳雷方欲上前，旁边闪过关铃，大叫："元帅请住马，待小将去擒来。"举起青龙偃月刀，跑动赤兔胭脂马，劈面砍来，兀朮把金雀斧架住。一场厮杀，两个战了十余合，兀朮招架不住，拨马逃回本阵，关铃拨马赶来。阵内一声钟响，走出一位老道姑，骑着一匹避水乌牛，手中仗着一对截铁刀，大叫一声："南蛮，休得眼内无人，我来也！"关铃举眼看那道姑：

头上双蟠云髻，身穿透火冰袍。丝绦紧束现光毫，鹤发童颜容貌。坐的水牛猛骑，手持镔铁钢刀。千花洞内久名标，万锦山中得道。

关铃道："你是那里来的出家人？何苦来管闲事？"圣母道："胡说！我乃万锦山千花洞乌灵圣母。因尔等侵犯我国，特来拿你。"就舞动双刀，望关铃砍来，关铃摇刀架住迎敌，不上三四合，圣母把双刀一摆，只见阵内飞出三千军马，俱用鲨鱼皮做就的盔甲，头上至脚下浑身包裹得密密匝匝，只空得两只眼睛，随你刀枪火箭，不能伤他。各执炼就的镔铁枭刀，烟一般的滚来乱砍。关铃抵挡不住，回马败走，兀朮招呼众番兵一齐掩杀。杀得宋兵大败亏输，退走二十余里。计点军兵，折了二三千，受伤者不计其数。

岳雷闷闷不乐，正在与众将商议，忽报牛皋等后队已到，即命进见。不一时，施岑亦自道观到营。岳雷遂将昨日战败之事告诉一遍。施岑道："元帅放心！待贫道明日出阵，必定擒他。"元帅道："全仗仙师法力！"当日，闲谈议论过了。

到了次日，岳雷传令三军拔营而进，直至金营对面排下阵势，命牛皋出马讨战。

金营内一声敲响，兀朮亲自出阵，见了牛皋，大骂："你这黑脸贼，某家今日决要取你的命也！"举起金雀斧便砍，牛皋回锏便打。战了十来合，宋营中关铃、陆文成、狄雷、严成方、樊成、牛通六员小将，各举兵器一齐上来。金营中哈同文、哈同武、黎明七、乌利孛、撒里思、撒里虎等亦各出马，接住混战。不妨宗良举起乌油铁棍，斜刺里望兀朮一棍，正中左肩，几乎落马。兀朮大叫一声，回马败走。众番将见兀朮受伤，无心恋战。哈同文被关铃砍死，哈同武被狄雷打死，其余大败逃奔。宋将一齐赶至金阵前，只听得一声钟响，阵中走出一位圣母，坐下乌牛，手执双刀，大叫："宋将休得无礼！可叫岳雷自来破我之阵。"牛皋大怒，也不管三七二十一，举锏乱打。乌灵圣母见来得凶，把手中双刀一摆，阵内滚出三千鱼鳞军，蜂拥而来。宋将俱各回马而走。

宋阵内走出一位道者，身坐分水犀牛，手执松文古定剑，大叫："列位将军，休要惊慌，贫道来也！"就一手拿出个葫芦，揭开了盖，呼的一声响，飞出一队铁嘴火鸦，起在半空，只望鱼鳞军的眼珠乱啄。那鱼鳞军刀枪俱不惧怕，只是这铁嘴鸦，单啄他的眼睛，赶了左边的去，右边的又来；赶了右边的去，左边的又来！却是无法可施，只得四散逃走。大半被神鸦啄瞎了眼睛的，俱被宋军擒去。道人收了神鸦。圣母大怒，催动乌牛上前，大喝一声："何方妖道，敢破我阵！"道人笑道："孽畜！你记得当年在长沙时，我师父原要斩你，我在旁边参答，饶了汝命，叫你修行学道？怎么今日助纣为虐，抗拒天兵！若不快快回心，献出兀术，叫你死无葬身之地！"圣母仔细一认，暗叫："啊呀！不好了！原来是许真君的徒弟施仙师！怎与他做得对头！但是既变了脸，那里就好收拾？"便勉强答道："施道人！你不容我报子之仇，又来欺负我，我偏不放宋兵过去，看你将奈我何！"施岑大怒，举起古定剑，望圣母砍来。圣母还刀招架。

战上三四合，圣母道："施岑，自古道'来者不善。'你敢来破我的阵么？"拨转乌牛便进阵内去。施岑笑吟吟的道："你休夸口，我来也！"便把分水犀牛头上一拍，仗剑直入"乌龙阵"中。那圣母上了将台，把黑旗一扬，口中念咒。只见平地上一霎时波涛滚滚，涌出一班虾妖鱼怪，喧喧嚷嚷，使叉的，拿棒的，蜂拥而来。

宋将着了忙，一齐逃出阵来。两边番将截杀一阵，各有所伤。且说那施道人见了，把口张开。不知念些什么，忽见半空中一声霹雳，震得水怪潜形，妖魔遁迹。就把犀牛头上一拍，分开水势，仗剑来取圣母。圣母慌了，将身一滚，变作一条不大不小的乌龙，舒开爪来扑道人，那道人趁势一把抓住颈皮，正要将剑砍下，圣母哀求饶命。施岑道："也罢，我也不斩你，只拿你去见师父，锁在铁树上，叫你永不翻身！"就回头来高叫宋营众将："烦你们多拜上元帅，贫道擒妖复命去也！"腰间解下丝绦，将圣母缚了，横在犀牛背上，借着水道，霎时而去。

那一班宋将看见破了"乌龙阵"，勇气十倍，奋勇杀来。众番兵番将料来不济，俱各逃奔散走。直赶至蜃华江边，乱乱窜窜上船，逃回北岸。有上不及船的，被宋兵杀死无数。

却说牛皋在阵内东寻西寻，只拣人多的地方寻人厮杀。不意兀术正在招集败残军士逃命，劈面遇着牛皋，兀术回马便走。牛皋大叫道："兀术！今番你待往那里去！"拍马来赶。兀术大怒道："牛皋！你也来欺负我么？"回马举斧来战牛皋，不上三四合，兀术左臂疼痛，只用右手举斧砍来。牛皋一手接住斧柄，便撇了锏，双手来夺斧。只一扯，兀术身体重，往前一冲，跌下马来。牛皋也是一跤跌下，恰恰跌在兀术身上，跌了个头搭尾。番兵正待上前来救，这里宋军接住乱杀。牛皋趁势翻身，骑在兀术背上，大笑道："兀术！你也有被俺擒住之日么？"兀术回转头来，看了牛皋，圆睁两眼，大吼一声："气死我也！"怒气填胸，口中喷出鲜血不止而死。牛皋哈哈大笑，快活极了，一口气不接，竟笑死于兀术身上。这一回便叫做"虎骑龙背，气死兀术，笑杀牛皋"的故事。

那兀术阴灵不散，一手揪住牛皋的魂灵，吵吵嚷嚷，一直扭到森罗殿上去鸣冤。

后人有诗笑兀术曰：空图大业逞英豪，扰乱中原历几遭。

今日英豪犹在否？竟将一命殉牛皋。

那阎罗天子为他二人之事，自有一番大周折，且听下回分解。

第八十回　表精忠墓顶加封　证因果大鹏归位

诗曰：

世间缺陷甚纷纭，懊恨风波屈不伸。
最是人心公道在，幻将奇语慰忠魂。

上回已说到兀术被牛皋擒住，愤怒气死，牛皋也大笑而亡。两个魂灵，一同扭结闹入幽冥。那阎罗天子尚费一番大周折，且按下慢表。

先说那岳雷追杀金兵一阵，鸣金收军。陆文龙擒得哈迷蚩来献，关铃擒得金将白眼骨都来献，伍连取得番将乌百禄首级来献。诸将俱来报功。岳雷一一命军政司写了。只见牛通哭上帐来，具言父亲拿住兀术，双双俱死。岳雷一悲一喜，随传令将牛皋从厚收殓，命牛通扶柩先回乡去。兀术斩首，亦用棺木盛殓，暂葬于山风之下。将哈迷蚩、白眼骨都斩首号令。一面具表入朝奏捷。

不数日，张英、王彪一齐上帐来禀："船筏俱已完工，特来缴令。"岳雷也命上了功劳簿，择日渡江。不道那金国众将因兀术已死，各无斗志，一直俱回黄龙府去，隔江并无防守。岳雷引大军过了蜃华江，毫无阻挡，一路闻风瓦解，直望黄龙府进发。不一日已到，离城五十里，安下营寨。就打下战书，差人到黄龙府去，吓得那金国君臣，满朝文武，面面相觑，无计可施。

当下左丞相萧毅上殿奏道："今本国四太子已亡，无人退得宋兵，不如写下降书降表，将二圣梓宫送还，求和为上。"金主依奏，即着王叔完颜锦哥亲到岳雷营中求和。岳雷道："若要求和，快快将二圣送出，以后年年进贡，岁岁来朝。若稍有差讹，即起大兵来征，决不轻纵。"完颜锦哥道："二圣久已归天，只有天使张九成还在，待某回去奏闻，即到五国城去送来便了。"当时完颜锦哥辞了岳雷进城。

不多几日，完颜锦哥和张九成同送徽、钦二帝并郑皇后、邢皇梓宫出城。岳雷同众将迎接至营中，搭棚朝祭已毕，就令张九成与完颜锦哥领兵三千，护送梓宫，先上临安去了。然后大兵一路慢慢地奏凯回朝。

有诗曰：

虎旅桓桓士气盈，旗开取胜虏尘清。
威名远播金人惧，武将高超兀朮擒。
春意已回枯草绿，秋毫不犯鬼神钦。
今朝奏凯梓宫退，破碎山河一旦平。

却说大军一路回到朱仙镇，镇上父老携男挈女，各顶香花迎接，各个赞叹道："这是岳爷爷的公子，今日平金回来，岳爷爷在九泉之下，不知怎样的快活！那奸臣何苦妒贤误国，落得个子孙灭绝，还不知在地狱里如何受罪哩！"闲话丢开。

一日，大军已到临安，孝宗即命众大臣出城迎接。岳雷进了城中，率领众将入朝朝见，孝宗赐锦墩坐下，道："朕赖元帅大力，报了先帝之耻，迎得梓宫回朝，其功非小！卿且暂居赐第，候朕加封官职。"岳雷谢恩，同众将出朝候旨，不表。

且说孝宗即命工部将秦桧宅基拆卸，重新起造王府，与岳雷居住。又命于栖霞岭下，营造岳王庙宇，及诸忠臣祠宇，一面择吉安葬帝后梓宫，颁赐金银彩缎与完颜锦哥回金国而去。着众大臣议定封赏。过了数日，差内监手捧纶音，来至午门外。

岳雷率领众将，跪听宣读诏旨：

奉天承运皇帝诏曰：朕惟臣子乃国家扬武翌运之栋梁，忠义又臣子立身行己之要领。功施社稷，宜膺茅土之封；净扫边尘，当沐恩荣之典。咨尔故少保岳飞精忠报国，节义传家。正当功业垂成，忽堕权奸毒手。幽魂久滞，忠节应旌。厥子岳雷，克成父志，迎请梓宫，丰功伟烈，宜铭鼎钟。今特追赠岳飞为鄂国公，加封武穆王，赐谥忠武，配享太祖庙；妻李氏，封鄂国夫人。王祖考岳成，追赠太师魏国公；祖妣杨氏，追赠庆国夫人。王考岳和，追赠太师隋国公；妣姚氏，赠周国夫人。王长子岳云，连赠左武大夫安边将军忠烈侯，妻巩氏，封忠烈夫人。三次子岳雷，封兵马大元帅平北公，妻赵郡主，封慎德夫人。王三公子岳霆，封智勇将军，敕赐张信女为配，封恭人。王四子岳霖，封仁勇将军，妻云蛮郡主，封恭人。王五子岳震，封信勇将军，敕赐张九成女为配，封恭人。王孙岳申、岳甫，俱封列侯，王女银瓶，加封为贞节孝义仙姑。张宪加封成义侯，牛皋追封成烈侯，张保加封龙武将军，王横加封虎卫将军，施全封众安桥土地，加封兴明福主。吉青、梁兴、赵云、周青、欧阳从善，封为五方显圣。其余，已故王贵、汤怀、张显、王英、杨再兴、董先、高宠、郑怀、张奎、余化龙、何元庆等，封为各方土地正神，俱加侯爵。现在随征将佐宗良、牛通、韩起龙、韩起凤、郑四宝、杨继周、董耀宗、吉成亮、关铃、陆文龙、严成方、伍连、施凤、汤英、何凤、王英、狄雷、樊成、罗鸿、余雷，俱封各路总兵。诸葛锦，封礼部侍郎，兼理钦天监监正。张英、王彪，封为殿前校尉。呜呼！酬功报德，率由典章。光天所复，咸沾湛露之仁。太岳虽高，须竭纤埃之报，凡尔诸臣，其益励忠勋，用安社稷。钦哉！

当时读罢圣旨，众文武各个山呼，谢恩退朝。

次日，孝宗特旨，拜张九成为大学士，张信为镇国公。又差大臣前往云南一路去，封李述甫为顺义王，统属各洞蛮王。封黑蛮龙为遵义将军。颁赐柴王、潞花王，金珠彩缎。各王亦遣使臣来进贡谢封。岳夫人择日与岳霆、岳震成亲。孝宗又赐彩缎千端，黄金千两，宫娥二对，彩女四人，金莲宝炬。好不荣耀！自此岳氏子孙繁盛，世代簪缨不绝。不能尽述。

却说无上至尊昊天玉皇玄穹高上帝，一日驾坐灵霄宝殿，两傍列着四大天师、文武圣众，阶下一班仙官、仙吏，齐齐整整，好不威仪。有诗曰：

万象横天紫极高，龙蛇盘绪动旌旄。

巍峨金阙珠帘卷，绯烟簇拥赭黄袍。

当有传言玉女喝道："众仙卿有事出班，无事退朝。"言未毕，早有太白金星俯伏玉阶启奏道："臣李长庚有事奏闻，今有下界阎罗天子引着赤须火龙魂魄，云系奉玉旨下凡，被牛皋擒获气死，有冤本上告。臣查得中界道君皇帝元日郊天，误写表文，曾命赤须龙下凡扰乱宋室江山，西天佛祖恐其难制，亦命大鹏下降。随后众星官纷纷下凡者不一。今紫微星已临凡治世，宋室合当中兴，所有火龙、大鹏并一众星辰阵亡魂魄，应当作何处置？特此奏闻，候玉旨施行。"玉帝将本章细细看明，即传下玉旨道：

道君原系九华长眉大仙下降，因他忘却本来，信任奸邪，不敬天地，戏写表文，故令赤须龙下凡扰搅，今其历尽苦楚，窜死沙漠。今既受人累，免其天罚，令其归位潜修。火龙虽奉玉旨下凡，不应私污秦桧之妻，难逃淫乱之罪，罚打铁鞭一百，摘去项下大珠，着南海龙王敖钦锁禁丹霞山下，令他潜修反本。牛皋乃赵玄坛坐下黑虎，仍着赵公明收回。秦桧诸奸臣等，着冥官分拟轻重，俱入地狱受罪。岳飞乃西天护法降凡，即着金星送归莲座，听候玉旨发遣。岳云、张宪，本雷部将吏，今加封为雷部赏善罚恶二元帅。王横、张保，并授雷部忠勇尉。飞女银瓶封为地府贞节仙姑。其余一应降凡星官，已亡者，各归原位。未亡者，待其阳寿终时，另行酌处。钦此！

当时众仙魂山呼谢恩退班。玉帝驾回金阙云宫。那太白金星同着岳元帅，齐驾祥云，顷刻来到西天大雷音寺，正值我佛如来，端坐莲台，聚集三千诸佛、五百罗汉、八百金刚、阿难揭谛、比丘僧尼等众，讲说三乘妙典、五蕴楞严。正讲得天花乱坠，宝雨缤纷，忽见金星引了岳飞魂魄，稽首皈依，将玉帝牒文呈上。佛爷道:“善哉,善哉!大鹏久证菩提,忽生嗔念,以致堕落尘凡,受诸苦恼。今试回头,英雄何在?”岳飞听了,猛然惊悟,随佛前打个稽首,就地一滚,变作一只大鹏金翅鸟,哄的一声,飞上佛顶。如来用手一指,放出五色毫光,照耀四大部洲,无微不显。佛即合掌说偈曰:

“一切有为法,如梦幻泡影。如露亦如电,应作如是观。”

大众齐齐合掌,念一声:“南无大慈大悲救苦救难过去未来现在三世阿弥陀佛!”各各绕佛三匝,作礼而退。

诗曰:

宋室江山一旦空,天时人事两相蒙。徽宗失德邀天祸,兀朮乘机得逞雄。万古共称秦桧恶,千年难没岳飞忠。因将武穆终身恨,一假牛皋奏大功。

又诗曰:

力图社稷逞豪雄,辛苦当年百战中。
日月同明惟赤胆,天人共鉴在清衷。
一门忠义名犹在,几处烽烟事已空。
奸佞立朝千古恨,元戎谁与立奇功?